MIRA®

Der Preis dieses Bandes versteht sich einschließlich
der gesetzlichen Mehrwertsteuer.

Umwelthinweis:
Dieses Buch wurde auf chlor- und säurefreiem Papier gedruckt.

Das Haus in Georgetown

Bis jetzt hat Faith mit David ein behütetes Leben geführt. Doch die Entdeckung, dass er homosexuell ist, wirft sie aus der Bahn. Von einer Sekunde zur anderen zerbricht ihre Welt in tausend Scherben. Und mit der Scheidung beginnt ein neues, herausforderndes Leben für sie und ihre beiden Kinder. Die Renovierung des alten Hauses in der Prospect Street, seit vielen Jahren im Familienbesitz, und der intensive Kontakt zu ihrem interessanten Nachbarn Pavel sind erst der Anfang. Denn Faith findet heraus, dass ausgerechnet hier, wo sie einen neuen Beginn machen wollte, vor Jahren etwas Entsetzliches geschehen ist ...

Emilie Richards

Das Haus in Georgetown

Roman

Aus dem Amerikanischen von
Dr. Andrea Kamphuis

MIRA®

MIRA® TASCHENBUCH
Band 25053
1. Auflage: März 2004

MIRA® TASCHENBUCH
erscheinen in der Cora Verlag GmbH & Co. KG,
Axel-Springer-Platz 1, 20350 Hamburg
Deutsche Erstveröffentlichung

Titel der nordamerikanischen Originalausgabe:
Prospect Street

erschienen bei: Mira Books, Toronto
Published by arrangement with
Harlequin Enterprises II B.V., Amsterdam

Konzeption/Reihengestaltung: fredeboldpartner.network, Köln
Umschlaggestaltung: pecher und soiron, Köln
Titelabbildung: by GettyImages, München
Autorenfoto: © by Harlequin Enterprise S.A., Schweiz
Satz: Berger Grafikpartner, Köln
Druck und Bindearbeiten: Ebner & Spiegel, Ulm
Printed in Germany
ISBN 3-89941-068-8

www.mira-taschenbuch.de

PROLOG

Dezember 1999

Immer wenn sie an „Granger's Food and Gas" vorbeifuhren, hatten die Bronsons das Gefühl, die Ziellinie eines Marathons zu überqueren: Ihr Wochenend-Cottage lag nur zwei Meilen hinter der Tankstelle, die gleichzeitig ein Gemischtwarenladen war. Für Faith Bronson war „Granger's" das ersehnte Signal, dass sich ihre Zeitreise vom entwickelten Norden Virginias in den ländlichen Westen des Landes dem Ende näherte. Mittlerweile hatte ihr Sohn Alex seine ältere Schwester Remy für gewöhnlich an den Rand des Wahnsinns getrieben, und selbst Faith, die Alex' grenzenlose Energie insgeheim bewunderte, war dann drauf und dran, ihn zu den Taschen und Lebensmitteln in den Kofferraum zu sperren.

David, ihr Ehemann, pflegte zu behaupten, dass sich seine Atemfrequenz und sein Herzschlag spürbar verlangsamten, sobald sie „Granger's" mit seinen altertümlichen Zapfsäulen, seinen Abschleppwagen und Reifenbergen erreicht hatten. Es gehörte zum Ritual, dass er in diesem Augenblick den Hemdkragen lockerte und sich in den Fahrersitz lümmelte, als befände er sich nun außerhalb des Blickfeldes irgendeines unsichtbaren Schiedsrichters und stünde nicht mehr unter Beobachtung.

An diesem Vormittag saß Faith jedoch allein im Familien-Volvo. Es waren nur noch zehn Tage bis Weihnachten, und man hatte „Granger's" mit schier endlosen Lametta- und Fransengirlanden geschmückt. Als sie zum Tanken einbog, fühlte sie sich in der Stille, die ihr beim Aufbruch vor anderthalb Stunden noch so verheißungsvoll erschienen war, bereits unbehaglich.

„Morgen, Mrs. Bronson. Und frohe Weihnachten." Als sie aus

dem Wagen stieg, hob Tubby, der Inhaber des Ladens, seine knotige Hand zum Gruß. Tubby war dünn wie eine Bohnenstange, und seine Latzhose warf überall Falten. Wie die Hosenträger es schafften, auf diesen hängenden Schultern Halt zu finden, war ihr schon immer ein Rätsel gewesen.

„Frohe Weihnachten, Tubby." Sie schraubte den Tankdeckel ab und machte sich an der Säule zu schaffen, aber Tubby nahm ihr die Zapfpistole gleich wieder ab.

„Gibt mir 'n guten Vorwand, noch draußen zu bleiben. Letzter schöner Tag, bevor der Winter uns heimsucht, denk ich."

Das sah Faith genauso. Das Wetter war zu warm für die Jahreszeit, eine angenehme Überraschung. In der Frühe hatten die Sonnenstrahlen sie geweckt, die ihr Gesicht und ihre Schultern streichelten. Sie hatte die Bettdecke aufgeschlagen und war schlaftrunken ans Fenster getreten, wo sie einen der vollkommensten Sonnenaufgänge erblickte, den sie je erlebt hatte. David war noch nicht von der letzten Geschäftsreise des Jahres zurückgekehrt, und Alex, der sich normalerweise für jede Kapriole von Mutter Natur begeistern konnte, murrte, als sie ihn weckte, um diesen Anblick mit jemandem zu teilen. Alex war jetzt elf, und sie versuchte, sich an den Gedanken zu gewöhnen, dass diese Maulerei in den nächsten Jahren zur Tagesordnung gehören würde.

Auch nachdem Faith die Kinder zur Schule gebracht hatte, hielt die Magie des Morgens noch an. Bevor er sich in einen ganz gewöhnlichen Tag verwandeln konnte, folgte Faith einer Eingebung: Sie rief ihre Mutter an und bat sie, die Kinder am Nachmittag von der Schule abzuholen und über Nacht zu sich zu nehmen.

Lydia Huston, Senatorengattin durch und durch, warf einen Blick in ihren Kalender, der stets mit Wohltätigkeitsveranstaltungen, Friseurbesuchen und Fototerminen voll gepackt war. Obwohl es bei ihr in der Vorweihnachtszeit – wie sie ihrer Tochter deutlich zu verstehen gab – noch hektischer zuging als sonst, gelang es ihr, es so einzurichten, dass Faith bis morgen verreisen konnte. Lydia ermahnte sie aber, eine derart rücksichtslose Spontaneität nicht zur Gewohnheit werden zu lassen.

Obwohl in ihr die Furcht aufgekeimt war, eine Dummheit zu begehen, hatte Faith ihre Teilnahme am letzten Vorbereitungstreffen der Dankeschön-Weihnachtsfeier für die Lehrer abgesagt, ihre Sachen in den Wagen gepackt und war aufs Land gefahren.

„Heut den Sonnenaufgang gesehn?“ fragte Tubby. „Hat mich geweckt, direkt aus dem Bett geworfen. Mein Daddy hat immer gesagt, so ein Sonnenaufgang bringt große Veränderungen. Gottes Art, was anzukündigen.“

Faith war froh, ihre Begeisterung mit jemandem teilen zu können. „Heute muss er etwas ganz Großes vorhaben.“

„Nur mit den Leuten, die das gesehn haben. Nich mit allen. Nix wie das Ende der Welt oder so.“

Faith warf einen Blick auf die Zapfsäule und angelte einen Zwanzig-Dollar-Schein aus ihrem Portemonnaie. „Na, da bin ich aber froh. Ich dachte schon, ich müsste auf der Stelle niederknien.“

„Bei mir, da is ein Enkelchen unterwegs. Schätze, das kommt heute.“ Er schüttelte die Zapfpistole, hängte sie in die Halterung zurück und schraubte den Tankdeckel wieder zu. „Und bei Ihnen?“

„Sind es immer Veränderungen zum Guten?“

Tubby verzog das Gesicht. „Nee“, meinte er schließlich. „Als mein Daddy gestorben is, an dem Tag ging die Sonne so strahlend auf, dass ich fast geglaubt hab, ich muss blind werden.“

Da stand sie nun. Tubby wartete auf eine Antwort, und plötzlich presste die geballte Anspannung der letzten Monate ihren

Brustkorb zusammen wie ein Schraubstock. Neugierig blickte der alte Mann ihr unverwandt ins Gesicht. „Tja, ich fürchte, ich muss mich einfach überraschen lassen."

„Sagen Sie nich, ich hätt Sie nich gewarnt. Da is was Großes im Anmarsch." Tubby nahm den Schein und gab ihr Wechselgeld heraus. „Brauchen Sie was von drinnen? Oder hat Mr. Bronson schon alles besorgt?"

Die Frage irritierte sie. „David? Nein, er ist auf einer Geschäftsreise."

„Und ich hab gedacht, Sie und der Mister machen mal Urlaub von den Kleinen."

„Ich hoffe, er fährt heute Abend vom Flughafen aus direkt hierher." Im Hotel in Seattle hatte sie ihn nicht erreicht, ihm aber auf die Mailbox seines Handys gesprochen und bei der Sekretärin eine Nachricht hinterlassen. Vom „Dulles Airport" war es nur eine Autostunde bis zum Wochenend-Cottage.

„Dachte, ich hätt ihn gestern Abend vorbeifahren sehn." Tubby versuchte, einen Fleck von der Windschutzscheibe zu wischen, feuchtete seinen Zeigefinger an und probierte es noch einmal. „Da hab ich mich wohl geirrt."

„Er hält einen Vortrag auf einer Konferenz in Washington State."

„Übers Schulgebet?"

David und Tubby konnten endlos über Gott und die Welt plaudern. David hatte in Harvard studiert und war Vorsitzender von „Promise the Children", einer konservativen Organisation, die sich für Familienwerte und eine bessere Gesellschaft einsetzte. Er liebte es, jedem, der bereit war zuzuhören, seine Anschauungen auf die Nase zu binden. Tubby, der nicht einmal die High School abgeschlossen hatte, konnte ihm jedoch gut Paroli bieten.

„Ich glaube, diesmal geht es um die Notwendigkeit, die Medien zu kontrollieren“, sagte sie.

Tubby trat einen Schritt zurück und betrachtete zufrieden die Windschutzscheibe. „Gott segne ihn.“

Gottes Segen lag auf allen Bronsons. Faith wusste das und war dankbar dafür. Hübsche, kluge Kinder, gute Gesundheit, Wohlstand – und eine Ehe, die auf übereinstimmenden Wertvorstellungen fußte. Wenn es in letzter Zeit auch den Anschein hatte, dass David und sie nicht mehr so gut harmonierten, so war das doch eine Kleinigkeit, die sich vermutlich ohne weiteres wieder einrenken ließ.

Heute Nacht vielleicht?

„Also, ich bin weg“, meinte Faith. „Danke für die Hilfe.“ Sie drehte den Zündschlüssel, winkte kurz und sah, dass Tubby zurückwinkte.

Wieder auf der Straße, ließ ihr das Gespräch keine Ruhe. Während der ganzen Fahrt war es ihr gelungen, nicht an ihre Eheprobleme zu denken, aber offenbar lauerten sie ganz dicht unter der Oberfläche. Eine beiläufige Bemerkung hatte ausgereicht, um sie wieder zum Vorschein zu bringen.

Sie liebte David. Ja, er war der einzige Mann, den sie je geliebt hatte. Mit zweiundzwanzig hatte sie sich Hals über Kopf in ihn verknallt, und immer noch kniff sie sich jedes Mal, wenn ihr bewusst wurde, dass der elegante, charismatische David Bronson *sie* zur Frau gewählt hatte.

David liebte sie. Daran gab es keinen Zweifel. Während der fünfzehn Jahre ihrer Ehe hatte er nie eine andere angesehen. Er arbeitete zu viel und war oft unterwegs, aber er war ein treuer Mann und hingebungsvoller Vater. Die meisten ihrer Freundinnen beneideten sie. David lebte gemäß den Werten, die er propagierte.

Erst in der letzten Zeit hatten sich Probleme eingeschlichen.

Ihre Beziehung war schon immer mehr von Zuneigung als von Leidenschaft geprägt gewesen. Bei ihrer ersten Begegnung hatten sie sich auf Anhieb verstanden, sich bis zum Morgengrauen unterhalten und diese Gespräche jede Nacht fortgesetzt, bis alles, was sie noch nie einer Menschenseele anvertraut hatten, ausgesprochen war. Seine Berührungen hatten sie erregt, aber noch mehr hatte seine ungeteilte Aufmerksamkeit sie elektrisiert. Zum ersten Mal in ihrem Leben fand jemand sie faszinierend, und sie war völlig in ihrer Ehe aufgegangen, hatte in unendlicher warmer Hingabe gebadet.

Dass der Sex so schnell zur Routine geworden war, hatte sie gelassen gesehen. David und sie waren Seelenverwandte. Auf die emotionalen Exzesse, die andere Frauen zu erleben behaupteten, konnte sie gut verzichten, wenn sie die Verlässlichkeit und Fürsorglichkeit dagegen aufwog, die David und sie verband. Sie schlief gerne mit ihm, noch mehr Befriedigung aber gab ihr das Zusammenleben.

Bis vor kurzem.

Faith ging vom Gas und bog in die sanfte Kurve der Seward Road ein, von der der Kiesweg zu ihrem Cottage abzweigte. David hatte das Haus und die fünfzehn Morgen Wald vor zehn Jahren zu ihrem fünften Hochzeitstag gekauft. Er hatte versprochen, dass sie gelegentlich ohne die Kinder übers Wochenende herfahren würden, aber dazu war es nie gekommen. Also gab sie sich damit zufrieden, das Cottage zu einer zweiten Heimat für die ganze Familie zu machen. Eines Tages, wenn die Kinder erwachsen wären, würden David und sie sich nach Belieben hier einnisten können, um das Feuer ihrer Liebe wieder zu entfachen.

Aber heute früh hatte sie, während die Sonne am Horizont aufging, darüber nachgedacht, ob womöglich gerade ihre Geduld das Verlöschen dieser Flamme mit verursacht hatte. In den letzten

Monaten war ihr ohnehin wenig spannendes Liebesleben vollends versiegt. David reiste noch mehr als sonst, und wenn er zu Hause war und sie sich an ihn schmiegte, gab er vor, zu erschöpft zu sein. Er vertröstete sie auf ruhigere Zeiten, aber ihr wurde bald bewusst, dass er zum ersten Mal in seinem Leben nicht Wort halten würde.

Sie suchte die Schuld bei sich. War sie zu ungeduldig – oder zu geduldig? Nahm sie zu wenig Rücksicht auf seine angespannte Situation – oder zu viel? Sollte sie fordernder auftreten? David kümmerte sich den lieben langen Tag um die Bedürfnisse anderer, und vielleicht musste er daran erinnert werden, dass seine eigenen Bedürfnisse nicht zu kurz kommen durften.

Diese Gedanken entluden sich in Aktionismus. In Vorbereitung auf die kommende Nacht hatte Faith Kerzen und Delikatessen, frische Blumen und Massageöl ins Auto gepackt und zu guter Letzt ein Geschenk dazugelegt, das sie sich selbst gemacht, aber noch nie getragen hatte: einen Body aus Spitze, dessen Schleifchen nur darauf warteten, von den Fingern des richtigen Mannes gelöst zu werden.

Sie bog in die Zufahrt ein und bremste auf Schritttempo ab. In der Ferne glitzerte auf den höchsten Berggipfeln noch immer der Schnee, der nach Thanksgiving gefallen war, aber die Lichtung, auf der das Cottage stand, war mit Kiefernnadeln und trockenem Laub bedeckt.

Auf eben dieser winterlich braunen Lichtung blitzte Davids silberner Honda Accord hinter einem Baum hervor.

Faith fuhr bis ans Haus und stellte den Motor ab. Bei ihrem Anruf heute früh hatte sie David im Hotel nicht mehr erreicht und geglaubt, dass sie ihn um ein paar Minuten verpasst hatte – nicht aber um fast einen Tag. Tubbys Bemerkung, er habe ihn am Vorabend gesehen, hatte sie nicht ernst genommen. Aber David *war* hier, und zwar offenbar schon eine Weile.

Sie blieb im Wagen sitzen, und ihre Wangen glühten vor Verlegenheit. Sie war davon ausgegangen, dass sie Zeit haben würde, den Abend vorzubereiten. Sie hatte ihn mit Kerzenlicht und sanfter CD-Musik empfangen wollen. Jetzt kam sie sich albern vor. Was sollte sie tun? Das Cottage mit etlichen Einkaufstüten voller Verführungszubehör betreten und hoffen, dass er sie nicht auslachen würde?

Die Peinlichkeit wich einem noch unangenehmeren Gefühl. Offenkundig war Davids Meeting früher als geplant zu Ende gegangen, sodass er einen früheren Rückflug erwischt hatte. Anstatt nach Hause zu kommen und ihr bei den Vorbereitungen des familiären Weihnachtsfestes zu helfen, hatte er dieses Zeitgeschenk – nicht zum ersten Mal – zu einem Abstecher ins Cottage genutzt, wo er ungestört arbeiten konnte.

David hatte nicht daran gedacht, dass sie für seine Hilfe dankbar sein würde – oder für die schiere Anwesenheit eines zweiten Elternteils im Hause. Wie so oft in letzter Zeit hatte er seine Arbeit für wichtiger erachtet.

Fürs Erste wollte sie die Taschen im Auto lassen. Es war an der Zeit, mit David zu reden. Ihrer Ansicht nach fielen Eheprobleme eher in ihre als in seine Zuständigkeit. Wenn es Schwierigkeiten auszuloten und emotionales Neuland zu betreten galt, dann war es *ihre* Aufgabe, die Expedition zu leiten. Wenn alles gut lief, würde er ihr sicherlich später beim Hereintragen und Auspacken der Tüten helfen.

Sie beschloss, ihr Kommen nicht anzukündigen und alles Weitere von seiner ersten Reaktion abhängig zu machen. Also öffnete und schloss sie die Wagentür leise, obwohl die steinernen Mauern ohnehin fast alle Geräusche schluckten. Sie stellte sich vor, wie er sich im Arbeitszimmer zwischen seinen Kiefernholzmöbeln eingeigelt hatte. Diesen Raum hatte er vor allen anderen eingerichtet.

Sie fragte sich, ob dies heute der erste Arbeitsaufenthalt war, den er ihr verheimlicht hatte.

Gab es noch mehr Dinge in seinem Leben, von denen sie nichts wusste?

Die Tür war abgesperrt, und sie angelte nach ihrem Schlüsselbund. Obwohl die aufschwingende Tür knarrte, kam David nicht ins Wohnzimmer. Seit Beginn des Schuljahres hatte sich die Familie nicht oft hier aufgehalten. Im Haus war es still, und es roch muffig; er war wohl zu beschäftigt gewesen, um die verdreckten Fenster zu öffnen und die Zimmer gründlich durchzulüften. Jetzt sah sie auch den Staub auf dem Kaminsims und ein labyrinthisches Spinnennetz, das von einem der frei liegenden Balken in der Ecke hing. Die Luft war relativ warm, obwohl im Kamin kein Feuer brannte. Faith schlich über die Eichendielen nach rechts in den Flur, von dem Davids Arbeitszimmer abging.

Ein Stöhnen ließ sie innehalten. Sie konnte das Geräusch nicht genau orten, aber aus dem Arbeitszimmer, das nun direkt rechts vor ihr lag, kam es gewiss nicht – eher aus einem der Zimmer am Ende des Flurs.

Ihre Füße waren wie festgenagelt. Also hielt sie den Atem an und lauschte. Gerade als sie nach David rufen wollte, hörte sie, wie etwas über den Fußboden schabte; ein leises Lachen folgte.

Erleichtert schloss sie die Augen und stellte sich vor, was ihr Mann im Schlafzimmer tat. David verrückte Möbel oder versuchte, ein Fenster zu öffnen. Eines der Fenster ließ sich nur mit Hilfe eines Schemels erreichen, den sie unter dem Bett aufbewahrten. Sie konnte sich nicht erinnern, wie oft er sich schon die Zehen daran gestoßen hatte, wenn er beim Zubettgehen seine Schuhe aus dem Weg kicken wollte. Vielleicht hatte er vorgehabt, ein Nickerchen einzulegen, und gerade die Schuhe ausgezogen ...

Als sie die Szene im Geiste so weit durchgespielt hatte, setzte sie ihren Weg durch den Flur fort. Jetzt machte sie so viel Lärm, dass sie einen Bären aus dem Winterschlaf hätte reißen können. Inzwischen war sie ihrem Mann nah genug, um seine Reaktion auf ihr plötzliches Erscheinen abschätzen zu können.

„David? Bist du da drinnen?"

Sie legte die Hand auf den Türknauf und zögerte einen Moment, ohne genau zu wissen, warum. Plötzlich tauchte der grandiose Sonnenaufgang wieder vor ihrem inneren Auge auf – Gottes Ankündigung.

Und eine Vorahnung, dass ihr die Neuigkeiten nicht gefallen würden.

Dennoch öffnete sie die Tür. Sonnenlicht durchflutete das Zimmer und umspielte die beiden Männer. Der eine war ihr Gatte. Von der Taille abwärts unbekleidet, stand er vor einem großen Spiegel, der an diese Stelle gerückt worden war. Auch den anderen Mann hatte sie früher schon gesehen, allerdings nie so wie jetzt: nackt und seinen Liebhaber umarmend. Abraham Stein, der liberale Journalist, der „Promise to Children" so oft kritisiert hatte, umklammerte David mit seinen muskulösen Armen wie ein Kind sein liebstes Weihnachtsgeschenk.

Aus Davids fein geschnittenen Zügen wich jede Farbe. Faith beobachtete fassungslos, wie er die Hände bewegte, um seine Erektion zu verbergen.

In ihrem letzten klaren Moment des Tages fiel Faith auf, dass David sich nicht etwa gegen Abraham Steins Umarmung wehrte, er schützte sein Geschlecht vielmehr vor dem unwillkommenen Blick jener Frau, mit der er seit fünfzehn Jahren verheiratet war.

1. KAPITEL

Wie oft muss eine Frau ihren Lebenstraum offiziell für gescheitert erklären? Wie oft muss sie das Ende der ihr bekannten Welt mit Datum und Unterschrift besiegeln?

„Und Sie, Mrs. Bronson, wenn Sie bitte hier unterzeichnen möchten …" Carol Ann, die Vertreterin der Firma, die den Verkauf des Bronson-Hauses abwickelte, schob Faith noch ein weiteres Blatt Papier herüber. „Merken Sie sich das Datum", sagte sie, schätzungsweise zum fünfzigsten Mal an diesem Nachmittag. „Der 7. August."

„Danke. Es ist ziemlich unwahrscheinlich, dass ich das vergesse." Faith blickte nicht auf. Sie konzentrierte sich darauf, sich in sauberer Privatschul-Handschrift von ihrer Vergangenheit zu verabschieden.

„Jetzt haben wir's gleich." Carol Ann – die keinen Nachnamen zu haben schien – klopfte neben Faith' Hand auf den Tisch, als wolle sie ihrer Klientin mit dieser Geste die Sache erleichtern.

Faith vermutete, dass Carol Ann es nur gut meinte, hatte sie aber von Anfang an nicht ausstehen können. Die Maklerin trug malvenfarbenen Lidschatten, der sich fast bis zu ihren schmal gezupften Brauen erstreckte, und hatte ein Lächeln aufgesetzt, mit dem sich Dampf in Schneeflocken verwandeln ließ. Carol Ann wollte weiter nichts als einen weiteren reibungslosen Abschluss: noch ein Haus, das abgewickelt und übergeben werden konnte. Noch ein Leben, das seinem Schicksal überlassen wurde.

„So, Mr. Bronson, jetzt noch Ihre letzte Unterschrift, dann sind wir fertig, glaube ich."

Faith schob das Dokument zu David hinüber. Er saß völlig regungslos da, als könne er Faith vergessen lassen, dass er überhaupt da war, indem er sich tot stellte. Seit er von ihr in den Armen seines Liebhabers überrascht worden war, hatte David bei jeder ihrer wenigen Begegnungen diese leblose Pose eingenommen. Sie war sich nicht sicher, ob er jede Bewegung vermied, weil er in Stücke zu brechen fürchtete, oder ob er einfach nicht mehr wusste, was er mit seinem Körper anfangen sollte. Immerhin steckte er in einem ganz neuen Körper, einem ganz neuen Leben, einer ganz neuen Welt.

Ihr Ehemann, ein Schwuler.

Davids Unterschrift sah fast genauso aus wie die von Faith. Früher hatten sie darüber gelacht, wie sehr sich ihre Handschrift ähnelte, und Witze darüber gemacht, wie leicht sie wechselseitig ihre Unterschriften fälschen könnten. Jetzt wirkte die Ähnlichkeit trügerisch. Sie war so dumm gewesen, darin eine Bestätigung des Gleichklangs zwischen ihr und David zu erkennen. Sie hatte das glauben wollen. Schließlich würde ein Mann, dessen Temperament ihrem so sehr glich und der alles schätzte, was sie schätzte, ihr nie wehtun können.

„Also, das hätten wir." Carol Ann schlug den Papierstapel energisch auf den Tisch wie eine Richterin ihren Hammer. „Ich hoffe, Sie finden alles in bester Ordnung vor", sagte sie zu dem jungen Paar am anderen Ende des Tisches, das gerade das Haus der Bronsons gekauft hatte. „Wenn Sie noch Fragen haben, rufen Sie mich bitte an."

Carol Anns Lächeln wurde eine Nuance wärmer, als sie sich David zuwandte. Doch sie flirtete nicht mit ihm. Schließlich wäre das unter den gegebenen Umständen reine Zeitverschwendung gewesen. Faith war überzeugt, dass sie wusste, warum sie ihr Haus verkauften. Schließlich kannte alle Welt die Story. Jedes Boulevardblatt der freien Welt hatte über Davids unfreiwilliges Coming-out berichtet.

An jenem unglückseligen Dezembertag war Faith nicht der einzige unerwünschte Gast im Ferienhaus gewesen. Ein besonders widerlicher Kollege von Abraham Stein war den beiden Männern, über deren verdächtig häufiges Zusammensein er einigen Klatsch aufgeschnappt hatte, von der Konferenz in Seattle gefolgt und hatte sein Auto im Wald geparkt. Falls der Reporter vor Faith' Ankunft noch Zweifel gehabt haben sollte, was genau im Cottage vor sich ging, so hatten ihre tränenreiche Flucht zum Auto und die Zeit, die David brauchte, bis er in der Tür auftauchte und ihr nachrief, seinen Verdacht bestätigt.

Und wieder hatte eine Washingtoner Lichtgestalt ihren Glanz unwiederbringlich eingebüßt.

Carol Ann stand auf. „Mr. und Mrs. Bronson, wenn Sie noch Fragen haben ..."

„Danke." Faith griff nach ihrer Handtasche und dem marineblauen Blazer, der ihr von ihrer Mutter am schrecklichsten Weihnachtsmorgen ihres Lebens geschenkt worden war. Faith hatte alle Kleidungsstücke, die David ihr je gekauft hatte, sorgfältig weggepackt, als wären sie mit etwas durchtränkt, das sie für immer meiden wollte.

Die junge Mutter, der Faith' Haus nun gehörte, pirschte sich an sie heran und fragte mit halb unterwürfigem, halb gebieterischem Tonfall: „Sind Sie sicher, dass Sie es bis zum Monatsende schaffen?"

Der Versuch, sich diese Frau allmorgendlich an Faith' geliebtem Aga-Herd vorzustellen, wie sie für ihren Mann und die drei kleinen Kinder Wasser aufsetzte und Eier kochte, misslang. Sie war nicht liebenswürdig genug für dieses Haus, sie wusste den unkrautfreien Rasen und das elegante Wanddekor im großen Schlafzimmer nicht ausreichend zu würdigen.

„Machen Sie sich darüber keine Sorgen." Faith hängte sich den Blazer über die Schultern. Dann holte sie tief Luft, um mal wieder aus Höflichkeit zu lügen. Eine Eigenschaft, die viele Senatorenkinder schon mit der Muttermilch einsogen. „Ich hoffe, Sie werden sich in diesem Haus wohl fühlen."

„Ich schätze, uns wird nichts anderes übrig bleiben. Der Markt ist einfach dicht, und wir konnten nichts anderes finden."

Faith war froh, kurz vorher so tief Luft geschöpft zu haben, denn jetzt verschlug es ihr den Atem. Ihre Lungen kamen ihr wie versteinert vor – was gut war, denn Faith hätte nicht für die Freundlichkeit ihrer Antwort garantieren können.

Sie suchte Davids Blick, zum ersten Mal während der ganzen Prozedur. Er sah aufgewühlt aus. Einen Augenblick lang schien sie der Kummer zu verbinden. David hatte das Haus ebenso geliebt wie sie. Sie hatten es mit der Hilfe eines der begabtesten Architekten von Washington gebaut. David hatte den weitläufigen Garten gestaltet, ein Bewässerungssystem installiert und letzten Herbst sogar einen Fischteich ausgehoben. Diesen Sommer hatten sie Koi anschaffen und Seerosen pflanzen wollen. Aber die neuen Besitzer hatten das Haus nur unter der Bedingung gekauft, dass das Loch wieder zugeschüttet wurde.

„Soll ich dich zurückfahren?" fragte David, bevor Faith ihren Blick abwenden konnte.

Sie fand ihren Atem und ihre Stimme wieder. „Meine Mutter kommt."

„Ich könnte dich ..."

„Nein." Sie hängte die Handtasche über die Schulter und verabschiedete sich von Carol Ann. Bevor David noch ein Wort sagen konnte, brach Faith zum Parkplatz auf.

Dass sie sich weigerte, mit ihm allein zu sein, war nicht neu.

Seit jenem Vormittag im Dezember hatten sie sich nur im Beisein ihrer Anwälte oder von Faith' Vater gesprochen. Joe Huston, Virginias dienstältester Senator, war auch an jenem Tag zugegen gewesen, als David Faith eröffnete, dass der Vorstand von „Promise the Children“ ihn entlassen und sich auf die moralische Vorbehaltsklausel seines lukrativen Vertrags berufen hatte. David musste die Prämien, die er jahrelang umsichtig investiert hatte, zurückzahlen, und der Abschwung an der Börse hatte den Rest des Familienvermögens dahinschmelzen lassen. Es blieben ihnen fast nur das Haus in McLean und das Ferien-Cottage in West-Virginia, die beide mit Hypotheken belastet waren.

Zumindest dem Cottage, das sie ebenfalls hatten verkaufen müssen, weinte Faith keine Träne nach.

Der Vertragsabschluss war so schnell über die Bühne gegangen, dass Lydia noch nicht da war und Faith warten musste. Letzte Woche war der Leasing-Vertrag für den Volvo ausgelaufen, und Faith hatte die Restkaufsumme nicht aufbringen können. Jetzt blieb ihr zu allem Überfluss nichts anderes übrig, als einen Gebrauchtwagen zu suchen, der etwas taugte und den sie sich leisten konnte.

Obwohl sie sich beeilte, holte David sie ein. Widerwillig wandte sie sich dem Menschen zu, der noch immer – bis die Scheidung rechtskräftig würde – ihr Ehemann war. Sie wollte, dass ihre Unterhaltung von außen wie ein ganz alltägliches Gespräch aussah. Sie wusste nur zu gut, dass es immer Leute gab, die sie beobachteten.

Sie dämpfte ihre Stimme. „Bitte sag nichts. Ich will nicht hören, wie Leid es dir tut oder wie schlecht du dich fühlst. Das spielt keine Rolle.“

„Tut mir Leid, dass du so aufgebracht bist.“

Ihre Augen blieben trocken, denn sie hatte schon zu viele Tränen vergossen. Acht Monate hatte sie jedes Mal, wenn die Kinder es nicht sehen konnten, ihrem Kummer freien Lauf gelassen, aber jetzt hatte sie genug davon. „Du solltest gehen. Mutter bringt die Kinder mit, und die wollen nicht mit dir zusammentreffen."

„Das muss anders werden."

David trug wie üblich einen Anzug. Seine Garderobe stammte von Brooks Brothers und würde ihm wohl noch einige Jahre bei der vergeblichen Jagd nach einer neuen Stelle treue Dienste leisten, wenn er nicht weiter so stark abnahm. Er war immer schlank gewesen, aber jetzt wirkte er dürr. Die grauen Strähnen in seinem blonden Haar hatten sich deutlich vermehrt.

„Ich weiß nicht, was ich dazu beitragen könnte", sagte sie. „Ich wiegle sie nicht gegen dich auf. Ich versuche dich einfach nicht zu erwähnen. Aber Remy und Alex verstehen beide, was passiert ist. Und sie sind nicht erpicht darauf, mit deinem neuen Selbst Bekanntschaft zu schließen."

„Es gibt kein neues Selbst."

„Das stimmt. Es ist nicht neu, du hattest nur vergessen, es zu erwähnen."

„Ich habe es nicht einmal mir eingestanden, Faith."

Sie wusste nicht, wie ihr geschah. Gerade hatte sie ihr Haus veräußert, ein unermesslicher Verlust. Doch zugleich fühlte sie sich seltsam erleichtert. „Du willst mir weismachen, dass du gar nicht bemerkt hast, wie sehr du meinen Körper verabscheutest, wenn wir zusammen im Bett waren?"

„Um Himmels willen, fang jetzt nicht an, dir Dinge vorzustellen, die nie passiert sind. Wie kannst du annehmen, dass es so war?"

„Ich habe eine Menge Zeug geglaubt, das nicht so war, wie es schien, stimmt's?"

„Auch ich habe versucht, an unsere Liebe zu glauben." Er trat einen Schritt näher. „Ich möchte, dass du das begreifst. Ich habe mich selbst verleugnet. Nicht nur vor dir und dem Rest der Welt, sondern auch vor mir selbst. Vielleicht habe ich allen etwas vorgemacht, aber ich mochte die Rolle so sehr, dass ich sie liebend gern bis ans Ende meiner Tage weitergespielt hätte."

„Bis Abraham Stein aufgetaucht ist. Ein liberaler Journalist, David! Bestimmt kein wiedergeborener Christ. Wie viele Kehrtwendungen kann ein Mann machen?"

„Nein, das hat mit Ham nichts zu tun. Ihn trifft keine Schuld. Mein Leben war eine einzige Lüge, und das war dir gegenüber nicht fair. Sie hat keinem von uns beiden gut getan."

„Wirklich? Das ist komisch, denn mir hat unser Leben irgendwie gefallen. Ich war mit dem Mann verheiratet, den ich über alles geliebt habe. Ich hatte zwei großartige Kinder, ein Heim, Anerkennung. Jetzt habe ich die Wahrheit und sonst nichts – außer den Kindern, die innerlich zerbrechen. Und am Monatsende werden wir nicht einmal eine Bleibe haben. Wir müssen zu meinen Eltern ziehen."

„Du warst mit einem Mann verheiratet, der dich nicht so lieben konnte, wie du es verdienst." Er legte ihr die Hand auf die Schulter, und als sie sich ihm zu entziehen versuchte, verstärkte er den Griff. „Jetzt hörst du *mir* mal zu. Du verdienst etwas Besseres. Du verdienst einen Mann, der seine Hände nicht von dir lassen kann, jemanden, der es nicht erwarten kann, nach Hause zu kommen, und der morgens kaum fähig ist, sich von dir loszureißen. Keinen besten Freund. Einen Liebhaber."

Sie stand ganz still da, aber in ihrer Stimme schwang Verachtung mit, als sie hervorstieß: „Du hast das für mich getan? Aus Mitleid?"

„Das habe ich nicht gesagt."

„Ich wäre dir sehr verbunden, wenn du mich *nie* wieder anfassen würdest."

Er ließ sie los. „Was ich habe, ist nicht ansteckend."

„Ach? Manches von dem, was damit zusammenhängt, aber schon."

„Mein Anwalt hat es dir schon mitgeteilt, Faith: Seit ich mit Ham zusammen bin, habe ich nicht mehr mit dir geschlafen. Und vorher bin ich dir immer treu gewesen. Du warst nie in Gefahr, dich mit HIV zu infizieren."

„Ich habe trotzdem einen Test gemacht. Warum sollte ich mich auf dein Wort verlassen?"

Er wirkte erschüttert. „Wenn du mir glauben könntest, dass ich dir treu war, würdest du auch verstehen, was für einen Kampf ich durchlebt habe. Ich war nicht der Mann, der ich sein wollte, aber dir zuliebe habe ich es versucht. Unsere ganze Ehe hindurch habe ich versucht, so zu sein."

Sie wurde selten sarkastisch, aber jetzt konnte sie nicht anders. „Oh, herzlichen Dank. Nur für mich?"

„Faith ..."

„Oder hast du diese Schmierenkomödie in Wirklichkeit für deinen Vater aufgeführt – oder für meinen? Bis zu seinem Todestag hat dein Vater angenommen, er hätte den perfekten Sohn aufgezogen. Und mein Vater? Mein Vater hat dich sogar zu seinem Nachfolger im Senat aufgebaut."

„Das war Joes Idee."

Sie überhörte seinen Einwand und fuhr fort. „Wahrscheinlich wolltest du nur die Welt erhalten, die du um dich herum aufgebaut hast. Der Tugendbold David Bronson, Hüter der Familienwerte. Der Mann, zu dem alle aufblicken, der allen die Richtung weist."

„Ich wollte dieser Mann sein, Faith. Für euch alle.“

Trotz ihrer Wut verspürte sie einen Hauch von Mitleid, auch wenn ihr das nicht gefiel. Vielleicht hatte sie ihren Tränenvorrat doch noch nicht völlig verbraucht, denn plötzlich war ihr zum Heulen zu Mute.

„Warum hast du es mir nicht einfach gesagt? Am Anfang? Bevor ... bevor es zu spät war.“

„Ich konnte dir nicht sagen, was mir selbst nicht klar war.“

„Du willst mir erzählen, dass du dich vor unserer Heirat nicht zu Männern hingezogen gefühlt hast?“

„Ich hielt Homosexualität für eine Sünde. Ich konnte nicht glauben, dass ich ...“

„... schwul bin“, schnauzte sie, um nicht weinerlich zu klingen. „Das Wort ist ‚schwul‘. Man kann das sogar noch drastischer ausdrücken. Mit Formulierungen, die Alex in der Schule zu hören bekommen hat, als die Geschichte die Runde machte. Oder mit Worten, die Remy immer benutzt, wenn sie sich die Seele aus dem Leib heult.“

Er zuckte zusammen. „Ich wollte ihnen nie wehtun.“

Noch vor dem Enthüllungsbericht in der Zeitung war die Infrastruktur der Familie unwiderruflich kollabiert. Aber erst jetzt stellte sie ihm die eine Frage, die sie seitdem umtrieb.

„Aber warum hast du dich dann nicht *weiter* verstellt, David?“ Sie konnte nicht länger verhindern, dass ihr Tränen in die Augen schossen. „Wenn ich dich nicht mit Ham entdeckt hätte, hättest du dann weitergemacht? Wenn ich damals nicht zum Cottage gefahren und der Reporter euch nicht gefolgt wäre, hättest du es mir dann jemals erzählt? Oder hätten wir dann noch immer alles, was wir verloren haben?“

„Würdest du das wollen? Jetzt, wo du die Wahrheit kennst?“

Sie konnte nichts erwidern, weil sie keine Antwort wusste.

„Ich war entschlossen, es dir mitzuteilen. Sobald ich den richtigen Weg gefunden hätte." Ein missglücktes Lächeln huschte über sein Gesicht. „Ich war noch nicht über den Eröffnungssatz hinausgekommen. Es wäre die schwierigste Rede meines Lebens geworden."

„Ein Bild hat mehr gesagt als tausend Worte."

Er griff in seinen Anzug und zog ein Taschentuch hervor. Er hatte stets ein frisch gebügeltes Taschentuch dabei. Vor langer Zeit einmal, da hatte *sie* dafür gesorgt. David bot es ihr an, aber sie schüttelte den Kopf.

Er steckte es zurück, und es hing schief aus der Tasche, wie die Notflagge eines sinkenden Schiffs. „Ich gehe jetzt, aber du weißt, wo du mich erreichen kannst. Ich werde da sein, wenn du mich brauchst."

„Kannst du mir helfen, mein Leben wieder zusammenzusetzen?"

„Ich kann dir meine Freundschaft anbieten."

Darauf fiel ihr keine freundlich klingende Erwiderung ein. Sie wandte sich von ihm ab, zur Straße. „Kümmere dich um deine Kinder, David. Das dürfte dich schon voll und ganz auslasten."

2. KAPITEL

Eine Frau, die an Albträumen leidet, zieht es vor, nicht zu schlafen, aber jahrelange Schlaflosigkeit fordert ihren Tribut. Seit fast vierzig Jahren fürchtete sich Lydia Huston davor, die Augen zu schließen.

Die alles durchdringende Müdigkeit hatte vor den Wechseljahren eingesetzt, doch ihre Lebenslust war Lydia schon lange vorher abhanden gekommen. Sie aß nur, wenn sie musste, und selbst einfachste Aufgaben traute sie sich nicht mehr zu. In den letzten Monaten hatte sie mit ansehen müssen, wie ihr blonder Bubikopf dünner und ihre sorgsam gepflegte Haut faltig und runzlig geworden war.

In ihrem Albtraum blieb sie natürlich jung. Aber sie war nicht die goldmähnige Debütantin, die sich stolz an den Arm ihres Vaters, des Botschafters, lehnte, nicht die eifrige Braut, die sich an den Arm ihres Mannes, des Kongressabgeordneten, schmiegte, sondern eine junge Mutter, verängstigt und allein, der kein Arm der Welt je wieder den nötigen Halt geben konnte.

In diesem Traum lag das Haus um sie herum im Dunkeln. Trotz der kleinen Zimmer und des schmalen Korridors fand sie ihren Weg nicht. Sie tastete sich an Wänden entlang, stolperte über Teppiche, fiel auf die Knie und verlor dabei endgültig die Orientierung.

Musik ertönte, sie hallte von den Wänden wider und stieg zum Dachboden empor. Arpeggio-Akkorde bauten sich auf und brachen zusammen wie die Wellen einer sturmgepeitschten See. Alle paar Augenblicke blieb Lydia stehen, da sie nicht recht wusste, wo oben und wo unten war, und wagte dann wieder einen Schritt.

Sie stolperte über die unterste Treppenstufe und griff nach dem

Geländer, um nicht zu stürzen. Sie setzte einen Fuß auf die Treppe, richtete sich auf und zog den anderen Fuß nach. Ihr wurde erneut schwindelig, und sie griff ins Leere.

Die Musik schwoll an, bis sie in den Ohren schmerzte. Lydia versuchte sie auszublenden und aus der Dunkelheit ein Wimmern, ein Murmeln herauszuhorchen, aber jetzt erklangen Tonleitern, die erst auf-, dann abstiegen, Oktave um Oktave.

Mit Mühe gelang ihr der dritte Schritt. Beim vierten verschwand plötzlich das Geländer, sodass sie beinahe hinfiel. Das Geländer hätte da sein müssen – es war immer dort gewesen. Nicht so an diesem Tag.

An diesem *Tag*. Nicht in dieser *Nacht*. Es war Tag, auch wenn kein Licht ins Haus drang. Sie näherte sich dem Ziel, aber nicht schnell genug. Der unsichtbare Musiker begann eine temperamentvolle Polonaise, Liszt oder Chopin. Sie hatte auf einen Walzer gehofft, eine Nocturne, irgendetwas, das die Geräusche von oben nicht übertönen würde. Sie lauschte zwischen den Phrasen, während ausgedehnter Fermaten, und betete, dass sie zwischen den musikalischen Themen jenen einen Laut vernehmen würde, nach dem sie sich am meisten sehnte.

Aber es gab wenig Pausen und keine Geräusche aus dem Obergeschoss.

Sie nahm eine weitere Stufe. Etwas – jemand – streifte sie und hätte sie um ein Haar wieder in die Leere zurückgerissen. Sie warf sich nach vorn und taumelte heftig, und gerade als sie ihr Gleichgewicht wiedergefunden hatte, endete die Musik.

Auf dem Boden, knapp unter ihr, lachte jemand. Ein schreckliches, dämonisches Gelächter, dann das Jammern eines Säuglings. Ein dünnes, durchdringendes Gewimmer, gefolgt von der tiefsten Stille, die man sich vorstellen kann.

Sie versuchte dem Weinen zu folgen. Sie versuchte, um Hilfe zu rufen. Und als sie es tat, erwachte sie – wie immer.

„Hey, die Ampel steht schon ewig auf Grün, Großmutter."

Albträume können eine Frau auch im Wachzustand überfallen, und Lydia war wieder einmal nicht genügend auf der Hut gewesen. Sie trat aufs Gas und schoss auf die Kreuzung, als die Ampel gerade auf Gelb sprang. „Ich kann sehr wohl ohne deine Hilfe fahren, Alex."

„Na ja, du hast nicht aufgepasst. Und Remy sagt nie was. Sie will, dass *ich* den Ärger kriege."

Lydia war durch den Albtraum und das Ereignis, aus dem er sich speiste, ein anderer Mensch geworden. Toleranz und Geduld waren ihr zur gleichen Zeit wie ihre Energie abhanden gekommen, aber meistens gelang es ihr, das zu kaschieren. Sie konnte Gettoschulen besuchen, spontane Dinnerpartys für fünfzig Leute geben und glaubhaft versichern, ihr Ehemann sei ein Gottesgeschenk für den Senat der Vereinigten Staaten. Aber an den Menschen, die sie eigentlich lieben sollte, fand sie keinen Gefallen und keine Freude. Wenn sie sich um ihre Enkel kümmern musste, was die meisten Großmütter nur zu gerne tun, fühlte sie sich so wohl wie in einem Löwenkäfig.

Als sie den Mercedes in die schmale Gasse lenkte, in der Faith wartete, blaffte sie ihren Enkelsohn noch einmal an. „Ich dulde keine weiteren Unverschämtheiten, Alex. Ich habe genug gehört. Deine Schwester will nur ihre Ruhe haben." Genau wie ich, fügte sie im Stillen hinzu.

„Du bist immer auf ihrer Seite."

„Auf ihrer Seite wird wenigstens nicht geboxt und geschubst."

„Ich habe sie nicht angerührt." Pause. „In letzter Zeit nicht."

Alex war zumindest aufrichtig, das musste sie ihm zugestehen.

Sie schaute kurz über die Schulter und betrachtete das rote Wuschelhaar und das breite Gesicht ihres Enkelsohns, der momentan recht missmutig dreinblickte. „Willst du nach Hause *laufen*? Du bist auf dem besten Wege."

Er erwiderte nichts. Für den Augenblick zumindest hatte sie gewonnen.

Lydia hielt neben ihrer Tochter an und entriegelte die Tür. Faith' dunkelblondes Haar schimmerte in der Sommersonne und reichte ihr fast bis auf die Schultern. Sie war blass, hielt sich aber – wie man es ihr als Mädchen beigebracht hatte – gerade wie ein Fahnenmast, und als sie einstieg, brachte sie ihren Kindern zuliebe ein Lächeln zu Stande.

Sie war wohl erzogen, eben ganz Lydias Tochter.

„Hi, ihr beiden. Hattet ihr einen guten Tag?" Faith drehte sich zu ihnen um.

„Als ob das möglich wäre", antwortete Remy.

Lydias vierzehnjährige Enkeltochter sah Faith – und damit auch Lydia – ziemlich ähnlich. Remy war zierlich und blond, hatte eine makellose Haut und gerade Zähne, womit sie sich von einigen ihrer Freundinnen deutlich abhob. Lydia hoffte, dass Remy mit diesem gottgegebenen Vorsprung klug umging.

„Und du, Alex?" fragte Faith.

„Ich darf nichts sagen!"

Faith warf ihrer Mutter einen raschen Blick zu. „Und der Grund dafür wäre ...?"

„Weil er nichts mitzuteilen hat, was wir hören wollen."

„Wie lange ist er schon im Wagen eingepfercht?"

Lydia schaute ihre Tochter warnend an. „In einem Mercedes auf Einkaufsfahrt zu gehen kann man nun nicht gerade als ‚eingesperrt sein' bezeichnen."

„Alex, halt durch“, wies Faith ihren Sohn an. „Wir sind bald zu Hause.“

„Du verwöhnst ihn“, meinte Lydia.

„Wer würde das nicht? Er ist unwiderstehlich.“ Faith zwinkerte ihm zu.

Lydia nahm den Fuß von der Bremse, und das Auto rollte an. Sie fädelte sich in den Verkehr ein. „Übrigens fahren wir nicht nach Hause. Es sei denn, du hast einen zwingenden Grund.“

Faith lehnte sich im Ledersitz zurück. „Wohin geht's?“

Lydia presste die Antwort heraus, wobei sie die „r“s besonders betonte. „Prospect Street.“

Faith war angemessen überrascht. „Jetzt? Wozu?“

„Das Haus steht leer.“

„Leer? Hast du es nicht an Studenten der Georgetown-Uni vermietet? Das Studienjahr fängt bald an.“

„Sie haben sich aus dem Staub gemacht. Offenbar letzte Woche. Die Verwalterin war dort, um sich um die Reparatur eines Dachfensters zu kümmern – was sie schon vor Monaten erledigen sollte –, und hat das Haus verlassen vorgefunden.“

Lydia wechselte die Spur und beschleunigte, um einen Unfall zu vermeiden. „Ich habe den ganzen Morgen am Telefon verbracht, um die Studenten ausfindig zu machen. Offenbar hat einer von ihnen einen Praktikumsplatz irgendwo außerhalb der Stadt erhalten. Ein anderer ist zu seiner Freundin gezogen. Der dritte im Bunde hat keine neuen Mitbewohner gefunden und pendelt jetzt von Maryland.“

„Und niemand hat es für nötig gehalten, dich zu verständigen?“

„Nach dem ersten Jahr hat die Maklerin den Mietvertrag nicht verlängert. Sie scheint nicht geglaubt zu haben, dass sie sich eine andere Bleibe suchen könnten, weil es ziemlich schwer ist, so nahe an der Universität eine Unterkunft zu finden. Also hat sie sich um den Vertrag keine Gedanken gemacht."

„Wie steht's mit der Kaution?"

„Die Studenten hatten ohnehin keine Chance, das Geld zurückzubekommen, also haben sie es gar nicht erst versucht."

Faith warf Alex, der schon wieder an Remy herumzupfte, einen Blick zu. Lydia hoffte, ihre Tochter würde den Jungen endlich einmal zur Ordnung rufen. Er war rüpelhaft und unhöflich, so gar nicht das Kind, das man bei ruhigen, gesitteten Eltern wie Faith und David erwarten würde. Die Aussicht, dass er und seine Schwester bald bei ihr wohnen würden, vermochte ihr großmütterliches Herz nicht gerade zu weiten.

Faith wandte sich Lydia zu. „Ich nehme an, das Haus ist in einem üblen Zustand?"

„Das ist zwar eine recht drastische Formulierung, aber ich vermute, sie trifft die Sache ziemlich genau." Trotz allem, was im Haus an der Prospect Street geschehen war, betrübte dieser Gedanke Lydia. „Ich habe so viel wie möglich aus der Verwalterin herausgequetscht, bevor ich sie gefeuert habe. Aber ich dachte, am besten schaue ich es mir selbst an."

„Ich verstehe nicht, warum wir mitkommen müssen." Remy beugte sich vor. Im Rückspiegel konnte Lydia gerade eben den Kopf ihrer Enkelin sehen. „Ich wollte mit Megan ins Kino."

„Weil ich keine Zeit habe, euch erst nach Hause zu bringen", erwiderte Lydia. „Um Himmels willen, Remy. Bei all dem, was ich für dich getan habe, wirst du doch sicher auch mir mal einen Gefallen tun können."

Remys Kopf verschwand aus dem Spiegel.

Faith dämpfte ihre Stimme. „Mutter, das ist für uns alle eine schwere Zeit. Lass uns bei Remy und Alex im Zweifel *für* die Angeklagten entscheiden, okay?"

„Ich tue den ganzen Tag lang kaum etwas anderes, im Grunde schon fast den ganzen Sommer über." Lydia hörte ihren eigenen scharfen Tonfall und fragte sich einen Moment lang, wer da sprach. Wann hatte sie in ihrem Inneren Platz für diese Stimme geschaffen? Wann hatte sich die sanfte, leise junge Frau in die zänkische, gefühllose Matrone verwandelt?

Die Antwort war einfach. Die Transformation hatte in der Prospect Street begonnen.

„Wir sind alle dankbar für deine Hilfe", sagte Faith, aber irgendwie klang es nicht aufrichtig. Sie wirkte verwundet und verwundbar, wie wohl jeder Mensch in einer solchen Situation. Das Leben, das sie sich aufgebaut hatte, war vorüber, und ihre Zukunft konnte ungewisser nicht sein.

Lydia suchte tief in ihrem Inneren nach einem Überrest jener sanfteren Person. „Nach Georgetown zu kommen ist mir nie leicht gefallen. Ich wollte ..." Sie wusste nicht weiter.

„Es tut mir Leid. Wir sind froh, dass wir dich begleiten und unterstützen können." Faith berührte ihre Mutter am Arm. „Ich zumindest. Die Kinder sind dann eben unsere Gefangenen."

Lydia erinnerte sich, wie Faith ihr als ganz kleines Mädchen die Finger auf den Arm gelegt hatte. Wie sie ihre Mutter aus riesengroßen Augen angesehen hatte, als hielte Lydia die Antworten auf alle Fragen des Lebens parat. Lydia erinnerte sich, wie sie die winzige Hand abgeschüttelt hatte, aus Furcht, aus der übermächtigen Furcht, dass die Antworten, die sie in ihrem kurzen Leben gefunden hatte, ihre Tochter zerstören könnten.

Sie fädelte sich in die Abbiegerspur ein, um über die Chain Bridge nach Washington D. C. zu fahren. „Es wird nicht lange dauern. Heute kann ich ohnehin nichts tun. Ich muss mir nur einen Überblick verschaffen. Warum ist das alles ausgerechnet jetzt passiert? In ein paar Wochen fängt das Studienjahr an, und bis dahin können größere Reparaturen nicht mehr erledigt werden. Wahrscheinlich finde ich erst zum zweiten Semester neue Mieter."

„Ich wünschte, du würdest das Haus einfach verkaufen", sagte Faith. „Ich habe nie begriffen, warum du es behältst."

„Dieses Haus gehört unserer Familie seit seiner Erbauung, und eines Tages wirst du es besitzen. Hoffentlich wird Remy es irgendwann erben."

Faith beugte sich zu ihrer Mutter hinüber. „Es ist den Schmerz nicht wert, den es verursacht."

Lydia bremste ab und überquerte die Brücke im Schritttempo, in einer Autoschlange, die sich bis ins Herz der Hauptstadt fortzusetzen schien. Dann zwang der Stau sie zum Halten. „Du verstehst es wirklich nicht, was?"

„Sorry, nein."

Lydia wandte sich ihrer Tochter zu. „Die Prospect Street war der Ort, an dem ich deine Schwester zuletzt gesehen habe. Wie könnte ich dieses Haus an Fremde verkaufen, Faith? Wie könnte ich das je tun?"

3. KAPITEL

Das Reihenhaus in der Prospect Street war im modifizierten Federal-Stil aus rotem Backstein gebaut – aber diese Klassifizierung wurde ihm nicht gerecht. Es war gut ein Jahrhundert alt, hatte wechselnde politische Verhältnisse überlebt und lehnte sich behaglich an seine Nachbarn – wie eine alte Dame der besseren Gesellschaft, die sich nur unter ihresgleichen im Frauen-Club so richtig wohl fühlt.

Auf Faith übte das Haus eine dunkle Anziehungskraft aus. Sie war selten hier gewesen, aber jeder Besuch hatte einen bleibenden Eindruck hinterlassen. In ihrer Kindheit waren ihr die Decken so hoch wie Wolken erschienen. Als Teenager war ihr dieses Denkmal der Tragödie, die ihre Familie heimgesucht und sie selbst ein für alle Mal „anders“ gemacht hatte, unangenehm gewesen. Als junge Mutter hatte sie mit ihren Kindern stets einen großen Bogen um Georgetown gemacht, da sie nicht daran erinnert werden wollte, dass man letzten Endes herzlich wenig Kontrolle über das Schicksal seiner Liebsten besaß.

„Ich bin schon sehr lange nicht mehr in der Prospect Street gewesen“, erklärte Faith ihrer Mutter, die zum Glück nur anderthalb Blocks vom Haus entfernt eine Parklücke gefunden hatte und den Wagen nun hineinmanövrierte.

„Du hattest auch keinen Grund.“

„Alex und Remy kennen es noch gar nicht von innen, oder?“ Sie sah ihren Sohn und ihre Tochter an und versuchte, vergnügt zu klingen. Remy verdrehte die Augen. Alex’ Miene hellte sich bei der Aussicht, dem Auto für eine Weile zu entkommen, allmählich auf.

„Darf ich schon aussteigen?“ wollte er wissen.

Faith überraschte die Frage ihres Sohnes, und sie verbuchte sie als eines der wenigen guten Zeichen dieses Tages. „Wenn du in unserer Nähe bleibst. Keine Expeditionen!“ Sie zuckte zusammen, als seine Autotür über den Bordstein schabte.

„Ich gehe nicht mit rein“, sagte Remy. „Ich muss Megan anrufen. Kann ich dein Handy haben?“

„Darf ich“, verbesserte Lydia sie. „Und du *wirst* mit hineinkommen, Remy. Ich will nicht, dass du hier alleine herumhockst. Wir sind in der Stadt, und hier sitzen hübsche Mädchen nicht allein in Autos und warten auf Gott-weiß-wen.“

Faith war eigentlich anderer Meinung. Georgetown wurde von weit weniger Verbrechen heimgesucht als die Innenstadt von Washington, und es liefen so viele Leute die Prospect Street entlang, dass ein Schwerverbrechen am helllichten Tag sehr unwahrscheinlich zu sein schien.

Sie versuchte zwischen Lydia und Remy zu vermitteln. „Sobald wir drinnen sind, bekommst du das Handy. Oder du setzt dich auf die Eingangstreppe, wenn deine Großmutter damit einverstanden ist.“

„Sie wird mit uns zusammen hineingehen.“ Lydia öffnete die Fahrertür und lief auf das Haus zu.

„Warum müssen wir immer nach ihrer Pfeife tanzen?“ fragte Remy ihre Mutter.

„Remy, werde bitte nicht unhöflich.“

„Ach, wozu rede ich eigentlich noch mit dir?“

Das fragte Faith sich manchmal selbst. „Das ist das Haus deiner Großmutter, und das ist das Auto deiner Großmutter. Und du wirst dich jetzt benehmen.“

Als sie über den Bürgersteig zu ihrer Mutter und ihrem Sohn lief, schaukelte Alex an einem Ast, der nicht so wirkte, als ob er das lange aushalten würde. Lydia befahl ihrem Enkel aufzuhören, und er preschte über den unebenen, mit Ziegelsteinen gepflasterten Gehsteig. Vor einem niedrigen Eisenzaun blieb er abrupt stehen. „Seht mal, hier wachsen Blumen zwischen den Steinen." Er kniete sich hin und riss Pusteblumen aus.

„Lass ihn doch, Mutter", meinte Faith, bevor Lydia etwas sagen konnte. „Er tut dem Besitzer doch einen Gefallen."

„Er kann sich keine zehn Sekunden still verhalten."

„Er ist ein Junge. Jungs *müssen* rennen und springen. Mädchen eigentlich auch, aber uns gewöhnt man das leider ziemlich schnell ab."

„Ich nehme an, damit willst du dich über meine Erziehungsmethoden beschweren."

„Nein, es sollte eher eine Art Gesellschaftskritik sein." Faith schaute zu, wie die Tochter, die *sie* erzog, langsam aus dem Auto stieg. Remy war das genaue Gegenteil ihres Bruders: gelassen, höflich und auf einen guten Eindruck bedacht. Zumindest hatte sie sich immer so verhalten, bis ihre Welt zerbrochen war.

„Megan ist wahrscheinlich eh schon weg", sagte Remy. „Wahrscheinlich hat sie Jennifer Logan gefragt, ob sie mit ins Kino will, weil ich nicht da bin."

Megan wohnte im selben Häuserblock wie sie und war seit der Vorschulzeit Remys beste Freundin. In vieler Hinsicht würde der Umzug für Remy am schwierigsten werden, da sie aus einem Freundeskreis gerissen wurde, der der Mittelpunkt ihres Lebens gewesen war.

Faith versuchte sie zu trösten. „Vielleicht kann sie ja die Nacht bei uns verbringen. Wenn du sie anrufst, frag sie. Wir können Pizza bestellen."

„Niemand hat noch Lust, uns zu besuchen."

„Frag sie trotzdem." Faith war überrascht, wie streng sie klang.

„Wir leben nicht mehr lange hier. Ihr habt nicht mehr viele Gelegenheiten, euch zu sehen."

„Na und? Sie wird sowieso nicht den weiten Weg nach Great Falls auf sich nehmen, nur um mich nach der Schule zu besuchen. Sobald ich wegziehe, ist unsere Freundschaft vorbei."

Zu einer längeren Debatte fehlte Faith die Kraft. „Komm schon, Alex."

Er hielt zahlreiche Pusteblumen in den schmutzigen Händen und stand auf. Während er mit Mutter und Großmutter auf das Haus zuging, schnippte er die flauschigen Köpfe mit dem Zeigefinger ab und zielte dabei auf Remy, die hinter ihnen her zockelte.

„Hör auf, Alex!" rief Remy. „Mom, siehst du, was er macht?"

Faith schaute Alex an und schüttelte den Kopf. Er grinste, warf die kläglichen Überreste der Pusteblumen fort und klopfte sich triumphierend den Dreck von den Händen. Remy holte auf und schubste ihn, aber er fiel nicht hin.

Lydia verkniff sich jeglichen Kommentar, aber ihre Lippen bildeten eine gerade, dünne Linie.

Die Familie lief an einem Reihenhaus nach dem anderen vorbei; alle waren im selben Stil erbaut wie das von Lydia. Die Prospect Street ging von der Wisconsin Avenue mit ihren schicken Läden und teuren Restaurants ab und erstreckte sich bis zur Georgetown-Universität, wo sie nur noch reines Wohngebiet war. Bei vielen Anwesen handelte es sich um historische, kunstvolle Gebäude, die durch riesige Bäume und hohe Ziegelmauern von der Straße abgeschirmt waren. Andere Häuser, die man an Studenten und junge Akademiker vermietet hatte, wirkten etwas bescheidener. Diese Bauten standen so nah am Gehsteig, dass man die aufragenden Frontmauern – ebenso wie die Lebensgeschichten ihrer ehemaligen Bewohner – mit Händen greifen zu können glaubte.

In Georgetown zu wohnen galt als vornehm. Viele Eigentümer, die nicht selbst hier lebten, setzten – wie Lydia – vor allem auf den guten Ruf des Viertels und nicht auf sorgsame Restaurierung und Instandhaltung. Der Putz eines der Häuser, an denen sie vorbeiliefen, hätte dringend einen Anstrich benötigt. Der kaum handtuchgroße Vorgarten eines anderen war derart mit abgestorbenem Strauchwerk überwuchert, dass nur noch eine Kettensäge half.

„Ich sollte die Vermietungsgesellschaft verklagen." Lydia stemmte die Hände in die Hüfte und starrte auf das Haus, dessentwegen sie gekommen waren.

Auch Faith blieb stehen. Obwohl sie nie hier gelebt hatte, schämte sie sich.

Vom Nachbarhaus drang eine Frauenstimme zu ihnen herüber. „Es wird Zeit, dass du dir das mal ansiehst, Lyddy. Bevor die Stadt es für unbewohnbar erklärt."

Faith bemerkte, wie Lydia neben ihr erstarrte, und drehte sich in die Richtung, aus der die Stimme gekommen war. Es dauerte eine Weile, bis sie die dazugehörige Person ausfindig gemacht hatte. Die Frau stand an einem der hohen Fenster im ersten Stock, hinter einem Eisengeländer. Sie wirkte so alt wie ein Richter am Obersten Bundesgericht und so schamlos wie gewisse Praktikantinnen im Weißen Haus. Obwohl es schon Nachmittag war, trug sie einen knallbunten Morgenrock über ihrem Nachthemd – zumindest hoffte Faith, dass die Frau ein Nachthemd anhatte – und auf dem Kopf einen farblich passenden Turban.

„Beachte sie nicht", murmelte Lydia. „Sie gehört zu der Art von Frauen, die man seinen Kindern besser nicht vorstellt."

Mit lauterer Stimme fuhr sie fort, als hätte sie die Nachbarin überhaupt nicht gehört: „Ich werde die Vermietungsgesellschaft verklagen. Das ist eine Schande. Sie haben die Verantwortung übernommen, und mir hat keiner etwas gesagt."

Als die Frau vom Fenster verschwand, wandte Faith ihre Aufmerksamkeit zögerlich wieder dem Haus zu. „Wann bist du zum letzten Mal hier gewesen?"

„Seit damals? Nie mehr. Warum sollte ich? Ich habe diese Leute mit der Verwaltung betraut. Hast du gedacht, ich würde mit den Mietern verkehren?"

Faith war an Lydias Sarkasmus gewöhnt. Sie wollte glauben, dass sich irgendwo im versteinerten Herzen ihrer Mutter ein mitfühlendes Wesen verbarg, dass hinter ihrer strengen Selbstdisziplin und den immens hohen Erwartungen an andere irgendwo eine warmherzigere, tolerantere Frau kauerte. Manchmal meinte Faith, Hinweise darauf erkennen zu können.

Schließlich hatten die Hudsons ihre Tochter nicht ohne Grund Faith, also Glaube, genannt!

„Schau dir die Tür an! Den Garten!" Lydia schüttelte den Kopf.

Faith hatte keine andere Wahl, als hinzusehen. Das Haus hatte drei Geschosse und die Breite eines Zimmers. Wie bei vielen der Nachbarbauten war die Fassade schlicht gestaltet: eine hölzerne Türfassung mit halbrundem Oberlicht, ein mit Zähnchen verzierter Kranzsims, der das Schieferdach betonte, zweigeteilte Schiebefenster mit Fensterläden, ein eisernes Treppengeländer, das die vier tiefen Stufen zur Tür flankierte.

Der einzige Fassadenschmuck war eine antike Eisenplakette, die sich ein gutes Stück über dem Oberlicht befand – ein „Feuerzeichen", das anzeigte, dass die Familie bei der örtlichen Feuerwehr in gutem Ruf gestanden hatte. Das Haus war nicht so alt, dass es eine solche Plakette tragen musste, aber einer von Lydias

Vorfahren hatte sie wohl von einem anderen Haus abgenommen und hier als Dekoration angebracht.

Im Stillen listete Faith die baulichen Mängel auf: Die Backsteine mussten gesäubert werden. Die graue Türfassung blätterte ab, musste stellenweise ausgebessert und komplett neu angestrichen werden. In einem Dachbodenfenster fehlte eine Glasscheibe, eine weitere Scheibe im ersten Stock war notdürftig geklebt worden. Das Treppengeländer musste abgeschmirgelt und mit Rostschutz behandelt werden – wenn unter dem Rost überhaupt noch genügend Substanz vorhanden war. Zudem waren die Büsche, die das Haus umstanden, schon fast eingegangen.

„Von außen fällt mir jedenfalls nichts auf, was sich nicht mit ein bisschen harter Arbeit beheben lässt. Als Erstes sollten wir die Leute im angrenzenden Häuserblock auffordern, sich eine Kettensäge zu leihen", meinte Faith.

„Mir ist im Moment nicht nach Scherzen zu Mute."

„Ich lerne gerade, auch den unangenehmen Seiten des Lebens etwas Komisches abzugewinnen."

„Hu-huu", machte Alex. „Es ist ein Spukhaus!"

Faith wirbelte herum, um ihn zum Schweigen zu bringen, aber Lydia war schneller und packte ihn an den Schultern. „Du wirst in meiner Gegenwart solche Äußerungen in Zukunft unterlassen. Hast du das begriffen? Deine Mutter mag dein Verhalten ja niedlich finden, aber da ist sie auch die Einzige."

Alex war mucksmäuschenstill, aber sein Gesichtsausdruck sagte alles. Faith versuchte ihren Sohn zu verteidigen. „Mutter, er wollte doch nicht ..."

„Was er wollte, ist mir egal!" Nur zögerlich ließ Lydia das Kind los.

Faith richtete sich zu ihren vollen 162 Zentimetern auf. „Mutter, du und Remy, ihr geht vor." Sie langte in ihre Handtasche, fand das Handy und reichte es ihrer Tochter. „Alex und ich kommen in ein paar Minuten nach. Jemand muss ihm erklären, warum du so wütend bist."

Einen Augenblick lang erstarrte Lydia, dann eilte sie ohne ein Wort oder einen Blick die Stufen hinauf.

„Ach Mensch, kann ich nicht hier draußen auf euch warten?" fragte Remy.

„Auf keinen Fall. Na los." Faith zeigte mit dem Kopf zur Tür. „Und geh deiner Großmutter aus dem Weg, bis ich bei euch bin."

„Ich will gar nicht wissen, warum sie so bekloppt ist", sagte Alex, sobald die beiden anderen verschwunden waren. „Sie ist immer bekloppt. Sie hasst mich."

„Sie hat heute sehr wenig Geduld." Faith setzte sich auf die dritte Stufe und klopfte auf den Platz neben ihr. Sie war sich unsicher, wie viel sie ihm anvertrauen sollte.

Er setzte sich neben sie und schmiegte sich an; sein rotes Haar kitzelte auf ihrer Schulter. Sie legte einen Arm um ihn. „Es tut mir Leid, mein Schatz. Deine Großmutter hat nicht viel Erfahrung mit Kindern, mit Jungs schon gar nicht."

„Warum hat mein Gespenstergeheul sie so aufgeregt?"

„Du erinnerst dich bestimmt, was mit meiner Schwester passiert ist. Du musst die Geschichte tausendmal gehört haben."

„Sie ist entführt worden." Er zuckte mit den Achseln, wobei er seine Schulter freundschaftlich an ihrer rieb. „Mehr weiß ich nicht."

„Vor langer Zeit haben deine Großmutter und dein Großvater in diesem Haus gewohnt."

„Tja, sieht so aus, als hätte seitdem keiner mehr hier gelebt. Außer Geistern vielleicht. Das war alles, was ich sagen wollte."

Faith tätschelte sein Knie. „Keiner, der sich um das Gebäude gekümmert hätte. Aber das Haus hat schon immer der Familie meiner Mutter gehört, und nachdem sie geheiratet hatte, ist sie hier eingezogen. Einige Zeit später brachte sie ihre erste Tochter vom Krankenhaus hierher."

„Hope." Alex scharrte mit dem Fuß über die unterste Stufe. „Den Teil kenne ich."

„Stimmt. Meine Mutter hat die kleine Hope zum Schlafen in ihr Bettchen im Kinderzimmer gelegt. Als sie später nach ihr sehen wollte, war das Baby verschwunden."

„Und wurde nie wiedergefunden." Alex scharrte energischer.

„Niemals. Obwohl die Geschichte monatelang durch die Nachrichten ging und Hunderte von Polizisten an dem Fall arbeiteten. Niemand hat je herausgefunden, was mit Hope passiert ist."

Alex versuchte sich einen Reim darauf zu machen. „Das ist so lange her. Und *ich* habe keinen entführt. Warum ist sie wütend auf mich?"

„Ist sie ja gar nicht. Sie ist nur ... Sie wird immer traurig, wenn sie herkommt, weil das Haus sie an Hope erinnert. Vielleicht wäre es nicht so schlimm, wenn wir wüssten, was mit dem Kind geschehen ist, aber wir haben keine Ahnung. Niemand weiß es. Deshalb kann deine Großmutter keinen Schlussstrich unter die Sache ziehen. Verstehst du?"

„Ich verstehe viel mehr, als du glaubst."

Faith glaubte, die Stimme des Mannes zu hören, der Alex einmal werden würde. Solche Vorboten vernahm sie neuerdings häufiger. „Das freut mich."

„Als ich gesagt habe, hier spukt's, hat sie also gedacht, ich rede von Hope?"

„Genau." Nach einer Weile fuhr Faith fort: „Jahrelang hielt

sich das Gerücht, dass man oben im zweiten Stock manchmal tief in der Nacht ein Baby weinen hören kann."

„Un-heim-lich!"

„Ja. Nun ja. Das ist nur eine von diesen Schauergeschichten, die die Leute so gerne erzählen. Die Stadtteilführungen haben dafür gesorgt, dass sie nicht in Vergessenheit geraten ist."

Alex sprang auf und wollte weiter. „Ich würde gern hier leben. Es wäre cool herauszufinden, ob an der Geschichte was dran ist."

„Erwähne das bloß nicht gegenüber deiner Großmutter, okay? Sie würde das bestimmt nicht cool finden."

„Ich wollte sie nicht traurig machen."

„Vielleicht solltest du ihr das mitteilen, sobald sie sich wieder beruhigt hat."

„Sie hört eh nicht zu, wenn ich etwas sage."

Faith fürchtete, dass er Recht hatte. „Vielleicht hört sie zu, aber begreift manchmal nicht, was du ihr mitteilen willst."

„Du bist auch traurig. Jetzt immer."

Faith hielt es für falsch, Kinder zu belügen. Deshalb antwortete sie: „Tut mir Leid. Ich *bin* traurig."

„Ich auch."

Sie griff nach seiner Hand. „Ich weiß. Du hättest es gern, wenn alles wie früher wäre."

„Wie konnte Dad uns das antun? Remy verkraftet das nicht. Ich halte es aus. Ich bin ein Junge. Aber sie hasst ihn, und vielleicht tue ich das auch."

Sie konnte ihm nicht erklären, was sie selbst nicht verstand. „Tja, es ist nicht leicht ... schwul zu sein. Und als dein Daddy jung war, war es noch härter."

„Ja. Opa Bronson hätte ihn windelweich geprügelt."

Davids Vater, ein bekannter Prediger, hätte genau das getan.

Arnold Bronson lebte nicht mehr, was vielleicht ganz gut war, denn Davids Coming-out hätte ihn ohnehin umgebracht.

„Woher willst du wissen, was dein Großvater getan hätte?" Faith stand auf und drückte Alex die Hand noch einmal, bevor sie sie losließ.

„Ich kann zwei und zwei zusammenzählen. Ich bin nicht so blöd, wie alle glauben."

„Ich halte dich nicht für blöd, das weißt du doch. Du bist ziemlich clever, aber du hast eine unkonventionelle Art zu denken. Du wirst irgendetwas Großes, Wichtiges mit deinem Leben anstellen."

„Ich will das Haus anschauen. Ich werde mich von Großmutter fern halten."

„Gute Idee."

„Wenn ich wirklich klug wäre, würde ich mir etwas einfallen lassen, damit Daddy zurückkommt."

Ihre Kehle schnürte sich zu. „Du hast nichts dazu beigetragen, dass er gegangen ist, und du kannst nichts dafür tun, dass er zurückkehrt."

„Ich möchte ihn nicht sehen." Er verschränkte die Arme. „Aber wahrscheinlich will er uns eh nicht treffen. Wahrscheinlich sind wir ihm egal."

„Er *will* euch sehen. Er wartet, bis ihr bereit dazu seid."

„Remy wünscht sich, dass er tot wäre."

Faith war überrascht, dass Remy mit Alex über ihre Gefühle sprach. „Sie ist wütend. Sie wird ihre Meinung ändern."

„Das glaube ich nicht."

Die Sorge um ihre Kinder trieb Faith bereits seit geraumer Zeit um. Doch jetzt wurde ihr Kummer noch größer. „Mit der Zeit wird ..."

„Die Zeit hat Großmutter auch nicht geholfen, stimmt's? Sie ist noch immer wütend wegen Hope. Und jetzt müssen wir mit ihr und Großvater zusammenleben. Er ist auch wütend. Alle sind wütend, und dass wir bei ihnen wohnen, macht sie bestimmt noch böser! Warum musstest du das Haus verkaufen?"

Der Kloß in Faith' Hals schien anzuschwellen. „Daddy arbeitet im Augenblick nicht, und ich habe nicht die nötige Erfahrung, um einen Job zu bekommen, der genug einbringt, um die Hypothek weiter abzuzahlen. Wir werden nur so lange bei deinen Großeltern wohnen, bis wir wieder auf eigenen Füßen stehen können. Es ist nicht für immer."

Noch als sie es aussprach, kamen Faith Zweifel. Sie hatte sich nach Wohnungen mit drei Schlafzimmern umgeschaut, aber die Mieten waren horrend. Wenn David keine gute Stelle fand – was wahrscheinlich war, denn durch seine konservative Rhetorik einerseits und sein Coming-out andererseits hatte er sich gleich an zwei Fronten den Weg verbaut –, konnten sie durchaus bei ihren Eltern festsitzen, bis die Kinder aufs College gingen.

„Alles, was ich mache, ist falsch." Alex wirkte niedergeschlagen, was untypisch für ihn war. „Immer wenn jemand wütend oder traurig ist, muss ich es ausbaden."

Sie begann zu ahnen, worüber ihr Sohn sich Sorgen machte. So sah Alex also seine Zukunft: Monate voller Mäkeleien, die sich zu Jahren dehnten. Wütende Appelle, endlich das Zappeln sein zu lassen. Ständige Ermahnungen, sich zu bessern, mehr wie Remy zu sein, den starren Vorstellungen der Hustons zu entsprechen.

„Wir werden ganz sicher eine Lösung finden", versprach sie schließlich.

„Faith, kommst du?" Lydia lehnte sich zur offenen Haustür hinaus. „Ich brauche Hilfe. Hast du einen Notizblock? Im Auto liegt einer, ich habe ihn vergessen. Alex, benimmst du dich jetzt wieder anständig?“

Der Junge bedachte seine Mutter mit einem Blick, der zu sagen schien: Na, siehst du? Ich habe Recht gehabt, Mom.

„Wir kommen“, rief Faith. „Ich habe auch einen Notizzettel.“

„Also, ich könnte wirklich etwas Unterstützung vertragen.“ Lydia verschwand im Haus.

„Vielleicht können wir ein Zelt kaufen und campen, bis ich groß bin“, murmelte Alex. „Dann kann ich für dich sorgen.“

Faith wusste nicht, ob sie lachen oder weinen sollte.

4. KAPITEL

Das Reihenhaus war umsichtig geplant worden. Das Erdgeschoss beherbergte ein großzügiges Wohnzimmer, das in ein Esszimmer überging. Zudem gab es eine Küche, eine Toilette und eine kleine Frühstücksnische, die allesamt nach hinten hinausgingen. Der erste Stock bestand aus einem schmalen Flur, drei Schlafzimmern und einem Bad. Das zweite Obergeschoss war ein großer Dachboden, der als Speicher diente.

Bis zum Speicher würden sie heute wohl nicht vordringen. Faith traf ihre Mutter im hinteren Schlafzimmer an.

Mit ihren sechsundsechzig Jahren war Lydia eine attraktive Frau, die regelmäßig ihr Sportstudio, ihren Imageberater und ihren plastischen Chirurgen besuchte. Ihr letztes Facelifting hatte sie um Jahre verjüngt, aber die verräterischen Spuren ihrer zynischen Weltsicht nicht auslöschen können. Selbst wenn sie lächelte, starrten einen ihre blauen Augen, die denen ihrer Tochter so ähnelten, kalt an.

Im Augenblick versuchte Lydia nicht einmal zu lächeln.

„Tut mir Leid, Mutter." Faith wollte ihr den Arm um die Schultern legen, aber Lydia machte einen Schritt von ihr weg.

Sie wich auch ihrem Blick aus. „Mitgefühl ist nett, aber es hilft einem nicht weiter, oder?"

„Na ja, manche Menschen glauben, dass es durchaus hilft."

„Es kann nicht wieder gutmachen, was hier schief gelaufen ist."

„*Das* können nur eine Prozession von Handwerkern und eine noch unbestimmte Menge Geld leisten." Als sie für ihre Mutter durchs Haus gegangen war, hatte Faith die Probleme vorläufig katalogisiert: Die Holzböden waren aufgesprungen. An den Decken befanden sich Wasserflecken. Der Putz musste ausgebessert und gestrichen werden. Tapeten mussten abgeweicht werden – vermutlich etliche Lagen –, bis die nackte Wand zum Vorschein kommen würde. Die Küche war schmutzig und so hoffnungslos veraltet, dass die meisten Geräte wohl nicht mehr funktionierten. Das Klosett in der Gästetoilette hatte keinen Sitz, das Waschbecken keinen Wasserhahn.

Und das war erst der Anfang.

„Ich bin selbst schuld." Lydia war derart still geworden, dass diese Äußerung alle überraschte. „Ich habe so getan, als gäbe es das Haus nicht."

Sie schaute Faith an; das Gesicht ihrer Tochter war ihr offenbar lieber als der Anblick ungesicherter Steckdosen und zerfetzter Verlängerungskabel. An einer Wand lagen zwei nackte Matratzen. Der unverkennbare Gestank von Urin verlieh der ohnehin mehr als schalen Luft eine besonders erbärmliche Note. „Das war das Zimmer deiner Schwester."

„Ich weiß."

„Wie konnten diese Barbaren es nur so verunstalten?"

„Was hast du vor?"

„Einen Bauunternehmer beauftragen. Zahlen, was nötig ist. Tun, was getan werden muss."

Faith fragte sich, ob „tun, was getan werden muss" das Mantra ihrer Mutter war. Sie versuchte so behutsam wie möglich auf die Schwierigkeiten hinzuweisen. „Hast du dafür Zeit? Die Arbeit muss gut überwacht werden, selbst wenn du ein gutes Unternehmen findest – was nicht leicht sein wird, weil sie alle viel zu tun haben. Und wenn die Arbeit getan ist, fangen dieselben Probleme womöglich wieder von vorne an. Studenten sind nicht unbedingt die besten ..."

„Dann werde ich diesmal an Berufstätige vermieten. Wenn das Haus renoviert ist, dürfte das nicht schwer sein." Lydia verzog das Gesicht. „Und nein, ich habe dafür keine Zeit. Natürlich nicht. Die nächste Wahl rückt stetig näher. Mein Terminkalender ist so dick wie das Telefonbuch, obwohl dein Vater gar nicht zur Wiederwahl steht. Aber was bleibt mir anderes übrig?"

Die Antwort schien, sobald sie Faith einmal eingefallen war, ganz einfach, einfach perfekt. Sie staunte, warum weder sie noch Lydia diese Idee nicht schon früher gehabt hatte.

Sie ging es vorsichtig an. „Im Auto hast du gesagt, dass das Haus eines Tages mir gehören wird."

„Erzähl mir nicht, dass du es sofort verkaufen wirst. Davon will ich nichts hören."

„Vermach es mir *jetzt*. Lass mich die Sache übernehmen."

Lydia runzelte die Stirn. „Sieh dich doch um, Faith. Ich habe keine Ahnung, was die Renovierung kosten wird. Du kannst sie dir nicht leisten. Du kannst es dir nicht einmal leisten, eine Wohnung für euch zu mieten."

„Ich könnte es mir leisten, dieses Haus zu besitzen. Die Kinder und ich können während der Arbeiten hier wohnen. Ich kann sogar einiges selbst erledigen, um Geld zu sparen."

Jetzt packte sie die Aufregung. Zum ersten Mal seit acht Monaten verspürte sie Begeisterung, und sie genoss das Gefühl. „Ich kann streichen und tapezieren. Ich kann Schränke lackieren und vielleicht auch den Boden neu versiegeln. Und ich kann vor Ort bleiben, um die anderen Arbeiten im Auge zu behalten und dafür zu sorgen, dass sie gut erledigt werden."

„Du willst in Georgetown wohnen? Mit den Kindern?" Lydia klang, als hätte Faith ihren Umzug in die Äußere Mongolei angekündigt.

Faith dachte einfach weiter laut nach. „Ich bräuchte nicht einmal sofort ein Auto. Das Busnetz des öffentlichen Nahverkehrs ist nicht schlecht. Und ich müsste mir nicht sofort einen Job suchen. Wenn wir keine Miete zu zahlen brauchen, können wir mindestens ein Jahr vom Erlös des Haus- und Cottageverkaufs leben und trotzdem noch etwas fürs College zurücklegen. Ich kann den Kindern helfen, sich einzuleben und zur Ruhe zu kommen. Sie ..."

„Wie willst du sie zur Schule bringen?" Lydia machte eine Pause. „Du planst doch nicht etwa, sie von der Akademie zu nehmen?"

Remy und Alex besuchten eine Privatschule mit kleinen Klassen und einem traditionellen Erziehungsansatz. Dort, unter lauter Kindern aus der selben Gesellschaftsschicht, wurden die Werte und religiösen Überzeugungen, die ihnen ihre Eltern vermittelt hatten, sorgsam gefestigt. Bis zu Davids Coming-out hatte Remy sich in diesem streng reglementierten Umfeld sehr wohl gefühlt – anders als Alex.

Als Faith nichts erwiderte, durchquerte Lydia das Zimmer und fuhr mit dem Finger über ein Fensterbrett, von dem der Lack abblätterte. Jenseits des schmalen, überwucherten Hintergartens entdeckte Faith den Whitehurst Freeway, aber auch den schimmernden Potomac, und bei Nacht mussten die Lichter von Rosslyn geradezu atemberaubend aussehen.

„Ich kann nicht glauben, dass du auch nur in Erwägung ziehst, sie von ihren Freunden und Lehrern zu trennen. Sie haben bereits ihren Vater und ihr Zuhause verloren."

„Sie haben David nicht verloren." Faith sprach weiter, bevor ihre Mutter etwas einwenden konnte. „Und der Rest des Schuljahres an der Akademie war schwer genug für sie: all das Gerede und das Mitleid. Überall sonst wäre das, was passiert ist, ignoriert oder schnell ad acta gelegt worden, aber nicht dort, nicht ..."

„Menschen vergessen. Es wird besser werden."

„Mag sein, aber vielleicht wird es Zeit für Remy und Alex, zu entdecken, dass die Welt nicht das kleine Nest ist, das wir für sie gebaut haben. Vielleicht war es genauso verkehrt, sie so abzuschirmen, wie es gewesen wäre, sie allen erdenklichen Einflüssen auszusetzen. Sie waren nicht darauf vorbereitet, die Sache mit David zu verarbeiten. *Ich* war nicht darauf vorbereitet."

„Von allen Leuten solltest *du* doch am besten wissen, dass die furchtbarsten Dinge geschehen, wenn man am wenigsten damit rechnet. Du bist mit diesem Wissen groß geworden und solltest es nie vergessen."

Diesmal entschloss sich Faith, mit ihrer Meinung nicht hinter dem Berg zu halten. „Nach Hopes Entführung hast du eine Festung um dein Leben errichtet und mich darin aufgezogen. Ich bin voller Furcht vor der großen, schlechten Welt groß geworden. Ich habe einen Mann geheiratet, der mir das Leben bieten konnte, an das ich gewöhnt war. Ich habe nie irgendetwas in Frage gestellt. Und jetzt stürzt der Schutzwall ein, und das Tor steht offen. Aber wenn die Kinder und ich zu dir und Dad ziehen, werden die Mauern wieder intakt sein. Noch höher sogar."

Lydias Stimme klang noch kälter als sonst. „Es tut mir Leid, dass du unsere Hilfe als Gefängnisstrafe auffasst."

„Das habe ich nicht gesagt." Faith trat neben ihre Mutter ans Fenster. „Hör mal, lass uns ehrlich sein. Du willst nicht, dass wir bei euch wohnen. Die Kinder machen dich verrückt, und bis sie die Pubertät hinter sich haben, wird es nicht besser werden. Zu alledem möchtest du die Verantwortung für dieses Haus loswerden. Übergib sie mir."

„Ich will nicht, dass meine Enkelkinder hier leben. Du weißt, was in diesem Haus passiert ist."

„Auf dem Haus liegt kein Fluch. Das Haus ist eine Katastrophe, aber verhext ist es nicht. Hier ist etwas Furchtbares geschehen, aber das ist lange her. Das Leben geht weiter."

Lydia verschränkte die Arme. „Kurz nach ... Bevor ich einsehen musste, dass Hope für immer verschwunden war, wollte ich alles abreißen lassen. Es dem Erdboden gleichmachen und ein neues Haus bauen. Aber das ging natürlich nicht. Schon damals hätten mich die Denkmalpfleger einen Kopf kürzer gemacht. Dann plante ich, es zu verkaufen. Wir brauchten Geld, um unser Grundstück in Virginia zu bezahlen. Aber damals wollte niemand am Tatort der berühmten Huston-Entführung leben."

Faith erinnerte sich daran, dass das Haus von O. J. Simpson nach dem Verkauf abgerissen worden war. Und Nicole Simpson war nicht einmal dort ermordet worden.

Lydia schaute ihre Tochter an. „Also habe ich es behalten. Obwohl die Stadtführer zweimal am Tag eine Horde Leute anschleppten, die auf dem Gehweg standen und glotzten. Obwohl ich es nur an Studenten vermieten konnte. Und irgendwann, als ich wusste, dass Hope nie zurückkehren würde, *wollte* ich es auch nicht mehr verkaufen."

„Vielleicht braucht das Haus wieder eine Familie als Bewohner. Ich bin mir sicher, dass das Leben in der Stadt für Remy und Alex eine große Chance wäre. Am Anfang wären sie vielleicht nicht glücklich und möglicherweise ist es ein Fehler, sie hierher zu bringen, aber bei so vielen Veränderungen – fällt eine weitere da noch ins Gewicht? Wir wären unabhängig und täten dir einen Gefallen. Du musst mir das Haus nicht gleich überschreiben, wenn du dich noch nicht festlegen willst. Lass uns einfach hier wohnen, bis wir wieder Tritt gefasst haben."

„Eventuell ist es für dich steuerlich aber nicht von Vorteil, wenn ich dir das Haus vor meinem Tod überschreibe. Ich muss das mit meinem Anwalt besprechen."

Trotz einer Vielzahl von Bedenken wurde Faith noch euphorischer. „Das ist eine gute Idee."

„Dein Vater wird nicht einverstanden sein. Ich hätte eine Hypothek aufgenommen, um das Haus in Stand zu setzen, und die Mieteinkünfte zur Abzahlung verwendet. Ich garantiere dir, dass er keinen Finger krümmen wird, um dir zu helfen."

„Ich brauche seine Hilfe nicht", sagte Faith.

„Joe hat kein Mitspracherecht, was euren Einzug angeht." Lydia lächelte grimmig. „Das Haus gehört mir. Sein Name steht nicht auf der Urkunde. Wenn ich mich entschließe, es euch zu überlassen, bleibt ihm nichts anderes übrig, als es zur Kenntnis zu nehmen."

„Ich will mich nicht zwischen euch stellen."

Lydia schwieg.

Faith schaute sich in dem Raum um, der einst Hopes Kinderzimmer gewesen war. „Dieses Haus verdient eine zweite Chance. Es ist lange genug bestraft worden. Es hat etwas Besseres verdient als Bierbesäufnisse und Gettoblasterlärm. Wenn du mich lässt, kann ich es wieder in ein Zuhause verwandeln."

„Ich werde es vermutlich verkraften, wenn dir das gelingt." Lydia klang fast so, als bereite ihr der Gedanke an Joes Missbilligung Freude.

„Es sieht so aus, als hätten wir eine Abmachung."

Faith spürte die Hand ihrer Mutter auf der Schulter. Kurz. Leicht. Diese Berührung, die womöglich sogar als Trost gemeint war, überraschte sie mehr als alles andere an diesem Tag.

5. KAPITEL

In McLean war Remys Zimmer fast so groß wie ein ganzes Stockwerk im Haus an der Prospect Street. Sie hatte ein eigenes Bad und einen Wandschrank, der groß genug war, um ein Pferd darin unterzustellen. Faith fragte sich, was David und sie sich dabei gedacht hatten, als sie mit den Plänen des Architekten einverstanden gewesen waren. Vielleicht hatten sie geglaubt, ein perfektes Haus sorge für eine perfekte Kindheit. Sie erinnerte sich, dass sie versucht hatte, das Haus so freundlich, so gemütlich zu gestalten, dass die Kinder es nie würden verlassen wollen. Dummerweise war ihr das gelungen.

Jetzt, ein paar Stunden nach ihrem Ausflug nach Georgetown, war es im Haus in McLean eigentümlich still. Im Augenblick stand Faith in der Tür zu Remys Zimmer und wartete darauf, dass ihre Tochter sie hineinbat. Remy saß mit verschlossener Miene im Schneidersitz mitten auf ihrem weißen Himmelbett und schwieg.

„Megan hat keine Zeit, was?“ fragte Faith.

„Sie übernachtet bei Jennifer.“ Remy warf sich auf den Rücken und starrte den Baldachin an.

„Darf ich reinkommen?“

„Wenn es sein muss.“

Faith durchquerte das Zimmer, vorbei an einer Regalwand, in der die Weihnachts- und Geburtstagsgeschenke aus vierzehn Jahren ordentlich aufgereiht waren – eine Rückschau auf Remys Leben. Sie hockte sich auf die Bettkante. „Du bist traurig.“

„Bin ich nicht.“

Faith suchte nach einem Weg, um an Remy heranzukommen. „Wenn ich du wäre – und ich weiß, dass ich nicht du *bin* –, hätte ich das Gefühl, dass mein Leben zu Ende geht. Alles verändert sich, und man kann nichts dagegen tun."

„Und?"

„Na ja, nichts tun zu können frustet."

„Du musst nicht wie ein Teenager reden, damit ich dir zuhöre."

Faith wartete.

„Alle wissen über Daddy Bescheid. In der Schule, hier in der Straße. Wieso hast du es nicht gleich gewusst? Du warst mit ihm verheiratet."

Faith war sich im Klaren, dass Remy unter Davids Abwesenheit am meisten litt. Sie hatte ihm näher gestanden als Alex. Remy und David hatten immer eine sehr tiefe Bindung gehabt, die bisher alle Stürme im familiären Wasserglas überdauert hatte. Nur diesmal nicht.

Faith holte tief Luft, bevor sie antwortete. „Ganz ehrlich, ich hatte nicht den leisesten Verdacht. Dieses Geheimnis war wirklich gut verborgen; sogar dein Vater hat sich die Wahrheit nicht richtig eingestehen können."

„Ach was. Jetzt kommt er mit der Wahrheit plötzlich ziemlich gut zurecht, nicht? Er lebt mit einem Mann zusammen. Sie haben Sex miteinander. Das ist so krank, dass ich gar nicht daran denken mag."

„Du musst auch nicht daran denken, Schatz. Aber ganz gleich, was für ein Leben er jetzt führt, er ist immer noch dein Vater."

„Er sollte überhaupt kein Vater sein. Meiner wird er nie wieder. Ich will ihn nie wiedersehen."

Faith hütete sich zu erklären, dass Remy über kurz oder lang gar nichts anderes übrig blieb, als David zu treffen. Dass ausgerechnet der Mann, der Anti-Diskriminierungs-Gesetze immer für überflüssig gehalten hatte, nun jedes Gericht auf seiner Seite hätte, sobald es um sein Besuchsrecht ging.

„Lass uns über dich sprechen", sagte sie. „Was kann ich tun, um dir das alles leichter zu machen?"

„Ich will auf ein Internat."

Faith griff nach Remys Hand, aber ihre Tochter entzog sie ihr und boxte mit der Faust in die Luft, um ihren Worten Nachdruck zu verleihen: „Ich möchte nicht bei Großmutter wohnen. Ich mache das nicht mit. Und Großvater ist unmöglich. Ich darf bestimmt keine Freunde einladen oder Musik hören. Ich will weit weg gehen und nie zurückkommen."

Faith fragte sich, wie viele Stiche ins Herz sie noch ertragen konnte, ohne zu verbluten. „Du kannst nicht aufs Internat, Remy. Wir haben nicht das nötige Geld."

„Du redest immer nur über Geld!"

„Dummerweise muss ich das. Ihr braucht keine Angst zu haben, dass wir auf der Straße landen, nicht genug zu essen haben oder uns keine gute Kleidung mehr leisten können. Wir laufen nicht Gefahr zu verarmen. Aber Extras wie ein Internat sind nicht drin."

„Wenn Großmutter und Großvater uns nicht aufnehmen würden, säßen wir doch auf der Straße."

„Bald wird alles besser. Ich werde mir Arbeit suchen. Dein Dad versucht auch wieder eine gute Stelle zu finden, um Unterhalt für euch zahlen zu können."

„Als ob den noch irgendjemand anstellen würde. Wer will schon, dass eine Schwuchtel den Leuten mitteilt, was sie denken sollen?"

„Remy, dieses Wort wirst du nicht mehr benutzen."

„Aber es stimmt."

„Das ist ein abfälliger Ausdruck, und du verwendest ihn bitte nicht für deinen Vater, der dich seit deiner Geburt geliebt und umsorgt hat."

Remy rollte sich zur Seite und drehte Faith den Rücken zu. „Wir werden immer arm bleiben. Du hast nie eine Arbeit gehabt, und er wird keine finden. Ich muss bei meiner Großmutter leben, bis ich mit der Schule fertig bin."

Faith' Aussichten waren in der Tat nicht rosig. Sie hatte einen einfachen Abschluss in europäischer Geschichte, aber keine Berufserfahrung. Bevor sie David traf, hatte sie vorgehabt, noch einen höheren Abschluss zu machen und dann Lehrerin zu werden. Zwar hatte sie immer davon geträumt, wieder an die Uni zu gehen, wenn die Kinder älter wären, aber ein brennendes Verlangen nach einer Berufstätigkeit hatte sie nicht verspürt. Sie hatte den perfekten Mann geheiratet. Wozu also die Eile?

Wäre David einfach gestorben, dann hätte ein dichtes soziales Netz aus ihren politischen und gesellschaftlichen Kontakten sie aufgefangen. So jedoch wäre es den meisten dieser Leute wohl zu peinlich, sie einzustellen. Sie mochte Joe Hustons Tochter sein, aber die konservativen Verbündeten des Senators würden in Faith vor allem die ahnungslose Exfrau David Bronsons sehen.

Sie versuchte Remy zu beruhigen. „Ich werde ein paar Kurse in Textverarbeitung belegen und mich nach einer Stelle im öffentlichen Dienst umschauen. Ich bin keine totale Null, weißt du. Ich bin sogar ziemlich helle."

„Nicht helle genug, um herauszufinden, dass du mit einem Homo verheiratet warst."

Faith zuckte zusammen. Diese Seite an ihrem Kind, das sie in- und auswendig zu kennen glaubte, war ihr völlig neu. Sie musste wieder an ihr Gespräch mit Lydia denken: Hier hatte sie den Beweis vor sich, dass sie und David Nachkommen aufgezogen hatten, die nicht mit Problemen fertig wurden. Remy war ein Sonnenschein, wenn alles in ihrem Sinne lief, aber das Leben besaß auch Schattenseiten.

Das hatten Faith und David leider versäumt, ihrer Tochter zu vermitteln.

Sie stand auf. Mitgefühl hatte keine Wunder bewirkt. Es war Zeit für die Wahrheit. „Also, Remy, so sieht's aus: Wir haben das Haus verkauft. Wir hatten keine andere Wahl. Dein Vater und ich lassen uns scheiden, und auch dazu gibt es keine Alternative. Du bist vierzehn und musst damit leben. Aber es gibt ein paar Dinge, auf die ich Einfluss nehmen kann. Ich habe etwas ausgeklügelt, damit wir nicht bei euren Großeltern in Great Falls wohnen müssen."

Wie Faith vermutet hatte, gewann Remys Neugier zögerlich die Oberhand. „Wie soll das gehen?"

„Wenn deine Großmutter Ja sagt, werden wir in das Haus in der Prospect Street ziehen."

Remy setzte sich auf. Fassungslos starrte sie ihre Mutter an. „Du machst wohl Witze! Das Haus stinkt, als hätte jemand in die Korridore gemacht. Und in der Küche habe ich ein Tier gesehen, vielleicht eine Ratte, und auf der Straße hat ein Penner Dosen aus dem Müll gefischt. Und wie sollte ich von da zur Schule kommen?" Sie stockte, als ihr die Antwort dämmerte. „Gar nicht, was?"

Faith dachte nach, was sie auf diese Frage entgegnen sollte. Sie war in diesem Punkt selbst noch zu keiner Entscheidung gelangt und musste ihre Antwort vorsichtig formulieren. „Bis jetzt steht noch gar nichts fest, was die Akademie angeht. Das Schulgeld ist zu hoch, wenn ich außerdem noch etwas fürs College ansparen will. Ich muss jetzt alles, was ich habe, gut anlegen, damit ihr gute Universitäten besuchen könnt."

„Lass Großvater das College bezahlen. Das würde er."

„Wenn er zahlt, bestimmt er auch, an welches College du zu gehen hast und welches Hauptfach du studieren wirst. So sieht es nun mal aus." Faith hatte es schließlich selbst erlebt.

„Dann lass ihn für die Akademie zahlen. Das würde er."

Faith war sich da gar nicht so sicher. Selbst wenn sie ihn anflehen würde: Er ärgerte sich immer noch sehr über die demütigende „Fahnenflucht" seines Schwiegersohnes, dass ihm durchaus zuzutrauen war, seine Enkel für Davids Sünden büßen zu lassen.

Aber selbst wenn er das Schulgeld zahlen würde, sie wollte nicht von Joe Huston abhängig sein. Er war ein strenger Mann, und als Senator waren ihm sämtliche Druckmittel recht. Wenn er Faith half, die Bildung der Kinder zu finanzieren, würde er sie das ständig spüren lassen, was sicherlich nicht sehr angenehm war.

Faith sah ihre Tochter an. „Ich will ehrlich sein, denn du bist alt genug, um damit umgehen zu können. Das letzte halbe Jahr an der Akademie war kein Zuckerschlecken für dich, und für deinen Bruder ist es das nie gewesen. Ich finde, ihr braucht eine neue Schule, eine, die nicht so tut, als denke alle Welt dasselbe. Es wird Zeit, dass ihr über den Tellerrand hinausschaut."

„Ich werde nicht auf eine staatliche Schule gehen."

„Vielleicht ist ein Neuanfang gut für dich. Du brauchst kein Internat, sondern eine andere Perspektive. Die staatliche Schule könnte dir genau das bieten."

„Du willst doch nur deine kostbaren Ersparnisse nicht an mich verschwenden. Ich bin dir egal."

Das Telefon klingelte, und als Remy sich nicht rührte, griff Faith nach dem Hörer. Ihre Mutter war am Apparat.

Ein paar Augenblicke später hängte Faith ein.

„Du zwingst uns also wirklich, in diesen Slum zu ziehen, was?“ stellte Remy fest. „Ganz egal, was ich sage.“

Faith fragte sich, worauf sie sich da gerade eingelassen hatte. Sie hatte die Sicherheit von Great Falls und einen Lebensstil aufgegeben, der ihr zumindest vertraut war. Gegen diese bekannte Größe hatte sie eine Bruchbude in der Prospect Street und die zweifelhaften Freuden des Stadtlebens eingetauscht.

Sie nickte kurz. „Georgetown ist alles andere als ein Slum. Wenn du das glaubst, hast du wirklich noch nicht genug von der Welt gesehen. Das wird sich jetzt ändern. Deine Großmutter hat sich entschlossen, uns in dem Haus wohnen zu lassen.“

„Ich gehe nicht mit.“

Remy würde gar nichts anderes übrig bleiben. Faith hoffte nur, dass ihre Tochter in nicht allzu ferner Zukunft begreifen würde, warum dieser Umzug und alles, was damit zusammenhing, nötig war.

Eine Stunde später lag Faith im großen Badezimmer in der Wanne. Sie hatte das Gespräch mit Remy beendet, um ihrem Sohn die Neuigkeiten mitzuteilen. Alex war sehr in seine Versuche vertieft gewesen, die strikten Zugangsbeschränkungen zu umgehen, die David auf seinem Computer eingerichtet hatte. Als sie mit ihrer kleinen Rede fertig war, blickte er auf.

„Kann ich auf dem Dachboden wohnen? Ich komme nur mit, wenn ich unterm Dach wohnen darf.“

„Was bist du, Kleiner, eine Fledermaus?“

„Ich wette, da oben ist es cool. Und da wohnen die Geister, nicht?“

„Es gibt keine Geister.“

„Mrs. Garfield hat uns was anderes erzählt. Sie meinte, Geister sind Seelen, die aus dem Himmel rausgeworfen werden, weil sie ungehorsam waren."

Faith hatte den Verdacht, dass Mrs. Garfield, die unermüdlich einfallsreiche Klassenlehrerin von Alex', mit diesem Trick versuchte, den ungestümen Jungen ruhig zu stellen. Faith zerzauste ihrem Sohn die unbändigen roten Locken. Sein Haar – sowohl die Struktur als auch die Farbe – unterschied ihn von allen anderen Familienmitgliedern. Zwar mochte es keine Geister geben, ein Kobold aber saß direkt vor ihr.

„Hör zu, du kannst dir auf dem Speicher eine Werkstatt einrichten. Für deine Erfindungen."

„Echt?" gluckste Alex. „Glaubst du, es gibt da wirklich Fledermäuse?" Die Vorstellung schien ihm zu gefallen.

Sie hoffte, dass ihr wenigstens *dieses* Problem erspart blieb.

Alex' Miene hellte sich noch weiter auf. „Darf ich auf eine andere Schule gehen?"

„Wäre das für dich in Ordnung?"

„Spitze." Er druckste ein wenig herum und ergänzte dann: „Vielleicht eine Schule, an der sie mich besser leiden können?"

Als sie nun im Whirlpool ausspannte, von dem es in gut einer Woche Abschied zu nehmen galt, fragte sich Faith, wie sie je hatte zulassen können, dass Alex auf eine Schule gehen musste, an der er sich von allen zurückgewiesen fühlte. In ihrer jetzigen Stimmung wollte sie David die Schuld geben, aber das war nicht fair. Als sie mit David Bronson vor den Altar getreten war, hatte sie eine ganze Lebensweise, eine Denkungsart geheiratet und genau gewusst, was sie tat.

Es war ihr Vater gewesen, der sie ihrem künftigen Gemahl vorgestellt und den ruhigen jungen Mann als kommende Kraft in der konservativen Politik angepriesen hatte. Als Spätentwicklerin hatte Faith gerade begonnen, sich ihren eigenen Weg durchs Leben zu bahnen, aber von David war sie auf Anhieb so begeistert, so völlig hingerissen gewesen, dass sie ihre aufkeimende Unabhängigkeit nur zu gerne aufgegeben hatte, um seine Frau zu werden.

Sie wusste um die Konsequenzen. Sie hatte miterlebt, wie ihre Mutter ihr Leben ganz auf die Karriere ihres Vaters ausgerichtet hatte, und tat nun instinktiv dasselbe. Fünfzehn Jahre lang hatte sie an der Seite ihres Mannes gestanden und mit ihm eine perfekte Familie aufzubauen versucht, und sie hatte sich eingeredet, dass das eben ihre Berufung war.

Und sie hatte ihre Sache gut gemacht. Von Zeit zu Zeit hatte man sie gebeten, einen Vortrag über die Kultivierung eines christlichen Elternhauses zu halten, eine Ehre, die sie mit der Begründung abgelehnt hatte, sie sei mit genau dieser Kultivierung vollauf ausgelastet.

David andererseits hatte keine Gelegenheit ausgelassen, über die Themen zu sprechen, die ihm wichtig waren. Er war freundlich und zurückhaltend, eine Ausnahmegestalt in politischen und religiösen Kreisen. Anstatt andere Sichtweisen niederzumachen, vertrat er seine eigenen Standpunkte prägnant und voller Gefühl. Hätte er seinen Harvard-Abschluss in Theologie genutzt, um Pfarrer in der Gemeinde seines Vaters zu werden, wäre jede seiner Predigten um dasselbe Thema gekreist: „Liebe deinen Nächsten wie dich selbst.“

Aber nach Arnold Bronsons Tod hatte David das Amt seines Vaters nicht übernommen. Jetzt fragte sich Faith, ob ihr Noch-Ehemann damals mit seinen persönlichen Dämonen gerungen hatte. Denn hätte er die gleichen Ansichten wie sein Vater vertreten, wäre ihm nichts anders übrig geblieben, als die Sünde der Homosexualität mit deutlichen Worten zu geißeln. Offensichtlich hatte irgendeine Instanz in ihm daran gezweifelt, ob das klug wäre.

Mit geschlossenen Augen und unter dem besänftigenden Einfluss der Kamillen- und Zitrusdüfte war Faith kurz davor, David zu bemitleiden. Er hatte gelogen; er hatte sie benutzt, um seine Lebenslüge aufrechtzuerhalten. Aber sie wusste, dass er ihr niemals hatte wehtun wollen.

Sie schlug die Augen auf und betrachtete ihren Körper, der entspannt im Wasser des Kräuterbads lag. Sie war nie mit ihm zufrieden gewesen. Zwar hatte sie die kleinen Brüste und schmalen Hüften eines Mannequins, aber leider nicht die passenden langen Beine.

Sie überlegte, ob gerade ihr Mangel an weiblichen Attributen die Ehe-Farce für David erträglich gemacht hatte.

Diese Vorstellung quälte sie nach all den Monaten noch immer. Sie schüttelte sich und musterte sich noch einmal genauer. Gut, sie war nichts Besonderes, aber galt das nicht für die meisten Frauen, die dennoch von Männern begehrt wurden? Stammten ihre Unzufriedenheit mit diesem Körper und ihr mangelndes Selbstwertgefühl aus den fünfzehn Jahren an der Seite eines Mannes, der sie auf Grund seiner Natur gar nicht begehrenswert finden *konnte*?

Hatte sie Davids Desinteresse unbewusst gespürt und sich selbst dafür die Schuld gegeben? So wie sie für alles und jedes in ihrem unverschämt perfekten Familienleben stets die Verantwortung übernommen hatte?

Wütend fegte sie ihre Handtücher, die Tube mit dem Badegel und eine unangezündete Kerze auf den gefliesten Boden. Als sie sich wieder etwas beruhigt hatte, sah sie, wie das schnurlose Telefon schwankte und dann auf die Badematte fiel, bevor sie es auffangen konnte.

„Verdammt!“ Das Wort kam ihr äußerst selten über die Lippen, aber heute Abend empfand sie es als durchaus angemessen. Wegen der Kinder war sie fest entschlossen, ein neues Leben zu beginnen. Doch gab es in ihr noch irgendetwas, worauf sie sich verlassen konnte – etwas das ihr helfen würde, dieses Vorhaben in die Tat umzusetzen?

Das Telefon klingelte. Sie hob es vom Fußboden auf und hörte die Stimme ihres Vaters. Nachdem sie sich verabschiedet hatte, stieg sie aus der Wanne und griff nach ihrem Bademantel.

Der Tag, der ihr wie einer der längsten ihres Lebens vorkam, wollte einfach kein Ende nehmen.

David stand vor dem Haus, an dessen Entwurf er mitgewirkt hatte, und schaute zu den Fenstern im ersten Stock hinauf. Remys Schlafzimmer lag im Dunkeln, aber hinter Faith' Fenster schimmerte noch Licht.

Er stellte sich ihren unruhigen Schlaf vor. Faith hatte immer schlecht geschlafen, wenn er nicht zu Hause gewesen war. Sie gehörte nicht zu den Frauen, die bei jedem Geräusch hochfuhren oder sich einbildeten, die Kletterrose, die ans Spalier schlug, wäre ein Einbrecher. Einmal hatte sie ihm erklärt, sie fühle sich einfach unvollständig, wenn er fort war.

Sie hatte ihm so viel erzählt, und er ihr so wenig.

Als er klein war, hatte ihm sein Vater beigebracht, nicht zu weinen. Isaak hatte nicht geweint, als *sein* Vater Vorbereitungen traf, ihn zu opfern. Wer war David, dass er weinen musste, wo jenes Kind doch angesichts einer so furchtbaren Aussicht still geblieben war?

Jetzt wollte er weinen. Weinen um den Menschen, der er gewesen war, und um das, was er heute war. Weinen, weil er einer Anziehungskraft erlegen war, die so stark war, dass sie seinen Selbstbetrug ans Licht gebracht hatte.

Und hier und jetzt auch um die Frau, die er verlassen hatte.

Der Mond war beinahe voll und schien sanft auf den zweistöckigen Bau im Kolonialstil. Eine Magnolie, die er gepflanzt hatte, reichte fast so hoch wie das Dach. Eine Platane, für deren Schutz er tausend Dollar ausgegeben hatte, als der Baugrund planiert worden war, ragte über die Garage. Das Haus war ein Hort der Geborgenheit, ein Zufluchtsort gewesen, aber in den letzten Jahren hatte er sich darin wie in einem Gefängnis gefühlt.

Faith würde seinen Besuch nicht gutheißen. Vor einigen Monaten hatte sie es so eingerichtet, dass sie an einem Nachmittag außer Haus gewesen war, damit er sein Hab und Gut abholen konnte. Über ihre Anwälte hatten sie vereinbart, welche Möbel und Dinge er mitnehmen durfte, aber er hatte etliche Bücher vergessen, an denen Faith garantiert nichts lag.

Er hatte wie ein Fremder auf der Straße geparkt. Jetzt trottete er den langen gepflasterten Bürgersteig entlang und klopfte vorsichtig an die Haustür. Seine Hände waren kalt, obwohl der Abend schwül war. Die Aussicht, über die Schwelle eines Hauses zu schreiten, das ihm bis heute gehört hatte, machte ihn nervös. Und noch mehr Beklemmungen bereitete ihm die bevorstehende Konfrontation mit der Frau, die immer noch seine Ehefrau war.

Es überraschte ihn, wie schnell sie öffnete. Sie war barfuß, trug Shorts und ein grellgelbes T-Shirt und hatte nasse Haare.

„Dad, ich ...“ Sie riss die Augen auf, als sie David erblickte. „Was tust du hier?“

„Faith, bitte mach die Tür nicht zu. Bitte.“

Sie blieb mitten in der Türöffnung stehen. „Sind heute Nachmittag nicht schon genug Worte gewechselt worden?“

„Tut mir Leid."

„Das hast du schon gesagt."

„Nein, es tut mir Leid, dass ich dich heute Abend störe. Aber auf dem Weg nach Ha... nach dem Vertragsabschluss ist mir eingefallen, dass ich die Bücher im Wohnzimmer noch nicht durchgeschaut habe. Die aus meinem Arbeitszimmer habe ich mitgenommen, aber ..."

„Ich werde sie einpacken und dir schicken lassen. Welche brauchst du?"

„Ich weiß es nicht genau. Dazu müsste ich sie durchsehen. Du kannst dabei sitzen, um sicherzugehen, dass ..."

„Ich will keines von deinen Büchern, David."

„Darf ich dann hereinkommen und sie mitnehmen? Ich habe so lange wie möglich gewartet."

Sie strich sich die Haare hinter die Ohren. „Du hättest dir keinen schlechteren Augenblick aussuchen können. Mein Vater ist auf dem Weg, um mir eine Standpauke zu halten. Wenn du nichts von dem einstecken willst, was er austeilen wird, solltest du besser verschwinden."

„Warum macht er dir Vorhaltungen?"

Sie zog eine Braue hoch, um zu signalisieren, dass er kein Recht hatte zu fragen.

Er rang sich ein schiefes Lächeln ab. „Ich könnte dir das abnehmen. Du hast in den letzten Monaten weiß Gott oft genug für *mich* Prügel eingesteckt, nicht?"

Sie erwiderte das Lächeln nicht. „Mehr als du dir vorstellen kannst."

Die Frau, die ihm den Zugang verwehrte, kam ihm zugleich vertraut und fremd vor. Sie hatten so viel geteilt, Erinnerungen, die ihn nie loslassen würden. Aber er fragte sich, wie gut er sie wirklich kannte. Vermutlich hatte er Faith unterschätzt. Er hatte eine solche Angst gehabt, ihr die Wahrheit zu sagen; er hatte geglaubt, sie würde zusammenbrechen. Jetzt zeigte sich, dass er falsch gelegen hatte. Ihr Leben ging weiter. Seltsamerweise beunruhigte ihn das.

„Ich ziehe in das Haus an der Prospect Street", eröffnete sie ihm schließlich.

Einen Moment lang dachte er, er hätte sich verhört. „Prospect Street?"

„Mutters Haus in Georgetown. Es wird irgendwann ohnehin mir gehören, also hat sie es mir jetzt überlassen, eine Art steuerfreie Leihgabe. Aber de facto übernehme ich es diese Woche. Das löst eine Menge Probleme; vor allem haben die Kinder wieder ein eigenes Zuhause. Ich brauche nicht einmal gleich ein Auto. Ich kann in der Innenstadt Arbeit suchen."

Er wurde ärgerlich. „Findest du nicht, dass du das mit mir hättest besprechen sollen?"

Ihre blauen Augen weiteten sich. „Wie bitte?"

„Es sind auch meine Kinder. Sollte ich nicht mit darüber entscheiden, wo sie leben?"

„Nicht, wenn diese Entscheidung mich persönlich betrifft. Was hättest du gesagt, David? Faith, du musst bei deinen Eltern wohnen? Ich bestehe darauf?"

Er fühlte sich, als müsste er ein Schiff durch einen Strudel lenken. „Natürlich nicht. Ich wäre nur gerne an so einer Entscheidung beteiligt. Ich bin ihr ..."

Als sie die Sprache wiederfand, bebte ihre Stimme vor Wut. Sie trat nach draußen und zog die Tür hinter sich zu. „Ja, du bist ihr Vater. Aber woher nimmst du das Recht, mir in den Rest *meines* Lebens hereinreden zu wollen? Fünfzehn Jahre lang habe ich alles getan, was du von mir erwartet hast, und wohin hat mich das gebracht? Jetzt bin *ich* dran mit dem Entscheiden. Und ich nehme die Kinder mit nach Georgetown."

So wütend hatte er sie noch nie erlebt. „Ohne es mir mitzuteilen."

„Ich *habe* es dir mitgeteilt. Die Entscheidung ist heute Abend gefallen, und ich habe es eben erst den Kindern erzählt. Du hast das Recht verwirkt, auf meiner Liste an erster Stelle zu stehen."

Er tat einen tiefen Atemzug, den er bitter nötig hatte. „Können wir darüber sprechen, ohne uns zu streiten?"

„Es gibt nichts zu besprechen."

„Wenn es um Alex und Remy geht oder sie betrifft, dann schon. Ich habe zum Beispiel nicht gewusst, dass du den Volvo abgeben musstest, bis ich gestern die Unterlagen vom Autohaus bekam. Warum hast du mir nichts gesagt? Ich lasse dir den Accord da. Das ist der zweite Grund für meinen Besuch. Er gehört dir. Ich überschreibe ihn dir. Ich will nicht, dass du auf die Fahrdienste deiner Mutter angewiesen bist. Du hättest mich informieren sollen."

„Warum? Vielleicht weil du immer noch willst, dass ich auf *dich* angewiesen bin? Mich möchtest du nicht, aber du hättest es gerne, wenn ich weiterhin unter deiner Fuchtel stünde, was? Du wirst lachen, ich schaffe es ohne dich, David."

„Ich will nicht über dein Leben bestimmen."

„Und ob. Das hast du jahrelang getan, und ich habe dich gewähren lassen. Aber das ist vorbei."

„Ich will nicht über dein Leben bestimmen", wiederholte er. „Ich möchte es nur erträglicher machen." Unbewusst hob er flehentlich die Arme. „Nimmst du bitte den Accord?"

Bevor sie antworten konnte, hörten sie ein Auto in die Auffahrt einbiegen.

„Na großartig." Faith verbarg einen Moment das Gesicht in den Händen. „Tut euch doch gegen mich zusammen." Sie blickte auf. „Das wäre doch was, nicht? Du und der Senator, wieder ein Team. Das gemeinsam entscheidet, was ich tun sollte – und wo."

„Um das klarzustellen, ich weiß nicht, ob ich für oder gegen den Umzug bin. Ich wollte nur ..."

Mit einer heftigen Handbewegung schnitt sie ihm das Wort ab. „Noch hast du Zeit zu verschwinden. Tu es."

„Das ist es, was Joe erwartet. Weichlinge laufen weg. Richtige Männer bleiben und kämpfen."

„Er wird dich bis zum jüngsten Tag für einen Waschlappen halten – ganz gleich, was du tust."

Dass sie ihn bewusst zu verletzen versuchte, passte so wenig zu ihr, dass sie wie eine Fremde auf ihn wirkte. Mit Verzögerung bemerkte er, dass sie ihn vor allem warnen wollte. Aber David brauchte keine Warnung. Er kannte Joe Huston so gut wie sich selbst. Er wusste, wie einfach es war, jemanden zu verdammen, und wie bequem, sich in Selbstgerechtigkeit zu aalen. Er hatte hoch zu Ross gesessen und war tief gefallen. Joe saß immer noch im Sattel.

Da er nicht ging, trat Faith vor. „Warte mal. Wie willst du zu ... wohin auch immer kommen, wenn du das Auto hier lässt?"

Sie las die Antwort in seinen Augen.

„Ich verstehe", sagte sie. „Mr. Stein ist dir gefolgt. Er wartet irgendwo da draußen?"

Er neigte den Kopf.

„Wie praktisch", meinte sie.

„Tut mir Leid, aber ich muss doch irgendwie nach Hause kommen."

„Nach Hause ..." Als sie die Schritte ihres Vaters hörte, reckte sie sich. „Wir haben immer drum herum geredet, aber jetzt ist es raus, hm? Also, du hast ein Zuhause, und ich brauche eins. Es gibt nichts an diesem Umzug, was wir noch ausdiskutieren müssten. Es ist alles geklärt. Fertig, aus."

Joe Huston tauchte auf. Als er David sah, blieb er stehen, sichtlich überrascht, seinen Schwiegersohn hier anzutreffen. Mit achtundsechzig war der Senator immer noch ein großer Mann, eine eindrucksvolle Erscheinung. Sein dünner werdendes Haar war militärisch kurz geschnitten, auch seine Haltung wirkte soldatisch.

Faith' Vater war ein Veteran des Korea-Krieges, ein echter Kriegsheld. Seine bravouröse Dienstzeit bei der Marine hatte ihm den Ruf eines unerschrockenen Patrioten eingebracht. Man traute ihm zu, selbst in den härtesten Kampagnen Erfolge zu verbuchen. Falls Joe jemals müde sein sollte, konnte er das gut kaschieren. Vor zwei Jahren hatte er sich an der George-Washington-Universitätsklinik für eine Bypass-Operation angemeldet, und bis zu diesem Augenblick hatte niemand auch nur geahnt, dass er unter Brustschmerzen litt.

„Was macht er hier?" wollte Joe von Faith wissen, als hätte David sein Recht zu reden verwirkt.

David antwortete trotzdem. „Ich bin gekommen, um Faith das Auto zu überlassen. Und um ein paar Bücher abzuholen."

Joe würdigte ihn keines Blickes. „Wolltest du ihn hineinlassen?" fragte er Faith.

„Ich wollte gar nichts." Faith richtete sich noch weiter auf. „Aber seine Bücher darf er gerne mitnehmen. David, such dir aus den Regalen, was immer du haben möchtest. Mein Vater und ich werden uns hier draußen unterhalten."

„Nein, ich finde, er sollte das mit anhören", widersprach Joe. „Ich glaube, er kann diesem Umzug nach Georgetown ebenso wenig abgewinnen wie ich."

„Ich schätze deine Meinung, Dad", sagte Faith ruhig. „Aber letzten Endes ist das meine Entscheidung. Nicht deine und nicht Davids. Ich muss tun, was ich für das Beste halte."

Joe kniff die Augen zusammen und starrte sie an, als wäre sie eine besonders halsstarrige Angeklagte in einem Amtsenthebungsverfahren. Er war nie ein gut aussehender Mann gewesen, auch in seiner Jugend nicht. Seine Züge waren zu derb, seine Brauen zu buschig, und das Alter hatte ihn nicht attraktiver gemacht. Aber er verfügte über eine bemerkenswerte Präsenz. Seine Stimme dröhnte, seine Augen blitzten, und seine Intensität fegte, wenn sie einmal entfesselt war, jeden Gedanken an physische Schönheit vom Tisch. Senator Joe Huston war bei den Liberalen und Gemäßigten beider Parteien unbeliebt, aber niemand machte den Fehler, ihn zu unterschätzen.

Schließlich schüttelte Joe den Kopf. „Du irrst dich. Ein fataler Irrtum. Und ich lasse das nicht zu. Ich habe mir das Haus heute Abend angesehen. Wie kannst du annehmen, das sei der richtige Ort, um meine Enkel aufzuziehen? Es ist eine Bruchbude."

Sie seufzte. „Es ist *meine* Bruchbude. Und wenn ich die Ärmel hochkremple und in die Hände spucke, wird es mein Zuhause werden."

„Was stimmt denn nicht mit dem Haus?" David wandte sich an Joe, da Faith ihm bestimmt nichts verraten würde.

Er bemerkte, wie Joe mit sich rang, ob er ihn ignorieren oder sich mit ihm verbünden sollte. „Nichts stimmt mit dem Haus." Joe fand eine Kompromisslösung: Er sprach mit David, schaute ihn aber nicht an. „Es ist unbewohnbar."

„Das Haus ist vernachlässigt worden", erläuterte Faith. „Man muss viel daran tun. Einen Teil kann ich selbst erledigen, für alles andere finde ich Handwerker. Als Erstes werde ich es von oben bis unten putzen. Danach wird es immer noch nicht schön aussehen, aber bewohnbar sein."

„Und was ist mit der Schule?" wollte Joe wissen. „Ist dir klar, wie viele Stunden die Kinder jeden Tag unterwegs sein werden?"

Faith wagte nicht, ihn direkt anzublicken. „Sie werden auf eine staatliche Schule gehen. Die Akademie kann ich mir nicht mehr leisten, und für Alex ist sie ohnehin nicht das Wahre."

„Du wolltest die Kinder umschulen, ohne mir etwas zu sagen?" brach es aus David heraus.

„Und warum sollte sie dir *irgendetwas* sagen?" fuhr Joe ihn an, wobei er ihn zum ersten Mal direkt anschaute. „Du hast dein Recht verwirkt, diese Kinder mitzuerziehen. Es sollte Gesetze geben, um Kinder vor Leuten wie dir zu schützen. Wenn es nach mir ginge, gäbe es sie."

„Dad!" Faith ging dazwischen. „Das reicht." Sie wandte sich an David. „Wie gesagt, das ist alles ganz frisch."

„Und wann wolltest du es mir mitteilen? Nach ihrer Ummeldung?"

„Wie hätte ich denn deiner Meinung nach das Schulgeld aufbringen sollen?"

Das ließ ihn verstummen. Hatte er wirklich erwartet, dass sie zu ihren Eltern zog, damit die Kinder weiterhin die Schule besuchen konnten, die er für sie ausgewählt hatte?

„Ich kann für meine Enkelkinder sorgen." Joe lächelte nicht, aber der Gedanke, dass er ihnen die Sicherheit geben konnte, die ihr schwuler Vater nicht zu bieten hatte, gefiel ihm sichtlich.

Faith schüttelte den Kopf. „Danke, aber *ich* sorge für die Kinder, Dad. Ich bin für sie verantwortlich."

„*Wir* sind für sie verantwortlich, nicht du", warf David ein.

Joe schnaubte ungläubig. „Zu dumm, nicht wahr, dass du daran nicht gedacht hast, als du gemeint hast, nicht länger ohne Abraham Stein leben zu können. Ich vermute, dir ist gar nicht in den Sinn gekommen, dass ein homosexueller Lebenswandel sich äußerst negativ auf die Beziehung zu deinen Kindern auswirken könnte."

Faith hob die Hände. „Ich gehe rein. David, hol deine Bücher morgen ab. Ich werde die Kinder morgens in die Prospect Street mitnehmen, um mit dem Aufräumen anzufangen. Nimm dir, was du willst, denn das meiste passt ohnehin nicht in das Reihenhaus. Dad, du kannst mir das nicht ausreden. Ich habe mich entschieden. Lasst uns die Unterhaltung weiterführen, wenn sich alle beruhigt haben."

Bevor jemand etwas erwidern konnte, war Faith im Haus verschwunden und hatte die Tür geschlossen. David hörte, wie der Riegel vorgeschoben wurde. Fürs Erste hatte Faith sie beide aus ihrem Leben ausgesperrt.

„Wie fühlt es sich an, sie zerstört zu haben?" fragte Joe.

David erwiderte nichts. Ihm fehlten die Worte, um das zu beschreiben.

„Ich werde dafür sorgen, dass du nie wieder eine vernünftige Arbeit findest", sagte Joe. „Dass du nie wieder auch nur den geringsten Einfluss haben wirst. Dass niemand dich je wieder um Rat oder auch nur um deine Meinung bittet. Kein echter Christenmensch will dich im Zehn-Meilen-Umkreis seiner Kirche sehen. Nicht einmal liberale Konfessionsgemeinschaften wissen mit deiner Sorte etwas anzufangen, David, und die religiöse Rechte erst recht nicht."

„Bereitet dir das Vergnügen, Joe?"

„Die ganze Welt stand dir offen, und du hast dich in den Abgrund gestürzt. Wofür? Für einen Mann! Einen jüdischen Reporter, um genau zu sein! Und meine Tochter hast du mitgerissen. Das werde ich dir nie verzeihen."

David blickte ihm in die Augen. „Was genau: dass ich deiner Tochter wehgetan oder dass ich deiner Karriere geschadet habe? Ist das nicht der wahre Grund für deine selbstgerechte Raserei: dass du dich rechtfertigen musst? Du hast mich als deinen Nachfolger aufgebaut, obwohl ich dir immer wieder erzählt habe, dass ich daran nicht interessiert bin. Jetzt hast du plötzlich einen schwulen Schwiegersohn ..."

„Nicht mehr lange."

„Gut, sagen wir, der Vater deiner Enkel ist ein Schwuler. Das wird auch nach der Scheidung so bleiben. Newt Gingrich musste für seine lesbische Schwester geradestehen. Im nächsten Wahlkampf wirst du dich für mich rechtfertigen müssen. Und das bringt dich um. Mit so etwas hast du nicht gerechnet. Das kannst du nicht unter den Teppich kehren."

„Unsinn, du passt doch gut ins Bild. Du und deinesgleichen, ihr lauert überall. Versteckt euch hinter anständigen Frauen. Stehlt euch in die Machtzentralen. Ich werde den Leuten erklären, dass selbst ich hereingelegt worden bin, dass wir alle noch wachsamer sein müssen, um die Sünder aufzustöbern und zu vertreiben!"

David war schockiert. Er kannte Joes Ansichten über Homosexualität, aber eine derartige Hasstirade hatte er von seinem Schwiegervater noch nie gehört. „Du hast jedes Augenmaß verloren. Das kann dich die Wiederwahl kosten, was vielleicht kein Verlust wäre."

„Halt dich von meiner Tochter fern, und komm meinen Enkelkindern nicht zu nahe! Wenn sie etwas brauchen, werde ich mich darum kümmern."

„Ich werde meine Kinder sehen", erwiderte David. „Bald. Kein

Gericht in diesem Land wird das verhindern. Und ich werde Arbeit finden, damit ich für sie sorgen kann. Im Übrigen rate ich dir, deine Tochter nicht zu unterschätzen. Sie ist entschlossen, ihren eigenen Weg zu gehen, und daran wird keiner von uns sie hindern können. Also entspann dich."

„An dem Tag, an dem ich von dir Rat annehme, will ich tot umfallen."

Es war sinnlos. David ließ den Senator einfach auf der Schwelle stehen, wo er weiterhin die Tür anstarrte, die ihn von seiner Tochter trennte.

Auf der Straße öffnete David die Beifahrertür von Hams Limousine und nahm Platz. Er sagte nichts.

„Lässt du den Accord auf der Straße stehen?" fragte Ham.

David nickte.

„Es ist schlecht gelaufen, was?"

David warf ihm einen Blick zu. Ham trug ein schäbiges blaues Sporthemd und Khaki-Shorts. Er besaß zwei Krawatten, die er – wenn es sein musste – abwechselnd trug, ein Sportsakko und für die gelegentlichen Dinnerpartys im Weißen Haus einen teuren Smoking. Sein Apartment am Dupont Circle – das er nun mit David teilte – war mit modernen dänischen Möbeln und zeitgenössischer Kunst eingerichtet, und auf dem Boden stapelten sich seine Unterlagen und Bücher.

Ham hatte schon in der Junior High School verkündet, dass er schwul war, dann die Bestürzung seiner Eltern durchgestanden und sich anschließend mit ihnen ausgesöhnt. Die Steins störte nicht, dass David ein Mann, sondern nur, dass er Christ und konservativ war.

Davids Herz schlug immer noch schneller, wenn Ham ihn anschaute.

„Es wird nie gut laufen."

„Hast du die Kinder gesehen?"

„Ich bin nicht einmal drinnen gewesen."

„Du hast ein Recht, sie zu treffen. Je länger du die Begegnung mit ihnen hinauszögerst, desto schwieriger wird es für alle Beteiligten werden." Ham drehte den Zündschlüssel, parkte aus und wendete am Ende der Sackgasse, um zur Hauptstraße zurückzukehren.

David fragte sich, ob je der Tag kommen würde, an dem er wieder am Leben seiner Kinder teilhaben durfte, ein Tag, an dem er sie sogar mit Ham bekannt machen könnte.

Er rief sich Joe Hustons Gesichtsausdruck ins Gedächtnis. Wenn es nach dem Senator ginge, wäre David selbst bald ein Fremder für sie.

„Ich werde einen Besuch arrangieren." David lehnte sich zurück und schloss die Augen. „Aber ich möchte wetten, dass sie im Moment auf mich keine Lust haben."

„Du hast einen schweren Stand, David. Ich denke mal, sie glauben an all das, was du ihnen jahrelang erzählt hast."

David wusste nicht mehr, woraus er früher das Recht abgeleitet hatte, anderen Leuten vorzuschreiben, wie sie zu leben hatten.

6. KAPITEL

David zu hassen wäre das Einfachste gewesen, aber als Faith am nächsten Morgen das Putzzeug in den Accord lud, überwog die Dankbarkeit. Trotz der Benzin- und Versicherungskosten, die jetzt auf sie zukamen, würde der Wagen ihr und den Kindern das Leben erheblich leichter machen.

„Ich sehe nicht ein, warum ich mitmuss." Remy trug dezente Shorts und ein T-Shirt im selben Blaugrau wie ihre Augen. Seit sie erfahren hatte, dass sie den Tag in Georgetown verbringen sollte, wiederholte sie diesen einen Satz.

Faith war schon jetzt zermürbt, und der Tag hatte kaum begonnen. „Wann habe ich dir eigentlich beigebracht, dass Quengelei einem nützt, wenn man etwas erreichen möchte?"

„Ich will da nicht hin. Ich hasse es!"

Faith hob eine Kiste mit Putzlappen in den Kofferraum. „Sobald es sauber ist, wirst du es nicht mehr so hassen."

Remy baute sich direkt vor ihrer Mutter auf, um ihre Entschlossenheit zu unterstreichen. „Ich werde es immer hassen. Ich werde *dich* hassen, weil du mich zwingst, da zu leben."

Faith richtete sich auf. „Hör gut zu, Remy. Du hast ein Recht auf deine Gefühle. Du solltest sie nicht unterdrücken. Wirklich. Aber du wirst sie auch nicht an mir auslassen."

„Dir ist doch egal, wie ich mich fühle."

„Du musst dich mit den Tatsachen abfinden. Dieses Haus ist unsere beste Chance, und wir werden sie ergreifen. Jetzt geh rein und hol Alex. Wir müssen los."

Remy brauchte gar nicht loszulaufen. Alex raste schon aus dem Haus. „Darf ich vorne sitzen?"

„Ich *will* gar nicht nach vorn, damit das klar ist." Remy rutschte auf den Rücksitz und schlug die Tür so heftig zu, dass das ganze Auto wackelte.

Alex machte sich die schlechte Laune seiner Schwester zu Nutze und plapperte den ganzen Weg bis in die Stadt. Faith bemerkte, wie selten Alex derjenige war, der mit sich und der Welt zufrieden wirkte. Der Ortswechsel schien ihm gut zu tun.

„Glaubst du, dass es Kinder in der Nachbarschaft gibt?“ Er verriegelte und entriegelte seine Tür bestimmt fünfzehn Mal in ebenso viel Minuten.

Faith durchquerte Key Bridge und fuhr über eine Seitenstraße den Hügel hinauf, die zu ihrem Haus führte. „Jede Menge College-Kids und vielleicht ein paar Politiker – die natürlich nichts für euch sind. Aber wir werden genügend Platz haben, um eure Freunde einzuladen.“

„Als ob uns noch irgendjemand besuchen würde“, murrte Remy.

Faith suchte eine Parklücke. „Auch wenn du nicht hier leben willst: Georgetown ist sehr beliebt. Die Läden und Restaurants sind großartig.“

„Du kannst ruhig aufhören, es schönzureden.“

Da die Stadtführungsmasche nicht zog, ging Faith zur Tagesordnung über: „Eine Aufgabe, die ihr heute erledigen müsst, ist die Zimmerwahl. Ich nehme das Schlafzimmer an der Vorderseite, damit ich alles im Auge behalten kann. Die anderen beiden sind gleich groß. Wenn ihr euch nicht einigen könnt, werfen wir eine Münze.“

„Ich will den Dachboden“, rief Alex ihr ins Gedächtnis.

„Wir gucken ihn uns mal an.“

Faith sah im Rückspiegel, wie Remy die Augen verdrehte. Einige Szenen aus „Der Exorzist“ waren in der Prospect Street gedreht worden. Faith fragte sich, ob es einen geeigneten Priester gäbe, der *ihrer* Tochter die bösen Geister austreiben könnte, die sich ihres schlanken Körpers bemächtigt zu haben schienen.

Sie mussten zwei Häuserblocks entfernt parken, und Faith nahm sich vor, einen Anwohnerparkausweis zu besorgen. Sie schloss den Kofferraum auf und begann die Kisten und die Reinigungsgeräte auszupacken. Sie drückte Alex und der widerwilligen Remy ein paar Sachen in die Hand.

„Das wird kein Zuckerschlecken", räumte sie ein, als sie das Zeug zum Haus schleppten. „Heute werden wir nur das Allergröbste erledigen. Nächste Woche kommt ein Team, das die Fußböden neu versiegelt. Wenn sie damit fertig sind, haben wir gerade noch genug Zeit, noch einmal zu putzen und dann einzuziehen." Irgendwie hatte Lydia Geld für die Handwerker aufgetrieben; sie beharrte darauf, dass sie die Kosten für die Fußböden und die zerbrochenen Dachschindeln übernehmen wollte.

Remy blieb vor dem Haus stehen. „Ich hoffe, sie machen nicht nur die Böden."

„Dafür fehlt die Zeit, aber du wirst dich wundern, wie viel besser das Ganze schon aussieht, wenn wir es ein bisschen ausbessern und streichen. Und wenn wir neue Küchengeräte haben."

„Können wir unseren Kühlschrank mitbringen?" Alex liebte den Side-by-Side-Kühlschrank, den sie für ihr Haus in McLean angeschafft hatten. Er hatte den Eisspender fast verschlissen bei dem Versuch herauszufinden, wie er funktionierte.

„Ich fürchte nicht. Er würde die ganze Küche blockieren."

„Keine Sorge, Alex." Remy imitierte die Stimme ihrer Mutter. „Wir können jederzeit in einem der groß-ar-ti-gen Restaurants von Georgetown essen gehen, wenn unser neuer Kühlschrank zu klein für irgendwelche Vorräte ist."

Faith lachte, was nicht in Remys Sinne war. „Hört mal, ich habe in meinem Leben so viele Mahlzeiten zubereitet, dass es wirklich traumhaft wäre, jeden Abend essen zu gehen."

„Du kochst doch gerne", meinte Alex. „Du machst das alles gerne."

Faith fragte sich, ob es stimmte, was er sagte. Sie hatte nie viel übers Kochen nachgedacht. Sie hatte es einfach als ihre Bestimmung betrachtet, jeden Tag drei gesunde Mahlzeiten auf den Tisch zu bringen. „Also, ich mag auch Pizza, und wenn ich erst einmal einen Job gefunden habe, werden wir öfter so etwas essen. Es sei denn, ihr lernt kochen."

Auf der Vortreppe hielt sie kurz inne, da sie aus dem Augenwinkel eine flüchtige Bewegung wahrgenommen hatte. Sie drehte sich um und starrte auf das Nachbarhaus, in dem die alte Frau mit dem Turban am Fenster gestanden hatte, als sie mit Lydia hier gewesen war.

Da stand sie wieder und war ähnlich gekleidet. Diesmal trug sie allerdings hauptsächlich ein kräftiges Fuchsienrot. Faith winkte. Ihre Mutter hatte sie zwar gewarnt, aber immerhin würde diese Frau ihre Nachbarin werden. Also stellte sie sich vor: „Hi, ich bin Faith Bronson. Und das sind meine Kinder, Remy und Alex. Nächste Woche ziehen wir ein."

„Es ist nicht bewohnbar. Ihre Mutter hat es dem Mutwillen von Fremden anheim fallen lassen."

Faith erkannte, dass die Frau bereits wusste, wer sie war. „Ich fürchte, meine Mutter hat mir Ihren Namen nicht verraten."

Die Frau verschwand. Einen Augenblick später hörte Faith, wie das Fenster geschlossen wurde.

Remy trat beiseite, sodass ihre Mutter die Tür aufsperren konnte. „Na super. Auch noch verrückte Nachbarn."

Faith konnte sich ein Grinsen nicht verkneifen. „Ich wette, dahinter verbirgt sich eine Geschichte."

Remy flitzte hinein, sobald die Tür offen war. „Alex, du gehst als Nächster", ordnete Faith an. „Nur für den Fall, dass es da drinnen Drachen gibt."

Nachdem sie die Tür hinter sich geschlossen hatte, gesellte sie sich zu ihrem Nachwuchs. Zusammen standen sie mitten im Wohnzimmer und betrachteten ihr neues Zuhause. Einen Moment lang erlag Faith derselben Verzweiflung, die sie in den Augen ihrer Tochter las. Sie konnte sich das Haus nicht anders vorstellen, als es jetzt aussah: ein dreckiges, verwahrlostes Loch, in dem die Geister besserer Zeiten spukten – und schlechterer.

Faith spürte, dass sie etwas sagen sollte. „Manchmal ... manchmal muss man eine Sache erst von ihrer schlimmsten Seite kennen lernen, um später ihre besseren würdigen zu können."

Mit einem nachhallenden Knall setzte Remy die Kiste mit den Lappen ab. „Hast du eigentlich für jede Gelegenheit einen dummen Spruch parat?" Bevor Faith etwas erwidern konnte, brach Remy in Tränen aus und stürzte die Treppe hinauf.

Alex kam näher, sodass Faith ihm den Arm um die Schultern legen konnte. „Remy weiß nicht, wie man die Dinge betrachten muss, um zu erkennen, wie sie sein können", meinte er. „Erfinder können das."

„Hm-m." Faith kämpfte selbst mit den Tränen. „Kannst du bitte rasch etwas erfinden, um dieses Haus in Ordnung zu bringen?"

„Das ist bereits erfunden."

„Feuer?"

Er stupste ihr den Ellbogen in die Seite. „Harte Arbeit. Das hast du uns erzählt, weißt du noch?"

Sie tröstete sich damit, dass sie – wenn schon sonst nichts im Leben – doch diesen jungen Mann zu Stande gebracht hatte. „Dann lass uns loslegen, in Ordnung? Wir können genauso gut in der Küche anfangen."

„Da hat Remy die Ratte gesehen." Er klang nicht beunruhigt.

„Ich habe heute früh einen Kammerjäger bestellt. Er kommt irgendwann im Laufe dieses Jahrhunderts."

„Wenn ich sie vor ihm fange, darf ich sie dann in meinem Zimmer in einem Käfig halten?"

„Auf keinen Fall."

Remy war es egal, welches Zimmer Alex haben wollte. Sie nahm das an der Rückseite, weil es zwei Fenster hatte. Sie brauchte Fluchtwege.

Sie konnte nicht fassen, dass ihre Mutter wirklich beabsichtigte, sich hier niederzulassen. Monatelang hatte Remy jeden Morgen beim Aufwachen gehofft, dass die ganze Katastrophe nur ein Traum war. Sie hatte geglaubt, wenn sie aufstand und hinunterging, säße dort ihr Vater in einem frischen weißen Hemd über seiner Schüssel Müsli am Esszimmertisch. Sie würde ihn auf die Wange küssen, und er würde sie fragen, wie sie geschlafen habe.

Dann würde er sich wieder in seine Zeitung vertiefen, und sie würde in die Küche laufen, wo ihre Mutter Zimtschnecken backte oder Orangen auspresste, wie in einer dieser alten Sendungen auf dem Kinderkanal. Ihre Mutter würde sagen, wie gut ihr die Farbe stand, die sie gerade trug (gleich welche), und sie fragen, ob sie nach der Schule noch irgendwelche Termine hatte.

Remy stellte nichts davon in Frage. So sollte es sein. Das war die gottgegebene Ordnung der Dinge.

Aber sie hatte diese schlimmen Sachen nicht geträumt. Sie waren wirklich geschehen. Dieses Haus war real. Die Sünde ihres Vaters war real, und alles, was aus ihr folgte.

Das war alles nicht fair. Sie hatte ein gutes Leben geführt. Sie rauchte und fluchte nicht. Sie lernte so viel wie nötig und schrieb glatte Einsen, ohne sich groß anzustrengen. Als eine Freundin einmal eine Dose Bier geklaut hatte und sie mit ihr teilen wollte, hatte Remy es Faith erzählt. Sie war kein Schmutzfink wie Alex, und bis zu dieser fürchterlichen Sache mit ihrem Vater war sie nie unhöflich gewesen.

Was hatte das Gutsein für einen Zweck, wenn trotzdem solche Sachen passierten? Ihr fiel nichts ein, was sie falsch gemacht haben könnte, bis auf ein paar Lappalien, zum Beispiel dass sie Alex ausgesperrt hatte, als ihre Mutter beim Einkaufen gewesen war. Sie kam zu dem Schluss, dass es eigentlich überhaupt nichts brachte, gut zu sein. Denn andere Menschen konnten den Zorn Gottes heraufbeschwören, und man selbst wurde in Mitleidenschaft gezogen, weil man diesen Leuten nahe stand.

Und wieder, wie seit Monaten, sann sie darüber nach, ob sie dafür bestraft wurde, dass sie nicht die perfekte Tochter gewesen war. Wenn ihr Vater sie mehr geliebt hätte oder stolzer auf sie gewesen wäre, hätte er sich dann nicht von Satan fern gehalten?

Wenn ihre Mutter eine bessere, liebevollere Ehefrau gewesen wäre, wäre ihr Vater dann nicht daheim geblieben, wo er hingehörte?

Sie bedauerte, dass es nichts gab, worauf sie sich setzen konnte, denn sie hatte nicht vor, sich an der Putzaktion zu beteiligen, ganz gleich, was Faith sagte. Sie durchmaß das kleine Zimmer und fragte sich, wo sie ihre Sachen unterbringen sollte. Sie hatte blöde Möbel, die sie ausgesucht hatte, als sie selbst noch klein und blöd gewesen war. Jetzt versuchte sie sich auszumalen, wie sie in diesem absolut schrecklichen Zimmer aussehen würden. Sie brauchte kein Maßband, um herauszufinden, dass sich nicht alle ihre Sachen hier unterbringen ließen. Das Bett mit dem Baldachin mochte hineinpassen, denn die Decken waren hoch. Aber der Toilettentisch und die Truhe, die dazugehörten, würden den ganzen Platz an der Wand einnehmen. Für das Spielzeug und Puppen, die sie auf ihrem Spezialregal aufbewahrte, war sie jetzt zu alt, aber sie benötigte doch ein Bücherregal und einen Tisch, nur für den Fall, dass man an ihrer neuen Schule überhaupt lesen und schreiben musste.

Remy wischte sich mit dem Saum ihres T-Shirts die Augen trocken. Sie hatte erwartet, dass ihre Mutter zu ihr kam, aber Faith und Alex unterhielten sich unten. Weil die Räume alle leer standen, konnte der Schall fast bis zu ihr nach oben dringen. Sie hätte wetten mögen, dass Alex die Gelegenheit nutzte und sie anschwärzte.

Sie kickte einen Ball aus zusammengeknülltem Papier quer durch den Raum; er landete am Rand einer der Matratzen. Sie folgte ihm und trat gegen die Matratze, um zu prüfen, ob sich irgendetwas darin eingenistet hatte. Als nichts geschah, trat sie noch einmal zu. Sie ging zur Kopfseite und schob das Ding mit dem Fuß von der Wand weg. Nichts kam zum Vorschein.

Auch egal! Sie beschloss, sich bis zum Mittagessen nicht mehr unten blicken zu lassen.

Die Matratzen stanken, und sie wollte die Dinger loswerden. Sitzen konnte man jedenfalls nicht darauf. Also zerrte sie sie in den Flur, und als sie ins Zimmer zurückkehrte, ekelte sie sich vor den Spinnweben. Sie hatte keine Lust darauf, dass ihr eine Spinne – oder noch etwas Schlimmeres – auf den Kopf fiel, wenn sie herumlief.

Sie ging hinunter, um Lappen und einen Besen zu holen.

Nach einer Stunde Putzen hatte Faith ihre Pizza-Fantasie auf drei Mahlzeiten am Tag ausgedehnt. Selbst mit neuen Geräten konnte man in dieser Küche noch nicht kochen. In den Billigschränken fehlten Bretter. Das Spülbecken war angeschlagen, und der Abfluss leckte. Alex' geliebte Ratte hatte sich in einer Ecke der Vorratskammer ein Nest gebaut und als Zugabe das Stromkabel angeknabbert, das zum Herd führte.

Als Alex sich zu ihr gesellte, richtete sie sich mühsam auf. Es war ihr nicht gelungen, die Flecken auf dem PVC-Bodenbelag wegzuwischen. „Wir müssen eine Liste machen."

Alex hatte die Fenster an der Vorderseite des Hauses geputzt und sich bei Laune gehalten, indem er seine Putzmethode „wissenschaftlich" optimiert hatte. „Was für eine Liste?"

„Mit allem, was hier getan werden muss."

„Was ist denn nicht in Ordnung?"

Sie schüttelte den Kopf. „So ziemlich alles."

„Mir gefällt's hier trotzdem."

Sie fragte sich, ob er das nur ihr zuliebe sagte und sie wirklich schon bereit für einen derart ergreifenden Rollentausch war.

„Der Boden ist immer noch ganz schön eklig." Er ging zu einer Ecke, an der nichts auf dem Fußbodenbelag stand, und schob das Kittmesser darunter, mit dem Faith einen alten Kaugummi abzulösen versucht hatte. „Darunter sind noch andere Schichten."

„Ich weiß."

„Was ist ganz unten?"

Sie war sich nicht sicher. Als er die PVC-Schichten zurückbog, ließ sie ihn gewähren. Alex lief zur Bestform auf, wenn es etwas zu entdecken gab. „Irgendwas Interessantes?"

„Einfach Holz. Wie im ganzen Haus."

Genau darauf hatte sie gehofft. „Fantastisch. Wir sagen den

Handwerkern, sie sollen das ganze Plastikzeug entfernen und die Dielen wieder aufmöbeln." Sie fühlte sich ein bisschen besser.

„Was ist sonst noch nicht in Ordnung?"

„Alles muss neu gemacht werden. Strom- und Wasserleitungen, Arbeitsflächen, Schränke."

„Was ist denn mit diesen hier? Können wir sie nicht einfach anstreichen?" Alex klopfte an den Schrank, der am nächsten an der Frühstücksnische stand – einem fensterlosen Winkel, gerade groß genug für einen Tisch.

„Du meinst, wenn wir sie mit weißem Lack aufmöbeln ..."

„Weiß? Rot!"

„Rote Schränke?" Voller Sehnsucht dachte sie an ihre Shaker-Stil-Küche in McLean, die aus naturbelassenem Ahorn und vanillefarbenem Corian bestand.

„Niemand sonst hat so eine Küche, und sie gehört uns, stimmt's? Also können wir es uns aussuchen."

Jemand hämmerte gegen die Haustür. Faith fragte sich, wer das sein mochte und mit welchen neuen Unglücksbotschaften sie jetzt wieder rechnen musste. „Ich schaue mal nach."

„In Ordnung. Ich suche so lange nach Lefty."

Großartig. Ihr Sohn hatte sich einen Namen für das Ungeziefer ausgedacht.

Sie lugte zum Seitenfenster heraus und erblickte eine unbekannte Frau. Faith öffnete die Tür. Ohne Turban und in schwarzen Crêpe gekleidet, sah die Nachbarin zwar völlig anders aus, aber Faith erkannte sie am graziösen, langen Hals und ihren bemerkenswerten Wangenknochen.

„Oh, hallo. Wie schön ..." Mehr fiel ihr nicht ein. Wie sich zeigte, war das auch gar nicht nötig.

„Ich bringe Ihnen eine Flasche Scotch. Glenfiddich, um genau zu sein. Ein guter Single Malt. Unter den gegebenen Umständen durfte es auch nichts anderes sein. Schlechter Scotch macht einen nur betrunken – was vielleicht gar nicht so dumm wäre, wenn man bedenkt, was Sie sich hier aufgeladen haben. Aber guter Scotch wird Sie glauben lassen, dass nichts unmöglich ist – was natürlich nicht stimmt, aber ich garantiere Ihnen, dass Ihnen das egal sein wird." Sie hielt Faith die Flasche hin.

Faith, die nicht trank, nahm sie entgegen. „Ja, also ..."

„Ich würde gerne reinkommen und mir angucken, was hier passiert."

Faith trat zurück. „Schauen Sie sich ruhig um, aber das Haus ist eine echte Katastrophe."

„Niemand weiß das besser als ich." Nach kurzem Zögern trat die Frau ein. Ihr feines weißes Haar war schulterlang und ihre Haut von Falten durchfurcht, aber perfekt gepflegt. „Ich kann Ihnen genau sagen, wie es zu dieser Katastrophe gekommen ist, aber das ist eine Geschichte für einen anderen Tag."

„Entschuldigung, aber ich kenne Ihren Namen noch immer nicht."

„Das ist unbegreiflich. Ich bin Dottie Lee Fairbanks. Ich lebe seit einundachtzig Jahren im Nachbarhaus, und man wird mich nur auf einer Bahre da rauskriegen. Wenn ich so kalt und hart bin wie mein Türgriff."

„Angenehm, Mrs. Fairbanks."

„Nie Mrs. Nur Dottie Lee, und bitte nie ohne das Lee."

„Ich werd's mir merken." Faith stellte den Glenfiddich auf der untersten Treppenstufe ab und folgte der Frau, deren Gang die einundachtzig Lebensjahre nicht verriet. „Und ich bin Faith."

„Ja, ich weiß, wer Sie sind. Ich habe Ihren Ehemann in einigen Talk-Shows gesehen."

Faith senkte die Stimme. „Exmann. Sehr bald."

„Ja, nun, er wirkte recht nett, obwohl er bei jeder politischen Debatte auf der falschen Seite steht. David Bronson ist ein gutes Beispiel dafür, wie leicht ein kluger Mensch in die Irre geführt werden kann."

„In die Irre geführt?"

„Er ist gegen alles, was er unterstützen sollte. Wenn man seine Politik auf den Kopf stellt, erhält man ein perfektes Parteiprogramm. Ihr Vater hingegen bräuchte mehr als nur eine 180-Grad-Wende. Bei Joe Huston hilft nur eine Lobotomie. Ich hoffe, Sie haben den klaren Kopf Ihrer Mutter geerbt, Mädchen. Selber denken! Selber denken!"

Faith war zu neugierig, um beleidigt zu sein. „Wie gut kennen Sie meine Eltern?"

„Besser als mir lieb ist – vor allem Ihren Vater. Ihre Mutter ..." Sie blieb mitten im Esszimmer stehen und zog eine Grimasse. „Ihre Mutter ist nicht mehr die Frau, die sie einmal war."

Dottie Lee ging weiter, auf Alex zu. „Und wen haben wir hier? Alex Bronson. Ähnelt Joe ein bisschen, sieht aber besser aus. Viel besser."

Alex war fasziniert. „Sie sind die Dame von nebenan."

Dottie Lee lachte. „Oh, bitte nicht, junger Mann. Niemals Dame. Damen sind langweilig!"

Alex schielte zu seiner Mutter hinüber, als wollte er sie fragen, was er darauf antworten sollte.

„Und was denkst du über euren Umzug in dieses Haus, Alex Bronson?" wollte Dottie Lee wissen. „Was hältst du davon?"

„Tja, ich finde, es ist besser, als bei meinem Großvater zu wohnen."

„Bei Joe? Natürlich ist es besser. Wie ich sehe, putzt du Fenster, Alex Bronson. Ich habe dir von draußen zugesehen. Wenn du hier fertig bist, möchtest du dir dann vielleicht *meine* Fenster vornehmen?"

Alex guckte seine Mutter fragend an. Faith zuckte mit den Schultern.

„Klar", sagte er. „Aber es wird 'ne Weile dauern. Hier gibt es viel zu tun. In ein paar Wochen vielleicht."

„Und du hilfst deiner Mutter?"

„Hm-m."

„Ja, Ma'am", korrigierte Faith.

Dottie Lee schüttelte den Kopf. „Auch niemals Ma'am, bitte, selbst wenn wir in einer Stadt der Südstaaten leben, was die Leute manchmal vergessen. Du kannst mich Dottie Lee nennen", erklärte sie Alex.

„Okay, Dottie Lee."

Faith verkniff sich einen Kommentar.

„Und jetzt muss ich gehen. Das Obergeschoss schaue ich mir nächstes Mal an. Für einen Tag reicht es jetzt." Sie machte auf dem Absatz kehrt und ging rasch zur Tür zurück. Faith folgte ihr.

„Bei mir gibt es jeden Mittwochnachmittag um vier Tee", sagte Dottie Lee. „Das ist eine schöne Sitte, selbst wenn sie von den Engländern stammt. Um die Zeit werden Sie eine Pause gebrauchen können. Ich erwarte Sie und Ihre Kinder bei mir." Sie öffnete die Tür.

„Ich bin mir nicht sicher, ob ..."

Dottie Lee drehte sich um. „Faith, in der Prospect Street gelten ein paar eiserne Regeln. Dazu gehört, dass man meine Einladungen niemals ausschlägt." Dann lächelte sie.

Faith hatte das Gefühl, dass das Zimmer um fünfzig Kilowatt heller wurde. Das Lächeln war umwerfend. „Wir kommen. Zumindest Alex und ich. Ich weiß nicht, ob ich meine Tochter dazu bringen kann, ihr Zimmer zu verlassen."

„Wie alt ist sie?"

„Vierzehn."

„Und unglücklich." Dottie Lee nickte, wandte sich dann um und ging die Stufen hinab.

Faith blickte ihr nach und fragte sich, wie wohl die anderen Lebensregeln der Prospect Street lauteten.

7. KAPITEL

Das Mittagessen verlief nicht gut. Bei „Booeymonger“, einem kleinen Schnellrestaurant auf der Prospect Street, fand sich nichts, was Remys Appetit wecken konnte. Während Faith und Alex Sandwiches von der Größe eines Paperback-Wörterbuchs verdrückten, nippte sie bloß an einer Flasche Wasser. Auf dem Rückweg versuchte Faith sie vergebens für Sehenswürdigkeiten zu interessieren: Cafe Milano, eines der angesagtesten Restaurants der Stadt; das wunderschöne und elegante Prospect House, in dem einst ausländische Würdenträger logierten. Remy war nicht zu beeindrucken.

Einen Block von ihrem Haus entfernt machte Remy schließlich den Mund auf. „Da ist wieder dieser Mann.“ Sie blieb abrupt stehen und streckte den Finger aus. „Er durchwühlt den Müll. Abartig.“

Trotz der Wärme trug der fragliche Mann Latzhosen und ein Sweatshirt. Er war groß und hatte einen Bart und graues Haar, das ihm in Strähnen bis unters Kinn reichte, aber obwohl er so alt war wie all die Leute, die ihren Ruhestand auf einem Golfplatz in Florida verbrachten, wirkte er – soweit man das aus der Ferne beurteilen konnte – gesund und rüstig.

Faith und David hatten sich bemüht, ihren Kindern beizubringen, dass man Menschen in Not mit Mitgefühl und Mitleid begegnen musste. Thanksgiving begingen die vier traditionell so, dass sie in einem örtlichen Obdachlosenheim ein Abendessen ausrichteten. Jahrelang hatten Remy und Alex Tischdekorationen aus Buntpapier gebastelt und Leuten wie diesem Mann gefüllten Truthahn serviert.

Jetzt begriff Faith, dass die Obdachlosen in ihrer warmen, geschützten Unterkunft offensichtlich einen ganz falschen Eindruck hinterlassen hatten. Vermutlich waren die Kinder jedes Jahr mit dem Gefühl von dem Fest zurückgekehrt, dass eine gute Mahlzeit das Problem schon fast gelöst hatte.

„Das einzig Abartige daran ist“, wandte sie behutsam ein, „dass er keine andere Chance hat, sich über Wasser zu halten.“

„Er könnte arbeiten gehen.“

Da Faith diesen Spruch auch von älteren und einflussreicheren Leuten kannte, konnte sie ihn Remy nicht verübeln. „Nicht ohne weiteres.“

Alex berührte seine Mutter am Arm. „Glaubst du, er sucht nach Essen?“

„Eher nach etwas, das er verkaufen kann.“

„Vielleicht ist er hungrig.“

„Kann sein.“ Faith war neugierig, was ihr Sohn vorhatte.

„Er *sollte* arbeiten gehen.“ Remy wollte von diesem Gedanken nicht ablassen.

„Er arbeitet doch, Remy“, hielt Faith ihr entgegen. „Auch wenn dir sein Job nicht gefällt. Er tut, was er kann.“

„Ich werd ihn fragen, ob er Hunger hat“, sagte Alex. „Vielleicht möchte er ein Sandwich haben. Ich werd ihm erzählen, wie gut das Jumbo-Sandwich schmeckt.“

Obdachlose waren keine streunenden Hunde, die man in finsteren Seitengassen füttern konnte und streicheln durfte, wenn sie nah genug herankamen. Man musste sie mit Respekt und, wie alle Menschen, manchmal mit Vorsicht behandeln. Andererseits sollte man Alex die Chance einräumen, einen hungrigen Fremden zu verköstigen. Faith war hin- und hergerissen.

„Wir begleiten dich“, meinte sie.

„Ich nicht.“ Remy trat einen Schritt zurück. „Auf keinen Fall.“

„Gut. Hier ist der Schlüssel. Wir sehen uns zu Hause."

„Was ist nur in euch gefahren? Er könnte gefährlich sein."

„Wir sehen uns zu Hause."

„Das ist nicht mein Zuhause!" Remy grabschte nach dem Schlüssel und überquerte die Straße, um einen weiten Bogen um den Obdachlosen zu machen.

„Komm." Alex ging auf den Mann zu, und Faith heftete sich an seine Fersen.

Knapp vor dem Mülleimer, den der Mann noch immer durchsuchte, blieb Alex stehen. „Hi", begrüßte er ihn. „Irgendwas Brauchbares dabei?"

Das war nicht gerade die Eröffnung, für die Faith sich entschieden hätte. Der Mann richtete sich auf und schaute ihn skeptisch an. Nachdem er Alex eine ganze Weile angestarrt hatte, sagte er: „Das ist *meine* Tonne."

„Oh, ich will nichts davon haben. Ich war nur neugierig."

Jetzt nahm der Mann Faith ins Visier. „Gehört der Ihnen?"

Sie nickte. „Ohne Frage."

Ihr Lächeln überraschte ihn; seine Stirn glättete sich etwas. „Dann teilen Sie ihm mit, dass ich beschäftigt bin."

„Würde ich gerne, aber er ist unbelehrbar. Er möchte Sie etwas fragen."

Alex kam näher. „Ich habe gerade in der Snackbar dieses tolle Sandwich gegessen." Er zeigte in die Richtung. „Ich dachte, vielleicht wollen Sie auch eins. Darf ich Ihnen eins kaufen? Wir sind neu hier, und ich habe Sie gestern schon gesehen, und ich hab gedacht ..."

Der Mann machte einen Schritt auf ihn zu. „Was hast du gedacht?"

„Dass Sie vielleicht Hunger haben. Ich bin immer hungrig."

Faith legte ihrem Sohn eine Hand auf die Schulter. „Wir wollen Sie nicht stören. Wirklich. Alex hat nur ..."

„Alex? Du heißt Alex?"

Alex nickte. „Hm-m. Und Sie?"

„Alec."

Alex grinste. „Das macht die Sache kompliziert. Die Leute werden uns verwechseln. Cool."

Alec blickte Faith an, als könne er nicht glauben, dass sie dieses Kind in die Welt gesetzt hatte. „Ist der immer so?"

„So ziemlich."

Er wandte sich wieder an ihren Sohn. „Was für ein Sandwich?"

„Welches Sie wollen. Ich hatte das Jumbo-Sandwich, und es war *so* groß." Er gestikulierte mit beiden Händen.

„Also, das ist ja witzig. Das Jumbo-Sandwich ist nämlich meine Lieblingssorte."

„Ach. Mögen Sie es auch am liebsten in einer Semmel?"

„Auf jeden Fall. So schmeckt es am besten – nach meiner Meinung."

„Möchten Sie auch eine Cola?"

„Du kannst wohl Gedanken lesen."

Faith überlegte, ob Alec wirklich hungrig war oder nur ihrem Sohn einen Gefallen tat. Sie hatte das merkwürdige Gefühl, dass er *ihnen* half. „Können wir Ihnen sonst noch etwas bringen?"

„Das reicht völlig."

„Wir sind gleich zurück." Alex eilte zur Snackbar zurück. Faith blieb noch einen Augenblick stehen.

„Danke", sagte sie leise.

Ihre Blicke trafen sich. Er zuckte leicht mit den Schultern. „Manche Charaktereigenschaften sollte man fördern." Dann wandte er sich wieder dem Müll zu.

Um vier Uhr war Faith drauf und dran aufzugeben. Sie hatten getan, was sie konnten; alles andere musste warten, bis die Böden fertig waren. Sie hatte das Ablösen der Tapeten in Angriff nehmen wollen, aber all ihre Anläufe waren fruchtlos geblieben. Nicht einmal die obersten Schichten ließen sich entfernen, obwohl sie Jahrzehnte alt waren. Sie würde sich erst einmal kundig machen und zudem mit einer Engelsgeduld wappnen müssen.

Auch Alex war mürrisch. Sie hatten einen zaghaften Versuch unternommen, den Dachboden zu erkunden, aber das Fehlen von Glühbirnen, eine frühnachmittägliche Schlechtwetterfront, die dauernd Regenwolken vor die Sonne schob, und eine Taschenlampe mit nahezu leeren Batterien hatten ihnen einen Strich durch die Rechnung gemacht. Faith hatte genug gesehen, um zu erkennen, dass sie alle Hände voll zu tun haben würden. Allein das Gerümpel fortzuschaffen würde Tage dauern.

„Wir geben nicht so leicht auf“, versprach sie, als sie und Alex sich Gesicht und Hände wuschen, um sich beim Nachmittagstee blicken lassen zu können. „Ich verspreche dir, dass wir das so bald wie möglich angehen. Ich will ja selbst ein paar Kisten dort abstellen.“

„Viele Kisten?“ brummte er.

Faith war entschlossen, sich von allerlei Zeug zu trennen, das sie an ihr Leben mit David erinnerte, aber es gab Sachen darunter, die für die Kinder irgendwann von Interesse sein könnten. Sie umarmte ihren Sohn. „Ich weiß noch nicht. Aber der Speicher ist groß. Wir werden uns schon nicht in die Quere kommen.“

Sie wollte noch einen Anlauf machen, ihre Tochter zum Mitkommen zu bewegen, obwohl Remy bereits kategorisch abgelehnt hatte. Oben klopfte Faith an Remys Tür, zählte bis fünf und trat ein. Zu ihrer Verblüffung hatte ihre Tochter aufgeräumt, gefegt und die beiden Fenster geputzt, die auf den Fluss hinausgingen. Die Regenwolken waren abgezogen, und das Sonnenlicht spiegelte sich in den Scheiben.

„Hey, das sieht ja schon viel besser aus. Hast du versucht, die Tapete zu entfernen?"

„Interessiert mich nicht."

„Sie ist ziemlich hässlich." Faith entdeckte einen abgerissenen Streifen. Sie fragte sich, wer dieses Blumenmuster ausgesucht haben mochte. Es war nicht alt genug, um einen antiquarischen Reiz zu haben, und nicht neu genug, um das Zimmer luftig wirken zu lassen. Traurige Tulpenstängel sprenkelten ein Muster aus breiten schwarzen Streifen. Überall fanden sich Spuren von Klebeband und Reißzwecken, als hätte jemand versucht, möglichst viel von der Tapete hinter Postern zu verbergen.

„Das war das Kinderzimmer meiner Schwester", sagte sie, als Remy nicht antwortete. „Irgendwo unter den vielen Schichten dürfte eine Babytapete stecken. Altmodische Störche oder Teddybären ..."

„Du meinst, in diesem Zimmer hat sich die Entführung abgespielt?"

Faith wünschte, sie hätte geschwiegen. „Das ist lange her."

„Ich will hier nicht wohnen."

„Ich bin mir sicher, dass Alex bereit ist zu tauschen. Dieses Zimmer ist schöner, und es war nett von ihm, es dir zu überlassen."

„Sein Zimmer hat einen Zugang zum Dachboden. Das ist der einzige Grund."

Faith wartete.

„Ich möchte diese Treppe nicht in meinem Zimmer haben. Wer weiß, was sich da oben rumtreibt."

„Dann musst du wohl oder übel hier bleiben."

„Du findest das wohl witzig, was?“

Faith lehnte sich an die Wand. „Ich finde, du hast in letzter Zeit viel mitgemacht. Das haben wir alle, und witzig wird es vorerst nicht werden. Aber das heißt nicht, dass wir hier nicht irgendwann glücklich werden können. Diese Möglichkeit besteht durchaus.“

„Ich werde nie wieder glücklich sein.“ Ausnahmsweise klang Remy nicht patzig. Sie war einfach nur traurig.

Faith war gerührt und besorgt, aber sie hütete sich, die Arme um ihre Tochter zu legen. „Ich weiß, dass es sich im Moment so anfühlt.“

„Wie kannst du nur glauben, dass es je wieder besser wird?“

„Weil die allerwichtigsten Dinge in deinem Leben sich nicht verändert haben. Du hast noch immer eine Familie, die dich liebt ...“

„Ich habe keinen Vater.“

„Doch, hast du, und er liebt dich noch genauso wie früher.“

„Ich will ihn nicht wiedersehen. Nie mehr.“

Faith fuhr fort: „Als ich heute unten geputzt habe, hatte ich ein ganz komisches Gefühl. Dieses Haus gehört seit vielen Generationen den Frauen unserer Familie. Sie haben hier gelebt und geliebt.“ Dass einige von ihnen vermutlich auch hier gestorben waren, verschwieg sie lieber. Sie wusste kaum etwas über die Familiengeschichte, denn Lydia hatte Faith nie etwas darüber erzählt.

Aus Remys Blick sprach Skepsis, als Faith fortfuhr: „Ich musste daran denken, dass andere Frauen – Frauen, ohne die es uns gar nicht gäbe – hier wahrscheinlich ebenfalls einen Neuanfang gemacht haben. Wir wissen, dass in diesem Haus eine schreckliche Sache passiert ist, aber von allem anderen haben wir keine Ahnung. Und dabei ist das unser Erbe, deins und meins. Wir sollten mehr darüber in Erfahrung bringen und dieses Haus wieder zu einem glücklichen Heim machen."

„Gott, wie rührend."

Faith musste lächeln. „Okay, das war noch nicht sehr überzeugend. Ich will dir die Wahrheit sagen. Manchmal fühle ich mich, als würde ich gleich in die Tiefe stürzen, also kralle ich mich an alles, was mir Halt und Hoffnung gibt."

Hoffnung war das Stichwort für Remy. „Wie konnte der Entführer mit Hope entkommen? Die Fenster sind so hoch ..."

„Sie haben nie herausgefunden, wie er es gemacht hat. Durch deine Fenster ist er bestimmt nicht verschwunden. Schon gar nicht am helllichten Tag."

„Das sind nicht *meine* Fenster."

„Bist du sicher, dass du nicht auch unsere Nachbarin besuchen willst?"

„Lass mich einfach in Ruhe."

Faith widerstand dem Verlangen, ihrer Tochter übers Haar zu streichen.

Dottie Lee Fairbanks liebte Rot, leuchtendes orientalisches Rot, und grelle Messing- und Goldtöne, die in den Augen schmerzten. Sie mochte fantastische Drachen- und Schlangenschnitzereien aus Mahagoni und Rosenholz und Möbel, die so ausladend waren, dass sie die Zimmer in ihrem Haus winzig erscheinen ließen. Ihr gefiel alles, was schimmerte und auffällig war, und sie verschmähte offenbar alles Gewöhnliche. Denn in ihrem Haus gab es nichts Gewöhnliches. Rein gar nichts.

„Magst du Hunde?" fragte sie Alex, als er zur Tür hereinkam.

„Klar. Jeder mag Hunde."

„Na ja, meinen magst du vielleicht nicht." Sie steckte Daumen und Zeigefinger zwischen die Lippen und stieß einen so grellen Pfiff aus, dass Faith sich am liebsten die Ohren zugehalten hätte.

Auf der Stelle erschien ein winziger Chihuahua und baute sich mit gebleckten Zähnchen vor Alex auf. Der Junge ignorierte das drohende Grollen, ging auf alle viere, bevor Faith ihn zurückhalten konnte, und bellte zurück. Der Hund zog sich einen knappen halben Meter zurück – was angesichts seiner Größe einige Zeit in Anspruch nahm –, setzte sich auf seinen Hintern und betrachtete sein Gegenüber.

„Ein kluges Kind", meinte Dottie Lee. „Allem Anschein nach habe ich dich richtig eingeschätzt."

„Hierher, Kleiner", sagte Alex und streckte die Hand aus. Der Chihuahua zog die Brauen hoch und machte einen Gesichtsausdruck, den Faith nicht für möglich gehalten hätte, wenn sie ihn nicht selbst gesehen hätte.

„Kleine", verbesserte Dottie Lee ihn. „Nefertiti. Kurz Titi."

„Hierher, Titi."

Titi zögerte kurz und schnellte dann in Alex' Richtung. Er fing das Tierchen auf, klemmte es unter den Arm und stand auf. „Kennen Sie Alec, Dottie Lee?"

„Wenn du Alec den Tonnenmann meinst, ja, natürlich."

„Alec der Tonnenmann?" Faith folgte Dottie Lee durch mehrere Jahrhunderte unschätzbarer chinesischer Antiquitäten bis zur Rückseite des Hauses. Dottie Lees Esszimmer erstreckte sich dort über die ganze Breite, die Fenster reichten vom Boden bis zur Decke. Sie hatte eine unverbaute Sicht auf das Kennedy Center und das Watergate Hotel, aber auch auf die atemberaubende Key Bridge. Auch der Esstisch war wuchtig, aber jetzt, da die Wolken sich verzogen hatten, strahlte Tageslicht herein und ließ ihn kaum

Furcht einflößend erscheinen. Er wirkte wie ein Löwe, der im Sonnenlicht döst.

„So nennt er sich. Er hat früher in eurem Keller geschlafen, weißt du."

„Wirklich?" Alex gesellte sich zu ihnen. Titi hatte die Augen geschlossen, als wäre sie bereits eingeschlafen.

„Dann hat er einen besseren gefunden."

„Wo?"

„Ich glaube, er schläft jetzt in meinem", antwortete Dottie Lee. „Nur wenn es kalt ist, natürlich. Solange das Wetter es zulässt, bleibt er lieber im Freien."

„Wie kommt er rein?" erkundigte sich Alex.

„Ich lasse ein Fenster unverriegelt. Wir sprechen natürlich nie darüber."

Faith musste noch damit fertig werden, dass ihr Keller auf die Dauer nicht gut genug gewesen war. „Er hat bestimmt kein leichtes Leben. Er ist kein junger Mann mehr."

„Er isst gut. Manche der Restaurants auf unserer Straße geben ihm ihre Reste, wenn sie schließen. Am Ende des Studienjahres, wenn die Studenten ausziehen, bekommt er Kleidung. Er ist immer noch stark wie ein Pferd."

„Warum lebt er so?" Alex ließ sich in den Esszimmerstuhl fallen, zu dem Dottie Lee ihn dirigiert hatte.

„Er trinkt." Dottie Lee bedeutete Faith, auf der anderen Tischseite Platz zu nehmen. „Eine Menge."

„Oh." Alex strich Titi über die Ohren. „Kann er nicht einfach damit aufhören?"

„Hast du das mal versucht, Junge?"

Alex schüttelte den Kopf. „Weiß er, wie schlecht das für ihn ist?"

„Wer wüsste das besser als er?“

Alex dachte nach. „Ich werde unseren Keller in Ordnung bringen.“

Faith wechselte rasch das Thema. „Haben Sie all diese bemerkenswerten Möbel auf Ihren Reisen erworben, Dottie Lee?“

„Nein, kein einziges Stück. Fürs Reisen hatte ich nie etwas übrig. Es gibt sehr wenig auf der Welt, was ich nicht auch hier in der Prospect Street haben könnte. Aber ich war natürlich mit Männern befreundet, die viel reisten. Und die kannten meinen Geschmack.“

Faith hatte den Eindruck, dass sie in Sachen kindertaugliche Gesprächsthemen vom Regen in die Traufe geraten war. „Kann ich beim Auftragen helfen?“

„Mariana bringt uns alles.“ Dottie Lee sank langsam in einen Sessel am Kopf des Tisches und ließ dann eine zierliche Kristallglocke erklingen. Titi wachte schlagartig auf und kläffte in derselben hellen Tonlage.

Eine Verbindungstür wurde geöffnet. Die Frau, die mit einem Bambustablett den Raum betrat, schien nicht wesentlich jünger zu sein als Dottie Lee. Sie war krumm und verschrumpelt, hatte aber einen festen Schritt.

„Früher hat Mariana alles selbst gebacken.“ Dottie Lee nahm eine Teekanne aus schwarzem Porzellan vom Tablett und setzte sie auf ein Rechaud. „Aber jetzt kaufen wir einfach, was wir brauchen. Mariana geht gerne jeden Tag etwas vor die Tür.“

„Ich geh überhaupt nicht gerne“, sagte Mariana mit einem ganz leichten spanischen Akzent. Sie hatte einen eleganten, stahlgrauen Pagenkopf, und der Pony betonte ihre schönen schokoladenbraunen Augen. „Die da will mich nur los sein.“

„Mariana vertritt ihre Ansichten immer so resolut“, meinte Dottie Lee, als träfe das auf sie selbst nicht ebenso gut zu.

Faith hatte Tee und vielleicht ein paar Kekse erwartet. Mit dem Festmahl, das Mariana auf den Tisch brachte, hatte sie nicht gerechnet. Kleine Schnittchen, Scones mit Marmelade und Schlagsahne, Plätzchen. „Das sieht großartig aus. Sind wir nicht Glückspilze?"

„Ihre Mutter hat mich immer zum Tee besucht." Dottie Lee nahm einen Servierteller mit aufwändig zugeschnittenen Sandwiches und reichte ihn Alex. „Damals, als sie noch wusste, wer sie war."

Faith hatte keine Ahnung, was sie darauf entgegnen sollte. Lydia Huston wusste sehr gut, wer sie war. Sie war die Frau von Joe Huston, dem mächtigen Senator aus Virginia.

„Wie kann jemand vergessen, wer er ist? Außer wenn er unter Gedächtnisschwund leidet?" Alex langte nach den Sandwiches, aber Faith fiel ihm in den Arm.

„Du musst Titi absetzen und dir die Hände waschen."

Er protestierte. „Sie ist nicht schmutzig."

„Gewiss nicht", stimmte Dottie Lee zu. „Aber da wir deine Mutter nicht von ihrem Irrglauben abbringen können, solltest du dir vielleicht trotzdem die Hände waschen."

Mariana führte ihn aus dem Zimmer. Titi wartete still neben seinem Stuhl.

„Was treibt Lydia so?" fragte Dottie Lee.

Faith hatte das unangenehme Gefühl, dass Dottie Lee die Antwort bereits kannte.

„Sie hat viel zu tun. Wann immer sie Zeit dafür findet, sammelt sie Spenden."

„Für vermisste Kinder, nehme ich an?"

„Nein, für meinen Vater. Für die Partei." Faith nahm sich mehrere Sandwiches von der Platte.

Dottie Lee reichte ihr anschließend einen Teller mit Scones. „Seltsam, finde ich. Sie nicht?"

„Sie interessiert sich für vieles." Aber für nichts leidenschaftlich. Faith bezweifelte, dass ihre Mutter auch nur einen Funken Leidenschaft im Leib hatte. Sie nahm einen Scone, der vor Korinthen platzte, und legte ihn auf ihren Teller.

„Reden wir lieber über Sie", beschloss Dottie Lee. „Haben Sie schon Pläne für das Haus?"

Faith entschied sich für eine ehrliche Antwort. „Vorerst geht es nur darum, es bewohnbar zu machen. Danach werden wir peu à peu weitersehen. Sie wissen, wie heruntergekommen es ist."

„Ihre Großmutter würde Ihre Mutter dafür übers Knie legen, wenn sie noch unter uns wäre."

Faith fiel auf, dass sie wieder bei Lydia angelangt waren. „Kannten Sie meine Großmutter?"

„Ja, sehr gut. Sie sind ihr natürlich nie begegnet."

„Nein, bei meiner Geburt lebte sie nicht mehr."

„Sie ist jung gestorben. An Malaria, meine ich."

„Ich glaube, ja." Faith war überrascht, dass sie es nicht mit Bestimmtheit sagen konnte. Die Vergangenheit war bei den Hustons nie ein beliebtes Thema gewesen.

„Sie sollten Ihre Mutter bitten, Ihnen von Millicent zu erzählen", fuhr Dottie Lee fort. „Ihre Großmutter war eine Frau mit vielen Talenten."

Alex kam zurück.

„Solange deine Mutter hinschaut, wirst du Titi nichts von deinem Teller geben." Dottie Lee reichte ihm Marmelade und Butter.

Alex lud sich genug Marmelade auf den Teller, um bei einem Diabetiker einen Zuckerschock auszulösen. „Wer sind die vielen Männer im Flur? Sie sehen wichtig aus. Vielleicht sogar berühmt."

„Freunde."

Faith blickte auf. Dottie Lee zeigte wieder ihr umwerfendes Lächeln, und plötzlich begriff Faith, was ihre Mutter gemeint hatte, als sie sagte, Dottie Lee sei nicht der rechte Umgang.

„Dottie Lee hat mir gerade von deiner Urgroßmutter berichtet", beeilte Faith sich zu erklären.

„Hat sie in unserem Haus gelebt?" Alex sprach mit vollem Mund, spuckte aber immerhin keine Krümel.

„Viele Jahre, aber nicht als Erwachsene. Sie ist hier geboren worden, einige Jahre vor mir. In genau dem Zimmer, in das jetzt sicher deine Mutter ziehen wird. Nachdem sie Harold geheiratet hatte, zog Millicent natürlich fort. Ihre Eltern wohnten weiter nebenan, bis sie starben, und kurz darauf sind deine Großeltern eingezogen."

Faith' Neugier war geweckt. „Dann müssen Sie auch meine Urgroßeltern gekannt haben. Zumindest ein bisschen."

„Meine Liebe, ich bin eine unerschöpfliche Informationsquelle. Als Kind habe ich auf Violets Knien gesessen, und sie hat mir das Abc beigebracht. Auch auf dem Schoß *ihrer* Mutter habe ich viele glückliche Stunden verbracht. Candace war für mich wie eine Großmutter."

Faith konnte es kaum fassen, dass die Verwandten, die sie nur dem Namen nach kannte, für Dottie Lee Personen aus Fleisch und Blut waren. „Ich hoffe, Sie erzählen mir etwas über sie."

„Alles zu seiner Zeit." Dottie Lee biss in ein Gurkensandwich und kaute gedankenverloren. „Eines verrate ich Ihnen jetzt, denn jeder Mensch braucht eine Überraschung im Leben. Etwas Spannendes." Sie schaute Alex an und runzelte die Stirn. „Alex Bronson, braucht deine Mutter etwas Spannendes?"

„Zählt die Entführung ihrer Schwester nicht?"

„Doch, selbstverständlich. Aber ich hatte eher an etwas Aufbauendes gedacht."

Mariana kam mit einer zweiten Kanne Tee herein. „Hör auf, hier herumzuwirbeln, und setz dich", befahl Dottie Lee.

Mariana brummte etwas, gehorchte aber. Dottie Lee reichte ihr die Platten, sodass sie zugreifen konnte.

Faith war froh, dass Mariana sich zu ihnen gesellte. Sie fühlte sich stets unwohl, wenn sie bedient wurde.

„Sorry, aber im Augenblick vertrage ich Spannung nur, wenn sie zwischen zwei Buchdeckeln steckt."

„Sie sind mit dem Gefühl groß geworden, dass es nur unangenehme Überraschungen gibt." Dottie Lee goss Sahne in Marianas Tee. „Solche haben Sie genug erlebt, und niemand hat Ihnen beigebracht, dass auch mal unverhofft etwas Erfreuliches passieren kann. Aber ich werde es Ihnen beweisen: Ich gehe wohl recht in der Annahme, dass Sie den Umzug in die Prospect Street als Abstieg betrachten?"

Faith widersprach ihr nicht.

„Andere waren stolz auf das Haus", fuhr Dottie Lee fort. „Und die Beweise dafür sind noch vorhanden, nur eben gut versteckt."

Alex' Augen glänzten. Er hatte Dutzende von Detektivgeschichten verschlungen und glaubte, seinen Helden ebenbürtig zu sein. „Können Sie uns noch mehr Tipps geben?"

„Ich könnte, aber ich tu's nicht. So musst du mich nämlich öfter mal besuchen kommen, Alex Bronson. Vielleicht rutscht mir ja mal ein Hinweis raus, wenn ich nicht auf der Hut bin. Du wärst überrascht, was ich alles weiß."

Faith freute sich über Alex' und Dottie Lees Geplauder. Endlich war ihr Sohn einem Menschen begegnet, der ihn ebenso entzückend fand wie sie. Zugleich machte es sie traurig, dass das nicht schon früher geschehen war, und zwar in den Reihen ihrer Familie.

Dottie Lee blickte auf, als hätte sie Faith' Gedanken gelesen. „Ihre Tochter sieht der jungen Lydia erstaunlich ähnlich, aber charakterlich kommt dieser junge Mann hier ganz nach Ihrer Mutter."

Faith musste sehr ungläubig geschaut haben, denn Dottie Lee gab ein kehliges Lachen von sich. „Spreche ich wieder in Rätseln? Wie schön, meine Liebe. Hoffen wir, dass ich lang genug lebe, um Ihnen alles zu erzählen, was ich weiß."

Als wollte sie das Schicksal herausfordern, bestrich Dottie Lee noch einen Scone mit Schlagsahne und hob ihn hoch wie zu einem Toast.

8. KAPITEL

Jeder konnte Pavel Quinn gut leiden. Als es den Ostblock noch gab, hatte eine Exgeliebte einmal gesagt, er werde von allen gemocht, weil er von niemandem geliebt werden wolle. Pavel wisse genau, wo die Grenze zwischen beidem verlief, und bewache sie so scharf wie ein DDR-Soldat die Berliner Mauer.

Er hatte natürlich gegen diesen Vergleich protestiert. Gut, er hatte einen russischen Vornamen, aber nicht jeder Russe war ein Kommunist, schon gar nicht in seiner Familie. Und ganz bestimmt hatte nie ein Quinn die innerdeutsche Grenze bewacht. Das Steinewerfen in Belfast lastete sie völlig aus.

Die Geliebte hatte melodramatisch die Arme hochgerissen und war zu seiner Haustür hinausmarschiert. Er hatte ihr mit einer Mischung aus Traurigkeit und Erleichterung nachgeblickt. Sie war eine chilenische Schönheit gewesen, die einfallsreichste Liebhaberin, die er je in sein Bett gebeten hatte, und – wenn es ums Essen ging – eine fast ebenso große Genießerin wie er.

Sie war aber auch besitzergreifend und launenhaft gewesen. Sie hatte in seinem Inneren verzweifelt nach Dingen gesucht, die einfach nicht da waren. Wer könnte das besser beurteilen als er?

Seither hatte Pavel sich Geliebte zugelegt, die sich nicht so verhielten. Er mochte Frauen, die Laute, die sie von sich gaben, wenn sie zufrieden waren, die Wärme, die sie ausstrahlten, wenn er neben ihnen schlief, ihr duftendes Haar, die Brüste, weich wie Kissen. Er würde nicht sagen, dass er sie alle mit derselben Intensität geliebt hatte, aber die Erfahrungen ähnelten sich stark: Frauen traten in sein Leben. Er amüsierte sich prächtig mit ihnen. Sie zogen von dannen.

Heute half er einer von ihnen beim Packen.

„Du bist ein furchtbarer Typ!“ Odette schüttete den Inhalt einer Kommodenschublade in eine Tragetasche. Da die Schublade nur sorgfältig zusammengelegte Unterwäsche enthielt, war anschließend noch Platz in der Tasche. Sie packte ihre Polohemden und die heißesten Shorts südlich der Mason-Dixon-Linie dazu.

„Tja, ich weiß, dass es nicht leicht ist, mit mir zusammenzuleben.“ Pavel, der beflissen einen lilafarbenen Baumwollsweater zusammenfaltete, fühlte sich verpflichtet, einen Teil der Schuld auf sich zu nehmen.

„Keine Frage, aber davon rede ich gar nicht.“ Odette riss die letzte Schublade auf und klaubte ihre Socken und eine Kosmetiktasche zusammen.

„Wovon dann?“

„Du bist ein Radarschirm ohne Leuchtflecke.“

Das hatte man davon, wenn man sich mit einer Fluglotsin zusammentat. „Du wolltest Leuchtflecke?“

Sie reckte sich und runzelte die Stirn. „Jede Frau will das, Pavel. Du bist eigentlich alt genug, um das zu wissen.“

Er war einundvierzig und näherte sich rasant dem Alter, in dem man nichts mehr dazulernte. Vor allem bezüglich der Frauen. „Hast du dich nach mehr Streit gesehnt? Damit wir uns im Bett wieder versöhnen konnten? Nach was, Odette?“

Odette seufzte. Sie war keine besonders gefühlsbetonte Frau. „Nein, Streit liegt mir auch nicht. Vielleicht hätte es mir schon gereicht, wenn ich auf *deinem* Radarschirm Leuchtflecke hinterlassen hätte.“

„Das hast du. Natürlich.“

Sie blickte auf. „Ich brauche noch eine Tasche. Und nein, das habe ich nicht. Nächste Woche hast du garantiert schon vergessen, dass ich hier gewohnt habe.“

„Du wirst mir fehlen."

„Vergiss es, Pavel." Sie war eine langbeinige Brünette mit offenem Haar, das bis zur Rückenmitte herunterreichte, und der Figur eines Bomberstaffel-Pin-up-Girls. Ihre Gesichtszüge waren etwas zu ausgeprägt, vielleicht sogar derb, aber das hatte er an ihr besonders reizvoll gefunden. Pavel verabscheute Perfektion.

Da es nichts mehr zu sagen gab, ging er in die Küche und angelte zwischen Spülmittelflaschen, Putzzeug und schmutzigen Geschirrtüchern eine weitere Plastiktüte hervor. Als er zurückkam, nahm sie sie ihm aus der Hand und warf ihre restlichen Sachen hinein. „Also, das wär's. Ich muss los."

„Soll ich dich anrufen? Wir könnten nächstes Wochenende essen gehen."

„Die Antwort lautet nein." Odette schaute ihn an. „Und dabei bleibt's auch, also bemüh dich nicht." Sie lächelte schief. „Hat Spaß gemacht mit dir, großer Junge. Ein schönes Leben noch."

Da er genau mit dieser Reaktion gerechnet hatte, lächelte er zurück. Und bevor sie sich dagegen wappnen konnte, zog er sie zu einer letzten heftigen Umarmung an seine Brust.

„Das könnte mir fehlen", meinte sie, sobald er sie losgelassen hatte. „Aber das meiste andere hier nicht. Du solltest jemanden anheuern, der weiß, wie man solche Renovierungen durchführt. Das Haus ist ein Dreckloch." Odette hob die Tüten hoch und schüttelte den Kopf, als er ihr eine bis zum Auto tragen wollte. „Ich bin weg."

Er begleitete sie nach vorn und öffnete eilfertig die Haustür. Dann blieb er auf der Schwelle stehen und beobachtete, wie sie die Stufen hinunterging. Nachdem sie die Tüten im Wagen verstaut und sich hinters Steuer gesetzt hatte, kehrte er ins Haus zurück. Als er in der Küche vorm Kühlschrank stand, ging ihm auf, dass er zumindest hätte warten können, bis sie davongefahren war.

Er schloss den Kühlschrank und schraubte sich ein Heineken auf. Mitten auf dem im Schachbrettmuster gefliesten Küchenboden lag ein neues Spülbecken. Er konnte sich nicht genau erinnern, wie lange es da schon auf seine Montage wartete.

„Es gibt einen Unterschied zwischen einem Dreckloch und einer Herausforderung", sagte er zu sich selbst.

Das Bier rann seine Kehle hinunter, die noch keine Zeit gehabt hatte, auszutrocknen. Auf seiner Magnolie stimmten die Drosseln gerade ihre ersten Lieder an. Unglücklicherweise hatte Odette zur gefürchteten Spezies der Frühaufsteher gehört, sodass der ganze Tag noch vor ihm lag.

Er verschloss die Flasche und stellte sie in die Kühlschranktür zurück. Um diese Zeit brauchte er etwas anderes als Alkohol. Ihm war nach einem Frühstück und nach Kaffee, aber keins von beidem ließ sich in dieser Küche auftreiben. Als nächster Punkt standen die Wirtschaftsseiten der „Washington Post" auf seiner Wunschliste, doch wie üblich war sein Exemplar der Zeitung vom Bürgersteig geklaut worden, bevor er es hatte hereinholen können.

Er lebte in Georgetown, wo es Dutzende von Frühstücksgelegenheiten gab. Aber für ihn kam nur ein Ort in Frage. Er fuhr sich mit den Fingern durch die zerzausten dunklen Locken und begab sich auf die Suche nach seinen Sandalen.

Als Faith am Umzugstag erwachte, lastete die Angst wie eine geballte Faust auf ihrem Brustkorb. In den Tagen seit ihrem Entschluss, nach Georgetown zu ziehen, hatte sie kaum Zeit gefunden, diese Entscheidung in Frage zu stellen oder sich der Konsequenzen bewusst zu werden. Sie hatte Kisten gepackt, sortiert und markiert, bis sie so erschöpft war, dass sie auch auf eigentlich Unentbehrliches verzichten wollte, nur um es nicht einpacken zu müssen.

Am Dienstag würde ein örtliches Auktionshaus auf dem Grundstück in McLean eine Versteigerung durchführen, und was sie heute nicht in Sicherheit brachte, würde den Sammlern und Schnäppchenjägern in die Finger fallen. Obwohl überall Möbel und andere Dinge herumstanden, von denen sie sich trennen konnte, war fraglich, ob all das, was sie mitnehmen wollte, überhaupt in das Reihenhaus passen würde.

Sie duschte ein letztes Mal im großen Badezimmer, schmiss ihr Handtuch und ein paar übrig gebliebene Toilettenartikel in einen Karton und zog die Jeans und die Hemdbluse an, die sie am Abend beiseite gelegt hatte. Dann guckte sie nach, ob Remy schon wach war.

Ihre Tochter saß auf der Fensterbank und starrte hinaus. Um sie herum stapelten sich Kartons. Letzten Endes hatte Remy sich – von den Möbeln abgesehen – von fast nichts trennen wollen.

„Die Packer kommen in einer halben Stunde." Faith trat zu ihr ans Fenster. „Wenn du dich mit dem Duschen beeilst, hast du noch Zeit fürs Frühstück."

„Ich habe keinen Hunger."

Faith wusste, dass im Moment jeder Überredungsversuch zwecklos wäre. Dafür fehlten sowohl ihr als auch ihrer Tochter im Moment die nötigen emotionalen Reserven. „Ich schaue mal nach Alex. Ich glaube, ich habe ihn schon gehört."

„Er ist schon angezogen. Er findet das alles aufregend, wie irgendein blödes Abenteuer."

„Der Glückliche, was?"

Als Faith eintrat, räumte ihr Sohn gerade ein Bücherregal aus. Sie hatte ihn schon mehrfach gebeten, die Bücher endlich einzupacken. „Du hast nur noch eine halbe Stunde, bis sie kommen", ermahnte sie.

„Bin fast so weit."

Er blickte auf und grinste sie an, und sie musste zurücklächeln. „Ich sehe dich dann unten, sobald du fertig bist. Es gibt Saft und Müsli."

In der Küche schenkte sie in alle Gläser Saft ein und holte die Milch aus dem Kühlschrank. Die übrigen Lebensmittel waren schon verpackt, die Fächer gereinigt. Der kleine Kühlschrank, den sie für das Reihenhaus bestellt hatte, war noch nicht geliefert worden. Mindestens ein paar Tage lang mussten sie ohne ihn zurechtkommen.

Bevor sie das Müsli verteilen konnte, läutete es an der Tür. Die Packer konnten es nicht sein, denn sonst hätten die Hunde der Nachbarn längst angeschlagen. Während sie zur Tür ging, nippte sie an ihrem Glas. Draußen stand David.

Sie war so überrascht, dass sie den Saft im Mund behielt. Sobald sie wieder schlucken konnte, fragte sie: „Was machst du denn hier?"

Er hielt eine Papiertüte hoch. „Ich bringe euch Frühstück." Er machte einen Schritt auf sie zu. „Faith, ich weiß, wie schwer das ist. Ich wollte dir helfen."

„Jetzt hier aufzutauchen hältst du für hilfreich?"

„Lass mich mit den Kindern irgendwohin fahren, damit sie nicht im Weg stehen. Sie müssen ja nicht mit anschauen, wie ihr Leben in Stücke zerlegt wird."

Sie wusste nicht, was sie erwidern sollte. Bis jetzt hatte er nicht darauf bestanden, die Kinder endlich zu besuchen, und sie hatte vor, es Remy und Alex selbst zu überlassen, ob und wann sie ihren Vater treffen wollten. Bis jetzt hatte keines der Kinder diesen Wunsch geäußert.

„Sie werden sich nie an die neue Situation gewöhnen, wenn sie keine Zeit mit mir verbringen“, meinte David. „Geduld ist schön und gut, aber so funktioniert das nicht. Sie müssen erfahren, dass ich sie noch genauso liebe wie eh und je.“

Zögerlich trat sie beiseite, um ihn hereinzulassen.

„Ich habe Wurstbrötchen gekauft. Alex kann davon nie genug kriegen.“

„Er kommt gleich runter. Remy braucht länger. Für sie ist es schwerer.“

„Sie ist immer so ausgeglichen gewesen. Ich weiß, dass sie es jetzt schwer hat ...“

„Sie hat nie etwas Schlimmes durchmachen müssen. Deshalb. Wir haben unsere Kinder unter einer Käseglocke großgezogen. Alex ist flexibel, aber Remy findet sich in einer Welt, die nicht wie im Bilderbuch funktioniert, nicht zurecht.“

Er versuchte nicht, ihre Äußerung zu relativieren. Das überraschte Faith, denn wenn *sie* eine Sonnenbrille auf der Nase gehabt hatte, um die grelle Wirklichkeit nicht so wahrzunehmen, wie sie war, dann hatte *er* Scheuklappen getragen.

In der Küche stellte er die Tüte auf die Arbeitsplatte, packte das Essen aus und teilte es akkurat in mehrere Stapel auf. „Hast du irgendwelche Tipps?“

„Du fragst mich um Rat?“

„Ja.“ Sein Lächeln vermochte das Leid in seinem Blick nicht zu überspielen. „Ich habe Angst. Angst vor meinen eigenen Kindern.“ Er schüttelte den Kopf, und sein Lächeln erstarb.

Ausnahmsweise versuchte sie nicht diplomatisch zu sein. „Rat könnte ich selbst gebrauchen. Ich fühle mich wie auf einem Blindflug."

„Du scheinst mit der Situation gut fertig zu werden."

„Ich habe den Eindruck, dass du auch deinen Weg gefunden hast, damit umzugehen."

„Ich wache jeden Morgen auf und wünsche mir, ein anderer zu sein. Dann erinnere ich mich daran, dass ich jahrelang ein anderer *war* und es eines Tages einfach nicht mehr ertragen konnte. Verstehst du?"

„Bitte versuch nicht, in mir irgendein Gefühl außer Wut wachzurufen, okay? Für Mitgefühl ist es zu früh. Ich kann es noch nicht aufbringen."

„Gib dir Zeit."

„Versprich dir nicht zu viel."

Ihre Blicke trafen sich.

„Weißt du, was ich mir mehr als alles andere wünsche?" fragte er.

„Nein. Und ich will es nicht wissen."

„Eines Tages möchte ich mich wieder richtig mit dir unterhalten können."

„Tja, was meinst du? Wie stehen die Chancen dafür, David?" Die Stimme, mit der sie sprach, klang nach Lydia: sarkastisch und verbittert.

Er schüttelte den Kopf. „Keine Ahnung."

„Wir müssen uns um die Kinder kümmern. Mehr kann ich derzeit nicht bewältigen. Alles andere muss warten." Sie wandte sich ab, um sich zu sammeln. Auf der Treppe hörte sie Schritte, und als sie sich wieder umdrehte, stand Alex in der Tür.

„Dad." Er erstarrte, als wäre der Mann am Küchentisch im Begriff, sie auszurauben.

„Alex.“ David lächelte. „Ich habe euch Frühstück mitgebracht. Ich dachte mir, dass ihr Hunger haben könntet.“

„Was tust du hier?“

„Das habe ich doch gerade erklärt.“

„Seit Monaten lässt du dich nicht blicken, und dann kommst du ausgerechnet heute?“

„Timing scheint nicht gerade meine Stärke zu sein.“

„Verschwinde“, sagte Alex. „Hast du Mom nicht schon genug wehgetan?“

Das konnte Faith nicht so stehen lassen. „Alex, dein Dad ist nicht hier, weil er mich verletzen will. Er besucht uns, weil er Remy und dich sehen möchte. Ihr fehlt ihm.“

„Aber er hat dir wehgetan. Das weiß ich. Ich hör dich nachts weinen, wenn du annimmst, dass wir schlafen.“

„Es war nie meine Absicht, irgendjemanden zu verletzen“, verkündete David. „Das musst du begreifen. Es ist mir wichtig zu wissen, wie es deiner Mutter geht, und so wird es auch bleiben.“

„Ach ja? Sie ist dir also so wichtig wie ein gewisser Typ?“

„Alex ...“ Faith ging zu Alex hinüber. „Ich kann für mich selbst sprechen. Überlass das bitte mir, ja?“

Alex schaute seinen Vater direkt an. „Ich will dich nicht sehen.“

„Ich möchte mit Remy und dir den Tag verbringen.“

Alex machte kehrt und lief die Treppe hinauf.

„Na, das hat ja prima geklappt“, meinte David.

Faith kämpfte mit den Tränen. „Keins der Kinder geht mit dir irgendwohin, wenn Ham dabei ist.“

„Trau mir doch ein bisschen Sinn und Verstand zu.“

„So lautet meine Bedingung für alle künftigen Besuche.“

„Mit anderen Worten, sie sollen nicht erfahren, wer ich wirklich bin?"

„Ich will nicht, dass du es so direkt zur Schau stellst."

Er richtete sich etwas auf. „Ich gehe hoch, um mit Remy zu sprechen. Wenn sie sich genauso ablehnend verhält wie Alex, verschwinde ich. Aber sobald ihr euch eingerichtet habt, werde ich regelmäßig kommen. Und wenn ich dafür einen Gerichtsbeschluss brauche."

Er wartete nicht auf eine Antwort. Sie hörte seine Schritte auf der Treppe und sein wiederholtes Klopfen. Remys Tür war abgeschlossen. Sie antwortete ihm nicht und ließ ihn nicht hinein.

Als die erste Wagenladung zur Prospect Street aufbrach, fuhr Faith vorneweg. Die Kinder hatte sie in der Obhut einer schlecht gelaunten Lydia gelassen, die sich auch um Alex' Kleiderschrank kümmerte. Nachdem David gegangen war und sie nach Alex sehen wollte, hatte Faith entdeckt, dass seine Sachen noch immer an der Stange hingen, während er selbst auf dem Schrankboden hockte und seine Tränen hinter langen Unterhosen und Hemdzipfeln verbarg.

Ein überraschend preisgünstiges örtliches Unternehmen besorgte den Umzug. Beim Beladen des LKWs hatten die beiden Männer keine Probleme gehabt, aber jetzt fragte sich Faith, wie sie das Rosenholz-Pianino vier schmale Stufen hinauftragen und durch die Haustür bekommen wollten.

Das Pianino hatte Faith' Urgroßmutter Violet gehört und einstmals in diesem Reihenhaus gestanden. Lydia hatte es schon vor vielen Jahren Faith überlassen.

Faith wusste, dass es dumm war, das Klavier in die Prospect Street zurückzubringen. Sie ließ nützlichere Einrichtungsgegenstände zurück, um für ein Instrument Platz zu schaffen, das selten gespielt wurde. Doch obwohl sie ihre Urgroßmutter nicht gekannt hatte, fühlte sie sich ihr auf unerklärliche Weise verbunden. Das Pianino gehörte viel eher in dieses Haus als der TV-Schrank aus Walnussholz, auf den sie deswegen verzichtet hatte.

Sobald der LKW angekommen war, wachte sie darüber, dass die Betten, Kommoden und Teppiche in den richtigen Zimmern landeten und die Kisten in der Küche aufgestapelt wurden. Dann stand sie mit verschränkten Armen an der Seite und guckte den Männern zu, wie sie das Abladen des Pianinos vorbereiteten.

„Sind Sie sicher, dass Sie keinen dritten Mann benötigen?“

Der Fahrer grinste sie an. Sie schätzte ihn auf hundertzwanzig Kilo pure Muskelmasse. „Für das kleine Ding? Das trage ich doch auf einer Handfläche.“

„Bitte nicht.“

„Sobald es steht, spiele ich Ihnen was Nettes darauf vor.“

Faith hörte eine Tür zuschlagen und blickte über die Schulter. Dottie Lee stand auf ihrem Rasen; sie trug scharlachrote Gaze-Pumphosen und eine passende, silberbestickte Tunika. Der ganze Wirbel schien ihr Freude zu bereiten.

„Violets Pianino“, sagte Dottie Lee. „Auf genau diesem Instrument hat sie mir die erste Tonleiter beigebracht.“

Faith warf ihr einen raschen Gruß zu. „Hat sie gut gespielt?“

„Liebe Güte, Faith, sie war eine begnadete Musikerin. Ihr Mann hat ihr das Klavier zur Hochzeit geschenkt. Wie traurig, dass Sie so wenig wissen. Spielt Ihre Mutter noch? Sie hat Violets Talent geerbt.“

„Meine Mutter?“ Faith konnte sich nicht entsinnen, dass ihre Mutter das Instrument je angerührt hatte. Sie hätte nicht einmal sagen können, ob Lydia einen Ton vom anderen zu unterscheiden vermochte. Faith war als Kind zwar in allerlei schönen Künsten unterrichtet worden, aber zu Klavierstunden hatte Lydia sie nie angehalten.

„Ich schätze, Lydia hat ihre Musik zusammen mit ihrem Geist aufgegeben“, meinte Dottie Lee.

„Meine Tochter hat als kleines Kind darauf gespielt.“ Faith fragte sich, wohin Remys Musikbegeisterung sich verflüchtigt hatte.

Die Akademie war zu klein, um mehr als eine musikalische Grundausbildung anzubieten, aber Remy hatte sich nie darüber beschwert. Stattdessen hatte sie mit Turnen und Fußball angefangen, um mit ihren Freundinnen aus der Nachbarschaft zusammen zu sein.

„Jetzt spielt niemand mehr auf dem Klavier“, erklärte Faith. „Aber es wollte zurück nach Hause.“

„Natürlich wollte es das. Ich bin froh, dass Sie auf es gehört haben.“ Dottie Lee verschwand wieder im Haus.

Die Träger standen auf den ersten Stufen, und bislang waren sie nicht ins Schwitzen geraten. Faith wusste nicht, welcher der Männer mehr Mitgefühl verdiente: der untere, auf dem das meiste Gewicht lastete, oder der obere, der sich weit vornüber beugen musste, damit das Pianino nicht kippte.

Sie wünschte, das Instrument wäre größer, sodass die Packer einen zusätzlichen Mann benötigt hätten. Das Zusehen machte sie nervös, aber weggucken konnte sie auch nicht.

Mit einem Minimum an Stöhnen und Ächzen schafften die Männer es bis auf die oberste Stufe. Schon den ganzen Morgen waren Schaulustige auf dem Bürgersteig stehen geblieben, vor allem Studenten, die von der Georgetown-Universität zur Wisconsin Avenue wollten. Jetzt hatte sich eine kleine Menschenmenge versammelt, die das Klavier offenbar interessanter fand als die Schaufenster der Läden.

Faith hörte eine Männerstimme sagen: „Fünf Mäuse, dass der untere Typ es fallen lässt."

Als sie sich umschaute, entdeckte sie zwei junge Männer in den T-Shirts des Georgetown-Basketballteams, die ihre Wette per Handschlag besiegelten. Ihr Magen verkrampfte sich.

Als sie wieder zu den Packern blickte, waren diese in ihrer Position erstarrt. Dann schob der Fahrer langsam die Hände tiefer, um das Klavier höher anheben zu können. Das Pianino begann sich zu neigen, und der Fahrer stieß einen Fluch aus. Faith keuchte vor Anspannung.

Aus der Menge löste sich ein Mann und eilte zu Hilfe. Er war groß und muskulös, und bevor einer der Träger etwas einwenden konnte, hatte er das Klavier schon mit dem Brustkorb und den Knien stabilisiert. Dann beugte er sich vorsichtig vor und schob seine Hände unter das Instrument, um den Fahrer zu entlasten. Der konnte nun das Pianino ein wenig anheben und die nächste Stufe erklimmen. Noch ein Schritt, und das Klavier war auf dem Treppenabsatz, von wo die Männer es durch die Tür manövrierten.

„Also, wenn der Typ nicht gekommen wäre, hätten sie es fallen lassen", meinte der Wettverlierer zu seinem Freund.

„Du schuldest mir fünf Mäuse."

Faith blieb nicht lange genug stehen, um zu beobachten, ob die Wettschuld beglichen wurde. Sie ging die Treppe hinauf und betrat das Wohnzimmer in dem Augenblick, als die drei Männer das Klavier an der vorgesehenen Wand absetzten. Sobald der Fremde sich aufgerichtet hatte, sprach sie ihn an.

„Ich kann Ihnen gar nicht genug danken." Sie streckte die

Hand aus. „Ich bin Faith Bronson, und das ist das Klavier meiner Urgroßmutter."

Der Mann wischte sich die Hände an den Beinen seiner abgeschnittenen, ausgefransten Jeans ab und ergriff ihre Hand. „Pavel Quinn. Ich wohne auf der O Street."

Er war ein Riese, so breitschultrig und stämmig, dass er problemlos beim Umzugsunternehmen hätte anheuern können. Die wuscheligen Locken, die ihm über die Stirn und die Ohren fielen, waren schokoladenbraun, genau wie seine Augen. Er hatte sich eindeutig seit Tagen nicht rasiert – vielleicht seit einer Woche –, und sein T-Shirt war mit Farbklecksen übersät. Aber im Augenblick kam er Faith wie ein Held vor.

„Ich bin froh, dass Sie eingeschritten sind", beteuerte sie.

„Wir hätten es nicht fallen lassen", versicherte der Fahrer. „Hab nie in all den Jahren ein Klavier fallen lassen." Die Packer gingen hinaus, um den Rest der Ladung ins Haus zu schaffen und dann für die letzte Fuhre nach McLean aufzubrechen.

Pavel Quinn schaute sich im Haus um. „Ihren Vermieter sollte man an die Wand stellen."

Sie war zu erleichtert, um beleidigt zu reagieren. „Das ist mein Haus. Meine Baustelle, sollte ich wohl besser sagen."

„Ihr Haus?" Er runzelte die Stirn. „Haben die Hustons es nach all den Jahren doch noch verkauft?"

Sie war nicht überrascht, dass Pavel Quinn die Geschichte kannte. Jeder schien darüber Bescheid zu wissen. „Mein Mädchenname ist Huston. Bronson heiße ich erst seit meiner Heirat." Sie hatte sich noch nicht entschieden, ob sie ihren Mädchennamen wieder annehmen sollte, tendierte aber dazu. „Und nicht mehr lange, wie es aussieht."

Er betrachtete sie mit einem Lächeln. „Scheidung?"

„Ja."

„Tut mir Leid." Er blickte sie noch immer an. Man konnte fast zugucken, wie sich die Informationen in seinem Gehirn wie Puzzlestücke zusammenfügten. Sie ließ die Schultern hängen. Sie war erschöpft. Der Umzug forderte all ihre physischen Kräfte, und die Erleichterung über das gerettete Klavier war schon verflogen. „Mein Leben ist ein offenes Buch, was? Gibt es irgendwen in Washington, der meine Schuhgröße nicht kennt?"

Er fuhr zusammen. „Es tut mir Leid. Wirklich. Es ist nur so, dass mich Lokalgeschichte interessiert. Eine Art Hobby. Und dieses Haus ..."

Mehr musste er nicht sagen. „Ich weiß. Es ist eine Sehenswürdigkeit."

„Meins auch. Im neunzehnten Jahrhundert ist dort ein Außenminister bei einer Dinnerparty gestorben. Wer in Georgetown wohnt, ist von Ruhm umgeben. Sie werden sich daran gewöhnen."

Sie fand es nett von ihm, dass er versuchte, sie abzulenken, aber sie war zu müde, um so zu tun, als wäre es ihm gelungen. „Hat *Ihre* Gattin Sie wegen einer anderen Frau verlassen?"

„Ich bin unverheiratet."

„Dann haben Sie keine Ahnung, wie mein Leben derzeit aussieht."

„In wie viele Fettnäpfchen bin ich schon getrampelt, seit ich Ihr Haus betreten habe?"

Sie holte tief und langsam Luft. „Entschuldigung. Sie sind nur freundlich gewesen. Im Gegensatz zu mir. Ich ..."

„Übernehmen Sie immer die Verantwortung für anderer Leute Unhöflichkeit?"

„Immer."

„Für meine bitte nicht. Abgemacht?"

Beschämt ging sie mit ihm zur Haustür. „Vielen Dank, dass Sie zur richtigen Zeit am rechten Ort waren."

„Ich war bei ‚Booeymonger' frühstücken."

„Und Sie wollten sich den Spaß hier angucken. Wir sind heute *die* Attraktion im Viertel."

„Sie werden feststellen, dass wir hier alle furchtbar neugierig sind. Wir sind eine Kleinstadt im Herzen einer Großstadt."

„Sie sollten mal meine Nachbarin kennen lernen."

„Dottie Lee?" Er grinste. Sein Lächeln ging durch und durch, es lag nichts Aufgesetztes oder Förmliches darin. „Ich kenne Dottie Lee. Es hat Sie direkt neben unsere Lokalhistorikerin verschlagen."

Die Packer kamen mit einem Sofa herein und setzten es gegenüber vom Klavier geräuschvoll ab. „Das wär's", meinte der Fahrer. „Wir fahren jetzt nach Virginia zurück." Sie eilten über die Stufen nach draußen.

Faith wollte das Haus abschließen und ihnen folgen. „Also, vielen Dank für Ihre Neugier", sagte sie zu Pavel. „Sie haben ein Stück Geschichte gerettet."

„Ich bin mir sicher, dass wir uns wieder über den Weg laufen werden. Wenn Sie in der O Street sind, schauen Sie doch mal vorbei. Mein Haus ist das viktorianische im Stick-Stil, an der Ecke zur 31. Straße. Aber hoffen Sie nicht, dass es von innen genauso gut aussieht wie von außen. Es ist ebenfalls eine Baustelle."

Als sie sich die Hände schüttelten, verschwand ihre Hand völlig in seiner. An diesem Mann schien wirklich alles großzügig bemessen.

Als Pavel gegangen war, strich sie mit den Fingern über die Tasten des Pianinos. Es klang schrecklich verstimmt. Jahrelang war das kleine Klavier nur ein Möbelstück unter vielen gewesen. Jetzt dominierte es den Raum. Es konnte wirklich eine Generalüberholung vertragen.

Genauso wie Faith' Leben.

9. *KAPITEL*

Remy war sich nicht sicher, ob sie ihre Großmutter mochte. Wenn ihre Freundinnen von ihren „Omis“ erzählten, die ihnen Halloween-Kostüme nähten oder Sammelalben zusammenstellten, fühlte sie sich etwas isoliert, weil Lydia solche Dinge nie und nimmer für sie tun würde.

Natürlich vernachlässigte Lydia sie nicht völlig. Zu besonderen Anlässen gab es Geschenke, teure Geschenke wie echte Saphir-Ohrstecker oder ein rosa Kaschmir-Twinset. Aber obwohl ihre Freundinnen sie darum beneideten, wünschte sich Remy, dass ihre Großmutter sie wenigstens ein einziges Mal fragen möge, was sie haben wollte. Dann hätte sie ihr mitteilen können, dass sie niemals Rosa trug und ein Rubin, ihr Monatsstein, ihr lieber war als ein Saphir.

Megan konnte mit ihrer Großmutter über alles reden, während Remy sich mit Lydia niemals über irgendetwas Wichtiges ausgetauscht hatte. Umso verblüffter war sie heute, als Lydia in ihr Zimmer kam, während sich ihre Mutter mit den Packern in Georgetown aufhielt, und sich auf der Kante von Remys Schreibtischstuhl niederließ.

„Alles in Ordnung, Remy?“

Remy, die im Schneidersitz auf dem Teppich saß, hütete sich, Nein zu sagen. Niemand wollte wissen, wie es wirklich in ihr aussah, schon gar nicht ihre Großmutter,

„Mir geht es gut.“ Sie räusperte sich und versuchte sich an all die Formulierungen zu erinnern, mit denen man sich normalerweise bei Erwachsenen beliebt machen konnte, all die Sprüche, die sie früher so gut beherrscht hatte. „Hat Alex seinen Wandschrank ausgeräumt?“

„Ja, hat er, aber es ist fraglich, ob er seine Kleidung je wieder wird tragen können."

Remy dachte, dass Alex in Wirklichkeit über den Umzug wohl doch nicht so froh war, wie er vorgab. Jetzt, da ihr Vater ausgeflippt war, bemühte er sich, den Mann im Hause zu ersetzen, aber seine Sachen nicht zu packen war im Grunde dasselbe wie sich an die Veranda zu ketten.

Lydia, die wirkte, als wäre sie am liebsten weit weg, stand steif auf und trat ans Fenster. „Wie alt warst du, als ihr eingezogen seid? Weißt du das noch?"

„Ich erinnere mich nicht."

„Vier, glaube ich. Alex muss fast zwei gewesen sein. Niemand konnte ihn im Zaum halten."

„Und niemand wollte es." Remy hoffte, dass ihre Großmutter ging, bevor ihr kleiner Vorrat an Small Talk-Phrasen aufgebraucht war.

„Du warst ein hübsches kleines Mädchen. Ruhig. Artig." Lydia verschränkte die Arme vor der Brust und drehte sich um. Sie runzelte die Stirn. „Wie deine Mutter."

„Ich habe es satt, dauernd zu hören, dass ich wie sie bin. Ich bin wie *ich*." Remy bereute diese Worte, kaum dass sie ihr über die Lippen gekommen waren. Das hatte sie noch nie getan. Normalerweise widersprach sie ihrer Großmutter nicht, aber jetzt war es geschehen.

Lydia ließ sich nicht aus der Fassung bringen. „Du bist ihr böse, nicht wahr?"

Einen Moment lang kam es Remy so vor, als hätte sie nicht richtig gehört. „Was?"

„Du bist wütend auf sie. Tu nicht so, als wärst du's nicht. Du gibst ihr die Schuld für den Umzug."

„Sie hat meinen Vater geheiratet, oder? Niemand hat sie dazu gezwungen."

„Und du meinst, sie hätte in die Zukunft schauen müssen." Lydia schüttelte den Kopf, wirkte aber nicht verärgert, wie Remy befürchtet hatte. Einen Augenblick lang sah sie fast traurig aus.

„Ja, das finde ich." Remy verschränkte die Finger. „Ich denke, es wäre hilfreich gewesen, ein bisschen vorausschauender zu sein."

„Du glaubst wahrscheinlich, ich blicke nicht durch."

Remy hütete sich, darauf zu antworten. Selbst jetzt.

Lydia verzog das Gesicht. „Ich sehe es dir an, Remy. Du denkst wahrscheinlich, dass ich nichts mitbekomme. Zum Beispiel, dass du jemandem die Schuld in die Schuhe schieben willst."

„Ist doch egal."

„Es ist nicht egal." Lydias Tonfall wurde schärfer. „Ich wünschte, ich wüsste, wie ich dir das klar machen kann."

„Ich möchte nicht darüber reden."

Lydia wandte sich wieder dem Fenster zu. „Ich habe immer mit meiner Großmutter geredet. Sie war jahrelang meine beste Freundin."

Dass Lydia *überhaupt* eine beste Freundin gehabt hatte, war schwer vorstellbar. „Hat sie so ausgeschaut wie wir?"

Lydia hockte sich auf die Kante der Fensterbank und guckte wieder ihre Enkelin an. „Wie wir?"

„Wie meine Mutter und ich. Alle sagen, wir sehen dir ähnlich. Hat sie auch ausgesehen wie du?"

„Oh nein." Beinahe hätte Lydia gelächelt. Für einen Augenblick wirkte sie fast wie ein junges Mädchen. „Überhaupt nicht. Sie hatte rotes Haar. Hellrot, fast orange, sogar noch als ältere Frau. Sie hieß Violet, aber mein Großvater hat sie Karottenkopf genannt. Nicht sehr originell, fürchte ich, aber es war nett gemeint. Sie war so klein wie wir, aber kugelrund. Und sie hatte haufenweise Sommersprossen. Ich kann es dir auf Fotos zeigen."

„Daher hat Alex also seine roten Haare."

„Bestimmt."

„Mir erzählt ja nie jemand was."

Lydia zog eine Braue hoch. „Doch, gerade eben."

„Ich will nicht nach Georgetown. Ich möchte nicht in dem Haus wohnen."

„Ich weiß."

„Mom tut so, als ob es große Klasse wäre. Als ob es egal wäre, dass ich es hasse."

„Es ist ihr nicht egal. Das willst du im Augenblick nur nicht wahrhaben."

„Wenn meine Gefühle ihr wichtig wären, würde sie eine andere Lösung finden."

Zu Remys Verwunderung erklärte Lydia sie nicht für kindisch, sondern sie sagte: „Als ich das Haus in der Prospect Street als kleines Mädchen besucht habe, sah es da ganz anders aus." Sie stand wieder auf. Heute hatte sie Hummeln im Hintern wie ihr Enkelsohn. „Eines Tages, wenn du es hören möchtest, werde ich dir davon erzählen."

Remy bezweifelte, dass dieser Tag je kommen würde.

„Vorerst liegt mir daran, dass du eines begreifst", fuhr Lydia fort. „Deine Mutter hat in den letzten Monaten eine Menge durchgemacht. Ich will nicht, dass sie noch mehr verletzt wird. Also sei nett zu ihr und reiß dich zusammen."

Remy starrte ihre Großmutter an. „Um sie machst du dir Sorgen, aber um mich nicht? Fein. Ich komme schon selbst zurecht."

„Du brauchst deine Mutter noch, und sie braucht dich. Zieh dich nicht von ihr zurück."

Bevor Remy etwas erwidern konnte, begann der Golden Retriever der Nachbarn zu heulen. Lydia beugte sich vor und schaute aus dem Fenster. „Der Umzugswagen ist da. Machen wir Schluss."

Remy war nach Schreien zu Mute, aber sie hatte den Eindruck, dass niemand sie hören würde.

Als die Packer abgezogen waren, fühlte Faith sich wie ein Möbelstück, das die Männer für den Transport in Stücke zerlegt hatten. Als der Abend näher rückte, pochte ihr der Schädel, und vom Kistenschleppen und Auspacken der wichtigsten Dinge schmerzte der Rücken. Wäre sie allein gewesen, hätte sie ihr Bett gemacht und sich unter die Decke verkrochen.

Aber sie hatte zwei Kinder zu versorgen. „Wer will eine Pizza?" Sie stand im Flur zwischen Alex' und Remys Zimmern und versuchte fröhlich zu klingen – eine fast übermenschliche Anstrengung.

Alex steckte den Kopf zur Tür heraus. „Peperoni?"

„Was immer du willst. Wir feiern."

„Remy hasst Peperoni."

„Sie kann etwas anderes nehmen." Als ihre Tochter sich blicken ließ, erklärte ihr Faith, dass sie alle zusammen essen gehen würden – Widerstand sei zwecklos.

Sie warteten, bis die missmutige Remy ihre Turnschuhe angezogen hatte, schlossen ab und gingen in Richtung Wisconsin Avenue. Faith wusste nicht, wohin sie eigentlich liefen – Hauptsache fort von den Kartons und abblätternden Tapeten. Auf der Wisconsin hielten sie sich rechts und kamen zur M Street, wo es Dutzende von Restaurants gab. Dort entschied sich Faith für ein Bistro, das weniger nach Bar aussah als die meisten anderen, und bestellte für Remy eine vegetarische Pizza, für Alex eine Peperoni-Pizza und für sich selbst nur einen Salat. Zu erschöpft zum Essen, stocherte sie darin herum.

Seit sie aus dem Haus waren, hatte Remy keinen Ton gesagt, und Alex hatten die heutigen Ereignisse so zugesetzt, dass er mitten in seinem zweiten Pizzastück verstummte. Auch Faith wusste nicht, worüber sie reden sollte. Sie wollte mit ihnen über Davids Besuch sprechen und über die Notwendigkeit einer Versöhnung. Aber im Augenblick hatte sie das Gefühl, ihrem Mann nie verzeihen zu können. Sie war mit ihren Kräften am Ende und nicht in der Lage, sich auch noch um den Mann, der das alles verursacht hatte, Gedanken zu machen.

Anstatt mit ihnen zu reden, beobachtete sie ihre Kinder. Das Bistro war billig genug, um ein breites Spektrum an Gästen anzuziehen. Die Hälfte der Leute waren Studenten, aber der Rest stammte aus den unterschiedlichsten Berufen und Schichten. Alle Gegenden der Welt waren vertreten. Am Nebentisch saß eine traditionell gekleidete Sikh-Familie, und die kleine, dunkeläugige Tochter schaute Alex an, als sähe sie zum ersten Mal rotes Haar. Direkt hinter ihnen lachten sechs südostasiatische junge Leute und unterhielten sich in ihrer Muttersprache; wiederum hinter diesen machte sich ein schwarzes Pärchen, das offensichtlich ein Rendezvous hatte, über eine Flasche Wein und einen Teller Calamares her, wobei sie die Köpfe dicht zusammensteckten und die Augen nicht voneinander lassen konnten.

Alex war fasziniert, aber Remy schien sich unwohl zu fühlen. Sie rutschte auf dem Stuhl hin und her, und ihr Blick schweifte durch den Raum, als hätte sie Angst, irgendjemanden länger anzugucken. Faith erkannte, dass sie offenbar doch nicht völlig erschöpft war: Die Energie für ein leichtes Schamgefühl brachte sie noch auf. Obwohl sie ihr ganzes Leben direkt vor den Toren der

Hauptstadt verbracht hatten, waren ihre Kinder so durch und durch provinziell, dass sie sich wie Zoobesucher aufführten.

Und sie und David hatten diese Provinzialität zugelassen, ja, vielleicht sogar gefördert.

Zum ersten Mal, seit ihr aller Leben auf den Kopf gestellt worden war, glaubte Faith, einen Silberstreif am Horizont erkennen zu können.

Als sie wieder zu Hause waren, brannten bereits die Straßenlaternen. Remy ging freiwillig duschen, Alex nur unter Protest. Danach verschwanden die Kinder in ihren Zimmern, zu erledigt, um sich darüber zu beklagen, dass das Wasser nicht richtig warm geworden war.

Faith hatte vor, in der Küche noch mehr Dinge auszupacken, aber schon nach einer halben Kiste merkte sie, dass sie einfach nicht mehr konnte.

Zumindest die Gläser, die sie bereits auf die Arbeitsplatte gestellt hatte, wollte sie noch wegräumen. Als sie eine Schranktür öffnete, sah sie die Flasche Scotch, die Dottie Lee ihr geschenkt hatte – Dottie Lee, die behauptete, dass guter Scotch einem das Gefühl geben könne, nichts sei unmöglich. Das schien eindeutig die Art von Medizin zu sein, die Faith jetzt brauchte.

Sie starrte die Flasche an. Vor David, in der Zeit nach ihrem Auszug aus dem Elternhaus und vor ihrer Hochzeit, hatte sie manchmal aus Geselligkeit getrunken. Ein Glas Wein zum Abendessen. Auf Partys einen Cocktail. Ein Budweiser, wenn sie sich ein Spiel der Orioles anschaute. Nachdem David in ihr Leben getreten war, hatte sie dem Alkohol bedenkenlos entsagt.

Immerhin hatten sie ein Image wahren müssen.

Jetzt fand sie das komisch. Vielleicht, weil sie sich unendlich müde fühlte, vielleicht, weil Lachen einfach die angenehmere Alternative war.

„Ach, David ..." Sie schüttelte den Kopf und gluckste. Einen Moment lang, nur eine Sekunde, wünschte sie sich, er wäre da, um in ihr Lachen einzustimmen.

Der Schraubverschluss ließ sich mühelos abdrehen, und sie schenkte sich gut zwei Zentimeter ein. Nach fünfzehn Jahren Enthaltsamkeit hielt sie es für unklug, den Whisky pur zu trinken, also drehte sie den Hahn auf und ließ eine volle Minute das Wasser laufen, bevor sie das Glas in den Strahl hielt, um noch einmal gut zwei Zentimeter hinzuzufügen.

„Scotch und Wasser. On the rocks bitte erst, wenn wir einen Kühlschrank haben." Sie hob das Glas Richtung Decke und überlegte sich einen Trinkspruch: „Auf all die Frauen, die hier gelebt haben, und meine Schwester Hope, die hier hätte leben sollen."

Einstweilen mit der Welt versöhnt – auch dank einer Dosis des achtzehn Jahre alten Glenfiddich –, schlief sie sofort ein. Obwohl die Fenster geschlossen waren und die alte Klimaanlage vor sich hin surrte, war sie sich der ungewohnten Straßenklänge vage bewusst: Studenten, die sich unterhielten, während sie zur Wisconsin Avenue oder zurück nach Hause liefen, Reifengeräusche, Gelächter und einmal etwas, das sich wie ein Streit anhörte.

Obwohl die Geräuschkulisse völlig anders war als in McLean, wirkte sie irgendwie beruhigend. Als die Nacht voranschritt, verstummte der Straßenlärm allmählich, und sie schlief unruhiger. Einmal wachte sie auf und beobachtete, wie das Licht Muster auf die verblichenen Rosen ihrer Tapete zeichnete.

Kaum dass sie wieder eingeschlafen war, spürte sie die Wärme eines Körpers in ihrem Bett. Im Halbschlaf glaubte sie, es sei David, der sie da wachzurütteln versuchte.

Dann wurde ihr klar, wo sie war. Sie fuhr hoch und zog die Decke über ihre Brüste. „Was ..."

„Mom." Alex klang verängstigt. „Mom!"

Schlagartig war sie hellwach. „Was?"

„Hör doch!"

Sie saß ganz still, bis sie einen hellen Klagelaut vernahm, wie von einem Säugling in Nöten. Sie hoffte, dass sie noch träumte.

„Hörst du das?" Alex kroch unter ihrem Arm durch und legte ihr den Kopf auf die Schulter. „Mom?"

Ihre Tür knarrte. Es war eine typische Washingtoner Sommernacht, so schwül, dass sich Tropenfische auf den Straßen wohl fühlen würden, aber Faith fröstelte wie im tiefsten Januar. Eine Gestalt huschte durch den Raum und sprang in ihr Bett, und Faith öffnete die Arme, um Remy aufzufangen.

„Mom, hast du das gehört?" Remy vermochte die Worte kaum zu äußern.

„Hm-m." Faith zog die beiden näher an sich. „Habt ihr eine Ahnung, aus welcher Richtung das kommt?"

Zwei Arme schossen hoch, die Finger zur Decke gerichtet.

Faith blickte auf die dunklen Flecken, dort, wo der Putz abgeplatzt war. „Vom Speicher?" Sie flüsterte, wie ihre Kinder.

Wieder setzte das Heulen ein und ließ jeden Nerv in ihrem Körper vibrieren. Das Geräusch hatte seinen Ursprung eindeutig irgendwo dort oben.

„Ist das Hope?" fragte Alex ängstlich. Offenbar war seine Begeisterung für Gespenster beim ersten Klagelaut erloschen.

„Nein, natürlich nicht." Faith klang sicherer, als sie sich fühlte. Sie glaubte nicht an Geister, hatte nie daran geglaubt und wollte jetzt nicht damit anfangen. Aber im Augenblick fielen ihr auch keine besseren Erklärungen ein.

„Was kann es denn sonst sein?“ wollte Remy wissen. „Du bist hier die Mom.“

„Ich bin hier die Mom“ war der Spruch, mit dem Faith bei endlosen Debatten dem Spuk ein Ende setzte. Dem Spuk ein Ende ... Sie schloss die Augen. „Die bin ich wohl, was?“

„Was wirst du tun?“ drängte Remy.

„Tja, ich denke, ich muss da hinauf und dem Geräusch auf den Grund gehen.“

Beide Kinder klammerten sich an ihre Arme. Alex wimmerte: „Nein.“

„Etwas ganz Natürliches und Normales macht da oben Lärm, und solange wir nicht herausfinden, was das ist, werden wir nicht schlafen können.“ Sanft löste sich Faith aus der Umklammerung ihrer Kinder.

„Wir könnten die Polizei rufen!“ Alex griff erneut nach ihrem Arm.

„Wenn es ein Dieb wäre, würde ich das tun. Aber es ist keiner.“

Remy weigerte sich, ihre Mutter gehen zu lassen. „Da oben gibt es Fenster. Man sieht sie von der Straße. Vielleicht ist jemand hineingeklettert.“

Faith wünschte sich, sie hätte den Dachboden gründlich unter die Lupe genommen, wie sie es Alex versprochen hatte. Aber sie hatte nur Zeit gefunden, das gröbste Gerümpel hinauszubefördern, um mehr Abstellfläche zu schaffen. Die Packer kannten sich da oben besser aus als sie.

„Das wäre ein ziemlich dummer Einbrecher.“ Sie schob sich an Remy vorbei und schüttelte Alex noch einmal ab. „Man kommt viel einfacher ins Haus.“

„Wie?“

Sie bereute ihre Worte. „Ich meine, wenn jemand einbrechen wollte, würde er nicht übers Dach einsteigen. Aber niemand möchte uns ausrauben. Niemand hat das je getan, und niemand wird es tun.“

„Oh, na gut.“ Remy warf sich auf die Mitte des Bettes und griff nach Alex. Die beiden Erzfeinde hingen aneinander wie Kletten.

„Wie ich das sehe, will mich keiner begleiten.“ Faith zog den Morgenmantel über, eines der wenigen Kleidungsstücke, die sie schon ausgepackt hatte. Von Hausschuhen konnte sie nur träumen. Sie schlüpfte in die flachen Schuhe, die sie den ganzen Tag getragen hatte, und knotete den Gürtel zu. Als sie auf halbem Wege zur Tür war, setzte das Wehklagen wieder ein.

„Mom!“

Sie hob die Hand, um Alex zum Schweigen zu bringen, bis das Geräusch vorüber war; dann öffnete sie die Tür weit und warf einen Blick in den Flur. Ein Nachtlicht in der einzigen Wandsteckdose des ganzen Korridors machte ein Meer aus Kisten und den schmalen Pfad zwischen ihnen sichtbar. Sie war froh, dass sie es schon dort angebracht hatte.

Sie brauchte die Taschenlampe. Aber wo hatte sie die hingestellt? An dem Tag, als sie zum Putzen hergekommen waren, hatte sie die Lampe hier gelassen und beim nächsten Besuch neue Batterien eingesetzt.

„Vorratskammer, Küche.“ Sie plante ihre nächsten Schritte. Im Dunkeln die Treppe hinunter, in die Küche, in die Kammer, in der sich eine Ratte namens Lefty versteckte. McLean schien tausend Meilen hinter ihnen zu liegen.

Das Geheul setzte wieder ein. Sie stieg die Treppe hinunter und schaltete unten als Erstes das Licht im Esszimmer ein. Als sie in der Küche den Schalter umlegte, zischte die Glühbirne, dann zerplatzte und erlosch sie. Faith tastete sich zur Vorratskammer vor.

„Das schwöre ich dir, Lefty, wenn du dich blicken lässt, mache ich Rattenhackfleisch aus dir“, flüsterte sie.

Falls Lefty zu Hause war, hatte er sich geduckt. Faith griff nach der Taschenlampe und schaltete sie ein. Das Licht flackerte und erstarb. Sie schüttelte die Lampe und versuchte es noch einmal. Diesmal klappte es.

„Neue Taschenlampe. Neue Taschenlampe.“ Sie betete die Worte vor sich hin, als bestünde ernsthaft die Gefahr, dass sie das morgen früh vergessen könnte. Sie stieg die Treppe hinauf und guckte kurz in Alex’ Zimmer. In jeder Ecke türmten sich Kisten. Ein Pfad führte zum Bett.

Und ein zweiter zur Speichertür.

Einer der Packer hatte Faith erklärt, sie könne sich glücklich schätzen, einen derart geräumigen Dachboden zu haben. Jetzt hätte sie ihm bereitwillig jeden Quadratmeter davon geschenkt. Das Gewimmer setzte wieder ein, wurde höher, dann leiser, schwoll wieder an und endete in einer Art Angstschrei.

Dann Stille.

Faith überdachte ihre Lage. Ihre Hände zitterten. Morgen früh hätte sie vielleicht mehr Glück.

Aber wenn sie bis morgen früh wartete, konnte es gut sein, dass ihre Kinder sich weigerten, das Haus je wieder zu betreten.

Sie schaltete im Zimmer von Alex’ das Licht an, öffnete die Tür zum Dachboden und suchte nach dem Lichtschalter. Als sie ihn umlegte, tat sich nichts. Ihr fiel ein, dass sie die Birnen noch nicht ausgewechselt hatte. Die Packer waren noch mit dem Tageslicht ausgekommen.

„Glühbirnen. Glühbirnen.“ Das Mantra verlieh ihr keinen neuen Mut.

Sie richtete die Taschenlampe auf die Stufen, auf denen offenbar keine Kartons im Wege standen. Als sie die ersten Stufen emporstieg, behielt sie ihren Fluchtweg im Auge. Auf dem Speicher herrschte jetzt Stille.

Sie ging ein bisschen schneller und lenkte den Lichtstrahl hin und her, um keine bösen Überraschungen zu erleben. Auf der obersten Stufe blieb sie stehen, bevor sie den eigentlichen Dachboden betrat. Das Licht der Taschenlampe genügte bei weitem nicht, um den ganzen Raum zu erhellen; Faith konnte immer nur ein Eckchen überblicken. Von ihrer Warte aus wirkte alles normal. Der Raum hatte einen soliden Boden, und überall stapelten sich Kartons. In der Mitte war der Dachstuhl hoch genug, dass sogar ein Erwachsener sich aufrichten konnte; am Rand reichte das Dach direkt bis auf den Boden.

Allzeit fluchtbereit, stand sie da und leuchtete den Raum Stück für Stück aus. Einmal flackerte die Lampe wieder, aber als sie sie schüttelte, stabilisierte sich der Lichtstrahl.

„Okay, was ist hier los?“ sprach sie in die Dunkelheit hinein. Hätte jemand geantwortet, so wäre sie vermutlich rückwärts die Treppe hinuntergefallen.

Nichts geschah. Niemand kreischte, wimmerte oder heulte. Kein Geisterbaby materialisierte sich, um ein Geheimnis aufzuklären, das älter war als Faith.

„Ich persönlich glaube nicht an Geister“, sagte sie zur Dunkelheit. „Und ich möchte nicht ausgerechnet jetzt meine Meinung ändern müssen.“

„Mom?“

Sie machte einen Satz und legte sich instinktiv die Hand aufs pochende Herz, bevor sie Alex' Stimme erkannte, die vom Fuß der Treppe heraufschallte. „Alles in Ordnung, Schatz."

„Mit wem redest du?"

„Mit mir selbst. Lauf zurück in mein Zimmer."

„Du könntest mich brauchen ..."

„Mir geht's gut. Kümmere dich um Remy."

„Ich bin auch hier. Ich bin älter als er, weißt du?" Remy klang mittlerweile eher entrüstet als verängstigt. Die Lage normalisierte sich.

„Okay, bleibt beide unten." Faith betrat den Speicher und schwenkte weiter die Lampe, während sie sich ihren Weg zwischen den Kartons hindurch suchte.

„Mom?" Alex schien beunruhigt zu sein.

„Bis jetzt ist alles in bester Ordnung", rief sie. „In bester Unordnung vielmehr."

Plötzlich schoss vor ihr etwas Graues durch die Luft. Faith kreischte. Das Gespenst kreischte ebenfalls und verschwand hinter den Kisten.

Sie hatte nicht gewusst, dass Herzen so schnell schlagen können, und atmete sogar noch schneller. Vor Erleichterung war sie der Ohnmacht nahe.

„Katze!" Sie machte kehrt. „Katze. Hier oben ist eine Katze. Die haben wir gehört. Bloß eine Katze!"

Sie vernahm Schritte auf der Treppe und richtete den Lichtstrahl auf die Stufen, damit Alex sie nicht verfehlte. Remy folgte dichtauf.

„Eine Katze?" Er wirkte begeistert.

„Also, darauf hätte wirklich gleich jemand kommen können." Es war klar, wen Remy mit „jemand" meinte: ihre Mutter.

Faith wartete, bis die Kinder bei ihr waren. „Ich weiß nicht, wie sie hereingekommen ist, aber so alt wie das Haus ist, gibt es wahrscheinlich eine Menge Möglichkeiten."

„Was will denn eine Katze hier?" Jetzt war Alex so aufgeregt, dass er von einem Fuß auf den anderen trat.

Faith versuchte sich zu erinnern, ob Katzen Tollwut übertrugen. Aber auch ohne gefährliche Krankheitskeime konnte eine streunende Katze, die sich in die Enge getrieben fühlte, ernsthaften Schaden anrichten. „Ich habe keine Ahnung. Vielleicht gefällt es ihr hier einfach."

„Da!" Alex zeigte auf das Tier, das rasch zwischen zwei Kisten hindurchhuschte und wieder verschwand. „Sie ist grau."

Die Katze hatte nach allem, was Faith bisher erkennen konnte, blassgraues, langhaariges Fell. Bevor sie sich versah, war Alex schon hinter dem Tier her. „Vielleicht kann sie nicht mehr raus. Vielleicht haben die Packer ihr den Weg versperrt."

Faith hielt ihren Sohn am Arm zurück. „Alex, komm ihr nicht zu nahe. Sie ist bestimmt nicht zahm. Wenn du nicht aufpasst, reißt sie dich in Stücke."

„Wie bitte?" Auch Remy trat nun hinter Faith hervor. „So eine kleine Katze?"

„Besonders klein ist sie nicht." Faith blockierte ihrer Tochter den Weg. „Ich glaube, wir sollten sie jetzt in Ruhe lassen."

„Mom, wir müssen uns hier umgucken. Wenn der Weg nach draußen versperrt ist, wird sie die ganze Nacht weiter miauen."

Diese Aussicht gefiel Faith auch nicht. Sie dachte nach. Am Morgen konnten sie die Lage besser überblicken und notfalls das Tierheim anrufen. Aber der Morgen war noch Stunden entfernt.

„Bleibt hinter mir", ordnete sie an. Sie beleuchtete die Balken, die im Boden verschwanden, und die dazwischen angebrachten Bretter. Sie schlossen zumeist lückenlos aneinander an, aber an einer Stelle fehlte offenbar ein Brett. Zumindest ließ eine kleine sichtbare Lücke darauf schließen; vor dem Rest türmten sich Kisten auf.

Sie ging auf die Bretter zu, die Kinder folgten ihr. „Okay, schauen wir uns das mal näher an." Sie richtete den Lichtstrahl auf das Loch und erkannte, dass sie mit ihrer Vermutung richtig gelegen hatte.

„Hierher, Miez Miez", flüsterte Remy. „Liebe Miezekatze."

Faith war sich da nicht so sicher. „Offensichtlich haben ihr die Packer tatsächlich den Weg versperrt. Aus dieser Richtung ist sie gekommen, als ich sie zum ersten Mal gesehen habe."

„Warum haben uns die Männer nicht gesagt, dass hier eine Katze herumläuft?"

„Wahrscheinlich hat sie sich versteckt. Halt mal." Faith reichte Remy die Taschenlampe. „Wir verschieben die Kartons und gucken nach, ob da ein Durchschlupf ist."

„Vielleicht ist das keine so gute Idee." Remy verspürte offenbar das Bedürfnis, den Lichtstrahl über alles im Umkreis von sechs Metern gleiten zu lassen. „Dann kann auch alles Mögliche reinkommen, oder?"

„Im Augenblick will ich nur, dass das Tier hinauskommt."

Remy zuckte mit den Schultern; der Strahl wackelte. „Du bist hier die Mutter."

„Sehr witzig." Faith nahm den obersten Karton, der mit der Aufschrift „Remys Winterklamotten" versehen war, vom Stapel. Er war zum Glück leicht. Als sie ihn an anderer Stelle abgesetzt hatte, kam Alex bereits mit dem nächsten. Sie arbeiteten schweigend und zerrten den untersten Karton, in dem sich „div. Küchenzeug" befand, gemeinsam zur Seite.

Das Brett fehlte tatsächlich, wie Faith vermutet hatte. Parallel zum Giebel klaffte dort, wo das Dach in den Boden überging, eine Lücke. „Leuchte bitte mal in diese Richtung“, bat sie Remy. „Bin gespannt, ob wir nach draußen schauen können.“

„Mom!“ Alex war bereits auf den Knien und lugte in das Loch. „Hör mal ...“

Faith hockte sich neben ihn und wartete. Hauchzartes Gewimmer drang an ihr Ohr und löste sofort eine Gänsehaut aus.

„Mom!“

Faith blickte gerade rechtzeitig nach hinten, um einen grauen Schatten an Remy vorbei in Richtung des Loches flitzen zu sehen. Dann war die Katze verschwunden.

„Es ist eine Mutter. Mit Jungen“, sagte Faith. „Gib mir die Lampe. Alex, geh zurück.“

Sie ging auf die Knie und beugte sich vor. Unter dem Brett, das an das fehlende hätte anschließen sollen, erkannte sie gerade noch einen grauen Fleck. Dann bewegte sich die Katze, und Faith nahm unter ihr Regungen wahr.

Faith stand auf. „Kätzchen. Mehrere, soweit ich das beurteilen kann. Sie wollte nicht hinaus. Wahrscheinlich gibt es einen anderen Weg nach draußen. Sie wollte zu ihren Babys. Armes Ding. Sie war den ganzen Tag von ihnen getrennt.“

„Kätzchen?“ Remys Interesse schien geweckt zu sein. Seit sie das Wort aussprechen konnte, hatte sie sich immer eine Katze gewünscht. Aber David war allergisch gegen Tierhaare.

„Wilde Kätzchen, Schatz“, mahnte Faith.

„Darum hat sie so geheult“, meinte Alex. „Sie hat sich angehört wie ein Geist. Hey! Geist! Wir können sie Geist nennen.“

Faith hatte den Eindruck, dass sie allmählich wieder zur Normalität zurückkehrten. „Kommt schon, ihr beiden. Wir müssen Geist in Ruhe lassen. Sie war von ihren Kindern getrennt, und jetzt muss sie sich ungestört um die Kleinen kümmern. Ich bringe ihr nur noch etwas Wasser."

Zögerlich richtete sich Remy auf. „Du tust den Kätzchen nichts, ja? Du fängst sie nicht ein oder lässt sie abholen?"

Das wäre natürlich das Vernünftigste gewesen, aber sobald es um junge Tiere ging, war es um Faith' Vernunft nicht gut bestellt. „Wir werden sehen, was das Beste für sie ist."

„Geist gehört in dieses Haus", sagte Alex. „Sie wohnt schon länger hier als wir."

Remy war beim Aufstehen weniger vorsichtig als Faith und stieß mit dem Kopf an die Dachschräge. „Autsch! Verdammt!"

Der Kraftausdruck überraschte Faith, erschien ihr aber nach diesem Erlebnis angemessen. „Volltreffer." Sie legte ihrer Tochter den Arm um die Schulter und beleuchtete ihren Kopf. „Mal schauen, ob du blutest."

Blut sah sie nicht, aber als der Strahl der Taschenlampe über einen Balken glitt, entdeckte sie etwas Seltsames. Faith beugte sich vor und leuchtete es direkt an. „Remy, ist alles in Ordnung?"

„Ich will nur zurück ins Bett."

Faith' eigene Erschöpfung war vorhin mit dem ersten Geheul verflogen. Sie schätzte, dass immer noch eine Jahresdosis Adrenalin durch ihre Adern strömte. „Guckt euch das an."

Alex trat neben sie. „Was?"

„Ich weiß nicht recht. Da ist etwas eingeritzt. Kannst du es erkennen?" Faith glitt mit den Fingerspitzen über das Holz und wischte die Spinnweben und den Staub vieler Jahre ab. „Ich brauche etwas, um es besser säubern zu können. Such was."

Alex riss das Klebeband von einem Karton, den er aus dem Weg geschoben hatte und der Sachen aus dem Badezimmer enthielt. Er reichte ihr ein monogrammbesticktes Handtuch. „Hier."

„Ich will ins Bett." Remy klang wieder ganz wie vor der Begegnung mit der Katze. „Wen kümmert's, wer da was eingeritzt hat?"

„Nur noch eine Minute, okay?" Faith rieb mit dem Handtuch über den Balken. Vor und zurück, bis er halbwegs sauber war. Dann trat sie einen Schritt näher und leuchtete die Stelle erneut an.

„Oh, seht doch!" Faith entzifferte die schöne, geschwungene Handschrift. „Millicent Charles." Sie drehte sich zu ihren Kindern um. „Millicent war meine Großmutter. Sie hat ihren Namen hier eingeritzt."

„Spitze." Alex schien wirklich fasziniert zu sein.

„Und? Was ist daran so großartig?" Remy war offenbar weniger angetan.

„Also, großartig ist es vielleicht nicht, aber doch, na ja, schön. Findest du nicht?"

„Ich geh ins Bett."

„In unserer alten Straße habe ich meinen Namen mal in den feuchten Zement geritzt, aber irgendjemand hat ihn wieder weggewischt, bevor der Zement trocken war", sagte Alex.

Faith legte ihm den Arm auf die Schulter; sie war froh, dass sie erst jetzt von dieser Begebenheit erfuhr. „In Holz geritzte Worte lassen sich schwerer entfernen. Diese hier sind schon viele Jahre alt."

„Hey, Mom, Dottie Lee hat doch von einer Überraschung hier im Haus gesprochen. Von einem Geheimnis. Vielleicht meinte sie das." Am Treppenabsatz blieb Alex stehen. „Morgen komme ich wieder her und sehe mich noch gründlicher um."

„Also, da mache ich mit. Aber geh Geist aus dem Weg." Faith dachte über den Namen nach. „Wir können die Katze nicht Geist nennen. Deine Großmutter hätte dafür kein Verständnis."

„Gast.“ Remy drängte sich an Alex vorbei und stieg die Treppe hinab. „Das klingt ganz ähnlich.“

„Mir gefällt Geist“, meinte Alex.

„Dann eben Geist *und* Gast. Aber Gast ist ihr Rufname.“

„*Wir* sind die Gäste.“ Alex folgte ihr. „Sie war vor uns hier.“

Auch Faith verließ den Dachboden und wartete, bis beide Kinder ihre Zimmertüren hinter sich geschlossen hatten. Dann suchte sie eine Schüssel, füllte sie mit Wasser und stellte sie auf den Speicher. Sie glaubte nicht, dass sie heute Nacht noch einmal mit Lärm rechnen mussten. Gast hatte erreicht, was sie wollte.

Wieder im Bett, fand sie trotz der Stille keinen Schlaf. Tausend Dinge gingen ihr im Kopf herum. Sie dachte an die Frau, die ihren Namen in den Balken geritzt hatte, an David, der bei seinen Kindern in Ungnade gefallen war, und an Lydia, die hier Schreckliches erlebt hatte. An Dottie Lee, die ihr das Gefühl gab, willkommen zu sein, und an den Mann aus der O Street, der das Klavier gerettet hatte.

Vor wenigen Monaten war ihr Leben in geordneten Bahnen verlaufen, vielleicht sogar langweilig gewesen.

Sie zwang sich, die Augenlider zu schließen.

Immerhin: Ein langweiliges Dasein zu führen konnte ihr jetzt niemand mehr vorwerfen.

10. KAPITEL

Lydia und Joe schliefen schon seit ihrem Umzug nach Great Falls in getrennten Zimmern. Bei den Gesprächen mit dem Architekten hatte Lydia auf separaten Schlafzimmern bestanden und sich gegen alle Entwürfe gesperrt, in denen diese im selben Flügel liegen sollten. Sie verlangte weite Räume, hohe Decken und einen möglichst großen Abstand zu Joe.

Durch die getrennten Schlafzimmer hatte sich nicht viel in ihrer Beziehung geändert. Schon vor langer Zeit hatten sich die Hustons arrangiert. Die Zärtlichkeit, die sie zu Beginn ihrer Ehe füreinander empfunden haben mussten, hatte sich in der Feuerprobe der Kindesentführung verflüchtigt. Aber auch wenn sie kein befriedigendes Eheleben führten, so konnten sie doch nach außen hin so tun als ob.

Jeden Sonntag nach dem Gottesdienst ließen sich die Hustons im renommierten „Old Ebbitt Grill" blicken und glichen bei einem deftigen Frühstück demonstrativ ihre Terminpläne ab. Bei Waffeln oder Eiern Benedict trugen sie die Zeiten ein, die sie mit Faith und den Kindern verbringen würden, die Staatsbankette, Joes Ausschusssitzungen und sonstigen Verpflichtungen sowie die Übernachtungen in den drei Städten in Virginia, in denen er Büros unterhielt. Bei all seinen Fehlern nahm Joe doch seine Pflichten äußerst ernst.

Heute Morgen hatte Lydia darauf bestanden, dass sie den Gottesdienst ausließen und daheim frühstückten. Sie fürchtete, dass Joe nicht in der Lage wäre, den großen Senator zu spielen, während er mit ihr über ihre Tochter und deren neue Wohnsituation diskutierte.

Als sie Faith das Haus in der Prospect Street überlassen hatte, war ihr durchaus klar gewesen, dass er äußerst wütend sein würde, aber seine Wut hatte sich inzwischen in brutalen Sarkasmus verwandelt. Sie wollte auf keinen Fall riskieren, dass jemand ihnen zuhörte.

Sie war noch dabei, Teilchen und Rührei auf die Anrichte zu stellen, als Joe das Frühstückszimmer betrat. Ohne jeden Gruß schenkte er sich Kaffee ein, dann knallte er die Tasse auf den Tisch, sodass der Inhalt auf das nagelneue Tischtuch schwappte. Lydia sah zu, wie sich der Kaffee auf dem ehemals schneeweißen Freiraum zwischen dem Lavendel- und dem Rosenbukett ausbreitete, und fragte sich, ob sie Joe nicht doch besser auf neutralem Boden getroffen hätte.

„Marley ist in der Küche“, beeilte sie sich zu sagen. „Wir sollten uns wie zivilisierte Menschen benehmen, ja?“

„Marley weiß, wer der Herr im Hause ist und hier für die Butter auf dem Brot sorgt.“

„Sie verdient sich jedes Gramm mit harter Arbeit.“ Marley, die Haushälterin der Hustons, führte den Haushalt mit unangestrengter Sorgfalt.

Joe ließ sich auf seinen Stuhl fallen. „Lydia, so früh am Tag ertrage ich noch keine Phrasendrescherei, und ich habe es eilig. Ich muss ins Büro.“

„Marley hat die Zimtschnecken gemacht, die du so gerne magst.“

„Ich nehme eine mit.“

„Wir brauchen noch ein paar Minuten, um unsere Termine für die kommende Woche abzustimmen, damit keiner von uns etwas Wichtiges verpasst.“

„Genevieve kann dir meine Termine morgen durchgeben.“ Auf der Arbeit umgab sich Joe mit Frauen, obwohl er eigentlich fand, dass sie nach Hause an den Herd gehörten. Genevieve, seine Privatsekretärin, war ein Muster an weiblicher Effizienz.

Lydia nahm sich ein Croissant, bevor sie sich gegenüber von ihrem Mann niederließ. „Ich will nicht mit Genevieve reden. Wenn mir danach wäre, hätte ich sie zum Frühstück eingeladen."

„Was ist los? Hast du noch mehr unerfreuliche Nachrichten für mich auf Lager? Faith zieht in das Rattenloch in Georgetown, in dem ihre Schwester entführt worden ist. Was gibt's noch?"

„Wir haben auch dort gewohnt. Weißt du noch?"

Seine Augen blitzten. „Oh ja, nur zu gut."

Sie machte eine Pause, um dem Folgenden mehr Gewicht zu verleihen. „Ich habe keine weiteren Neuigkeiten, sondern möchte etwas mit dir besprechen. Ich kann nämlich nicht dulden, dass du deine schlechte Laune an Faith und den Kindern auslässt."

„Meine Güte, sie ist doch selbst schuld."

Lydia kannte Joes engstirnige Weltsicht, aber jetzt war sie doch konsterniert. „Wie bitte?"

„Wenn Faith für David ganz Frau gewesen wäre, hätte sich David weiterhin wie ein ganzer Kerl verhalten."

Lydia stellte verblüfft fest, dass Joe sie noch immer schockieren konnte. „Das ist absurd."

„Wäre unsere Tochter eine bessere Ehefrau gewesen, dann hätte ihr Mann sie nicht verlassen."

„Wenn es das war, was du ihr jeden Tag aufs Brot schmieren wolltest, bin ich froh, dass sie nicht zu uns gezogen ist."

„Hast du eine Ahnung, wie oft *mir* das aufs Brot geschmiert worden ist?"

Sie beugte sich vor, um sich seiner Aufmerksamkeit zu versichern. „Hier geht es aber nicht um dich."

Er ließ die Faust auf den Tisch sausen, und wieder schwappte der Kaffee über. „Und jetzt hat sie meine Enkel in die Prospect Street geschleppt. Kannst du mir bitte verraten, wozu das gut sein soll?“

„Na ja, zum Beispiel lebt dort niemand, der sie tyrannisiert.“

„Du solltest wirklich deine Zunge hüten.“

„Warum?“ Lydia ergriff ihre Tasse. „Deine Drohungen ziehen schon lange nicht mehr. Ich weiß zu viel über dich, und du weißt zu viel über mich“, sagte sie mit gedämpfter Stimme. „Also, wir werden Folgendes tun. Marley und ich fahren gleich zur Prospect Street und helfen Faith beim Auspacken und Saubermachen. Mittags wird Faith einen Strauß von einem Capitol-Hill-Floristen in Empfang nehmen. Auf dem Kärtchen wird stehen: ‚Alles Gute zum Einzug. Dad.‘ Die Lieferung ist bereits bestellt.“

„Wenn du meinst, dass sich dadurch irgendetwas ändert, irrst du dich gewaltig. Faith ist sich vollkommen im Klaren darüber, dass ich gegen ihr neues Heim bin.“

„Mag sein, denn sie kennt dich schon ihr Leben lang und weiß, dass du einfach nie vergibst und vergisst. Aber deine Enkelkinder durchschauen dich noch nicht so gut.“

„Ist dir schon mal in den Sinn gekommen, Lydia, dass Faith in der Prospect Street das eine oder andere entdecken könnte, was du lieber für dich behalten würdest?“

Lydia ließ ihren Blick von ihrem Ehemann zu den beiden ausgewachsenen Hirschen wandern, die hinter dem Haus am Waldesrand standen und wie Statuen wirkten. Vor zehn Jahren, als sie dieses Grundstück gekauft hatten, hatte sie angenommen, dass der Umzug ihr endlich den ersehnten Frieden bringen würde. Aber die Hoffnung, dass Bäume, eine schöne Aussicht und scheinbar unverdorbene Natur ihr verkorkstes Leben wieder in die richtigen Bahnen lenken könnten, war naiv, ja, dumm gewesen.

Sie schaute wieder ihren Mann an und stellte vorsichtig ihre Tasse ab. „Das Reihenhaus hat schon immer Geheimnisse beherbergt, nicht wahr, Joe? Ich glaube, wir beide müssen einfach hoffen, dass es nur die besten preisgibt."

Als Faith mit den Kindern bei „Booeymonger" auftauchte, um zu frühstücken, saß der Klavier-Retter mit seiner Zeitung an einem der beiden Tische vor dem Lokal. Der Morgen war wunderschön, sonnig, aber frisch genug, um ein Frühstück im Freien zu genießen. Ein Blick auf die Warteschlange verriet Faith, dass sie so schnell weder drinnen noch draußen einen Platz finden würden. Es würde wohl auf ein Frühstück aus der Tüte zwischen den Kisten hinauslaufen.

Der Mann blickte auf, sah sie und grinste. „Hallo zusammen. Wie läuft das Auspacken?"

Faith kam auf seinen Tisch zu. „Tut mir Leid, ich habe mir Ihren Namen nicht gemerkt."

Er stand umständlich auf, indem er den Tisch ein Stück nach vorne schob. „Pavel. Pavel Quinn."

Die Kinder guckten ihn erwartungsvoll an, und sie stellte ihn ihnen vor, wobei sie seinen Vornamen genau wie er auszusprechen versuchte: „Pah-vjel", mit der Betonung auf der ersten Silbe. Remy war das völlig egal, aber Alex' Neugier schien geweckt zu sein.

„Was ist das denn für ein Name: Pavel?" Er sprach ihn perfekt aus. „Klingt wie ein Nachname."

„Russisch", erläuterte Pavel vergnügt und mit aufgesetztem Akzent.

„Cool." Alex war schwer beeindruckt.

„Sonntags ist hier die Hölle los", sagte Pavel. „Möchten Sie mir vielleicht Gesellschaft leisten?"

„O nein, ich ...“ Faith verstummte, weil Alex in lautstarken Jubel ausgebrochen war.

„Cool“, wiederholte Alex anschließend. „Dann können wir die Leute beobachten, die vorbeikommen.“

„Ich warte hier, bis ihr euch etwas zu essen geholt habt.“ Pavel nahm die Zeitung wieder in die Hand, und Faith blieb nichts anderes übrig, als sich ihre Niederlage einzugestehen.

Als sie zurückkamen, verfütterte Pavel Toaststückchen an zwei Tauben, die es sich unter dem Tisch gemütlich gemacht hatten. Er war fast genauso gekleidet wie gestern: Er trug Shorts und ein verknittertes T-Shirt – aber dieses war immerhin nicht mit Farbklecksen übersät. Er hatte sich rasiert und gekämmt und wirkte recht ansehnlich.

„Tauben übertragen Krankheiten.“ Remy knallte ihm gegenüber ihr Tablett auf den Tisch.

„Diese Tauben haben ein Unbedenklichkeitsattest vom Gesundheitsamt.“ Pavel zerkrümelte den Rest Toast und klopfte dann seine Hände ab. „Darf ich vorstellen, Laurel und Hardy.“

„Sie haben Namen?“ Alex nahm rechts von Pavel Platz.

„Alle Geschöpfe Gottes haben Namen. Man muss nur ganz genau hinhören.“

Remy schnaubte. „Wer sind Sie, Doktor Doolittle?“

„Gott hat sie Laurel und Hardy genannt?“ Faith setzte sich auf den letzten freien Stuhl, für ihren Geschmack zu dicht an Pavel, der keine Anstalten machte, ein wenig zur Seite zu rücken. „Hat Gott so viel Humor?“

„Sie müssen sich nur umschauen, dann entdecken Sie ihren Humor!“

„Ihren?“ Remy war offensichtlich empört. „Sie nennen Gott eine *Sie*?“

Er zuckte leicht mit den Schultern.

„Gott ist ein Mann“, sagte Remy.

Faith versuchte, Pavel aus der Schusslinie zu holen. „Die Menschen in aller Welt nehmen Gott auf unterschiedliche Weise wahr.“

„Dann liegen sie falsch.“

Pavel lächelte Remy an, als erinnere er sich an die Zeit, da auch er sich im Besitz der Wahrheit gewähnt hatte. „Und, glaubst du, dass es dir in Georgetown gefallen wird?“

„Auf keinen Fall.“ Remy senkte den Blick und widmete sich ihrem Bagel.

Faith schüttelte den Kopf, und jetzt lächelte Pavel *sie* an. „Und was ist mit Ihnen?“

„Gefällt es *Ihnen* denn hier?“

Er rekelte sich gemütlich auf seinem Stuhl. „Und wie.“

„Sind Sie hier aufgewachsen?“

„In Kalifornien.“ Er wandte sich Alex zu. „Und wie steht es mit dir, Kumpel? Deine Schwester stimmt klar mit nein, deine Mutter scheint noch unentschieden zu sein. Meinst du, dass es dir hier gefallen wird?“

„Ja klar.“

„Gut. *Was* wird dir gefallen?“

Alex überlegte kurz. „Ich denke, hier darf man anders sein, wenn man will.“

Faith’ Herz krampfte sich zusammen. „Man kann doch überall man selbst sein, oder?“

„Nicht wenn man elf ist.“

Pavel beugte sich vor, legte die Unterarme auf den Tisch und schaute Alex direkt in die Augen. „Du bist ein ganz besonderer Elfjähriger. Das erkenne ich schon.“

„Ich bin Erfinder.“

„Wenn du mir noch eine Minute Zeit gelassen hättest, wäre ich selbst drauf gekommen."

„Echt?"

Faith beobachtete, wie Pavel das Herz ihres Sohnes gewann. Seiner saloppen, fast schlampigen Aufmachung zum Trotz war er der geborene Charmeur. Seine leicht mandelförmigen und dunkel bewimperten Augen standen weit auseinander, und er wusste, was er mit ihnen anstellen musste, um seinem Gegenüber das Gefühl zu vermitteln, verstanden und gemocht zu werden. Er hatte die ausgeprägten Wangenknochen eines Slawen und die typisch irische Begabung, alle seine Vorzüge herauszustellen, es aber so aussehen zu lassen, als wäre er sich ihrer Existenz gar nicht bewusst.

„Da haben Sie aber einen interessanten Sohn, meine Liebe."

Faith riss sich von ihren Gedanken los. „Davon war ich immer überzeugt."

„Jede Familie braucht einen Erfinder."

Alex' Erfindungen gehörten zu den wenigen Dingen, über die Faith und David verschiedener Meinung gewesen waren. David wollte dem Jungen immer erst dann „Erfindungszeit" gewähren, wenn er zuvor all seine Schulaufgaben gemacht hatte. Faith fand, dass Alex zum Teil selbst bestimmen sollte, wann er welche Arbeiten erledigte.

Jetzt lag das ganz in ihrer Hand.

„Gibt es in Ihrer Familie auch einen Erfinder?" erkundigte sich Alex.

„Ich bin meine ganze Familie, also muss ich ein Alleskönner sein."

Es erstaunte Faith, dass er nicht verheiratet war und keine Kinder hatte. Vielleicht hatte er eine Freundin oder Geliebte. Sie fragte sich, was Dottie Lee über ihn wusste.

Sie suchte nach einem unverfänglicheren Thema. „Haben Sie mir nicht erzählt, dass Ihr Haus eine Baustelle ist? Heißt das, dass Sie mitten in der Renovierung stecken?“

„Permanent. Ich mache nämlich alles selbst.“

Faith war sich sicher, dass ihre Augen aufleuchteten. „Tatsächlich?“

„Entdecke ich da einen Hauch von kollegialem Interesse? Von Renoviererin zu Renovierer?“

„Ehrlich gesagt, ich verstehe nicht das Geringste davon, außer wie man einen Pinsel schwingt. Aber ich werde es lernen.“

„Ich habe das Haus ja von innen gesehen. Da haben Sie sich ganz schön was vorgenommen!“

„Die Kabel werde ich bestimmt nicht selbst verlegen – sonst brennt mir das Haus noch ab. Sie kennen nicht zufällig ein paar zuverlässige Handwerker, oder?“

„Solch eine Information rücken die Menschen hier in der Gegend nicht gerne heraus. Da könnten Sie sie genauso gut um den Schlüssel zu ihrem Bankschließfach bitten.“

„Im Ernst?“

„Natürlich kenne ich einige zuverlässige Leute. Für eine selbstgekochte Mahlzeit würde ich Ihnen die Namen verraten. Wir sind hier auch große Tauschhändler.“

Sie lachte und wusste nicht einmal, warum. Eigentlich stand ihr nicht der Sinn danach, jemanden zu bewirten. Vielleicht würde sie überhaupt nie wieder Lust haben, einen Mann einzuladen.

Einen Mann einzuladen. Schlagartig setzte Ernüchterung ein. Bis zu diesem Augenblick war Pavel nicht viel mehr gewesen als eine Zufallsbekanntschaft aus der Nachbarschaft, mit einem Kreuz, das breit genug war, um ein Klavier zu halten, und Händen, die Wände verputzen und Leitungen verlegen konnten.

Sie steckte mitten in einer Scheidung. Bald würde sie sich wieder mit Männern verabreden können. Sie hätte nie gedacht, dass sie je wieder in diese Lage käme.

„Sind Ihre Kochkünste so schlecht?" Pavels Augen funkelten.

„Nein, aber offenbar mein Benehmen. Tut mir Leid, ich würde Sie sofort einladen, aber Sie haben die Küche nicht gesehen."

„So schlimm?"

„Eine Katastrophe."

„Soll ich mal einen Blick darauf werfen? So von Renovierer zu Renoviererin?"

Sie wusste nicht, wie sie das ablehnen sollte. Das Angebot war völlig unverdächtig, und sie konnte jeden guten Rat gebrauchen. „Im Augenblick ist der Zugang noch mit Kartons versperrt, aber heute Abend vielleicht. Schauen Sie doch einfach mal vorbei, wenn Sie das nächste Mal in unserer Straße sind."

„Das werde ich."

Faith merkte, dass Remy sie betrachtete. Als sie ihrer Tochter in die Augen guckte, entdeckte sie mehr Feindseligkeit als üblich.

„Wenn Sie kommen, kann ich Ihnen vielleicht auch zeigen, was ich mit meinem Computer so mache", meinte Alex. „Mögen Sie Computer?"

„Und wie." Pavel schob seinen Stuhl zurück. „Ich sollte los – die Spüle muss endlich montiert werden. Fließendes Wasser gab es in meiner Küche zuletzt vor ..." Er zählte mit den Fingern. „Fünf Monaten."

Faith seufzte. Er nickte mitfühlend. „Machen Sie sich auf eine lange Durststrecke gefasst", riet er ihr.

Als Pavel aufstand, wirkte er wie ein Riese. Er hielt Alex die Hand hin, und der schlug ein, von Mann zu Mann. „Ich freue mich darauf, deine Erfindungen zu sehen." Er nickte Faith und Remy zu und verschwand.

Remy warf ihre Serviette auf den Tisch. „Mutter, wer ist der Typ?"

„Ein Nachbar. Erinnerst du dich, ich habe dir von dem Mann erzählt, der geholfen hat, als die Packer das Klavier …"

„Du kennst ihn nicht? Alles, was du weißt, ist, dass er ein Klavier halten kann? Und dann lädst du ihn zu uns nach Hause ein?"

Faith wurde wütend. „Tu doch nicht so, als wäre hier in der Gegend ein Serienmörder unterwegs, Remy. Er ist ein Nachbar, nicht Jack the Ripper."

„Warum bist du dir da so sicher? Du hast fünfzehn Jahre mit einem Mann zusammengelebt, über den du nicht das Geringste wusstest!"

„Mit *dir* lebe ich seit vierzehn Jahren zusammen, und eins ist so sicher wie das Amen in der Kirche: Unverschämtheiten und Unhöflichkeit gegenüber anderen Leuten lasse ich dir nicht durchgehen."

Remy funkelte sie wütend an, sprang auf und machte sich auf den Heimweg.

Am Tisch wurde es still. Faith bemerkte, dass sie nur ein oder zwei Bissen von ihrem Eiersandwich gegessen hatte, doch jetzt war ihr der Appetit vergangen.

„Ich bin nicht sauer auf dich, Mom", meinte Alex schließlich.

Sie drückte seine Hand, wagte aber nicht, etwas zu sagen.

Remy lief einfach am Reihenhaus vorbei. Sie war zu aufgewühlt, um hineinzugehen und weiter auszupacken. In ihrem Körper schien ein wildes Tier zu wüten; sie spürte seine Klauen; es wollte hinaus. Wenn es in ihrem Zimmer aus ihr herausbrach, konnte sie für nichts mehr garantieren.

Sie lief in Richtung der Georgetown University. Ihre Mutter hatte auf einer Rundfahrt durchs Viertel bestanden und dabei einen Vortrag über die Universität gehalten, der Remy natürlich völlig kalt gelassen hatte. Das war bloß wieder so ein Trick, mit dem ihre Mutter den Umzug als großartige Sache hinzustellen versuchte. Als ob das Leben automatisch erträglicher würde, wenn man neben einer Uni wohnte.

In McLean wäre sie um diese Zeit vielleicht gerade von einer Übernachtung bei Megan oder einer anderen Freundin zurückgekommen. Wahrscheinlich würden die Mädchen sie auch weiterhin einladen, aber sie würde nicht mehr hingehen. Alle wussten sie über ihr Leben Bescheid. Über ihren schrecklichen Vater und über diese Mutter, die ernsthaft glaubte, die öffentliche Schule würde Remy gut tun und ihr helfen, besser mit der kalten, grausamen Realität zurechtzukommen.

Sie war schon tough genug, um mit allem Möglichen fertig zu werden. Sie hatte sogar daran gedacht abzuhauen, um Faith eine Lektion zu erteilen, aber sie wusste nicht, wohin. Der einzige Ort, der ihr einfiel, war das Haus in McLean, und das kam nicht in Frage.

Sie bräuchte eine Zeitmaschine. Vielleicht konnte Alex, das neue Licht in Faith' Leben, eine erfinden und Remy damit wegbeamen. Das würde ihm gefallen.

Sie war schon mehrere Häuserblocks weit gelaufen, als sie das erste Mal auf ihre Umgebung achtete. Die Prospect Street bestand aus unzähligen Häusern, die sich dicht an dicht aneinander reihten. Alle alt. Alle schmal. Alle völlig anders als das Haus, in dem sie aufgewachsen war. Als sie eine Ecke erreichte, überlegte sie, ob sie den Hügel hinab zur M Street gehen sollte. Doch abzubiegen kostete Energie, und später, wenn sie nach Hause wollte, würde sie den Hügel wieder hinaufstapfen müssen, was noch mehr Energie kostete. Also ging sie weiter in Richtung Universität.

Zwei junge Männer, die einen Hund ausführten, kamen ihr entgegen. Das Tier war riesig, so groß wie die Kleiderkartons, in die sie ihre Klamotten gepackt hatte. Ein Schrank mit krausem schwarzen Haar und einer heraushängenden rosa Zunge. Der Hund rief ihr Gast und die Kätzchen in Erinnerung, und ihr fiel siedend heiß ein, dass sie nach dem Frühstück nach ihnen hatte sehen wollen. Faith hatte versprochen, Katzenfutter zu kaufen.

Der Hund wirkte völlig harmlos und wohl erzogen, aber sobald er nah genug war, sprang er sie an. Mit den Pfoten auf ihren Schultern drängte er sie zurück, bis sie stolperte. Als sie am Boden lag, schlabberte er mit seiner riesigen, ekligen Zunge über ihr Gesicht.

Sie kreischte, eher aus Überraschung denn aus Angst, und hielt sich die Hände vors Gesicht. „Nehmt dieses Viech von mir weg."

Einer der jungen Männer zerrte an der Leine. Der andere hatte sich zwischen Remy und den Hund geworfen und versuchte das Tier wegzuziehen.

„Pfui, Bär. Aus, du Trottel!"

Bär setzte sich hin, und Remy krabbelte außer Reichweite. „Er hat mich angefallen!"

„Nee, er kann bloß seine Zuneigung schlecht dosieren." Der Mann mit der Leine wollte ihr helfen, aufzustehen, aber Remy lehnte ab und rappelte sich zitternd aus eigener Kraft auf.

„Wenn ihr ihn nicht im Griff habt, solltet ihr nicht mit ihm rausgehen."

„Er hat dich nicht verletzt, oder?"

Sie schaute an sich herab, um zu prüfen, ob sie irgendwelche Blessuren hatte. „Nein ..."

„Tut mir Leid." Der junge Mann grinste. Er hatte blondes Haar, große braune Augen und ein wunderschönes Lächeln. „Ich hätte damit rechnen müssen. Er mag hübsche Mädchen."

Das verschlug ihr erst einmal die Sprache. Um das zu kaschieren, lächelte sie zurück.

„Ich geh mit ihm nach Hause", sagte der andere Mann. Er hatte dunkles Haar und dunkle Augen, und im Gegensatz zu seinem Freund lächelte er nicht. „Ich habe die Schnauze voll, ihn dauernd von den Leuten wegzuziehen, damit er von ihnen ablässt. Wir sollten ihn ins Tierheim zurückbringen." Er machte kehrt und lief davon.

„Ins Tierheim?" erkundigte sich Remy, deren Sprachlosigkeit nur von kurzer Dauer gewesen war.

„Ja. Selims Schwester arbeitet dort. Bär sollte eingeschläfert werden, aber sie hat ihn da rausgeholt und Selim geschenkt."

„Das ist gut." Remy wusste nicht recht, warum sie das sagte. Sie hatte eigentlich keinen Grund, das gut zu finden. Immerhin stand sie vollgesabbert vor dem süßesten Jungen, den sie je getroffen hatte.

Andererseits hätte sie nie ein Wort mit ihm gewechselt, wäre Bär nicht gewesen.

„Du musst das Viech ja auch nicht ernähren. Das ist das Schlimmste an ihm. Bist du auch an der Georgetown?"

Remy war überrascht und fühlte sich seltsam geschmeichelt, dass er sie für eine Kommilitonin hielt. Fast hätte sie gelogen, aber ihr war klar, dass sie damit nicht lange durchgekommen wäre. „Nein, wir sind gerade erst hierher gezogen." Sie zeigte mit dem

Daumen über ihre Schulter. „Wir wohnen ein paar Häuser weiter in die Richtung."

Hinter dem bezaubernden jungen Mann sah sie Bär und Selim in einem der vielen Reihenhäuser verschwinden. „Studierst du an der Georgetown?"

„In ein paar Wochen startet das nächste Semester. Auf welche Schule gehst du?"

„Im Moment auf keine." Das war schließlich nur allzu wahr.

„Du solltest es auf der Georgetown versuchen."

„Vielleicht." Sie verzichtete darauf klarzustellen, dass selbst die High School für sie noch in weiter Ferne lag.

„Halte ich dich auf?"

Remy schüttelte den Kopf. „Ich lauf nur so herum."

Er streckte die Hand aus. „Ich bin Colin Fitzpatrick."

Seine Hand war groß und warm und schloss sich gerade fest genug um ihre, um sich angenehm anzufühlen.

„Remy Bronson."

„Willst du dir den Campus anschauen? Ich muss vorerst auch nirgendwo hin. Ich könnte dir alles zeigen."

Remy wurde mulmig bei dem Gedanken, was ihre Mutter dazu sagen würde. Schließlich war Colin ein Fremder. Außerdem hatte ihre Mutter keine Ahnung, dass sie nicht zu Hause war.

Sie setzte ihr erwachsenstes Lächeln auf. „Das glaube ich gern."

Er lachte. „Möchtest du als Erstes einen Blick in unser Haus werfen? Wo wir doch Nachbarn sind."

„Okay." Wenn Faith einen völlig Fremden einlud, ihr Haus zu besichtigen, konnte *sie* sich ebenso gut das von Colin angucken.

„Bei uns war letzte Nacht Party, nur zur Vorwarnung. Besonders sauber ist es nie, aber heute früh sieht es noch schlimmer aus als sonst.“

Sie gingen auf das Haus zu. Remy wusste nicht genau, was ihr im Moment besser gefiel: ihre Zeit mit dem aufregendsten Mann zu verbringen, den sie je getroffen hatte, oder sich auszumalen, was Faith durch den Kopf gehen würde, sobald ihr auffiel, dass ihre Tochter nicht daheim war.

Nur schade, dass sie nicht dabei sein konnte, um Faith’ Gesicht zu sehen.

11. KAPITEL

Lydia und Marley trafen noch vor dem Mittag ein, zur selben Zeit wie die Blumen. Als Faith die Haustür öffnete, schien sie beides gleichermaßen zu überraschen.

Faith nahm die Blumen entgegen, einen üppigen Herbststrauß in einer versilberten Vase, begrüßte Marley und beugte sich schließlich vor, um ihre Mutter auf die Wange zu küssen. Lydia gab dem Boten ein Trinkgeld, und er zog sich zurück.

„Die sind fantastisch." Faith überflog die Karte und warf ihrer Mutter ein wissendes Lächeln zu. „Dads Geschmack ist exzellent. Fast so gut wie deiner."

„Er war in letzter Zeit nicht er selbst. Ich vermute, die Blumen sind seine Art, sich zu entschuldigen." Lydia fragte sich, warum sie dieses Theater nicht einfach sein ließ. Faith wusste genau, dass Joe sich in seinem ganzen Leben noch nie für etwas entschuldigt hatte.

„Ich stelle sie auf den Küchentisch. Ich glaube, da ist gerade ein Fleckchen frei."

Faith verschwand, und Marley stieg die Treppe hinauf, um das Desaster dort oben in Augenschein zu nehmen. Lydia konnte nicht genau sagen, wie alt ihre Haushälterin war. An die fünfzig wahrscheinlich. Marley war schlank und groß und verfügte über unglaublich viel Energie. In ihrer Gesellschaft fühlte sich Lydia umso müder.

Marley sprach leise, damit Faith sie nicht hörte: „Das ist kein Haus, das ist ein Fünfzehn-Jahres-Plan. Aber die Dielen sind schön." Marley war in Jamaika aufgewachsen, was man auch an ihrem Akzent erkannte. Eigentlich hieß sie Mary Louise, aber ihre unsterbliche Liebe zum Reggae hatte ihr diesen Spitznamen eingebracht.

„Ich habe sie abziehen lassen. Sie sind wirklich schön, nicht?“

„Wodurch alles andere noch schlimmer aussieht.“

„Marley, das hilft uns nicht weiter.“

Marley zuckte mit den Schultern. Mit Joe unterhielt sie sich fast nie, aber seiner Frau gegenüber nahm sie kein Blatt vor den Mund, da sie genau wusste, wie sehr Lydia auf sie angewiesen war.

Faith tauchte wieder auf und blieb am Fuß der Treppe stehen, um nach ihren Kindern zu rufen. Oben ging eine Tür auf, und das Getrampel auf den Stufen verriet Lydia, dass ihr Enkelsohn herunterkam. Sie überlegte, was sie zu ihm sagen sollte. Schließlich redete sie meist nur mit ihm, wenn sie sein Verhalten kritisieren wollte.

Er blieb auf der letzten Stufe stehen. „Hallo, Großmutter.“ Als er Marley erblickte, stieß er einen Jubelschrei aus. „Marley! Hi!“

„So groß, dass ich ihn gar nich wiedererkenne.“ Marley stellte sich an den Fuß der Treppe. „Siehste, schon größer als ich.“

„Oben haben wir Kätzchen.“ Diese Information galt ausschließlich Marley. „Willst du sie dir anschauen?“

„Kätzchen?“

„Kätzchen?“ wiederholte Lydia. „Faith, bist du noch bei Sinnen? Habt ihr nicht schon genug um die Ohren?“

„Die Kätzchen gehören zum Haus, Mutter.“ Faith stellte sich neben Marley. „Alex, holst du bitte Remy? Was treibt sie denn?“

„Keine Ahnung. Ihre Tür war schon zu, als wir nach Hause gekommen sind.“

„Also, dann geh sie bitte holen, ja?“ Faith wandte sich ihrer Mutter zu. „Auf dem Speicher lebt eine Katzenmutter mit ihren Kleinen. Die Kinder und ich haben sie mitten in der Nacht entdeckt.“

„Was hattet ihr mitten in der Nacht auf dem Dachboden verloren?“

„Wir wollten herausfinden, was da so gespenstisch geheult hat."

„Ach so." Lydia begriff sofort. Faith brauchte nichts weiter zu erklären. *Das Geisterbaby, das zurückgekommen ist, um sie alle in Angst und Schrecken zu versetzen.*

Wieder polterten Schritte auf der Treppe, und Alex kam zurück. „Sie ist nicht da. Und auch nicht im Badezimmer, und auch nicht auf dem Dachboden. Dann hätte sie durch mein Zimmer gemusst."

Faith zuckte zusammen. „Ich gucke am besten selbst mal nach. Ich bin gleich wieder da."

Lydia fragte sich, wie Faith ein Kind abhanden kommen konnte, das so groß war wie Remy, aber sie verkniff sich jeglichen Kommentar. „Lass uns anfangen", sagte sie zu Marley. „Alex, willst du Marley beim Auspacken helfen?"

„Klar."

Mit besorgter Miene kam Faith zurück. „Sie ist wirklich nicht da."

„Hast du schon im Keller nach ihr gesucht?" Lydia wusste, dass das die letzte Möglichkeit war.

„Warum sollte sie sich da unten rumtreiben?"

„Vielleicht ist sie gar nicht nach Hause gekommen", warf Alex ein.

Der Ausdruck in Faith' Augen gefiel Lydia nicht. „Ist sie allein nach Hause gelaufen? Von wo?"

Faith bedeutete Alex, der zu einer Erklärung ansetzte, zu schweigen. Sie wollte die Frage selbst beantworten. „Wir waren frühstücken, und sie hat sich über etwas aufgeregt. Sie ist vor uns gegangen, und zwar in Richtung Haus. Sie hat einen Schlüssel. Ich habe angenommen ..."

Lydia biss sich auf die Lippe. Sie zwang sich, ihre Tochter nicht zu belehren, dass sie jetzt mitten in der Stadt wohnten und dass Remy Schutz brauchte. Sie versuchte die Erinnerung zu verdrängen, dass vor achtunddreißig Jahren schon einmal ein Kind aus der Prospect Street verschwunden war.

„Wann ist sie los?" Lydia warf einen Blick auf ihre Uhr.

„Wir sind seit etwa zwei Stunden zurück."

„Und sie war wütend?"

„Remy tut sich derzeit mit allem schwer."

„Kann sie sich verlaufen haben? Kennt sie die Straßen gut genug, um den Weg nach Hause zu finden?"

„Sie kennt die Adresse. Die Prospect Street ist nicht so lang. Selbst wenn sie die Orientierung verloren hat, muss sie nur irgendwen fragen."

„Wir drei könnten die Straßen durchkämmen."

„Vier!" Alex hüpfte von der letzten Stufe auf den Boden. „Was ist mit mir?"

Lydia starrte ihren Enkel an und entdeckte etwas völlig Neues an ihm. Wie üblich wollte sie ihn gleich zum Schweigen bringen, aber der Blick, mit dem der Junge sie fixierte, hatte etwas verstörend Erwachsenes. Zum ersten Mal erahnte sie den Mann, der Alex einmal werden würde.

Sie bemühte sich, seine Unterstützung zu gewinnen. „Alex, einer muss hier bleiben, falls Remy zurückkommt. Ich glaube ehrlich gesagt, dass sie noch vor uns allen wieder da sein wird. Aber wenn sie eine von uns hier antrifft, geht sie vielleicht wieder. Du könntest uns auf dem Handy anrufen, sobald sie auftaucht. Machst du das?"

Er zog die Brauen hoch; natürlich hatte er bemerkt, dass sie ihn zu beschwatzen versuchte. „Na gut."

Lydia berührte dankbar seine Schulter. Er war verwirrt; dass sie zu solchen Gesten im Stande war, hatte er nicht gewusst.

„Ich bin mir sicher, dass wir auf dich zählen können." Sie wandte sich ab und fragte sich, ob sie in ihren sechsundsechzig Jahren je etwas getan hatte, worauf sie stolz sein konnte.

Die Uni-Führung fiel aus. Eigentlich hatten sie nur mal kurz einen Blick ins Parterre von Colins Haus werfen wollen, aber nach einer weiteren kleinen Rauferei mit Bär waren sie irgendwie nicht mehr im Stande gewesen, sich zu der Besichtigungstour aufzuraffen. Selims Vater besaß ein Elektrogeschäft, und Selim hatte die Hälfte des Inventars angeschleppt, einschließlich eines riesigen Fernsehers, in dem im Augenblick eine Comedy-Serie lief, die Remys Vater zweifellos als Paradebeispiel für den amerikanischen Sittenverfall verdammt hätte. In seinem vorigen Leben jedenfalls.

Sie hing neben Colin auf einem ramponierten Sofa und schaute zwei College-Typen zu, die nach einer durchsoffenen Nacht eine Frau ins Bett zu kriegen versuchten.

„Und du hast das echt noch nicht gesehen?" fragte Colin. „Das ist praktisch ein Klassiker."

„Ne, ich kenn's wirklich nicht." Remy starrte fasziniert auf den Bildschirm. Mit ihren Freundinnen hatte sie schon ein paar nicht ganz jugendfreie Filme geguckt. Sie war nicht völlig ahnungslos. Aber dieser Streifen, der sich über alles lustig machte, was man sie zu glauben gelehrt hatte, war von völlig anderem Kaliber.

Und sie schaute ihn mit einem Typen; sie saß direkt neben einem Typen und beobachtete Männer, die Frauen rumzukriegen versuchten. Colin schien sich nichts Schlimmes dabei zu denken.

„Wie alt bist du?" Mitten in einer Szene, die in einem Stripclub spielte und ihr den Atem verschlug, wandte er den Kopf in ihre Richtung.

„Siebzehn.“ Sie warf ihm einen flüchtigen Blick zu. Die Lüge kam ihr ebenso leicht über die Lippen wie ihr Name.

„Oh, ich hab dich für älter gehalten. Bist du an der High School?“

Die nächste Lüge war genauso leicht. „Hm-m.“

„Dann fängt jetzt bald dein letztes Jahr an.“

„Hm-m.“ Nicht ganz so bald.

„Willst du eine Cola oder so?“ Als sie nickte, stand Colin auf und rekelte sich, dann verschwand er in der Küche. Er war süß, echt süß. Megan wäre bestimmt überrascht, dass sich ein College-Typ für sie interessierte. Sie konnte es kaum erwarten, es ihr zu erzählen. Dann fiel ihr ein, dass Megan nicht mehr in ihrer Straße wohnte.

Colin wohnte in ihrer Straße.

Ein Geräusch hinter ihr riss sie aus ihren Gedanken. Sie drehte sich um und sah einen Mann die Treppe herunterkommen. Colin hatte ihr berichtet, dass sie hier zu viert lebten. Außer Selim gab es noch einen Studenten namens Paul und einen gewissen Enzio, der die High School geschmissen hatte. Enzio war Verkäufer in einem der Klamottenläden auf der Wisconsin Avenue, und manchmal brachte er allen reduzierte Ware mit.

Der Typ, der jetzt herunterkam, trug Lederhosen mit zahllosen Reißverschlüssen und ein enges graues T-Shirt. Auf dem Treppenabsatz zündete er eine Zigarette an, klemmte sie sich aber nicht zwischen die Lippen.

„Und wer bist du?“

„Remy.“

„Die Freundin von irgendwem?“

„Ich wohne in derselben Straße. Colin und ich gucken uns einen Film an."

„Yeah." Er streckte sich. „Colin schaut sich absolut alles an."

Remy war fasziniert. Colin kam ihr vor wie eine ältere Ausgabe der Jungs, die sie kannte. Sauber geschrubbt, kurzes Haar, Klamotten von Abercrombie oder Banana Republic. Dieser Typ war völlig anders. Sein rabenschwarzes Haar hing ihm fast bis auf die Schultern, und sogar von weitem erkannte sie, dass er einen Ohrring trug. Er lächelte nicht. Er war wahrscheinlich nicht älter als Colin, sah aber aus, als sei er des Daseins bereits überdrüssig. Sie konnte das nachempfinden.

„Bist du Enzio?" Er wirkte wie jemand, der von der Schule geflogen war.

„Yeah."

Ihre gute Erziehung meldete sich zurück. „Nett, dich kennen zu lernen."

„Brich dir keinen ab."

Sie spürte, wie sich ihre Wangen röteten. Sie fühlte sich durch und durch wie vierzehn. Er kam die letzten Stufen herab und setzte sich neben sie aufs Sofa. Nachdem er kräftig an der Zigarette gezogen hatte, bot er sie ihr an.

Sie schüttelte den Kopf. Inzwischen glühten ihre Wangen wie Feuer. Das Angebot, etwas zwischen die Lippen zu nehmen, was kurz zuvor zwischen seinen gesteckt hatte, erschien ihr unerhört intim.

„Studierst du?" Enzio schaute sich nach einem Aschenbecher um und entschied sich schließlich für einen schmutzigen Teller, der vermutlich von der Party übrig geblieben war.

„High School."

„Sweet little sixteen, hm?"

„Ich bin siebzehn.“ Schön wär’s!

„Woher kennst du Colin?“

„Bär hat mich auf dem Gehsteig angefallen.“

„Das ist mal was Neues.“ Enzio griff nach der Fernbedienung und fing gerade an zu zappen, als Colin zurückkam.

„Hey, wir haben uns da gerade was angeguckt.“ Colin reichte Remy eine Dose Cola und nahm Enzio die Fernbedienung weg. „Verzieh dich, Castellano.“

„Wieso?“

Colin grinste Remy an. „Weil ich sie zuerst gesehen habe.“

Enzio stand auf und langte nach seiner Zigarette. „Gibt’s in diesem Müllhaufen irgendwas zu essen?“

„Kalte Pizza.“ Colin nahm seinen Platz wieder ein.

Enzio lief nicht in die Küche, sondern zur Haustür, und Remy drehte sich um, um ihn beim Hinausgehen zu beobachten. Als sie zufällig aus dem Fenster blickte, entdeckte sie ihre Großmutter, die auf der Straße stand und angestrengt um sich schaute, als suche sie etwas.

Oder jemanden.

Enzio trat hinaus und schlug die Tür hinter sich zu. Von oben kommentierte Bär sein Verschwinden mit heftigem Gebell. Ins Sofa gekauert, spähte Remy weiter vorsichtig aus dem Fenster – so unauffällig, wie es eben ging. Als Lydia lange genug verschwunden war, stand sie auf.

Sie versuchte einen lockeren Tonfall anzuschlagen. „So Leid es mir tut, ich muss los. Meine Mutter fragt sich bestimmt schon, wo ich abgeblieben bin.“

„Ruf sie doch an. Das Telefon muss hier irgendwo rumstehen.“

„Sie verlässt sich darauf, dass ich ihr heute beim Auspacken helfe. Wird Zeit, dass ich anfange.“

„Jetzt habe ich dir die Uni doch nicht gezeigt.“

„Ich lebe ja ganz in der Nähe. Wir sehen uns bestimmt.“

Colins Blick wanderte zum Bildschirm zurück. Einer der Typen in dem Film hatte es endlich geschafft. „Ja, okay. Soll ich dich nach Hause begleiten?“

Das war Kinderkram. Außerdem fand sie es besser, dass er nicht wusste, in welchem Haus sie wohnte – dann konnte er auch nicht plötzlich dort auftauchen. „Nein. Guck ruhig weiter fern.“

„Wenn wir wieder mal ‘ne Party feiern, komm vorbei.“

„Ja, klar.“ Sie ging zur Tür und lugte hinaus. Lydia war ein paar Häuserblocks weiter gelaufen. In die andere Richtung schien die Luft reïn zu sein. Ihr war klar, dass sie sowieso Ärger bekommen würde, aber wenn jemand sie zu allem Überfluss aus diesem Haus kommen sähe, stünden ihr weitaus größere Unannehmlichkeiten bevor.

Sie huschte hinaus auf den Gehweg und machte sich auf den Heimweg. Sie hatte bloß einen Spaziergang unternommen. Wenn sie schon in dieser Gegend leben musste, hatte sie ein Recht zu erfahren, wie es hier ausschaute. Sie hatte nichts Schlimmes getan. Sie war kein kleines Kind mehr.

Sie übte ihre Antworten ein, denn ihr war klar, dass sie zur Rede gestellt werden würde. Außerdem überlegte sie, wann sie Colin Fitzpatrick und Enzio Castellano wohl wiedersehen würde.

Remy war seit mehr als zwei Stunden verschwunden. Faith versuchte sich einzureden, dass es keinen Grund zur Sorge gab. Sobald Remy sich beruhigt hätte, würde sie den Weg nach Hause finden. Sie war wütend und wollte beweisen, dass sie Faith genauso verletzen konnte, wie sie verletzt worden war.

Doch Faith schaffte es nicht, sich zu beruhigen. Sie stellte sich vor, wie Remy mutterseelenallein und völlig kopflos durch Georgetown irrte. Das Mädchen war viel zu durcheinander, um noch auf der Hut zu sein, und stellte somit eine leichte Beute für jeden Perversen dar.

In der Nähe der Ecke M Street und 33. Straße blieb Faith stehen und zückte ihr Handy. Zwar hatte Alex versprochen, sich zu melden, aber sie konnte nicht warten. Sie lehnte sich gegen ein Schaufenster und wählte ihre neue Nummer.

„Gibt's was Neues?" fragte sie, als Alex abhob.

„Nein. Marley ist zurück. Sie meint, Remy kommt nach Hause, wenn sie hungrig ist."

Faith hätte das nur zu gern geglaubt. „Ruf mich aber wirklich an, sobald du was hörst, okay?"

„Klar. Mach ich."

Faith wusste nicht weiter. Sie hatte sich bereits bei Sally, Megans Mutter, erkundigt, ob Remy vielleicht mit der Bitte an sie herangetreten war, abgeholt und nach McLean zurückgebracht zu werden. Doch Sally hatte verneint, aber versprochen, sich sofort zu melden, wenn sie etwas hörte. Auch Faith' Anrufe bei den Familien zweier weiterer von Remys Freundinnen waren erfolglos verlaufen.

Fehlte noch David.

Remy hatte sich bestimmt nicht an ihren Vater gewandt. Da war sich Faith sicher. Ganz gleich, wie sehr ihre Mutter ihr momentan auf die Nerven ging, ihren Vater hasste Remy eindeutig noch mehr. Aber David war Remys Vater, und als solcher hatte er das Recht, von ihrem Verschwinden zu erfahren. Was, wenn ihr wirklich etwas zugestoßen war?

Faith rang mit sich. Sollte sie ihn anrufen? Sie hatte die Nummer von Hams Wohnung. David besaß kein Handy mehr; genau genommen hielt Faith den Apparat in der Hand, der einmal ihm gehört hatte – ein schon jetzt als hoffnungslos altmodisch geltendes Gerät. Aber sie konnte ihn bei Ham erreichen oder, wenn er nicht da war, eine Nachricht hinterlassen. Ihr war völlig klar, dass sie genau das tun musste.

Schweren Herzens suchte sie in der Handtasche nach ihrem Adressbüchlein. Sie wählte die Nummer und wartete. Ein ohrenbetäubendes Störgeräusch drang aus dem Hörer. Beim zweiten Versuch war die Verbindung in Ordnung.

Hams Stimme schien höher als die von David zu sein und klang etwas nasaler. Sie wusste, dass sie mit dem Mann sprach, der ihrem Mann zum Coming-out verholfen hatte.

„Ich möchte bitte mit David Bronson sprechen." Ihren Namen nannte Faith nicht.

„Tut mir Leid, er ist gerade nicht da. Kann ich etwas ausrichten?"

Sie war drauf und dran, das Gespräch zu beenden. Die ganze Situation ging ihr gegen den Strich; niemand hatte sie darauf vorbereitet. Niemand hatte ihr beigebracht, wie sie mit dem Mann reden sollte, der der Lover ihres Gatten war.

„Hallo?" fragte Ham in die Stille.

Sie versuchte, geschäftsmäßig zu klingen. „Hier spricht Faith Bronson. Ich wollte David sagen, dass Remy verschwunden ist. Sie ist noch nicht lange weg, aber ich dachte, er sollte es wissen."

„Verschwunden?" Hams Stimme überschlug sich.

Sie wollte ihm die Sache nicht erläutern. Er gehörte nicht zur Familie, ganz gleich, wie David zu ihm stand. „Bitten Sie David einfach, mich anzurufen, wenn er zurückkommt. Dann ist sie vielleicht schon wieder aufgetaucht."

„Ich werde ihn ausfindig machen."

„Nein, das ist nicht nötig. Es handelt sich nicht um einen Notfall. Sie ..."

„Faith, bitte. David ist ihr Vater. Er möchte es sicher sofort erfahren."

Sie konnte sich nicht entsinnen, sich mit Ham irgendwann darauf geeinigt zu haben, einander mit dem Vornamen anzureden. Sie wollte ihm mitteilen, dass er sie Mrs. Bronson nennen sollte, aber auch dieser Name schien nicht mehr zu passen.

„Tun Sie, was Sie für richtig halten", sagte sie nach einer längeren Pause. „Er kann mich auf dem Handy erreichen."

„Ich weiß, es ist ein schwacher Trost, aber es tut mir Leid, dass ich Ihren Kummer mitverursacht habe, Faith. Ich hoffe, dass wir einmal Freunde sein können."

Eine Million sarkastischer Antworten gingen ihr durch den Kopf. Sie wählte die höflichste Variante und legte einfach auf. Das Telefon gegen die Brust gepresst, schloss sie die Augen. Als es klingelte, drückte sie vollkommen benommen die Annahmetaste.

Alex meldete sich. Zwischen dem permanenten Rauschen und Knacken verstand sie gerade noch, dass Remy zurück war.

12. KAPITEL

Als Remy ihre Entschuldigungen und Ausreden heruntergebetet hatte, musste sich Faith sehr beherrschen, um ruhig zu klingen. Das Adrenalin, das durch ihre Adern strömte, hätte für eine achtstündige Standpauke gereicht.

„Du wolltest bloß spazieren gehen? Das ist alles? Hast du nicht daran gedacht, dass ich mir Sorgen machen würde?“

Remy warf einen Blick auf ihre Fingernägel. „Mir war nicht klar, dass du so durchdrehen würdest. Was ist schon dabei? Du hast mich hierher verpflanzt. Da werde ich mich doch wohl ein bisschen in Georgetown umschauen dürfen.“

„Du bist vierzehn, nicht vierzig. Und selbst wenn du älter wärst, würde ich erwarten, dass du mich informierst, wo du steckst. So wie es bei Leuten, die zusammenleben, üblich ist.“

Remy sah auf. „Oh? Du meinst, so wie Daddy *dich* immer über alles informiert hat? Du wusstest in jedem Augenblick, wo er war? Pah!“

„Geh bitte auf dein Zimmer. Und bleib da.“

„Wow, dann muss ich wenigstens deine blöden Belehrungen nicht länger ertragen. Was für eine Strafe.“ Remy lief die Treppe hoch und knallte ihre Tür heftig genug zu, um ein weniger robustes Haus in seinen Grundfesten zu erschüttern.

„Du lässt dir von diesem Kind zu viel gefallen“, sagte Lydia, die diese Auseinandersetzung mit angehört hatte. Marley war klugerweise mit Alex in seinem Zimmer verschwunden, um ihn aus der Schusslinie zu halten.

Faith ließ sich aufs Sofa sinken und schlug die Hände vors Gesicht. „Was verstehst *du* schon davon?“

„Was?“

„Ich meine, wie willst *du* das beurteilen? Du hast keinerlei Erfahrung mit einem derartigen Verhalten, Mutter. Ich habe immer gehorcht. Und im Augenblick kommt es mir nicht so vor, als hätte mir das sonderlich gut getan. Deshalb werde ich Remy anders erziehen."

Lydia setzte sich neben sie. „Versuchst du mir die Schuld für das entsetzliche Benehmen deiner Tochter in die Schuhe zu schieben?"

„Mir gefällt auch nicht, wie sie sich aufführt. Aber hast du den Eindruck, dass ich dich dafür verantwortlich mache?"

„Natürlich nicht, aber ..."

„Ich werde meiner Tochter *nicht* beibringen, aus Respekt vor Gott und dem Vaterland jeden Gedanken und jedes Gefühl zu unterdrücken. So hast du mich erzogen, und ich werde deine Fehler nicht wiederholen."

Lydias Nasenflügel blähten sich vor Entrüstung. „Tut mir Leid, ich wusste nicht, dass ich dich so unterjocht habe."

„Ich hatte als Kind immer das Gefühl, kein Wort herauszubekommen, wenn wir uns unterhielten. Das habe ich immer noch."

„Also, im Augenblick redest du eine ganze Menge."

„Wie kommt es eigentlich, dass wir jetzt über dich und mich sprechen? Als ob ich nicht schon genug um die Ohren hätte."

Der pikierte Blick ihrer Mutter fuhr ihr bis ins Mark, aber sie weigerte sich, einen Rückzieher zu machen.

„Hast du wirklich das Gefühl gehabt, perfekt sein zu müssen?" fragte Lydia schließlich.

„Denk doch mal nach. Ich war die Tochter eines Mannes, der sich schon für Familienwerte engagierte, als es das Wort noch gar nicht gab. Ich war diejenige, die man nicht aus der Wiege gestohlen hatte. Ich musste so gut sein, dass es für zwei Kinder reichte."

Lydia lehnte sich zurück und starrte die Wand an. „Womöglich wünschst du dir, Hope wäre nicht gekidnappt worden, damit du die Bürde, meine Tochter zu sein, mit jemandem teilen könntest."

„Nein, ich wünsche mir, Hope wäre nicht gekidnappt worden, weil du dann nicht so distanziert wärst."

„Distanziert?"

„Dieses Gespräch führt doch zu nichts."

„Ich war distanziert?"

„Du *bist* distanziert. Und tu nicht so, als wüsstest du das nicht. Du willst niemandem näher kommen als unbedingt nötig."

„Ich verstehe gar nicht, wie du eine so grauenvolle Kindheit durchstehen konntest."

„Was hättest du getan, wenn ich mich so benommen hätte wie Remy heute Nachmittag?" Lydia schwieg. Faith vermutete, dass ihre Mutter wirklich nicht wusste, wie sie reagiert hätte. Etwas ruhiger fuhr Faith fort: „Mit Remy muss ich vorsichtig sein. Mit beiden Kindern. Ich selbst kann einiges aushalten, aber die zwei tun mir so Leid. Remy ist völlig durch den Wind, und Alex versucht Davids Rolle zu übernehmen. Aber er ist nicht mal zwölf. *Er* sollte sich nicht um *mich* kümmern. Das Kümmern ist *mein* Job."

„Also, selbst aus meiner immensen Distanz heraus erkenne ich, dass du Alex unterschätzt."

Dass ihre Mutter ihr in dieser Lage wirklich zu helfen versuchte, stufte Faith als positives Zeichen ein. Immerhin spulte Lydia nicht wie sonst die üblichen Phrasen ab. Und eigentlich hätten die Dinge, die sie einander nun an den Kopf warfen, schon vor Jahren gesagt werden müssen.

Lydia ergriff erneut das Wort: „Remy muss sich wahrscheinlich wirklich einiges von der Seele reden. Das ist verständlich.

Dennoch darfst du nicht zulassen, dass sie so mit dir umspringt. Das ist ein Zeichen von Geringschätzung."

„Ich denke schon, dass sie mich respektiert. In ihrem Innersten ..."

„Ich spreche nicht von Remy. Mir geht es um dich, Faith. Um deine Selbstachtung. Seit du das mit David herausgefunden hast, hast du bewiesen, dass du eine Menge davon besitzt. Aber davon hat deine Tochter nichts mitbekommen."

Faith war immer noch zu erschüttert über Remys Verschwinden, um wirklich klar denken zu können. Daher war sie sich nicht sicher, ob sie richtig lag, als sie aus Lydias Kritik so etwas wie ein verkapptes Kompliment heraushörte.

Sie erzählte ihr etwas, was sie eigentlich für sich hatte behalten wollen. „Ich habe David angerufen, um ihn über Remys Verschwinden zu informieren. Aber Ham ging an den Apparat."

„Reizend. Hast du ihm mitgeteilt, mit wie viel Weichspüler er Davids Unterhosen waschen soll?"

Faith konnte nicht anders, sie musste lachen.

Auch Lydia lächelte. „Ich kann richtig gemein werden. Du durchschaust mich nicht halb so gut, wie du meinst."

Faith ergriff Lydias Hand. „Nicht, dass ich es nicht versucht hätte, dich kennen zu lernen."

Ihre Mutter erwiderte den Händedruck nicht, zog ihre Hand aber auch nicht weg. „Ich habe mich mit meiner Mutter gut verstanden. Irgendwann wirst du dich auch mit Remy wieder verstehen." Den nächsten Satz äußerte sie nicht. Er hätte lauten sollen: *Vielleicht werden auch wir beide eines Tages gut miteinander auskommen.*

Faith spürte, dass sie so weit gekommen waren, wie es ihnen derzeit möglich war. „Ham meinte, er würde David so schnell wie möglich verständigen. Er hat mir einen kleinen Vortrag darüber gehalten, dass David schließlich Remys Vater ist. Als ob ich das nicht wüsste."

„Na, dank ihrer Rückkehr bleibt uns immerhin sein Besuch erspart."

Wie in einem Broadway-Stück klopfte es auf dieses Stichwort hin an die Haustür. „Du hast ihm doch wohl Entwarnung gegeben?" fragte Lydia.

„Ich hab's ihm auf den Anrufbeantworter gesprochen." Faith stand auf. „Ich hoffe, er hat die Nachricht abgehört."

Als sie zum Fenster hinausschaute, wusste sie, dass er es nicht getan hatte. Sie öffnete die Tür und baute sich steif im Rahmen auf, sodass er nicht eintreten konnte. „Du hättest deine Anrufe abhören sollen. Sie ist wieder da."

Die Sorgenfalten wichen von seiner Stirn. „Wo war sie?"

„Sie behauptet, sie sei spazieren gegangen, aber sie war vom Frühstück bis jetzt eben weg. Das ist ein langer Spaziergang."

„Und warum hast du mich dann nicht früher informiert?"

„Wir haben erst gegen Mittag gemerkt, dass sie weg war."

„Du hattest keine Ahnung, dass sie weg war?"

Faith hörte das Entsetzen in seiner Stimme – und noch etwas. Einen Vorwurf. Sie giftete ihn an: „Nein, David. Ich habe hier noch keine Überwachungskamera installiert."

„Ich will dir nichts vorwerfen, Faith, aber wo dachtest du, dass sie steckt?"

„Oben in ihrem Schlafzimmer, hinter verschlossenen Türen. Wo Teenager eben die meiste Zeit stecken."

„Und du hast nicht nach ihr gesehen?"

„Ich habe nie einen Grund gehabt, sie zu kontrollieren. Und ich hoffe, das wird auch so bleiben."

„Was sie da gemacht hat, ist keine Kleinigkeit. Es muss doch Warnzeichen gegeben haben ...“

„Wenn du den Grund für ihr merkwürdiges Verhalten suchst, geh doch bitte in die Gästetoilette und guck in den Spiegel.“

„*Dafür* kannst du mir nicht die Verantwortung zuschieben.“

Sie machte sich mit einer Drohung Luft. „David, du hast das Recht verwirkt, mir zu erklären, wie ich Remy erziehen soll. Du bist freiwillig aus dieser Familie ausgeschieden, und ich werde nicht dulden, dass du mir aus sicherer Entfernung vorschreibst, wie ich mit den Kindern umzugehen habe. Du hast keine Ahnung, wie Teenager so sind.“ Sie musste nicht hinzufügen, dass er es wahrscheinlich auch nie in Erfahrung bringen würde. Das wusste er selbst nur zu gut.

Eine ganze Weile schwieg er, aber als er wieder das Wort ergriff, klang seine Stimme sanfter. „Du scheinst sehr verzweifelt gewesen zu sein. Ich war auch verzweifelt und habe mich hilflos gefühlt. Das hat wohl ziemlich an unseren Nerven gezerrt.“

Zitternd atmete sie einmal kräftig aus und entschied sich dann, ihn hereinzubitten.

Davids Blick fiel auf Lydia, die noch auf dem Sofa saß. „Ein andermal vielleicht.“ Er wollte sich schon abwenden, aber sie berührte seinen Arm – gerade lang genug, um ihn innehalten zu lassen.

„Alex ist oben. Warum gehst du nicht hoch und sagst Hallo? Marley hilft ihm beim Auspacken. Vielleicht würde er gerne mit dir irgendwo ein Eis essen.“ Sie schaute kurz auf die Uhr. „Besser ihr esst gleich etwas Anständiges, wie's aussieht. Er dürfte froh sein, wenn er hier eine Weile rauskommt.“

In Davids Augen schimmerte Hoffnung. „Und Remy?“

„Remy hat heute Nachmittag Hausarrest.“

„Gut so.“

Sie wollte ihn daran erinnern, dass sie seinen Segen nicht brauchte, aber irgendwie kamen ihr die Worte nicht recht über die Lippen. Vermutlich, weil sie daran zweifelte, ob sie stimmten. Auch wenn er bald ihr Exmann war, hatte sie trotz ihrer scharfen Kritik an ihm den Verdacht, dass Davids Meinung ihr auch künftig wichtig sein würde.

Sie senkte die Stimme. „Ich wünschte, du hättest mich einfach misshandelt, David. Mich im Keller eingesperrt oder mein Erbe versoffen. Dann könnte ich dich hassen."

„Ich glaube nicht, dass du hassen kannst."

„Vielleicht bin ich in der Lage, mich genauso gut zu verstellen, wie du es getan hast."

„Es dürfte dir schwer fallen, mit mir mitzuhalten."

Vielleicht suchte er Trost, aber sie war noch nicht so weit, ihn ihm zu spenden. Stattdessen trat sie beiseite und ließ ihn hinein. „Alex' Zimmer ist das gleich neben der Treppe."

Er schaute sich kurz um und nickte Lydia zu, wohlweislich ohne etwas zu sagen. „Die Grundsubstanz des Hauses ist gut, Faith."

„Das und eine unerschöpfliche Geldquelle werden ein Schmuckstück daraus machen."

„Ich habe vielleicht eine Stelle in Aussicht."

„Wie stehen die Chancen?"

Er zuckte mit den Schultern. „Eins zu hundert."

„Na, das ist doch immerhin schon eine kleine Verbesserung."

„Ich bemühe mich wirklich. Bald werde ich im Stande sein, dir mehr Geld zu geben. Vielleicht wirst du dieses Haus schon bald auf Vordermann bringen können, ohne dich selbst kaputtzumachen."

Sie bezweifelte nicht, dass er sich bemühte oder dass er ihnen helfen wollte. Aber es war fraglich, ob die Menschen in den politischen Kreisen, in denen er sich bewegt hatte, ihm je vergeben würden. „Geh und hol Alex herunter! Oder soll ich es tun?“

„Nein, ich möchte sein Zimmer sehen.“

„Frag ihn, ob er dir die Kätzchen zeigt.“

„Kätzchen?“

„Er wird es dir erklären.“ Faith blickte David nach, als er nach oben verschwand. Sie hörte Alex' Tür klappen und leise Stimmen. Einen Augenblick später kam Marley nach unten.

„Du willst, dass er und Mr. David was zusammen unternehmen, was?“ fragte sie.

Faith hoffte, dass dies tatsächlich ihr Wunsch war. Sie wollte das, was für ihren Sohn das Beste war.

„Ein Junge braucht seinen Vater.“

Sie vernahm erneut eine Tür und Schritte in Richtung Speicher. Alex führte seinen Vater zu den Kätzchen.

David ging mit Alex zu „Johnny Rocket's“, einem nostalgisch im Fünfziger-Jahre-Look eingerichteten Diner. Er vermutete, dass er mit Hamburger und Milchshake nicht verkehrt lag. Auch wenn Alex jetzt in der Hauptstadt der Multi-Kulti-Cuisine wohnte, würde ihm amerikanisches Fastfood wohl vermutlich noch immer schmecken.

„Möchtest du einen Rocket Double?“ David klang, als spräche er mit einem Fremden. Früher hatte er seinen Sohn nie von sich aus gefragt, was dieser wollte. Alex hatte immer erst an seinem Ärmel zupfen oder direkt vor seiner Nase mit der Hand wedeln müssen.

Alex nahm die Speisekarte kaum wahr. „Ich weiß nicht. Was ist das?“

„Ein doppelter Burger mit Käse. Soll ich ihnen sagen, dass sie die Tomate weglassen sollen?“

„Ja.“

David legte die Speisekarte hin. „Ein Schoko-Shake?“

„Hm-m.“

„Ich bestelle dasselbe.“ Er hatte leichte Gewissensbisse, weil Ham überzeugter Vegetarier war, aber David spürte seit Wochen ein heimliches Verlangen nach Rindfleisch.

Alex ließ seinen Blick durch den Raum schweifen. David beobachtete, wie sein Sohn auf das blitzende Chrom, die roten Polsterbänke und weißen Uniformen der Bedienung reagierte. Alex war viel zu jung, um solche Diners noch zu kennen. Selbst David konnte sich kaum an diese Zeit erinnern. Aber er wusste noch, dass er einmal nach einem Erweckungsgottesdienst in einem winzigen Städtchen in Georgia mit seinem Vater in einem Laden gewesen war, der fast genauso ausgesehen hatte. Arnold Bronson hatte an jenem Abend so viele Seelen gerettet, dass er ein wenig feiern wollte.

Feiern waren in seiner Kindheit eine Seltenheit gewesen, deshalb konnte David sich an diese so gut erinnern. Sein Vater hatte sich viel mehr um verlorene Seelen gesorgt als um die, die er hätte retten können. Er hatte hohe Erwartungen in David gesetzt, aber sich selbst sogar noch mehr abverlangt. Er hatte die Welt auf die Wiederkunft Christi vorbereiten und alle Sünden vertreiben wollen. Auf dem Sterbebett hatte er David angefleht, sein Nachfolger zu werden.

Jetzt musste Arnold in seinem Grab rotieren.

David winkte eine Kellnerin heran und gab die Bestellung auf, die er um eine Schale Pommes frites mit Chilipulver ergänzte, mit denen er Alex zu begeistern hoffte.

Sobald die Serviererin gegangen war, versuchte er ein unverfängliches Thema anzuschlagen. „Was willst du mit deinem Zimmer anfangen?“

„Weiß nicht.“

David unternahm einen erneuten Anlauf. „Der Dachboden ist groß genug, um richtig was daraus zu machen.“

„Ja.“

„Es ist schwer für dich, hm?“

Alex blickte auf. „Was?“

„Alles. Die ganze Chose. Ich. Deine Mom. Remy. In der Prospect Street wohnen. Die neue Schule.“

„Denk schon.“

Sie schwiegen sich an und trauten sich nicht, einander anzuschauen. Dann seufzte David. „Alex, was da abgelaufen ist, lässt sich schwer erklären.“

„Du *sollst* es mir gar nicht erklären.“

Wieder schwiegen sie.

„Tja, aber mir bleibt nichts anderes übrig“, sagte David. „Ob du nun willst oder nicht und ob ich die richtigen Worte finde oder nicht. Ein paar Dinge musst du einfach wissen.“

„Nein.“ Alex blickte auf. In seinen Augen flackerte Wut. „Das ist krank. Ich möchte davon nichts hören.“

David hatte das Gefühl, dass er sich keinen schlechteren Zeitpunkt hätte aussuchen können, um seine Kinder über seine sexuellen Neigungen aufzuklären. In ihrem Alter taten sich selbst Heranwachsende mit heterosexuellen Eltern schon schwer genug mit dem Thema. Einen schwulen Vater zu haben, der sich erst so spät zu seiner Veranlagung bekannte, musste um Klassen schlimmer sein.

„Ich werde dir nichts erklären, was du nicht wissen willst, aber du musst verstehen, dass ich es mir nicht ausgesucht habe, Alex. Ich habe mich nur entschieden, mir selbst und allen anderen gegenüber ehrlich zu sein. Aber ich bin immer noch ich. Ich bin der Dad, der ich immer war, außer dass ich dir jetzt zum ersten Mal in einem bestimmten Punkt die Wahrheit sage."

„Vielleicht hättest du uns besser einfach weiter etwas vormachen sollen."

„Das wäre in mancher Hinsicht einfacher gewesen."

„Warum hast du's dann nicht getan?"

Warum hatte er sich nicht entschieden, ein Doppelleben zu führen? Mit Faith den Schein gewahrt und hinter ihrem Rücken seine andere Seite ausgelebt? Er seufzte erneut. „Um ehrlich zu sein, ich dachte wohl, es sei wichtiger, aufrichtig zu sein."

„Du hast Mom wehgetan. Du hast die ganzen Jahre mit ihr zusammengelebt, ohne sie zu lieben."

„Ich habe sie immer geliebt. Ich glaube, ich liebe sie noch immer, nur auf andere Weise. Ich weiß, wie schwer das zu begreifen ist. Aber irgendwann wirst du es verstehen."

„Ich? Ich bin nicht wie du!" Alex rutschte auf der Bank zur Seite, als wolle er abhauen.

David hielt ihn am Arm fest. „Alex, so habe ich das nicht gemeint. Einen schwulen Vater zu haben heißt doch nicht, dass man selbst schwul ist. Das eine hat mit dem anderen nichts zu tun. Mach dir da keine Gedanken. Ich habe ausdrücken wollen, dass du es eines Tages, wenn du dich in ein Mädchen verliebst, verstehen wirst."

Alex schüttelte Davids Hand ab, blieb aber sitzen. „Ich möchte nicht mehr darüber reden."

Damit konnte David leben; das Wichtigste war ohnehin gesagt. „Komm wieder her und erzähl mir, was du gerade mit deinem

Computer anstellst. Sieht so aus, als hättest du ein paar Änderungen vorgenommen."

Alex rutschte zurück in die Ecke. „Die dir nicht gefallen dürften."

„Verrat's mir."

„Ich habe die Sperren umgangen."

„Du hast Recht, das passt mir gar nicht." Und vor allem ärgerte es ihn, dass Faith nichts dagegen unternahm.

„Was wirst du tun?" fragte Alex.

Früher hätte David Alex vor die Wahl gestellt, die Zugangsbeschränkungen entweder wiederherzustellen oder den Computer abzugeben. In der guten alten Zeit, vor nur wenigen Monaten, als er noch zu wissen glaubte, was richtig und was falsch ist.

David zuckte mit den Achseln. „Ich muss wohl einfach an deine Vernunft appellieren. Vergiss nicht, dass ein Computer nur eine Maschine ist. Da draußen wartet eine ganze Welt darauf, von dir entdeckt zu werden, und du wirst sie nicht kennen lernen, wenn du den ganzen Tag vor dem Bildschirm hockst."

„Ich kann jetzt im ganzen Internet surfen und mir nicht nur die paar Seiten anschauen, die du für mich freigeschaltet hast."

„Können wir uns darauf verlassen, dass du keine Seiten besuchst, auf denen du nichts zu suchen hast?"

Alex zog eine Grimasse. „Solche Ermahnungen hat es früher nicht gegeben. Aber nur weil mir keiner zugetraut hat, selbst zu entscheiden, was gut für mich ist und was nicht."

David dachte an all die Dinge, von denen er seine Kinder so krampfhaft abzuschirmen versucht hatte. Und mit denen sie früher oder später doch konfrontiert worden wären. „Mach einfach keinen Blödsinn." David räusperte sich. „Benutze den Grips, den Gott dir geschenkt hat."

Zum ersten Mal seit ihrem Wiedersehen lächelte Alex.

13. KAPITEL

Dank Marleys und Lydias Hilfe leerten sich die Kartons zügig, und im Reihenhaus breitete sich eine Vorform von Ordnung aus. Alex kam still und bedrückt vom Essen zurück, aber er erzählte Faith, dass David und er am Freitag zusammen ins Kino gehen wollten. Remy war auch eingeladen. Faith ahnte, dass der Platz ihrer Tochter leer bleiben würde.

Am späten Nachmittag kamen sie zu dem Schluss, genug ausgepackt zu haben. Marley wurde von ihrer Tochter abgeholt, und auch Lydia schickte sich an, nach Hause zu fahren.

Der Herd war eingeweiht worden, als Faith eine Kanne Tee gekocht hatte. Zwei der vier Platten funktionierten noch halbwegs.

„Ich will dir etwas zeigen, bevor du gehst, Mutter." Sie reichte Lydia eine Tasse Oolong-Tee und schenkte dann sich selbst ein. „Etwas auf dem Dachboden. Außerdem hast du die Kätzchen noch nicht gesehen."

„Der ganze Tumult hier im Haus hat die Katzenmutter nicht vertrieben?"

„Sie scheint an Menschen gewöhnt zu sein. Ob deine letzten Mieter sie hier gelassen haben?"

„Das würde mich nicht wundern, obwohl ich ihnen nicht erlaubt habe, Haustiere zu halten. Allerdings habe ich ihnen auch nicht gestattet, das Haus zu verwüsten."

Im ersten Stock steckte Remy den Kopf zur Tür heraus. „Es tut mir Leid, dass ich dir Kummer bereitet habe. Kann ich rauskommen?"

„*Darf* ich herauskommen", korrigierte Lydia.

„Du bist doch schon draußen."

„Du darfst.“ Faith hielt Remys Lächeln, obwohl es nicht so rasend echt wirkte, für ein gutes Zeichen. „Möchtest du uns zu den Kätzchen begleiten?“

„Gern.“

Faith klopfte an Alex’ Tür, und zu viert gingen sie die Treppe hoch und schlichen sich zum Kätzchen-Versteck. Faith bedeutete ihrer Mutter, sich vorzubeugen, um einen Blick erhaschen zu können.

„Wisst ihr, wie viele es sind?“ flüsterte Lydia.

„Zwei, vielleicht drei. Die Mutter liegt immer über ihnen, wenn wir sie besuchen.“

„Gott sei Dank funktioniert der Ventilator, sonst würden die armen Kleinen vor Hitze umkommen. Er ist relativ neu. Ich erinnere mich an die Rechnung.“

„Offensichtlich haben viele Nachbarn ihre Dachböden als Wohnfläche ausgebaut. Eine gute Isolierung und eine Klimaanlage, und wir hätten eine richtige dritte Etage.“

„Meine Mutter hat nach ihrer Heirat nicht mehr hier gewohnt, aber sie erzählte mir, dass mein Großvater beabsichtigte, den Speicher in einen Schlafsaal für die vielen Söhne umzuwandeln, die er zu zeugen gedachte. Tja, keine Söhne, kein ausgebauter Dachboden.“

„Und als du mit Dad hier gelebt hast?“ erkundigte sich Faith.

„Ich glaube, Joe wollte nicht so lange hier bleiben, dass es sich gelohnt hätte.“ Lydia streckte sich. „Er hat das Haus nie gemocht.“

„Und du?“

Lydia machte ein ernstes Gesicht. „Ich war ganz verrückt danach, bis ...“

Faith wusste, wie der Satz weitergehen sollte.

„Ich wollte dir zeigen, was wir letzte Nacht entdeckt haben.“

Sie trat zur Seite und zeigte auf den Balken, in den Millicent ihren Namen geritzt hatte. „Kennst du das?“

Lydia fuhr mit einer Fingerspitze über die Buchstaben. „Daran habe ich seit Jahren nicht gedacht.“

„Dottie Lee hat es nicht vergessen.“ Alex gesellte sich zu ihnen, nachdem er seine Katzenbegutachtung beendet hatte, weil er vom Muttertier angefaucht worden war. „Sie hat uns erzählt, dass es hier ein Geheimnis gibt.“

„Ein schönes Geheimnis“, beeilte sich Faith zu ergänzen. „Ich glaube, sie wollte uns ein wenig aufmuntern.“

„Ich vermute, euch bleibt gar nichts anderes übrig, als euch hin und wieder mit Dottie Lee zu unterhalten, denn schließlich ist sie eure Nachbarin. Aber wirklich, Faith, anfreunden solltet ihr euch nicht mit ihr. Diese Frau hat einen Ruf ...“ Lydias Gesicht verriet, welcher Art dieser Ruf war.

„Ich mag sie, und sie scheint eine Menge über das Haus zu wissen.“

„Was die Schnitzerei angeht, ist das kein Wunder. Meine Mutter war nur vier oder fünf Jahre älter als sie. Dottie Lee war wie eine kleine Schwester für sie.“ Lydia legte den Kopf schräg. „Aber ihr habt nur einen Teil des Geheimnisses entdeckt, wenn sie überhaupt die Schnitzerei mit ihrer Äußerung meinte.“

„Und was gibt es da noch zu entdecken?“ fragte Alex.

„Hier ist es zu heiß, um darüber zu reden.“

Faith sah, dass selbst Remys Interesse geweckt zu sein schien. „Willst du noch etwas Tee, Mutter? Dann kannst du uns davon erzählen.“

„Vielleicht.“

Sie stiegen in eine angenehmere Klimazone hinab und tranken den Tee, der inzwischen ziemlich kalt geworden war, was bei dieser Hitze aber niemanden störte. Lydia genoss es, im Mittelpunkt der Aufmerksamkeit zu stehen, und zögerte die Spannung gekonnt hinaus – eine Fähigkeit, die ihr Faith nie zugetraut hätte. Lydia weigerte sich, auch nur ein Wort zu sagen, bis sie bequem saß, sich von der Hitze erholt und ihre Tasse zur Hälfte geleert hatte.

„Ich kann mich nicht mehr genau erinnern, wann das Haus gebaut worden ist. Vieles habe ich vergessen. Was ich aber weiß, ist, dass mit dir, Faith, die fünfte Frauengeneration unserer Familie hier einzieht. Ich habe gerade mal durchgezählt."

Faith hatte sich ihren Verwandten nie wirklich nahe gefühlt. Was vom väterlichen Zweig noch lebte, wohnte im Südwesten Virginias, und die Familienzusammenkünfte waren im Laufe der Jahre immer seltener geworden, obwohl sich Joe dieser Verwandten in den Wahljahren immer noch gerne bediente. Die Familie ihrer Mutter war ihr sogar noch fremder. Faith' Großeltern und Urgroßeltern waren vor ihrer Geburt gestorben. Sie hatte nie Verwandte von Lydia kennen gelernt, auch keine entfernten.

„Mit Remy also die sechste Generation", sagte Faith, um ihre Tochter einzubinden.

Remy rümpfte die Nase. „Ich zähle nicht. Ich bin nicht freiwillig hier."

Lydia beschränkte sich darauf, ihrer Enkelin einen strengen Blick zuzuwerfen. „Nicht alle haben lange hier gelebt. Ich kam erst nach meiner Heirat hierher und bin nicht lange geblieben. Meine Mutter wohnte hier nur *vor* ihrer Hochzeit. Aber meine Großmutter Violet ist in diesem Haus geboren worden und auch hier gestorben. Sie hat achtzig Jahre unter diesem Dach verbracht."

„Sie ist hier gestorben? Wo?" Alex, der nur halb bei der Sache gewesen war, hörte auf, mit dem Kaminbesteck zu spielen.

„Im Zimmer deiner Mutter. Sie wollte nicht ins Krankenhaus.

Mein Großvater war im Jahr zuvor gestorben, und sie schien bereit zu sein, ihm zu folgen. Sie hatte immer alles im Griff und war sehr willensstark.“ Lydia lächelte schwach; offenbar hing sie ihren Erinnerungen nach. „Sie war eine begabte Klavierspielerin. Wenn ich als Kind hier übernachtet habe, hat mich morgens ihr Spiel geweckt.“

Auch wenn sie ein wenig vom Thema abgeschweift waren und das Geheimnis aus den Augen zu verlieren drohten, ergriff Faith die Gelegenheit zu einer weiteren Frage. „Dottie Lee hat mir erzählt, dass du eine begabte Musikerin sein sollst, Mutter. Aber ich kann mich nicht entsinnen, dich je Klavier spielen gehört zu haben.“

„Ich habe aufgehört, bevor du geboren wurdest.“

„Warum?“

Einen Augenblick schien Lydia mit sich zu ringen. Dann schaute sie Faith in die Augen. „An dem Nachmittag, als ich mit Hope aus dem Krankenhaus kam, habe ich sie ins Bett gelegt, und sobald sie eingeschlafen war, bin ich heruntergekommen, um mich auszuruhen. Damals gab es eine Glastür zwischen diesem Raum und dem Esszimmer. Ich habe sie zugezogen, um meine kleine Tochter nicht aufzuwecken. Dann setzte ich mich ans Klavier und spielte. Klavier spielen hat mich immer entspannt. Bis heute weiß ich nicht recht, wie viel Zeit damals verstrichen ist – nicht viel, glaube ich –, bis dein Vater von einer Sitzung nach Hause kam. Als er hier war, wollte ich Hope holen ... Sie war verschwunden.“

Lydia nickte, als sie erkannte, dass Faith begriffen hatte. „Wenn ich damals nicht von der Musik abgelenkt gewesen wäre, hätte ich den Eindringling gehört, und Hope könnte heute hier bei uns sitzen.“

Pavel stand vor dem Haus an der Prospect Street und sah zum Giebel hinauf. Für hiesige Verhältnisse war das Haus recht gewöhnlich. Es war gegen Ende des neunzehnten Jahrhunderts für eine Arbeiterfamilie gebaut worden. Das wusste er, weil er sich viel mit der Geschichte von Georgetown beschäftigt hatte. Zwar gab es in der Prospect Street auch ein paar regelrechte Villen, die Werfteigentümern und Tabakplantagenbesitzern gehört hatten, aber die Reihenhäuser in diesem Block waren für die Arbeiter in diesen Unternehmen errichtet worden.

Dennoch konnte das Reihenhaus als anmutiges Architekturjuwel in einer malerischen Straße gelten, wenn man heutige, weniger strenge Maßstäbe anlegte.

Auf dem Weg hierher hatte er auf der Wisconsin Avenue im Blumenladen einen Strauß Astern und bei seiner Lieblings-Imbissbude etwas zu essen für Faith Bronson gekauft. Da es schon nach neun war, ging er eigentlich davon aus, dass sie schon gegessen haben würde, aber er hatte noch nie einen Menschen getroffen, der diesem grünen Hühnercurry widerstehen konnte. Der Geschmack tanzte auf der Zunge. Schon der Geruch reichte, um Pavel in Ekstase zu versetzen.

Er war ein Georgetown-Experte und mit diesem Haus gut vertraut. Er wusste, dass es im ersten Stock einen verformten Fensterladen gab, der aus den Angeln fiel, und dass Rost am eisernen Treppengeländer nagte. Er kannte das schmale, mittlerweile fast blumenlose Beet am Gehweg. Im Laufe der Jahre hatte er den allmählichen Verfall des Hauses beobachtet.

Er klopfte vorsichtig an die Haustür und hoffte, dass Faith noch nicht schlief. Er vermutete, dass sie nach all der Auspackerei erschöpft sein musste. Gerade, als er aufgeben und nach Hause gehen wollte, öffnete sie die Tür.

„Pavel." Sie fuhr sich durchs Haar, als wolle sie die schlimmsten Schäden beseitigen.

In seinen Augen war ihre Frisur völlig in Ordnung, aber auf diesem Sektor kannte er sich eigentlich nicht allzu gut aus. Alles in allem wirkte sie nur ein ganz klein wenig aufgelöst.

„Ist es zu spät für eine Kücheninspektion?" fragte er.

Sie lehnte sich an den Türrahmen. „Sie halten jedenfalls Wort."

„Ich steckte bis gerade eben in einer Telefonkonferenz, aber ich habe unsere Verabredung nicht vergessen."

„Alex ist schon im Bett."

Er bedauerte das. Faith' Sohn war ein aufgeweckter Bengel. Pavel wusste genug über David Bronsons konservative Moralvorstellungen und Joe Hustons rückwärtsgewandten Patriotismus, um sich zu wundern, woher Alex sein helles Köpfchen hatte.

„*Ich* kann wiederkommen, aber das hier hält sich nicht so lange." Er streckte ihr die Imbisstüte entgegen.

Ihr Blick wanderte zu den Blumen in seiner anderen Hand und dann zu seinem Gesicht. „Ich warne Sie. Mich zu verwöhnen kann Nebenwirkungen haben."

„Welche und wie stark?"

„Ich könnte ins Quasseln geraten."

„Oder über dem Curry einschlafen."

„Curry?" Ihre Augen leuchteten auf.

„Wenn ich Ihnen verrate, wo ich es gekauft habe, werden Sie dort garantiert Stammkundin. Man wird süchtig nach dem Zeug. Wenn Sie schon gegessen haben, stellen Sie es für morgen kalt."

Ihr Lachen klang ganz anders, als er erwartet hatte. Ihr Gesicht erinnerte an das eines Cheerleaders, aber sie hatte das tiefe, erotische Lachen einer Marlene Dietrich.

Faith machte einen Schritt rückwärts und ließ ihn hinein. „Wir müssen es wohl gleich essen. Der Kühlschrank kommt erst nächste Woche. Teilen wir uns die Portion?"

Was für eine Frage! Pavel war ständig hungrig. „Ich habe eine Flasche Weißwein dazu gekauft." Sie reagierte nicht gleich, und ihm fiel wieder ein, aus was für einer Familie sie stammte. „Aber wahrscheinlich trinken Sie keinen Alkohol."

„Ich mag Wein, aber wir müssen ihn leider aus Wassergläsern trinken."

Er verkniff sich jeden Kommentar. Offenbar brauchte man Faith nicht daran zu erinnern, dass ihr Leben für jeden ein offenes Buch war. Außerdem hatte David Bronsons Enthaltsamkeitsphilosophie seine Frau möglicherweise ohnehin nie überzeugt.

Sie lief durch das Haus, und er heftete sich an ihre Fersen. Möbliert und um etliche Kisten ärmer, sah es schon etwas freundlicher aus. „Die Blumen sind schön", meinte sie. „Wie nett von Ihnen."

Auf dem Küchentisch entdeckte er einen extravaganten Strauß. „Andere waren schneller." Er nickte in Richtung des Bouquets.

„Die sind von meiner Mutter, auch wenn sie behauptet, mein Vater hätte sie geschickt." Sie streckte die Hand nach Pavels Blumen aus. „Ihre sind wunderschön – ganz frisch und natürlich. Solche mag ich am liebsten."

Er überließ ihr die Astern und stellte das Curry auf den Tisch. Ein kurzer Blick verriet ihm, wie viel Arbeit ihr noch bevorstand. „Schöne Dielen."

Faith, die Wasser in eine Kristallglasvase laufen ließ, schaute ihn kurz an und las offenbar die ganze Wahrheit in seinen Augen. Sie lachte. „Pavel, wenn Sie nicht gleich aufhören, fängt Ihre Nase an zu wachsen."

Er fasste sich ins Gesicht. „Wenn das so ist, gehe ich besser in ein anderes Zimmer."

„So klein ist die Küche gar nicht. Für ein bis zwei Lügen reicht sie völlig."

„Die Dielen *sind* schön."

„Ja, nicht wahr? Kiefernkernholz. Aber alles andere – ein Trauerspiel."

„Wenn Sie gerne kochen, muss ich Ihnen leider Recht geben."

Faith stellte die Vase auf die Arbeitsplatte und kramte in einem der drei Wandschränke, aus dem sie nach einem Gefecht mit einem Stapel Geschirr triumphierend zwei Gläser hervorzog. „Ich bin eine leidenschaftliche Köchin. Seit meiner Trauung habe ich noch keine einzige Mahlzeit zubereitet, an der die Ernährungswissenschaft etwas hätte aussetzen können."

„Klingt ja furchtbar."

Sie hörte auf, mit den Gläsern zu gestikulieren. „Und wohin hat es mich gebracht? Nicht, dass es was geändert hätte, aber wenn ab und zu einfach ein paar Dosen von mir aufgemacht worden wären, dann hätte ich wenigstens mehr Freizeit gehabt."

Pavel bemerkte, wie gern er Faith anschaute. Sie entsprach eigentlich nicht seinem Typ. Seine Frauen waren exotischer, nicht so sehr der amerikanische Durchschnitt. Sie sah zu mädchenhaft aus, um schön zu sein. Ihre Züge waren ebenmäßig, wirkten aber irgendwie langweilig.

Nichtsdestoweniger blickte er Faith gerne an. Er vermutete, dass es weniger ihr Gesicht als vielmehr der Ausdruck darauf war, der ihn fesselte. Ein Teil Ehrlichkeit, zwei Teile Zurückhaltung, drei Teile Intelligenz. Alles leicht zu übersehen, aber trotzdem für ihn erkennbar.

„Sie sind noch jung." Er zog die Flasche aus der Tüte. „Sie haben noch reichlich Zeit für die Freuden des Lebens."

Sie lächelte entspannt. „Das vergesse ich manchmal."

„Betrachten Sie diesen Abend als einen Wendepunkt."

Sie neigte den Kopf leicht, als denke sie über seine Bemerkung nach. Sie hatten über Ernährung gesprochen. Einfach über Essen. Und auf einmal schien von etwas ganz anderem die Rede zu sein.

„Eigentlich weiß ich nichts über Sie, außer dass Sie gerne helfen und in der Nähe wohnen. Erzählen Sie mir etwas über sich."

„Verraten *Sie* mir erst mal, ob Sie einen Korkenzieher haben."

Sie starrte ihn an. „Jetzt haben Sie mich ertappt, was?"

„Ich habe schon vermutet, dass Sie wenig Bedarf an so etwas hatten."

„Mal gucken, ob ich etwas finde, das uns weiterhilft." Sie durchwühlte eine Schublade und brachte einen Flaschenöffner zum Vorschein, in den seitlich ein äußerst schlichter Korkenzieher eingelassen war. „Voilà." Sie reichte ihm den Öffner.

„Das bekomme ich hin."

„Ich werde mal fragen, ob meine Tochter uns Gesellschaft leisten möchte."

Er kannte die Antwort bereits. Remy Bronson hatte ihn auf Anhieb nicht leiden können.

Als Faith verschwunden war, bemühte er sich, den Korkenzieher einzudrehen, ohne dass der Korken zerbröselte. Er zog ihn vorsichtig heraus, als sie zurückkam. „Remy hat gerade das Licht ausgemacht, und Alex ist vor einer halben Stunden schlafen gegangen. Der Umzug hat die beiden ganz schön geschafft."

„Kisten auspacken vermag einen Menschen nur eine begrenzte Zeit zu fesseln."

„Remys Feindseligkeit ist Ihnen sicher aufgefallen. Sie will hier nicht leben."

Da er sich aus seinen Beziehungen zu verabschieden pflegte,

bevor Feindseligkeit entstehen konnte, hatte er dazu wenig Kluges zu sagen. „Aber Kinder kommen über so was hinweg."

„Haben Sie Kinder?"

„Ich war nie verheiratet." Er bemerkte, wie sie ihn musterte, und begriff, was ihr durch den Kopf gehen musste. „Nicht, dass ich Frauen nicht mag, Faith. Nur um das gleich klarzustellen."

Sie hatte helle Haut, die bei jeder kleinen Provokation errötete. „Tja, lassen Sie mich es so ausdrücken: Niemand würde mich in dieser Frage für eine große Expertin halten."

Endlich war die Flasche entkorkt, und er füllte ihre Gläser fast bis zum Rand. Diesen Pinot Grigio kannte und schätzte er, genau die richtige Reife und gewiss kein billiger Tropfen. Er reichte ihr ein Glas und beobachtete, wie sich ihre Augen angesichts der Menge weiteten.

„Ich finde, dass niemand von Ihnen erwarten konnte, darin Expertin zu sein. Die Karten hätten offen auf dem Tisch liegen sollen."

Sie machte ein Gesicht, das sie zehn Jahre jünger aussehen ließ. „Das habe ich auch früher gedacht. Aber manche Leute belügen sich selbst genauso gut wie die Menschen, die sie angeblich lieben."

Er kam zu dem Schluss, dass David Bronson in diesem Fall ein Weltmeister der Verdrängung gewesen sein musste. „Sie hatten sich nach meinem Leben erkundigt."

„Danke. Habe ich." Sie prostete ihm zu.

Er präsentierte ihr die Kurzfassung. „Ich verdiene meine Brötchen mit Computern. Bin in Kalifornien aufgewachsen, in Chicago zur Schule gegangen, nach der Ausbildung hierher gezogen, um mein Glück zu machen. Die Hauptstadt hat es gut mit mir gemeint."

„Warum hierher?"

„Ich bin hier zur Welt gekommen, war aber später nie mehr in der Gegend. Eigentlich wollte ich mich hier nur umschauen, aber dann bin ich geblieben. Die Computerbranche ist nicht so übervölkert wie im Silicon Valley, und ich nahm an, dass ich hier bessere Erfolgschancen hätte."

„Und? War es so?"

„Ich bin mein eigener Boss, genauso wie ich es mir erhofft hatte."

„Erzählen Sie mir von Ihrem Haus."

Er spürte, wie er sich entspannte, und bemerkte erst dadurch, wie nervös er gewesen war. „Es ist eine echte Schönheit. Als ich es zum ersten Mal sah, wusste ich, dass wir zwei zusammengehören. Die Marktlage war noch nicht so angespannt wie heute. Zwar hatten schon einige Leute sein Potenzial erkannt, aber niemand war bereit, so viel Arbeit oder Geld hineinzustecken."

„Außer Ihnen?" Faith nahm die Kartons aus der Tüte und stellte sie auf den Herd. „Das ist nicht bloß Curry, Pavel."

Er zuckte mit den Schultern. „Ein bisschen Reis. Ein bisschen Chutney. Und Fladenbrot als Löffel-Ersatz."

„Ich bin überwältigt. Danke."

„Ist es noch warm?"

„Lauwarm, und ich habe leider keine Mikrowelle."

„Ich esse es auch kalt."

Der Gedanke schien ihr nicht zu gefallen.

„Funktioniert der Herd?" erkundigte er sich deshalb.

„Das werden wir ja sehen." Sie drehte den Knopf auf die richtige Temperatur. „Das Brot kommt in die Röhre, und das Curry wärme ich im Topf auf. Es gibt nur eine halbwegs schnelle Platte und eine, die man zum langsamen Aufwärmen benutzen kann. Der Reis lässt sich auch kalt essen."

„Das selbst gekochte Abendessen, das Sie mir versprochen haben, wird wohl noch ein Weilchen auf sich warten lassen, was?"

Sie lachte. „Sie haben Ihr Haus also gekauft, obwohl klar war, dass die Restaurierung sehr aufwändig werden würde?"

„Was Ihnen hier bevorsteht, ist schlimm genug, aber wenigstens müssen Sie nicht ein Jahrhundert voller schlechter Renovierungen ungeschehen machen."

Sie schaufelte den Reis in eine Schale und legte das Brot auf ein Stück Backpapier. Dann füllte sie das Curry in einen Topf um und schaltete die Platte ein, bevor sie sich wieder ihrem Wein widmete. „Was für Probleme hatten Sie?"

„Zimmer, die mit billigen Zwischenwänden unterteilt worden waren. Abgehängte Decken. Zugemauerte Kamine. Die Fassade war am schlimmsten. Irgendjemand hatte Arts and Crafts schöner gefunden als Queen Anne und alles umzumodeln versucht. Jemand anderes hat das alles mit Asbestplatten verkleidet. Ich bin nie ganz dahinter gekommen, wieso die Stadt das hat durchgehen lassen."

Normalerweise lösten seine Renovierungsgeschichten gelangweilte Blicke aus, aber Faith wirkte interessiert. Dennoch wollte er sein Glück nicht herausfordern. „Wie auch immer, ich habe mit der Fassade angefangen. Die meisten Leute finden das unklug, da ich die ganze Zeit mit und in dem verkorksten Inneren leben musste. Aber wenn Sie sehen, was ich daraus gemacht habe, werden Sie mich vielleicht verstehen."

„Sie haben doch nicht alles selbst gemacht, oder?"

„Das meiste schon, außer der Asbest-Entsorgung natürlich. Wenn Sie mich erst besser kennen, werden Sie schon bemerken, wie hoch meine Chaos-Toleranz ist."

Inzwischen schaute sie nicht mehr bloß interessiert an, sondern schien fasziniert zu sein. Faith Bronson war eine höchst außergewöhnliche Frau. „Genug davon“, meinte er. „Das war’s.“

„Spielverderber.“ Sie warf einen Blick in den Ofen und wirkte zufrieden. „Ich räume den Esszimmertisch frei. Der hier kommt ja wohl kaum in Frage.“ Sie deutete auf den Tisch am Fenster, auf dem sich Teller und Töpfe türmten.

„Ich kann mich ja so lange ein bisschen hier umgucken und herausfinden, was alles gemacht werden muss. Dazu bin ich ja hier.“

„Fantastisch. Klingt, als wäre ich in guten Händen.“ Ihre Blicke trafen sich, sie kicherte, und ihre Wangen röteten sich schon wieder. „Äh, ich meine natürlich: Meine Küche ist in guten Händen.“

Er erkannte, dass er gerade die Transformation einer Frau von der Ehefrau zum Single erlebte. Faith unternahm erste Gehversuche in ihrer neuen Rolle.

„Keine Panik, sowohl Sie als auch Ihre Küche können sich auf mich verlassen.“

„Also, ich kümmere mich um den Tisch.“

Solange sie im Esszimmer war, versuchte er, ein Bild von der Lage zu gewinnen. Allerdings gab es nicht viel zu sehen. Ein Blick auf den Kabelsalat in der Vorratskammer, und ihm standen die Haare zu Berge. An einem selbst gebastelten Spleiß war die Isolierung durchgeknabbert, sodass die Katastrophe nur noch eine Zeitfrage war.

„Hier gab’s Ratten oder Mäuse“, rief er ihr zu. „Und diese Leitungen sind tödlich.“

Sie kam zurück in die Küche. „Müssen wir evakuiert werden?“

Er bemühte sich, den Verlauf der Kabel zurückzuverfolgen. „Nein, aber benutzen Sie auf keinen Fall diese Steckdose.“ Er zeigte rechts neben den Ofen. „Wenn Sie irgendwo Klebeband haben, würde ich sie am liebsten sofort zukleben, damit Sie es nicht vergessen."

„Mal schauen, was ich finden kann."

Als sie ein paar Minuten später mit einer Rolle wieder auftauchte, steckte er unter dem Waschbecken und begutachtete die Wasserleitungen.

„Ich klebe die Steckdose zu", sagte sie.

„Sie brauchen einen Elektriker, Faith. Dieser Raum ist eine Zeitbombe. Sobald Sie den neuen Kühlschrank anschließen, kann das Ganze in die Luft fliegen. Hier ist seit sehr, sehr langer Zeit nichts mehr gemacht worden."

„Meine Mutter hat es nicht ertragen, sich um das Haus zu kümmern."

„Um den Schauplatz des Verbrechens? Die Entführung muss Ihnen allen sehr zu schaffen gemacht haben."

„Über das Haus wurde so gut wie nie gesprochen. Und über die Entführung erst recht nicht. Was ich darüber weiß, habe ich von anderen erfahren. Und was *die* wussten, hatten sie vermutlich aus den Zeitungsberichten."

„Das wundert mich."

„Würde es nicht, wenn Sie meine Eltern kennen würden."

Den letzten Satz hatte sie so leise gesprochen, dass er nicht sicher war, ob er ihn richtig verstanden hatte. „Politiker wissen besser als alle anderen, wie man ein Geheimnis wahrt."

Sie wechselte das Thema. „Ich nehme an, das ist eines von den Problemen, die ich nicht selbst angehen sollte."

Er zog den Kopf zurück, der eben noch unter dem Waschbecken gesteckt hatte. „Es sei denn, Sie sind Elektroingenieurin."

„Aber man kann es reparieren?"

„Ja, sicher." Er hockte auf dem Boden und blickte zu ihr hinauf. „Genau wie die Wasserleitungen."

„Sagen Sie mir die ganze Wahrheit."

„Die gute Nachricht: Die Wasserleitung kann das Haus nicht in Brand setzen. Die schlechte: Sie könnten eine Arche brauchen."

„Wie viel Zeit bleibt mir, um sie zu bauen?"

„Eine Weile. Kümmern Sie sich erst um die Kabel. Aber bevor Sie sich einen Fachmann ins Haus holen, müssen Sie genau wissen, was Sie wollen. Möchten Sie einen Geschirrspüler anschaffen? Einen Müllschlucker? Wollen Sie den Grundriss beibehalten?"

Sie wirkte wie erschlagen. „Ich habe noch nicht einmal ganz ausgepackt."

„An Ihrer Stelle würde ich gar nicht weiter auspacken. Nur das Allernötigste. Wenn die Renovierungen erst einmal angefangen haben ..."

„Ich kann mir nicht viel leisten. Wasser- und Stromleitungen, okay, aber mit diesen Schränken werde ich noch eine Weile leben müssen."

Pavel gefiel es, zu ihr aufzuschauen. Der Blickwinkel machte viel aus. Aus dieser Perspektive konnte er die sanften Kurven unter ihrer konturlosen Bluse und Hose besser erkennen. „Wir sollten beim Essen einfach ein paar Ideen entwickeln und diskutieren." Widerstrebend stand er auf. „Ich muss mir die Hände waschen."

Als er aus dem Bad kam, teilte sie im Esszimmer alles in zwei gleich große Portionen. Er sog den Duft ein, und ihm lief das Wasser im Mund zusammen. „Ich habe um sechs gegessen, aber ich kann schon wieder."

„Es ist göttlich. Ich musste kosten, um festzustellen, ob es heiß genug ist."

„Ich werde Ihnen eine Liste mit den besten Imbissbuden machen. Bis die Küche fertig ist, sind Sie auf solche Läden angewiesen." Er setzte sich auf den freien Stuhl und griff zur Gabel.

„Also, das ist furchtbar nett von Ihnen. Alles. Dabei bin ich praktisch eine Wildfremde für Sie."

„Gerade wild genug."

Wieder erklang ihr sinnliches Marlene-Dietrich-Lachen. „Dass wir eine Ratte haben, wusste ich übrigens. Remy hat sie gesehen."

„Haben Sie Fallen aufgestellt?"

„Nein, aber der Kammerjäger ist bestellt, und wir haben eine Katze."

Er guckte sie an. „Und das genügt?"

„Keine Ahnung. Aber ich habe Angst, dass die Katze in die Falle geraten könnte. Sie ist klein und nicht zahm."

„Sie haben eine streunende Katze im Haus?"

„Auf dem Speicher, aber ich vermute, sie schleicht überall herum, wenn wir schlafen. Sie muss ihre Jungen ernähren."

„Junge?"

„Toll, was? Als ich verheiratet war, konnten die Kinder wegen David keine Haustiere haben. Jetzt ist das ganze Haus voll: Ratten, Katzen, Kätzchen ..."

„Ihr Mann hat den Kindern verboten, Haustiere zu halten?" Aus einer Reihe von Gründen war er David Bronson gegenüber voreingenommen. Bronsons scheinheilige Versuche, die Welt nach seinen Wünschen umzugestalten. Eine Ehe voller Lügen, die seine Frau am Boden zerstört haben musste. Aber das mit den Tieren hörte sich irgendwie noch schlimmer an, es klang nach Tyrannenherrschaft.

Offenbar hatte sie seine Gedanken erraten, denn sie lachte schon wieder. „Pavel, David leidet unter diversen Allergien. Was auch immer er mir erzählt beziehungsweise verschwiegen hat, er ist ein großartiger Vater. Er hat es sogar mit Spritzen versucht, um einen Hund anschaffen zu können. Aber sie haben nicht geholfen."

„Sind Sie immer so gut im Gedankenlesen?"

Sie aß den größten Teil ihres Currys, bevor sie antwortete. „Das passiert, wenn man das einzige Kind ungeduldiger Eltern ist. Ich musste immer erahnen, aus welcher Richtung der Wind wehte."

„Das ist eine ziemlich gute Erkenntnis."

„Ich stecke voller solcher Erkenntnisse. Mehr als Sie je hören wollen. Alle frisch aus den letzten paar Monaten."

„Wie es für Ihre Kinder ist, hier zu leben, weiß ich schon. Aber wie steht es mit Ihnen? Heute früh sind Sie ausgewichen."

Sie nippte an ihrem Wein und ordnete ihre Gedanken. „Sie haben gesagt, dass Sie etwas mit Computern machen. Sie sind aber kein Journalist oder so?"

„Ob ich für einen Artikel über die Bronson-Familienkrise recherchiere?"

„So in der Art."

„Nein." Er war mit dem Essen fertig und lehnte sich zurück. „Wir sind im Internet-Geschäft. Und wann immer es in meinem Büro ums Schreiben geht, lasse ich anderen den Vortritt."

Sie entspannte sich sichtlich. „Dann werden Sie also kein Buch über mich verfassen."

„Nur, wenn Sie eine neue Programmiersprache oder einen Virus erfunden haben. Ich bin nichts weiter als ein Nachbar." Er fühlte sich unwohl bei dieser Halbwahrheit. Wäre er nur ein Nachbar, würde er jetzt nicht hier sitzen. Er hätte sich nicht seit Jahren bei „Booeymonger" herumgetrieben, er wäre nicht an diesem Haus vorbeigekommen, als Faith' Klavier in Not geriet, und er hätte ihr keine Blumen und kein Abendessen gebracht.

Wäre er einfach nur ein Nachbar, dann säße er jetzt nicht in dem Haus, in dem Hope Huston entführt worden war.

„Ein guter Nachbar." Sie lächelte, drehte dann den Kopf und starrte in die Küche. Im nächsten Moment sprang sie auf und rannte durch die Tür.

Er war nur einen Schritt hinter ihr.

Die Küche füllte sich rasch mit Rauch. Faith riss die Ofentür auf, und von der unteren Heizspirale schossen Flammen in die Höhe. Pavel schob sie beiseite, und die Tür schnappte wieder zu.

„Nicht öffnen!" Er schirmte sie mit seinem Körper ab, beugte sich vor, schaltete den Herd aus und zog sie dann weg.

Faith war vollkommen aus dem Häuschen. „Ich habe ihn auf Warmhalten gestellt. Im Ofen war nichts außer dem restlichen Brot. Wie konnte sich das entzünden?"

Pavel beobachtete durch das Fenster im Ofen, wie die Flammen allmählich erstarben. „Das war nicht das Brot. Die Spirale ist durchgeschmurgelt. Vielleicht ist der Thermostat hinüber gewesen. Das Ding ist mindestens dreißig Jahre alt."

„Das darf doch nicht wahr sein!"

Seine Hände lagen noch auf ihren Armen. Sie zitterte, und ihre Augen glänzten. „Alles in Ordnung", versicherte er. „Das Feuer erstickt allmählich. Niemand ist in Gefahr, solange Sie das Ding nicht mehr einschalten."

„Schade eigentlich. Ich bin gut versichert, und ich könnte das Geld gebrauchen."

Er versuchte vergebens, sich das Lachen zu verkneifen. Auch seine nächste Reaktion hatte er nicht unter Kontrolle: Er zog sie an sich und umarmte sie. „Faith, das geht in Ordnung. Öfen sind nicht so teuer. Ich kann mit Ihnen einen kaufen gehen, wenn Sie Hilfe brauchen." Er löste sich von ihr. „Okay?"

Sie wirkte verwirrt. Erst jetzt ging ihm auf, was er getan hatte. Sie waren mehr oder weniger Fremde, auch wenn er alles über sie wusste. Aber er hatte sie an sich gedrückt wie eine alte Freundin. Oder Geliebte.

„Tut mir Leid", sagte er ohne einen Anflug von echter Reue. „Sie sahen einfach so aus, als könnten Sie eine Umarmung vertragen. Umarmungen sind meine große Schwäche."

„Sind Sie sicher, dass von dem Herd keine Gefahr mehr ausgeht?"

„Ehrenwort. Ich kann ihn aber auch vom Netz nehmen, wenn Sie das beruhigt." Er wartete ihre Antwort nicht ab, sondern packte den Herd und ruckelte ihn vor, bis er das Kabel erreichen konnte. Ein Blick hinter den Ofen, und er schüttelte den Kopf. „Rufen Sie gleich morgen den Elektriker, Faith. Ich bringe Ihnen in der Frühe eine Liste von Bauunternehmen vorbei. Sie brauchen jemanden, der weiß, wie man die nötigen Genehmigungen am schnellsten bekommt."

„Vielleicht hätte ich mit den Kindern wirklich nicht hierher ziehen dürfen."

„Wenn Sie die Sicherheitsmängel erst mal behoben haben, können Sie sich mit dem Rest der Renovierung ruhig noch etwas Zeit lassen."

„Es wird irgendwann besser, oder?"

Er wusste nicht genau, worauf sie hinaus wollte; sie spielte jedoch offensichtlich nicht auf die Renovierung an. „Gut Ding will Weile haben. Der Weg ist das Ziel. Kosten Sie es aus."

„Bis jetzt, Pavel, war es nicht gerade ein Vergnügen."

Er war nicht gerade sehr einfühlsam oder ein großer Tröster, aber in diesem Fall fiel ihm die Antwort leicht. „Die Welt wird sich Ihnen auf tausend neue Weisen erschließen."

„Manche davon werden mir nicht gefallen."

„Das stimmt. Aber das ist eher die Ausnahme."

„Sie sind ein echter Optimist, was?"

„Ich bin zu oberflächlich, um mich auf dieser Skala irgendwie einstufen zu können. Ich bin nur zwei Zentimeter tief."

„Oder Sie lassen die anderen nur zwei Zentimeter tief blicken."

Das überraschte ihn. Es schien auch sie zu überraschen. Sie gab sich jedoch sofort wieder bedeckt. „Nochmals vielen Dank für das Essen. Für die Blumen. Für den Feuerwehreinsatz."

Es war Zeit zu gehen. Er streckte die Hand aus. „Morgen früh bringe ich Ihnen die Liste, von der wir sprachen."

Sie ergriff seine Hand nur kurz. „Dann auch dafür schon einmal vielen Dank im Voraus."

Schweigend liefen sie zur Haustür. Erst als er auf der Vortreppe stand, ergriff er wieder das Wort. „Schlafen Sie gut. Vergessen Sie alle Sorgen, bis es wieder hell ist."

„Gute Nacht, Pavel." Sie schloss die Tür hinter ihm.

Pavel stieg die Stufen hinab.

„Pavel Quinn?"

Er schaute zum ersten Stock des Nachbarhauses hinauf. Dottie Lee Fairbanks stand am offenen Fenster. Sie sprachen kein Wort. Sie schüttelte nur langsam den Kopf und trat dann vom Fenster zurück.

14. KAPITEL

In dieser Nacht konnte Pavel nicht einschlafen. Immer, wenn er die Augen schloss, tauchte Faith auf, die fassungslos ihren Ofen in Flammen aufgehen sah. Dieser jüngste Verlust würde sie nicht umbringen, aber er hatte in ihrem Gesicht – außer Entsetzen – einen vertrauten Ausdruck entdeckt, der ihm nun den Schlaf raubte: diesen „Schlagt-mich-wenn-ich-schon-am-Boden-liege-Blick".

Irgendwann gab er auf und setzte sich an seinen Computer. Eine Stunde später hatte er ihr mehrere Küchengrundrisse entworfen, die von der originalen Raumaufteilung ausgingen, sodass der Denkmalschutzbeauftragte nicht dazwischenfunken konnte. Vielleicht ließ sich nicht alles sofort umsetzen, aber zumindest würde sie dem Elektriker sagen können, wo die Anschlüsse liegen sollten. Er druckte Listen mit zuverlässigen Bauunternehmern, informativen Websites und preiswerten Läden aus, die auch gute Beratung boten. Danach gelang es ihm endlich zu schlafen.

Früh am Morgen, auf dem Weg in die Firma, parkte er vor Faith' Haus in der zweiten Reihe und klopfte an die Tür. Zu seiner Besprechung würde er sicherlich zu spät erscheinen, aber damit rechneten ohnehin alle. Pünktlichkeit zählte eindeutig nicht zu seinen Stärken.

Als Faith öffnete, ließ er sie gar nicht erst zu Wort kommen, sondern reichte ihr gleich die Mappe: „Ich habe für Sie ein paar Entwürfe erstellt." Er erläuterte ihr kurz die Grundrisse, die Schaltpläne und die Listen und hob dann zum Abschied die Hand.

„Äh, guten Morgen, Pavel." Faith wirkte, als hätte sie besser geschlafen als er.

Er bemerkte, wie ihr Blick rasch zu seinen Turnschuhen

hinabwanderte und dann sein Auto erfasste, einen sechs Jahre alten Subaru voller Dellen, wie sie der Verkehr in der Hauptstadt nun einmal mit sich brachte. „Legerer Freitags-Look am Montag?“

„Legerer Freitags-Look ist bei uns immer angesagt.“

„Die Firma könnte mir gefallen. Nie wieder Strumpfhosen.“

Er nahm sich Zeit, obwohl er eigentlich keine hatte. „Suchen Sie einen Job? Was haben Sie für eine Ausbildung?“

„Ich habe europäische Geschichte studiert. Mit dem Schwerpunkt siebzehntes Jahrhundert, und Sie wissen ja, wie händeringend so jemand auf dem Arbeitsmarkt gesucht wird.“ Sie presste die Mappe an sich. „Das ist sehr nett von Ihnen. Sie haben sich viel Mühe gemacht. Danke!“

„Gern geschehen.“ Der schönen Geste wegen hätte er gern auf seine Armbanduhr geschaut, nur leider trug er keine. Er besaß durchaus einige, darunter eine Rolex, die der Vorstand ihm zu Weihnachten geschenkt hatte, aber seit er sie einmal beim Verputzen einer Wand abzunehmen vergessen hatte, war das Glas mit Mörtelspritzern übersät.

„Viel Erfolg mit dem Elektriker. Richten Sie ihm einen Gruß aus und teilen Sie ihm mit, dass ich ihn empfohlen habe. Oh, das wäre mir fast entfallen.“ Er lief zum Auto zurück und holte etwas aus dem Kofferraum: einen Drahtkäfig.

„Es ist eine Lebendfalle. Sie können die Ratte fangen, ohne sie zu verletzen. Und sollten Sie stattdessen die Katze erwischen, lassen Sie sie einfach wieder laufen.“

„Und was mache ich mit Lefty, wenn ich ihn erst mal habe?“

„Faith, wenn Sie den Ratten Namen geben, haben Sie ein ernstes Problem.“

„Sagt der Mann, der die Tauben tauft.“

Gut gekontert. „Lassen Sie es mich so ausdrücken: Damit haben Sie mehrere Möglichkeiten, die Ihren Kindern allerdings größtenteils nicht gefallen werden."

Faith nahm die Falle mit spitzen Fingern entgegen, als hätte sie Angst, dass sie gleich zuschnappte. „Wie funktioniert sie?"

„Alex wird das im Handumdrehen herausfinden."

„Sie müssen wohl los, was? Sie kommen bestimmt zu spät."

„Das erwartet man von mir." Er hob nochmals die Hand. Als er davonfuhr, stand sie noch immer in der Tür, die Falle unterm Arm und die Mappe vor der Brust.

Faith hatte damit gerechnet, dass sie tagelang auf den Elektriker würde warten müssen, aber als sie Pavels Namen erwähnte, versprach er, gleich vorbeizuschauen. Kurz nach dem Mittagessen tauchte er auf. Er war ein gedrungener Typ mit Schnurrbart, dessen Atem bedrohlich rasselte und der Wörter ausstieß, die in einem Bronson-Haus noch nie gefallen waren. Mit Kennerblick begutachtete er Pavels Pläne, malte kurz mit seinem Stift darauf herum und gab sie Faith zurück. „Ich erstelle Ihnen einen Kostenvoranschlag."

„Es eilt wohl ziemlich."

„Ich bringe ihn heute Abend auf dem Rückweg vorbei. Am Mittwoch könnte ich jemanden vorbeischicken, der schon mal anfängt."

„Anfängt?"

„Mit ein bisschen Flickwerk ist es nicht getan. Um das gründlich zu machen, braucht es Zeit, und Ihnen bleibt gar nichts anderes übrig. Nicht, wenn Sie je wieder in dieser Küche arbeiten wollen. Nicht, wenn der Rest des Hauses den gesetzlichen Vorschriften entsprechen soll."

Faith war froh, dass die Studenten ausgezogen waren, bevor ein Unglück geschehen konnte.

Als der Elektriker gegangen war, guckte sie sich Pavels Pläne genauer an. Er hatte drei Entwürfe gemacht. Der Aufwändigste sah vor, die Küche in den Essbereich auszudehnen, die Wand an der Rückseite zu entfernen, hinter der sich ein ungenutzter Treppenschacht und die Waschküche befanden, und dort einen Frühstückserker anzulegen – mit einer Verandatür, die auf eine kleine Terrasse oberhalb des Gartens führte.

Seit sie nach Georgetown gezogen waren, hatte es Faith nur einmal geschafft, kurz in den hinteren Garten zu gehen. Er war schmal und erstaunlich tief, mit Steinmauern und verfallenen Lattenzäunen eingefasst und leicht terrassiert, da er zur M Street hin abfiel. Man konnte ihn nur vom Keller aus betreten.

Derzeit war der Garten ein Dschungel aus Unkraut, toten Ästen und Efeu, der alles, was ihm unterkam, in grüne Skulpturen umformte. Ganze Bäume hatte er überwuchert, und was er nicht erreichen konnte, hatten Giftsumach und Virginia-Wein erobert. Zum Glück gab es in dieser Gegend noch keinen Kudzu.

Die Natur hatte sich das Grundstück einverleibt. Vor jeder gärtnerischen Tat, noch vor jedem Pflanzplan, musste Faith einfach alles herausreißen und vernichten, was hier noch grünte.

Sie hatte noch nicht viel über die Außengestaltung nachdenken können, aber die Vorteile von Pavels Entwurf leuchteten ihr ein. Im Augenblick war der Blick auf den Fluss und die Stadt am jenseitigen Ufer versperrt.

Wenn sie die Küchenstruktur änderte und eine Terrasse anlegte, hätten sie und die Kinder freie Sicht. Und wenn der Garten auch von hier aus zugänglich wäre, könnte man ihn leichter in Schuss halten. Bisher hatte sich stets David um den Garten gekümmert, aber jetzt verspürte sie plötzlich Lust, sich an diesem kleineren Grundstück selbst zu versuchen.

Rosen und Hartriegel. Azaleen und Blumenzwiebeln.

„Ich habe Hunger." Alex kam hereinspaziert. Er hatte bereits einen Apfel und zwei Müsliriegel verdrückt – mehr hatte sie ohne Kühlschrank und Herd nicht anzubieten.

„Remy schläft noch. Weckst du sie? Sobald sie angezogen ist, können wir frühstücken gehen."

Aber Remy war schon allein losgezogen.

Remy wusste, dass sie sich nicht ständig aus dem Haus würde schleichen können. Ihre Mutter mochte manchmal blind sein, wenn es um ihre Liebsten ging, aber dumm war sie nicht. Remy würde unter ständiger Beobachtung stehen, bis sie Faith überzeugt hatte, dass sie ihre heimlichen Fluchten wirklich bereute.

Deshalb nahm Remy sich vor, auf dem Rückweg von Colins Haus bei „Booeymonger" Muffins zu holen. Sie würde ihrer Mutter einfach sagen, dass sie sich damit für ihre gestrige Missetat entschuldigen wolle. Sie hinterließ sogar einen Zettel auf ihrem Bett, falls jemand ihr Verschwinden vorzeitig bemerken sollte. Falls die beiden sie bei „Booeymonger" suchen würden, könnte sie ihnen erzählen, dass sie sich spontan noch nach ein paar anderen Bäckern umgeschaut hatte.

Als sie Colins Haus erreichte, stand die Tür weit offen. Sie betrat das Haus und rief mehrmals „Hallo". Zuerst reagierte niemand, doch dann kam Enzio mit entblößtem Oberkörper und verschlafenen Augen aus der Küche. Der Anblick seiner bronzefarbenen Haut und der tief auf den Hüften hängenden, abgewetzten Jeans ließ Remys vierzehnjähriges Herz höher schlagen. Er sah cool aus, wie MTV in echt.

„Was machst ‘n du hier?“ Er gähnte. „Wie spät ist es?“

„Fast zehn. Sonst noch keiner wach?“

„Selim ist irgendwohin unterwegs. Colin hat woanders gepennt. Paul ...“ Er zuckte mit den Schultern.

Hieß das, dass sie zu zweit waren? Mit Enzio allein zu sein fühlte sich sehr erwachsen an. „Ich wollte nur kurz hi sagen.“

Er reagierte nicht. Er schien gelangweilt zu sein.

„Hi“, wiederholte sie.

„Selber hi.“ Er zog eine Zigarettenpackung aus der Hosentasche. „Bist du immer so fröhlich?“

Sie konnte sich nicht erinnern, wie sich Fröhlichkeit überhaupt anfühlte. „Schätze, ich sollte gehen.“

„Warum so eilig?“

„Viel zu tun. Das Übliche.“

„Erst noch ‘n Kaffee?“

Faith hatte ihr noch nie Kaffee angeboten. „Habt ihr welchen fertig?“

„Yeah. In einer Minute.“ Er ließ sich aufs Sofa fallen. Sie überlegte, ob er erwartete, dass sie sich neben ihn setzte. Sie wog das Risiko unangenehmer Überraschungen gegen den Genuss ab, in seiner Nähe zu sein.

„Hast du einen Job?“ fragte er.

Sie hockte sich auf die Sofakante und stützte die Ellbogen auf die Knie, denn sie konnte wirklich nur ein paar Minuten bleiben. „Nein. Gefällt dir deiner?“

„Er ist in Ordnung.“

Sie wusste nicht, worüber sie sich mit ihm unterhalten sollte. Mit den Jungs in ihrem Alter fand sie immer ein Thema. Die waren ja schon begeistert, wenn sie sich dazu herabließ, ihnen Aufmerksamkeit zu schenken. An Enzio kam man nicht so leicht heran.

„Ich verkaufe ‘ne Menge“, sagte er. „Ich kann gut verkaufen, weil es mir eigentlich egal ist, ob die Leute den Scheiß nehmen, verstehst du?“

Sie verstand es nicht, nickte aber trotzdem.

„Die kommen zu mir, weil sie spüren, dass es mir schnurz ist“, fuhr er fort.

Sie fing an, sich Sorgen zu machen. Es war so spät, dass zu Hause bestimmt schon jemand an ihre Tür geklopft hatte. „Kriegst du mehr Lohn, wenn du mehr verkaufst?“

„Yeah. Verrückt, was? Ich verkaufe mehr, weil es mir egal ist, und sie blechen mehr, weil es ihnen *nicht* egal ist.“

Das klang ziemlich scharfsinnig. „Soll ich mal nach dem Kaffee sehen?“

„Yeah. Ich nehm Zucker. Viel.“

Das Chaos in der Küche war schlimmer als zu Hause, obwohl Colin und seine Freunde nicht gerade erst eingezogen waren. Unter dem Hahn spülte sie zwei schmutzige Tassen aus und suchte im Hängeschrank nach Zucker.

Aus der Tüte ergoss sich ein Strom roter Ameisen. Sie schaufelte löffelweise ameisenfreien Zucker in die Tassen und füllte sie mit Kaffee auf. Die Milch im Kühlschrank roch unverdächtig, also nahm sie sich einen Schuss. Wieder im Wohnzimmer, reichte sie Enzio seine Tasse. Mit einem Nicken forderte er sie auf, sich wieder aufs Sofa zu setzen.

„Warum hast du keinen Job? Wollen deine Mom und dein Daddy das nicht?“

Sie hörte den Spott heraus, aber sie konnte ihm ja schlecht erklären, dass Vierzehnjährige froh sein mussten, wenn sie zum Babysitten oder Hundeausführen engagiert wurden. „Ach, die finden, dass ich meine Zeit zum Lernen verwenden sollte.“ Sie nahm einen Schluck Kaffee und hätte ihn beinahe wieder ausgewürgt. Es war, als würde man geschmolzene Eiscreme trinken.

„Bist du so schlecht in der Schule?"

„Sie wollen mich auf ein wirklich gutes College schicken."

„College?" Er schnaubte verächtlich. „Versprich dir nicht zu viel davon. Die Profs ziehen alle ihr eigenes Ding durch. Man kann froh sein, wenn man sie in den Vorlesungen zu Gesicht bekommt. Niemand benutzt seinen Verstand." Er tippte sich an die Schläfe. „Außer mir."

Sie war beeindruckt. Enzio unterschied sich so stark von den Jungs, die sie kannte, dass er ihr zu einer anderen Spezies zu gehören schien. „Du machst nicht weiter?" Sie suchte nach einem Platz für ihre Tasse. Ihr Magen hätte keinen zweiten Schluck vertragen.

„Ich mache meinen eigenen Laden auf. Ich weiß, was sich wirklich verkauft. Ich muss nur noch das nötige Geld zusammenkriegen."

„Wie?" Sie hatte keine Ahnung von Klamotten-Läden, aber es war völlig klar, dass man eine Menge Geld brauchte, um selbst einen zu eröffnen.

„Ich habe meine Methoden. Klamotten sind nicht das Einzige, was ich verkaufe." Zur Bekräftigung zog er eine seiner ausgeprägten schwarzen Brauen hoch.

Eine ganze Weile begriff sie nicht, wovon er sprach. Dann fiel der Groschen: Drogen. Enzio dealte.

Sie wollte aufstehen, aber er hielt sie am Handgelenk zurück. „Keine Angst. Ich verkaufe nichts, wofür sie einen richtig drankriegen können. Wie alt warst du noch gleich?"

„Alt genug, um mich zu fragen, wieso du das Risiko eingehst, hochgenommen zu werden."

„Weil da richtig Kohle drinsteckt." Er schüttelte den Kopf, als könne er nicht glauben, dass sie so dumm war.

„Ja und? Warum arbeitest du nicht gleich als Killer?"

„Auf welchem Planeten lebst du? Was ich mache, schadet keinem. Die Leute rauchen ein bisschen Gras und fühlen sich ein wenig besser. Ich tu was für ihr Wohlergehen, wie ein Arzt. Es ist besser als Prozac. Und nicht so teuer."

Man hatte ihr eingetrichtert, dass alle Arten von Drogen Teufelszeug waren. Sowohl in der Schule als auch zu Hause hatte man ihr beigebracht, einfach zu allem Nein zu sagen, was den Werten ihres Elternhauses entgegenstand. Aber in letzter Zeit waren so viele ihrer Überzeugungen den Bach runtergegangen, dass sie allmählich den Überblick verlor. Ihr „Was würde Jesus tun"-Armreif lag jetzt ganz unten in der T-Shirt-Schublade, weil ihr auf diese Frage derzeit einfach keine Antworten einfielen.

Enzio schaute sie ungläubig an. „Erzähl mir nicht, dass du noch nie was geraucht hast."

Sie stand auf, und diesmal hielt er sie nicht fest. „Wissen die anderen, was du tust? Colin? Selim?"

„Als ob die das kümmert. Die würden doch ihre eigenen Omas verkaufen, wenn sie Geld bräuchten. Nur gut, dass sie es nicht nötig haben. Colins Dad gehört das größte Autohaus von New Jersey. Selims Vater besitzt drei Elektrogeschäfte. Selim und seine Schwester arbeiten nur, weil ihr Alter glaubt, sie bräuchten diese Erfahrung."

„Ich geh besser."

Er lachte. „Hey, hab ich was Falsches gesagt?"

„Nein, aber ich muss nach Hause."

„Klar, du Baby. Lauf doch zu deiner Mama."

Sie war beleidigt, aber clever genug, ihm das nicht zu zeigen.

„Ja, mach ich. Wenigstens kann ich da nicht hopsgenommen werden."

„Mich nimmt keiner hops. Ich weiß, was ich tue. Glaubst du, die Hauptstadt-Cops kümmern sich um kleine Fische wie mich? Sie sind hinter den Typen her, die die Koksnasen und Junkies versorgen."

Das leuchtete ihr irgendwie ein. Die Leere, die ihr Vater in ihr zurückgelassen hatte, füllte sich mit aufregenden Dingen. Vielleicht war überhaupt alles, was man ihr beigebracht hatte, großer Quatsch. Vielleicht sollte sie auf andere Leute hören und selbst zu denken anfangen. Im Augenblick hatte sie allerdings genug damit zu tun, nach Hause zu kommen, ohne sich Ärger einzuhandeln.

Sie winkte ihm neckisch zu. „Also, ich bin weg. Lass dich heute nicht einbuchten."

Ein Lächeln machte sich auf seinem Gesicht breit und verschlug ihr schier den Atem. Sie war sich nicht sicher gewesen, ob Enzio überhaupt je lächelte, und dass es so umwerfend sein würde, hätte sie nie für möglich gehalten. Sie spürte, wie ihr warm wurde.

„Geht in Ordnung, kleines Mädchen."

Sie trat aus dem Haus und sah sich in beiden Richtungen nach ihrer Mutter um. Dann lief sie zu „Booeymonger" hinüber und hoffte inständig, dass zu Hause niemand im falschen Augenblick zum Fenster hinausguckte.

Gott wollte sie wohl doch nicht strafen. Ihre Familie wartete nicht im Laden auf sie. Sie kaufte Muffins für alle und einen Milchkaffee für ihre Mutter und machte sich auf den Heimweg.

Am frühen Nachmittag war fast alles, was sie täglich brauchten, aus den Kisten zum Vorschein gekommen, und die restlichen Kartons waren umgepackt, beschriftet und verstaut. Die Möbel standen an ihrem Platz, und die meisten Teppiche waren ausgerollt. Das Haus wirkte wohnlicher, als Faith es sich vorgestellt hatte.

Oben war Alex gerade dabei, „eine bessere Mausefalle zu bauen". Bevor sie es verhindern konnte, hatte er den Käfig, den Pavel ihnen geliehen hatte, auseinander genommen, und jetzt wollte er einen empfindlicheren Auslöser einbauen. Eines Tages würden die Leute Alex die Tür einrennen.

Remy telefonierte mit Megan, und zwar seit fast einer Stunde. Faith hütete sich, über Kleinigkeiten wie hohe Telefonrechnungen zu streiten. Außerdem gab Remys großzügige Geste von heute Morgen Anlass zur Hoffnung. Ein Muffin reichte schon fast, um sie zu überzeugen, dass Remy wieder ganz das süße, unkomplizierte Töchterchen war. Die Kunst der Verdrängung beherrschte Faith wirklich fast perfekt.

Sie stand gerade am Fenster zur Straße und überlegte, ob sie eine Pause einlegen sollte, bevor sie die Küche in Angriff nahm, als sie eine vertraute Gestalt heranhuschen sah. Dottie Lee wollte sie besuchen.

Faith öffnete die Tür und begrüßte sie herzlich. Dottie Lee blieb auf der Schwelle stehen und kam unmittelbar zur Sache.

„Offensichtlich haben Sie Pavel Quinn kennen gelernt."

„Dottie Lee, möchten Sie nicht hereinkommen?"

Dottie Lee schüttelte den Kopf. Sie wirkte leicht beunruhigt. „Ich kann nur einen Moment bleiben."

Faith dachte, wenn das Thema schon angeschnitten worden war, könnte sie ihre Nachbarin auch gleich ein bisschen über ihn ausquetschen. „Wir sind uns am Umzugstag begegnet. Was wissen Sie über Pavel? Er scheint nett zu sein, aber wenn es Grund zur Vorsicht gibt, warnen Sie mich bitte rechtzeitig."

„Warnen?" Dottie Lee zog ihren mit Elefantensafari-Szenen

bestickten violetten Chiffonschal enger um ihre schmalen Schultern. „Wovor?"

Darauf fiel Faith selbst keine Antwort ein. Wovor konnte man jemanden warnen? Hätte ihr jemand verraten, dass ihr Mann schwul war, hätte sie ihm das abgekauft?

Dann ging Dottie Lee doch auf Faith' Frage ein. „Mit Pavel kann man bedenkenlos seine Zeit verbringen. Um Ihre Sicherheit müssen Sie sich keine Sorgen machen. Ich kenne ihn seit Jahren. Niemand verliert ein schlechtes Wort über ihn." Sie zögerte. „Allerdings kennt ihn auch niemand besonders gut."

Für Faith klang das nicht besonders beruhigend. „So könnte man auch eine Menge Serienmörder beschreiben."

„Mord gehört nicht zu Pavels Repertoire. Und Sie wissen ja selbst, dass derart wichtige Leute in unserer Gesellschaft praktisch rund um die Uhr unter Beobachtung stehen."

„Wieso wichtig?"

Dottie Lee zog die nachgezogenen Brauen hoch. „Offensichtlich haben Sie keine Ahnung, wer er ist!"

„Er hat gesagt, dass er etwas mit Computern macht. Mit dem Internet, glaube ich." Faith erinnerte sich, dass er am Anfang ihres abendlichen Gespräches auch erwähnt hatte, dass er sein eigener Chef war. „Gehört ihm irgendeine Firma?"

„Nicht *irgendeine* Firma, meine Liebe. Er ist der Präsident und Gründer von ‚Scavenger'."

Sogar Faith, die sich mit Computern kaum auskannte, hatte von „Scavenger" gehört, einer weltweiten, ungemein beliebten Suchmaschine. Die Firma hatte ihren Sitz in Nord-Virginia, praktisch direkt neben dem „AOL"-Gelände.

Der Mann, der ihr die günstigsten Bauunternehmer aufgelistet und bis spät in der Nacht Pläne für ihre Küche entworfen hatte, der Mann, der unter ihr Waschbecken gekrochen war, schien ein Multimillionär zu sein.

Sie wusste nicht, was sie sagen sollte. „Er hat mir erzählt, dass er ein Haus in Eigenarbeit renoviert."

Dottie Lee warf kurz einen Blick über die Schulter und schaute zu ihrem eigenen Haus hinüber, als müsse sie dringend dorthin zurück. „Er ist ein ausgewiesener Exzentriker, unser Pavel. Durch und durch ein Populist. Kein Mensch auf Erden gibt sich ungezwungener."

„Aber er fährt einen Subaru. Einen alten."

„Pavel hat für Statussymbole ebenso wenig übrig wie für Leute, denen sie wichtig sind."

„Was tut er dann in dieser Stadt?"

„Ich glaube, ich weiß, warum er nie geheiratet hat", meinte Dottie Lee, als hätte sie die Frage gar nicht gehört.

Faith wollte nicht zugeben, dass sie das brennend interessierte.

„Sie sind neugierig, das sehe ich doch", meinte Dottie Lee.

„Na gut. Warum nicht?"

„Im Grunde ist er der verschlossenste Mensch, den man weit und breit finden kann."

„Pavel?"

„Ja, erstaunlich, nicht? Seine lockere Art ist nur Fassade. Dahinter schlägt ein Herz, das sich niemandem offenbart. Er würde das natürlich abstreiten, aber es stimmt."

„Kennen Sie den Grund?"

„Nur Spekulationen. Massenhaft Spekulationen, die zu verbreiten Zeitverschwendung wäre."

Bevor Faith weitere Fragen stellen konnte, winkte Dottie Lee und eilte nach Hause. Faith wusste nicht, was kurioser war: der Inhalt oder die Form von Dottie Lees Mitteilung.

Pavel Quinn, nicht nur ein erfolgreicher Geschäftsmann, sondern eine Ikone der Computerwelt. Dottie Lee Fairbanks, die geheimnisvolle Gefährtin der Reichen und Mächtigen. Faith fand, dass die Leute in Georgetown nach der McLeanschen Fußballmütter-Monokultur etwas gewöhnungsbedürftig waren.

Um sechs standen nur noch ein paar kleine Kartons in der Küche, die das Geschirr und Besteck enthielten, das sie in den nächsten Wochen brauchen würden. Faith hatte sich an Pavels Ratschlag gehalten und die wenigen Dinge, die schon verstaut gewesen waren, wieder aus den Schränken geholt und fast alles in einer Ecke des Esszimmers untergebracht. Sobald der Elektriker mit der Arbeit anfing, würde die Küche praktisch nicht mehr existieren.

Sie wollte gerade die Kinder rufen, um Pläne fürs Abendessen zu schmieden, als sie ein Lincoln Town Car erblickte, das sich vor dem Haus in eine Parklücke zu zwängen versuchte. Sie kannte die Limousine und ihren Fahrer nur zu gut.

Joe Huston kam zu Besuch.

Faith versuchte ihr Haar mit den Händen zu glätten, während sie beobachtete, wie ihr Vater ausstieg und die Straße überquerte. Seit jenem Abend, als er nach McLean gekommen war, um ihr den Umzug auszureden, hatten sie nicht mehr miteinander gesprochen, und sie bezweifelte, dass er seine Meinung inzwischen geändert hatte. Als Vater wie als Senator war er unerbittlich.

Sie begrüßte ihn, und als er eingetreten war, beugte er sich vor, um ihre Wange flüchtig mit den Lippen zu berühren. Zärtlichkeit hatte ihm noch nie gelegen. Das höchste der Gefühle war, wenn er einem den Arm um die Schultern legte oder einen umarmte. Dass er jetzt lediglich einen Kuss andeutete, verhieß nichts Gutes. Ihr Vater war offenbar in diplomatischer Mission hier.

„Du siehst erschöpft aus, Faith. Dünn."

Sie widersprach ihm nicht, obwohl sie kein Pfund abgenommen hatte. Seit Davids Auszug hatte sie nicht weniger, sondern mehr gegessen. Das war ihre Art, mit Depressionen fertig zu werden. „Umziehen ist ein Kraftakt. Ich bin froh, dass das Schlimmste vorbei ist."

Er schwieg, aber als sein Blick durchs Zimmer wanderte, verriet sein Mienenspiel alles: Joe war der Ansicht, dass ihr das Schlimmste noch bevorstand.

Sie flüchtete sich in ihre guten Manieren. „Ich kann dir nicht viel anbieten, aber wir haben ein paar kalte Getränke in der Kühlbox. Möchtest du eine Pepsi?"

„Kühlbox?"

„Der Kühlschrank ist noch nicht geliefert worden." Sie ging in die Küche, und er folgte ihr. In der Tür gab er einen kehligen Laut von sich, den sie aus Kindertagen nur allzu gut kannte. Offenbar hatte sie es mal wieder nicht geschafft, Joes Erwartungen gerecht zu werden.

Ein missbilligendes Gurgeln, und sie war wieder fünf. Dumm und laut und hoffnungslos unvollkommen.

Sie entschuldigte sich nicht für den Zustand der Küche, und sie fragte ihn auch nicht nach seiner Meinung. Sie klappte die Kühlbox auf und öffnete eine Pepsi-Dose. Dann nahm sie ein Glas aus einer Kiste. Kommentarlos reichte sie es ihm – zusammen mit der Büchse.

Er schenkte sich ein, führte das Glas aber nicht an die Lippen. „So kannst du nicht leben. Was denkst du dir eigentlich?"

„Ich denke, dass es schon bald besser wird. Die Pläne für die Küche stehen schon. Möchtest du sie sehen?" Sie hielt Pavels Entwürfe hoch.

Er winkte ab. „Unabhängigkeit ist schön und gut. Aber das hier ist etwas ganz anderes."

„Ich möchte nicht mit dir streiten."

„Weil du weißt, dass ich Recht habe."

„Nein, weil ich zu tun gedenke, was ich für das Beste halte. Nicht weil ich stur oder dumm bin, sondern weil ich wieder lernen muss, mir selbst etwas zuzutrauen."

Joe betrachtete sie und suchte nach der Frau, die er kannte. Die es allen recht machen wollte und geglaubt hatte, darin bestünde ihr Lebensglück. Diese Frau beabsichtigte er wiederzufinden, zumindest ein winziges Stück ihres Verstandes, an den er appellieren konnte.

„Du hast eine schwierige Zeit hinter dir", setzte er an.

Sie lächelte, um ihren Worten die Schärfe zu nehmen. „Und ich bin noch nicht über den Berg. Aber es ist *mein* Berg, und ich fange an, ihn zu mögen."

„Ich habe dich nicht genügend unterstützt."

Sie war sofort auf der Hut, denn sie war zu lange seine Tochter, um sich von solchen Reue-Krümelchen irreführen zu lassen. „Du hast getan, was du konntest. Jetzt muss ich auf eigenen Beinen stehen."

„Langfristig vielleicht, aber fürs Erste habe ich eine Lösung anzubieten." Er lächelte. „Wirst du mir zuhören und es dir überlegen?"

„Zuhören werde ich bestimmt."

Das war nicht die Antwort, auf die er gehofft hatte, und sein Lächeln erstarb. „Ich sehe ein, dass du Unabhängigkeit brauchst. Das hätte mir schon früher klar werden müssen. Du brauchst eine Arbeit und eine eigene Bleibe."

„Letzteres habe ich."

„Du hast versprochen zuzuhören. Ich habe gerade eine meiner Beraterinnen verloren und muss umgehend Ersatz für sie finden."

Beinahe hätte sie losgeprustet. Sie hatte Respekt vor Joe Hustons Hingabe an seine Arbeit und seine Wähler. Man konnte ihrem Vater eine Menge nachsagen, aber nicht, dass er das in ihn gesetzte Vertrauen auf die leichte Schulter nahm. Dennoch würde sie sich eher mit Alec dem Tonnenmann zusammentun, als für ihren Vater zu arbeiten. Schon als Vater war er schwer zufrieden zu stellen gewesen – als Vorgesetzter wäre er unerträglich.

„Die Arbeit wird gut bezahlt", fügte Joe hinzu. „Und es gibt Aufstiegsmöglichkeiten."

„Man würde dir Vetternwirtschaft vorwerfen."

„Es gibt gute Gründe, dich zu engagieren. Du bist intelligent, sachkundig ..."

Sie verschränkte die Arme. „Ich kann nicht glauben, dass du mich jeden Tag um dich haben willst. Ich weiß doch, wie schlecht die Sache mit David für dich ist. Wir sind keine Vorzeigefamilie mehr, und ich würde deine Kollegen und die Presse ständig daran erinnern ..."

„Die Presse braucht keine Erinnerungsstütze."

„Wie meinst du das?"

„Hast du gestern keine Zeitung gelesen?"

Faith war ein bisschen zu beschäftigt gewesen, um sich in Ruhe die „Washington Post" vorzunehmen, die schon unter normalen Umständen abschreckend dick war. „Was habe ich verpasst?"

„Abraham Stein schreibt eine Serie über die Rechte von Homosexuellen. Der Liebhaber deines Gatten erzeugt Wellen, die möglicherweise bis an die Fundamente des Capitol Hill schlagen. Es gab ein paar Zitate ohne Quellenangabe, die wahrscheinlich von David stammten."

Den Rest konnte sie sich denken. Abraham Stein hatte nie einen Hehl aus seiner sexuellen Orientierung gemacht, aber seine jüngste Kampagne würde David und seine Familie erneut ins Gerede bringen.

„Das verstehe ich nicht“, sagte Faith. „Wahrscheinlich wird das den Klatsch über David und mich wiederbeleben, zumindest eine Weile – und du willst, dass ich in deinem Büro sitze, wo mich jeder Reporter, der hereinschneit, ausquetschen kann?“

„Die Stelle ist in Roanoke.“ Er hob die Hand und bedeutete ihr zu schweigen. „In meinem dortigen Büro. Du würdest dich um die Probleme kümmern, mit denen meine Wähler ankommen. Du kannst gut zuhören, und du hast mich lange genug beobachtet, um zu wissen, wie das in der Politik so läuft. Du weißt, wie das System funktioniert. Du bist wie geschaffen dafür.“

Wie geschaffen dafür, mehr als zweihundert Meilen entfernt zu leben. Ach so. Weit weg von allem, in einer fremden Stadt, in die der Washingtoner Klatsch nur gedämpft vordrang.

Bevor sie protestieren konnte, spulte Joe die Vorteile ab. „Die Lebenshaltungskosten in Roanoke sind nur halb so hoch wie hier, und es ist landschaftlich sehr schön. Da bist du sicher. Deine Mutter und ich werden dir die Anzahlung für ein Haus, das in einer Gegend mit guten Schulen stehen sollte, leihen. Ich komme oft dort vorbei, und deine Mutter kann dich besuchen, wann immer sie Zeit hat. Du kannst neu anfangen.“

Joe wollte seinen Zauberstab schwenken und sie unsichtbar machen; das war für Faith so sicher wie das Amen in der Kirche. Ihr Vater ertrug es nicht, dass sie in Georgetown lebte, wo so viele seiner Kollegen Häuser besaßen. Er hatte vor, zu verhindern, dass sich Faith’ Eheskandal mit dem Skandal von Hopes Entführung vermischte. Und er beabsichtigte, dafür zu sorgen, dass David seine Kinder so selten wie möglich zu Gesicht bekam. Indem er ihr eine Stelle anbot, konnte Joe Faith, Remy und Alex von der Bildfläche verschwinden lassen und sich dabei noch als Wohltäter aufführen.

Faith war wütend, aber sie hütete sich, das zu sagen. Das dünne Band zwischen ihr und ihren Eltern war nicht sehr belastbar, und sie hatte schon so viel verloren.

Sie wählte ihre Worte mit Bedacht. „Ganz gleich, wie du über ihn denkst: Die Kinder sollen in Davids Näher bleiben, damit er sie besuchen kann. Und diese Gegend ist ihre Heimat. Sie brauchen zumindest *etwas* Vertrautes in ihrem Leben. Wir werden das hier durchstehen und uns allem stellen. Ich bin dir für dein Angebot dankbar, aber ich suche mir selbst Arbeit, sobald wir uns eingelebt haben."

„So einfach ist das? Du lehnst meinen Vorschlag ab, ohne ihn dir durch den Kopf gehen zu lassen?"

„Der Umzug, den ich gerade hinter mir habe, soll vorerst der letzte bleiben."

„Hast du dir mal überlegt, wie es für deine Mutter ist, dass du hier wohnst? Dass sie bei jedem Besuch mit der Vergangenheit konfrontiert wird?"

Faith wies ihn nicht darauf hin, dass Lydia in Wirklichkeit wärmer und entspannter wirkte, wenn sie hier war. Den Grund dafür kannte sie selbst nicht, und wahrscheinlich würde Joe ihr sowieso nicht glauben.

„Ich kann dir diesen Gefallen nicht tun", erwiderte sie. „Bitte trau mir doch zu, dass ich weiß, was für die Kinder und mich das Beste ist."

Jetzt war er wirklich böse. „Warum sollte ich? Deine Erfolgsbilanz sieht katastrophal aus."

Er verstand es stets großartig, Salz in offene Wunden zu streuen, daher war sie auf so etwas gefasst. Dennoch trafen sie seine Worte. Sie reckte das Kinn, ähnlich wie er es oft tat. „Nein, meine Bilanz ist einwandfrei. Das, was David uns verheimlicht hat, kann mir niemand vorwerfen. Auch du nicht."

„*Ich* habe nicht mit ihm geschlafen."

„Na hoffentlich nicht! *Das* wäre ein echter Skandal."

Seine Augen wurden zu schmalen Schlitzen, aber sie zwang sich, in ruhigem Ton weiterzusprechen. „Du solltest gehen, bevor einer von uns etwas sagt, das sich nicht so leicht zurücknehmen lässt."

„Du wirst nicht über mein Angebot nachdenken?"

Sie ergriff seinen Arm und führte ihn aus dem Zimmer. „Ich hoffe, du findest jemanden, der wirklich für den Roanoke-Job geeignet ist."

Er riss sich so weit zusammen, dass sie sich ohne weitere Eskalation voneinander verabschieden konnten. Aber sobald sie sah, dass er ausparkte, ließ Faith ihrer Wut freien Lauf.

„Verdammt!" Sie trat zweimal gegen einen Läufer, der noch immer zusammengerollt in der Ecke lag. Er war zu weich. Sie suchte nach einem anderen Ziel, fand aber keines. Sie stürmte in die Küche, diese niederschmetternde, schrottreife potenzielle Feuerhölle, und schlug mit der Handfläche gegen die Wand. Da es sich um eine dünne Zwischenwand handelte, die man eingezogen hatte, um das rückseitige Treppenhaus abzutrennen, vibrierte sie spürbar. Obwohl ihre Hand schon heftig brannte, schlug sie noch einmal zu, und die Wand wackelte stärker.

Der Elektriker hatte gesagt, dass die Wand keine tragende war, sodass man sie problemlos entfernen konnte, falls Faith wirklich Pavels aufwändigsten Entwurf realisieren wollte. Sie war zu wütend, um dieser beiläufigen Bemerkung Beachtung zu schenken. Sie machte einen Schritt zurück und trat mit voller Wucht zu, mit dem Absatz ihrer Stiefelette voran.

Sie fiel fast hin, konnte den Sturz aber gerade noch verhindern und trat erneut zu. Ein Loch tat sich auf, gezackt, klein und hässlich, aber für sie war es eine Art Tor zur Freiheit. So hatte sie sich noch nie gehen lassen. Das Adrenalin und eine seltsame Hochstimmung bemächtigten sich ihrer.

„Ich – bin – nicht – euer – kleines – Mädchen!“ Sie malträtierte die Wand weiter mit ihrem Stiefel, und das Loch wurde größer.

Sie versuchte sich zu erinnern, wann sie aufgehört hatte, sich von Joe etwas zu erhoffen – dass er je der Vater sein würde, den sie so sehr brauchte. Sie war noch klein gewesen, zu klein, um ihn zu durchschauen, und hatte daher sich selbst die Schuld gegeben, dass er sich nicht um sie kümmerte. Sie war davon überzeugt gewesen, dass mit ihr etwas nicht stimmte. Sie war nicht gut genug, hübsch genug, klug genug. Wenn sie besser, schöner, cleverer hätte sein können, wäre Joe ein besserer Vater gewesen.

Erst später, als sie alt genug war, um das Verhalten anderer Menschen zu analysieren, war sie mit sich selbst nicht mehr so hart ins Gericht gegangen. Sie hatte sich eingeredet, dass Hopes Entführung ihn traumatisiert habe. Nach dem tragischen Verlust seiner ersten Tochter hatte Joe sich von der Welt abgekapselt und sich nicht getraut, seine zweite Tochter zu lieben.

Wieder trat sie die Wand, die unter der Wucht ihres Absatzes immer stärker nachgab. Nein, sie machte sich da etwas vor. Nicht dass sie erwachsen geworden war, sondern dass sie David begegnet war, hatte ihr geholfen, Joes Verhalten neu zu beurteilen. Sie hatte ihren Mann mit den Kindern gesehen und zum ersten Mal einen guten Vater erlebt. David liebte die beiden abgöttisch. Er nahm die

Vaterrolle ernst und tat nichts lieber, als sich Remys und Alex' Sorgen anzuhören. Nicht, weil sie etwas ganz Besonderes waren – natürlich waren sie das! –, sondern einfach, weil er ihr Dad war.

Erst nach einigen Ehejahren hatte sie begriffen, dass sie an ihrem verkorksten Verhältnis zu Joe nicht die geringste Schuld traf. Es wäre Joes Pflicht gewesen, seine Tochter zu lieben und sie so zu akzeptieren, wie sie war. Er, der sich auf seine Pflichterfüllung sonst so viel einbildete, war an *dieser* Aufgabe jämmerlich gescheitert.

Noch einmal trat sie zu, mit weniger Wucht, aber sie hatte den neuen Zielpunkt schlecht angepeilt. Ihr Absatz, ja ihr ganzer Fuß rutschte tief in das ausgefranste Loch und verhakte sich.

Hüpfend versuchte sie sich zu befreien, aber irgendwann verlor sie das Gleichgewicht.

Sie saß auf dem Hosenboden und betrachtete das Chaos, das sie angerichtet hatte. Ihr Bein pochte, ihre Hände kribbelten. Sie fühlte sich befreit, als hätte sie irgendetwas aus ihrem Leben gekickt – zeitweilig wenigstens.

„Reg dich ab, Mom. Meine Güte!"

Faith blickte sich um und sah Remy in der Tür stehen. Ausnahmsweise hatte sie nicht an die Kinder gedacht. Sie hatte nicht einmal einen Gedanken daran verschwendet, dass sie sich später über das seltsame Loch in der Küchenwand wundern könnten.

„Ich nehme an, das sieht seltsam aus." Faith drehte den Fuß, um ihn zu befreien.

„Ja, allerdings."

„Diese Wand soll ohnehin raus. Ich fürchte, ich war etwas übereifrig."

„Krieg dich wieder ein, ja? Wenn ich hier Wände einträte, würdest du mir bis ans Lebensende Hausarrest erteilen."

„Ich stecke offenbar fest." Faith drehte ihren Fuß in die andere Richtung.

Remy durchquerte die Küche, umfasste den Knöchel ihrer Mutter und zog ihn mit einem Ruck aus dem Loch. Sobald Faith frei war, rutschte sie von der Wand weg, aber Remy blieb dort stehen.

„Die Wand wird wirklich abgerissen?"

Faith betastete den Absatz, der sich offenbar ein wenig gelockert hatte. „Hm-m."

„Gut!" Remy ließ die Sohle ihres Turnschuhs neben dem Loch gegen die Wand sausen. „Hey, nicht schlecht."

Aus der Wand war wieder ein Stück herausgebrochen. Remy trat noch einmal zu, um fortzuführen, was Faith begonnen hatte, und das Loch wurde größer.

Faith fragte sich, welchen Teil von Remys Leben die Wand darstellen sollte. Welcher es auch sein mochte, Remy schien ebenso viel Gefallen daran zu finden, ihn zu zerstören, wie Faith.

„Pass auf, dass du nicht auch noch stecken bleibst." Faith nahm neben ihrer Tochter Aufstellung, und mit vereinten Kräften weiteten sie das Loch beträchtlich aus. Wortlos traten sie abwechselnd zu, bis sie beide vor Erschöpfung keuchten.

Remy machte einen Schritt nach hinten, und Faith setzte sich wieder auf den Boden – diesmal allerdings freiwillig. Sie fühlte sich an jene Zeiten erinnert, als sie mit ihrer Tochter Kekse gebacken oder Puppenkleider genäht hatte. Sie spürte die Mutter-Kind-Bindung.

„Spitze", sagte Remy. „Jetzt sieht die Küche noch übler aus. Hätte ich nicht für möglich gehalten."

Faith wusste, dass sie sich entschuldigen und darauf hinweisen sollte, dass es bessere Methoden gab, mit seiner Wut umzugehen.

Aber sie bereute es überhaupt nicht, die Wand malträtiert zu haben. Endlich hatte sie mal etwas getan, das ihr einfach nur gut tat.

Anstatt um Verzeihung zu bitten, rutschte sie näher an das Loch und spähte hindurch. Pavel hatte Recht gehabt: Wenn sie diese Wand und die vor der Waschküche entfernten, gewannen sie eine Menge Platz, um die Küche zu erweitern.

„Wie es ausschaut, ist die Wand etliche Jährchen alt."

„Wohin führte die Treppe?" fragte Remy.

„Vermutlich zu einem Wintergarten oder auch nur zu einer Art Hochterrasse vor deinen Fenstern. Vielleicht war sie als Feuertreppe gedacht; sehr hilfreich dürfte sie allerdings nicht gewesen sein. Oder als Hintertreppe für die Bediensteten. Als das Haus gebaut wurde, hatten auch die nicht so wohlhabenden Leute Personal."

„Ist Hopes Entführung *so* abgelaufen? Hat sich jemand diese Treppe hochgeschlichen und meine Fenster geöffnet? Du hast behauptet, niemand könne hinein."

„Ich bin mir sicher, dass die Treppe bei Hopes Geburt schon nicht mehr benutzbar war." Faith rutschte noch ein Stück näher. Kurz hinter der Wand lag etwas: ein vergilbtes Stück Papier. Sie steckte einen Arm durch das Loch und zog das Blatt vorsichtig hindurch.

„Was hast du gefunden?"

„Echt antiken Abfall." Faith hielt das Papier mit den Fingerspitzen fest und setzte sich bequemer hin. Das Blatt war nicht so alt, dass es zerfiel, aber als sie es auseinander faltete, riss es entlang eines Falzes ein. Vorsichtig strich sie es glatt.

„Was ist das?"

„Eine Notiz." Handgeschrieben, offenbar mit einem Füllfederhalter, auf einem linierten Schulheftblatt. Die Schrift war verblichen, aber lesbar. Die Buchstaben waren sauber ausgeführt; offenbar hatte der Verfasser zu einer Zeit schreiben gelernt, als in der Schule noch Wert auf Schönschrift gelegt wurde.

„Was steht drauf?“ Remy nahm neben ihrer Mutter auf dem Boden Platz. Faith roch das Zitrus-Shampoo ihrer Tochter und spürte, wie das weiche Gewebe eines T-Shirts über ihren Oberarm strich.

Sie schloss kurz die Augen und kostete diesen Moment voll aus. Vor wenigen Monaten erst hatte sie eine süße kleine Tochter gehabt, jetzt war da ein Teenager. Dieses Kind, das mit ihr über alles Mögliche geredet und auf ihren Rat gehört hatte, fehlte ihr entsetzlich. Sie hoffte, dass Remy und sie irgendwann wieder gute Freunde sein könnten, aber im Augenblick blieb ihr nichts anderes übrig, als ihren Erinnerungen nachzuhängen.

„Es ist schwer zu entziffern“, meinte Faith. Sie hielt das Blatt gegen das Licht. „Sehr geehrte Mrs. Huston ...“

„Großmutter? Vielleicht ist es eine Lösegeldforderung.“

„Ich glaube nicht, dass es so spannend wird.“ Remys Kopf war jetzt direkt neben ihrem, und sie unterdrückte das Bedürfnis, ihre Tochter zu umarmen. Remy und Gast waren sich in einem Punkt sehr ähnlich: Wenn man nach ihnen griff, fuhren sie sofort die Krallen aus.

„Gib mal her.“ Nach einer Pause fügte Remy hinzu: „Bitte.“

„Sei vorsichtig, damit es nicht noch weiter einreißt.“ Faith überließ ihrer Tochter das Blatt. „Lies vor.“

Remy beugte sich über die blasse Schrift und begann: „Es gibt viel zu tun, und ich habe nur einen kleinen Anfang gemacht. Wie Sie es wünschten, habe ich in der Küche angefangen und die Tapeten entfernt.“ Remy guckte kurz hoch. „Wer auch immer das geschrieben hat, in Rechtschreibung war er nicht gut. Da sind zu viele Ps in Tapeten. Und der Stil ist komisch.“

„Was steht noch da?“

Remy fuhr fort: „Wenn ich wiederkomme, werde ich die Wände so weit herrichten, dass sie gestrichen werden können. Hochachtungsvoll, Dominik Du... Du...“ Sie schaute Faith an. „Der Rest ist verschmiert.“

Faith warf einen kurzen Blick auf das Stück Papier. Dann lehnte sie sich zurück. „Dubrov. Dominik Dubrov.“

„Woher weißt du das? Du kannst den Namen doch nicht besser entziffern als ich.“

Faith’ Gedanken rotierten. „Weil einige Zeit vor meiner Geburt ein Handwerker namens Dominik Dubrov in einigen Häusern hier in der Gegend gearbeitet hat.“

„Das ist doch hundert Jahre her! Wieso kennst du seinen Namen?“

Faith legte Remy eine Hand aufs Knie. „Weil Dominik Dubrov nach Hopes Entführung der Hauptverdächtige war. Noch heute glauben die meisten Leute, die sich mit dem Fall beschäftigt haben, dass er der Mann ist, der meine Schwester gekidnappt hat.“

15. KAPITEL

Bevor sie sich versah, war der Sommer dem Herbst gewichen. Faith hatte den Eindruck, dass der Wandel der Jahreszeiten so ziemlich das Einzige war, worum sie sich nicht kümmern musste und wofür sie nicht die Verantwortung trug.

Zwar hatte sich die Familie halbwegs wohnlich eingerichtet, aber sie arbeitete immer noch so hart, dass sie vor Erschöpfung kaum die Augen aufhalten konnte. Es gab jedoch Momente, in denen sie der Blick auf das, was sie schon geschafft hatte, mit Stolz erfüllte.

Obwohl die Kosten ihr Kopfzerbrechen bereiteten, hatte sie sich für Pavels teuersten Umbau-Entwurf entschieden. Sie hatte einen Bauunternehmer beauftragt, in die Rückseite des Hauses Verandatüren einzubauen, auch wenn diese vorerst ins Nichts führen würden, bis sie sich eine Hochterrasse leisten konnte. Das Entfernen der Zwischenwände übernahmen sie und die Kinder selbst, so dass es sie nur ein Brecheisen und einen Vorschlaghammer kostete – plus einen neuen Stiefelabsatz. Das Werkzeug war billiger als jede Psychotherapie.

Die Idee, den Tonnenmann zu engagieren, um den Garten vom Gestrüpp zu befreien, stammte von Dottie Lee. Sie hatte Faith erzählt, dass Alec auch bei ihr schon als Gärtner gearbeitet hatte und keinen überzogenen Stundenlohn verlangte. Als Faith zögerte, versicherte Dottie Lee, dass er bei der Arbeit nie trank. Ihr zufolge fluchte er nicht einmal.

Nachdem alle Bedenken ausgeräumt waren, trat der Tonnenmann am nächsten Müllabfuhrtag in Faith' Dienste. Alex, der immer Geld für neue Computerteile brauchte, bot ebenfalls seine Hilfe an, als er erfuhr, dass er in seinem eigenen Garten den gesetzlichen Mindestlohn verdienen konnte. Er arbeitete gerne mit dem Tonnenmann zusammen, und sie kamen gut voran.

Der Elektriker kümmerte sich um die Leitungen, der Klempner verlegte Rohre für eine neue Spüle und einen Geschirrspüler, der Bauunternehmer entfernte alle alten Wandschränke und half Faith, neue zu bestellen. Sie entschied sich für preiswerte Eiche aus dem Baumarkt, die sie selbst zu lackieren gedachte, und schlichte Arbeitsflächen aus Kunststoff in einem satten Rot – ihrem Sohn zuliebe.

Während alle anderen beschäftigt waren, hantierte Faith im Erdgeschoss tapfer mit einem Zerstäuber, Tapetenmessern, großen Schwämmen und grobem Schmirgelpapier, um alle alten Tapeten abzulösen. Anschließend spachtelte sie die kleineren Löcher zu, damit sich der Stuckateur auf die großen Schäden konzentrieren konnte. Als sie damit fertig war, spachtelte sie auch noch die Decken und ging dann Farbe aussuchen.

Das war der Moment, in dem ihr aufging, wie wenig sie über das Haus wusste.

Fünf Generationen lang war es eine Art Mutterschoß gewesen, der ihre weiblichen Ahnen genährt und geborgen hatte. In dieser Zeit hatte sich Georgetown von einem beschaulichen Tabak-Hafen in eine teure Wohngegend am Rande einer geschäftigen Metropole verwandelt. Hopes Entführung war dafür verantwortlich gewesen, dass Faith die Familientradition nicht hatte fortsetzen können, aber jetzt, in den Nachwehen ihrer eigenen Tragödie, fand sie zu ihren Wurzeln zurück.

Sie hatte sich Hals über Kopf in das Abenteuer der Renovierung gestürzt und besaß viel zu wenig Kenntnis über die Frauen, die vor ihr hier gewohnt hatten. Sie hatte keine Ahnung von ihren Hoffnungen und Träumen, ihren Gewohnheiten, ihren Sehnsüchten. Vor allem wusste sie zu wenig über die Zeiten, in denen sie gelebt hatten, und über die Stile und ästhetischen Vorlieben, die sich daraus ergeben hatten.

Sie wusste über praktisch alles zu wenig. Genau wie Lydia.

Lydia, die ihre Verabredungen mit Faith früher ähnlich systematisch wie ihre Friseurtermine ausgemacht hatte, kam nun plötzlich jedes Mal in der Prospect Street vorbei, wenn sie sich in der Stadt aufhielt. Wenn Faith beschäftigt war, krempelte sie oft selbst die Ärmel hoch und packte mit an. Faith war diese neue Mutter, die sich Kritik verkniff und sich plötzlich ernsthaft für Renovierungsfragen interessierte, etwas unheimlich, aber zugleich tat ihr diese neue Vertrautheit gut.

Gerade war Lydia wieder hereingeschneit. Doch heute Nachmittag arbeiteten die beiden nicht. Sie hatten den Wasserkocher angeworfen, um sich Tee zu machen, und saßen im Garten. Ihre Blicke wanderten über die Fläche, die Alec der Tonnenmann und Alex unter Faith' Aufsicht Stück für Stück vom Gestrüpp befreit hatten.

Faith hoffte, dass Lydia hier draußen ein paar Details aus ihrer Vergangenheit einfallen würden. „Weckt dieser Garten denn gar keine Kindheitserinnerungen in dir?"

„Ich weiß wirklich nicht viel mehr über die Geschichte dieses Hauses, als ich dir bereits erzählt habe."

„Mutter, du *musst* mehr wissen, als du uns verraten hast. Als wir dir die Kätzchen gezeigt haben, wolltest du uns etwas über deine Mutter berichten, aber dazu kam es nicht."

„Ich kann mich wirklich nicht mehr an viel entsinnen. Als ich aus dem Haus auszog, habe ich alles, was mit ihm zusammenhing, verdrängt. Das bereue ich."

Ein derartiges Geständnis hatte Faith von ihrer Mutter noch

nie gehört. Mit solch einer Offenheit hatte sie nicht gerechnet. „Wir alle vergessen mehr, als wir behalten."

„Aber nicht alle bemühen sich, Dinge zu vergessen."

„Du hattest guten Grund, nicht mehr an die Prospect Street denken zu wollen."

„Ich habe das Haus für etwas verantwortlich gemacht, das in seinen Mauern passiert ist. Findest du nicht, dass eine solche Schuldzuweisung etwas zu weit geht?"

Faith wusste nicht, wie sie reagieren sollte. So hatte sie ihre Mutter noch nie erlebt. „Mittlerweile scheinst du aber deinen Frieden mit diesem Ort gemacht zu haben."

„Mir gefällt, was du hier tust. Du fegst die Spinnweben aus dem Gebäude und beseitigst allen überflüssigen Unrat aus deinem Leben."

„David war mehr als ein Spinnennetz."

„Fehlt er dir noch?"

Die Frage überraschte sie dermaßen, dass Faith zweimal ansetzen musste. „Ich ... Manchmal. Ich vermisse unsere Gespräche am Abend. Die waren wirklich gut."

„Ich nehme an, er hat noch keine Arbeit gefunden?"

„Nein." Und auch seine Tochter nicht wiedergesehen.

„David ist ein guter Kerl."

Faith überlegte, wie viele weitere Überraschungen die nächsten Minuten wohl noch bereithalten mochten. „Wie kommst du denn auf einmal darauf?"

„Manchmal benutze ich meinen eigenen Kopf. So wütend ich auch bin, vermag ich doch einen gewissen Anstand in seiner Entscheidung zu erkennen, sich der Wahrheit zu stellen."

„Na ja, er wurde erwischt. So ganz freiwillig hat er es nicht zugegeben, oder?" Faith schnitt eine Grimasse. „Aber das hätte er bestimmt bald getan. Die Lügerei hätte er nicht mehr lange durchgehalten."

Die Tür hinter ihnen knallte zu, und Alex rannte auf den Tisch zu, an dem sie saßen. „Remy kommt gleich."

„Ihr solltet doch zusammen bleiben", ermahnte Faith ihn.

„Sie trödelt so. Sie ist noch irgendwo in unserer Straße."

Seit Anfang September besuchten Remy und Alex die Mittelschule, die sich am westlichen Rand von Georgetown befand – Alex mit einem gewissen Optimismus, Remy nur, weil sie keine andere Wahl hatte.

Diese Einrichtung litt ständig unter Geldmangel – wie die meisten städtischen Schulen – und hatte nicht viel mit der Akademie gemein, in der die beiden den größten Teil ihrer Ausbildung genossen hatten. Aber die Mittelschule verfügte auch über einige Vorzüge. Die Schülerschaft stammte aus unterschiedlichen Schichten und Nationen und repräsentierte eher einen Querschnitt der Gesellschaft als das alte Umfeld von Faith' Kindern. Alex, früher als Geißel jedes Klassenraums verschrien, stieß auf Lehrer, die freundlich zu ihm waren. Remy nahm die Welt plötzlich aus einer anderen Perspektive wahr.

„Solltest du nicht nach ihr sehen?" fragte Lydia Faith.

„Sie wird schon auftauchen. Sie hat es nie eilig, nach Hause zu kommen ... oder morgens in der Schule zu sein."

„Sie hat einen Test in den Naturwissenschaften verhauen." Alex war unfähig, irgendetwas für sich zu behalten.

Faith ging nicht darauf ein. Wenn es stimmte, war es das erste Mal. „Ich habe deiner Großmutter erklärt, wie hart du hier hinten im Garten geackert hast."

„Ich und der Tonnenmann."

Lydia warf ihm einen missbilligenden Blick zu, schwieg aber.

Sie hatte Faith bereits darüber belehrt, dass man ihren Enkelsohn nicht einfach an der Seite eines Obdachlosen arbeiten lassen sollte.

„Diese Woche ist er noch nicht aufgetaucht“, sagte Alex.

Faith befürchtete, dass Alec auf Sauftour war oder womöglich krank oder verletzt ... oder in Haft.

„Er wird schon noch kommen“, versicherte sie ihrem Sohn.

Alex betrachtete kurz seine Großmutter, und seine Miene verriet, was in ihm vorging: Ihm schwante, dass der Nachmittag eine Katastrophe werden würde, wenn er hier draußen blieb.

„Deine Mutter hat mich gerade gefragt, ob ich mich an irgendwas aus der Geschichte des Hauses erinnere“, meinte Lydia. „Interessiert dich das auch, Alex?“

Alex schien zu ahnen, dass sein Lebensglück – zumindest kurzfristig – von seiner Antwort abhing.

Lydia fuhr fort: „Hier draußen gibt es ein Geheimnis, das ihr offenbar noch nicht entdeckt habt. Ich könnte euch verraten, wonach ihr Ausschau halten müsst, aber nur, wenn du ein bisschen mehr Begeisterung aufbringst.“

„Spitze!“

„Viel besser. Aber wir wollen auf deine Schwester warten.“

Sein Enthusiasmus verflog. „Das kann dauern. Sie hat sich festgequatscht.“

„Mit einer Schulkameradin?“ Faith hielt das für ein gutes Zeichen.

„Ein Mädchen aus ihrem Naturwissenschaftskurs.“

Faith hoffte, dass Remy mit dieser Mitschülerin vielleicht eine Verabredung traf, um gemeinsam mit ihr zu lernen. „In der Kühlbox ist Limonade. Hol dir eine Flasche, und bring für Remy gleich eine mit.“

Alex verschwand im Haus.

„Wann kommen die neuen Geräte?“ fragte Lydia. „Du musst doch allmählich verzweifeln ohne Kühlschrank.“

Als sie sich entschieden hatte, die Küche zu vergrößern, hatte Faith die Kühlschrankbestellung rückgängig gemacht und ein größeres Modell geordert, außerdem einen Herd und einen Geschirrspüler. Alles zuverlässige, günstige Modelle, die ihren Dienst tun würden.

„Sie werden nächste Woche geliefert, und da die Stromleitungen alle schon erneuert sind, können wir sie einfach einstöpseln und in Betrieb nehmen, auch wenn die Schränke und Arbeitsflächen noch fehlen. Aber vielleicht warten wir noch.“

„Du musst es doch satt haben, essen zu gehen oder auf einem Elektrokocher Suppen warm zu machen.“

„Ich habe Spaß daran. Ich bin eine andere Frau, Mutter. Ich freue mich auf die Küche, aber das Kochen und Bewirten ganzer Parteikomitees wird in Zukunft nie wieder mein Lebensinhalt sein.“

„Damals schienst du damit glücklich.“

„Vielleicht war ich das. Ich weiß es nicht mehr. Aber selbst wenn ich von David genügend Alimente und Erziehungsgeld bekommen sollte, möchte ich doch mein Leben von nun an anders gestalten.“

„Mit einem neuen Mann?“

Seltsamerweise tauchte Pavel Quinn vor ihrem inneren Auge auf. Pavel war in den vergangenen Wochen einige Male vorbeigekommen, um die Fortschritte zu begutachten. Einmal hatten sie sich bei einer Pizza in die Küchenpläne vertieft, ein andermal hatte er eine Stunde mit Alex an dessen Computer herumgebastelt. Was genau sie verändert hatten, hatte Faith nicht begriffen, aber Alex war begeistert gewesen.

„Meine Scheidung wird erst im Dezember durch sein", sagte Faith. „Stellst du mir diese Frage nicht etwas zu früh?"

„Deine Ehe ist wirklich und wahrhaftig vorbei. Mit oder ohne offizielle Bescheinigung."

„Heute verblüffst du mich."

„Das Leben ist zu kurz, um darauf zu warten, dass ein Gericht für beendet erklärt, was längst zu Ende *ist*."

Alex kam mit der Limonade zurück. „Remy hat angerufen. Sie ist bei Billie zu Hause. Ist das in Ordnung?"

„Hast du die Nummer notiert?"

„Sie lässt ausrichten, dass sie sich in einer Stunde auf den Heimweg macht."

Faith rügte Alex nicht. Später würde sie mit beiden darüber sprechen. Sie wollte ihnen nicht das Gefühl geben, in einem Gefängnis zu leben, aber die Kriminalitätsrate in der Stadt war so hoch, dass man vorsichtig sein musste.

„Heißt das jetzt, dass du mir nicht erzählst, wonach wir hier suchen müssen?" fragte Alex seine Großmutter.

„Einen Teil verrate ich dir. Es ist ein weiterer Name."

Alex wirkte enttäuscht.

„Wie der auf dem Speicher?" Faith war gefesselt.

„Genau." Lydia lächelte hinterlistig. „Nur ein anderer."

„Wessen Name?"

„Das sollte Alex selbst herausfinden. Oder vielleicht stößt *du* darauf, wenn du anfängst, den Garten neu zu bepflanzen."

Alex machte sich davon und untersuchte die Stämme der nächstgelegenen Bäume.

„Was weißt du noch über den Garten, Mutter? Ich möchte ihn so wieder herrichten, wie er einmal war. Zumindest in den Grundzügen."

„Ehrlich gesagt, sehr wenig.“ Lydia überlegte kurz. „Aber ... das ist komisch, ich habe seit Jahren nicht mehr daran gedacht.“

„Woran?“

„Ich glaube, meine Großmutter hat bei einem örtlichen Gartenwettbewerb einen Preis gewonnen. Es gab eine Führung, eine Führung durch die Gärten von Georgetown.“ Lydia durchforstete ihr Gedächtnis nach weiteren Fragmenten der Vergangenheit. „Sie war so aufgeregt. Daran entsinne ich mich. Ihr Garten hat eine Auszeichnung bekommen.“

„Womöglich findet sich darüber noch etwas. In alten Zeitungen vielleicht? Weißt du noch, wann das war? Vielleicht wurde der Garten irgendwo beschrieben.“

Mit leuchtenden Augen beugte sich Lydia vor. „Das ist gut möglich. Ich war jung, zu jung, um mitzubekommen, ob die Presse darüber berichtete. Aber alt genug, um mich zu erinnern, wie aufgeregt meine Großmutter war.“

„Schätz mal, wie alt du warst. Fünf? Zehn?“

„Sieben vielleicht. Dann hätte die Tour im Frühling oder Frühsommer 1941 stattgefunden. Kurz bevor wir in den Krieg eintraten. Ich nehme auch nicht an, dass die Leute noch Zeit für Gartentouren hatten, sobald die ersten Jungs nach Europa mussten.“

Faith beschloss, sich lieber wieder auf das Haus anstatt auf den Garten ihrer Urgroßmutter zu konzentrieren. „Ich frage mich, was man sonst noch herausfinden könnte. Immerhin ist das hier die Hauptstadt, ein geschichtsträchtiger Ort. Es müsste uns doch gelingen, deine Gedächtnislücken zu schließen.“

„Findest du das alles so interessant?“

Das konnte man wohl behaupten. Aber Faith hielt es auch für eine gute Gelegenheit, sich bei Lydia dafür zu revanchieren, dass sie ihr das Haus überlassen hatte. Lydia dachte zu wenig über sich selbst nach, um zu wissen, wie sie an ihre verschütteten Erinnerungen herankommen sollte. Doch mit Faith' Hilfe würden ihr viele Dinge bestimmt wieder einfallen.

Alex kam zurück. „Wenn das Violets Garten war, suchen wir nach Violets Namen. Richtig?"

Lydia lächelte ihm zu, und Faith fiel auf, dass ihre Mutter zum ersten Mal beinahe wie eine liebevolle Oma wirkte. „Ist er nicht clever?" fragte Lydia. „Du bist wirklich ein heller Kopf, Alex."

Alex grinste zurück.

Es waren nicht gerade Schokoladenkekse, handgenähte Baby-Quilts und Disney-World-Ausflüge, aber Faith hatte den Eindruck, dass Alex und ihre Mutter auf bestem Wege waren, Freunde zu werden.

Als Pavel am Abend wieder Essen vorbeibrachte – diesmal Thai-Nudeln, Zitronengrassuppe und Frühlingsrollen –, erzählte sie ihm von der Führung durch die Gärten von Georgetown.

Zur Begrüßung hatte er sie auf die Wange geküsst, wie ein guter alter Freund. Wie die bekannten Politiker Jesse Helms oder Strom Thurmond, die sie seit Kindertagen kannte. Wie irgendein Organisator einer Spendenaktion.

Sie war ein wenig beleidigt, bis ihr auffiel, was hinter diesem Gefühl steckte. Dann schämte sie sich ein wenig.

„Ich möchte doch sehen, welche Fortschritte die Küche macht." Pavel trug einen himmelblauen Pullover, den er auszog, während er sprach. Darunter kam ein weiteres Stück aus seiner Sammlung farbbekleckster, unförmiger T-Shirts zum Vorschein.

Faith hatte Pavel nie erzählt, was Dottie Lee ihr über ihn verraten hatte. Sie hatte angenommen, dass er es früher oder später zufällig erwähnen würde, aber bisher hatte er nichts gesagt. Jetzt schüttelte sie den Kopf. „Schauen Sie sich an, Pavel. Ich bin auf dem Laufenden. Wissen Sie, Dottie Lee hat mich umfassend über Sie informiert, Sie müssen sich also nicht mehr als Roadie verkleiden."

Er war gerade dabei, den Pullover zusammenzulegen. Mitten in der Bewegung erstarrte er. „Dottie Lee?"

„In der Prospect Street gibt es keine Geheimnisse."

Sein Gesichtsausdruck hatte sich ein wenig verändert; sein Lächeln schien nicht ganz so breit wie sonst zu sein. Offenbar war es ihm unangenehm, dass sie über ihn Bescheid wusste.

„Das ist nichts, wofür man sich schämen müsste", merkte sie an. „Die meisten Leute sind stolz auf ihren Erfolg."

„Welchen Erfolg?"

„Scavenger."

Er faltete den Pullover ein letztes Mal. Sie nahm ihn ihm ab und legte ihn sorgsam auf ein Regal. „Ich schäme mich nicht dafür", sagte er. „Es ist nur unwichtig. Es ist mein Beruf, nicht mein Leben."

„Da bin ich mir nicht so sicher. Ich möchte wetten, ein großer Teil von ‚Scavenger' hat viel mit Ihrem Leben zu tun. Wie könnte man so viel Zeit mit etwas verbringen, ohne dass es einen prägt – ein bisschen zumindest?"

„Ich sehe mich lieber als den Mann aus der O Street, der sein Haus Zimmer für Zimmer wieder in Schuss bringt, nicht als erfolgreichen Geschäftsmann."

Sie hatte vor ein paar Wochen einen Spaziergang zur Ecke 31. und O Street unternommen, um einen Blick auf sein Haus zu werfen. Es hatte zahlreiche Türmchen und war kastanienbraun, goldfarben und blass graublau gestrichen, auf einem Grundstück, das viermal so groß war wie ihres. Daneben standen Bauten im Colonial- und Federal-Stil; sein Haus wirkte wie das Revuegirl der Nachbarschaft.

Sie hakte nach. „Also, ich verstehe jetzt, warum es so lange dauert. Ich war da, um es mir anzugucken, und es sieht fantastisch aus. Aber wie viele Stunden pro Woche können Sie daran arbeiten?"

Er freute sich über das Kompliment. „Mehr als bisher, wenn ich ‚Scavenger' erst verkauft habe."

„Wäre das nicht ein Jammer?"

„Nicht im Mindesten. Ich mag Neuanfänge. Beim nächsten Projekt werde ich dafür sorgen, dass es nicht so erfolgreich wird."

Da sie die Macken der Reichen und Mächtigen kannte, ließ sie es dabei bewenden. „Kommen Sie, schauen Sie sich die Küche an."

„Wo sind die Kinder?"

„Oben, sie machen Hausaufgaben."

„Ich habe genug Essen für alle gekauft."

Sie dirigierte ihn zwischen diversen Kisten hindurch. Die Schränke waren am späten Nachmittag eingetroffen und standen nun überall im Wohnzimmer im Weg. Sie wollte sie Stück für Stück in die Küche schaffen und dort lackieren. „Wahrscheinlich haben sie keinen Hunger. Meine Mutter hat ihnen vorhin draußen Hamburger spendiert, bevor sie gegangen ist."

„Ihnen auch?"

„Ich bin hier geblieben und habe das Sägemehl in der Küche zusammengefegt." In der Küchentür blieb sie stehen und streckte den Arm aus. „Voilà."

„Ein herrlich leerer Raum."

Sie drehte sich zu ihm um und bemerkte, dass er dichter hinter ihr stand, als sie angenommen hatte. Fast wäre ihre Nase mit seinem Schlüsselbein kollidiert. „Ja, sehen Sie es denn nicht? Strahlend weiße Küchengeräte? Frisch lackierte, glänzende Schränke? Knallrote Arbeitsflächen und eine Theke, die bis ...", sie wandte sich wieder um und zeigte in die Küche, „... bis dorthin reicht?"

„Klar und deutlich."

Sie trat in den Raum, in dem es ziemlich hallte. „Es ist den ganzen Ärger wert. Es wird umwerfend."

Er stellte sich hinter sie und legte ihr die Hände auf die Schultern. „Wissen Sie, was ich vermute? Ich glaube, Sie sind unverschämt stolz auf sich."

„Und zwar völlig zu Recht."

Das Gewicht seiner Hände war wohltuend. Er massierte ihr sacht die Schultern. Sie hatte fast vergessen, wie gut sich solche beiläufigen Berührungen anfühlten.

„Waren Sie auf das letzte Haus, in dem Sie gewohnt haben, auch so stolz?" Er setzte die Massage fort.

„Da gab es für mich nichts weiter zu tun, als Muster durchzuschauen und die Pläne des Architekten abzunicken. Das hier hingegen ist *meins*." Sie machte eine Pause, um sich zu sammeln. „Oh, und *Ihrs* natürlich. Immerhin hatten Sie die Vision."

„Meins?" Er lachte und nahm zu ihrem Bedauern die Hände von ihren Schultern. „Heißt das, dass ich mit ein oder zwei Mahlzeiten rechnen darf?"

„Bis jetzt wissen Sie nicht einmal, ob ich überhaupt kochen kann."

„Rührei in solch angenehmer Gesellschaft ist besser als jedes Fünf-Gänge-Menü."

Sie drehte sich zu ihm um. „Sie waren wirklich der Katalysator. Ich bin so froh, dass Sie die Idee hatten, diesen Raum zu erweitern. Irgendwann werde ich eine Terrasse bauen, sodass wir draußen sitzen und die Lichter über das Wasser tanzen sehen können."

„Das ist doch mal etwas, worauf man sich freuen kann.“

Sie starrten einander an. Pavel war sicher selten um eine Antwort verlegen, und sie selbst hatte schon als Kind gelernt, das Schweigen zwischen ihren Eltern mit Worten und Phrasen zu füllen. Jetzt schien eigenartigerweise keinem von ihnen etwas einzufallen.

„Mom, ich ...“ Remy betrat den Raum, blieb stehen und musterte Pavel. Faith hatte sie nicht die Treppe herunterkommen gehört.

Faith löste sich aus der Erstarrung. „Pavel hat uns zum Abendessen thailändisches Essen mitgebracht.“

„Ich hab keinen Hunger.“ Remy funkelte ihn an.

„Wie läuft's in der Schule?“ fragte er. „Wirst du hier langsam heimisch?“

„Nächstes Jahrtausend vielleicht.“ Sie gab ihm zu verstehen, dass sie das Gespräch für beendet hielt, und wandte sich ihrer Mutter zu. „Ich brauche Hilfe bei einem Englisch-Aufsatz, aber mir scheint, du bist zu beschäftigt.“

„Wann muss der Aufsatz fertig sein?“

„Morgen.“

„Und wann hast du diese Hausaufgabe aufbekommen?“

Remy schwieg.

„Ich *bin* zu beschäftigt“, sagte Faith. „Du musst allein damit fertig werden.“

„Früher warst du nie zu beschäftigt.“ Erneut beäugte Remy Pavel. „Ich nehme an, das ist jetzt alles anders.“ Sie stapfte aus dem Raum und die Treppe hinauf.

Faith verzagte, aber Pavel drückte ihre Hand. „Kopf hoch, Faith. Ich bin beeindruckt.“

„Wovon?“

„Davon, dass Sie nicht alle Schuld, die sie auf Ihnen abladen wollte, auf sich genommen haben."

„Das hat sie versucht, nicht wahr?" Es erleichterte Faith, dass jemand das bezeugen konnte.

„Tonnenweise. Megatonnen. Ich wäre fast aus den Stiefeln gekippt."

„Sie tragen Sandalen."

„Bevor sie losgelegt hat, waren es Stiefel. Das ist alles, was sie übrig gelassen hat." Er lächelte herzlich. „Das tut sie öfter, was?"

„Sie macht viel durch."

„Ist das Ihre Schuld?"

„In ihren Augen schon. Ich habe die wichtigste Beziehung in ihrem Leben nicht retten können."

„Unter all der Wut verbirgt sich die Einsicht, dass Sie das nicht zu verantworten haben. Im Grunde weiß sie das."

Einen Moment lang war Faith ratlos, was sie antworten sollte. Nach Davids Coming-out hatte sie sich bewusst von allen Leuten fern gehalten, die ihr hätten helfen können. Von den Frauen, die sie über die Aktivitäten der Kinder kennen gelernt hatte, und von ihren eigenen Schulfreundinnen. Sie hatte sich für ihr Versagen zu sehr geschämt und befürchtet, wenn sie erst einmal so tief sank, würde sie sich nie wieder aufrappeln können.

Umso wohltuender war nun Pavels Unterstützung.

„Danke", sagte sie mit belegter Stimme.

„Faith, Sie brauchen einen netten Abend in der Stadt. Wann haben Sie diesen ganzen Stress das letzte Mal hinter sich gelassen und sich einfach amüsiert?"

Amüsement war ein Fremdwort für sie. Es war etwas, das man für seine Kinder organisierte: Vergnügungsparks und Ponyreiten.

Er las die Antwort an ihren Augen ab. „Sie müssen bekehrt werden."

„Was verstehen Sie denn unter Amüsement?" fragte sie.

„Gutes Essen. Gute Musik. Jede denkbare Kombination aus zwei Wörtern, bei denen das erste Wort ‚gut' lautet."

Guter Sex. Sie hatte keine Ahnung, wie sie plötzlich auf diesen Gedanken kam. Vermutlich hing es damit zusammen, dass sie so dicht vor Pavel stand. Pavel befriedigte seinen sexuellen Appetit vermutlich genauso unbekümmert wie jedes andere Bedürfnis. Offenbar war Sex bei ihm nie an großartige Bedingungen geknüpft, an Glockengeläut, Konfetti und Brautstrauß.

Ein netter Abend. Amüsement.

„Ich weiß, dass Sie noch nicht geschieden und zudem reichlich konservativ sind." Er hob die Hand, als sie ihn unterbrechen wollte. „Das ist nicht böse gemeint. Ich kenne Ihre Lage und Ihre Einstellung, aber meiner Meinung nach übertreiben Sie's. Wer wollte Ihnen verübeln, wenn Sie nach all dem, was Sie durchgemacht haben, auch mal an *sich* denken. Das Leben geht weiter."

Er klang fast wie ihre Mutter. „Ist das eine Einladung zu einem Date?"

Seine Mundwinkel zuckten. „Ja, ich glaube schon. Unter Freunden."

„So etwas wie ein Übungsdate?"

„So würde ich es nicht nennen."

Sie wusste nicht recht, ob es klug war, die Einladung anzunehmen. Er war witzig und nett und, ja, ungemein sexy – wenn man auf Teddybären mit Schlafzimmerblick stand. Wann immer er auf ihrer Schwelle auftauchte, ging es ihr gleich ein bisschen besser. Sie wollte nicht, dass ein Date das kaputtmachte.

„Also." Sie räusperte sich. „Die Sache ist die: Was, wenn wir uns nicht amüsieren? Ich meine, was, wenn Sie herausfinden, dass ich die langweiligste Frau bin, der Sie je begegnet sind? Dann bringen Sie nie wieder etwas zu essen oder eine Liste vorbei, und Alex wird mir böse sein."

„Und wenn ich Ihnen im Voraus verspreche, Sie nicht langweilig zu finden?"

„Das geht doch nicht."

„Gut, aber ich kann versprechen, mich davon nicht beeinflussen zu lassen. Ganz egal, wie oft Sie über Ihre Füße stolpern oder mit offenem Mund kauen, wir werden hinterher noch immer Freunde sein."

Dieser Satz wurde von erneuten Schritten auf der Treppe untermalt. Alex tauchte auf. „Hey, Pavel!"

„Hallo, Partner." Pavel hielt die Hand hoch, und Alex schlug ein. „Isst du gerne thailändisch?"

„Ich esse fast alles gerne. Willst du sehen, was ich mit der Mausefalle gemacht habe?"

„Eine Ratte gefangen?"

„Noch nicht. Aber sie ist in meinem Zimmer. Ich habe in einer Ecke ein Nest aus zernagtem Zeitungspapier gefunden."

Faith erschauderte. Sie hörte das zum ersten Mal.

„Die Klappe fällt jetzt schon, wenn man sie anhaucht", sagte Alex. „Willst du's dir anschauen?"

„Klar." Pavel wandte sich Faith zu. „Also?"

„Ich decke inzwischen den Tisch für uns drei."

„Das habe ich nicht gemeint."

Sie lächelte ihn an. „Klar. Geht in Ordnung."

„Freitag? Ich kann ein paar Freunde einladen, und wir treffen uns bei mir, sodass Sie sich das Haus mal von innen angucken können. Es wird bestimmt lustig."

„Ich hoffe, dass ich jemanden für die Kinder finde."

„Lassen Sie's mich wissen." Sie blickte ihm nach, als er Alex folgte, und fragte sich, worauf sie sich gerade eingelassen hatte.

16. KAPITEL

Das Leben einer Familie verändert sich manchmal innerhalb eines Augenblicks. Am nächsten Morgen stand Faith früh auf und ging zur Wisconsin Avenue, um Bagels und frischen Orangensaft zu kaufen. Als sie wiederkam, spielte Remy eine stundenlange Variation von Chopins Minutenwalzer.

„Du hast das Klavier seit Jahren nicht mehr angerührt." Faith zog die Tür hinter sich zu. „Unglaublich, dass du dich an alles erinnerst."

„Und?" Remy hörte mitten in einem Takt auf und klappte den Tastaturdeckel zu.

„Ich habe dir immer so gerne zugehört. Ich habe es bedauert, als du keine Stunden mehr nehmen wolltest. Deine Lehrerin auch. Du warst ihre begabteste Schülerin."

„Ich habe nur Zeit totgeschlagen."

Faith wusste, wenn sie noch ein weiteres Wort sagte, würde Remy das Klavier nie wieder anfassen. „Für dich habe ich Zimt und Rosine mitgebracht und für Alex Blaubeer. Frisch aus dem Ofen."

„Mom!" Alex erschien am Fuß der Treppe. Faith war sich nicht einmal sicher, dass er wirklich die Stufen hinuntergestiegen war. „Ich hab ihn!"

„Wen?" Dann ging ihr auf, was er meinte. „Die Ratte?"

„Lefty. Komm schon!"

„Das ist so abartig!" rief Remy. „Ich lebe in einer Slum-Hütte."

Faith hatte inzwischen viel Übung im Ignorieren von Äußerungen ihrer Tochter. „Alex, du weißt doch, dass du ihn nicht behalten kannst. Das hatten wir doch schon besprochen."

„Du wirst staunen. Echt."

Sie folgte ihm nach oben, und Remy schlenderte gelangweilt hinter ihnen her.

An Alex' Wänden klebten noch immer ausgeblichene Tapeten voller Bauern bei der Ernte und Bauersfrauen an Spinnrädern, aber ansonsten gehörte dieses Zimmer eindeutig einem viel versprechenden Jungforscher. Sein Computertisch war so lang wie eine ganze Zimmerseite. Auf einem weiteren Tisch lagen Elektronikteile, die er bei Nachbarn abgestaubt hatte. Außerdem gab es dort noch ein Aquarium mit Venusfliegenfallen, die unter ihrer Pflanzenlampe prächtig gediehen, und einen Chemiebaukasten für Anfänger. Daneben türmte sich ein Müllhaufen aus kaputten Kabeln und leeren Batterien auf. Pavels Falle stand in der gegenüberliegenden Ecke.

„Guck dir das an." Er ging in die Knie, und nachdem sie und Remy kurz das Gesicht verzogen hatten, hockte Faith sich daneben.

Eine weiße Ratte mit knallroten Augen starrte sie an.

„Keine gewöhnliche Ratte", sagte Alex. „Eine *Wissenschaftler*-Ratte."

„Was soll's." Remy beugte sich über die Falle. „Das ist die Ratte, die ich gesehen habe. Na und?"

Faith stand auf. „Du hast immer ein wohl behütetes Leben geführt. Das ist keine normale Großstadtgartenratte. Und auch keine typische Müllhaufenratte. Alex hat Recht. Das ist eine von denen, die in Zoohandlungen verkauft und in Labors eingesetzt werden."

„Die Sorte, mit der man Experimente macht." Alex' Augen glänzten.

Faith musste der Sache sofort einen Riegel vorschieben. „Ich hoffe, du hast mit dem armen Ding nichts Derartiges vor. Das kommt nicht in Frage."

„Nur harmloses Zeug. Labyrinthe und so. Das wird ihm Spaß machen. Er wird sich fühlen wie in einem Vergnügungspark." Er spürte, wie seine Mutter weich wurde, und machte ein trauriges Gesicht. „Ich durfte nie ein Haustier haben, Mom."

„Das ist so krank." Remy verließ den Raum. Faith hörte, wie sie am anderen Ende des Flurs ihre Schulsachen zusammenpackte. Nach einer Woche hatte sich Faith geweigert, sie zur Schule zu fahren, wenn es nicht regnete. Sie waren jetzt City-Kids, und Bewegung tat ihnen gut.

„Ich muss erst ein paar Leute fragen." Faith fuhr mit der Hand durch Alex' rote Locken.

Er verdrehte die Augen. „Ich kann ihn vom Tierarzt durchchecken lassen und so."

Sie versuchte ihre Fantasie im Zaum zu halten und nicht an ausgebüxte Laborratten der Medizinischen Fakultät der Georgetown-Uni zu denken – Gedanken, die sich um Beulenpest und neue Stämme des Ebola-Virus drehten. „Mal schauen, ob ich einen der Studenten aufspüren kann, die hier gewohnt haben. Die müssten was über Lefty wissen. Dann sehen wir weiter."

In ihm schien Hoffnung aufzukeimen. „Unternimm aber nichts, bis ich wieder zu Hause bin, versprochen?"

Sie schickte die beiden zur Schule und blickte ihnen nach, wie sie in Richtung Wisconsin Avenue verschwanden. Sie fragte sich, was diese ausgemachten Feinde einander jeden Tag erzählten, wenn sie die ansteigende Avenue hinauf- und später wieder hinunterliefen. Seit jenem Sommer, in dem beide von den Windpocken heimgesucht worden waren, hatten sie nicht mehr so viel Zeit miteinander verbracht.

Es gelang ihr, Lydia zu erreichen, bevor diese zu ihren täglichen Besorgungen aufbrach. Ihre Mutter war zwar nicht erfreut über die Störung und die Neuigkeiten bezüglich der Ratte, es gelang ihr jedoch, die Nummer eines ehemaligen Mieters herauszufinden. Faith war sich sicher, dass sie den jungen Mann aus dem Bett klingelte, kannte aber kein Erbarmen.

Als sie den Hörer auflegte, hatte sie zumindest in Erfahrung gebracht, dass Lefty keine Gefahr darstellte. Einer der Studenten hatte ihn aus einem Psychologielabor „befreit“, bevor er in die ewigen Rattenjagdgründe eingehen konnte. Zu Hause hatten sie ihn einfach laufen lassen. Wenn Alex eine Ratte wollte, die sich in Labyrinthen zurechtfand, war Lefty erste Wahl.

Faith räumte gerade die Küche auf – was sich dieser Tage darauf beschränkte, den Müll hinauszutragen –, als das Telefon läutete. Es war Pavel.

„Alles startklar für Freitag?“

„Und wie.“ Sie klang ein wenig übereifrig. Was Verabredungen betraf, war sie wirklich aus der Übung.

„Kommen Sie doch etwas früher, damit ich Ihnen alles zeigen kann. Soll ich Sie abholen?“

„Nicht nötig, ich gehe zu Fuß. Ich bin wirklich gespannt, an was Sie in Ihrem Haus gerade herumbasteln.“

„Aber Vorsicht, es könnte Sie entmutigen.“

Sie brauchte tatsächlich dringend Abwechslung, wenn sie sich schon auf die Begutachtung einer halb fertigen Renovierung freute. Eine Zeit war schnell vereinbart, aber Pavel schien keine Lust zu haben, das Gespräch schon zu beenden. „Was haben Sie heute vor?“

Sie hatte ihm von Lydias Besuch und deren Informationen über Violet erzählt. „Heute Vormittag kümmere ich mich um die

Schränke. Und nach dem Essen will ich zur Bibliothek, um nach Möglichkeit etwas über den Garten herauszufinden.“ Sie hielt inne. „Eigentlich über das ganze Haus. Ich möchte für meine Mutter gerne einen historischen Abriss erstellen. Ein Dankeschön für ihre Großzügigkeit.“

Pavel blieb so lange stumm, dass sie sich schon fragte, ob die Leitung tot war. Als er antwortete, hörte er sich sehr unsicher an. „Ihr Haus ist ein geschichtsträchtiger Ort. Sind Sie sicher, dass es Ihnen gut tut, sich mit der Vergangenheit zu beschäftigen?

„Sie meinen die Entführung meiner Schwester?“ Sie hatte letzte Nacht viel darüber nachgegrübelt, denn im Bett hatte sie mehr Zeit zum Nachdenken, als ihr lieb war. Mit Pavel darüber zu reden kam ihr ganz natürlich vor. Obwohl sie sich noch nicht lange kannten, waren sie längst über das übliche, oberflächliche Blabla hinaus.

Sie versuchte ihre Gedanken in Worte zu fassen. „Mein ganzes Leben lang war diese Entführung eine Art Wolke, die vor der Sonne hing. Das stört mich ungemein, und ich glaube, dass es auch meiner Mutter nicht gut tut. Ich möchte unserem Leben und diesem Haus wieder eine Perspektive geben.“

Sie konnte fast sehen, wie Pavel sich ihre Worte durch den Kopf gehen ließ. Wenn ihn etwas umtrieb, blinzelte er immer und strich sich oft mit den Fingerspitzen über seine Bartstoppeln. Seltsam, dass ihr das so präsent war.

„In unser aller Leben gibt es Dinge, um die wir gern einen Bogen machen“, sagte er. „Manchmal ist es gut, wenn uns jemand zwingt, direkt auf sie zuzugehen.“

Sie wechselte das Thema. „Und was haben Sie heute vor?“

„Wenn ich Ihnen das erklären würde, würden Sie's nicht verstehen. Ich begreif's nämlich selbst nicht. Aber verraten Sie das nicht unseren Anlegern.“

Leise lachend legte sie auf, und während sie Vorbereitungen für ihr vormittägliches Arbeitspensum traf, lächelte sie noch minutenlang. Als sie die Stahlwolle holte, um den Schrank abzuschmirgeln, in den ihre neue Spüle eingelassen werden sollte, erkannte sie, wie sehr dieses kurze Gespräch sie aufgeheitert hatte.

Die „Georgetown Regional Library" war, wie alle Häuser in diesem Viertel, ein würdevolles und imposantes Gebäude. In der Bücherei befand sich der Peabody-Saal, in dem man Dokumente zur Stadtteilgeschichte einsehen konnte. In Faith' Augen war hier der ideale Ausgangspunkt für ihre Recherchen.

Sobald sie sich orientiert und an einem Tisch niedergelassen hatte, wartete sie, bis eine der Bibliothekarinnen frei war. Sie wendete sich an eine afroamerikanische Frau in ihrem Alter, die eine sanfte Stimme hatte und sich gut mit der Sammlung auskannte. Faith umriss in knappen Worten, was sie vorhatte.

„Und die Anschrift lautete ...?" Die Bibliothekarin war sehr dünn, aber hübsch. Ihre Augen leuchteten in einem kräftigen Dunkelbraun, und sie hatte einen herzförmigen Mund.

Faith nannte die Adresse, und plötzlich zeigte die junge Frau großes Interesse.

„Das Huston-Haus?"

„Ich bin Faith Huston Bronson", bestätigte Faith.

„Dorothy Waylins." Die Bibliothekarin streckte die Hand aus; sie war zu taktvoll oder aber zu erfahren, um viel Aufhebens zu machen. „Wir haben einige Dokumente über Ihr Haus. Aber die, die mir einfallen, sind nicht sehr alt."

Faith redete nicht um den heißen Brei herum: „Wahrscheinlich haben Sie viel Material über die Entführung meiner Schwester."

„Ein ganzes Album voll, das unser Personal damals zusammengestellt hat. Wenn Sie es anschauen möchten, reichen Ihr Führerschein, Ihre Kreditkarte und ein Eid auf die älteste Bibel unserer Sammlung als Zugangsberechtigung aus."

Faith lächelte flüchtig. „Heute interessieren mich ältere Dokumente"

„Mal gucken, was ich finden kann. Wir haben Informationen über die Eigentumsverhältnisse, die Grundsteuer, die Baupläne und Pläne über die Umbauten. Außerdem gibt es hier Stadtteilkarten, Lagepläne ..." Dorothy zuckte mit den Schultern. „Was Sie auch wollen, irgendwo haben wir es."

Es klang fast zu einfach, aber Faith spürte, wie ihre Begeisterung wuchs. „Es sieht so aus, als würde ich einige Zeit an diesem Tisch verbringen."

Dorothy nickte. „Aber ich muss Sie warnen, das kann süchtig machen. Bis Sie fertig sind, werden wir beide einander ziemlich gut kennen lernen."

Die nächsten beiden Tage liefen nach demselben Muster ab: Faith schickte die Kinder in die Schule und machte sich dann an die Aufarbeitung der Schränke, bis sie das Gefühl hatte, dass ihr die Arme vom Körper fielen. Dann duschte sie und ging in die Bibliothek; auf dem Weg dorthin aß sie eine Kleinigkeit bei „Marvelous Market". Zwar arbeitete sie gerne mit ihren Händen, aber die Stunden in der Bibliothek waren ihr die liebsten.

Freitagnachmittag um halb vier hatte Faith die Geschichte des Hauses grob umrissen. Es war 1885 für einen Mann namens Jedediah Wheelwright errichtet worden, der ihr Ururgroßvater war und eine Frau geheiratet hatte, die Candace hieß.

An Georgetown-Maßstäben gemessen, war das Reihenhaus geradezu jung. Auf dem Grundstück hatten früher bereits Häuser gestanden, über deren Geschichte Faith noch nichts herausgefunden hatte. Sie wusste aber, dass Jedediah kein reicher Mann gewesen war. Wie viele seiner Nachbarn hatte er am Washington-Kanal gearbeitet, und um sich dieses Haus leisten zu können, das selbst für damalige Verhältnisse billig gewesen war, hatte er sich offenbar zu Tode geschuftet.

Nach Jedediahs frühem Tod hatte Candace sich ihren Lebensunterhalt als Hutmacherin verdient. Faith fand sogar eine kleine Anzeige in einer alten Tageszeitung, in der es hieß, der Wheelwright-Hutladen sei der Einzige, der für „Damen von Rang“ in Frage komme.

Nach Candace' Tod ging das Haus auf ihr einziges Kind, Violet Atkins, und deren Mann James über. Violet und James wohnten dort bis an ihr Lebensende, und einige Jahre später zogen ihre Enkeltochter Lydia und ihr Gatte Joe ein.

Millicent, Lydias Mutter, war zwar in dem Haus geboren worden, hatte aber als Erwachsene nicht darin gelebt. Nach ihrer Hochzeit mit Harold Charles ging sie fort, da seine außergewöhnliche Karriere im Außenministerium Aufenthalte in allen Gegenden der Welt erforderte. Millicent starb an Malaria, die sie sich während einer Kongoreise zugezogen hatte. Harold, der deutlich älter war, kam zwei Jahre später bei einem schweren Autounfall ums Leben.

Und schließlich betrat Lydia die Szene. Einsam und verloren, verliebte sie sich wenige Monate nach dem Tod ihres Vaters in Joe Huston.

Faith konnte sich gut vorstellen, dass der forsche Politiker, der auf alles eine Antwort parat hatte, der orientierungslosen jungen Frau imponiert haben musste. Und umgekehrt war die hübsche Debütantin, deren Familienname einem in Washington alle wichtigen Türen öffnete, für einen Mann, der seine politische Laufbahn ankurbeln wollte, eine gute Partie gewesen.

Faith kam es so vor, als habe sie einen flüchtigen Blick auf jenen Strom werfen dürfen, der sie ins Dasein gespült hatte. Namen. Daten. Berufe. Jedes Detail, das sie entdeckte, bestärkte sie in dem Gefühl, Teil dieser Geschichte zu sein. Ihre Nachforschungen galten nicht nur einem Gebäude, sondern dem Ursprung dieses Stroms. Das Haus war so etwas wie die Quelle, an der sich all ihre Vorfahren versammelt und gelabt hatten.

Und sie saß offensichtlich schon zu lange in der Bibliothek.

„Es scheint, als würde Ihnen die ganze Sache Spaß machen."

Faith blickte auf. Eine ältere Dame in einem marineblauen Designerkostüm, an dem selbst Lydia nichts hätte aussetzen können, stand ihr gegenüber. Ihr kurzes Haar war silbergrau, und jede Strähne lag akkurat.

„So ist es." Faith versuchte, die Fremde einzuordnen, aber es gelang ihr nicht.

„Das begreife ich nicht. Die Bücher, die Sie sich angesehen haben, sind noch schlimmer als die, die man mir gegeben hat."

„Forschen Sie nach einem Haus? Oder einer Person?"

„Einem Haus. Nächste Woche kommt mein Chor zum Liederabend, und ich fürchte, dass irgendjemand Fragen stellen wird, die ich nicht beantworten kann. Das passiert immer. Dieses Mal will ich gewappnet sein." Sie zog eine Grimasse, was sie offensichtlich nicht oft tat – aus Angst, eine solche Aktion könne eine Falte in ihrem Gesicht hinterlassen. „Mir wäre es viel lieber, wenn jemand das für mich erledigen könnte ..." Dann ging sie.

„Wer war diese Dame?" fragte Faith, als Dorothy ein paar Minuten später vorbeischaute. Sie wurde das Gefühl nicht los, dass sie sie kannte.

Dorothy lächelte, als wolle sie sagen, dass sie keine Namen nennen dürfe. Aber sie gab ihr einen Hinweis. „Während der Reagan-Ära hat sie mit Nancy zu Mittag gegessen, wann immer ihre Terminpläne es zuließen. Noch heute fliegt sie mindestens einmal im Monat nach Kalifornien, um diese Tradition aufrechtzuerhalten."

„Ich bezweifele, dass sie öfter im Peabody-Saal ist."

„Sie wären überrascht, wie viele solcher Leute es gibt. Sie möchten die Fakten, aber nicht die Akten."

Das musste Faith erst einmal verdauen. Sie konnte sich kaum vorstellen, dass sich viele Menschen *nicht* für Geschichte interessierten.

Dorothy wollte gehen, aber Faith hielt sie zurück. Der Blick in die Familiengeschichte hatte sie darauf vorbereitet, sich dem Teil zuzuwenden, der sie selbst am stärksten betraf.

„Sie haben ein Album erwähnt, in dem es um die Entführung meiner Schwester geht ..."

„Ich habe mich schon gewundert, dass Sie noch nicht danach gefragt haben."

„Heute schaffe ich es nicht mehr, es durchzugucken, aber vielleicht gibt es ein paar Artikel darin, die ich schon mal kopieren könnte."

„Sind Sie noch ein bisschen hier?"

Faith schaute auf die Uhr. Remy und Alex mussten jeden Augenblick von der Schule kommen, aber sie konnten ruhig eine Weile allein bleiben. Eigentlich war Remy alt genug zum Babysitten. Faith würde mit ihrem Handy zu Hause anrufen und eine Nachricht auf Band sprechen.

„Etwa zwanzig Minuten", antwortete sie Dorothy.

„Ich werde sehen, was ich für Sie tun kann."

David ahnte, dass er sich selbst und die Kinder in neue Schwierigkeiten bringen würde, indem er bei ihnen auftauchte. Aber er war gerade in der Nähe bei einem Vorstellungsgespräch gewesen, und die Sehnsucht nach Alex und Remy hatte ihn vor Faith' Tür getrieben. Das Haus war abgeschlossen, und er vermutete, dass seine Frau die Kinder gerade von der Schule abholte. Vorsichtig ließ er sich in seinem besten Anzug auf den Treppenstufen nieder.

David hatte die ersten gut vierzig Jahre seines Lebens in der Überzeugung verbracht, stets zu wissen, was zu tun war. Sein Vater hatte nie irgendetwas in Zweifel gezogen. Es gab nur einen Weg, den Weg des Herrn, und nichts anderes kam in Frage. Als Erwachsener hatte David Arnold Bronsons Vorurteile und Überzeugungen natürlich durchschaut. Er hatte sich sein eigenes Wertesystem zurechtgebastelt, aus Komponenten, die er von seinem Vater oder von anderen Mentoren übernahm. Manche beruhten auch auf eigenen Überlegungen, die er in den Stunden angestellt hatte, die er auf Knien verbrachte.

Jetzt war er orientierungslos. Ganz besonders, wenn es um seine Kinder ging. Zu Alex baute er zaghaft eine neue Beziehung auf, die ihn mit Hoffnung erfüllte. Die gestelzten Dialoge verwandelten sich allmählich in freundliche, altmodische Vater-und-Sohn-Gespräche. Er erkannte, dass er seinen Sohn nie so akzeptiert hatte, wie er war, und seinen Fähigkeiten zu wenig Beachtung geschenkt hatte. Alex war Faith' Kind gewesen, Remy Davids. Geliebt hatte er sie beide. Er hätte jederzeit sein Leben für Alex hingegeben, aber er hatte nie versucht, ihn wirklich zu verstehen.

Zum ersten Mal nahm er wahr, was für ein einzigartiges und interessantes Kind er gezeugt hatte. Die Zeit, die sie miteinander verbrachten, war ihm doppelt kostbar: Sie wog all die Tage auf, an denen er Alex nicht sehen konnte, und die Jahre, in denen er zu voreingenommen gewesen war, um in seinem Sohn den Jungen zu erkennen, der er wirklich war.

Diese neue Nähe zu Alex ließ ihn Remy umso schmerzlicher vermissen.

Er erinnerte sich gut an den Tag, an dem Faith und er mit ihrer Tochter aus dem Krankenhaus gekommen waren. Sie war ein kleines Baby gewesen, so zerbrechlich und verwundbar. Ein Blick auf sein Töchterlein hatte genügt, um ihn von irgendeinem Mann in Remys Vater zu verwandeln.

Daran hatte sich in all den Jahren wenig geändert. Er konnte sich an jedes wichtige Ereignis in Remys Leben, jedes Vorsingen, jedes Fußballspiel entsinnen. Die Stunden, die sie gemeinsam mit Diskussionen über Geschichte, Religion und Moral verbracht hatten, hütete er wie einen Schatz.

Faith' Freundschaft fehlte ihm, und er sehnte sich danach, jeden Abend nach der Arbeit von Alex begrüßt zu werden. Aber Remy vermisste er so, wie er einen Arm oder ein Bein vermissen würde.

David rutschte ein Stück und lehnte sich gegen das Geländer. Es war alt und rostig, und er versuchte möglichst wenig Druck darauf auszuüben. An dem Haus musste so viel getan werden. An ihrem *Leben* musste so viel getan werden. Wie das Geländer konnte die Familie unter jeder winzigen weiteren Belastung irreparabel zusammenbrechen. Es war nötig, das Verhältnis zu seiner Tochter in Ordnung zu bringen, und zwar jetzt. Wenn er es jetzt nicht schaffte, würde der Rost den letzten Rest an gesunder Substanz auch noch zerfressen.

Nach etlichen Minuten entdeckte er Remy und Alex, die sich von der Wisconsin Avenue aus näherten. Er hatte nicht gewusst, dass sie den Schulweg zu Fuß zurücklegten, und er nahm Faith diese Entscheidung übel. Er fragte sich, worüber seine Kinder wohl gerade sprachen. Unterhielten sie sich über die Veränderungen in ihrem Leben? Versuchte Alex seine Schwester zu überreden, David eine Chance zu geben?

In seinen wildesten Träumen hatte er sich nicht vorstellen können, dass sein Sohn ihn eines Tages vor seiner Tochter in Schutz nehmen würde.

Remy und Alex waren noch einen halben Häuserblock entfernt und ins Gespräch vertieft. Keine angenehme Unterhaltung offenbar, sondern ein Streit, wie ihre Mienen verrieten. Obwohl Alex jünger war als seine Schwester, überragte er sie bereits. Hatte sie den lästigen kleinen Bruder früher von oben herab behandeln können, musste sie jetzt zu ihm aufblicken. Sie streckte das Kinn störrisch vor, ballte die Fäuste und sprach so laut, dass David ihre Stimme hören konnte.

Plötzlich erkannte Remy ihren Vater.

Ihr Verdruss schien sich in Hass zu verwandeln. Sie kniff die Augen zusammen, und auch wenn er es aus dieser Entfernung nicht sah, wusste er, dass sie gefährlich blitzten. Mitten im Schritt hielt sie inne und wippte auf den Absätzen vor und zurück. Auf einmal änderten sich ihre Haltung und ihr Gesichtsausdruck noch einmal; sie schien flüchten zu wollen.

Davids erster Gedanke war, ihr nachzulaufen, falls sie wegrennen sollte. Dann überlegte er es sich anders. Schließlich konnte er Alex nicht einfach stehen lassen. Außerdem würde Remy sich sehr gedemütigt fühlen, wenn er sie wie eine aufsässige Zweijährige einfing.

Er hielt den Atem an und betete still, dass sie näher kommen würde. Sein Gebet wurde erhört. Alex flüsterte seiner Schwester etwas zu, so leise, dass David kaum mehr als ein Murmeln vernahm. Remy warf den Kopf zurück, und ihr blondes Haar fiel über das zerknitterte grüne T-Shirt. Sie sah erschöpft, durcheinander und ungepflegt aus, als sei es ihr egal, was sie in der Schule trug und ihre Mitschüler von ihr dachten.

Sie sagte etwas zu Alex, wiederum zu leise, als dass David es hätte verstehen können. Entschlossen marschierte sie dann auf ihn zu.

„Hallo, Mutti." Seit seinem Coming-out hatte er sich schon viel anhören müssen, aber nichts davon hatte so boshaft geklungen.

David stand auf. „Ich dachte, wir drei könnten vielleicht ein Eis essen gehen."

„Wie in McLean, was? Wie in den guten alten Zeiten?"

„Du fehlst mir, Remy. Ich weiß, dass du mir böse ..."

„Böse? Ich?" Sie lachte gekünstelt. „Warum sollte ich dir böse sein?"

„Remy", schaltete sich Alex ein. „Dad versucht nur ..."

„Halt's Maul!" Mit funkelnden Augen drehte sie sich zu ihrem Bruder um. „Halt einfach die Klappe, Alex. Du hast ja keine Ahnung, wie es mir geht!"

Alex warf David einen besorgten Blick zu, und Davids Herz flog seinem Sohn zu. Alex wollte so gerne den Friedensstifter spielen, aber er hatte keine Chance. Selbst Madeleine Albright hätte hier keine Chance gehabt.

„Alex, Junge, lass gut sein", meinte David. „Remy und ich müssen das ohne dich klären."

„Genau, Alex." Remy wandte sich ihrem Bruder zu. „Du kannst nicht alles reparieren, damit das klar ist. Du bist ein Kind, und Kinder haben keine Ahnung."

„Das ist Daddy", entgegnete Alex und richtete sich zu voller

Größe auf, sodass er sie um fünf Zentimeter überragte. „Du sollst auf das hören, was er sagt. Ehre deinen Vater und ..."

Sie schnaubte vor Wut und schubste ihn so fest, dass er trotz seines höheren Gewichts rückwärts taumelte.

David hatte genug gesehen. Er griff nach Remys Arm, um sie zu bremsen, und sie fuhr herum. Bevor er ihre Absicht durchschaute, rammte sie ihm die Rechte in den Magen, und als er sich vor Schmerz krümmte, schlug sie noch einmal zu.

„Ich hasse dich!" schrie sie. „Ich hasse dich! Ich will dich nicht sehen. Ich will dich nicht hören. Ich will nie, nie wieder mit dir reden! Ich hasse dich. Du hast mein Leben versaut! Du hast Alex' und Moms Leben versaut. Du Homo! Tunte! Du hättest nie Kinder zeugen dürfen! Leute wie du haben keine Kinder!"

Sie ließ von ihm ab, machte ein paar Schritte zurück und hielt beide Fäuste wie einen Schild vor ihr Gesicht.

Alex wollte sich auf sie stürzen, aber David fuhr dazwischen. Er holte tief Luft. Hinter den Schlägen eines schmalen vierzehnjährigen Mädchens steckte nicht viel Kraft, aber einen Moment lang hatten sie ihm trotzdem den Atem geraubt.

Doch die Auswirkungen auf ihrer aller Leben waren viel größer.

„Alex, geh rein", sagte er. „Hast du einen Schlüssel?"

Alex schluchzte. „Ja, aber ..."

„Geh schon, Junge. Wir reden später."

Alex stolperte die Stufen hinauf. Die alte Tür schwang auf, und Alex verschwand.

David starrte seine Tochter an. Sie hielt noch immer die Fäuste hoch, aber der Zorn in ihren Augen ließ nach. Sie ähnelte dem Kind, das er gezeugt und aufgezogen hatte, jetzt wieder etwas stärker. Aber sie war dieses Kind nicht mehr und würde es nie mehr sein. Er hatte keine Ahnung, wie er sich der neuen Remy gegenüber verhalten sollte.

„Ganz egal, wie wütend du bist", eröffnete David behutsam das Gespräch. „Du wirst nie wieder gegen mich, Faith oder Alex die Hand erheben."

„Ach, tatsächlich?"

„Tatsächlich."

Sie ließ die Hände ein paar Zentimeter sinken, mehr nicht. „Ich stehe zu jedem Wort. Ich will mit dir nichts zu tun haben. Halte dich von mir fern!"

Er wusste nicht, was er tun sollte. Nichts in all den Jahren hatte ihn auf so etwas vorbereitet. Er konnte weiter versuchen, sich einen Platz in Remys Leben zu erzwingen, notfalls sogar mit Hilfe von Gerichtsbeschlüssen.

Oder er tat, was sie wollte, und verschwand aus ihrem Leben. Nicht für immer, aber bis sie reif genug wäre, das, was geschehen war, besser zu verstehen.

Er schaute zu Boden. „Als ich auf euch wartete, habe ich hier gesessen und mich an all die schönen Ding erinnert, die wir zusammen erlebt haben, Remy. Euer Vater zu sein ist das Beste, was mir im Leben passiert ist." Er sah sie an. Ihr Gesichtsausdruck hatte sich nicht verändert. Er wirkte immer noch abweisend.

„Ich möchte euch nicht verlieren", fuhr er leise fort. „Also werde ich warten, bis du auf mich zukommst. Du brauchst keine Angst zu haben, dass ich dich für das hasse, was du heute getan hast, oder dass ich eines Tages nichts mehr mit dir zu tun haben will. Ich bin dein Vater. Ich werde für dich da sein, bis ich sterbe, auch wenn dir das nicht passt."

„Das passt mir in der Tat nicht."

„Das hast du mir heute deutlich gemacht."

„Ja? Das ist mal was Neues."

Er nahm die Traurigkeit wahr, die sich hinter ihrem Sarkasmus verbarg, ebenso wie ihre Unsicherheit und ihren Zorn. Dreizehn Jahre lang hatte er ihr bestimmte Dinge gepredigt – und vertrat jetzt plötzlich eine vollkommen andere Meinung. Sie konnte nicht mehr beurteilen, wer er war, und war zu verängstigt, um ihm noch eine Chance zu geben.

Er verstand, was sie umtrieb. Der Schmerz in seinen Eingeweiden stammte nicht von den Schlägen seiner Tochter, sondern von der Sorge um ihre zerrissene Seele.

„Hast du meine Telefonnummer?"

„Brauch ich nicht."

„Alex hat sie. Deine Mutter auch."

„Das ist deren Problem."

Er trat beiseite. Sie schoss an ihm vorbei ins Haus und knallte die Tür dann laut zu.

David stand noch wie angewurzelt da, unfähig sich zu bewegen oder auch nur einen klaren Gedanken zu fassen, als er hinter sich eine Stimme hörte.

„David?"

Er drehte sich um und sah Faith auf ihn zukommen, aus derselben Richtung wie vorhin ihre Kinder.

„Was tust du hier?" Sie lächelte nicht, schien aber auch nicht ungehalten, ihn zu treffen. „Stimmt was nicht?"

„Ob was nicht stimmt?" Er lachte bitter. „Unsere Tochter hasst mich. *Das* stimmt nicht."

Sie warf einen flüchtigen Blick in Richtung Haustür. „Du hast mit Remy gesprochen?"

„Ich hab's versucht." Dort, wo noch vor einer Minute ein großes schwarzes Loch gewesen war, tobten jetzt widerstreitende Gefühle. „Sie teilte mir mit, dass sie mich hasst. Sie hat Alex geschubst und mich geschlagen."

Faith atmete scharf ein. „David, nein. Ich ..."

„Was hast du ihr erzählt, Faith? Schürst du ihren Hass? Sagst du ihr, wie einsam du dich fühlst, wie dich die Geldsorgen drücken, wie traurig du bist, dass sich dein Leben verändert hat?"

Sie schaute ihn verwirrt an. „Wovon redest du?"

„Das ist Remy! Meine Tochter. Meine Tochter, die mich vergöttert hat! Irgendwo muss das doch herkommen." Als er sich mit den Fingern durchs Haar fuhr, bemerkte er, wie sehr seine Hände zitterten.

„Willst du damit andeuten, dass es meine Schuld ist?" Jetzt wurde Faith wütend. „Wie kannst du es wagen! Ich liebe Remy. Ich würde ihr das nicht antun. Ich habe versucht, ein gutes Wort für dich einzulegen, aber Gott weiß, dass sie auf diesem Ohr taub zu sein scheint. Wie kannst du nur annehmen, dass ich sie unglücklicher machen würde, als sie schon ist? Für all den Tumult in ihrem Dasein ist genau *ein* Mensch verantwortlich, und der bin nicht ich!"

„*Du* bist die Erziehungsberechtigte. Du hast sie ständig um dich. Was denkst du denn, was hier geschieht? Findest du diese Wutanfälle normal? Meinst du wirklich, das wächst sich aus? Warum hast du ihr keine Hilfe besorgt?"

„Ich denke, dass sie mit einer Million neuen Dingen auf einmal fertig werden muss. Ich glaube, dass sie Zeit braucht, und du offenbar auch. Du kreuzt hier nie, *nie* wieder auf, um mir vorzuwerfen, dass ich Öl ins Feuer gieße! Mit all deinen Aktionen hast du die Sache nur noch schlimmer gemacht, als sie schon ist."

Beide hatten sich verausgabt, nun starrten sie einander an. Er gab als Erster nach, aber nur ein wenig.

„Tut mir Leid." Die Worte waren kaum hörbar.

„Das sollte es auch, verdammt."

„Sie braucht Hilfe, Faith."

„Wir alle brauchen Hilfe, David."

„Ich habe ihr versprochen, dass ich sie nicht mehr zu treffen versuche, solange sie es nicht will."

„Wir tappen beide im Dunkeln, David. Ich habe keine Ahnung, wie ich mich dir gegenüber verhalten soll, aber ehrlich gesagt, ist das die geringste meiner Sorgen. Ich muss Prioritäten setzen."

„Wie sieht es mit professioneller Hilfe aus?"

Sie atmete tief ein, vielleicht um Zeit zu gewinnen. „Wenn ich ihr sage, dass sie zum Therapeuten soll, rastet sie aus. Unsere Beziehung ist im Moment nicht sehr belastbar. Du bist nicht der Einzige, den sie hasst."

„Meinst du, dass du allein damit fertig wirst?"

„Welche Alternative habe ich denn schon?"

„Die Alternative, einen Experten um Rat zu fragen."

„Wenn es schlimmer wird, werde ich eine psychologische Beratung in Erwägung ziehen. Bis dahin tue ich, was ich für das Beste halte. Ich bin diejenige, die das Porzellan aufsammeln muss, das du zerschlagen hast."

Er überlegte, was er darauf erwidern sollte. Ihm fiel keine passende Antwort ein – das passierte ihm oft in seinem neuen Leben. Schließlich nickte er nur knapp und ging davon.

17. KAPITEL

Remy wartete darauf, dass ihre Mutter sie bestrafte. Nach der Konfrontation mit ihrem Vater hockte sie allein in ihrem Zimmer, schluchzte und drosch auf ihr Kissen ein, bis es aufplatzte und die Füllung in zarten Flocken herausrieselte. Nach ein paar Minuten vernahm sie, wie Faith das Haus betrat, und war sich sicher, dass sie gleich bei ihr auftauchen würde. Aber ihre Mutter dachte nicht daran.

Als sie sich nach einiger Zeit wieder gefangen hatte, ging Remy nach unten, um die Auseinandersetzung hinter sich zu bringen. Faith saß im Wohnzimmer und starrte ins Leere. Remy hörte Stimmen im Garten und nahm an, dass Alex und dieser furchtbare Obdachlose wieder Efeu herausrissen. Die Anwesenheit dieses Mannes war ein weiterer Beleg dafür, dass ihre Mutter – genau wie ihr Vater – völlig durchgedreht war.

Faith blickte hoch, als Remy näher kam. „Wie konntest du nur! Er ist dein Vater – trotz allem. Wie bist du nur auf die Idee gekommen, dass du das Recht hättest, ihn zu schlagen?“

„Er hat mich festgehalten.“

„Ja, ich weiß. Weil du deinen Bruder geschubst hast. Alex hat mir die ganze üble Geschichte erzählt.“

„Alex ist ein Klatschmaul.“

„Alex hat sich sehr bemüht, fair zu bleiben. Aber er konnte nicht viel zu deinen Gunsten sagen. Für dein schlechtes Benehmen gibt es keine Entschuldigung. Keine. Schluss, aus.“

Remy merkte, dass ihr hundert wichtige Fragen auf der Zunge lagen, aber sie brachte nur die profanste unter ihnen heraus: „Ich bekomme also wieder Hausarrest?“

Faith klopfte neben sich auf das Sofa. Erst wollte Remy der

Einladung nicht folgen, aber als sie sah, wie sich Faith' Miene verfinsterte, ging ihr auf, dass sie sich besser fügte. So weit von ihrer Mutter entfernt wie möglich hockte sie sich auf die Kante der Couch.

„Ich habe keine Ahnung, was ich mit dir tun soll – oder *für* dich“, begann Faith. „Ich weiß, dass du jede Menge Kummer hast. Ich merke, dass du auf alle böse bist. Aber wie konnte es so weit kommen, Remy? Hat dir irgendjemand in unserer Familie beigebracht, dass es in Ordnung ist, die Menschen, die dich lieben, zu beschimpfen? Hast du so ein Verhalten je bei uns zu Hause erlebt?“

Reue stieg in Remy auf. Der Ausdruck in den Augen ihres Vaters, als sie ihn geschlagen hatte, war ihr nicht entgangen. Er hatte wie jemand geguckt, der eine Massenkarambolage auf der Umgehungsstraße mit ansehen musste. Ein Teil von ihr hatte sich darüber gefreut, aber eigentlich war ihr elend zu Mute gewesen.

In diesem Augenblick waren ihr aus unerfindlichen Gründen all die Situationen eingefallen, in denen David sie auf den Schoß genommen hatte, wenn sie krank oder verängstigt gewesen war.

„Tut es dir Leid?“ fragte Faith.

Remy war klar, dass von der Antwort viel abhing. Sie wollte lügen und Ja sagen, um ihren Kopf aus der Schlinge zu ziehen. Vielleicht wäre das nicht einmal gelogen; sie wusste es nicht. Aber mit jeder Lüge, die sie erzählte, fühlte sie sich schlechter, selbst wenn die Freiheit, die sie bewirkte, ihr beschissenes Leben ein wenig erträglicher machte.

„Es tut mir Leid, dass ich ihn geschlagen habe“, sagte Remy schließlich. „Ich bin einfach durchgedreht. Ich will ihn nicht sehen und nicht mit ihm reden, und ich konnte nicht an ihm vorbei ins Haus. Ich hatte das Gefühl, in der Falle zu sitzen. Ich habe jetzt immer das Gefühl, in einem Käfig zu hocken. Wie die blöde Ratte, die Alex gefangen hat."

„Du fehlst ihm. Er wollte nur mit dir sprechen und dich nicht in einen Käfig stecken."

„Mir fehlt er nicht."

„Oh doch."

„Du glaubst wohl, du weißt alles über mich."

„Ich wünschte, es wäre so. Ich wünschte, ich würde das Mädchen, das ich großgezogen habe, noch irgendwo in diesem Teenager-Körper entdecken. Das Kind, das niemanden geschlagen und nicht mit schrecklichen Schimpfwörtern um sich geworfen hat. Das noch wusste, wie man anderen ihre Fehler vergibt."

„Fehler? Was er getan hat, war schon ein ziemlich dicker Hund, nicht?"

„Es wird Zeit, dass du nicht nur um dich selbst kreist. Du bist hier nicht allein. Du bist eine von vier Personen in dieser Familie."

„Er gehört nicht mehr dazu. Ihr lasst euch scheiden."

„David Bronson wird immer dein Vater bleiben. Und zwischen deinem Vater und mir wird durch Alex und dich immer eine Verbindung bestehen, und durch alles, was wir in unserer Ehe gemeinsam erlebt haben. Unsere Familie hat sich verändert, aber wir gehören noch immer zusammen."

„Du hast auf alles eine Antwort parat. Als ob du dauernd in so einem blöden Buch über Teenager und Scheidung liest und das dann runterbetest."

Faith konnte sich nicht entscheiden, ob sie lächeln oder böse gucken sollte. „Weißt du, Schatz, ich wünschte, jemand würde dieses Buch schreiben. Ich könnte Rat gebrauchen."

Remy fühlte, wie ihr die Luft ausging. Ihre Wut wollte nicht wieder auflodern; offenbar war der Vorrat begrenzt, und sie hatte ihr heutiges Kontingent verbraucht. So wie sie einen Augenblick lang Mitleid mit ihrem Vater verspürt hatte, bedauerte sie jetzt eine volle Minute die Lage ihrer armen Mutter.

Schließlich schüttelte Remy den Kopf. „Ich war so wütend. Ich hatte nicht vor, ihn zu schlagen. Aber als er mich angefasst hat, bin ich ausgerastet. Ich will es dir und Alex doch nicht noch schwerer machen."

Faith wirkte erleichtert. Remy nahm an, dass sie die Zauberworte diesmal ernsthaft genug vorgetragen hatte, um ihre Mutter zufrieden zu stellen.

„Ich erteile dir keinen Stubenarrest", antwortete Faith. „Aber es darf nie wieder vorkommen, Remy."

„Er hat mir fest versprochen, dass er mich ab jetzt in Ruhe lässt."

„Es fällt ihm entsetzlich schwer, dir mehr Zeit zu lassen. Er braucht seine Tochter. Das ist eine schwarze Stunde im Leben deines Vaters."

„Ach ja? Vielleicht hätte er sich diese ganze Homosexualitätskiste vorher mal überlegen sollen."

„Ich vermute, das hat er."

„Ich möchte ein bisschen an die frische Luft." Remy stand auf. „Vielleicht gehe ich zu Billie rüber."

„Ich weiß nicht, ich ..."

„Also bin ich hier doch im Knast? Du musst es nur sagen, dann krieche ich zu dieser dämlichen Ratte in den Käfig. Dann habe ich wenigstens Gesellschaft. In McLean konnte ich spazieren gehen, wann immer ich wollte. Aber wenn sich das geändert hat, wie alles andere, dann teile es mir mit, okay?"

Faith schien hin- und hergerissen zu sein. Sie hatte ihre Gefühle noch nie gut verbergen können, und diese Tatsache machte sich

Remy zu Nutze. „Wenn Georgetown so gefährlich ist, sollten wir nicht hier leben, oder?“

„Bitte bleib nicht lange weg, okay?“

Remy hatte ihrer Mutter Billies Telefonnummer gegeben. Vor ein paar Wochen hatte Faith mit Billies Mutter gesprochen, um herauszufinden, ob es dieser recht war, wenn Remy ab und zu nachmittags dort auftauchte. Billies Mom, die zwei Jobs nachging, hatte auf Faith offenbar einen guten Eindruck gemacht; Remy war ihr noch nie begegnet.

„Wenn ich Billie besuche, kann ich eine Stunde bleiben?“

„Ich denke schon.“

„Gut.“ Remy lief zur Tür.

„Zum Abendessen besorge ich Hühnchen und den Bohnensalat, den du so gerne magst. Aber du musst um halb sechs hier sein. Vergiss nicht, dass ich eine Verabredung habe. Deine Großmutter holt euch um sechs ab.“

David hatte ihr ein Eis kaufen wollen. Jetzt versuchte Faith sie mit Bohnensalat zu ködern. Remy kam es so vor, als würden ihre Eltern total hinter dem Mond leben.

Sie ging bis zur Wisconsin Avenue und bog dann links ab, um zu „Lawford's“ zu gelangen, dem Klamottenladen, in dem Enzio arbeitete. Sie wusste, dass er freitags die Nachmittagsschicht hatte, weil sie ihn letzte Woche hier getroffen hatte.

Billie Wolfgard ging auf Remys Schule und saß mit ihr im selben Naturwissenschaftskurs. Sie war zwei Jahre älter als Remy, da sie zweimal sitzen geblieben war. Billie hasste Hausaufgaben – einer der Gründe dafür, dass sie noch immer die achte Klasse besuchte. Remy tat dieses Jahr selbst nicht viel, aber die naturwissenschaftlichen Aufgaben fielen ihr leicht, und sie schaute jeden Morgen kurz bei Billie vorbei, damit diese die Lösungen abschreiben konnte. Remy hatte Alex das Versprechen abgenommen, dass er Faith nichts von diesem täglichen Abstecher erzählte.

Remy konnte Billie, die laut und überdreht war, nicht wirklich gut leiden, aber als Gegenleistung für Remys Hausaufgabendienste hatte Billie versprochen, so zu tun, als sei Remy gerade auf der Toilette oder sonst wie unabkömmlich, wenn Faith sich telefonisch bei ihr melden sollte. Danach würde Billie Remy bei Enzio zu Hause oder im Laden anrufen. Auch wenn sie nicht gut in der Schule war, reichte ihr Grips dennoch aus, um sich zu merken, wo sie die Telefonnummern notiert hatte.

Billie war die einzige Mitschülerin, die im weitesten Sinne als Schulfreundin gelten konnte. Die anderen Klassenkameraden sahen sie an, als hätte sie zwei Köpfe, und diejenigen, die nett zu sein versuchten, vergraulte sie, indem sie ihnen deutlich zu verstehen gab, dass sie kein Mitleid brauchte. Sie war Remy Bronson. Letztes Jahr war sie auserkoren worden, die Osterparade der Akademie anzuführen. Der süßeste Junge der Schule hatte sie gefragt, ob sie im Schullabor mit ihm zusammenarbeiten wollte. Bei jedem Mittagessen hatte sie mit den beliebtesten Kids am Tisch gesessen.

Jetzt war ihre einzige Freundin eine Sitzenbleiberin, die wahnsinnig laut lachte und die feste Absicht hatte, die Schule zu verlassen, sobald sie alt genug war. Willkommen in Georgetown.

Remy lief die Wisconsin Avenue entlang und achtete kaum auf die Leute um sie herum. Die Läden und Restaurants in den alten Häusern wirkten nicht sehr geräumig, ganz anders als die Geschäfte in der Einkaufspassage, wo man viel Platz hatte und alles hell und übersichtlich war. Sie wusste wirklich nicht, was ihre Mutter an der Wisconsin Avenue fand. Auf den Bürgersteigen drängelten sich die Leute, und die Läden waren klein und dunkel. Okay, die

Geschäfte führten gute Sachen, aber keiner konnte sie sich leisten – sie schon gar nicht.

Als „Lawford's" in Sicht kam, lief sie langsamer. Sie wusste nicht, was Enzio dazu sagen würde, dass sie schon wieder hier aufkreuzte. Letzte Woche hatte er es cool aufgenommen, sie aber wie eine kleine Schwester behandelt. Einer der anderen Verkäufer hatte gekichert, als sie sich über die Preise gewundert hatte. Sie war sich vorgekommen wie das Mäuschen vom Lande aus dieser Geschichte, die ihr Vater ihr immer vorgelesen hatte. Als ihr das jetzt wieder einfiel, wurde sie traurig.

Bei „Lawford's" guckte sie eine Weile durchs Schaufenster, bevor sie eintrat. Aus den Lautsprechern links und rechts des Eingangs dröhnte Hip-Hop-Musik. Sie verstand den Text nicht genau, aber der Rhythmus heiterte sie etwas auf. Die Wände waren schwarz gestrichen, und schlichte Stahl-Lüster beleuchteten den Raum. Die Kleidungsstücke, viele waren aus Leder, Stretchstoffen oder glänzendem Echsenhautimitat, schimmerten unter den Fluoreszenzlampen wie Juwelen.

Sie konnte Enzio nicht auf Anhieb entdecken. Ein halbes Dutzend Kunden wühlte sich durch die Kleiderständer. Eine gelangweilte Verkäuferin mit blondierten Haarstoppeln und zwei Nasenringen behielt sie, die Arme über ihrem kürbisfarbenen Bustier verschränkt, im Auge.

Remy tat so, als sehe sie sich den Modeschmuck an, während sie auf Enzio wartete. Das meiste erinnerte sie an Handfesseln und Fußketten, wie es sie auf römischen Sklavengaleeren gegeben hatte. Sie konnte sich vorstellen, dass ein goldener Armreif, der an der richtigen Stelle zuschnappte, Alex ans Bett fesseln würde.

„Hallo, meine Hübsche."

Remys Herz schlug einen Salto. Als sie hochguckte, war Enzios Gesicht nur Zentimeter von ihrem entfernt. Er beugte sich noch ein Stückchen zu ihr hinunter und gab ihr einen besitzergreifenden Kuss, direkt auf den Mund; dann trat er einen Schritt zurück. „Was steht an?“

Auf einmal sah die Welt ganz anders aus. Sie lächelte schüchtern, froh, dass sie vom Schwesterchen zu etwas Erwachsenerem befördert worden war. Sie versuchte cool zu bleiben. „Ich hänge halt rum.“

„Ich habe was entdeckt, das dir stehen müsste.“

„Ich habe kein Geld dabei.“

Er zuckte mit den Schultern, verschwand kurz und kam mit einem limettengrünen Rock und einem Jäckchen mit strassverziertem Reißverschluss zurück. Er hielt es an ihren Körper, wobei sein Handrücken eine ihrer Brüste streifte. Der Rock war so kurz, dass er kaum ihren Schlüpfer bedecken würde. „Probier's einfach an.“

Sie wusste, was ihre Eltern sagen würden, wenn sie sie je in einem solchen Outfit erblicken würden. Ihre Mutter trug Sachen, die aus einem Secondhand-Verkauf für Damen der besseren Gesellschaft zu stammen schienen: teure Marken, aber alles so dezent, dass sie vor jedem Hintergrund quasi unsichtbar wurden. Solche Kleidung suchte Faith auch für Remy aus, und bisher hatte Remy das nicht gestört. „Meinst du wirklich?“

„Hey, du gehörst zu mir. Du kannst alles tun, wozu du verdammt noch mal Lust hast.“

Du gehörst zu mir. Sie war mit jemandem zusammen. Mit Enzio. Da sie sich zehn Jahre älter und zehn Pfund leichter fühlte, nahm sie den Bügel und stiefelte los, um eine Umkleidekabine zu finden.

Seit sie von Pavel zum Dinner eingeladen worden war, hatte Faith sich den Kopf zerbrochen, was sie anziehen sollte. Sie hatte sich nie sonderlich für Mode interessiert. Für Ausgefallenes war sie zu zierlich, für kräftige Farben zu blond, für viel blanke Haut zu konservativ. In ihren Zwanzigern hatte sie sich auf Pastell- und Grautöne und klassischen Schick eingeschossen. Sie mochte den Stil von Queen Elizabeth, obwohl sie natürlich niemals Blumenhüte tragen würde.

Und jetzt, nachdem sie geduscht hatte, stand sie vor dem Kleiderschrank und begutachtete die beiden Kandidaten, die in die engere Wahl gekommen waren. Die konservativere Lösung bestand in einem marineblauen Prinzessinnenkleid mit roten Paspeln. Sie hatte gute rote Schuhe, ein passendes Handtäschchen und die Perlen ihrer Großmutter Millicent. Für den Fall, dass im Restaurant die Klimaanlage auf Hochtouren lief, konnte sie ein rotes Leinenjackett darüber tragen.

Die Alternative war ein lachsfarbenes Top unter einem grauen Hosenanzug. Der Anzug hatte schmale Streifen in demselben Lachston, und sie konnte ihre grauen Sandalen dazu anziehen. Das Top schien ein bisschen gewagt. Sie hatte keinen BH, dessen Träger schmaler als die des Tops waren, aber eigentlich brauchte sie auch gar keinen. Doch welche Botschaft strahlte sie mit dem Top aus? Sie würde nicht gerade einen großen Reibach an der Straßenecke machen können, aber trotzdem: Welchen Schluss würde Pavel ziehen, wenn er ihre entblößten Schultern sah?

Sie war ein siebenunddreißigjähriger Grufti.

Sie entschied sich für das Top – und dafür, das Jäckchen bei absolut jeder Temperatur anzubehalten.

Remy kam nach Hause, rief einen kurzen Gruß und ging gleich ins Esszimmer. Alex hatte schon früher zu Abend gegessen. Die

Aussicht, den Abend im Haus seiner Großeltern zu verbringen, bereitete ihm wenig Freude, aber Lydia hatte versprochen, dass er auf dem Weg nach Great Falls eine DVD ausleihen durfte. Er hatte sich schon für „X-Men" entschieden, dessen Handlung – mutierte Jugendliche lernen, ihre außergewöhnlichen Kräfte zu beherrschen – ihn ungemein ansprach. Wenn seine Großmutter sich diesen Film bis zum Ende mit anguckte, würde sie in Alex' Ansehen ungemein steigen.

Lydia traf ein und kam die Treppe hoch, um ihre Tochter zu begrüßen. Faith befestigte gerade ihre goldenen Ohrstecker, und Lydia setzte sich aufs Bett und schaute ihr zu.

„Du solltest dir die Haare schneiden lassen", sagte sie. „Nicht kurz. Lass es nur in Form bringen und stufig schneiden."

„Ich sehe aus, wie aus der letztjährigen ‚Vogue' entsprungen, was?"

„Eher wie ein Model aus der ‚Vogue' von vor zehn Jahren."

Faith blickte zu ihrer Mutter hinüber und entdeckte, dass sie lächelte. „Na, danke schön. Du tust was für mein Selbstbewusstsein."

„Du bist nicht einmal vierzig und außerdem hübsch und schlank." Sie machte eine Kunstpause. „Und du musst nicht mehr all die frommen Christinnen Amerikas repräsentieren – und auch nicht den rechten Flügel der Demokraten. Du kannst einfach du selbst sein."

Faith konzentrierte sich darauf, den zweiten Ohrstecker zu befestigen. „Ich kann ich selbst sein, hm?"

„Genau."

„Das Problem ist nur: Das *war* ich."

„Du musst dich neu erfinden."

Als ihre Mutter gegangen war, bürstete Faith ihre unmodische

Pagenfrisur und fragte sich, ob Lydia etwas wusste, von dem *sie* keine Ahnung hatte. Vielleicht war dieser Abend der erste Schritt auf dem Weg zu ihrem neuen, besseren Selbst.

Um halb sieben brach sie auf. Sie hatte bequeme Schuhe angezogen und trug die Sandalen sowie eine Gemüsepastete, die sie bei „Dean and Deluca" auf der M Street gekauft hatte, in der Hand. Sie ließ sich Zeit, genoss das abendliche Nachlassen der Hitze, das Leben und die Geräusche auf den Straßen und ihres neuen Viertels. Obwohl noch immer Temperaturen um die dreißig Grad herrschten, hingen bereits die ersten Erntekränze an den Eingangstüren.

Schließlich erreichte sie Pavels Haus, das wie eine fröhliche, stark geschminkte Frau inmitten trauriger Witwen wirkte. Er hatte die Farben klug gewählt: Sie passten sich dem Geschmack der damaligen Zeit an, waren aber keineswegs zu grell. Sie überlegte, ob Pavel sich selbst auch so sah: etwas anders als die Nachbarn, kreativer, auffälliger, weniger angepasst, aber immer noch – gerade noch so – Teil des Mainstreams.

Wenn sie schon dabei war: Was würde ihr Haus dann über sie verraten? Gefangene der Tradition? Ein enges Blickfeld mit begrenztem Horizont? Hoffentlich nicht. Die Sache ließ sich auch von einem anderen Standpunkt betrachten: gut integriert in die Familie und die Nachbarschaft, Teil der Geschichte. Eine Hüterin der Flamme. Damit konnte sie gut leben.

Pavel kam heraus, um sie zu begrüßen. Sie fragte sich, ob er am Fenster auf sie gewartet hätte. Er stand auf seiner Vortreppe, ganz Herr des Hauses, und grinste. „Entschuldigung, junge Frau, möchten Sie vielleicht eine Führung?"

Sie spielte mit und hielt sich den Zeigefinger ans Kinn. „Ich weiß nicht. Gibt es auch unheimliche Orgelmusik?"

„Nur auf besonderen Kundenwunsch."

Sie öffnete ein niedriges Eisentürchen und lief die Stufen hinauf. „Ich will das volle Programm. Musik, Fledermäuse, Gespenster."

„Unsere Gespenster sind handzahm." Er beugte sich vor und küsste sie auf die Wange. „Sie beschämen mich, Faith. Jetzt muss ich mein Sportsakko ausgraben."

Tatsächlich sah Pavel bereits ziemlich gut aus. Er trug gebügelte, khakifarbene Hosen, und sie hätte wetten mögen, dass er sein blaues Hemd kurz vorher vom Wäschereibügel abgenommen hatte. Er war rasiert und hatte etwas kürzeres Haar. Ein klein wenig sehnte sie sich nach seinen unförmigen T-Shirts.

Er dirigierte sie hinein. „Wow!" Sie machte ein paar Schritte zurück, um einen Gesamteindruck zu gewinnen.

Sie holte tief Luft und zitierte aus dem Kopf: „Flecke und Risse an den Fenstern stören mich nicht, Alles Hohe und Herrliche steht dahinter und gibt mir Zeichen, Ich deute das Versprechen und warte geduldig." Nach einer Pause fügte sie hinzu: „Walt Whitman. ‚Grashalme'. Ich habe das Gedicht in der High School für einen Wettbewerb auswendig gelernt. Er muss von diesem Haus geredet haben."

„Ich bin beeindruckt. Ich erinnere mich nur an ein halbes Dutzend schmutziger Limericks."

„Bitte tragen Sie sie nicht vor."

„Nicht gleich am Anfang des Dates."

Sie schaute sich im Haus um. Es hatte zwar eine zentrale Empfangshalle, deren geschwungene Treppe vor ihnen lag, war aber asymmetrisch, sodass die Zimmer zu beiden Seiten verschieden groß und unterschiedlich geschnitten waren. Zu ihrer Linken erstreckte sich ein runder Salon, das Erdgeschoss eines Turmes, der mindestens über zwei weitere Etagen verfügte. Im Salon standen kaum Möbel, außer einem antiken Harmonium, das von zwei großen Kerzenständern flankiert wurde.

Pavel zeigte darauf. „Ihre Orgelmusik."

„Spielen Sie?"

„Keinen Ton."

Wenn sie nach rechts guckte, blickte sie in ein großes, rechteckiges Zimmer mit einem Kamin und gemütlich-maskulinem Mobiliar aus Leder und dunklem Walnussholz. Auf dem Boden lag ein Orientteppich in Rot- und Goldtönen. Die Gestaltung dieses Raumes war offenbar bereits abgeschlossen. Die Tapete hatte ein elegantes, dezentes Goldstreifenmuster. Die Mahagoni-Wandtäfelung war auf Hochglanz poliert.

„Hier habe ich angefangen", sagte Pavel und führte sie ins Zimmer. „Mir war klar, dass ich einen Ort brauchte, an den ich mich zurückziehen konnte, wenn es nichts mehr zu tun gab. Die Täfelung und alles andere waren mit sechs Schichten weißer Farbe überzogen, aber immerhin hatte niemand das Holz herausgerissen. Ich habe es mein ‚Tafel des Tages'-Projekt genannt."

Sie erkannte, dass die Instandsetzung Monate gedauert haben musste.

„Irgendjemandem hatte wohl die Höhe des Raumes nicht gefallen. Deshalb war die Decke abgehängt. Darunter entdeckte ich diesen schönen Stuck. Der Gips war zwar rissig, aber die Rosette und das Kranzgesims ließen sich gut ausbessern und neu streichen."

Sie folgte seinem Blick und bewunderte die kunstvoll verschlungenen Weinranken, gehalten von geflügelten Cherubim, die irgendwie dennoch zu den maskulinen Möbeln passten.

„Der Kamin war zugemauert worden und der Sims verschwunden, aber die gusseiserne Brennkammer gab es noch. Ich habe mir ähnliche Häuser angeschaut und entdeckte dann diesen Kamin in London. Der Stein ist Derbyshire-Marmor. Der Sims stammt aus einem Haus, das nur wenig älter ist als dieses. Wie finden Sie ihn?"

„Großartig. Das ganze Zimmer ist sehr schön. Hier kann man sich entspannen und man selbst sein." Sie guckte sich neugierig um.

„Okay, das war der Blick in die Zukunft. Jetzt schreiten wir durch die Gegenwart in die Vergangenheit."

Eine halbe Stunde lang zeigte er ihr alles, was es noch zu tun gab. Zuletzt landeten sie in Pavels Küche. Hier hatte er sich für das einundzwanzigste Jahrhundert entschieden: Arbeitsplatten aus schwarzem Granit, Küchengeräte aus Edelstahl, Schränke aus Kirschbaumholz. Nur der schwarz-weiße Fliesenboden, der vermutlich aus den fünfziger Jahren stammte, störte den Gesamteindruck ein wenig.

Die Fenster gingen auf die umlaufende Veranda hinaus, von der aus man in einen Garten mit – wenn auch nicht sehr fantasievoll – in Form geschnittenen Büschen gelangte.

„Also, was sagen Sie?" Pavel breitete stolz die Arme aus. „Ich habe inzwischen fließend Warm- und Kaltwasser. Ich besitze Küchengeräte und verfüge über diverse Arbeitsflächen."

„Ich bin grün vor Neid."

„Als Nächstes kommt der Boden dran. Ich will Parkett legen. Wahrscheinlich entscheide ich mich für Kirsch- und Walnussholz. Dann bin ich hier fertig." Während sie sich auf einem Hocker am frei stehenden Arbeitstisch niederließ, öffnete er den Kühlschrank und holte eine Champagnerflasche heraus. Er hielt sie hoch. „Ich dachte, das sollten wir feiern."

„Was genau?"

„Freundschaft. Häuser. Georgetown. Für Champagner gibt es immer einen guten Grund."

„Ich habe eine Pastete mitgebracht." Sie angelte die Plastiktüte aus ihrer Handtasche und streckte sie ihm entgegen. Als er danach griff, berührten sich ihre Finger, aber er zog die Hand nicht weg.

„Wissen Sie, das ist das erste Mal, dass eine Frau, der ich das Haus zeige, mich nicht entgeistert fragt, warum ich das alles selbst mache."

„Ich kann mir vorstellen, warum. Was täten Sie, wenn irgendwelche Heinzelmännchen es über Nacht fertig renovieren würden? Verkaufen? Woanders von vorn beginnen? Sie möchten diese innere Spannung aufrechterhalten. Sie wollen, dass es wirklich *Ihr* Haus ist, wenn es fertig ist. Liege ich da richtig?"

„Sie haben ein paar der Fehler entdeckt, die ich bei der Renovierung gemacht habe. Außerdem gibt es noch ein paar ungelöste Probleme, von denen ich nicht weiß, wie ich sie lösen soll."

Sie bemerkte, dass ihre Finger einander noch immer berührten und dass weder sie noch Pavel die Absicht hatte, diesen Zustand zu ändern. „Ich habe aber auch einige handwerkliche Meisterleistungen entdecken können. War Ihr Vater Heimwerker? Haben Sie sich viel von ihm abgeschaut?"

„Ich habe meinen Vater nie kennen gelernt, und meine Mutter hat nie wieder geheiratet."

„Das tut mir Leid."

Er zuckte mit den Schultern. „Auch sie lebt nicht mehr. Das war einer der Gründe, warum ich von der Westküste weggezogen bin. Ich hatte dort keine Familie mehr und dachte, Freunde könnte ich überall finden."

„Aber nicht solche Freunde wie die, mit denen man aufgewachsen ist. Die Sorte, die mit einem durch dick und dünn geht."

„Besitzen Sie solche Freunde?"

„Nachdem David mich verlassen hatte, habe ich sie mir vom Leib gehalten."

„War das eine zu persönliche Frage?" Er nahm die Pastete und holte Teller aus dem Schrank. Sie sah zu, wie er Cracker auf das Tablett schüttete, auf das er die Pastetenschachtel gestellt hatte. Während er den Korken aus der Flasche zog, unterdrückte sie den Impuls, die Cracker hübsch und ordentlich zu arrangieren.

„Ich bin so erzogen worden, dass man alles für sich behält", sagte sie, als er wieder vor ihr stand. Sie hatte eine Eingebung: „Hey, ich könnte für die CIA arbeiten. Ich habe die nötigen Qualifikationen. Dass mir das nicht früher eingefallen ist!"

Pavels Nasenflügel blähten sich, und sie lachte. „Ich mache bloß Spaß. Außerdem hat Davids Coming-out mich wahrscheinlich meinen Unbedenklichkeitsstatus gekostet."

„Darüber können Sie schon Witze reißen?"

„Nicht über Davids Situation. Er wird nie wieder solch eine Arbeit finden, wie er sie früher hatte. In der Politik pflegen so genannte Freunde einfach über einen hinwegzusteigen, wenn man tief gefallen ist."

„Sie müssen sich schon intensiv mit allem auseinander gesetzt haben, wenn Sie sich Sorgen um ihn machen können."

„Und zu allem Überfluss vertraue ich mich auch noch einem Mann an, den ich kaum kenne. Ich schätze, ich bin nicht mehr die Tochter meines Vaters."

Pavel goss Champagner in zwei Kristallglas-Flöten. „Erzählen Sie mir ein bisschen mehr, wenn Sie möchten."

„Worüber?"

„Über Ihren Vater. Irgendwas sagt mir, dass Sie sich gerade erst warm reden."

Sie nahm ihr Glas zwischen die Handflächen. „Wissen Sie, warum er mich Faith genannt hat?"

„Nein, aber wahrscheinlich hat alle Welt damit gerechnet, dass nach Ihnen eine kleine Charity die Reihe fortsetzt."

„Heute war ich in der Georgetown-Bibliothek und habe die Bibliothekarin gebeten, mir einige Artikel über Hopes Entführung zu kopieren. Und wissen Sie, wie die erste Überschrift lautete?" Sie prostete ihm zu. „Hope is lost."

„Aua."

„Dass mein Vater mich Faith genannt hat, war so etwas wie eine Verlautbarung: Selbst wenn man die Hoffnung verloren hat, kann man sich immer noch auf den Glauben stützen."

„Das darf doch nicht wahr sein."

„Er hat es natürlich nie zugegeben, aber ich trage diesen Namen natürlich nicht zufällig. Er war ein Mann, auf den sich die Wähler verlassen konnten. Nichts konnte Joe Huston umwerfen. Einen Mann, der an seinem Glauben festhielt. Ein rechtschaffener Mann."

„Der es einem aber schwer macht, ihn zu lieben."

Dem konnte sie nicht widersprechen. „Die Chancen, dass als Nächstes Charity an der Reihe gewesen wäre, standen schlecht. Barmherzigkeit jeglicher Art lag meinem Vater fern." Sie nahm einen Schluck Champagner und fügte hinzu: „Genau wie der Gedanke an ein drittes Kind, um ehrlich zu sein. Er hat sich zweimal als Vater versucht, ist beim ersten Mal grandios gescheitert, fand den zweiten Anlauf unerquicklich und lästig und hat keinen dritten Versuch unternommen."

„Ich kann mir nicht vorstellen, dass Sie je unerquicklich und lästig waren."

„Stellen Sie sich vor, wie sich der Senator erst gefühlt hätte, wenn seine Tochter ein normaler Mensch geworden wäre: jemand mit einem eigenen Willen."

„Sie *haben* einen eigenen Willen, Faith."

„Noch nicht sehr lange." Sie lächelte, um ihm zu signalisieren, dass man sie deswegen nicht zu bedauern brauchte.

„Und wohin hat Ihr eigener Wille Sie geführt?"

„In die Küche eines Fremden, vor dem ich mein Leben ausbreite."

Er stützte dicht vor ihr seine Ellbogen auf. „Glauben Sie, dass Sie eines Tages wieder glücklich sein werden?"

Sie wollte erneut lächeln, etwas Pfiffiges oder Kluges sagen, aber es ging nicht. Er musterte sie mit einem besorgten Blick, und obwohl sie ihn nicht sehr gut kannte, ahnte sie, dass das für ihn ungewöhnlich war.

Offenbar interessierte er sich ernsthaft für sie. Sie spürte, wie er ihr näher kam, obwohl er sich überhaupt nicht bewegte. Er schien ihrer Antwort große Bedeutung zuzumessen – genauso wie sie.

Sie beugte sich über den Tisch und neigte den Kopf. Sanft küsste sie seine Lippen, und der Kuss dauerte länger, als sie erwartet hatte, ein Kuss, der als Bestätigung gedacht war, sich aber zu einer Frage auswuchs.

Seine Lippen waren warm und schmeckten nach Champagner, und das Einzige, was sie an diesem Kuss störte, war die Granitplatte, die sie daran hinderte, mehr von Pavel zu spüren.

Sie ließ sich wieder auf ihren Hocker sinken und lächelte. „Ich glaube, dass ich im Moment ziemlich glücklich bin."

18. KAPITEL

Kurz vor der vereinbarten Rückkehr von Remy und Alex kam Faith nach Hause. Pavel und sie hatten sich bei „Sea Catch" am C & O Canal mit seinen Freunden getroffen und auf einem schmalen, von Bäumen beschatteten Balkon die besten Meeresfrüchte gegessen, die Virginia zu bieten hatte. Joan und Carter Melvin waren fast ebenso ungezwungen und warmherzig wie Pavel und gaben ihr von Anfang an das Gefühl, in ihrem Kreis willkommen zu sein.

Sie hätte nicht vermutet, dass ihr eine nette Unterhaltung und Krabbenküchlein so gut tun würden. Joan und Carter hatten vor kurzem ein Haus in Glover Park, das an der Grenze zu Georgetown lag, gekauft. Auch sie steckten mitten in der Renovierung, wie offenbar die halbe Stadt. Und sie interessierten sich für historische Themen.

„Sie bringen also wirklich die Geschichte Ihres Hauses zu Papier?" Joan, eine attraktive Brünette Ende vierzig, wirkte fasziniert. „Mit allem Drum und Dran?"

Faith freute sich, jemandem davon erzählen zu können. „Mir schwebt allerhand vor. Fotos, Grundrisse, Faksimiles von Dokumenten, vielleicht sogar ein Aquarell oder eine Kohlezeichnung auf dem Titel."

„Das klingt nach einem richtigen Buch", meinte Pavel.

„Ich denke schon. Ich möchte, dass es ein Andenken wird, das von Generation zu Generation weitergereicht wird. Die jeweils neuen Besitzer sollen die Geschichte nicht jedes Mal aufs Neue rekonstruieren müssen."

Joan lehnte sich zurück und schob den noch halb vollen Teller mit Meeresfrüchte-Linguine von sich fort. „Und als Nächstes widmen Sie sich meinem Haus, ja?"

Faith hoffte, dass das ein Witz war. „Ich kann in Stichpunkten aufschreiben, wie man an die Informationen kommt, und Ihnen etwas helfen, das Ganze zu strukturieren."

„Ich meine das ernst. Wären Sie bereit, die Geschichte unseres Hauses aufzuzeichnen?" Bevor Faith sich irgendwie aus der Affäre ziehen konnte, fügte Joan hinzu: „Ich bitte Sie nicht um einen Freundschaftsdienst. Ihnen macht so etwas offenkundig Spaß, und Sie haben erzählt, dass Sie Arbeit suchen. Warum machen Sie nicht Ihr Hobby zum Beruf?"

Carter Melvin arbeitete in der PR-Abteilung von „Scavenger" und war nur einen Hauch förmlicher als sein Chef. „Jeder karrierebewusste Angestellte möchte damit prahlen, wer in seinem Reihenhäuschen schon alles gelebt hat und gestorben ist. Allein Georgetown könnte Sie auf Jahre hinaus beschäftigen. Zum Teufel, Jack Kennedy hat in der Hälfte der Häuser gewohnt – und die andere Hälfte besucht."

Faith fiel Nancy Reagans Freundin ein, die ihr gestanden hatte, wie gerne sie diese Nachforschungen an irgendwen delegieren würde. Nancys Freundin, die vermutlich jeden Fantasiepreis gezahlt hätte, um sich dieser Last zu entledigen, und die das fertige Produkt überall herumgezeigt und ihren Freundinnen verraten hätte, wie man die Verfasserin erreicht. Und es gab viele Leute wie sie.

„Auch ich würde dich engagieren", sagte Pavel. „Und zwar nicht, um dir einen Gefallen zu tun, sondern weil ich wirklich neugierig auf das bin, was du herausfinden würdest."

„Ich begreife allmählich, wie ‚Scavenger' entstanden ist", meinte Faith.

Die anderen lachten gutmütig und wechselten dann das Thema.

Aber für Faith war das kein Scherz. Der Gedanke hatte sie den ganzen Abend nicht mehr losgelassen. Sie brauchte Arbeit, am besten eine, bei der sie ihre zahlreichen Kontakte in der Stadt nutzen konnte. Sie hatte einen Abschluss in Geschichte – zwar in europäischer Geschichte, aber was machte das schon? Sie hatte gelernt, wie man sich Quellen erschloss und sie auswertete. Auch wenn ihre Themen früher andere gewesen waren, die Methodik ließ sich auch auf Lokalgeschichte anwenden.

Und wie schön müsste es sein, zu Hause zu arbeiten, da zu sein, wenn die Kinder aus der Schule kamen, präsent zu sein, wenn sie ihre Hilfe brauchten. Richtige Kinder waren sie zwar kaum noch, aber sie mussten noch immer beaufsichtigt und unterstützt werden.

Natürlich würde sie viel dazulernen müssen. Dass die Aussicht auf all die Arbeit sie nicht schreckte, zeigte ihr, wie sehr der Gedanke sie schon gefangen genommen hatte.

Als die Kinder hereinspazierten, ihre Großmutter im Schlepptau, war Faith bester Dinge. Gutes Essen. Neue Freunde. Eine mögliche Lösung ihres Jobproblems. Und Pavel Quinn, der natürlich nicht ans Ende dieser Liste gehörte.

„Du scheinst einen netten Abend verbracht zu haben“, sagte Lydia.

Remy musterte Faith kühl. Ihre Tochter freute sich offenbar gar nicht darüber, dass sie sich amüsiert hatte. „Ja, es war sehr nett.“ Faith beschrieb ausführlich, was sie gegessen hatten.

Die Kinder verschwanden nach oben und kabbelten sich, wer als Erster ins Bad durfte, und Lydia brach wieder nach Great Falls auf. Faith schaltete überall das Licht aus und kontrollierte, ob alle Türen und Fenster verschlossen waren; dann ging auch sie nach oben.

Eine Stunde später, nachdem die Kinder ihre Türen endgültig hinter sich zugezogen und allen Zank auf morgen vertagt hatten, lag sie noch immer wach im Bett und starrte die Decke an.

In ein paar Monaten würde sie geschieden sein. Nachdem sie David mit Abraham Stein ertappt hatte, hätte sie schwören können, dass sie sich nie wieder auf einen Mann einlassen würde. Noch einmal zu heiraten, das konnte sie sich immer noch nicht vorstellen. Sie hatte zu viele Jahre im Schatten eines Ehemannes gestanden. Jetzt war es an der Zeit herauszufinden, wer sie wirklich war.

Sie begriff zum ersten Mal seit dem dramatischen Zusammenbruch ihres alten Lebens, dass sie – ganz Joe Hustons Kind – zu sehr einem Schwarz-Weiß-Denken verhaftet gewesen war. Doch sie hatte sich verändert. Die Welt hatte sich verändert. Zum ersten Mal konnte sie nun selbst über den Fortgang ihres Lebens bestimmen und in wichtigen Fragen selbst eine Entscheidung fällen. Zum Beispiel, ob sie mit Pavel Quinn schlafen wollte oder nicht.

Sie musste lächeln. Pavel hatte sie nicht in sein Bett eingeladen. Ihm schien ihre lockere Freundschaft zu gefallen. Sie wusste durchaus noch, wie sich ein Annäherungsversuch abspielte, auch wenn ihre Erfahrungen diesbezüglich schon lange zurücklagen. Pavel war höflich, ungezwungen, freundlich.

Aber Pavel begehrte sie.

Ihre Finger hatten sich berührt und ihre Körper einander gestreift. Sie hatte ihn geküsst und er sie heute Nacht vor ihrer Haustür kurz umarmt – kurz sicher nicht, weil er kein Interesse an ihr hatte, sondern, ganz im Gegenteil, weil er sie nicht durch ein Übermaß an körperlicher Zuwendung vergraulen wollte.

Sie konnte nicht sagen, ob sie schon bereit war, mit ihm zu schlafen. Sie war sich nicht einmal sicher, ob sie im Bett überhaupt viel zu bieten hatte. Aber eines war klar: Für sie gab es kein wirksameres Aphrodisiakum als einen Mann, der sie begehrte.

Sie hatte keine Chance, diesem Gedanken noch ein wenig nachzuhängen. Vom Speicher drang wieder Geheul. Ihr Herz schlug ihr bis zum Hals. Sie setzte sich auf und griff nach ihrem Morgenmantel. „Blöde Katze." Sobald sie das ausgesprochen hatte, ging es ihr besser, obwohl Gast natürlich nichts dafür konnte, dass sie wie ein Menschenkind schrie.

„Was ist los?" Remy lief im selben Augenblick auf den Flur wie sie. „Warum schreit sie?" Auch Alex tauchte auf.

Die Katze hatte ihnen zu verstehen gegeben, dass sie in Ruhe gelassen werden wollte. Futter war in Ordnung. Wasser und Katzenstreu waren prima. Aber immer, wenn sie ihr näher zu kommen versuchten, fauchte Gast sie an. Faith war entschlossen, die ganze Katzenfamilie einzufangen und zum Tierarzt zu schaffen, damit sie untersucht und geimpft werden konnte, aber bis jetzt hatte sie sich noch nicht getraut.

„Wir müssen auf den Dachboden und nachschauen", sagte sie.

„Was, wenn mit den Kleinen etwas nicht stimmt?" Remy klang auf einmal gar nicht mehr cool.

„Lass uns nicht den Teufel an die Wand malen." Faith ging in Alex' Zimmer und öffnete die Speichertür.

Am Fuß der Treppe stand Gast, die mit ihren Zähnen eine kleinere graue Ausgabe ihrer selbst vorsichtig am Nacken hielt. Als sie ihr auswichen, fegte Gast an ihnen vorbei, während das Kätzchen miaute und mit den Pfötchen strampelte. Die Mutter verließ den Raum und lief auf Remys Zimmer zu.

„Mom, da oben ist es höllisch heiß!" Alex wedelte mit der Hand, als der heiße Luftschwall vom Speicher ihn erfasste.

Faith ging zwei Stufen hinauf und betätigte den Schalter, der den Ventilator in Gang setzte. Nichts geschah. „Der Ventilator tut's nicht. Vielleicht ist die Sicherung rausgesprungen."

„Die Kätzchen wären beinahe geröstet worden", meinte Alex.

Faith beobachtete ihre Tochter, die Gast auf Zehenspitzen folgte. In ihrer Tür blieb Remy stehen. Faith stellte sich neben sie.

Gast tauchte gerade aus einer offenen Schublade von Remys Kommode auf und sprang zu Boden. Sie wartete, bis die beiden die Tür freigaben, und lief zurück zur Speichertreppe.

„Holt sie sie alle runter?" flüsterte Remy.

„Ich glaube schon." Faith guckte Remy an. So aufgeregt hatte sie ihre Tochter seit Monaten nicht erlebt. Sie sah aus, als hätte sie ein Pony oder ein neues Fahrrad bekommen – so hatte sie häufig ausgeschaut, bevor ihr junges Leben in Scherben gegangen war.

„Warum hat sie sich für mein Zimmer entschieden?" fragte Remy.

Faith hoffte, dass Alex nicht neidisch würde. Immerhin hatte er Lefty, der inzwischen in einem ordentlichen Käfig mit Laufrad und allen sonstigen Errungenschaften der modernen Nagetierhaltung lebte. „Sie ahnt halt, wo sie eine Freundin findet."

„Ach, du bist ja blöd."

„Ich weiß", meinte Faith leise.

Gast kam mit einem zweiten Kätzchen vorbei, das weiß und lebhafter als sein Geschwisterchen war. Schließlich schleppte sie noch zwei weitere an, ein schwarz-weißes und eines mit einer Art Schildpatt-Muster, und machte es sich dann selbst in der Schublade bequem. Es gab also ein Jungtier mehr, als sie vermutet hatten.

„So endet das Märchen vom Geisterbaby auf dem Dachboden", sagte Faith. „Morgen bringe ich sie zum Tierarzt." Sie tauchte einmal kurz in die mörderische Hitze des Speichers ein, um das Katzenstreu, den Fress- und den Trinknapf zu holen.

Die Kinder verschwanden wieder in ihren Zimmern, Remy mit den Katzenutensilien und einer für sie ungewöhnlich guten Laune.

Faith lächelte. Nachdem sie die Sicherung wieder eingeschraubt hatte und der Ventilator wieder arbeitete, ging Faith zu Bett. Sie wusste, dass sie vorerst keinen Schlaf finden würde. Ihr Blick fiel auf den Papierstapel neben ihrem Bett, und sie rang mit sich, ob sie die Artikel, die Dorothy ihr kopiert hatte, durchsehen sollte.

Schließlich lehnte sie sich an ein Kissen und ergriff den Stapel. Während das Haus in nächtlicher Stille versank, brachte sie die Kopien in eine chronologische Reihenfolge. Zwar hatte Dorothy nur einen kleinen Teil des verfügbaren Materials kopiert, aber er reichte, um sich ein Bild von den Berichten zu machen, die in den Wochen nach Hopes Entführung auf den Titelseiten gestanden hatten.

„Hope is lost." Faith schüttelte den Kopf und fragte sich, wie ihr Leben verlaufen wäre, wenn Hope nicht verloren gegangen wäre, wenn sie mit einer Schwester aufgewachsen wäre, der sie sich hätte anvertrauen und mit der sie hätte streiten können – und die ihr zur Seite gestanden hätte, wenn der Hustonsche Haussegen mal wieder besonders schief hing. Vielleicht hätte sie dann mehr Rückgrat entwickelt.

„Am 18. Juli wurde die neugeborene Tochter des Kongressabgeordneten Joe Huston und seiner Frau Lydia, geborene Charles, aus dem Haus der Familie in Georgetown entführt."

Faith schaute sich mit glasigem Blick im Raum um. Sie seufzte und wandte sich wieder dem Artikel zu. Nachdem sie einen weiteren Absatz gelesen hatte, legte sie die Kopie für morgen beiseite und stand auf, um ihr Lieblingsbuch mit Dave-Barry-Kolumnen zu suchen. Sie wusste, wenn sie jetzt nichts zum Lachen fand, würde sie die ganze Nacht kein Auge zutun.

Lydia schaltete die Alarmanlage wieder an und rief Samuel, den jungen Mann, der ihr Anwesen in Great Falls bewachte, im Gästehaus an, um Bescheid zu geben, dass sie wohlbehalten nach Hause zurückgekehrt war. Sie vermutete, dass er das bereits wusste. Er zahlte keine Miete und erhielt einen anständigen Lohn dafür, dass er das Kommen und Gehen im Hause Huston im Auge behielt. Außerdem spielte er manchmal den Chauffeur, wenn Joe nicht selbst zum Bürohaus des Senats oder zu einer Sitzung irgendwo in der Stadt fahren wollte. Wäre Lydia nicht nach Hause gekommen, so hätte er ihren Mercedes mit Hilfe des GPS-Signals geortet und die Behörden informiert. In Sachen persönliche Sicherheit hatten Joe und sie ihre Lektion gelernt.

Sie knipste alle Lampen bis auf die im Flur aus und ging in den Flügel hinüber, in dem ihr Schlafzimmer lag. Joe hielt sich wahrscheinlich im anderen Flügel auf und steckte tief in Arbeit. Er war dafür bekannt, dass er zwar viele Partys besuchte, aber immer verschwand, bevor die Sauferei richtig losging. Er arbeitete sich einmal durch die Gästeschar, und nach vollbrachter Tat setzte er sich nach Hause ab, bevor die echten Partylöwen überhaupt warm gelaufen waren.

Alex und Remy hatten ihn heute Abend nicht oft zu Gesicht bekommen. Als Joe von einem Empfang der „National Archives" zurückgekehrt war, hatte er einen pflichtschuldigen Abstecher ins Wohnzimmer unternommen, wo die fantastischen X-Men über den Bildschirm geflimmert waren, hatte die Kinder gefragt, wie es in der Schule lief, und Alex befohlen, die Füße vom Couchtisch zu nehmen, und den Raum unter mürrischem Gemurmel über Gewalt in Hollywood-Filmen verlassen. Sie hatte den Blick bemerkt, den ihre Enkel ausgetauscht hatten, und sich gefragt, wie oft sie selbst ihnen schon Anlass gegeben hatte, genervt mit den Augen zu rollen.

In ihrem Zimmer zog sie sich um und setzte sich in ihrem langen Nachthemd aus Baumwolle vor die Frisierkommode, um den Schmuck abzulegen und ihr Make-up zu entfernen. Ihr Spiegelbild missfiel ihr. Ganz gleich, wie sehr eine Frau dagegen ankämpfte, das Alter forderte seinen Tribut. Keine Operation, kein Diät- oder Fitnessprogramm vermochte die Uhr zurückzudrehen. Sie war sechsundsechzig und spürte jedes dieser Jahre.

Im Bett legte sie sich auf die Seite, schloss die Augen und fragte sich, ob dieser Traum sie heute wieder heimsuchen würde. Seltsamerweise hatte sie ihn seltener, seit Faith in die Prospect Street gezogen war. Sie hatte den Verdacht, dass es an den Fortschritten lag, die Faith dort machte. Zu ihrem eigenen Erstaunen gefiel es ihr zu sehen, wie das Haus wieder zum Leben erwachte. Sie hatte erwartet, dass das Haus sie schmerzhaft an den schlimmsten Augenblick ihres Lebens erinnern würde. Stattdessen fiel ihr, während sie beobachtete, wie Faith die Renovierungsarbeiten meisterte, ihre eigenen Begeisterung wieder ein, mit der sie als junge Frau ihr erstes Heim eingerichtet hatte.

Das war natürlich lange her. Sie gab sich selten solchen Erinnerungen hin, da sie meist mit Schuldgefühlen aufgeladen waren. Doch jetzt versetzte sie sich in die Zeit zurück, als sie das Haus gerade erst bezogen hatte – wie auch Joe gerade erst der ihre geworden war. Sie war nicht immer sechsundsechzig gewesen. Damals, mit sechsundzwanzig Jahren, hatte sie viel Energie und Zuversicht besessen, sie war eine junge Frau gewesen, die sich ihren Ehemann aus einer eindrucksvollen Liste von Bewerbern ausgesucht hatte.

Sie hatte vor Lebenslust vibriert und war sich ihrer Liebe sicher gewesen.

Wie lang das her war.

Als Joe und sie von ihrer kurzen Hochzeitsreise von den Bermudas zurückgekehrt waren und Lydia ihre erste gemeinsame Mahlzeit vorbereitete, wählte sie schlanke, rosafarbene Wachskerzen, um den Tisch zu schmücken. Sie polierte die silbernen Kerzenständer, obwohl sie seit der Hochzeit im April noch gar keine Gelegenheit gehabt hatten, anzulaufen. Sie hatte ein Blumengeschäft auf der Wisconsin Avenue besucht, sechs rosa-weiße Pfingstrosen ausgesucht und sie nun mit ein wenig Grün aus Großmutters verwildertem Garten in einer böhmischen Kristallglasvase arrangiert.

Ihr Hochzeitsgeschirr, cremeweiß mit dünnen silbernen und goldenen Rändern, machte sich gut auf dem blassgrünen Leinentischtuch, das Lydias ehemalige Zimmergenossin vom College ihnen geschenkt hatte, und das neue Silberbesteck mit den zierlichen Griffen im Muscheldesign lag auf den cremefarbenen Servietten, die sie von einer von Joes Tanten bekommen hatten.

In Georgetown herrschte im frühen Juni eindeutig schon Sommer. Heute waren die Temperaturen unerwartet auf zweiunddreißig Grad gestiegen, und die Luft kochte förmlich. Sie hatte die hiesigen Sommer, vor denen selbst die robustesten Naturen kapitulieren mussten, schon fast vergessen gehabt. Als Kind hatte sie in Bombay und später in Samoa gelebt. Hitze und Feuchtigkeit waren ihr also vertraut, aber sie hatte verdrängt, dass auch Washington manchmal in den Tropen zu liegen schien.

Das alte Reihenhaus war an die Hitze gewöhnt. Die Wände waren dick genug, um die Einwohner vor dem Schlimmsten abzuschirmen. Im neunzehnten Jahrhundert hatten die Architekten gewusst, wie man bauen musste, um die Hitze erträglich zu machen: hohe Decken, damit die warme Luft nach oben stieg, und einander gegenüberliegende Fenster, dank derer man für Durchzug sorgen konnte.

Sie wollte eine Klimaanlage einbauen lassen, war aber noch nicht dazu gekommen, Bauunternehmer zu suchen und Angebote einzuholen. Kaum dass Joe und sie von den Bermudas zurückgekehrt waren, hatte sich Joe zu einer Untersuchungsmission nach Kuba aufgemacht. Er war eigentlich noch nicht lange genug im Kongress, um für so verantwortungsvolle Aufgaben ausgewählt zu werden, aber man betrachtete ihn als Kriegsheld, der bei Inchon sein Leben aufs Spiel gesetzt und seinen Einsatz für ein starkes, kommunistenfreies Amerika unter Beweis gestellt hatte. Also musste er natürlich gehen, denn der Kuba-Auftrag stellte eine Art Auszeichnung dar.

Lydia war so stolz auf ihn, aber sie hatte sich auch oft einsam gefühlt, als sie das Haus einrichtete. Von Kuba war Joe nach Norfolk geflogen, dann weiter nach Roanoke und Richmond, zu einer kurzen Vortragsreise durch seinen Bundesstaat. Reisen und Kampagnen gehörten zu seinem Beruf, das verstand Lydia. Sie war dennoch heilfroh, dass er heute Abend nach Hause kommen würde.

In den Wochen seiner Abwesenheit hatte sie sich bemüht, das Haus zu verschönern. Sie wusste, das ihr Mann das Reihenhaus eigentlich nicht mochte, obwohl andere Leute fanden, dass Georgetown für einen Politiker genau die richtige Adresse war. Ihm gefiel vermutlich vor allem, dass sie hier kostenlos wohnen konnten. Nach dem Tod ihrer Großmutter war das Haus Lydia quasi in den Schoß gefallen. Wie viele junge Abgeordnete hatten schon das Glück, ihre Karriere zu beginnen, ohne sich ständig darüber Sorgen machen zu müssen, wie sie ihre Unterkunft finanzieren sollten? Dennoch, Joe war ein einfacher, geradliniger Charakter, der den engen, baumgesäumten Straßen von Georgetown mit ihrem eigenartigen Charme nichts abgewinnen konnte.

Sie lächelte liebevoll. Joe war einer dieser Männer, die hier lieber effiziente, moderne Hochhäuser aufragen sähen, wie sie am anderen Ufer immer häufiger zu finden waren. Wenn es nach ihm gegangen wäre, hätte er Georgetown komplett planiert, auch wenn sein politischer Instinkt ihm verbot, das offen auszusprechen.

Sie verschob ihren Teller drei Millimeter nach rechts und ging in die Küche, um die Vorbereitungen fürs Abendessen abzuschließen. Auf ihrer Hochzeitsreise hatte sie entdeckt, dass Joe auch in Sachen Essen und Trinken einfache Dinge bevorzugte. Er war mit Landschinken, Maisbrot und Bohnen aufgewachsen, wie die meisten Bewohner des Südens von Virginia. Was für die Leute, die ihn wählten, gut genug war, sollte auch für ihn gut genug sein. Sie fand seine Vorlieben amüsant und hatte sich vorgenommen, ihm manche Dinge allmählich abzugewöhnen.

Für ihre heutige Wiedersehensfeier hatte sie Bœuf Stroganoff zubereitet, mit dem feinsten Fleisch, das der hiesige Metzger zu bieten hatte. Was war Bœuf Stroganoff schon anderes als Steak mit Rahmsauce? Sie hatte grüne Bohnen gekocht – länger, als es ihr lieb war, aber dafür bereitete sie jetzt eine Sauce aus Butter und blanchierten Mandeln zu, die sie vorm Servieren über die Bohnen geben würde. Sie hatte Brötchen gebacken, und zum Nachtisch sollte es ein Soufflee mit frischen Erdbeeren geben.

Joe würde beeindruckt sein.

Ebenso sicher war sie sich, dass ihn all das, was sie am Haus getan hatte, beeindrucken würde. Sie hatte die alten Möbel ihrer Großmutter gesichtet und nur behalten, was wertvoll war oder wovon sie sich nicht trennen konnte. Dazu gesellten sich nun die besten Stücke aus der Wohnung, in der sie vor der Hochzeit gelebt hatte, und ein paar gute Möbel aus Joes Familienbesitz.

Sie hatte Violets schwere, ausgeblichene Vorhänge entfernt und durch preiswerte Meterware von „Woody's" ersetzt. Mochte der junge Jack Kennedy auch mit seinem eigenen Koch nach Georgetown gezogen sein, nicht alle Kongressabgeordneten hatten eine derart einflussreiche Familie und verfügten über einen unbegrenzten Kreditrahmen.

Lydia hatte gehofft, noch vor Joes Rückkehr mit der Küchenrenovierung fertig zu werden, aber es war mehr Arbeit, als sie angenommen hatte. Sie war drauf und dran, wieder herunterzureißen, was sie mühsam an die Wände geklebt hatte, und die Küche in einem hellen Zitronengelb zu streichen. Sie würde diese wilde Farborgie jedes Mal genießen, wenn sie durch die Tür trat.

Als in der Küche alles fertig war, lief sie nach oben, um ihr Lieblingskleid anzuziehen und die Banane, die ihre Friseuse am Nachmittag kreiert hatte, mit ein paar zusätzlichen Haarnadeln zu sichern. Wie alles in der Hauptstadt löste sich die Steckfrisur schon ansatzweise auf, trotz der Unmengen von Haarspray, aber sie sah noch nicht zu zerzaust aus. Anlässlich ihrer Verlobung mit Joe hatte der Kolumnist der „Post" Lydias blonde, aristokratische Erscheinung mit Fürstin Gracia Patricia verglichen. Das Leben war großartig.

Als die Haustür aufging, hielt sie sich noch oben auf. Sie lächelte und freute sich, dass ihr so die Gelegenheit geboten wurde, einen großen Auftritt auf der Treppe hinzulegen. Bevor sie ihren Mann begrüßen ging, strich sie ihr Kleid glatt und richtete die Goldkette mit der Tropfenperle, die Joe ihr am Hochzeitstag geschenkt hatte.

Joe stand am Fuß der Treppe, als sie hinabschwebte. Er riss die Augen auf und seine struppigen Brauen schossen in die Höhe, sodass sie fast mit dem Haaransatz verschmolzen, als er sie erblickte. Er war kein Lächler – das hatte sie gleich bei ihrem ersten Treffen bemerkt. Aber sein mürrischer Ausdruck war ihr im Laufe der Monate ans Herz gewachsen. *Wenn* er einmal lächelte, war der Effekt umwerfend.

„Abgeordneter Joseph Huston, wie ich vermute?" Ein paar Stufen vor dem Ende der Treppe hielt sie inne und warf sich in Pose. „Welchem Umstand verdanke ich das Vergnügen?"

„Du siehst hinreißend aus, Lydia. Zum Vernaschen schön."

Da sie sich den Ausklang des Abends genau so vorgestellt hatte, war sein Kommentar ermutigend. „Und du wirkst wie ein Mann, der Eistee und einen Kuss braucht."

Er breitete die Arme aus, und sie schmiegte sich an ihn.

Minuten später ließ er sie los. „Ich habe dein Make-up ruiniert."

„Das macht nichts. Du gehst hoch und ziehst dich um, und ich richte mich wieder her. Wenn du wiederkommst, ist dein Tee fertig."

Als er wieder auftauchte, hatten sich auf den Gläsern Kondenstropfen gebildet. Im Anzug schaute er annehmbar aus, aber da er wie seine bäuerlichen Vorfahren gebaut war, stand ihm legere Kleidung besser. Er hatte ein gestreiftes Oxford-Hemd, graue Bügelfaltenhosen und Halbschuhe angezogen.

Joe war nicht hübsch. Niemand wäre je auf die Idee gekommen, ihn als schönen Mann zu bezeichnen. Aber seine ausgeprägten Gesichtszüge vermittelten den Eindruck, dass man sich auf ihn verlassen konnte, was die breiten Schultern und der kräftige Körperbau noch unterstrichen. Innerhalb weniger Jahre hatte sie Mutter und Vater und Großeltern verloren, aber in der Stunde der Not war Lydia Joe begegnet.

Mit einem adretten Lächeln reichte sie ihm seinen Tee. „Ich habe viel Zucker und Zitrone hineingetan – und etwas Minze aus Großmutters Garten. Vielleicht kann ich ihn wieder in Schuss bringen, bevor er vollends verwildert."

Er nahm drei große Schlucke, bevor er antwortete. „Ich hoffe, du betrachtest das nicht als deine vornehmliche Aufgabe, meine Liebe."

„Nein, hier drinnen gibt es wichtigere Probleme. Diese Tapete zum Beispiel." Sie zog eine Grimasse. „Es tut mir Leid. Das ist schwieriger, als ich dachte. Vielleicht sollte ich sie abreißen und die Wand streichen."

Er sah aus, als verkniffe er sich einen Kommentar – was ungewöhnlich genug war, um ihre Neugier zu wecken. „Joe? Du hast noch gar nichts zu den Veränderungen gesagt, die ich vorgenommen habe."

„Viel Gelegenheit hatte ich noch nicht, oder?"

Sie hob den Deckel vom Fleischtopf. „Guck dich doch um, während ich das Essen auftrage. Und dann sag mir, was du davon hältst."

Als er die Küche verließ, rührte sie den Sauerrahm ein und füllte das Bœuf Stroganoff in eine Servierschale um. Die Nudeln hatten gerade den richtigen Biss; sie schüttete das Wasser ab und füllte sie ebenfalls um. Die grünen Bohnen kamen in eine dritte Schüssel, und sie trug alles ins Esszimmer.

„Ich hatte nicht erwartet, diesen alten Tisch hier wieder vorzufinden." Joe schielte auf ihre Tafeldekoration.

„Das ist Mahagoni. Sobald ich ihn ein bisschen aufpoliert habe, wird er sich fantastisch in diesem Zimmer machen."

„Ich mag dieses alte Zeug nicht. Wir leben im zwanzigsten Jahrhundert."

Die Schärfe in seiner Stimme überraschte sie, aber sie führte sie auf seine Erschöpfung zurück. „Schatz, wir leben in Georgetown. Hier strotzt alles vor Geschichte. Die Antiquitäten passen zum Haus und zur Gegend. Plastik und Kunstleder wären hier wohl fehl am Platz, oder?"

Sie war enttäuscht, dass er kein freundliches Wort darüber verloren hatte, wie herrlich der Tisch gedeckt war, aber sie trug es mit Fassung.

Männer zogen in die Welt hinaus, um Drachen zu töten, und wenn sie zurückkehrten, schwangen sie noch immer ihre kleinen Schwerter. Es war die Aufgabe der Frauen, sie zu beruhigen und wieder zivilisierte Wesen aus ihnen zu machen. Und an manchen Tagen dauerte das halt etwas länger als sonst.

Sie bemühte sich, seine schlechte Laune durch Neckerei zu vertreiben. „Außerdem bist *du* doch derjenige, Joe, der immer davon redet, dass sich die Dinge zu schnell ändern und wir innehalten und uns auf die Werte unserer Vorväter besinnen sollten. Versuch die Antiquitäten doch einfach unter diesem Aspekt zu sehen."

„Ich nehme an, wenn sie *dir* gefallen ..."

„Mir? Mir gefällt mein Ehemann, und ich will nur, dass er glücklich ist."

Das schien ihn ein wenig zu besänftigen. Als alles aufgetragen war, zog er ihren Stuhl zurück und ließ sie Platz nehmen. Sie reichte ihm jede Schüssel und tat sich erst auf, wenn er sich bedient hatte. Aus den Augenwinkeln beobachtete sie, wie er den ersten Bissen vom Bœuf Stroganoff in den Mund steckte und sich Widerwille auf seinen Zügen abzeichnete. Er kaute und schluckte, nahm aber keinen zweiten Bissen, sondern wandte sich den grünen Bohnen zu.

„Magst du kein Bœuf Stroganoff?" Sie konnte sich das gar nicht vorstellen. Ihr Vater hatte das Rezept aus dem Chefkoch des „Mayflower Hotel" herausgekitzelt. Harold Charles hatte behauptet, es sei schwerer gewesen, an dieses Rezept zu gelangen, als Joseph Stalin nach dem Zweiten Weltkrieg zu Zugeständnissen zu bewegen.

Joe wirkte gequält. „Ich mag keine Pilze. Ich finde sie eklig."

„Meine Güte. Ich hatte keine Ahnung. Du hast es mir nie erzählt."

„Das ist nicht gerade ein gängiges Gesprächsthema, Lydia."

„Ja, aber wir sind jetzt verheiratet, Joe. Ich sollte so etwas wissen. Am besten machst du mir eine Liste."

Er hielt eine Gabel Bohnen hoch und starrte sie zornig an. „Ich kann auch Nüsse an meinem Gemüse nicht leiden."

„Das sind nur ein paar Mandeln, Schatz. Zur Geschmacksverbesserung."

„Grüne Bohnen haben auch so genug Geschmack."

Ihre Freude an dem Essen, an der Tafeldekoration, an seiner Rückkehr schmolz rasch dahin. „Tja, dann kannst du die Sachen, die du nicht magst, ja liegen lassen."

Er legte die Gabel hin. „Das wäre so ziemlich alles."

Ihr schossen Tränen in die Augen. „Ich habe mir mit dieser Mahlzeit viel Mühe gegeben. Ich wollte, dass sie etwas Besonderes wird."

Er schien sich eines Besseren zu besinnen, holte tief Luft und nahm die Gabel wieder in die Hand. „Ich weiß, dass du dir Mühe gegeben hast. Vielleicht muss ich mir etwas mehr Mühe geben, meinen Geschmack zu ändern."

Sie blinzelte unter Tränen und konzentrierte sich auf das Essen auf ihrem Teller, das ihr jetzt ungefähr so schmackhaft erschien wie Pappe.

„Und was ist mit den Vorhängen passiert?" Joe nahm einen großen Schluck Eiswasser. Er trank nach jedem Bissen einen Schluck.

„Sie waren alt und ausgeblichen. Der schwere Stoff hat überhaupt kein Licht hereingelassen, und ich möchte mitbekommen, was draußen vor sich geht. Und diese Reihenhäuser sind oft so düster."

„Jetzt kann uns die ganze Welt beobachten."

„Man nimmt doch höchstens ein paar Silhouetten wahr."

„Ich bin im Kongress. Ich will nicht, dass alle wissen, was ich mache und mit wem ich mich unterhalte."

Sie blickte auf. „Joe, wenn dich hier jemand Wichtiges besucht, muss er aus dem Auto steigen und zur Haustür gehen. Da kann ihn ohnehin jeder sehen. Sobald er drinnen ist, wird er zu einem Schatten hinter der Gardine."

„Was, wenn jemand mir oder meinen Besuchern Schaden zufügen will? Er kann jederzeit erkennen, wo wir sind."

Sie schob ihren Stuhl zurück und warf ihre Serviette auf den Tisch. „Dann such *du* die Gardinen aus, ja? Du klapperst die Geschäfte ab und suchst den Stoff aus, oder – noch besser – du gehst in einen Army-Laden und besorgst uns Verdunkelungsvorhänge aus dem Zweiten Weltkrieg. Und wenn du schon dabei bist, kauf auch gleich ein paar Möbel, die dir gefallen. Nichts von dem, was ich bis jetzt getan habe, sagt dir zu. Warum sollte ich weitermachen?"

„Nun werd nicht hysterisch. Um Himmels willen, ich habe mich nur über den Sicherheitsaspekt geäußert."

„Und über Pilze und Mahagoni und Nüsse in deinem Gemüse.

Oder was du für Nüsse hältst!“ Sie erhob sich, nahm ihren Teller und stürmte in die Küche.

Mit gesenktem Kopf stand sie vor der Spüle. Der eingeschaltete Ventilator auf der Arbeitsfläche ließ ihre losen Haarsträhnen flattern, und sie kitzelten sie im Gesicht. Ein Fetzen abgelöster Tapete schabte jedes Mal, wenn der Ventilator in seine Richtung blies, an der Wand entlang, fast im selben Rhythmus, in dem ihre Tränen in das Becken fielen.

Als das Schlimmste vorüber war, richtete sie sich auf und fing an, die Töpfe und Pfannen auszuscheuern. Sie arbeitete so verbissen, dass sie Joe erst bemerkte, als er direkt hinter ihr stand.

„Du reagierst ein wenig übertrieben.“

Sie vermutete, dass das seiner Vorstellung von einer Entschuldigung entsprach. „Du hast nicht ein nettes Wort für meine Arbeit hier übrig gehabt.“

„Ich bin jetzt im Kongress. Ich lebe im Licht der Öffentlichkeit. Wir sind nicht irgendein junges Paar, das einen Haushalt aufbaut. Es gibt Ansprüche, denen wir genügen müssen.“

Sie wandte sich ihm zu. Dass ihre Wimperntusche wahrscheinlich vollkommen verlaufen war, störte sie nicht. „Ich bin die Tochter eines Botschafters, Joe. Meinst du nicht, dass ich mich mit diesen Standards auskenne? Zu den ersten Sachen, die mein Vater mir beigebracht hat, zählten zwei Dinge: Sei niemals grausam zu anderen Menschen und versteige dich niemals zu der Haltung, dass deine Art, etwas anzupacken, die einzig Richtige ist.“

„Dann wirst du wohl einräumen, dass deine Art in diesem Fall falsch war.“

Sie konnte nicht fassen, dass er versuchte, sie mit ihren eigenen Worten zu schlagen, und völlig ignorierte, was sie damit eigentlich hatte ausdrücken wollen. „Was soll ich deiner Meinung nach tun?“

„Du brauchst professionellen Rat. Such dir jemanden, der die Arbeit macht und entscheidet, was hier hineinpasst. Ich werde mich bei ein paar Kollegen erkundigen, wer für so etwas in Frage kommt."

„Ein Innenausstatter? Du möchtest, dass ich einen Innenausstatter beschäftige?"

„Nur fürs Grundsätzliche. Damit alles seine Ordnung hat."

„Ich brauche niemanden, der mir sagt, was richtig ist. Ich habe Geschmack. Ich habe Stil."

„Ich will es aber."

Sie erwog, seinen Wunsch abzulehnen. Was würde er dann tun? Wie würde er sie bestrafen?

„Bitte." Er rang sich ein Lächeln ab. „Das ist eine zu schwere Aufgabe für eine kleine Frau. Du wirst genügend anderes im Kopf haben. Wir müssen eine Familie gründen. Ich möchte nicht, dass du Möbel streichst und Farbdämpfe einatmest und auf Leitern kletterst, wenn du schwanger bist."

In diesem Augenblick konnte sie sich nicht vorstellen, die Mutter seiner Kinder zu werden. Sie war zu wütend und vor allem zu verletzt. Sie wandte sich ab und starrte die Wand über der Spüle an.

Joe legte ihr die Hände auf die Schultern. „Du hast schon so viel getan, um das Haus wohnlicher zu gestalten. Warum lässt du dir nicht helfen? Dann wirst du mehr Zeit für andere Dinge haben und kannst dich mit ein paar Frauen aus der Nachbarschaft anfreunden."

Das Haus gehörte ihr. Ihr! Und sie liebte es auf eine Weise, mit der kein Innenausstatter mithalten konnte. Sie verkniff sich diesen Kommentar. „Ich werde mir ein paar Namen besorgen und mich beraten lassen. Aber nur beraten, Joe. Was das Haus angeht, treffe ich die letzten Entscheidungen. Sind wir uns einig?"

„Wenn du versprichst, die Arbeit nicht selbst zu machen. Du musst an Wichtigeres denken. Du *willst* doch ein Baby, oder?"

Sie fragte sich, warum *er* eins wollte. Genoss er die Vorstellung, jemanden im Hause zu haben, den er durch seine pure körperliche Überlegenheit dazu bringen konnte, all seinen Anordnungen zu gehorchen?

Dieser Gedanke ängstigte sie. Sie übertrieb sicherlich maßlos. Joe war müde, und es war heiß. Sie hatte den Fehler begangen, Stroganoff zuzubereiten, sodass er auch noch Hunger hatte. Aber er war der Mann, für den sie sich entschieden hatte. Der Mann, den sie liebte.

„Ich verspreche es", sagte sie mit fester Stimme. „Und ja, natürlich möchte ich ein Baby. Aber vielleicht nicht sofort. Ich will mich erst einleben."

Er strich ihr über die Oberarme. „Dann leben wir uns ein. Ruf morgen gleich ein paar Leute an, in Ordnung?" Er drehte sie zu sich um. „Sehe ich da Erdbeeren?"

„Und Soufflee." Sie reckte das Kinn vor. „Das magst du wahrscheinlich auch nicht."

„Ich sterbe für beides. Ich kann es kaum erwarten." Er beugte sich vor und küsste sie.

Sie ließ ihn gewähren, aber die Lust war ihr vergangen.

19. KAPITEL

Als Faith am Montagmorgen den Hörer auf die Gabel legte, grollte in der Ferne Donner, und die Regentropfen fielen schwer auf den Bürgersteig. Sie starrte geradeaus.

Alex kam ins Zimmer und tippte ihr auf die Schulter, um sie ins Diesseits zurückzuholen. „Wohin guckst du? An der Wand gibt es nichts zu sehen."

„Nicht einmal einen vernünftigen Anstrich." Faith legte ihrem Sohn den Arm um die Taille und zog ihn an sich. „Wie würde es dir gefallen, mir ein bisschen zu zeigen, wie man im Internet surft? Das Gewitter ist nicht so schlimm, dass wir den Computer ausschalten müssen, oder?"

„Surfen? Du?"

Sie konnte es ihm nicht verdenken. In der Familie war sie als Technikbanausin verschrien. Sie besaß eine E-Mail-Adresse, die David ihr eingerichtet hatte, aber sie schaute nie in ihr Postfach.

„Kannst du dir vorstellen, wie viel die Leute einem bezahlen würden, wenn man die Geschichte ihres Hauses recherchierte und aufschriebe? Hunderte, manchmal Tausende von Dollar."

Alex rümpfte die Nase. „Das ist bedeutend mehr, als ich mit Efeuvernichtung verdiene."

Sie nahm an, dass der Tag nicht mehr fern war, an dem ihr Sohn ständig die Nase rümpfen würde, wenn er an seinen Hungerlohn dachte. „Ich überlege gerade, ob ich nicht besser damit mein Geld verdienen sollte, statt mir einen Bürojob zu suchen. Ich habe vier Firmen angerufen und mich erkundigt, wie viel sie für solche historische Forschung verlangen. Wenn ich meine Sache gut mache, könnte ich uns damit wahrscheinlich ernähren."

„Das ist es, was du im Netz herausfinden willst?"

„Exakt, du Genie." Sie drückte ihn ein letztes Mal und ließ ihn dann los. „Ich weiß nicht einmal ein Zehntel von dem, was ich wissen muss, aber ich kann es mir aneignen. Hast du gerade Zeit?"

Alex sah aus, als hätte sie ihm gerade einen Privatschlüssel zur Himmelspforte ausgehändigt.

Während das Unwetter näher kam, machte sie sich mit dem Internet vertraut. Mit der Hilfe von Alex und „Scavenger" durchforstete sie historische Seiten, entdeckte und bestellte Bücher über Nachforschungen und studierte Mailinglisten- und Foren-Archive.

Eine Stunde später schob sie ihren Stuhl von Alex' Tisch weg. „Toll. Wo war ich, als das erfunden wurde?"

„Kochen."

Sie warf ihm einen Seitenblick zu und hoffte, dass er scherzte, aber dem war nicht so. „Ich schätze, keine Küche zu haben, ist – so gesehen – ein Fortschritt, hm?"

„Werden wir je wieder eine haben?" erkundigte er sich mit sehnsuchtsvoller Stimme.

„Wir sind fast so weit. Die Schränke können bald aufgestellt werden." Sie bemerkte seinen skeptischen Gesichtsausdruck. „Ehrlich."

„Vielleicht kannst du dann mal Hühnchen mit Knödeln machen."

„Gleich als Erstes." Sie stand auf. „Ich werde mir einen Computer kaufen müssen, aber ich vermute mal, ich kann ihn als berufliche Ausgabe absetzen. Und ich brauche einen mit möglichst vielen PS."

„Meinst du Megahertz oder Gigabyte?"

Sie hatte keine Ahnung, wovon er sprach. „Einen, der schnell ist, so einen wie deinen. Als ich das letzte Mal an einem Computer gesessen habe, hat alles ewig gedauert. Da habe ich die Geduld verloren."

„Wenn wir uns DSL oder ein Kabelmodem besorgen, kann ich unsere Computer vernetzen. Und wenn du den größten Computer nimmst, den es gibt, ist er auch in ein paar Monaten noch nicht veraltet."

So, wie *er* das sagte, klang es gut und einfach durchzuführen. Sie zog eine Grimasse.

„Ich kann dir eine Liste machen, was du alles brauchst." Seine kurzen Finger flitzten über die Tastatur.

„Kann man Computer online kaufen?" Als er nickte, beauftragte sie ihn, ein paar Preise zu vergleichen. Er machte sich an die Arbeit. Faith nahm an, dass sie vor der Schlafenszeit nichts mehr von ihm hören würde.

Unten in der Küche begutachtete sie, was sie bisher geschafft hatte. In ein paar Tagen würde der Schreiner kommen, um die Schränke aufzubauen. Hühnchen und Knödeln stand bald nichts mehr im Weg.

Und auch ihrem neuen Job blickte sie mit Zuversicht entgegen. Seit ihren Tagen als flachsblonde Wahlkämpferin verfügte Faith über wertvolle Kontakte. Sie hatte Lady Bird Johnson Blumensträuße überreicht und mit Amy Carter im Kino des Weißen Hauses „Die Katze aus dem Weltraum" und „Superman" gesehen. Zwar wurde sie nicht mehr zu den wichtigen Partys eingeladen, aber auch die Leute, die nicht durch ihre Gegenwart an den Skandal erinnert werden wollten, würden sie gerne in aller Stille für eine Studie über ihr Haus engagieren. Sie musste nur den Türklopfer betätigen.

Sie streckte den Arm aus. Sie lächelte; sie konnte das kühle, harte Messing des Rings förmlich spüren. Aber selbst wenn der

Klopfer real gewesen wäre, hätte sie ihn nicht sehen können, denn es war stockdunkel.

„Mo-om!"

Der Schrei kam von oben, wo Alex gerade seine Zimmertür geöffnet hatte. „Mom, der Strom ist weg. Schraub die Sicherung wieder rein!"

Sie bezweifelte, dass die plötzliche Finsternis irgendetwas mit ihrem Sicherungskasten zu tun hatte. „Geh in mein Zimmer und schau aus dem Fenster", rief sie ihm zu. „Ich wette, dass die ganze Straße kein Licht hat."

Von da, wo sie gerade stand, konnte sie erkennen, dass die Straßenlampe vor dem Fenster nicht leuchtete. Das Gewitter hing zwar nicht direkt über ihnen, hatte aber offenbar irgendwo in der Stadt Schaden angerichtet.

Noch eine Tür ging auf. Remy hatte Musik gehört, und für einen kurzen Augenblick war es in ihrem Zimmer bemerkenswert still. „Ohne Strom kann ich gar nichts tun! Das ist Scheiße!"

„Kommt runter, wir zünden Kerzen an. Aber passt auf der Treppe auf." Faith ging in die Vorratskammer und stöberte zwei Zimtduftkerzen in Apothekergläsern auf, die Alex und Remy ihr zum letzten Geburtstag geschenkt hatten. Sie zündete sie an und trug sie zum Esszimmertisch. Das alte Haus wirkte gleich viel besser: Man sah nicht mehr, dass sie sich noch nicht für eine bestimmte Wandfarbe entschieden hatte, und die Kratzer im Holz waren kaum der Rede wert.

Alex stand jetzt neben ihr. „Hey, das ist Klasse. So sieht es viel besser aus."

„Wie schade, dass dein Computer abgestürzt ist und die Arbeit im Internet somit für die Katz war."

„Ich habe schon einiges gefunden und eine Seite ausgedruckt.

Den Rest kann ich später machen. Soll ich noch mehr Kerzen anzünden?"

Alex fand eine Kiste mit Teelichten, und Faith brachte Saftgläser, um die kleinen Kerzen vor Zug zu schützen. Fünf Minuten später tanzten Schatten über die Wände. Faith ließ sich auf dem Sofa nieder und zog die Beine halb unter den Körper.

„Ihr werdet noch die ganze Bude abfackeln." Remy kam die Treppe herunter und hockte sich niedergeschlagen auf eine der unteren Stufen.

Faith ahnte, dass ihre Tochter gerade mit sich rang. Remy konnte nichts anderes tun, als mit ihrer Familie zu reden, aber das war eigentlich das Letzte, was sie wollte.

Alex ließ sich neben seine Mutter fallen. „Wir können Scharade spielen, wie früher, als Daddy ..." Er bremste sich, aber es war zu spät.

„Scharade ist doof", meinte Remy. „Leute raten lassen, was man darstellt, wenn man es ihnen einfach sagen könnte."

„Was weißt *du* schon", maulte Alex.

Wenn sie früher die Kinder beschäftigen musste, hatte Faith Brettspiele hervorgezaubert oder ihnen aus den Kinderbuchklassikern vorgelesen, wobei das Kerzenlicht über die Seiten geflackert war wie in jenen Tagen, da Candace und Jedediah Wheelwright dieses Haus bezogen hatten.

Daran musste sie jetzt denken. „Als eure Ururgroßmutter in diesem Haus gelebt hat, das damals brandneu war, gab es wahrscheinlich gar keinen Strom. Sie hat Hüte angefertigt. Habe ich euch das schon erzählt? Sie hatte einen kleinen Laden auf der Wisconsin Avenue. Ich glaube, wenn sie abends nach Hause kam, brachte sie kistenweise Federn, Tüll und Perlen mit und all die anderen Sachen, die eine gute Hutmacherin brauchte, und setzte sich in genau dieses Zimmer, um Hüte für die reichen Ladys herzustellen. Alles nur beim Schein von Kerzen und Petroleumlampen."

„Hüte?" Remys Tonfall ließ keinen Zweifel daran, was sie davon hielt. Hüte und Mützen waren etwas, das man nur im Winter trug, und auch dann nur unter Protest.

„Damals ging keine Dame, die etwas auf sich hielt, mit unbedecktem Kopf aus dem Haus. Die Frauen hatten ellenlanges Haar, und die Hüte, unter denen sie es verbargen, waren über und über verziert."

„Mit was für Verzierungen?" fragte Alex.

„Blumen und Federn. Von echten Vögeln ..."

„Lebenden?"

Faith war in ihrem Element. Sie berichtete ihnen, wie die „Audubon Society" gegründet worden war, um die Reiher zu schützen, die damals massenhaft abgeschlachtet wurden.

„Woher weißt du das alles?" Gegen ihren Willen war Remys Interesse doch erwacht.

„Ich habe in der Bibliothek einen Artikel gefunden."

Alex formte mit seinen Händen einen Vogel, dessen Schatten er über die Wand fliegen ließ. „Wieso hat sie Hüte gemacht? Hat ihr Mann nicht gearbeitet? Mussten damals alle arbeiten?"

Faith war froh, ihr neues Wissen mit jemandem teilen zu können. Die Kraft und der Einfallsreichtum ihrer weiblichen Vorfahren, von denen sie früher nicht das Geringste gewusst hatte, machte sie stolz. Allmählich erkannte sie, dass sie von starken, bemerkenswerten Frauen abstammte.

„Also, ich denke, dass sie angefangen hat zu arbeiten, damit sich die beiden dieses Haus leisten konnten. Jedediah ist jung gestorben. Sie hatten nur ein Kind, eure Ururgroßmutter Violet, und ich vermute, dass Violet im Laden aushelfen musste."

„Ich …“ Alex’ nächste Frage wurde von einem Klopfen an der Haustür unterbrochen.

Widerstrebend stand Faith auf. „Ich hoffe, mit Dottie Lee ist alles in Ordnung. Vielleicht braucht sie Kerzen.“

„Dottie Lee hat überall Kerzen“, sagte Alex. „Für eine gemütliche Stimmung, wenn die Männer sie besuchen kamen.“

Faith fragte sich, ob Alex vielleicht doch zu viel Zeit in Gesellschaft ihrer Nachbarin verbrachte.

Mittlerweile schien sich das Unwetter genau über ihnen auszutoben, und der Regen fegte in stahlgrauen Strömen über die Straße. Sie schaute durch das Fenster neben der Tür und sah unter einem Regenschirm ihre Mutter.

Rasch öffnete sie und winkte Lydia herein. „Was tust du da draußen in dieser Waschküche?“ Sie ließ ihrer Mutter keine Zeit zu antworten. „Alex“, rief Faith, „komm, stell den Schirm deiner Großmutter in der Gästetoilette ins Waschbecken.“

Er führte den Auftrag aus und handelte sich dafür eine kurze, feuchte Umarmung ein. Auf der Treppe murmelte Remy einen missmutigen Gruß. Sie war offenkundig der Meinung, dass sich die Lage durch Lydias Eintreffen nicht gerade gebessert hatte. Faith musste dem zustimmen. Ein paar Minuten lang hatte sie wieder das Gefühl gehabt, dass sie und die Kinder eine richtige Familie waren.

„Da ist eine Kaltfront, die sich auf dem Weg zu uns befindet. Es wird die ganze Woche schütten.“ Lydia reichte Faith ihren Regenmantel und streifte ihre Ferragamo-Pumps ab, als wären sie irgendwelche Billigschuhe. Sie trug einen eleganten grünen Strick-Zweiteiler mit einer dezenten Perlstickerei am Halsausschnitt.

Faith hängte den Regenmantel in die Garderobe. „Du hast dich so schick gemacht. Bist du auf dem Weg zu einer Party?“

„Ich bin gerade von einer Wahlkampfparty *geflohen*, drüben in der Dumbarton Street. Die langweiligste Veranstaltung, die ich je besucht habe. Dein Vater ist noch da, um weitere Unterstützung für seine Berufung in den Finanzausschuss zu gewinnen."

„Du hast dich davongestohlen?"

Lydia lächelte. „Als die Lichter ausgingen, habe ich die Gelegenheit genutzt, um zu verschwinden. Der Gastgeberin habe ich erzählt, dass ich nachschauen muss, ob mit dir und den Kindern alles in Ordnung ist. Ich möchte so ein Unwetter lieber im Familienkreis durchstehen."

Faith war überrascht und gerührt. „Weiß Dad, dass du hier bist?"

„Er geht davon aus, dass ich die eine Hälfte der Gäste abklappere, während er sich der anderen widmet. Wir laufen uns selten über den Weg. Vielleicht bemerkt er gar nicht, dass ich weg bin."

Das bezweifelte Faith. Joe Huston entging nichts.

„Und wobei habe ich euch unterbrochen?" Lydia klang wirklich neugierig.

Faith führte ihre Mutter zum bequemsten Sessel im Wohnzimmer. „Wir haben gerade über Candace Wheelwright gesprochen. Ich habe den Kindern von ihrer Arbeit als Hutmacherin berichtet."

Faith rechnete damit, dass Lydia – wie fast immer, wenn es um die Vergangenheit ging – das Thema wechselte, aber ihre Mutter tat nichts dergleichen. Stattdessen fragte sie: „Wie hast du denn das in Erfahrung gebracht?"

Jetzt hatte Faith ein Problem. Schließlich wollte sie ihrer Mutter nichts von ihren Nachforschungen verraten, denn das sollte eine Überraschung werden. Sie entschied sich deshalb für eine

Halbwahrheit. „Ich habe mich nach der Gartenführung erkundigt, die du erwähnt hast."

„Meine Großmutter hat mir von den Hüten erzählt, bei deren Anfertigung sie ihrer Mutter geholfen hat."

„Kannst du dich daran erinnern?"

Lydia setzte sich auf die gleiche Art hin wie Faith, die auf dem Sofa Platz genommen hatte. Im Kerzenlicht sah die ältere Dame jünger aus. Vielleicht lag es auch nur daran, dass sie wirkte, als fühle sie sich hier wohl – als gehöre sie wirklich hierher. „An eine Sache entsinne ich mich."

„Mom hat gesagt, sie haben echte Vögel auf die Hüte geklebt." Über diese Skrupellosigkeit war Alex noch immer nicht hinweggekommen.

„Mag sein, aber ich kann dir nur von Früchten berichten. Meine Großmutter war etwa so alt wie du, Remy, als ihre Mutter einmal krank wurde. Dummerweise hatte die Gemahlin des Vizepräsidenten bei Candace einen Hut in Auftrag gegeben."

„Wer war damals Vizepräsident?" Einen Augenblick lang schien Remy ihre Grantigkeit vergessen zu haben.

„Weiß der Himmel. Wir müssten das nachschlagen. War McKinley nicht damals Präsident?"

„Mit dem Computer könnte ich das ruck, zuck herausfinden", meinte Alex. „Wenn wir Strom hätten."

Faith war sich bewusst, dass sie Zeugin eines höchst ungewöhnlichen Vorgangs wurde. Ihre Mutter hatte sich wie ein ganz normales Familienmitglied in ihren Kreis eingefügt. Statt das Gespräch zu stören, bereicherte sie es. „Und was hat Candace getan?" fragte Faith.

„Sie hat meiner Großmutter gesagt, dass *sie* den Hut fertig stellen müsse. Die Gattin des Vizepräsidentin wollte ihn auf einem

Gartenfest tragen, das anlässlich irgendeines Handelsabkommens mit Südamerika gegeben wurde. An die Einzelheiten erinnere ich mich nicht. Ich weiß nur, dass Bananen eine Rolle spielten, denn die Gattin des Vizepräsidenten wollte einen Obstsalat auf dem Kopf haben."

Remy kicherte, ein Klang, den Faith seit Monaten nicht mehr gehört hatte. „Also musste Violet bei ihrem ersten eigenen Hut gleich einen Obstsalat gestalten?"

„Genau. Nur war sie übereifrig. Ihre Mutter hatte eine große Auswahl an Wachsfrüchten bestellt, und Violet konnte sich nicht entscheiden. Als sie fertig war, war der Hut so schwer, dass die Krempe ihre Last nicht tragen konnte. Als die Dame zur Anprobe kam, knickte der Hut ein, und das Obst kullerte ihr in den Schoß und der armen Violet über die Füße."

„Oh nein!" Remy prustete los. „Das war ihr bestimmt superpeinlich."

Lydia lächelte, zufrieden mit ihrem Erfolg. „Natürlich ist Violet in Tränen ausgebrochen, aber nach dem ersten Schreck hat die Frau einfach gelacht. Sie lachte noch immer, als sie den Laden verließ, aber erst nachdem sie Violet erklärt hatte, dass sie morgen zur nächsten Anprobe wiederkäme und dann gerne eine *Kinderportion* Obstsalat hätte."

„Das ist herrlich." Faith freute sich, dass ihre Mutter sich an diese Anekdote erinnerte. Nach einer kleinen Recherche über die Gattinnen der Vizepräsidenten konnte sie das in die Geschichte des Hauses aufnehmen. „Und wurde der Hut rechtzeitig fertig und Candace wieder gesund?"

„Candace lebte noch etwa zwanzig Jahre. Und der Hut war ein Erfolg, obwohl Violet behauptete, die Besitzerin hätte sich an den Bienen gestört, die ihn immer umschwirrten."

Wieder lachten sie, und danach breitete sich eine wohlige Stille im Zimmer aus. Faith brach das Schweigen erst, als Alex herumzuzappeln begann. „Ich habe etwas über die Garten-Tour herausgefunden."

Lydia schmiegte sich tiefer in ihren Sessel. „Gut, erzähl es uns. Mir ist jeder Grund recht, nicht wieder in den Regen hinaus zu müssen."

„*Dich* hat niemand gewählt. Lass Dad zur Abwechslung mal allein seine Brötchen verdienen."

Lydia lächelte dünn. „Das klingt gut."

„Du hattest Recht mit der Führung. Ich habe zwei kurze Notizen in alten Zeitungen aus Georgetown gefunden und eine Erwähnung in der ‚Post'."

„Mir war nicht klar, dass du dir so viel Mühe machen würdest."

Faith ruderte zurück. „Ich musste nur einmal in die Bibliothek gehen. An einem Tag im April 1941 ist ein beträchtlicher Prozentsatz der Einwohner von Washington D.C. durch unser Haus marschiert, die Stufen zum Keller hinunter und raus in den Garten."

„Nur um das Grundstück von irgendwem zu besichtigen?" Remy fiel es schwer, das zu glauben.

Lydia versuchte, es ihrer Enkelin zu erklären. „Das muss ein unheimliche Ehre gewesen sein. Meine Großmutter war eine einfache Frau, die von einfachen Arbeitern abstammte. Allerdings war ihre Liebe zu meinem Großvater ziemlich außergewöhnlich."

Da Remy Interesse signalisierte, fuhr Lydia fort: „Stell dir mal vor: Violet, die keinen Vater, keine Brüder und sehr wenig Umgang mit Männern hat, geht eines Morgens, als sie erst siebzehn ist, zum Hutmacherladen, um aufzuschließen. Kaum steht sie hinter dem

Tresen, betritt dieser unglaublich attraktive Mann den Laden – mit einer ebenso attraktiven Frau am Arm."

Remy beugte sich vor. „Woher weißt du, dass er so toll ausgeschaut hat?"

„Ich habe Fotos gesehen. Wahrscheinlich habe ich sie noch in irgendeiner Kiste."

„Welch ein Jammer! Du solltest sie hervorholen, Mutter!" schimpfte Faith.

Lydia winkte ab. „Ich werde sie suchen und dir geben. Neben der Treppe würden sie sich gut machen, nicht? Wie auch immer, der schöne Mann war gekommen, um für seine Verlobte, eine Frau aus einer der besten Familien von Georgetown, einen Hut zu kaufen. Er hieß James Atkins, war Gelehrter und Lehrer und zu dieser Zeit bereits für seine Lincoln-Biografie bekannt. Seine Reaktion auf den Anblick meiner Großmutter war allerdings recht unakademisch. Er verliebte sich stehenden Fußes in sie, löste seine Verlobung und heiratete Violet sechs Monate später. Ein richtiger Skandal."

„Der Teil ist langweilig", befand Alex.

Lydia tätschelte sein Knie. „In Ordnung, dann überspringen wir das und kommen zu den Heldentaten. Weißt du irgendwas über den Ersten Weltkrieg?"

„Er kam vor dem Zweiten Weltkrieg."

„Brillant", meinte Remy. „Und mir hat der andere Teil gefallen."

Lydia warf ihr ein Lächeln zu. „James, mein Großvater, hat sich freiwillig gemeldet und wollte auch nicht in der Verwaltung eingesetzt werden. Unglücklicherweise ist er in Frankreich in einen Giftgasangriff geraten und fast gestorben. Man schickte ihn nach Hause, und er hat noch viele Jahre gelebt, aber er war nur noch ein Schatten seiner selbst. Er wurde so etwas wie ein Einsiedler. Meine Großmutter wagte es wegen seines Zustands nicht, außer Haus zu arbeiten, also machte sie ihre einzige echte Begabung zum Beruf und wurde Klavierlehrerin. Sie hat in diesem Zimmer unterrichtet, an diesem Klavier."

„Das war aber nicht ihr einziger Broterwerb." Faith hatte sich ein paar Einzelheiten gemerkt, die sich jetzt zu einem Bild zusammenfügten. „Nicht ganz."

„Nein?"

„Violet hat in ihrem Garten Topfpflanzen gezüchtet. Im Frühling Tulpen und Narzissen. Im Herbst einjährige Zierpflanzen. Aus dem ganzen Westteil von Georgetown kamen Kunden zu ihr. So ist sie auch in die Garten-Tour aufgenommen worden. In den Zeitungsausschnitten, die ich gefunden habe, wird sie ‚Violet mit dem grünen Daumen' genannt. Die hiesigen Damen der Gesellschaft haben sich bei ihr Pflanzen besorgt."

„Großmutter hat ständig gearbeitet", sagte Lydia. „An die Pflanzen erinnere ich mich nicht. Vielleicht hat sie aufgehört, sie zu verkaufen, als Amerika in den Krieg eintrat, aber ich weiß, dass sie immer viel zu tun hatte."

„In unserer Familie gab es einige vorbildliche Frauen." Faith sprach mit Lydia, hoffte aber, dass Remy noch zuhörte. „Einschließlich deiner Mutter, die die ganze Welt bereist hat, um deinem Vater zu helfen, unser Land zu vertreten."

Lydia antwortete nicht. Faith fragte sich, was ihrer Mutter durch den Kopf ging. Überlegte sie, was ihre eigenen Nachfahren dereinst von ihr denken würden? Sie hatte die Entführung ihrer Tochter durchgestanden, aber um welchen Preis?

Und was würden Remys Kinder und Enkelkinder später über Faith erzählen? Dass sie nach ihrer Scheidung verbittert war? Dass sie in Selbstmitleid gebadet hatte – oder dass sie sich, wie ihre weiblichen Vorfahren, wieder aufgerappelt und um ihr Glück gekämpft hatte? Nie war ihr so deutlich geworden wie jetzt, wie sehr sie sich das Letztere wünschte.

„Dieses Gespräch verlangt nach einer kleinen Expedition", sagte Lydia schließlich, stand auf und griff nach einer Kerze. „Wollt ihr sehen, was Candace uns hinterlassen hat?"

„Noch eine Inschrift?" Alex war schon auf den Beinen. „Die im Garten habe ich noch nicht entdeckt."

„Dich kann ich wirklich nicht überraschen, so sehr ich es auch versuche." Lydia ging an Remy vorbei die Treppe hinauf, und sofort bildete sich hinter ihr eine kurze Schlange. Sie führte die drei in Faith' Zimmer.

„Als Jedediah gestorben war, wollte Candace nicht mehr in diesem Zimmer schlafen. Zu viele Erinnerungen, nehme ich an. Deshalb machte sie es zu ihrer Werkstatt. Hier hat sie abends und an den Sonntagen an ihren Hüten gearbeitet. Meine Großmutter erzählte mir, dass Candace genau hier gesessen hat." Lydia zeigte in die Mitte des Raums. „An einem Tisch, von dem sie zum Fenster hinausblicken konnte. Sie wartete darauf, dass Jedediah nach Hause kam."

„Aber der war tot." Alex zog die Brauen hoch. „War sie verrückt?"

„Nein, aber als er noch lebte, hatte sie sich immer umgezogen und ihr Haar in Ordnung gebracht, bevor er abends nach Hause kam. Sie war also normalerweise in diesem Zimmer und hielt nach ihm Ausschau. Sie vertraute mir an, dass der Höhepunkt ihres Tages darin bestand, Jedediah auf der Prospect Street zu entdecken, und als er gestorben war, versuchte sie diese Momente wieder heraufzubeschwören. Sie meinte, dass sie sich ihm dann nahe fühlte."

Faith kämpfte mit den Tränen. Sie räusperte sich. „Ich schätze, ich weiß, wo sie die Inschrift hinterlassen hat." Sie trat ans Fenster und kniete sich hin, sodass sie unter den breiten Sims gucken konnte. „Da ist sie."

Remy war als Erste an ihrer Seite. Sie hockte sich ebenfalls hin und betrachtete die eingeritzten Worte. „Weil sie hier so oft auf ihren Mann gewartet hat?"

„Bestimmt."

Remy fuhr mit der Fingerspitze über die Buchstaben, die mit der Zeit schwächer geworden und von Anfang an nicht das Werk einer Expertin gewesen waren. Ein einfaches viktorianisches Graffito. Ein Liebesgedicht.

Alex kam zu ihnen, und Faith machte ihm Platz. „Ist dein Name auch irgendwo, Großmutter?"

„Nein."

Faith war froh, als es abermals an der Tür klopfte, sodass die Stille endete. Wo hätte Lydia ihren Namen hinterlassen? Auf dem Fußboden unter dem Bettchen, in das sie ihre erste Tochter für ihr erstes und einziges Nickerchen in der Prospect Street gelegt hatte?

„Wenn die Sonne scheint, haben wir weniger Besuch." Alex sprang auf und rannte die Treppe hinunter. „Hey, es ist Pavel."

Faith warf ihrer Mutter einen Blick zu und sah, dass Lydia aufmerkte. Die beiden waren sich noch nicht begegnet. Faith unterdrückte das Bedürfnis, sich mit den Fingern durchs Haar zu fahren. Sie ging barfuß die Treppe hinunter und kam gerade unten an, als sich Pavel wie ein Wasserspaniel schüttelte. Alex trug seinen Regenschirm bereits ins Gäste-WC, wo er Lydias Schirm Gesellschaft leisten konnte.

„Hey, hallo. Hast du dich im Dunkeln einsam gefühlt?" Als sie die Worte aussprach, ging ihr auf, wie missverständlich sie waren.

Er grinste; offenbar hatte er die Worte genauso ausgelegt. „Ich habe mir um dich und die Kinder Sorgen gemacht. Sieht so aus, als bliebe der Strom noch eine Weile weg. Offenbar eine größere Sache. Ich wusste nicht, ob ihr darauf vorbereitet seid, also habe ich Kerzen und Streichhölzer und eine zweite Taschenlampe gekauft." Zum Beweis schwenkte er eine Plastiktüte.

„Das war sehr umsichtig." Sie trat zur Seite, sodass Lydia herunterkommen konnte. „Ich glaube, du kennst meine Mutter noch nicht." Sie stellte die beiden einander vor.

Einen Moment lang sagte niemand etwas. Lydia stand still da und musterte ihn. Pavel machte die erste Bewegung. Er kam näher und blieb unmittelbar vor ihr stehen. Lydia streckte die Hand aus, er ergriff sie, und sie murmelten etwas Höfliches.

Pavel sah sich im Zimmer um. „Diese alten Häuser sollte man immer so beleuchten. Das sieht schön aus."

„Komm, setz dich zu uns", sagte Faith. „Aber ich muss dich warnen: Wir erzählen alte Familiengeschichten."

„Danke, aber ich muss nach Hause. In eines der Schlafzimmer oben regnet es rein."

„Pavel renoviert sein Haus ganz allein", erläuterte Faith Lydia. „Du solltest mal sehen, was er schon geschafft hat."

„Kann ich es sehen?" fragte Alex. „Kann ich mal vorbeikommen?"

„Du und Remy, ihr seid mir jederzeit willkommen", sagte Pavel.

Remy rümpfte die Nase.

Der Türklopfer klapperte schon wieder, diesmal allerdings lauter. Faith schlüpfte an Pavel vorbei, um aufzumachen. Unter einem großen schwarzen Schirm blickte Joe Huston sie finster an. „Faith." Er nickte knapp.

Sie winkte ihn hinein, nahm seinen Schirm und schüttelte das Wasser ab. Da das Waschbecken in der Gästetoilette belegt war, lehnte sie den Schirm einfach an die Wand.

Joe ging nicht weiter hinein als bis zur Fußmatte. „Lydia, unsere Gastgeberin hat mir gesagt, dass ich dich hier finde. Es war mir peinlich zu bleiben, wo du schon gegangen warst."

„Ich wäre ja wiedergekommen. Ich wollte nur sichergehen, dass Faith und die Kinder wohlauf sind."

Faith stellte ihm Pavel vor, und die Männer schüttelten kurz die Hände. Joe rang sich ein grantiges Hallo in Richtung seiner Enkelkinder ab.

Faith nahm ihn am Arm, um ihn vom Eingang wegzulotsen. „Ich bin froh, dass du hier bist. Jetzt kannst du dir ansehen, was ich seit deinem letzten Besuch geschafft habe."

„Nicht heute, Faith." Er schüttelte sie nicht ab, aber sie fühlte, wie sich sein ganzer Körper sträubte, und er bewegte sich partout nicht vom Fleck. Erst als sie ihn losließ, schien er zu bemerken, dass er sehr abweisend reagiert hatte. „Deine Mutter und ich müssen nach Hause. Du kannst mich später einmal herumführen. Wenn es genügend Licht gibt."

„Wir sind mit zwei Autos da, Joe", rief ihm Lydia in Erinnerung. „Ich komme nach, sobald das Unwetter nachgelassen hat."

„Nein, für Samuel ist es leichter, wenn wir zusammen kommen."

„Du kannst ihm ja sagen, dass ich bald nachkomme."

Einen Augenblick lang sah es so aus, als wolle er weiterstreiten; dann zog er die Schultern hoch. „Ich sehe dich also zu Hause."

Lydia sah aus, als bezweifle sie das sehr.

Faith öffnete die Tür und reichte ihm seinen Schirm. Er hatte die zerbrechliche Harmonie der Familie und ihrer Erinnerungen zerstört. Allzu kurz war das Haus durch beides zu neuem Leben erwacht. Sie war ihm böse, um ihrer selbst und um der anderen willen.

„Komm, sobald du Zeit hast“, sagte sie höflich. Und so leise, dass die anderen es nicht hören konnten, setzte sie mit wutbebender Stimme hinzu: „Und nur, wenn du besserer Stimmung bist. Das ist das zweite Mal, dass du mich in meinen eigenen vier Wänden brüskiert hast.“

Sie konnte kaum glauben, dass sie das wirklich ausgesprochen hatte. Er erstarrte. Da sie sich nicht traute, noch etwas zu sagen, trat sie ins Haus zurück und ließ die Tür fest ins Schloss fallen.

20. KAPITEL

Die „Georgetown Regional Library“ öffnete jeden Morgen um zehn, und in den nächsten Wochen wartete Faith jeden Tag bereits auf der Schwelle. Es hatte keinen Sinn mehr, etwas am Haus zu tun, sobald die Kinder zur Schule gegangen waren. Der Bauunternehmer kam jeden Morgen ziemlich früh, um die Schränke aufzubauen und die Lieferungen zu überwachen. Faith war dabei nur im Weg, also suchte sie das Weite.

Sie hatte die Recherchen über ihre Schwester lange genug vor sich her geschoben. Mittlerweile wusste sie mehr über ihre entfernten Vorfahren als über die Menschen, die ihr am nächsten standen. Candace und Violet waren durchaus interessant, aber Hope hatte ihr Leben viel stärker beeinflusst.

Am Dienstag bat Faith Dorothy um das Sammelalbum. Sie las bis zum Mittag und notierte Fragen und Stichpunkte. Sie war erstaunt, wie viele Informationen hier zusammengetragen worden waren. Das Album war eine chronologische Dokumentation der Entführung und der polizeilichen Nachforschungen. Die Grundzüge waren ihr bekannt, aber sie erkannte sofort, dass an der Geschichte mehr dran war. Sie tauchte in den Strudel der Suche, der Verdächtigen, der Alibis, der Theorien ein, lernte sogar die Charakterzüge der Reporter kennen, die offenbar unter dem Druck gestanden hatten, jeden Tag etwas über den Fall zu schreiben, auch wenn es eigentlich nichts Neues gab.

Am Freitag hatte sie mehr Fragen als Antworten. Sie hätte Lydia oder Joe um Aufklärung bitten können, aber beide mieden alle Themen, die mit Hopes Entführung zusammenhingen: Lydia, weil der Verlust sie quälte, Joe, weil er das Verschwinden seiner Tochter als sein persönliches Versagen ansah.

Die Entführung war ihm eine Schmach. Zwar hatte sie ihm eine immense Publizität eingebracht, eine Menge Sympathien und Stimmen bei der nächsten Wahl und letztendlich einen Sitz im Senat, aber Joe war immer noch der Mann, der sich sein Töchterchen hatte klauen lassen.

Außerdem war Joe nachtragend, und solange sie sich nicht für das entschuldigte, was sie während des Unwetters gesagt hatte, existierte Faith für ihn praktisch nicht mehr.

Während der Lektüre legte Faith Listen mit den Namen aller an, die an den Nachforschungen beteiligt gewesen waren, und am Freitagnachmittag rief sie beim FBI und der Distriktpolizei an, um herauszufinden, ob noch einer von ihnen im Dienst war. Die viele Arbeit zahlte sich nicht aus: Alle maßgeblichen Personen hatten längst den Dienst quittiert oder waren versetzt worden. Die Akte war zwar formell nie geschlossen worden, aber der Fall ruhte. Blieben also die ganz normalen Leute, die sich vielleicht an etwas erinnerten, das in den Zeitungen nicht zur Sprache gekommen war. Leute, die nicht zu nah dran waren und deshalb darüber reden konnten.

Alles lief auf Dottie Lee hinaus.

Zwar fand Dottie Lee immer irgendeinen Grund, Faith' Einladungen auszuschlagen, aber Alex und sie besuchten ihre Nachbarin fast jeden Mittwoch zum Tee. Faith hatte sowohl Dottie Lee als auch Mariana bald ins Herz geschlossen. Aus den kleinen Geschichten, die ihr zusammen mit Scones und Lemon Curd serviert wurden, hatte sie erfahren, dass früher eine handverlesene Auswahl der Washingtoner Elite regelmäßig bei Dottie Lee ein und aus gegangen war. Weitere Andeutungen bezogen sich auf das Skandalfeuerwerk, das Washington erschüttern würde, sobald Dottie Lees Memoiren erschienen – vermutlich erst nach ihrem Tod. Über die Jahre hatte sie Geschichten und Informationen angehäuft, so wie andere Frauen Quilts oder Fabergé-Eier sammelten.

Jetzt griff Faith nach den scharlachroten Rosen, die sie auf dem Rückweg von der Bibliothek gekauft hatte, und klopfte an Dottie Lees Tür. Alex machte mit der Wissenschafts-AG seiner Schule einen Ausflug ins „Smithonian Institute", und Remy hatte Erlaubnis, den Nachmittag bei Billie zu verbringen. So hatte Faith noch mindestens eine Stunde Ruhe.

Dottie Lee öffnete, und die Freude in ihrem Gesicht überzeugte Faith umgehend, dass sie ruhig öfter spontan bei ihr hereinschneien sollte.

„Denen konnte ich nicht widerstehen." Faith hielt ihr die Rosen hin, während Titi gewohnheitsgemäß nach ihrem Knöchel schnappte. „Sie sind schön *und* riechen gut, und ich dachte mir, dass sie auf Ihrem Kaminsims herrlich aussehen müssten."

Dottie Lee steckte ihre Nase tief in den Strauß. „Aus, Titi. Die sind großartig. Einfach großartig. Kommen Sie herein."

Faith wich dem kläffenden Chihuahua aus. Sobald sie das Haus betreten hatte, verschwand das Hündchen, da es seine Aufgabe als erledigt betrachtete.

„Sie schauen doch nicht nur vorbei, um mir Rosen zu schenken. Sie sind hier, weil Sie etwas von meinem Earl Grey möchten."

„Eine Tasse sehr gern. Bei uns gibt es schon wieder keinen Strom. Sie bringen irgendwas im Keller in Ordnung."

„Ist Ihre Küche bald benutzbar?"

„Mit etwas Glück werden die Arbeitsflächen am Montagmorgen fertig." Während Dottie Lee Mariana bat, Teewasser aufzusetzen, ließ Faith sich auf einem Zweiersofa mit Rosenholzrahmen nieder, dessen Lehnen in Drachenköpfen ausliefen. Dottie Lee gesellte sich zu ihr.

Faith versuchte gar nicht erst so zu tun, als handele es sich um einen reinen Anstandsbesuch. Dottie Lee hatte – wie sie nicht müde wurde zu betonen – zu wenige Jahre vor sich, um auch nur eine Minute zu verschwenden.

„Ich habe den größten Teil der Woche in der Bibliothek verbracht und mich über das Verschwinden meiner Schwester informiert. Sie haben darüber ein ganzes Album angelegt."

„Und Sie selbst haben nie eigene Nachforschungen angestellt?"

Faith verstand selbst kaum, warum sie es nicht getan hatte. „Ich habe gelernt, kontroversen Themen aus dem Weg zu gehen, und kein Thema war heikler als die Entführung. Sie war das wichtigste Ereignis im Leben meiner Eltern – und das Einzige, worüber sie nie gesprochen haben."

„Gerade das macht sie auch in Ihrem Leben zum wichtigsten Ereignis."

„Noch wichtiger als die Entdeckung, dass der Mann, mit dem ich fünfzehn Jahre geschlafen habe, schwul ist?" In Faith keimte der Verdacht auf, dass Dottie Lee, die nie verheiratet gewesen war, sondern sich nur Liebhaber genommen hatte, damit mehr Grips bewiesen hatte als sie. „Das zeigt ja, wie viel Ahnung ich von den wirklich wichtigen Dingen habe."

„Und warum sind Sie hier?"

„Ich habe mich gefragt, was Sie mir erzählen können."

„Sie bitten eine alte Frau, die seit Jahren keinen Gedanken mehr an die Sache verschwendet hat, in ihrem Gedächtnis herumzuwühlen?"

Faith beugte sich vor. „Mir machen Sie nichts vor. Sie erinnern sich an alles. Und in Ihren Memoiren wird die Entführung ein eigenes Kapitel einnehmen, nicht wahr?"

Dottie Lee lächelte schelmisch. „Welche Memoiren?"

„Die, die Sie vor ein paar Wochen erwähnt haben. Ich glaube, wenn Sie wollten, könnten Sie dafür sorgen, dass sich die halbe Stadt in die Wolle kriegt."

„Das möchte ich aber nicht ... solange ich noch lebe." Dottie Lee, deren weißes Haar heute Nachmittag von zahlreichen Strassspangen zusammengehalten wurde, legte den Kopf schief.

„Und danach?"

„Danach könnte es Ihnen durchaus Leid tun, mich gekannt zu haben. Nicht, dass ich Sie erwähnen werde. Ich habe mich entschlossen, Sie vollkommen außen vor zu lassen."

„Sie haben in Erwägung gezogen, auch über mich zu schreiben?"

„Über so ein langweiliges Mauerblümchen? Ja, natürlich! Ihre Geschichte ist so herrlich anstößig – und sie wird immer anstößiger."

„Dottie Lee!"

„Ich sage doch, ich werde es nicht tun." Sie machte eine Kunstpause. „Bei Ihren Eltern verhält sich die Sache natürlich vollkommen anders."

Faith, die das Thema Memoiren nur angeschnitten hatte, um Dottie Lees Gedanken in die Vergangenheit zu lenken, war entsetzt. „Wollen Sie die Karriere meines Vaters zerstören?"

„Muss *ich* das tun, oder kommt mir Joe selbst zuvor? Was meinen Sie? Er ist wirklich kein sehr guter Senator. Ja, an Intelligenz mangelt es ihm nicht, und er war weiß Gott das Alphatier seiner politischen Rotte. Aber sein Motor läuft mit Vitriol, und früher oder später werden einige Leute das bemerken und ihn beseitigen. Hoffentlich erledigen sie das im Wahllokal."

Faith fielen auf Anhieb etliche Politiker ein, die von dem

Wunsch angetrieben wurden, es Joe heimzuzahlen. Sie konnte Dottie Lee nicht widersprechen, auch wenn sie selbst ihren Vater noch nie so wahrgenommen hatte. „Was könnten Sie denn ausplaudern, das seine Karriere beenden würde?"

Dorothy zog fragend eine ihrer nachgezogenen Brauen hoch. „Warum sollte ich Ihnen das verraten?"

„Bluffen Sie nur?"

„Durchaus möglich. Ich bin eine alte Frau, die Unterhaltung braucht."

Faith spürte, dass sie Dottie Lee zum Thema Joe nichts mehr würde entlocken können. „Meinetwegen, amüsieren Sie sich. Und erzählen Sie mir, was Ihnen noch zu der Entführung einfällt."

„Sagen Sie mir, was Sie am meisten interessiert."

Mariana kam mit dem Teetablett herein, und Faith unterhielt sich kurz mit ihr. Erst als Mariana den Raum verlassen hatte, antwortete Faith.

„Also gut, ich habe da ein paar Dinge entdeckt, die mich überrascht haben. Ich wusste, dass ein Handwerker, ein Einwanderer namens Dominik Dubrov, verhört und aus Mangel an Beweisen freigelassen worden ist. Ich wusste, dass eine Menge Leute ihn für den Kidnapper gehalten haben, obwohl er ein Alibi hatte."

„Diese Fakten kannten Sie also schon. Und was war Ihnen neu?"

„Mir war nicht klar, dass er tatsächlich im Haus meiner Eltern gearbeitet hat. Nicht bis neulich." Sie berichtete Dottie Lee von der Notiz, die Remy und sie entdeckt hatten.

„Er hat in der Tat dort gearbeitet", bestätigte Dottie Lee.

„Die Zeitungen haben das ebenfalls geschrieben, und es hieß, er habe einen Schlüssel besessen. Der Polizei erschien das offenbar wichtig; vor allem deshalb hat man ihn verhört."

„Natürlich war das wichtig", meinte Dottie Lee. „Wegen dieses Schlüssels geriet Dominik unter Verdacht. Andererseits besaß er auch zu meinem Haus einen Schlüssel und zu denen etlicher weiterer Nachbarn."

Das hörte Faith zum ersten Mal. „Zu Ihrem Haus?"

„Dominik war ein wunderbarer Mann. Stark, intelligent – aber leider recht ungebildet. Er ist als Jugendlicher mit seinen Eltern aus der Sowjetunion geflohen, und irgendwie haben sie sich bis hierher durchgeschlagen. Da war er schon zu alt, um hier zur Schule zu gehen, und er beherrschte die englische Sprache nicht besonders gut, aber mit den Händen war er ein Meister. Ich habe nie wieder jemanden so gut arbeiten sehen. Ein Handwerker aus der alten Welt." Traurig schüttelte sie den Kopf. „Seinesgleichen gibt es nicht mehr."

„Also hat er auch für Sie gearbeitet?"

„Oh ja, und für einige andere hier in der Gegend. So hat er seinen Lebensunterhalt bestritten. Er hatte einen jungen Freund namens Sandor, irgendeinen Cousin, der manchmal mit ihm zusammenarbeitete. Sandors Familie ist während der Revolution aus Ungarn geflohen. Sie konnten alles: Sie verrichteten Sanitär- und Elektroarbeiten, betätigten sich als Tischler oder Maurer."

Die Auflistung der Handwerkskünste, die Dominik Dubrov beherrschte, interessierte Faith weit weniger als die Frage, was er mit der Entführung zu tun hatte. „Hatten meine Eltern Ihnen diesen Mann empfohlen?"

„Nein. Ich werd's Ihnen erklären." Dottie Lee rang nach den richtigen Worten; schließlich zuckte sie mit den Achseln. „Das kann man unmöglich erzählen, ohne Ihnen die ganze Wahrheit zu verraten. Ihr Vater hat Ihre Mutter dazu getrieben, Dominik zu engagieren."

Faith versuchte sich einen Reim auf diesen Satz zu machen. „Was hat mein Vater damit zu tun?“

„Nachdem Ihre Eltern geheiratet hatten, drängte Ihr Vater Ihre Mutter, das Haus in Schuss zu bringen. Joe hatte das Gefühl, dass er auf seine Reputation achten musste und dass Lydia mit der Instandsetzung überfordert war. Lydia kam zu mir und bat mich um Rat. Ich dachte, dass Dominik der Beste wäre. Er konnte die schwersten Arbeiten übernehmen, aber Lydia würde alle entscheidenden Dinge selbst bestimmen. Alle wären glücklich.“

„Und waren sie mit seiner Arbeit zufrieden?“

„Das ist schwer zu sagen, nicht? Ich kann Ihnen berichten, was ich gesehen und gehört habe, aber nicht, was die Leute gefühlt haben.“

Faith wusste, dass Dottie Lee auswich. „Warum geriet er unter Verdacht? Nur weil er Zugang zum Haus hatte?“

„Was heißt da ‚nur‘? Es gab keine Anzeichen für einen Einbruch. Jemand ist einfach durch den Garten gekommen, die Stufen hinaufgestiegen und ins Haus gelangt. Dann ist unser Unbekannter nach oben gegangen und hat sich Ihre Schwester geholt.“ Dottie Lee zuckte mit den Achseln. Für sie waren das alte Hüte.

„Meine Mutter hat mir erzählt, dass sie Klavier spielte. Sie hat nichts gehört. Vielleicht wäre alles anders gelaufen, wenn Hope geweint hätte.“ Sie überlegte kurz. „Vielleicht *konnte* sie nicht weinen.“

„Die Polizei hat diese Möglichkeit bestimmt in Erwägung gezogen.“

Faith kämpfte gegen die Vorstellung an, dass ein Neugeborenes aus seiner Wiege gehoben und zum Schweigen gebracht worden war, vielleicht gar erstickt, damit der Entführer sich unbemerkt aus dem Staub machen konnte.

„Dottie Lee, glauben Sie, dass Dominik Dubrov der Kidnapper war?"

Die Antwort fiel indirekt aus. „Dominik war hier in meinem Haus, als die Entführung stattfand. Ich hatte einen Rohrbruch. Er war gekommen, um das zu reparieren."

„*Sie* waren sein Alibi? Er war die ganze Zeit hier?"

Dottie Lee zögerte. „Nicht ganz."

„Wie meinen Sie das?"

„Er ist einmal fortgegangen, um Ersatzteile zu kaufen. Er war nicht lange weg. Schätzungsweise zwanzig Minuten, vielleicht auch dreißig."

„Zwanzig Minuten hätten ausgereicht, um meine Schwester zu entführen. Sie lag direkt nebenan."

„Ja, aber er kam mit den Sachen zurück. Die Rechnung trug das Datum des Tages der Entführung, auch wenn es damals noch keine genauen Zeitstempel gab, wie wir sie heute kennen. Aber ein Angestellter in dem Eisenwarenladen meinte, er erinnere sich daran, Dominik an diesem Nachmittag kurz nach dem Zeitpunkt, als er mein Haus verlassen hatte, bedient zu haben. Und dann war da noch die Frage, wo er das kleine Mädchen so schnell hätte lassen können."

„Es jemandem geben, mit dem er sich vorher abgesprochen hatte? Jemandem, der in der Nähe wartete?"

„Vermutlich. Aber die Polizei fand das Alibi gut genug. Er hatte kein Motiv, Hope verschwinden zu lassen."

„In einem Artikel wurde behauptet, Geld sei das Motiv gewesen. Er war arm und hatte hohe Arztrechnungen zu begleichen. Sein kleiner Sohn litt unter Asthma und musste häufig ins Krankenhaus."

„Ja, aber bedenken Sie, dass nie eine Lösegeldforderung einging. Auch nicht, bevor Dominik unter Verdacht geriet. Es hat Tage gedauert, bis die Polizei auf ihn aufmerksam wurde, weil alle Leute ihn so mochten, dass niemand den Ermittlern einen Wink geben wollte."

„Dass niemand Lösegeld verlangt hat, kann auch heißen, dass Hope bei der Entführung gestorben ist und die Kidnapper die Nerven verloren haben."

„Es gibt viele, viele Fragezeichen."

„Es müssen doch noch weitere Verdächtige existiert haben. Ein Kind löst sich nicht einfach in Luft auf."

„Ich glaube, Sie schauen sich zu viel schlechte Filme an. Es gibt nicht so viele geniale Detektive, wie Hollywood und Agatha Christie uns glauben machen wollen."

„Was für einen Eindruck hatten Sie von den polizeilichen Ermittlungen?"

„Unprofessionell. Die Leute sind wie ein Heuschreckenschwarm in das Haus eingefallen. Wenn irgendwelche Spuren vorhanden gewesen sein sollten, haben sie sie in den ersten zehn Minuten vernichtet."

„Das ist furchtbar."

„Größtenteils jugendlicher Übereifer. Sie wollten den Kidnapper fangen. Sie wussten, dass er noch irgendwo in der Nähe sein musste. In der Hitze des Gefechts haben sie das Haus und die Nachbarschaft auf den Kopf gestellt. Als sie abgezogen waren, gab es nichts mehr, was man noch hätte untersuchen können."

„Dominik Dubrov ..."

Dottie Lee schüttelte den Kopf. „Sie verdächtigen ihn noch immer?"

„Sechs Monate später hat er Selbstmord begangen. War das nicht fast ein Geständnis?"

„Alle möglichen Leute nehmen sich das Leben, Faith. Es ist eine Seuche. Haben die alle ein Kind entführt?"

„Natürlich nicht, aber ..."

„Dominik ist an dem Skandal zerbrochen. Er war ein guter, anständiger Kerl mit altmodischen Auffassungen. Zwar hat die Polizei ihn nie verhaftet, aber die Zeitungen und die regionalen Fernsehsender haben ihm den Prozess gemacht und ihn für schuldig erklärt. Sie hatten sonst nicht viel, worüber sie berichten konnten, also stürzten sie sich auf den Fall. Dominik hatte wahrscheinlich einen Nervenzusammenbruch, wie man das damals nannte. Er hat sich erhängt."

„Sie halten ihn für unschuldig. So viel steht fest."

„Habe ich das gesagt?"

„Nicht direkt."

„Wenn Sie wirklich herausfinden wollen, was vorgefallen ist, dürfen Sie sich nicht auf das plausibelste Szenario versteifen. Das hat die Polizei schon getan – ohne Erfolg."

Faith beugte sich vor. „Dottie Lee, wissen Sie, wer meine Schwester mitgenommen hat?"

Dottie Lee wich ihrem Blick nicht aus. „Diese Frage hat mir zuletzt ein ungehobelter junger Hauptwachtmeister gestellt, der in mein Haus kam, sich auf genau dieses Sofa setzte, auf dem Sie jetzt sitzen, und mit seinem Finger vor meinem Gesicht herumfuchtelte."

„Was haben Sie ihm geantwortet?"

„Dasselbe, was ich Ihnen jetzt sage: Ich war nicht dabei. Ich habe nichts gesehen und nichts gehört, und was ich *glaube*, ist für die Ermittlungen irrelevant."

„Dann vermuten Sie also etwas?"

Dottie Lee griff nach ihrer Teetasse. „Jeder macht sich so seine

Gedanken, meine Liebe – wenn er nicht an fortgeschrittener Hirnerweichung leidet. Ich prophezeie Ihnen, dass Sie selbst die eine oder andere Theorie bezüglich der Entführung aufstellen werden, bevor diese Sache abgeschlossen ist."

21. KAPITEL

Die Küche war im Großen und Ganzen endlich fertig. Während Alex die neue Arbeitsfläche mit seinen Fingernägeln strapazierte, schaute sich Faith vollkommen verzückt und begeistert im Raum um.

„Alex, das bedeutet, dass wir kochen können." Auf dem Weg zur Spüle küsste Faith Alex' Lockenkopf. Sie musste einfach den Hahn noch einmal aufdrehen. Es schien Jahre her zu sein, seit sie das letzte Mal fließendes Wasser in der Küche gehabt hatte. Sie war in der Zwischenzeit so daran gewöhnt, ihre paar Teller im winzigen Waschbecken der Gästetoilette zu spülen, dass ihr das neue Becken noch etwas groß vorkam.

„Heute Abend?"

„Nichts Aufwändiges. Die Schränke sind ja noch nicht eingeräumt." Sie sah, wie seine Mundwinkel nach unten sackten. „Omeletts? Mit Schinkenspeck und englischen Muffins?"

„Wie willst du die denn zubereiten? Uns fehlen doch die Zutaten."

„Dafür gibt es ja Lebensmittelgeschäfte." Sie ließ noch einmal das Wasser laufen.

„Es ist schon ziemlich spät." Dieser Tage schien Alex immer kurz vorm Verhungern zu stehen; es war erst fünf Uhr nachmittags.

„Pass auf, ich fahre schnell zu ‚Safeway', und du findest heraus, in welcher dieser Kisten unsere Bratpfannen stecken. Es wäre schön, wenn du den Toaster finden würdest und ihn ..." Sie blickte sich um und zeigte auf eine Steckdose in der Arbeitsfläche rechts vom Kühlschrank. „... dort anschließen könntest. Ich bin gleich wieder da. Such ein paar Teller. Remy kann dir helfen." Sie griff nach ihrer Handtasche und einer leichten Jacke und ging zum Auto.

Vor dem Laden schlängelte sie sich zwischen Autos und Einkaufswagen hindurch und nahm voller Schwung im Vorübergehen ein Wägelchen mit. Die neue Küche wollte schließlich gefüllt und ausprobiert werden.

„Faith?“

Sie konzentrierte sich vollkommen darauf, niemanden anzurempeln, sodass sie den Mann, dem sie gerade ausweichen wollte, gar nicht richtig beachtet hatte. Jetzt blieb sie neben ihm stehen. „Pete?“

„Was tust du denn hier?“ fragte er.

Pete Conley war Abgeordneter des Tidewater-Gebietes in Virginia. Er hatte alles, was ein Politiker brauchte: Intelligenz, Charisma und ein Profil, das an den jungen Ronald Reagan erinnerte. Vor ein paar Jahren war seine Frau nach zwanzig Ehejahren bei einem Unfall auf dem Potomac ums Leben gekommen, und nachdem das Trauerjahr verstrichen war, galt Pete als die beste Partie von Washington.

„Ich wohne jetzt in Georgetown“, erklärte sie ihm. Sie glaubte sich vage daran zu erinnern, dass auch er hier lebte.

„Faith, es tut mir so Leid, dass ...“ Er hielt es für klüger, seine Mitgefühlsbekundung mit einem stummen Schulterzucken zu beenden.

„Mir auch. Wie geht es dir?“ Sie zwang sich, nicht auf die Uhr zu gucken oder an ihren armen, ausgehungerten Sohn zu denken.

„Das Leben geht weiter. Du weißt, wie das ist.“

Wenn man dem Klatsch und Tratsch Glauben schenken durfte, war sein Leben sogar ziemlich gut weitergegangen. Sie hatte Pete immer geschätzt. Er war geistreich und mitfühlend, wenn auch für ihren Geschmack eine Spur zu ehrgeizig. Sie war sich sicher, dass andere Frauen – die meisten sogar – ihn ebenfalls mochten.

„Jemanden zu verlieren, den man geliebt hat, ist immer hart." Sie lächelte ihn an, um ihm zu zeigen, dass sie nicht vorhatte, auf der Stelle neben ihm zusammenzubrechen.

„Gehst du manchmal aus? Das hilft."

Ihr Lächeln wurde etwas wärmer. „Einen ersten Anlauf habe ich schon unternommen."

Sie plauderten über ihre Familien; dann trat er ein Stück näher an sie heran. „Darf ich dich anrufen?"

Einen Augenblick lang verschlug es ihr die Sprache. Pete Conley wollte sie anrufen? Sie trug Jeans und hatte ihr Make-up den ganzen Tag nicht aufgefrischt – weil sie gar nicht geschminkt war. Sie hatte sich nicht einmal gekämmt, bevor sie aus dem Haus geeilt war.

Sie wusste zwar, dass dieser Supermarkt als „Kontaktbörse" galt, da hier viele junge Singles einkauften, aber dass sie selbst einmal davon profitieren würde, hätte sie niemals für möglich gehalten.

Schnell riss sie sich zusammen. „Natürlich, Pete." Sie fragte sich, ob er mit ihr über seine Frau reden wollte. Ob er vermutete, dass gerade sie seinen Schmerz verstehen würde.

Er hatte bereits seinen Palm Pilot gezückt. „Wie erreiche ich dich?"

Sie nannte ihm die neue Telefonnummer und meinte: „Jetzt muss ich aber los. Alex wartet. Er hat derzeit dauernd Hunger."

Pete, der zwei erwachsene Töchter hatte, nickte wissend. „Hör mal, am Freitagabend gibt die französische Botschaft eine Cocktailparty. Ich weiß, dass das etwas kurzfristig ist, aber meine Schwester, die mich begleiten wollte, ist am Freitag nun doch nicht in Washington. Möchtest du nicht mitkommen? Wir müssen nicht lange bleiben; danach können wir in ein Restaurant gehen."

Als sie zögerte, machte er einen weiteren Schritt auf sie zu. „Bitte sag Ja."

„Also gut, ja."

Er strahlte. „Gut. Wegen der Uhrzeit ruf ich dich noch an."

Ein wenig benommen verabschiedete sie sich von ihm und ging weiter. Erst nach einer halben Regalreihe begriff sie wirklich, was geschehen war: Pete Conley hatte sie um ein Date gebeten, und sie hatte zugesagt. Pete war ein Freund, sie kannten sich seit Jahren. Sie sprang für seine Schwester ein, weiter nichts. Wirklich nichts? Ihr Selbstbewusstsein mochte an einem seidenen Faden hängen, aber sie hatte noch alle Sinne beisammen. Er schien an *ihr* interessiert zu sein, nicht an einer beliebigen Ersatzbegleiterin. An ihr, trotz des strähnigen Haars, des ungeschminkten Gesichts und der Jeans, die im Moment nicht besonders gut saßen.

Spannender war die Frage, warum sie eingewilligt hatte. Die Gründe lagen auf der Hand. Erstens war sie noch nicht tot: ein gutes Zeichen. Zweitens würde sie so vielleicht herausfinden, ob ihre Reaktion auf Pavel Quinn etwas Besonderes war. Drittens bot ihr die Cocktailparty Gelegenheit, sich erhobenen Hauptes in ihren alten Kreisen blicken zu lassen.

Viertens konnten ihr diese Kontakte womöglich beim Berufseinstieg nützlich sein. Es wurde Zeit, dass sich in der Hauptstadt herumsprach, dass sie mehr war als David Bronsons Exfrau und Joe Hustons Tochter – dass man sie gerade deshalb bedenkenlos engagieren konnte, weil sie eine Enttäuschung überwunden hatte und gestärkt daraus hervorgegangen war.

Faith stand im Gang mit den Milchprodukten, und ihr fiel auf, dass sie lächelte.

Bei Omelett, englischen Muffins und – zur Feier des Tages – Traubensaft schlug Faith ihrer Tochter einen Einkaufsbummel vor. „Ich bin zu einer Party in der französischen Botschaft eingeladen und will am Freitag ein Kleid kaufen. Kommst du mit?“ Alex und Remy hatten an dem Tag frei.

Die Kinder schwiegen; dass ihre Mutter zu einem Fest eingeladen war, konnten sie offenbar kaum fassen. Dann verzog Remy das Gesicht. „Du hast doch einen ganzen Schrank voll mit Kleidern. Trag eins von denen. Sie sehen sowieso alle so ziemlich genauso aus wie jedes andere, das du kaufen würdest.“

„Was für eine charmante Würdigung meines Geschmacks.“

„Geschmack? Du ziehst dich an wie eine alte Tante. Billies Mom trägt engere Shorts als *ich*.“

„Ich glaube nicht, dass heiße Shorts beim Botschaftsempfang das Richtige wären.“

„Haa-haa.“

Faith versuchte es noch einmal. „Remy, du könntest auch ein paar neue Sachen gebrauchen. Und zu zweit macht es mehr Spaß.“

Alex redete mit vollem Mund. „Und warum fragt mich keiner?“

„Weil du ein Junge bist“, erwiderte Remy. „Er kommt doch nicht mit, oder, Mom?“

Das klang schon besser. Die Rivalität zwischen ihren Kindern war eine der wenigen Konstanten in Faith’ Leben, auf die man sich wirklich verlassen konnte. „Nicht weil du ein Junge bist, Alex. Sondern weil du es hasst, Klamotten zu kaufen. Außerdem hast du am Freitag eine Verabredung mit deinem Dad.“

„Ach ja.“ Er war besänftigt.

„Also, was meinst du?“ fragte Faith Remy. „Die Party ist Freitagabend. Sollen wir am Nachmittag shoppen gehen?“

„Ich habe ja sonst nichts zu tun.“

Bis zum Freitag hatte Faith bereits ein Dutzend Mal bereut, dass sie Pete zugesagt hatte. Förmliche Empfänge hatte sie noch nie gemocht. Gut, einige der besten Leute des Landes waren Politiker, aber bei solchen Partys hatte sie immer das Gefühl, in einen Schwarm befrackter Haie und dieser grässlichen kleinen Fische geraten zu sein, die von deren Abfällen lebten. Sie wusste, was sich neben dem Cocktailgeplauder noch abspielte: Deals wurden vereinbart, Schicksale besiegelt.

Während Remy sich für den Einkaufsbummel bereitmachte, saß Faith auf glühenden Kohlen. Sie wollte die Shoppingtour genießen und sich – wenigstens für ein paar Stunden – gut mit ihrer Tochter verstehen. Früher hatte sie nie groß darüber nachgedacht, worüber sie sich mit ihr unterhalten sollte. Heute musste sie sich jedes Wort gut überlegen.

Als Remy schließlich auftauchte, trug sie einen sehr kurzen Faltenrock und ein noch kürzeres T-Shirt. Faith verkniff sich jeden Kommentar. „Was hältst du davon, wenn wir auf der Wisconsin Avenue anfangen?"

„Da wirst du nichts finden, was dir gefällt."

„Bin ich wirklich so eine graue Maus? Ich suche etwas Flottes."

„Mit wem gehst du überhaupt aus? Großmutter? Wenn du was wirklich Flottes anhast, lässt sie dich gar nicht ins Auto."

Faith erzählte Remy, dass sie Pete bei „Safeway" getroffen hatte. Remy runzelte die Stirn; dass ihre Mutter schon wieder mit einem Mann ausging, passte ihr offenbar nicht. Zumindest war Faith erleichtert, dass ihre Tochter nicht nur Pavel, sondern jeden neuen Mann an der Seite ihrer Mutter ablehnte.

„Seine Frau ist gestorben, erinnerst du dich noch?" fuhr Faith fort. „Wir sind alte Freunde. Mehr nicht."

„Du wirst all diese Leute wiedersehen! Alle, die über uns Bescheid wissen."

Faith merkte, dass das Gespräch in die falsche Richtung lief, wollte diese Bemerkung ihrer Tochter aber trotzdem nicht unkommentiert lassen. „Schämen müssen sich nur Leute, die sich weigern, zu verzeihen."

„Bist du fertig?"

„Ja, aber meine Äußerung scheint dich nicht besonders beeindruckt zu haben."

Die beiden starrten einander an, dann legte Faith Remy die Hand auf die Schulter. „Noch einmal von vorn. Wollen wir uns zuerst auf der Wisconsin Avenue umschauen? Wenn wir da nichts Tolles finden, fahren wir zu ‚Tyson's'."

„Ich hab sonst nichts vor."

Schweigend liefen sie zur Wisconsin Avenue. Faith fragte sich, wo Billie heute steckte, denn die beiden Mädchen schienen unzertrennbar, aber als sie sich nach ihr erkundigte, zuckte Remy nur mit den Schultern. Letzte Woche hatte Faith darauf bestanden, dass Remy ihre Freundin einmal mit in die Prospect Street brachte, weil sie sich ein Bild von Billie machen wollte. Das Mädchen, das älter, aber zugleich unreifer wirkte als Remy, hatte die verabredete eine Stunde ausgeharrt und war dann mit Remy im Schlepptau nach Hause gegangen. Faith konnte sich nicht vorstellen, was die beiden die ganze Zeit bei Billie trieben, und fing an, sich ein bisschen Sorgen zu machen.

Eine Stunde und einen Pullover für Remy später hatten sie sich zu einer Boutique vorgearbeitet, deren Schaufenster mit knallbunten Kleidern dekoriert war. Faith wollte weitergehen, nachdem sie einen flüchtigen Blick darauf geworfen hatte, aber Remy zog sie am Ärmel. „Das orangefarbene Kleid. Guck doch mal."

Faith kam zurück und blinzelte. Orange hatte sie noch nie getragen. Pfirsich, ja. Koralle, wenn sie sich mutig fühlte. Aber dieses Orange war rein und unverfälscht, die Mutter aller Orangetöne, klar und frisch, ein Apfelsineneis an einem heißen Sommertag. Das Kleid selbst war aus feiner, seidiger Baumwolle und hatte einen simplen Schnitt, aber wenn man eine gute Figur besaß, sah es sicher umwerfend aus.

„Hast du je diese Farbe getragen?“ fragte sie. „Dein Haar ist heller als meins, aber wir haben denselben Hautton.“

Remys Stimme klang nicht mehr so scharf wie vorhin, als sie antwortete; das Mädchen hatte wohl vergessen, dass es mit seiner Mutter im Clinch lag. „Ich finde, du solltest es anprobieren. Du hast doch gesagt, du willst etwas Besonderes.“

Etwas Besonderes war das Kleid ganz sicher. Nicht dezent, worauf Faith sonst immer Wert legte. Nicht richtig klassisch – und ganz gewiss nicht langweilig. Es strahlte Selbstvertrauen und Esprit aus. Es war wie geschaffen für ihren Wunsch nach Veränderung, und sie fühlte sich wie gelähmt.

„Mom ...“

Diesen höhnischen Tonfall kannte Faith. „Genau das Richtige“, meinte sie und stieß die Ladentür auf. „Ich versuch’s.“

„Was hat der Wind uns denn *da* hereingeweht?“ Der Mann, der sie in Empfang nahm, war fast zwei Meter groß, hatte schmale Schultern und einen Körper, der wirkte, als passe er in ein einziges Hosenbein. Er hatte eine blondierte Igelfrisur, trug eine Brille mit schwarzem Rand und wirkte außer sich vor Freude, sie begrüßen zu dürfen.

„Wir, äh, haben dieses Kleid im Schaufenster gesehen. Ich dachte, ich probier es mal an.“

Der Mann legte einen Finger an seine vollen Lippen und begutachtete sie. „Oh Süße, Sie sind's, ja, genau Sie. Ihr wahres Selbst! Was für einen Lumpen tragen Sie da?“ Er schüttelte den Kopf. „Kauft Ihre Mutter für Sie ein, armes Ding?“

Faith prustete los. Sie hätte gekränkt sein sollen, weil dieser Mensch kein Blatt vor den Mund nahm, aber sie musste einfach nur lachen. „Vielleicht sollte ich Ihnen diese Aufgabe übertragen.“

„Oh Gott, Sie retten meinen Tag!“ Dann sauste er geschäftig zwischen den Kleiderständern hin und her und suchte allerlei Sachen zusammen. Faith war froh, dass sich sonst niemand im Laden aufhielt; sonst wäre ihr das peinlich gewesen.

Remy betrachtete das Geschehen mit weit offenem Mund. Jemand wie dieser Verkäufer, der seine Homosexualität sicher seit Jahren stolz vor sich her trug, war ihr in ihrem behüteten Leben noch nicht begegnet. Als sein Blick auf sie fiel, drückte er ihr einen Stapel Kleidungsstücke in die Arme. „Hier, Herzchen, mach dich nützlich.“

Faith sah den Stapel auf Remys Armen wachsen. Ein regenbogenfarbener Seidenschal, ein weiteres Kleid in strahlendem Türkis. Ein drittes war fleischfarben und bestand aus abwechselnd blickdichten und transparenten Streifen. Das würde sicher nicht in die engere Wahl kommen.

„Und jetzt los, husch-husch“, ordnete er an und wies auf eine Umkleide mit handbemaltem Vorhang. „Schätzchen, du gehst mit und passt auf, dass sie wirklich *alles* anprobiert. Jedes einzelne Stück, und ich heiße Ralph. Fragt nach mir.“

Remy fand ihre Stimme wieder. „Sie sind doch der Einzige im ganzen Laden.“ Sie verschwand in Richtung der Kabine, als hätte ein Wirbelwind sie erfasst.

„Buh“, machte Ralph und schaute Faith an.

„Bitte. *Sie* machen mir keine Angst – die Preise schon.“

„Ja, wir sind Kredithaie. Probieren Sie die Sachen trotzdem an – für Onkel Ralphie."

Eine Stunde später spielte Faith noch immer das Model für Ralph, der an Ärmeln zupfte, Reißverschlüsse gerade rückte und die obersten beiden Knöpfe von allem öffnete, was überhaupt Knöpfe hatte.

„Was meinst du, Remy?" fragte er schließlich. Inzwischen waren die beiden alte Freunde, vereint in dem Wunsch, Faith ein neues Image zu verpassen.

„Das orangefarbene. Eindeutig das orangefarbene."

„Faith?"

„Gut, das orangefarbene."

Er legte einen Finger an die Lippen, offenbar seine liebste Pose. „Jetzt zur Frisur, Darling. Du bekommst das Kleid nur, wenn du was mit deinem Haar machst. Es verdirbt alles, wie eine Ziege in der Suppe."

„Fliege."

Er sah an sich herunter und tat so, als schließe er seinen Hosenstall. Dann blickte er auf und zwinkerte. „Erwischt!"

Faith musste grinsen. „Tja, um fünf habe ich einen Termin zum Nachschneiden. Ich weiß, dass es etwas zu lang ist. Ich ..."

„Wo?"

„Bei einem Friseur in der Nähe des Capitol, zu dem meine Mutter immer geht. Ich ..."

Er legte sich die Hände um den Hals und röchelte.

„Keine gute Idee?" fragte sie.

„Ich rufe Mitch an. Ich werde ihm sagen, dass er dich heute Nachmittag dazwischenschieben soll, weil ich dir sonst mein Kleid vom Leib reißen muss. Kapiert? Du bekommst es nicht. Du kannst unmöglich ..." Er wählte bereits eifrig eine Nummer.

Remy machte schon wieder große Augen. Faith hatte den Eindruck, dass Ralph die permanente Verwirrung, in die er seine Zuschauer stürzte, genoss.

Ralph redete auf irgendjemanden ein und sprach dann lauter – offenbar mit dem großen Mitch persönlich. Es ging ordentlich zur Sache; er bezweifelte, dass Mitch tatsächlich der Sohn seiner Eltern war. Schließlich legte Ralph auf. „Jemand hat kurzfristig abgesagt. Er nimmt euch beide gleich dran. Remy, auch du musst tapfer sein. Geh deiner Mutter mit gutem Beispiel voran – sonst wirst du womöglich noch wie sie."

Remy legte sich die Hände um die Gurgel, wie er es getan hatte. Er nickte weise.

Faith war ein wenig besorgt. Wenn Mitch Ralph das Haar geschnitten hatte, war sie in Gefahr. „Dieser Mitch, ist er gut? Ich will nicht wie ein gerupftes Huhn aussehen."

„Kauf das Kleid, lass dir das Haar schneiden, sei ein ganzer Kerl." Er salutierte. Dann ging er hinter die Ladentheke und machte die Rechnung fertig.

Faith warf einen Blick auf ihre Tochter. Remys Augen glänzten. Wie viel dieser Nachmittag sie kosten würde, war Faith im Augenblick egal. Zumindest hatte sie ein Weilchen ihre Tochter wieder.

Sie schlenderten zu Mitchs Frisiersalon, der ganz in der Nähe in einer Seitenstraße lag. Alles in dem Laden war in Weiß gehalten, nur Mitch nicht. Er war so bullig wie ein Football-Spieler, hatte kohlrabenschwarze Haut und einen goldenen Ohrring, der ihm fast bis auf die Schulter baumelte. Da die beiden anderen Friseure hinter ihm bereits an zwei Kunden herumschnippelten, begutachtete er Remy und Faith, ganz wie Ralph es getan hatte.

„Strähnchen", sagte er unvermittelt. „Wissen Sie denn nicht, dass Ihr Haar heller werden muss? Strähnchen. Heilige Muttergottes, gute Frau, was glauben Sie, warum Sie blond zur Welt gekommen sind?“ Er trat hinter dem Tresen hervor und nahm ihr Haar einfach in die Hände. „Zu viel von dem Zeug. Warum so viel? Kleines Gesicht, langes Haar: schlechte Idee.“ Er ließ ihr Haar los und wandte sich Remy zu. „Besser.“ Er nickte. „Bereit für etwas Radikales?“

„Ich? Was?“

Er blickte sich im Raum um, ging dann zielstrebig auf ein Plakat zu und zeigte mit seinem Wurstfinger auf eines der Modelle. „Das.“

Remy lief zu ihm hinüber. Es handelte sich um einen Kurzhaarschnitt. Sehr kurze Fransen reichten knapp über den Haaransatz im Nacken, fielen in die Stirn und über die Oberkanten der Ohren des Models. Ihre Augen wirkten dadurch doppelt so groß und ihre Wangenknochen wie gemeißelt, als könne man Brot damit schneiden.

„Merk dir eines“, erklärte er Remy. „Du wirst immer hübsch sein, aber das heißt nichts. Nichts! Besser, du bist umwerfend. Diese Frisur sorgt dafür.“

Remy zögerte. Faith mischte sich nicht ein. „Werde ich nicht wie ein Junge aussehen?“ fragte Remy.

„Glaub mir, die Gefahr besteht nicht.“

Remy lächelte. „Also los.“

Zwei Stunden später starrten Remy und Faith einander an. Der Unterschied war gigantisch. Faith’ Haar war blonder, kürzer und luftiger, sodass es ihr Kinn umspielte, sobald sie sich bewegte. Der Pony war fransig und betonte ihre Augen. Sie sah jünger und aufregender aus, und sie fühlte sich fantastisch.

Remy hatte sich sogar noch stärker verwandelt. Der Kurzhaarschnitt betonte ihr hübsches Gesicht. Im Gegensatz zu ihrer Mutter wirkte sie nun älter, eher wie eine Frau als ein Kind. Man konnte sie ohne weiteres für eine College-Studentin halten. Faith hatte den Verdacht, dass sie in den nächsten Jahren alle Hände voll zu tun haben würde, die Verehrer ihrer Tochter abzuwimmeln.

„Wow“, sagte Faith. „Ich muss zugeben, Mitch hat mich überzeugt. Du schaust umwerfend aus.“

Remy guckte wieder in den Spiegel. „Findest du? Wirklich?“

„Völlig verändert, aber zu deinem Vorteil.“

„Du siehst auch gut aus.“ Das klang sogar aufrichtig.

„Glaubst du, Ralph lässt mich das Kleid jetzt behalten?“

Remy kicherte. „Er wollte es bestimmt selbst tragen.“

Faith lachte mit und war sich sicher, dass auch Ralph eingestimmt hätte. Sie bezahlte, gab Mitch ein üppiges Trinkgeld, das sie sich nicht leisten konnte, und folgte ihrer Tochter in den Sonnenschein. Sie fühlte sich leichter, jünger und entspannt. „Lass uns noch etwas herumlaufen, bevor wir nach Hause gehen.“

Remy blickte sich lange um, bevor sie nickte, fast als halte sie nach jemandem Ausschau.

„Treiben sich deine Freunde hier herum?“ fragte Faith.

„Welche Freunde?“

„Kids aus der Schule.“

„Weiß ich nicht.“

„Kommst du manchmal mit Billie her, um Schaufenster anzugucken?“

„Dürfen wir das nicht?“

Faith trat sofort den Rückzug an. „Ich dachte nur, du kennst vielleicht noch einen Laden, in dem wir uns umsehen könnten.“

An der Ecke zur Wisconsin Avenue blieb Remy plötzlich stehen. Faith hatte sich die Geschäfte auf dieser Straßenseite nie genauer angeschaut. Wenn sie zur Bibliothek ging, lief sie normalerweise auf der anderen Seite. Diese Läden waren zu trendy für sie, auf eine junge Kundschaft ausgerichtet, wie ihre Tochter zum Beispiel.

„Möchtest du sonst noch irgendwohin, bevor wir nach Hause gehen?“

„Nein, machen wir uns gleich auf den Heimweg.“

„Bist du sicher? Ich hatte dir versprochen, dass wir auch für dich ein paar Sachen suchen.“ Aus den Lautsprechern über dem offenen Eingang des nächsten Ladens dröhnte Musik. Faith warf einen Blick hinein. Schwarze Wände, Inventar aus rostfreiem Stahl. Die Klamotten sahen aus, als stammten sie aus der Requisite eines billigen Science-Fiction-Films.

Ein junger Mann mit langem schwarzen Haar und stechendem Blick stand rauchend im Eingang. Als er Remy bemerkte, warf er die Zigarette auf den Boden und trat sie mit dem Absatz seines Schlangenlederstiefels aus.

„Hi du.“

„Hi.“ Remy guckte kurz ihre Mutter an.

„Schicke Frisur.“

Verlegen berührte Remy ihren geschorenen Kopf. „Yeah?“

„Yeah.“ Er grinste, drehte sich um und verschwand im Geschäft.

„Remy, wer ist das?“ fragte Faith. „Kennst du den?“

„Ich *kenne* ihn nicht. Er arbeitet hier, das ist alles.“

„Er scheint dich wiedererkannt zu haben.“

„Ja?“ Remy wandte sich um.

„Ich hatte den Eindruck.“ Faith versuchte, nicht besorgt zu klingen.

„Billie und ich waren ein paar Mal kurz hier. Ich glaube, sie kennt ihn."

Der Mann war erheblich älter als Remy oder Billie. Faith gefiel es nicht, dass ihre Tochter sich nach der Schule in diesem Laden herumtrieb, auch wenn sie nur etwas Zeit totschlagen wollte. Auch wenn ihre Tochter einen anderen Geschmack haben durfte, hatte dieser junge Mann etwas an sich, das Faith nicht gefiel.

Vor allem die Art, wie er ihre Tochter angeschaut hatte.

„Ich kann mir vorstellen, dass du das nicht hören willst, aber sei vorsichtig, okay? Du könntest diesen Typen auf falsche Gedanken bringen. Vielleicht kapiert er nicht, wie jung du bist."

„Hältst du mich für blöd? Ich weiß Bescheid."

„Schatz, du bist erst vierzehn. Du solltest nichts überstürzen. Pass auf dich auf. Das ist alles."

„Gehen wir?"

Faith verstummte. Sie wollte die Stimmung der letzten Stunden nicht verderben, aber sie konnte auch nicht einfach des Thema wechseln.

„Ich liebe dich", sagte sie schließlich. „Ich hoffe, du verstehst, dass ich mir gerade deshalb Sorgen mache."

Remy ließ sich nicht zu einer Antwort herab.

Als Faith zu ihrer Verabredung mit Pete aufbrach, hatten Marley und Alex es sich mit einem Haufen Brettspielen im Wohnzimmer gemütlich gemacht. Remy, die sauer war, weil Faith Marley gebeten hatte, auf die Kinder aufzupassen, hatte sich in ihrem Zimmer eingeschlossen und hörte die Sorte Musik, die Tipper Gore dazu gebracht hatte, sich für CD-Warnaufkleber stark zu machen.

Als Faith von der Botschaft zurückkehrte, saß Lydia im Wohnzimmer und schaute fern. Marley war verschwunden.

Lydia stand auf und winkte ab, noch bevor Faith ihre Frage formulieren konnte. „Ich habe mich schon wieder von einer Party verdrückt und bin hergekommen, um Marley abzulösen."

Faith, die gerade ihre Ohrringe und den Schmuck abnahm, hielt in der Bewegung inne; ihre Uhr hing offen an ihrem Handgelenk. „Das wird allmählich zur Gewohnheit, Mutter." Sie hoffte, dass Joe nicht wieder hier auftauchen würde, um seine Frau mitzunehmen.

„Diese furchtbare Zeitverschwendung." Lydia wirkte erschöpft. Sie erinnerte Faith an einen Windhund: zu dünn, zu schnell, ständig im Kreis einem unechten, uneinholbaren Ziel nachjagend. Das Tempo forderte offenbar seinen Tribut.

„Geht es dir auch gut?" Faith ging zu ihrer Mutter.

Lydia schaltete den Fernseher aus. „Ich schlafe schlecht. Seit Jahren. Das bleibt nicht ohne Folgen."

„Bist du deswegen beim Arzt gewesen?"

„Was? Damit er mich mit Pillen betäubt, die mir tags noch mehr zu schaffen machen? Dann lieber Schlaflosigkeit."

„Er könnte die Ursache des Problems aufspüren."

„Ich kenne die Ursache. Mein Leben ist aus dem Gleis geraten, bevor du geboren wurdest. Diese Tatsache raubt mir den Schlaf."

Wenn eine Frau nie über ihre Gefühle spricht, meint man irgendwann, sie hätte keine. Faith begriff, dass sie in diesem Punkt falsch gelegen hatte, wie in so vielem. „Du meinst Hopes Entführung?"

Lydia schien ihre Offenheit schon zu bereuen. „Manche Frauen verstehen sich darauf, einen neuen Weg einzuschlagen, wenn der alte versperrt ist. Ist es das, was du heute Abend versucht hast? Einen neuen Weg zu gehen?"

„Mit Pete Conley?" Faith legte ihre Uhr ab. Es war eine Piaget, keine von den ganz teuren, aber doch ein kostspieliges Geschenk, das David ihr zum dreißigsten Geburtstag gemacht hatte. Seit sie ihn im Cottage ertappt hatte, hatte sie die Uhr nicht mehr getragen – bis heute.

„Ist es gut gelaufen?“ hakte Lydia nach.

„Pete ist ein netter Kerl. Und die Botschaft ist immer einen Besuch wert.“ Faith fand die französische Botschaft mit ihren großartigen modernen Gemälden und Skulpturen einfach fantastisch, aber heute hatte sie sich den größten Teil des Abends gelangweilt, obwohl zur Unterhaltung der Gäste sogar Zirkusartisten aufgetreten waren.

„Es gibt eine Reihe Frauen in dieser Stadt, die Pete mit leidenschaftlicheren Worten beschreiben würden als ‚ein netter Kerl‘.“

„Und sie hätten Recht.“

„Aber für dich ist er nicht der Richtige?“

Als eine sehr viel jüngere Faith ihre Verlobung mit David angekündigt hatte, war sie von Lydia nicht so intensiv befragt worden. „Er ist charmant, gebildet und klug, aber zwischen uns funkt es ungefähr so heftig wie in einem leeren Feuerzeug ohne Zündstein.“

„Eines kann ich dir versichern: Es liegt nicht an deinem Aussehen. Mir gefällt, was du mit deinem Haar angestellt hast. Und das Kleid steht dir umwerfend gut.“

Faith ließ sich in einen Sessel fallen, und nach kurzem Zögern nahm auch Lydia wieder Platz.

„Vielleicht ist es vermessen, die Latte diesmal höher zu legen“, meinte Faith, „aber genau das tue ich. Ich habe viele Jahre mit David verbracht und mir dabei eingeredet, es liege an mir, dass es zwischen uns nicht richtig knistert. Das will ich nicht noch einmal durchmachen, um keinen Preis. Dann bleibe ich lieber allein.“

„Das Risiko, dass der Blitz zum zweiten Mal an derselben Stelle einschlägt, ist doch wohl ziemlich gering."

„Es gibt eine Menge Gründe für Larifari-Sex, nicht nur einen Mann, der sich etwas vorlügt."

„Ist das jetzt das Gespräch, das wir schon vor langer Zeit hätten führen sollen?"

Faith lachte. „Ich kann kaum fassen, dass wir es *jetzt* in Angriff nehmen."

„In der Küche ist mir eine Flasche Scotch aufgefallen. Warum machst du uns nicht einen Drink?"

„Wenn mich das Reden über Sex nicht umbringt, *das* gibt mir sicher den Rest." Faith stand auf und kam mit zwei Gläsern mit Eis und Dottie Lees Glenfiddich zurück. „Also, warum *haben* wir darüber noch nie gesprochen? Was hat dich daran gehindert, das Thema anzuschneiden?"

„Ich wollte dir die Enttäuschung ersparen. Darüber, wie profan das alles ist. Das Eheleben. Sex. Liebe." Lydia nippte an ihrem Glas.

„Ich habe dich und Dad all die Jahre beobachtet und mir vorstellen können, was du von diesen Dingen hältst." Faith fühlte sich mutig. Lydia schien in der Stimmung zu sein, ihrer Tochter Einblick in ihre Seele zu gewähren. „Warum bist du bei einem Menschen geblieben, den du nicht geliebt hast?"

„Bist du sicher, dass ich ihn nicht liebe?"

Faith dachte nach. Es gab viele Arten von Liebe. Vielleicht hatten David und sie eine davon erlebt, die ihm aber nicht ausreichte. Und sie hatte auf sein sexuelles Desinteresse reagiert, indem sie sich die Schuld dafür gegeben hatte. Ihr Selbstvertrauen als Frau war in diesen vielen einsamen Nächten allmählich geschrumpft, bis es nicht mehr vorhanden gewesen war.

„Ja, ich bin mir sicher, dass du ihn nicht liebst", meinte sie schließlich. „Und ich glaube, du bist bei ihm geblieben, weil du nicht wusstest, wie es sonst weitergehen sollte."

Lydia stritt es nicht ab. „Die Macht der Gewohnheit."

Faith legte ihr die Hand auf die Schulter. „Was, wenn die Zeitungen nicht hinter Davids Affäre gekommen wären? David fühlte sich so schuldig, dass er vielleicht bei mir geblieben wäre, wenn ich ihn angefleht hätte. Aber wäre das richtig gewesen?"

„Das kann man nicht vergleichen. Die sexuelle Orientierung deines Vaters stand nie in Frage."

„Seine Leidenschaft für dich und seine Zuneigung zu dir schon."

„Faith, Joe Huston ist dein Vater. Wenn auch sonst nicht viel: das immerhin."

Faith spürte, dass sie Lydia besser nicht noch stärker bedrängte. Außerdem wusste sie selbst nicht genau, worauf sie hinauswollte. Lydia und Joe hatten ihr Verhältnis vor langer Zeit geklärt, wahrscheinlich schon vor ihrer Geburt. Sie hatte kein Recht, sich da einzumischen.

„Ich verrate dir etwas", fuhr Lydia fort. „Der wichtigste Grund, aus dem sich eine Frau für einen Mann entscheiden sollte, ist die Leidenschaft. Ich wünschte, ich hätte dir das gesagt, als du David heiraten wolltest, denn sie ist das Entscheidende. Respekt ist auch wichtig. Leidenschaft ohne Respekt ist nichts. Aber letztlich ist es die Leidenschaft, die eine Beziehung am Leben hält. Und wenn dir beim Anblick von Pete Conley nicht heiß und kalt wird, lass die Finger von ihm."

Faith dachte an den einen Mann in ihrem Leben, bei dem ihr heiß und kalt wurde. Pavel Quinn, der sich von David und Pete so stark unterschied, wie es einem intelligenten amerikanischen Mann nur möglich war. Dieser Abend hatte ihr gezeigt, dass ihre Zuneigung zu Pavel mehr war als eine Folge ihrer langen sexuellen Abstinenz, denn Pete hatte ihr zu verstehen gegeben, dass sie heute alles von ihm haben könnte, und sie hatte nicht das geringste Interesse verspürt.

„Die Anwesenden waren sehr angetan von mir. Ich bin unter anderem deshalb zu dieser Party gegangen, um herauszufinden, ob die Leute mich schneiden würden oder freundlich zu mir sind."

„Du hast es deinen Freunden nicht gerade leicht gemacht. Die meisten waren so klug, sich zurückzuhalten, bis du mit dem Lecken deiner Wunden fertig warst."

„Jetzt beginnt mein neues Leben." Faith lächelte. „Es fühlt sich noch ungewohnt an."

„Und gut." Das war keine Frage.

„Und gut."

„Überstürze bitte nichts. Lebe so, wie du es möchtest. Such dir den Mann, den du verdienst."

„Oder bleib allein."

Lydia spülte den Rest ihres Drinks herunter, stellte das Glas auf den Tisch und stand auf. „Eine Möglichkeit, die meine Generation noch als Versagen empfunden hätte. Wir haben uns geirrt."

Ihre Tochter begleitete sie zur Tür. „Hier kann man besser mit dir reden, Mutter. Ich weiß, dass dieses Haus für dich mit entsetzlichen Erinnerungen verknüpft ist, aber immer wenn du hier bist, habe ich das Gefühl, dich etwas besser kennen zu lernen."

„Mit einer entsetzlichen Erinnerung und vielen angenehmen. Sie wiegen einander nicht auf, aber vielleicht lerne ich allmählich, sie alle zu akzeptieren." Lydia beugte sich vor und küsste Faith auf die Wange: eine ungewöhnliche Geste.

Faith blieb in der Tür stehen und sah zu, wie ihre Mutter davonfuhr. Sie dachte über diese Frau nach, die auf Leidenschaft verzichtet hatte, um ihre vertraute Welt nicht verlassen zu müssen, und die diesen Kuhhandel jetzt, mit sechsundsechzig, offenbar bereute.

Was Pavel wohl gerade tat?

22. KAPITEL

Alec der Tonnenmann tauchte immer noch periodisch auf, um Alex zu helfen, und gemeinsam hatten sie den Garten weitgehend von Gestrüpp und Müll befreit. Im Laufe der Wochen war der alte Mann Faith ein wenig ans Herz gewachsen. Er erschien nüchtern, arbeitete hart und ging mit ihrem Sohn humor- und taktvoll um. Das Leben auf der Straße, für das sich der Tonnenmann entschieden hatte, hatte ihn nicht zerstört.

Am Mittwochnachmittag war er just in dem Augenblick aufgetaucht, als Alex aus der Schule gekommen war, und jetzt hielten sich die beiden schon draußen auf. Normalerweise gesellte Faith sich kurz zu ihnen, um ebenfalls – zumindest symbolisch – eine Efeuranke aus dem Boden zu reißen, aber heute hatte der Anruf einer Klassenlehrerin ihren Zeitplan durcheinander gebracht.

Es dauerte eine Weile, bis sie sich in den Garten aufmachte, und sie fühlte sich elend. Der Anruf war mehr als ernüchternd gewesen: Er hatte ihr ihre totale Isolation vor Augen geführt. Gerne hätte sie nun selbst zum Telefonhörer gegriffen und jemanden um Rat gefragt, aber letzten Endes war ihr kein einziger Mensch eingefallen, dem sie ihr Leid hätte klagen können.

„Noch eine Stunde", erklärte ihr der Tonnenmann, als sie schließlich zur Kellertür herauskam, „und die letzten Reste sind verschwunden. Sie werden sich wundern!"

Der Garten war eigentlich schon kahl, denn er schien nur aus Efeu bestanden zu haben. Jetzt, da er sich nicht mehr von Baum zu Baum, von Busch zu Busch rankte, war nicht mehr viel zu sehen.

Faith hatte vergebens nach einer Beschreibung des Gartens ihrer Großmutter gesucht. Jetzt war sie bei der Gestaltung auf ihren Instinkt angewiesen. Sie deutete auf einige tote Stämme und meinte zu Alec: „Können Sie erkennen, was für Bäume das einmal waren? Oder ist das unmöglich?"

„Wenden Sie sich an eine Baumschule."

„Das muss ich wohl."

„Was haben Sie vor?"

Faith drehte sich in die Richtung, aus der diese Frage gekommen war. Dottie Lee schaute über die Hecke. Faith winkte sie zu sich heran. „Ich will jemanden herbestellen, der mir sagen kann, was das für Bäume hier einmal gewesen sind. Ich möchte Violets Bepflanzung zumindest teilweise wiederherstellen. Es ist wirklich schade, dass das alles so ..." Faith zuckte mit den Schultern.

„Tot ist." Dottie Lee wand sich vorsichtig durch eine Lücke im Gebüsch und stieg über die Überreste eines Natursteinmäuerchens. „Tot ist das richtige Wort."

„Traurig. Trostlos."

„Transsibirisch." Dottie Lee nickte. „Total trübselig."

Faith lachte. „Sie entsinnen sich nicht zufällig an irgendwelche Pflanzen?"

„Meine Liebe, dieser Garten steht mir so klar vor Augen wie ein Sommertag. Ein Sommertag in einer kühleren Stadt natürlich, nicht hier in Georgetown, wo die Hitze alles verschwimmen lässt."

Selbst wenn ihr Leben davon abgehangen hätte, wäre Faith nicht in der Lage gewesen, ihren Garten in McLean genau zu beschreiben. Dottie Lee hatte ein erstaunliches Gedächtnis.

Den Tonnenmann zog es in den hinteren Teil des Gartens. „Komm mit, Junge. Der Efeu wartet."

Faith sah den beiden nach, als sie davonliefen. Das Gelände war abschüssig, und man konnte noch Überreste einer geschickten Terrassierung erkennen. Nur auf der untersten Stufe wucherte noch Unkraut. Sie schaute zu, wie sie sich schwere Handschuhe überzogen. Bisher hatten sie es geschafft, jeden Hautkontakt mit Giftsumach zu vermeiden.

„Ich hole einen Stift und eine Unterlage", sagte Faith. „Warten Sie so lange hier? Ich möchte Sie bitten aufzuzeichnen, woran Sie sich erinnern."

Dottie Lee war noch da, als Faith zurückkam. Im Haus hatte Faith schnell bei Billie angerufen, aber niemand war an den Apparat gegangen. Am Morgen hatte Remy gefragt, ob sie nach der Schule Billie besuchen durfte, und Faith hatte es erlaubt, aber inzwischen hatten sich die Spielregeln geändert.

Dottie Lee blickte zu den beiden Männern hinüber. „Ich glaube, sie machen gleich eine Entdeckung."

„Ich weiß nicht, ob ich noch eine Überraschung verdauen kann", meinte Faith.

„Bei Ihnen klingelt es an der Tür."

Jetzt hörte Faith es auch. „Tut mir Leid. Ich bin gleich wieder da. Warten Sie noch einmal?"

„Ich laufe nicht davon."

Faith eilte die Stufen hinauf. Pavel war schon wieder auf dem Weg zum Bürgersteig, als sie, vor Anstrengung keuchend, die Tür aufriss. „Hallo! Ich war hinten im Garten."

Er kehrte zurück. Sie bemerkte, dass seine Augen aufleuchteten, und spürte, wie ihr ganzer Körper reagierte. „Ich dachte schon, du wärst nicht da", sagte er.

„Ich? Ich bin immer da."

„Nicht am Freitagabend."

Sie war überrascht. „Woher weißt du das?"

„Ich bin hier gewesen. Alex hat wohl vergessen, dir das zu erzählen. Er hat aber *nicht* vergessen, mich darüber zu informieren, dass du ein Date hattest.“ Er wirkte nicht eifersüchtig, aber doch ein wenig enttäuscht.

„Ich habe einen alten Freund zu einem Empfang in der französischen Botschaft begleitet“, erklärte sie ihm.

„Dein Haar sieht toll aus.“

Reflexartig hob sie die Hand und fuhr sich mit den Fingern über den Kopf. „Danke.“

„Ich wollte mich erkundigen, ob ich dich und die Kinder heute Abend zum Spaghetti-Essen einladen darf.“

„Das geht nicht. Ich muss mir Remy zur Brust nehmen. Danach wird keiner von uns noch Lust zum Essen haben.“

Er stand jetzt auf dem Treppenabsatz, und sie bat ihn herein. Seine Nähe war angenehm aufregend.

„Ärger? Willst du mit mir darüber reden?“

Einen Moment lang wusste sie nicht, was er meinte. Dann fiel ihr wieder ein, dass es um Remy ging. „Du möchtest das sicher nicht hören.“ Als sie an ihm vorbeigehen wollte, griff er mit seiner großen Hand nach ihrem Arm und hielt sie fest.

„Versuch's.“

Seine Hand war warm und ein wenig rau. Die Hand eines Handwerkers, dachte sie, obwohl er vielleicht mehr Geld besaß als König Midas. Eine Hand, die ihre Nerven selbst dann vibrieren ließ, wenn er sie völlig still hielt.

Sie schaute zu ihm hoch. In die Wärme seines Blicks mischte sich eine Hitze, die nichts mit dem zu tun hatte, worüber sie sich unterhalten hatten, sondern eindeutig auf die Nähe ihrer beiden Körper zurückzuführen war.

„Remy kommt in der Schule nicht mehr mit. Ihre Klassenlehrerin hat mich angerufen. Sie verhaut die Klausuren. Sie macht ihre Hausaufgaben nicht. Sie hat keine Freunde. Billie, ihre einzige

Freundin, hat einen schlechten Einfluss auf sie. Ich glaube, das ist es im Wesentlichen." Sie schwieg. „Ach ja, und ihre Chorleiterin meint, dass sie ein musikalisches Genie ist. Sie hat das absolute Gehör. Hätte ich fast vergessen."

Seine Hand glitt von ihrem Arm auf die Schulter, dann in ihren Nacken. Er drückte zu. Ließ locker. Drückte zu. „Nicht viele Menschen haben ein absolutes Gehör, Faith."

Sie starrte ihn einen Augenblick an; dann lachte sie: ein Lachen, das tief aus ihrer Brust kam, rauchig und sonor. Sie konnte nicht anders. „Danke. Ein echter Hoffnungsschimmer, was?"

„Was hast du vor?"

Sie hatte vor, bis ans Ende ihrer Tage hier stehen zu bleiben und sich von ihm den Nacken massieren zu lassen. Sie hatte vor, hier stehen zu bleiben, bis sie sich in Zufriedenheit und Wohlgefallen auflöste, in einen sanft fließenden Strom aus purem sexuellen Genuss.

„Möchtest du es mir nicht verraten?" hakte er nach, als sie nicht antwortete.

„Solange du damit weitermachst, kann ich an nichts denken."

„Tut mir Leid."

Er ließ die Hand sinken, aber sofort griff Faith danach und legte ihre Finger zwischen seine. „Weil es sich so gut anfühlt, Pavel. Noch vor ein paar Minuten habe ich gedacht, dass es keine Menschenseele gibt, die bewirken kann, dass es mir besser geht."

„Du brauchst Trost, was? Ich glaube, im Trostspenden bin ich ganz gut."

Sie hatte den Verdacht, dass er auch andere Dinge gut konnte. Pavel war ein Mann, der einen gern berührte und gern berührt wurde. Selbst wenn sie ihn zufällig streifte, wiesen seine unbewussten Reaktionen, das langsame Anspannen der Muskulatur, das Zusammenziehen der Haut, ihn eindeutig als einen Mann aus, der sich am liebsten und besten durch seinen Körper ausdrückte.

Es war nicht der rechte Moment, um dieses Thema zu vertiefen. „Dottie Lee wartet hinten auf mich. Komm mit und begrüße sie."

„Ich wollte nicht stören."

Sie weigerte sich, ihn loszulassen, obwohl dies ein deutliches Signal war. „Bitte geh nicht. Sie würde dich sicher gerne sehen. Sie mag dich."

Er wirkte nicht sonderlich überzeugt. „Unter einer Bedingung." Er zog sie an sich. Sie leistete keinen Widerstand. „Dieses Wochenende gehst du mit *mir* aus. Ohne die Kids. Ohne Freunde. Nur du und ich." Er beugte sich zu ihr herab, bis ihre Gesichter sich fast berührten. Die Bewegung schien unendlich lange zu dauern. Dann stupste er seine Nase gegen ihre, eine federleichte Berührung, die ihr zu verstehen geben sollte, dass er zu mehr bereit war, wenn sie wollte. Sie presste ihre Lippen auf seine und schloss die Augen.

Sein Kuss war warm und alles andere als halbherzig. Er ließ ihre Hand los, umfasste ihre Taille und zog Faith an sich. Widerstand erschien ihr unangemessen, also ließ sie es geschehen. Da sie nun beide Hände frei hatte und nichts Besseres mit ihnen anzufangen wusste, legte sie sie auf seine Schultern und streichelte ihm mit den Fingerspitzen sanft den Nacken.

Einen Moment lang, nur einen Moment, vergaß sie die Welt um sich herum. Er füllte die Leere in ihrem Herzen.

Hinter ihm schlug die Tür zu. Erschreckt löste sie sich von ihm. Auch Pavel machte einen Schritt zurück und wäre fast über Remy gestolpert.

„Toll“, sagte sie. „Könnt ihr das nicht woanders machen?“

Faith holte tief Luft. Sie brauchte sich für nichts zu entschuldigen. Obwohl ihre Tochter sie böse anfunkelte und ihr Herz wie wahnsinnig schlug, war sie sich dessen sicher. „Ich habe versucht, dich bei Billie zu erreichen.“

„Tja, wir waren nicht da. Wir sind spazieren gewesen. Ich bin nur kurz hergekommen, um etwas zu holen.“

„Du gehst nirgendwohin.“ Faith schaute Pavel an. „Dottie Lee wartet unten auf mich. Wärst du so nett, dich eine Minute um sie zu kümmern?“

Er nickte stumm und lief auf die Kellertreppe zu.

„Zu dumm, dass es viel weniger Spaß macht, sich um die alte Dottie Lee zu kümmern als um meine Mutter, hm, Pavel?“ rief Remy ihm nach.

Faith beobachtete, wie er kurz mit sich rang, ob er antworten sollte. „Weißt du, Remy“, meinte er schließlich, „ich verstehe ja, dass du gerade eine harte Zeit durchmachst. Aber ich habe es satt, mit anzusehen, wie du deine Mutter herunterputzt. Ich finde nun mal, dass sie das nicht verdient. Lass sie in Ruhe.“

„Du hast hier gar nichts zu sagen. Du bist nicht mein Vater!“

„Zum Glück nicht! Denn wenn ich es wäre, würde ich dich womöglich übers Knie legen. Obwohl ich eigentlich nichts von Züchtigung halte.“

Remy starrte ihn entsetzt an. Pavel verschwand auf der Kellertreppe.

„Hast du das gehört?“ empörte sich Remy.

Faith zitterte. Bisher hatte sie nicht gewusst, wie sie mit ihrer Tochter umgehen sollte. Jetzt war die Sache klar. „Ich habe gehört, was *du* gesagt hast! Wie kannst du es wagen, meinen Gast so zu behandeln?“

„Gast? Er hat dich geküsst! Das ist ja wohl kein normaler Gast!"

„Remy, hier geht es nicht um mich. Jetzt reden wir mal über dich. Darüber, dass du in der Schule versagst, dass du den Lehrern frech kommst. Du scheinst zu glauben, weil sich dein Leben geändert hat, hätte alles, was man dir beigebracht hat, keine Bedeutung mehr. Aber es gibt keine Entschuldigung für Faulheit, Gemeinheiten und Lügen."

„Welche Lügen?"

„Ich habe dich jeden Abend gefragt, ob du deine Hausaufgaben gemacht hast, und jeden Abend hast du mit einem Ja geantwortet. Heute hat mich eure Vertrauenslehrerin angerufen. Ihr zufolge war das gelogen."

Erleichterung huschte über Remys Gesicht, so rasch, dass Faith sich nicht ganz sicher war, ob sie sich verguckt hatte. „Die Aufgaben sind doof und viel zu einfach. Ich kann das alles vorwärts und rückwärts runterbeten. Auf Fleißarbeit habe ich keine Lust."

„Wenn du das alles so prima kannst, wieso verhaust du dann die Klausuren? Glaubst du, du bist zu fein für diese Schule? Ist es das? Oder versuchst du zu beweisen, wie schrecklich dein Leben ist? Tust du das alles, damit dein Daddy und ich uns noch miserabler fühlen als ohnehin schon?"

„Mir doch egal, wie ihr euch fühlt! Ich hasse die Schule. Ich hasse die Kids, und ich hasse die Lehrer. Nichts ist so wie früher. Niemand kann mich leiden."

„Weil du dich nicht bemühst."

„Warum sollte ich? Die Freundinnen, die ich früher hatte, haben sich alle verkrümelt."

„Du hast keinerlei Versuche unternommen, mit ihnen in Kontakt zu bleiben. Wenn sie dich eingeladen haben, bist du nicht hingegangen. Und zu dir hast du sie auch nicht eingeladen."

„Sie wissen es! Sie wissen alles!"

„Wenn sie deine Freunde sind, macht ihnen das nichts aus."

„Ich brauche keine Freunde. Ich hatte welche, und was hat es mir gebracht? Sie können an dem ganzen Mist doch nichts ändern. Daddy war dein Freund, und was hat er getan?!"

„Er hat mir wehgetan. Da hast du Recht. Aber Freunde verzeihen einander. Wenn wir irgendwann aus dem Schlimmsten heraus sind, kann ich ihm vielleicht vergeben."

„Schwachsinn! Ich glaube das nicht. Das sagst du nur so. Das ist gelogen. Ihr seid alle solche Heuchler."

Faith hatte keine Ahnung, was sie erwidern sollte. David und sie hatten die Kinder in einer schwarz-weißen Welt aufgezogen und keinen Gedanken daran verschwendet, dass ihre Tochter mit all den Grautönen des Lebens nicht zurechtkommen könnte.

„Du hast bis auf weiteres Hausarrest", verkündete Faith. „Ich werde dich so lange unter ständiger Beobachtung halten, bis ich mir sicher sein kann, dass du wieder fleißig lernst und deine Hausaufgaben erledigst. Bis dahin hole ich dich jeden Nachmittag von der Schule ab."

„Du kannst mich nicht einsperren."

„Das werden wir ja sehen."

„Und was erzähle ich ... Billie? Du willst, dass ich Freundschaften schließe, aber die einzige Freundin, die ich habe, hältst du von mir fern."

„Ich habe Bedenken, was Billie angeht. Vorerst kannst du sie hierher einladen, wenn du sie treffen willst."

„Sie wird nicht kommen. Sie findet dich seltsam. Sie meint, du würdest uns dauernd auf der Pelle hocken."

„Tja, wenn sie mich letztes Mal schon zu neugierig fand, wird sie beim nächsten Mal Augen machen."

„Ich hasse dich! Und ich hasse diesen Mann! Ich will nicht, dass er herkommt. Rumknutschen könnt ihr woanders!" Remy machte kehrt und stürmte die Treppe hinauf.

Als Faith sich so weit gefangen hatte, dass sie zu den anderen in den Garten gehen konnte, rief Alex triumphierend: „Ich hab's gefunden!"

Es gab nur eins, wonach Alex gesucht hatte: „Violets Name?"

Dottie Lee war noch da. „Er wird es Ihnen zeigen."

Pavel lächelte Faith mitfühlend zu. „Ist es gut gelaufen, als ich weg war?" erkundigte er sich.

„Gut wird es wohl erst wieder laufen, wenn sie einundzwanzig ist." Sie schlenderte zum Ende des Grundstücks, wo Alex neben einer Art Mulde in die Knie gegangen war.

„Schau mal hier, Mom!"

Pavel begleitete Faith, und beide hockten sich neben den Jungen. „Wo?" fragte Faith.

Der Tonnenmann riss noch immer Efeu aus dem Boden. Alex streckte den Finger aus. „Genau hier."

Auf der untersten Gartenebene war eine Art Natursteinterrasse von etwa drei Metern Kantenlänge angelegt worden. Die rechteckigen, moosbedeckten Steine waren sorgfältig aneinander gefügt worden und bildeten eine fast perfekte Ebene. In der Mitte lag jedoch ein alter Mühlstein, und in den Lücken zwischen dem runden Mühlstein und den rechteckigen Platten hatten sich Unkräuter breit gemacht. Alex hatte gerade so viel von ihnen entfernt, dass man den Mühlstein gut erkennen konnte. Violet hatte ihren Namen sorgfältig in die quadratische Vertiefung gemeißelt, wo früher die Achse der Mühle angesetzt hatte.

„Guck mal einer an. Wow.“ Sie beugte sich vor und fuhr mit den Fingern über die Schrift, so wie es Remy mit Candace’ Namen auf dem Fenstersims getan hatte.

„Wieso da unten?“ Alex rieb mit der Schuhsohle über eine der Steinplatten. „Das sieht aus wie der Fußboden von irgendwas.“

„Von einem Gewächshaus“, sagte Dottie Lee, die jetzt hinter ihnen stand.

Faith berührte den Namen noch einmal. „Hier hat Violet bestimmt die Pflanzen gezogen, die sie vor dem Krieg verkauft hat. Hätte ich mir eigentlich denken können, dass dafür ein Gewächshaus nötig war.“

„James hat es für sie gebaut. Er war natürlich zu krank, um es auf einen Schlag zu errichten, also ließ er sich Zeit. Hier einen Stein, da ein bisschen Glas. Danach musste er sich tagelang ausruhen. Sie haben Fenster benutzt, die sie im Schrott fanden, und das Häuschen doppelt verglast, damit es die Wärme hielt.“

„Wiederverwertung. Wie es der Tonnenmann macht“, meinte Alex stolz.

„Ganz ähnlich, ja. James war ein geschickter Bastler. Die Zierleiste schnitzte er selbst. Efeugirlanden, wenn ich mich recht entsinne. Das Gewächshaus war sehr schön, als es endlich fertig war. Es hatte natürlich keinen Strom, aber für die kältesten Nächte gab es in einer Ecke einen kleinen Kohleofen. Violet hat immer für ausreichend Glut gesorgt, bevor sie schlafen ging. Sie hat damit geprahlt, dass ihr nie eine einzige Pflanze erfroren ist.“

Faith fühlte schon wieder Familienstolz aufwallen. „Sie war so einfallsreich.“

„Sie hat aus dem, was ihr zur Verfügung stand, das Beste gemacht. Ich habe ihr in allem nachgeeifert.“

Diesen Gedanken wollte Faith lieber nicht weiter verfolgen.

„Wir haben jetzt drei Inschriften gefunden. Millicent, Violet und Candace. Das wär's."

„Warum steht Millicents Name auf dem Dachboden?" wollte Alex wissen.

Dottie Lee tätschelte ihm die Schulter. „Millicent war ziemlich theatralisch. Sie wollte Schauspielerin werden. Sie hat große Teile ihrer Kindheit auf dem Speicher verbracht und mit den anderen Kindern aus der Straße Stücke aufgeführt. Da oben konnte sie ihr künstlerisches Talent austoben."

„Haben Sie auch mitgespielt?"

„Nein, Schatz. Ich war ein süßes kleines Mädchen, und die anderen erkannten meine wahre Begabung. Mir fiel die Aufgabe zu, von Tür zu Tür zu gehen und die Karten zu verkaufen. Und ich habe *viele* verkauft."

Faith musste lächeln. „Pavel, Dottie Lee will mir helfen, Violets Garten wieder herzurichten."

Pavel begutachtete die Steine. „Ich könnte hier wieder ein Gewächshaus bauen. Vielleicht gibt es vom alten irgendwo ein Foto."

„Danke, aber ich möchte nicht von der Gärtnerei leben."

„Dann ein Sommerhäuschen. Eine Gartenlaube, in der wir abends sitzen und die vielen Lichter bewundern können."

Sie fragte sich, ob den anderen auffiel, wie selbstverständlich er von einer gemeinsamen Zukunft ausging. „Das kann ich nicht von dir verlangen."

„Das hast du auch nicht."

„Violet hätte das gefallen. Sie hat hier draußen so viel Zeit verbracht." Dottie Lee drehte sich mit offenen Armen im Kreis. „Sind Sie bereit für die Skizzen, Faith?"

Faith hielt einen Block hoch.

„Dann los, bevor ich müde werde. An der Rückseite des Hauses standen Kamelien. Drei, glaube ich. Spurlos verschwunden. Eine herrlich karminrote. Eine weiße. Eine in Muschelrosa."

Dottie Lee schloss die Augen und versuchte, die Vergangenheit wieder auferstehen zu lassen. Sie berichtete von Bäumen, einer Blaufichte, Hartriegel und Judasbäumen. Dann sprach sie von Azaleen und Glyzinien und einer ganzen Reihe Stauden, die zu verschiedenen Zeiten blühten. Im Schatten einer längst verblichenen Virginischen Magnolie gedieh Dreiblatt, und an einem Spalier, das vor Jahrzehnten zu Staub zerfallen war, rankte sich Clematis mit tellergroßen, weißen Blüten empor. Altmodische Malven und Sonnenblumen schirmten die Fenster des Gewächshauses vor der schlimmsten Sommerhitze ab.

Dottie Lee schaute Faith an. „Aber das Auffälligste waren natürlich die Mohnblumen. Lydia hat Ihnen sicherlich vom Mohnblumen-Sommer erzählt?"

„Mohn, das sind diese roten Blüten, oder?" wollte Alex wissen.

„Es gibt sie in allen möglichen Farben, aber diese waren tatsächlich rot", erklärte Dottie Lee. „Leuchtend rot. Im Sommer 1941 kam halb Washington hierher, um sie zu sehen."

„Die Garten-Tour." Faith hatte nicht daran gedacht, Dottie Lee über dieses Ereignis auszufragen. Lydia war im Gegensatz zu Dottie Lee zu jung gewesen, um sich an Einzelheiten zu erinnern.

„Violets Garten war in Georgetown Stadtgespräch. Deshalb hat man ihn in den Rundgang aufgenommen: weil alle ihn angucken wollten."

„Was war an den Mohnblumen so besonders?" erkundigte sich Alex.

„Im Sommer 1941 befanden sich bereits viele Nationen im Krieg, aber Amerika war noch nicht dabei. Violet pflanzte roten Mohn, um ihren Nachbarn vor Augen zu führen, dass ein Krieg eine schlimme Sache ist. Hunderte blühten auf jedem verfügbaren Fleckchen Erde. So etwas hatte man noch nie gesehen. Sie waren atemberaubend und wirkten wie grellroter Rauch, der den Boden bedeckte. Die Blumen wuchsen sogar zwischen den Pflastersteinen, aus denen der Weg, der zum Gewächshaus führte, bestand."

Alex hatte aufmerksam zugehört. „Der Angriff auf Pearl Harbor war im Dezember 1941, nicht? Das haben wir letztes Jahr gelernt. Aber was hat Mohn damit zu tun?"

Zum zweiten Mal kam Faith ein passendes Gedicht in den Sinn. „Es gibt ein berühmtes Gedicht über den Ersten Weltkrieg. Es fängt so an: ‚Auf Flanderns Feldern wiegt sich Mohn auf unsren frischen Gräbern schon'. Seitdem soll roter Mohn die Menschen an jene Männer erinnern, die im Kampf gefallen sind."

Dottie Lee fuhr mit ihrer Erklärung fort: „Wegen James war sich Violet im Klaren, dass Krieg immer viel Leid mit sich bringt. Als die Vereinigten Staaten schließlich in den Krieg eintraten, ließ sie zwar den gleichen Patriotismus wie alle anderen erkennen, aber sie bildete sich nicht ein, dass das, was nun folgte, glamourös werden würde. Sie wusste es besser."

Seit sie in das Haus in der Prospect Street gezogen war, hatte Faith ein Leben aufgegeben und war zugleich, ehe sie sich's versah, in ein anderes hineingeglitten. In dieser Situation hatten ihre weiblichen Vorfahren ihr beigestanden. Die Entschlossenheit all dieser Frauen, das Haus zu behalten, hatte ihr Leben verändert, denn wäre sie nicht hier eingezogen, so hätte sie nicht über ihr altes Selbst hinauswachsen können. Es gab so vieles, wofür sie den Frauen, die hier gelebt und geliebt hatten, dankbar sein musste.

Sie spürte Pavels Hände auf ihren Schultern und lehnte sich gegen ihn. Ihr Blick fiel auf Dottie Lees Gesicht. Pavels besitzergreifender Griff war ihrer Nachbarin offenbar nicht entgangen.

„Ich weiß mehr über dieses Haus und die Dinge, die darin vorgefallen sind, als sonst jemand auf der Welt", sagte Dottie Lee. „Merken Sie sich das, Faith. Wenn Sie Antworten suchen, ich kenne sie." Sie schaute Pavel in die Augen. „Aber erst, wenn Sie stark genug sind, sich mit bestimmten Themen auseinander zu setzen."

23. KAPITEL

Faith hatte schon befürchtet, dass Remy sich am nächsten Nachmittag nach der Schule aus dem Staub machen würde, aber ihre Tochter wartete tatsächlich am vereinbarten Treffpunkt darauf, von ihr abgeholt zu werden. Während der Fahrt beantwortete Remy ihre Fragen äußerst einsilbig und schwieg nach Möglichkeit, aber Faith nahm es gelassen.

Alex war einen Freund besuchen gegangen und würde erst kurz vor dem Abendessen wieder zurück sein. Da sie keine anderen Verpflichtungen hatte, fing Faith an, in ihrem Schlafzimmer die Tapeten von den Wänden zu reißen. Als sie sich nach einer Stunde umdrehte, stand zu ihrer Überraschung Remy in der offenen Tür. Offenbar hatte sie ihr zugesehen.

„Das ist ja krank. Wer hat sich bloß freiwillig diese Muster ausgesucht?"

Faith, die auf einer Trittleiter stand, hatte in der Mitte der Wand bereits breite Streifen abgelöst, aber darüber, in der Höhe, die sie mittlerweile fachmännisch als „Fries" bezeichnete, hatte sie eine stilisierte Landschaft, einen Zypressenhain bei Sonnenuntergang entdeckt.

„Krank? Mir gefällt das. Ich wünschte, ich könnte die ganze Szene retten. Ich habe es versucht, aber es sind so viele Schichten darüber gepappt, dass es aussichtslos ist."

„Wer will schon ein Wandgemälde ganz oben an der Wand?"

„Während der Jahrhundertwende muss das in gewesen sein. Mir schwebt ein Grünton vor, mit einer Landschaft in dieser Höhe und einem einfachen Streifen entlang der Deckenkante. Ich habe im Internet eine Bezugsadresse für Reproduktionen gefunden."

Remy schwieg so lange, dass Faith schon dachte, sie sei in ihr

Zimmer zurückgekehrt, aber ein Blick über die Schulter zeigte, dass sie noch da war.

„Du magst diese alten Zeiten wirklich, was?“ meinte Remy.

„Als kleines Mädchen habe ich meinen Kleiderschrank zur Zeitmaschine ernannt. Ich bin immer hineingekrochen und habe mir vorgestellt, dass ich am Hof von Königin Elizabeth I. wäre oder gegen Attila den Hunnenkönig kämpfen würde.“

„Du? Als Soldat?“

„Man kann sich leicht einbilden, irgendwer zu sein.“

„Ich stelle mir am liebsten vor, ich wäre alt genug, um für immer von hier wegzugehen.“

„Das glaub ich sofort.“ Faith schob den Spachtel vorsichtig unter das Papier, und es gelang ihr, einen weiteren handbreiten Tapetenstreifen abzulösen.

„Die Tapete in meinem Zimmer ist auch furchtbar.“

„Ich weiß.“ Faith fuhr fort, das Papier abzureißen. Es war eine Arbeit für einen Menschen mit unendlicher Geduld und viel Zeit, und ihr mangelte es im Moment an beidem.

„Das Zimmer ist sonst aber nicht schlecht. Nachts sind die Lichter draußen echt Klasse.“

Faith wäre beinahe von der Leiter gefallen. Sie versuchte, gelassen zu klingen. „Stimmt. Du hast die schönste Aussicht.“

„Die Kätzchen sind jetzt fast alt genug, um sie zu verschenken.“

„Darüber wollte ich ohnehin mit dir reden.“ Faith hatte es mittlerweile geschafft, Gast und die Kleinen zum Tierarzt zu bringen. Sie waren gesund und hatten schon ihre ersten Impfungen hinter sich gebracht. Gast war immer noch scheu, aber die Kätzchen waren dank Alex und Remy recht zutraulich.

„Gast kennt dieses Haus in- und auswendig. Ich weiß genau,

wie sie sich fühlt. Für sie ist es komisch, dass wir jetzt hier wohnen, aber sie hat sich daran gewöhnt. Wenn wir sie weggeben würden, wäre das zu viel für sie."

„Glaubst du, dass sie je richtig zahm wird?"

„Sie entwickelt allmählich Zutrauen. Gestern ist sie mir auf den Schoß gesprungen."

Faith wäre am liebsten von der Leiter gestiegen, hätte die Katze gesucht und ihr einen dicken Schmatz gegeben. „Wenn du Gast behalten möchtest, ist das in Ordnung. Aber sie muss sterilisiert werden. Keine weiteren Kätzchen mehr."

„Ich würde auch Fleckchen gerne behalten."

Fleckchen war das Kleine mit dem Schildpattfell. Inzwischen hatten sie alle Namen. „Zwei Katzen?"

„Ich werde mich um sie kümmern." Remy sagte nicht ausdrücklich „bitte", aber es schwang in ihrem Tonfall mit.

Faith war sich darüber im Klaren, dass ihre Tochter sich nur zusammengerissen hatte, um in Sachen Katzen etwas zu erreichen. Aber dass Remy überhaupt noch so umgänglich sein konnte, war schon erfreulich genug, um Faith milde zu stimmen.

„Okay?" fragte Remy.

„Ich verrate dir etwas. Ich starte jetzt einen Bestechungsversuch. Wenn du mich beim Renovieren deines Zimmers helfen lässt, darfst du Fleckchen behalten."

„Was hast du vor?"

Faith stieg die Leiter hinab. „Als Erstes sehen wir mal nach, wie viele Tapetenschichten wir ablösen müssen. Wenn sie alle runter sind, kannst du die Wände entweder streichen oder mit einer schönen neuen Tapete bekleben."

„Meinst du, ich kann das?" Remy klang skeptisch.

„Remy, ich traue dir alles zu. Ich glaube, wenn du es wirklich willst, kannst du alles schaffen. Deshalb nimmt mich dein Schulproblem ja so mit."

„Ich möchte nicht darüber reden."

„Dann unterhalten wir uns halt über Tapeten."

Zehn Minuten später saßen sie nebeneinander auf dem Fußboden in Remys Zimmer, ein Kittmesser in der einen, einen Schwamm in der anderen Hand, und fingen an einer Ecke an, die Tapetenlage zu erforschen.

„Dieser Raum ist nicht viel genutzt worden. Das änderte sich erst, als deine Großmutter das Haus vermietet hat. Also dürften es nicht so viele Schichten sein wie bei mir", erläuterte Faith.

„Wer hat das Zeug bloß ausgesucht?" Remy schabte die oberste Lage ab. Es ging zum Glück recht leicht. Faith hatte den Verdacht, dass ihre Mutter den allerbilligsten Tapezierer von Washington beschäftigt hatte.

„Jemand, der Geld sparen wollte. Deine Großmutter."

„Weißt du, was ich glaube? Ich nehme an, sie wollte Hopes Tapete abdecken. Sodass sie nicht jedes Mal daran erinnert wurde, verstehst du?"

Offenbar dachte Remy mehr über die Familie nach, als sie sich anmerken ließ. „Du hast bestimmt Recht, aber nicht mit dieser Schicht. Ich vermute, Hopes Kinderzimmertapete liegt um einiges tiefer. Das ist so lange her."

„So wie ihr es um jeden Preis vermeidet, das Thema anzuschneiden, könnte man meinen, es wäre erst gestern passiert."

„Was willst du damit sagen?"

„Also, normalerweise reden Leute nicht gern über *aktuelle* Probleme, über Sachen, die noch richtig wehtun. Aber in unserer Familie wird über die Entführung sogar jetzt noch nicht gesprochen."

„Wenn ein Kind zur Welt kommt, hat man sofort das Gefühl, dass man diesen Menschen schon ewig kennt und liebt. Als meine Mutter Hope verlor, war es so, als hätte man ihr einen Arm oder ein Bein abgehackt, obwohl sie das Baby nur ein paar Tage hatte."

„Würdest du dasselbe fühlen?"

„Ich habe keine Ahnung, ob ich das überhaupt durchgestanden hätte." Faith wog ihre nächsten Worte sehr genau ab. „Mutter hat damals einen Teil ihres Herzens verloren, und seitdem lässt sie keinen an den Rest heran."

„Du glaubst, deshalb ist sie so ... Ich weiß nicht ..."

„Distanziert?"

„Fies."

Faith musste lächeln. „Also, ich habe sie vor der Entführung natürlich noch nicht gekannt."

Remy kicherte. „Vielleicht war sie schon immer fies."

„Sie hält ihre Mitmenschen einfach auf Distanz. Seit wir hergezogen sind, ist es besser geworden. Ist dir das aufgefallen?"

„Vielleicht kommt es dir nur so vor, weil du sonst niemanden zum Reden hast, seit Daddy weg ist."

Faith fand es ermutigend, dass Remy David erwähnte. „Vielleicht bin ich einfach umgänglicher geworden."

„Aber auf *mich* bist du dauernd sauer."

„Aus gutem Grund."

Remy antwortete nicht.

Schweigend schabten sie weiter. Als sie die oberste Schicht entfernt hatten, machten sie sich an die nächste, die ebenfalls hässlich war. Der Designer hatte sich wohl für einen Pop-Art-Künstler gehalten. Die Herzen und Blumen sollten wohl gute Laune verbreiten.

„Das schaut nach den Spätsechzigern aus – oder frühe Siebziger. Eben noch ein Beatles-Cover und jetzt schon als Tapete an der Wand."

„Wann ist Hope geboren worden?"

„1962. Also dürfte sich noch wenigstens eine weitere Schicht zwischen dieser und der Kindertapete befinden."

„Womit hat Großmutter *dein* Kinderzimmer tapeziert?"

„Wachsoldaten." Faith traktierte das Papier mit ihrem Messer. „Nein, das war nur ein Scherz. Ich habe Fotos gesehen. Sie war mit Teddybären in allen Formen und Größen übersät. Und als ich geboren wurde, haben uns die Leute aus ganz Virginia Teddybären geschickt. Puppen und Teddybären."

„Wegen Hope?"

„Dein Großvater hat sie alle in Kinderkrankenhäuser verfrachten lassen, aber ich habe vor kurzem einen Zeitungsbericht darüber entdeckt. Vorher wusste ich das nicht."

„Ich schätze, die meisten Leute waren froh, dass mit dir alles gut gegangen ist."

„Die Menschen lieben Happy Ends."

„Ich habe gedacht, *alle* Geschichten hätten ein Happy End."

Faith war gerührt. „Du solltest die nächste Folge dieser Geschichte abwarten. Manchmal führen die holprigsten Straßen schließlich zu den allerschönsten Plätzen."

„Das ist ja wohl superplatt, selbst für dich."

Faith brach in Gelächter aus. „Du lässt mir nichts durchgehen. Das muss ich dir lassen, Kleine."

Sie kratzten und zogen, kamen sich gelegentlich ins Gehege, wenn sie sich anders setzen mussten, und lehnten sich eine Zeit lang bequem mit den Rücken aneinander. Die dritte Tapete war marineblau mit winzigen weißen Bourbonenlilien in strengen Reihen. Schlicht und strapazierfähig – sie passte besser in ein Arbeits- als in ein Schlafzimmer.

„Das ist bestimmt die letzte Schicht über Hopes Kindertapete", meinte Faith. „Sie ist dunkel genug, um alles darunter hundertprozentig abzudecken."

„Sie ist so dunkel, dass das Zimmer bestimmt wie eine Grabkammer gewirkt hat."

Faith dachte, dass der Raum den beiden Menschen, deren Kind aus diesen vier Wänden gestohlen worden war, ohnehin wie eine Grabkammer vorgekommen sein muss.

Sie kratzten und schabten weiter und trugen mit einem großen Schwamm eine Speziallösung auf das Papier auf, die Faith aus ihrem Zimmer mitgebracht hatte. Die nächste Schicht sah anders aus, als sie erwartet hatten. Es war eine elegante Tapete mit smaragdgrünen und goldenen Streifen, etwas zu förmlich für ein Schlafzimmer, aber im Einklang mit der traditionellen Innengestaltung des Hauses.

„Wo sind die Enten und Clowns?" Remy legte ihr Kittmesser zur Seite.

„Das ist wirklich seltsam." Auch Faith hielt einen Moment inne. Die Herzen und Blumen, die sie vorhin entdeckt hatten, stammten eindeutig vom Ende der sechziger oder vom Anfang der siebziger Jahre. Darunter hatten Remy und sie zwei weitere Schichten freigelegt. Das war eine Menge Tapete für nur ein Jahrzehnt. „Ich vermute mal, dass jemand eingezogen ist, der die Tapete hässlich fand und eine neue darüber geklebt hat."

„College-Studenten?"

Schweigend gestand Faith sich ein, dass das nicht stimmen konnte. „Noch eine Schicht, dann geben wir auf. Ich bin wirklich neugierig."

Zwei Schichten später fügten sie sich in das Offensichtliche: Hope Hustons Eltern hatten ihr geliebtes Baby in einem Zimmer einquartiert, das mit förmlichem Smaragdgrün oder strengem Mitternachtsblau tapeziert gewesen war. Keine Entchen. Keine Clowns. Keine grinsenden Teddybären.

„Wie hast du damals mein Kinderzimmer tapeziert?" fragte Remy.

„Mit Feen und Schmetterlingen. Ich habe Wochen gebraucht, um mich für ein Muster zu entscheiden."

„Ich hatte Baby-Tapeten. Du hattest Baby-Tapeten. Warum hatte Hope keine?"

Es war merkwürdig. Faith überlegte, ob Lydia für Hope so wenig mütterliche Gefühle aufgebracht hatte, dass sie es nicht für nötig gehalten hatte, ihr Zimmer hübsch einzurichten.

„Was würdest du sagen, wenn ich mein Zimmer schwarz streiche?"

„Ich würde Nein sagen."

„Es ist mein Zimmer, oder?"

„Ein Zimmer, keine Höhle."

„Und wenn ich eine Tapete nehme? Eine dunkle? Du hast dich ja auch für Dunkelgrün entschieden."

„Das wäre in Ordnung. Aber zeig mir das Muster vorher, sicherheitshalber."

„Was denkst du denn von mir? Dass ich eine Tapete mit aufgesprayten Banden-Graffiti haben möchte?"

„Gibt es so was?"

Remy kicherte. Faith legte ihrer Tochter den Arm um die Schultern und drückte sie rasch an sich.

Nachdem ihre Mutter nach unten gegangen war, um das Abendessen zu richten, zupfte Remy an den Tapeten herum. Jetzt, da sie wieder eine Küche hatten, versuchte Faith so zu tun, als wäre wieder alles wie früher in McLean. Als würde Remy dieses Theater nicht sofort durchschauen. Zimtschnecken und Hühnchen mit Klößen reichten nicht aus, um eine Familie zu sein. Ebenso wenig wie neue Küchenmöbel oder Tapeten. Faith spielte Mutter, Vater, Kind – so wie Remy früher mit ihren Puppen. Nur dass es bei ihnen im Moment keinen Vater gab.

Das Telefon klingelte, aber sie ging nicht ran. Es war sowieso nie für sie. Megan rief nicht mehr an, weil Remy nie gewusst hatte, worüber sie mit ihr reden sollte. Sie wollte Megan nichts von den Jungs aus der Wohngemeinschaft erzählen, weil Megan es womöglich ihrer Mutter verraten würde, die sich wiederum veranlasst sehen könnte, Faith darüber zu informieren. Wenn das geschähe, würde Remy das Haus vermutlich nie wieder verlassen dürfen.

Sie konnte sich nicht mehr erklären, warum sie sich auf die Tapeten-Aktion eingelassen und eine Weile vergessen hatte, dass ihre Mutter eine echte Plage war. Sie wohnte nicht wirklich hier und würde sich hier nie zu Hause fühlen. Sie wusste nicht, warum sie diesen Quatsch über die schönen Lichter gesagt hatte, die ihr in Wirklichkeit nur schmerzhaft bewusst machten, dass es da draußen eine Welt gab: eine Welt, in die sie fliehen würde, sobald sie alt genug war.

In der letzten Zeit hatte sie nur für die wenigen Stunden in der Woche gelebt, in denen sie aus diesem Georgetown-Knast abhauen und Enzio treffen konnte. Jetzt, da sie in Einzelhaft saß, war es selbst mit dieser Ablenkung von ihrem Elend vorbei.

Faith klopfte zum wiederholten Mal an ihre Tür, und Remy rang sich ein lethargisches „Herein“ ab.

„Das war Alex. Sammy und er haben ein Stück geschrieben,

und sie wollen es Sammys Mutter und mir vorführen, bevor er nach Hause kommt. Möchtest du mitkommen?"

Das war so blöd, dass Remy es nicht einmal für nötig hielt, zu antworten. Sie verdrehte nur die Augen.

„Kann ich mich darauf verlassen, dass du keinen Unsinn machst?" fragte Faith. „Es wird vielleicht ein Weilchen dauern."

„Was zum Beispiel? Mit Streichhölzern spielen? Abflussreiniger trinken?"

„Bleib im Haus. Ich weiß nicht, wann ich wieder da bin", sagte Faith, „aber ich erwarte auf jeden Fall, dich hier vorzufinden."

„Sieg heil!" Remy streckte den Arm aus.

Kopfschüttelnd zog Faith die Tür hinter sich zu.

Remy wartete, bis sie die Haustür ins Schloss fallen hörte. Dann rannte sie ans Fenster von Faith' Schlafzimmer und schaute ihrer Mutter nach. Zurück in ihrem Zimmer, schlüpfte Remy in die Schuhe und kämmte sich das Haar – was neuerdings ziemlich schnell ging. Mit dem neuen Schnitt fühlte sie sich älter und weiser, wie ein neuer Mensch. Wie jemand, der alles tun konnte, was er wollte.

Sie schloss die Haustür und ging die Straße entlang. Sie wusste, dass Enzio heute Nachmittag frei hatte.

Enzio hatte noch immer keine Ahnung, wie alt sie war, aber sie hatte ihm und den anderen Jungs mitgeteilt, dass ihre Mutter verrückt war und von Remy erwartete, dass sie rund um die Uhr arbeitete und lernte. Sie musste ihnen schließlich irgendwas erzählen, damit sie nicht plötzlich vor der Tür standen und nach ihr fragten.

Was eine Katastrophe wäre. Enzio war Faith bereits bei ihrem Einkaufsbummel aufgefallen. Was würde sie erst sagen, wenn sie wüsste, wie viel Zeit Remy mit ihm verbrachte? Faith würde sie auf dem Dachboden einschließen, bis sie eine vertrocknete Greisin war. Dann bliebe Remy nichts weiter übrig, als ebenfalls ihren Namen in einen Dachbalken zu schnitzen.

Die Tür war nur angelehnt, als sie ankam. Sie drückte sie auf und rief laut Hallo, bevor sie eintrat. Selim war im Wohnzimmer und befestigte gerade Bärs Leine am Halsband. Er stand auf und ging auf sie zu.

„Macht ihr einen Spaziergang?“ Remy beugte sich vor und kraulte Bär am Hals.

„Wir gehen zum Kanal, um Leute zu treffen.“

„Ist Colin zu Hause?“ Sie wollte sich nicht anmerken lassen, dass sie nur wegen Enzio hier war.

„Irgendwo wird er schon stecken.“

„Enzio?“

„Yeah.“ Selim nickte ihr zu und ließ sich von Bär auf die Straße ziehen.

„Remy!“ Colin kam aus der Küche und strahlte sie herzlich an. Er war der netteste der Hausbewohner, ein Großer-Bruder-Typ, der jeden mochte und es schaffte, seinerseits von allen gemocht zu werden. „Was hast du mit deinem Haar gemacht?“

„Abgeschnitten. Gefällt es dir?“

Er lief auf sie zu, nahm ihr Gesicht zwischen seine Hände und betrachtete sie eingehend. „Niedlich“, verkündete er.

„Ich möchte nicht niedlich sein. Kleine Leute werden automatisch für niedlich gehalten.“

„Wie willst du denn sein?“

„Umwerfend.“

Er trat zurück. „Das auch. Schaust du bloß mal vorbei?“

„Ich kann nicht lange bleiben. Hatte nur vor, schnell Hallo zu sagen.“

„Deine Mutter hält dich an der kurzen Leine, was?"

„Sie will mich nächstes Jahr auf ein gutes College schicken."

„Wo hast du dich beworben?"

„Virginia-Universität. William-and-Mary-College." Remy zuckte mit den Schultern, um zu zeigen, dass das für sie keine große Sache war.

„Nicht Georgetown?"

„Wer möchte schon zu Hause wohnen?" Remy fragte sich, was sie nächstes Jahr tun sollte, wenn sie in die High School kam und den Jungs hier vorgaukeln musste, sie ginge auf ein College. Wahrscheinlich war es verfrüht, sich darüber den Kopf zu zerbrechen.

„Ich muss zur Bibliothek", sagte Colin. „Ich glaube, Enzio schwirrt hier irgendwo rum."

„Ich such ihn und begrüß ihn kurz."

Colin nahm einen Stapel Bücher vom Kaffeetisch mit den Wasserflecken und schob eine Pizzaschachtel sowie zwei halb leere Milchgläser beiseite, um seinen Notizblock freizuschaufeln. Er legte ihn oben auf den Stapel, eilte zur Haustür und schlug sie hinter sich zu.

Remy fragte sich, ob Paul, der vierte Mitbewohner, der sich fast immer bei seiner Freundin aufhielt, ausnahmsweise ebenfalls zu Hause war oder ob Enzio und sie allein waren.

„Was ist das hier für ein Lärm?" Enzio kam die Treppe herunter, mit nacktem Oberkörper. Er streckte sich, als wäre er gerade aufgewacht.

„Colin kann eine Tür offensichtlich nicht vernünftig zumachen."

„Wo sind Selim und der Köter?"

„Sind schon vor Colin weg."

Enzio ließ sich auf dem Treppenabsatz nieder, offenbar zu schlapp, um den Weg fortzusetzen. „Und was treibst du hier?"

„Ich wollte nur mal vorbeischauen. Kann nicht lange bleiben. Meine Mutter würde ausrasten, wenn sie wüsste, dass ich hier bin."

„Warum lässt du dir das von ihr gefallen?"

„Sie füttert mich durch. Und nächstes Jahr ziehe ich eh aus."

„Ich hab was für dich."

Remy stand jetzt am Fuß der Treppe, lehnte sich gegen den Pfosten und sah zu ihm hoch. „Yeah?"

„Ich hol's." Er reckte sich noch einmal und ließ seine Brustmuskeln spielen. „Bin gleich wieder da."

Ihre Neugier wuchs. Wenn Enzio ihr wirklich etwas mitgebracht hatte, hieß das, dass er an sie dachte, wenn sie nicht da war. Wie großartig! Sie fühlte sich wunderbar und hatte den Eindruck, an einem Wendepunkt in ihrem Leben zu stehen, als ereigne sich plötzlich eine Wende zum Besseren.

„Hier." Er nahm je zwei Stufen auf einmal und warf ihr eine grell pinkfarbene Plastiktüte von „Lawford's" zu. Remy fing sie auf und blickte hinein. Unter einem Knäuel Seidenpapier lagen der limettengrüne Rock und das Jäckchen mit dem Strass-Reißverschluss.

„Enzio!" Sie zog die Jacke heraus, die zwar ein bisschen zerknittert war, aber immer noch fantastisch aussah. Sie hielt sie an ihre Brust. „Das hat bestimmt eine Menge gekostet, oder?"

Er zuckte mit den Achseln. „Nicht der Rede wert."

„Es *ist* der Rede wert. Ich weiß noch, was auf dem Preisschild stand."

„So eine Tussi hat es gekauft und dann zurückgegeben. Und dann habe ich vergessen, es wieder an die Stange zu hängen. Kapiert?"

„Willst du damit sagen, dass du nichts dafür bezahlt hast?“

„Mir kam’s so vor, als hätte sie es schon getragen, bevor sie es zurückgebracht hat.“

Sie kannte sich mit so etwas nicht aus, nahm aber an, dass Enzio wusste, was er tat. „Also, dann vielen Dank!“

„Zieh’s an.“

Sie schaute ihn an. „Jetzt?“

„Yeah. Ich will dich nochmal darin sehen.“

Remy warf einen kurzen Blick auf ihre Jeans und ihr T-Shirt. „Ich weiß nicht.“

„Du kannst das Bad benutzen, um dich umzuziehen. Es dauert doch nur eine Minute.“

„Ja, okay.“ Sie ging ins Badezimmer neben der Küche. „Bin gleich zurück.“

Ein paar Minuten später stand sie in dem winzigen Raum und zerrte an dem Rock, der kaum ihren Po bedeckte. In diesem Outfit fühlte sie sich seltsam – sie erkannte sich selbst kaum wieder.

Als sie herauskam, war Enzio in der Küche gerade damit beschäftigt, Kaffee zu kochen. Er schien fast ausschließlich von Kaffee zu leben und roch ständig danach. Immer, wenn ihre Mutter eine Kanne aufsetzte, musste Remy an ihn denken. Sie dachte oft an ihn.

„Was meinst du?“ Sie warf sich in Pose, eine Hand auf der Hüfte, eine hinter dem Ohr.

„Süßes Kindchen.“ Er musterte sie. „Zieh den Reißverschluss ein bisschen runter und zeig mir mehr Haut.“

Rasch legte sie die Hand auf die Strassleiste. „Ich finde es so genau richtig.“

Er lachte und lief auf sie zu. „Wir sind heute schüchtern, was? Ich schenke dir etwas Tolles, und du willst mich noch nicht einmal dein Schlüsselbein angucken lassen?“

Sie lachte nervös und fühlte sich kindisch. „Bleib stehen, dann tu ich's."

„Klar. Ich habe gute Augen."

Sie zog den Schieber herunter, bis er zwischen ihren kleinen Brüsten hing. Sie hatte T-Shirts, die weniger Haut bedeckten, aber es fühlte sich eigenartig an, den Reißverschluss unter Enzios Blicken zu öffnen.

„Wovor hast du solche Angst? Hat dich noch nie jemand nackt gesehen?"

„Nein, und daran wird sich auch nichts ändern."

Er lächelte, ohne seine Zähne zu zeigen. „Du hast die High School als Jungfrau absolviert? Ist das nicht ein neuer Weltrekord?"

„Na ja, noch bin ich nicht fertig mit der High School."

„Da hast du Recht." Sein Lächeln wurde breiter. „Komm her, kleines Mädchen. Beweise Enzio deine Dankbarkeit."

Remy wusste, dass sie dem Spuk spätestens jetzt ein Ende bereiten sollte, bevor die Situation endgültig außer Kontrolle geriet. Sie musste die aufregendste Sache, die sie je erlebt hatte, hier abbrechen.

Doch stattdessen machte sie einen Schritt auf ihn zu, dann noch einen. Seine Arme glitten um ihre Taille, und er zog sie an sich. Dann beugte er sich vor und knabberte an der Oberkante ihres Ohrs. „Warum hast du dir die Haare abschneiden lassen?"

„Ich weiß nicht." Es kam ihr vor, als wären ihre Knie aus Gummi.

„Damit ich das hier tun kann?" Er presste Lippen und Zunge an ihr Ohr, arbeitete sich die Wölbung hinunter, zupfte am Ohrläppchen. „Und das?"

„Kann ... sein ..."

Er küsste ihren Hals. Eine Hand schob sich unter die Jacke

und bahnte sich langsam ihren Weg nach oben. Zunächst streichelte er ihr nur den Rücken, dann glitten zwei Finger unter ihren BH, und bevor sie wusste, wie ihr geschah, war der Verschluss offen. Blitzschnell presste er die Hand auf eine Brust.

„Hmmm ... Gut."

Remy war so schockiert, dass sie keine Ahnung hatte, was sie tun sollte. Alles war so schnell gegangen. Eben hatte sie noch überlegt, was seine Lippen da taten, und jetzt zwickten seine Finger schon ihre Brust.

„Ich denke ..."

„Nicht denken, Baby." Mit seiner freien Hand drehte Enzio ihren Kopf und küsste sie auf den Mund. Er drückte sie gegen den Kühlschrank. Seine andere Hand zog den Reißverschluss von innen langsam weiter auf. Bald war das Jäckchen ganz offen, und er massierte mit beiden Händen ihre Brüste.

Ihr war ganz schwindelig von den vielen Empfindungen. Die wärmsten Hände, die sie sich vorstellen konnte, pressten sie sanft gegen kaltes Metall. Seine Zunge drängte sich zwischen ihre Lippen, und seine Hüften gerieten in Bewegung. Sie wollte sich aus seiner Umklammerung befreien und sich zugleich stärker an ihn schmiegen.

Sie rang noch immer mit diesen widerstrebenden Gefühlen, als die Haustür zuschlug.

„Fuck!" Enzio machte einen Satz zurück.

Remy griff nach dem Reißverschluss. Kaum hatte sie die Jacke hastig geschlossen, betrat auch schon Colin die Küche. „Ich habe ein Buch vergessen. Enz, hast du das Buch über den Korea-Krieg gesehen, das ich gelesen habe?" Er blieb stehen und blickte Remy an. „Hattest du das eben auch schon an? Wie konnte mir das nur entgehen?"

Remy war sich sicher, dass ihre Wangen rot leuchteten und Enzios Lippen und Hände eine neonfarbene, blinkende Spur auf ihr hinterlassen hatten.

„Ich habe ihr die Klamotten geschenkt“, sagte Enzio. „Was hältst du von den Sachen?“

Colin wirkte überrascht. Skeptisch guckte er erst Remy, dann Enzio an. „Du hast ihr das geschenkt?“

„Nichts Besonderes. Im Laden ist es aussortiert worden, und ich dachte, Remy würde es stehen.“

Colin wirkte noch immer etwas beunruhigt. „Klar. Du schaust gut aus, Remy. Klasse.“

„Ich muss nach Hause.“ Sie fühlte sich ungemein geschmeichelt. „Ich zieh mich besser um. Meine Mutter hat was gegen kurze Röcke.“

„Vielleicht hat deine Mutter gar nicht so Unrecht“, meinte Colin.

Enzio suchte in seiner Hosentasche nach Zigaretten. „Misch dich nicht ein.“

Colin zuckte mit den Schultern.

Remy machte sich aus dem Staub. Im Badezimmer zog sie erst ihre Jeans hoch, bevor sie den Rock abstreifte. Ihre Finger zitterten so sehr, dass sie den BH-Verschluss fast nicht zubekommen hätte. Als sie das Bad verließ, war Colin schon wieder weg, und Enzio stand rauchend an der Spüle.

„Zu dumm, dass ich schon wegmuss.“ Sie war sich nicht sicher, ob das der Wahrheit entsprach, aber es klang jedenfalls cool.

„Nächstes Mal achten wir drauf, dass er uns nicht stören kann.“

Nächstes Mal. Diese Option brachte alle Stellen, die er berührt hatte, wieder zum Glühen. Gleichzeitig jagte sie ihr einen gehörigen Schrecken ein.

„Danke für die Klamotten", sagte sie.

„Heb sie auf und zieh sie nächstes Mal wieder an, wenn wir allein sind."

Sie lächelte – oder versuchte es zumindest.

Als sie auf den Gehweg trat, keimte in ihr für einen kurzen Augenblick die Hoffnung auf, dass ihre Mutter bereits zu Hause sein würde und sie ihr Rede und Antwort stehen müsste und ihr alles sagen könnte, was passiert war. Aber als sie dort eintraf, war alles still.

Sie setzte sich an das Klavier ihrer Ururgroßmutter und fing an, ein Lied zu spielen, das sie gelernt hatte, als sie noch ein kleines Mädchen gewesen war.

„Ich fürchte, es hat mir hier besser gefallen, als noch alles mit Unkraut zugewuchert war. Da sah es hier zumindest grün aus."

Faith und Lydia waren gerade zum Mühlstein hinuntergewandert, um sich Violets Inschrift anzugucken. Der Tonnenmann hatte Wort gehalten und am Vortag die letzte Efeuranke ausgerissen. Der Garten wirkte vollkommen trostlos.

„Ich weiß, es schaut schrecklich aus. Aber am Montag kommt ein Gartenbaumensch, der die toten Bäume zerlegt und ihre Wurzeln ausbuddelt. Das ist teuer, aber immerhin könnte ich mit all dem Brennholz ein paar Jahre heizen."

„Und dann?"

„Dann pflanzen Alex und ich neue Bäume und Sträucher, die ich in einer Großgärtnerei besorge. Ähnliche Sorten, wie sie in Violets Garten wuchsen. Die Beete werde ich erst im Frühjahr mit Stauden bepflanzen, wenn ich dir und meinen Freundinnen in McLean ein paar Stecklinge abschwatzen kann. Und in diesem Herbst habe ich vor, ein paar günstige Blumenzwiebeln zu setzen."

„Das klingt nach viel Arbeit. Bist du sicher, dass du dir das alles aufbürden willst?"

„Ich freue mich darauf, und wir brauchen einen Ort, an dem wir uns entspannen können. Übrigens hat Pavel mir versprochen, hier, wo das Glashaus gestanden hat, eine Laube zu bauen. Wenn er das tut, könnte ich Blauregen pflanzen, der im Sommer ein dichtes grünes Dach bildet."

„Mr. Quinn verbringt viel Zeit hier und engagiert sich sehr für das Haus."

„Er gehört nicht zu den Männern, die dafür eine Gegenleistung verlangen.“ Faith war sich nicht sicher, ob sie sich rechtfertigte oder Pavel verteidigte.

„Mir ist noch nie ein Mann begegnet, der wirklich gar nichts von einer Frau erwartet.“ Lydia wandte den Blick vom Garten ab und schaute ihre Tochter prüfend an. „Er gefällt dir sehr, nicht wahr?“

„Dafür gibt es gute Gründe. Er ist witzig, geistreich, charmant. Bei ihm muss ich mich nicht verstellen, sondern kann ganz ich selbst sein.“

„Das klingt, als würdest du von einem Border Collie sprechen.“

Faith gab den Versuch auf, ihrer Mutter etwas vorzumachen, und lachte. „Ich denke, wenn ich Pavel begegnet wäre, als ich noch mit David verheiratet war, hätte ich Schuldgefühle gehabt. Denn auch dann hätte ich mich von ihm angezogen gefühlt, trotz Ehering und so.“

„Dann verstehst du David jetzt vielleicht ein bisschen besser. Und all die anderen Menschen, die ihre Treueschwüre gebrochen haben, und sei es nur vorübergehend.“

Faith konnte nicht glauben, was sie da hörte. „Seit wann bist du eine Liberale, Mutter?“

„Was genau meinst du: Wann ich angefangen habe, eigene Gedanken und Meinungen zu entwickeln? Oder wann ich erkannt habe, dass Moral situationsabhängig ist?“

„Beides.“

Lydia hatte offensichtlich keine Lust, weiter über dieses Thema zu reden. Sie wandte sich wieder dem Garten zu und machte eine weit ausholende Geste. „Ich glaube, meine Großmutter wäre sehr zufrieden mit dir – und furchtbar unzufrieden mit mir. Ich bin so froh, dass du das alles in Ordnung bringst.“

„Dass du dieses Haus nicht haben wolltest, würde dir niemand je zum Vorwurf machen.“

„Jetzt ist es wieder ein Zuhause.“

Faith packte die Gelegenheit beim Schopfe und stellte die Frage, die sie am meisten bewegte. „Da wir gerade von einem Zuhause sprechen: Remy und ich haben angefangen, die Tapeten in ihrem Zimmer zu entfernen. Ich habe mich über die Muster gewundert, die wir gefunden haben.“

„Über Geschmack lässt sich nicht streiten.“

„Hast du eine der Tapeten ausgesucht?“

„Ich habe das Haus der Vermietungsagentur überlassen. Sie haben alle Entscheidungen getroffen.“

Faith versuchte es auf andere Weise. „Unter den neuen Schichten haben wir eine dunkelblaue Tapete und eine mit förmlichen grünen Streifen gefunden.“

„Remy wird bestimmt keine davon mögen.“

Faith war mit ihrem Latein am Ende. Wenn sie ihre Mutter nicht direkt auf das Fehlen einer Baby-Tapete ansprach, würde sie keine vernünftige Antwort erhalten.

Lydia blickte auf ihre Uhr. „Ich muss nach Hause. Heute Abend bekommen wir Besuch. Eine Meute wohlhabender Wähler, die dein Vater beeindrucken will. Eine gemütliche kleine Zusammenkunft von sechzig bis achtzig Personen.“

Faith wunderte sich, dass Lydia angesichts dessen nicht längst zu Hause war und bei den Vorbereitungen allmählich in Panik geriet. Sie erinnerte sich, dass ihre Mutter früher schon bei deutlich kleineren Partys von Migräneattacken heimgesucht worden war, weil sie zu hart gearbeitet und sich zu viele Sorgen gemacht hatte.

„Du bist natürlich eingeladen“, sagte Lydia. „Ich habe vergessen, dir das auszurichten.“

„Erzähl doch nichts. Der Senator hat seit dem Stromausfall kein Wort mehr mit mir gewechselt.“

Lydia schwieg einen Moment. „Er lässt sich nicht gern belehren. Er schmollt noch.“

„Er hat sich an dem Abend danebenbenommen.“ Faith hielt kurz inne. „Aber ich werde mich mit ihm versöhnen. Deinetwegen. Der Kinder wegen.“

„Leiden Alex und Remy unter dem Streit?“

Faith bezweifelte, dass ihre Kinder überhaupt etwas davon mitbekommen hatten. Joe verhielt sich distanziert, sodass er in ihrem Leben nur eine Randfigur war.

„*Ich* leide darunter“, meinte Faith. „Familien müssen zusammenhalten.“

„Eine Plattitüde, die man in Frage stellen sollte, wie all die anderen Plattheiten in unserem Dasein.“

„Bitte?“

„Ich muss nach Hause, um die Vorbereitungen zu beaufsichtigen.“ Lydias Blick fiel auf die Hecke, die die Grenze zwischen Dottie Lees Garten und Faith’ Grundstück bildete. Dottie Lee tauchte gerade aus ihrem Haus auf. „Da ist diese Frau. Höchste Zeit zu gehen.“

„Früher wart ihr Freundinnen.“

„Bleib hier und rede mit ihr, wenn du willst.“ Lydia küsste Faith auf die Wange. „Ich freue mich darauf, diesen Garten wieder blühen zu sehen.“ Sie marschierte auf die Kellertreppe zu.

Faith schlenderte zur Hecke hinüber, als Dottie Lee ihr zuwinkte, und trat durch die Lücke in den Nachbargarten. Hier wirkte alles gepflegt und dezent. Es gab dichte immergrüne Pflanzen, künstlerisch angelegte Kiespfade und ein schmales, erhöhtes, rechteckiges Becken, das von Lilienbüscheln umrahmt wurde. Außerdem stand dort auch noch eine Steinskulptur, die ein kleines Mädchen darstellte, das sich über das Wasser beugt, um sein Spiegelbild zu bewundern.

„Das bin ich, erkennen Sie mich?“ sagte Dottie Lee und zeigte auf das Mädchen. „Mein Vater hat sie in Auftrag gegeben, als ich drei war.“

„Sie ist mir noch gar nicht aufgefallen.“ Faith war nicht zum ersten Mal in Dottie Lees Garten, aber bisher hatten sie immer über andere Dinge gesprochen.

„Was für ein Anachronismus ich doch bin: verbringe mein ganzes Leben im selben Haus. Lasse die Welt zu mir kommen.“ Dottie Lee klang dabei keineswegs unzufrieden.

„Haben Sie je woanders wohnen wollen?“

„Ach, einmal vielleicht. Ich bildete mir ein, jemanden zu lieben, und zog in Erwägung, ihm nötigenfalls bis ans Ende der Welt zu folgen.“

„Aber Sie haben es nicht getan?“

„Es gab ein kleines Problem: seine Frau.“

„Ich weiß nie, wann Sie es ernst meinen.“

„Ich meine es immer ernst.“ Dottie Lee ließ sich auf einer Bank nieder, von der man auf die riesigen Rhododendren blicken konnte, und machte eine einladende Geste. „Ich habe mitbekommen, dass Ihre Mutter da war.“

„Sie musste leider gerade gehen.“

„Meine Liebe, Ihre Mutter hat seit Jahren kein Wort mehr mit mir gewechselt. Sie hat Angst, dass ich zu viel weiß.“

Faith’ Herzschlag beschleunigte sich. „Und *was* wissen Sie?“

„Das habe ich Ihnen doch schon gesagt.“

„Nicht genau. Sie haben nur angedeutet, dass Sie von etwas Kenntnis haben, das die Laufbahn meines Vaters beenden könnte.“

„Ich habe mein ganzes Leben in der Prospect Street verbracht. Ich lebte schon hier, bevor Ihre Mutter und Ihr Vater hergezogen sind. Ich habe viele Dinge gehört und gesehen, aber was das Schlimmste ist: Ich erinnere mich an alles. Der Fluch eines wachen Geistes."

Faith fühlte sich wie in einem Ratespiel. Dottie Lee rückte die Informationen nicht einfach so heraus. Faith musste immer Fragen stellen, und zwar die richtigen. Sie wusste aus Erfahrung, dass Dottie Lee auf allgemeine Fragen ebenso allgemeine Antworten gab.

Sie überlegte, welche der Informationslücken, die nach ihrem kurzen Gespräch mit Lydia verblieben waren, Dottie Lee schließen könnte. „Gestern bin ich auf etwas Interessantes gestoßen. Soll ich es Ihnen erzählen?"

„Ich habe sonst nichts vor."

„Remy und ich haben die Tapeten in ihrem Zimmer untersucht. In Hopes ehemaligem Kinderzimmer."

„Ja?"

Faith überlegte, ob sie der Sache nicht zu viel Bedeutung beimaß. „Es gibt etliche Schichten. Wie man es bei so einem alten Haus erwarten darf."

„Und?"

„Keine der Tapeten passte zum Kinderzimmer eines kleinen Mädchens. Alles war sehr dunkel und streng, als hätte niemand das Zimmer für ein Baby hergerichtet. Verstehen Sie das?"

„Verstehen? Sie meinen, ob *ich* ein Zimmer neu tapeziert hätte, wenn ich Nachwuchs erwartet hätte?"

„Nein. Ob es Sie – angesichts des Charakters meiner Mutter – nicht erstaunt, dass sie das Zimmer nicht neu gestaltet hat. Sie erledigt ihre Weihnachtseinkäufe im Juli. Im August werden die Geschenke verpackt. Im September entscheidet sie sich, welcher Baumschmuck verwendet wird und wo jedes Teil hinkommt. Im Oktober ist das Weihnachtsfest fertig geplant."

„Die Frau, die Sie kennen, ist nicht dieselbe, die ich gekannt habe."

„Wollen Sie damit sagen, dass sie nicht immer so ein Zwangscharakter gewesen ist? Ich verstehe ja, dass Hopes Entführung sie verändert hat, aber ich kann nicht glauben, dass sie außer Stande war, ein Kinderzimmer herzurichten. War sie krank?" Faith zögerte. „Depressiv? Hat sie das Haus schon gehasst, bevor Hope verschwunden ist?"

„Wir sollten diese Fragen der Reihe nach angehen."

„In Ordnung. War sie krank? Hat sie das Zimmer deshalb nicht neu tapeziert?"

„Ich erinnere mich nicht, dass die Schwangerschaft mit Komplikationen verbunden war. Keinen organischen jedenfalls."

Dieser Nachsatz schien auf etwas hinzudeuten. Faith hakte nach. „Dann war sie also niedergeschlagen? Hat es sich um eine schwierige Schwangerschaft gehandelt, weil meine Mutter unglücklich war?"

„Manchmal kann man am meisten von denjenigen erfahren, die von der Sache direkt betroffen sind."

„Dottie Lee, die Entführung meiner Schwester ist eine offene Wunde."

Dottie Lee schwieg einen Augenblick. „Sie war nicht glücklich, liebe Faith. Ich nehme an, die Schwangerschaft war keine gute Zeit für sie."

Faith wusste, wenn sie sich einfach nach dem Grund erkundigte, würde Dottie Lee ausweichend antworten. Sie musste die Frage anders formulieren. „War sie wegen meines Vater unglücklich?

Wegen all der Verpflichtungen, die mit seinem Amt verbunden waren?"

„Wie kommen Sie darauf, dass seine Arbeit die Ursache war?"

Faith fiel etwas ein, worüber sie in der Bibliothek gestolpert war. Für eine der vielen mühsam zusammengezimmerten Reportagen, die sie überflogen hatte, waren einige Freunde der Familie von einem Journalisten, der sich offensichtlich auf der verzweifelten Suche nach einem Skandal befunden hatte, befragt worden. Das Bild ihrer Eltern, das sich aus dem Artikel ergeben hatte, war Faith merkwürdig vorgekommen. Sie waren nur selten ausgegangen. Lydia schien den Gesellschaftstrubel von Washington nicht zu mögen und hatte sich nur daran beteiligt, wenn es unumgänglich gewesen war. Außerdem hatte Joe, der Lydia anfangs stolz herumgezeigt hatte, ihr offenbar nahe gelegt, sich während der Schwangerschaft zurückzuziehen. Als sie das gelesen hatte, war Faith das alles wie ein Hirngespinst eines Pressemenschen vorgekommen, der eine Titelseite füllen musste. Jetzt war sie sich dessen nicht mehr so sicher.

„Ich weiß, dass sie während der Schwangerschaft nicht viel unternommen hat. Wenn sie nicht krank war, hatte sie vielleicht das dringende Bedürfnis, sich ein Nest zu bauen. Aber andererseits hat sie ihrem Kind gerade *kein* Nest gebaut."

„Nein, allerdings nicht. Bis Joe und sie das Baby aus der Klinik geholt haben, war dieser Raum das Arbeitszimmer Ihres Vaters. Ich glaube, sie haben wirklich nur ein Bettchen und eine Wiege hineingestellt."

„Wollten sie kein Kind? Ist es das? War Hope ein Missgeschick?"

„Ich habe nicht in diesem Haus gewohnt – vor allem habe ich nicht in ihrem Ehebett geschlafen."

Faith versuchte sich aus dem, was sie wusste, und dem, was sie sich zusammenreimen konnte, ein Bild zu machen. „Mit meinem Vater kommt man nur schwer aus. Es war sicher nicht leicht, sich an ihn zu gewöhnen. Und dann noch ein Baby ... Aber ich kann mir nicht vorstellen, dass meiner Mutter ihr Kind so egal war, dass sie kein Kinderzimmer eingerichtet hat." Plötzlich fiel ihr etwas ein, und sie blickte hoch. „Es sei denn, meine Eltern hatten so ernsthafte Eheprobleme, dass Hope eine unwillkommene Verbindung darstellte. Vielleicht betrachtete meine Mutter Hope als Scheidungshindernis."

„Lydia hat nie von Scheidung gesprochen."

„War sie unglücklich genug, um sich eine zu wünschen?"

„Ihrer Mutter gefiel es, die Frau eines Kongressabgeordneten zu sein. Sie ist in einer Politikerfamilie aufgewachsen. Sie wollte die glücklichen Jahre ihrer Kindheit wieder aufleben lassen, in der sie lauter interessante und wichtige Leute kennen gelernt hatte. Nein, es gibt andere Wege, sich von den Fesseln einer Ehe zu befreien."

Faith hatte keine Ahnung, was sie darauf antworten sollte.

Dottie Lee stand auf. „Haben Sie sich mal Fotos von Ihrer Mutter angeguckt, Liebes? Als sie frisch verheiratet war?"

Eigenartigerweise hatte Faith das ausgesprochen selten getan, sodass sie sich nur an wenige Aufnahmen erinnerte. An die Entführungsfotos natürlich. Fotos von ihrem Vater mit bedeutenden Politikern. Eines mit Präsident Kennedy, einige Jahre vor seiner Ermordung. Ein anderes mit dem jungen Nixon während seines erfolglosen Wahlkampfes um das Gouverneursamt in Kalifornien. Lydia konnte man auch auf diesen Fotos entdecken, aber sie wirkte eher wie eine Komparsin.

Dottie Lee wartete Faith' Antwort nicht ab. „Lydia war eine

reizende junge Frau. Ich habe nie begriffen, warum sie sich für Joe Huston entschieden hat. Sie war schön, gebildet, stammte aus einem guten Stall und verfügte über ausgezeichnete Kontakte. Sie hätte bessere Männer haben können. Tut mir Leid, dass ich das so drastisch ausdrücke, aber so war es. Ich nehme an, sie hat in Ihrem Vater mehr gesehen, als wirklich da war. Aber es gab andere Männer, die ein Auge auf sie geworfen hatten. Einige davon wichtiger und würdiger als er."

Auch Faith erhob sich von der Bank. „Wollen Sie damit behaupten, dass sie eine Affäre hatte? Oder gerne gehabt hätte? Mit einem Kollegen meines Vaters?"

„Ich sage weiter nichts, als dass sie eine attraktive junge Frau war, die in einer Ehe festsaß, die unter keinem sehr glücklichen Stern stand. Eine Schwangerschaft könnte ihre Perspektive durchaus noch weiter verschlechtert haben."

Faith versuchte, sich ihre Mutter in dieser Zeit vorzustellen. Sie hatte ihre Mutter immer für fast geschlechtslos gehalten: eine Frau, der körperliche Gunstbezeugungen offenkundig nicht behagten, die ihrem Enkelsohn die Hand schüttelte und jedes Mal erstarrte, wenn man sie umarmte. Hatte sich Lydia, enttäuscht von der Ehe, anderswo mehr versprochen? Hatte sie in den Armen eines anderen Mannes Trost suchen wollen – eine Hoffnung, die sich mit ihrer ungewollten Schwangerschaft zerschlagen hatte?

Und hatte das alles womöglich etwas mit Hopes Entführung zu tun?

Dottie Lee zupfte ein totes Blatt von einer Stechpalme ab. „Die Behörden haben sich bemüht, Ihre Schwester und ihren Entführer zu finden, und sind gescheitert. Was lässt Sie glauben, *Sie* könnten die Wahrheit herausfinden?"

Faith war sich nicht sicher, ob sie das wirklich wollte.

Dottie Lee klopfte sich die Hände ab. „Ihnen wird nicht gefallen, was Sie entdecken. Geheimnisse sind nie geheim, weil sie so schön sind, dass man sie mit niemandem teilen mag. Geheimnisse sind hässliche, widerspenstige kleine Unwesen, und wenn man sie erst einmal aufgedeckt hat, verfolgen sie einen bis ans Lebensende."

„Na ja, sie verfolgen uns ohnehin."

„Sie werden allmählich klüger, Faith. Allein das mitzuerleben macht das Leben in diesem alten Körper schon etwas erträglicher."

Die Party war ein Erfolg, was Lydia nicht überraschte. Im Laufe der Jahre hatte sie ein Partyservice-Team zusammengestellt, das wusste, was sie wollte und wo man das bekam. Caterer, Floristen und Fensterputzer gaben ihr Bestes und erhielten dafür großzügige Trinkgelder. Das Reinemachen und die letzten Vorbereitungen wurden von Marley überwacht, sodass Lydia erst im allerletzten Augenblick auftauchen und alles abnicken musste. Sie arrangierte schon lange keine Blumen mehr um und quälte sich nicht mehr mit der Wahl zwischen Sektschalen und -flöten. Schon vor langer Zeit hatte sie unter schmerzlichen Umständen gelernt, welche Dinge wirklich zählten – und wie schwer es war, ohne sie zu leben.

„Gut gemacht, wie immer, Lydia. Ich glaube, es hat allen gefallen." Joe hatte seinen Anzug ausgezogen und trug nun einen Pyjama, der allerdings fast ebenso festlich wirkte. Das Leder seiner Pantoffeln war so gepflegt, als hatte er vor, sich damit auf dem Senatsparkett zu bewegen – dabei befand er sich auf dem Weg in sein Arbeitszimmer, wo er die halbe Nacht damit verbringen würde, Gesetzesvorlagen durchzuarbeiten und alle möglichen Mitarbeiter seines Stabs anzurufen.

„Freut mich, dass du zufrieden bist." Lydia knipste das Licht im Speisesaal aus, aus dem bereits alle Silbertabletts und Cocktailhappen geräumt worden waren.

„Gehst du jetzt ins Bett?“ Als sie nickte, machte er keine Anstalten, sie umzustimmen, sondern nickte seinerseits knapp und machte sich auf den Weg in sein Arbeitszimmer.

Sie schaltete überall das Licht aus, überprüfte die Alarmanlage und das Außenlicht und rief im Gästehaus an, um Samuel zu informieren, dass alles in Ordnung war und sie sich zur Nachtruhe zurückzogen.

Als sie im Schlafzimmer war, schloss Lydia die Tür hinter sich und lehnte sich dagegen, als wolle sie jemanden daran hindern, ihr zu folgen. Natürlich tat das niemand. Sie konnte sich nicht erinnern, wann Joe sie das letzte Mal beehrt hatte. Irgendwann vor seinem Herzinfarkt. Lange, lange davor. Für den jungen Joe war Sex sehr wichtig gewesen, aber als seine Laufbahn in Schwung gekommen war, hatte sein Appetit rasch nachgelassen. Sie hatte sich das als eine Art Triebsublimierung erklärt und war nicht traurig darüber gewesen.

Ohne groß nachzudenken, schminkte sie sich ab und putzte sich die Zähne. Nachdem sie ihr Nachthemd übergestreift hatte, stellte sie sich ans Fenster und schaute zum Wäldchen, das ihr Anwesen vor neugierigen Blicken vollständig abschirmte. Irgendwo bellte ein Hund und wurde zur Ordnung gerufen. Sie meinte, in der Ferne ein Flugzeug zu hören, und als sie die Ohren spitzte, vernahm sie das Wispern der TV-Nachrichten, die Joe in seinem Arbeitszimmer laufen ließ. Er arbeitete stets bei eingeschaltetem, auf laut gestelltem Fernseher – vielleicht gaben ihm die Nachrichten beim Diktieren seiner Memos über irgendwelche entlegenen Formalitäten das Gefühl, im Zentrum der politischen Macht zu sitzen.

Ihre Liebe war verblüht, kaum dass sie begonnen hatte. Bereits nach der kurzen Hochzeitsreise und den ersten gemeinsamen Wochen in ihrem Haus war ihr aufgegangen, wie schrecklich sie sich geirrt hatte. Sie hatte Halsstarrigkeit für Stärke gehalten, Gerissenheit für Intelligenz, Besessenheit für Idealismus. Sie hatte niemanden gehabt, der ihr in den ersten Krisen mit Rat und Tat zur Seite stehen konnte. Naiv, wie sie gewesen war, hatte sie die Donnerwetter in ihrer Ehe einfach durchzustehen versucht, aber diese Stürme hatten ihr jeden Halt und jede Orientierung geraubt.

Und dann war plötzlich Dominik Dubrov aufgetaucht.

Die Arme vor der Brust verschränkt, betrachtete sie die Kiefern am Waldesrand, die der Mond mit einem goldenen Schimmer überzog. Irgendwo jenseits ihrer filigranen Zweige lag das Leben, das sie hätte führen sollen, ein Dasein voller Zärtlichkeit und Nähe und gemeinsamer Werte. Dieses Leben war immer etwas zu weit weg gewesen, knapp jenseits der Bäume oder Wolken oder der Reichweite ihrer Fingerspitzen.

Aber eine Ahnung davon hatte sie doch erhalten, und sie dachte oft an diese Zeit.

„Dominik, ich, also, ich bin überrascht." Lydia schob eine goldblonde Strähne hinter ihr Samtstirnband, mit dem sie sich bei der Hausarbeit die Haare aus dem Gesicht hielt. Sie hatte nicht damit gerechnet, Dominik heute zu sehen. „Haben Sie angekündigt, dass Sie heute kommen? Ich dachte, Sandor wollte sich um die Tapete kümmern."

Dominik Dubrov trat von einem Fuß auf den anderen, was bei ihm jedoch kein Zeichen für Verlegenheit war. Er war ein selbstbewusster, höflicher Mann, dem es nicht an Selbstvertrauen mangelte. Obwohl er über wenig Geld und nicht sehr viel Bildung verfügte, hegte er keinerlei Zweifel daran, dass die Hausbesitzer, die ihn engagierten, sich für den Besten entschieden hatten. Dottie Lee Fairbanks hatte ihr erklärt, dass für die Renovierungsarbeiten am Hustonschen Reihenhaus eigentlich nur ein Mann in Frage komme, nämlich Dominik, und Lydia musste ihr beipflichten.

Dominik presste eine Wollmütze gegen seine Brust; vermutlich hatte er sie gerade erst abgenommen, bevor er klopfte. Fasziniert beobachtete sie, wie seine breiten Hände das cremefarbene Gewebe zwickten und streichelten: ganz sanft, als zupfe er an den Saiten einer Laute.

„Sandor hat noch woanders zu tun, aber ich bin in Miss Fairbanks Haus schon fertig." Er sprach mit Akzent; seine Stimme hatte einen leicht gutturalen Klang. Sein Englisch war passabel, doch die Vermutung lag nahe, dass sich sein Denken noch in irgendeiner slawischen Sprache abspielte. Bei ihrer ersten Begegnung hatte sie ihr College-Russisch an ihm ausprobiert, aber er hatte nur gelächelt.

Dominiks Lächeln war bemerkenswert: ein wenig schief und absolut unwiderstehlich.

„Wollen Sie, ich fange heute mit den Tapeten im hinteren Raum an? Ich kann ausmessen und vorbereiten."

Joe mochte die Tapete in dem Zimmer, das er als Arbeitszimmer ausgewählt hatte, überhaupt nicht. Er fand Grün widerlich und behauptete, ihm werde schwindelig, wenn er den ganzen Tag diese breiten Streifen ansehen müsse. Sie hatte unzählige Musterbücher nach Hause geschleppt, und endlich hatte er sich widerwillig für eine marineblaue Tapete mit winzigen Bourbonenlilien entschieden, die symmetrisch in Reih und Glied marschierten.

Drei Monate waren sie erst verheiratet, und schon hatte sie Joes Manie, alles bis ins Kleinste zu kontrollieren, gründlich satt.

Lydia trat zur Seite, um Dominik hereinzulassen. „Was auch immer Sie vorhaben, es ist mir recht. Ich bin dabei, die Zierleisten anzustreichen."

„Macht Ihnen das Spaß?"

„Ich würde gerne alles selbst machen. Ich wollte schon immer ein Haus einrichten. Als ich klein war, sind wir so oft umgezogen ..." Ihr fiel auf, dass sie drauf und dran war, einem Handwerker ihr Leben zu erzählen.

„Ich bin als Kind auch gereist. Ich verstehe."

Er drückte sich an ihr vorbei und achtete darauf, ihren Rock dabei nicht zu streifen, was ihm nicht leicht fiel, denn er war ein großer Mann. Dabei trug sie alte Sachen. Das hätte sie ihm mitteilen können, aber seine Umsicht gefiel ihr. In den ersten Wochen seiner Arbeit im Haus hatte sie Dominiks Gegenwart als etwas störend empfunden. Er war ein Mann und zudem ein Fremder. Aber im Laufe der Zeit war eine gewisse Nähe entstanden – schon weil sie beide sich den ganzen Tag allein im Haus aufhielten.

Lydia machte sich auf den Weg in die Küche. „Ich wollte mir gerade ein Glas Wasser holen. Möchten Sie auch etwas?"

Dominik folgte ihr. Vor einer Woche hatte er die Küchentapete entfernt und die Wand grundiert. Dann hatte sie alles sonnengelb gestrichen und in der Ecke ein Tellerregal mit handbemalter italienischer Keramik aufgehängt. Auf der Arbeitsfläche, neben den kobaltblauen Vorratsgefäßen, hockte ein Majolika-Hahn. Joe hatte heftig gegen das Hähnchen protestiert, aber in diesem Punkt war Lydia unnachgiebig gewesen.

„Puut-putt-putt-putt." Während Lydia ein Eiswürfelgefäß aus dem Gefrierfach holte und es unter den Wasserhahn hielt, um die Würfel besser herauslösen zu können, tat Dominik so, als kitzele er den Kehllappen des Hahns.

„Gefällt er Ihnen?“ Lydia drückte das Eis auf ein frisches Geschirrtuch.

„Sehr gut. Man soll lächeln, oder?“

„Ich wünschte, Sie könnten meinem Mann das klar machen.“

„Ein ernster Mann?“

„Bierernst.“

Dominik lehnte sich gegen den Arbeitstisch und schaute zu, wie sie einige Eiswürfel in zwei Gläser füllte und darauf Leitungswasser laufen ließ. Es kam ihr so vor, als würde er fast den gesamten Platz in der Küche einnehmen. Er hatte breite Schultern und lange, muskulöse Beine. Seine Haare und seine Augen waren schwarz und wirkten wild. Deshalb hatte man den Eindruck, dass es sich bei seinem guten Benehmen während der Arbeit lediglich um die Kehrseite von etwas Dunklerem handelte. Er hatte eine rosige Haut, hohe Wangenknochen und sehr ausgeprägte Züge. Seine Nase war etwas krumm und sah äußerst verwegen aus.

Sie konnte sich Dominik Dubrov gut als Kosaken vorstellen, fest im Sattel sitzend, mit dem Säbel an der Seite und einer Fellmütze auf dem Kopf, wie er über die weiten Steppen Russlands jagte.

„Ein Mann, der nicht im Stande ist zu lächeln, kann auch nicht lieben“, sagte er.

„Altes russisches Sprichwort?“

„Nein, beides macht einen glücklich.“

Lydia reichte ihm ein Glas und eine Serviette, falls er es abstellen wollte. „Manchmal kommt es mir so vor, als müsse man sich dafür schämen, wenn man sich über irgendetwas freut.“

„Manche Leute können mit glücklichen Menschen nicht umgehen.“

Unweigerlich musste sie an Joe denken.

„Sind Sie glücklich?“ Sie wusste nicht recht, warum sie ihm diese Frage stellte. So etwas fragte eine Frau ihren Handwerker nicht. Aber im Laufe der letzten Wochen hatte sie allmählich aufgehört, Dominik als bloßen Auftragnehmer zu betrachten. Er strahlte eine ruhige Klugheit aus, und dahinter spürte sie noch etwas anderes, etwas, das sie nur als „animalischen Magnetismus“ bezeichnen konnte – ein Ausdruck, mit dem „Photoplay“ oder „Silver Screen“-Stars wie Marlon Brando und den verstorbenen James Dean belegten, der aber auch auf Dominik zutraf.

„Ich habe einen Sohn. Mein Pasha macht mich glücklich.“

„Ein kleiner Junge! Wie alt ist er?“

„Zwei. Ein Satansbraten – sagt man so?“

„Ja, das ist eine gute Bezeichnung.“ Sie hatte keine Ahnung gehabt, dass Dominik verheiratet war. Er trug keinen Ring, aber das war nicht ungewöhnlich für einen Mann. Joe hatte sich entschieden, einen zu tragen, aber vermutlich nur, weil er so auf seine Wähler solider und vertrauenswürdiger wirkte.

„Mit nur einem Jahr hat er angefangen, sehr viel zu reden.“

Mit Kindern kannte sich Lydia nicht wirklich gut aus, aber da Dominik stolz klang, musste das wohl früh sein. „Und ich nehme an, jetzt plappert er pausenlos?“

„Und ich plappere auch zu viel. Im Schlafzimmer ist niemand?“

„Nein, Sie können hineingehen.“

Er hielt ihr das Glas hin. „Danke.“

„Dominik, was glauben Sie: Bindet ein Kind Mann und Frau stärker aneinander?“

Die Frage schien ihn nicht zu überraschen. „Das meinen die meisten.“

„Was meinen *Sie*?“

Sein Gesichtsausdruck verfinsterte sich. „Manche Ehen, die können durch nichts gerettet werden, durch gar nichts."

Sie spürte, dass er über seine eigene Ehe sprach, und fühlte sich seltsam erleichtert. Sie gehörte nicht zu den Leuten, die sich am Elend anderer Leute weideten, aber zu wissen, dass Dominik ähnliche Probleme hatte wie sie, gab ihr das Gefühl, ihm noch näher zu sein.

„Ich vermute, meine Ehe mit Joe würde durch ein Baby auch nicht besser."

Er überlegte kurz, bevor er antwortete. „Sie sind nicht glücklich, Mrs. Huston?"

„Lydia. Nennen Sie mich doch bitte beim Vornamen. Wir kennen uns doch jetzt schon einige Zeit."

Er zuckte mit den Schultern, ein gewaltiges Schauspiel seiner Muskelmassen.

„Ich bin nicht glücklich." Sie fragte sich, was sie ihm heute noch alles anvertrauen würde.

„Sie sind jung. Das Zusammenleben ist neu für Sie. Sie werden sich daran gewöhnen."

Sie schüttelte den Kopf. „Ich habe einen Fehler gemacht und weiß nicht, wie ich ihn ausbügeln kann. Ich will keine Scheidung, aber ich möchte auch nicht verheiratet bleiben." Tränen traten ihr in die Augen. Vielleicht war es leichter, so etwas einem fast Fremden zu beichten. Vielleicht lag es einfach daran, dass Dominik da war, als sie jemanden zum Reden brauchte.

Vielleicht lag es auch einfach daran, dass Dominik eben Dominik war.

„Scheidung ist nicht möglich?" hakte er nach.

„Ich halte nichts von Scheidungen. Ich finde, man muss zu den Entscheidungen stehen, die man getroffen hat."

„Da bin ich einer Meinung mit Ihnen. Meine Frau ist katholisch, für sie kommt das sowieso nicht in Frage."

„Wir sind ja ein großartiges Gespann."

„Ich wollte nicht neugierig sein."

„Und ich wollte Ihnen nicht die Ohren voll heulen." Die Redewendung irritierte ihn offensichtlich, und Lydia musste lachen. „Jetzt habe ich aber genug über mich geredet."

Eine Träne ließ sich nicht länger zurückhalten und glitt über ihre Wange. Dominik stellte sein Glas ab und fing die Träne mit einer Fingerspitze auf. Sie schloss die Augen, und er strich ihr sacht über die Wange, um Lydia zu trösten.

„Es tut mir Leid." Sie schluckte. „Ich weiß nicht, was heute mit mir los ist."

Sie spürte seine Arme an ihrem Rücken, starke, besänftigende Arme. Er zog sie an seine Brust, damit sie sich besser fühlte. Ihn nun ihrerseits zu umarmen kam ihr vollkommen natürlich vor – so als sei sie mit *ihm* verheiratet und nicht mit diesem Mann, der sie nach einem ungeduldigen Tätscheln von sich geschoben hätte.

Sie lehnte den Kopf an seine Schulter und wollte den Tränen freien Lauf lassen, aber ihr Kummer hatte sich offenbar schon gelegt; er war einem anderen Gefühl gewichen.

Sie bemerkte, wie ein Schauder durch Dominiks Körper lief und in ihr eine ganz ähnliche Welle der Erregung auslöste. Er fühlte sich großartig an, und das ging weit über Trost hinaus.

Sie musste sich von ihm lösen, bevor es zu spät war. Sie hatte keine Angst vor Dominik. So stark er auch war, er würde sie niemals bedrängen.

Sie hatte vielmehr Angst vor sich selbst.

Keiner der beiden rührte sich. Schließlich blickte sie hoch. Mit halb geschlossenen Lidern schaute er sie an. Er ließ sie nicht los, verstärkte seine Umarmung jedoch auch nicht. Er stand ruhig da und wartete darauf, dass sie ihm sagte, was zu tun war.

Welten taten sich ihr auf.

Jetzt blieb Lydia, die seit neununddreißig Jahren keine derart leidenschaftliche, mit brennendem Verlangen erfüllte Umarmung mehr erlebt hatte, nichts anderes übrig, als sich selbst Trost zu spenden. Sie schlang die Arme um ihren Körper und lehnte die Stirn ans Fenster.

25. KAPITEL

„Also, bequem und warm“, hatte Pavel Faith angewiesen, als sie über ihre Verabredung für Samstag gesprochen hatten. Die Kinder würden über Nacht bei Lydia bleiben, sodass Faith nicht zu einer bestimmten Zeit zurück sein musste.

Sie hatte nachgefragt und die Auskunft erhalten, dass er mit „bequem“ nicht die Art von Garderobe meinte, in der man auf der M Street Pizza essen ging. Solche Kleidung hielt er für förmlich. Mehr hatte sie aus ihm nicht herausbekommen. Ihr Ausflugsziel sollte ein Geheimnis bleiben. Wenigstens musste sie am Samstagnachmittag, als sie sich umzog, nicht ewig darüber nachdenken, was sie anziehen sollte. Sie schlüpfte in ein Paar Jeans, das noch nicht zu sehr kniff, und in ihren grünen Lieblingsrollkragenpullover.

Als sie gerade ihr Haar bürstete, kam Alex ins Schlafzimmer, um sich zu verabschieden. Sie umarmte ihn und erkundigte sich: „Habt ihr alles, was ihr braucht?“

„Mo-om“, stöhnte er. „Ich nehme meine Legosteine mit und Remy bestimmt ihre Barbie-Puppen.“

„Sehr witzig. Ich will doch nur, dass ihr euch nicht langweilt.“

„Heute Abend gehen wir ins Kino, und morgen fahren wir zu einer Pferdeschau in Maryland.“

Sie wusste selbst nicht, warum sie so einen Aufstand machte. Joe war übers Wochenende in Richmond, und ihre Mutter würde sich gut um Alex und Remy kümmern. Selbst Remy schien sich mit dem Besuch abgefunden zu haben. Immerhin hatte sie in Great Falls keinen Hausarrest.

Faith ging im Geiste noch einmal alles durch. „Hast du deine Schlafzimmertür geschlossen, damit Gast Lefty nicht auffrisst?“

Alex verdrehte die Augen fast so gekonnt wie seine Schwester. Faith verkniff sich den Rat, seine Zahnbürste und frische Unterwäsche einzupacken. „Vergiss nicht, dass ich mein Handy dabei habe, falls ihr mich dringend erreichen müsst."

„Ich warte draußen."

„Ist Remy schon fertig?"

„Keine Ahnung."

In letzter Zeit wich Alex immer aus, wenn Faith sich bei ihm nach Remy erkundigte. Er, der normalerweise nichts für sich behalten konnte, schien jetzt mit etlichen Dingen hinter dem Berg zu halten. Aber jetzt war nicht die Zeit, sich darüber Gedanken zu machen.

„Viel Spaß – und bis morgen." Sie drückte ihn noch einmal, und diesmal erwiderte er ihre Umarmung, bevor er im Flur verschwand und die Treppe hinunterlief.

Als sie gerade ihre goldenen Ohrstecker anlegte, bemerkte sie, dass Remy in der Tür stand und sie beobachtete.

„Brauchst du noch was, bevor ihr aufbrecht?" fragte Faith.

„Zum Beispiel? Saubere Windeln und einen neuen Teddybär?"

„Ich weiß nicht, wann ich heute Abend nach Hause komme. Es könnte spät werden. Deshalb ist es so besser."

„Klar, ich kann ja nicht die halbe Nacht allein bleiben, während du ein Date hast." Das Wort „Date" sprach sie so verächtlich aus, als wäre es etwas besonders Ekelhaftes.

Faith befestigte den zweiten Stecker an ihrem Ohr. „Ich möchte dir gern wieder vertrauen können."

Remy wandte sich ab. „Amüsier dich gut. Denk bloß nicht an *uns*."

Faith überlegte, wie Remy – ohne Zutun der Menschen, die sie liebten – zu einer wahren Meisterin des Sarkasmus hatte werden können.

Kurz darauf schlug die Haustür zu. Faith hoffte, dass ihre Mutter eintreffen würde, bevor die Kinder sich in die Wolle bekämen. Ihr Wunsch ging in Erfüllung; sie hörte, wie ein Auto auf der Straße anhielt. Dann lief sie zum Fenster und öffnete es. Lydia rief ihr einen Gruß zu. Faith winkte, aber das sahen die drei schon gar nicht mehr, weil sie mit dem Wagen davonbrausten.

Sie schloss das Fenster, drehte sich um und lehnte sich dagegen. Sie war frei. Heute Abend musste sie für niemanden mehr da sein. Pavel kümmerte sich um alles, sie brauchte nur noch zu ihm gehen. Nein, nicht einmal das, denn er wollte sie ja abholen.

Sie musste ihn nur ins Haus lassen.

Faith ertappte sich bei einem Lächeln. Doch es handelte sich nicht um das gehorsame Lächeln, das sie als Kind gelernt hatte, oder um das unnahbare Lächeln ihrer Jugendzeit. Nicht einmal um das Perfekte-Ehefrau-und-Vorbild-Lächeln, das sie während ihrer Jahre mit David so gut beherrscht hatte. Es war irgendwie strahlender und hatte mehr mit ihren wahren Hoffnungen und Ängsten zu tun. Es wirkte durch und durch echt.

Als Pavel eintraf, war sie fertig. Das Erste, was ihr auffiel, als sie ihm aufmachte, war, wie gut seine Beine in engen Jeans zur Geltung kamen. Er trug ein rotes „Scavenger"-Sweatshirt mit marineblauem Kragen und Logo. Aus dem Fehlen von Flecken und Knitterfalten schloss sie, dass es nagelneu war. Wahrscheinlich besaß er Hunderte davon.

„Neues Modell." Mit einer Hand zupfte er an seinem Sweatshirt herum, mit der anderen hielt er eine Einkaufstüte hoch. „Hier habe ich noch ein paar davon, für dich und die Kinder."

Faith war gerührt. Zwar würde Remy ihr Sweatshirt wahrscheinlich als Staub- oder Schuhputzlappen benutzen, aber Alex würde begeistert sein. „Das ist wirklich lieb. Wenn es nicht so furchtbar nach Partnerlook aussähe, würde ich meines am liebsten gleich anziehen." Als sie bemerkte, dass sie noch in der Tür standen, nahm sie ihm die Tüte ab und bat ihn herein. „Die Kinder sind schon weg."

„Besteht die Hoffnung, dass deine Mutter Remy bei sich behält?"

Sie grinste. „Mutter ist alles Mögliche, aber bestimmt keine Masochistin."

„Steht ihr euch sehr nahe, deine Mutter und du?"

„Na ja, so nahe, wie sie es zulässt."

„Ich habe sie nur flüchtig kennen gelernt, aber sie ist ganz anders als du, nicht? Du bist herzlich und großzügig. Ich bezweifele, dass man das auch von ihr behaupten kann."

Dass Pavel sie so wahrnahm, tat Faith gut. „Sie arbeitet an sich. Es ist verrückt: Seit wir hergezogen sind, ist sie schon viel offener geworden. Dabei hätte ich eher das Gegenteil erwartet."

„Vielleicht sind in diesem Haus nicht nur schlimme Dinge passiert. Immerhin war es das erste gemeinsame Zuhause deiner Eltern." Er schien ihre Gedanken lesen zu können. „Was aber nicht heißt, dass es eine schöne Zeit gewesen sein muss ..."

„Vielleicht hast du Recht." Sie wechselte das Thema. „Wie auch immer: Wohin geht's? Was hat es mit der Überraschung auf sich?"

„Du bist furchtbar neugierig, was?"

„Ich habe mich fast mein ganzes Leben in Geduld geübt. Ich glaube, deshalb bin ich jetzt so ungeduldig."

„Dann schnapp dir einen Mantel, und wir brechen auf."

„Aber es ist doch draußen gar nicht kalt."

„Man weiß ja nie.“

Sie hängte sich eine Wolljacke um die Schultern und verließ mit ihm das Haus. Als sie die Tür hinter sich abschloss, fühlte sie, wie die Last des Alltags von ihr abfiel. „Ich bin zu allem bereit.“

„Ich werde dich beizeiten daran erinnern.“ Er lächelte, als er das sagte, warf ihr jedoch einen zweideutigen Blick zu. Sie wusste nicht, was er ihr zu verstehen geben wollte, aber das würde sie schon noch herausfinden.

Auf West-Virginia war sie nicht gefasst. Nicht auf die Interstate 80, die zu dem Cottage führte, das David für sie gekauft hatte. Nicht auf die Abzweigung zu „Granger's Food and Gas“ und am allerwenigsten darauf, dass Pavel hier Halt machen würde.

Irgendwo auf der langen Fahrt war sie eingeschlafen. Aus dem Radio war Softjazz gedrungen, und sie hatte die Augen geschlossen. Als sie die Lider wieder aufschlug, erkannte sie entsetzt, dass sie sich ganz in der Nähe jenes Ortes befanden, an dem sie ihren Gatten in den Armen eines anderen Mannes ertappt hatte.

Während sie noch nach den richtigen Worten suchte, um Pavel das beizubringen, bog er auf den Parkplatz von „Granger's“ ab. Als er bemerkte, dass sie nicht mehr schlief, sagte er: „Hey, Dornröschen. Bleib im Auto und schlaf weiter.“

Sie rutschte auf dem Sitz etwas tiefer und hoffte inständig, dass niemand herauskäme und sie erkannte. „Was tun wir hier?“

„Hab nur was vergessen.“ Er stieg aus.

Faith hätte sich am liebsten in Luft aufgelöst.

Er brauchte ewig. Sie saß im Auto und fragte sich, ob sie ihm die Wahrheit erzählen sollte: dass ihr schon das bloße Hiersein, die Luft von West-Virginia, der vertraute Anblick der Berge höllisch wehtaten. Als ein Auto neben dem von Pavel zum Stehen kam, rutschte sie noch ein bisschen tiefer in den Sitz und drehte den Kopf zur Seite. Die Tür schlug zu, und sie hörte Schritte. Als sie kurz in diese Richtung schaute, sah sie Tubby, der sie durchs Fenster anstarrte.

Sie wusste nicht, was sie tun sollte, bis sie begriff, dass er von ihr erwartete, das Fenster zu öffnen. Sie drückte auf den Knopf, aber da der Motor nicht lief, tat sich nichts. Sie verfluchte insgeheim das einundzwanzigste Jahrhundert, öffnete die Tür und stieg aus.

„Tubby." Sie rang sich ein Lächeln ab und lehnte sich steif gegen das Auto. „Mrs. Bronson." Tubby strahlte über beide Ohren. „Was für eine Freude."

„Danke gleichfalls." Im Stillen bat sie um Vergebung für diese Lüge.

„Diese Leute, die Ihr Cottage gekauft haben, kommen alle ein, zwei Wochen her, aber es ist nich dasselbe wie früher. Der redet nich mit mir wie Ihr David. Schert sich nich drum, was ich von allem denk." Tubby zog einen Träger seiner Latzhose hoch, um sein Bedauern zu unterstreichen.

Sie hatte keine Ahnung, was sie ihm antworten sollte, und rettete sich in einen Gemeinplatz. „Wir haben uns immer gerne mit Ihnen unterhalten."

„Geht's Ihnen halbwegs?"

„Ja, danke. Ich wohne jetzt in Washington D. C. In einem alten Haus in Georgetown."

„Und der Mister?"

„Mit David ist auch alles in Ordnung." Sie war sich unschlüssig, wie viel sie ihm verraten sollte. Sie befand sich im Herzen des konservativen Amerika. Von ihrer Scheidung und deren Ursache hatte er bestimmt gehört. Auch wenn sie Tubby sehr mochte, so vermutete sie doch, dass er Homosexualität für eine ziemlich schlimme Sache hielt.

„Hat er wieder Arbeit?"

Ihr Rücken wurde steif; sie befürchtete, dass Tubby sie gleich beschimpfen würde. „Es ist nicht leicht für ihn, das Richtige zu finden."

„Also, das macht mich aber traurig. Er ist ein guter Mann – und ein cleverer." Er seufzte. „Oh, ich habe gehört, was passiert ist, und ich kann mir vorstellen, was für ein furchtbarer Schock das für Sie gewesen sein muss. Wissen Sie, zuerst bin ich auch sauer gewesen. Warum hat er diese Sache geheim gehalten und so getan, als wäre er ein anderer? Aber dann habe ich lange nachgedacht. Wir leben nich in einer Welt, wo ein Mann so einfach sagen kann, was er is, nich? Haben wir ihm denn eine Chance gegeben?"

Faith staunte. „Sieht so aus, als hätten Sie sich wirklich viele Gedanken gemacht."

„War nötig."

Sie guckte hoch und bemerkte Pavel, der auf sie zukam. Anscheinend konnte sie Tubby einen weiteren Schock nicht ersparen. „Tubby, darf ich Ihnen einen Freund vorstellen: Pavel Quinn."

Tubby drehte sich um. „Hey, Pavel. Schön, dass Sie mal wieder vorbeischauen. Vertreib mir hier nur die Zeit mit Mrs. Bronson. Wir sind alte Kumpel."

Pavel wirkte überrascht. „Tatsächlich?"

„Haben Sie ihr schon Ihr Haus gezeigt?"

„Wir sind gerade auf dem Weg dorthin."

„Tja, dann will ich Sie nich aufhalten." Tubby wandte sich wieder Faith zu und zwinkerte. „Sie passen auf ihn auf, ja? Er hätte nämlich seinen Palast neulich fast in Schutt und Asche verwandelt, weil der Wind gedreht hatte."

„Ich habe Abfall verbrannt“, erläuterte Pavel. „Ein bisschen zu dicht am Haus.“

„Gut, dass nix passiert is“, meinte Tubby. „Das schönste Haus in der Gegend.“ Er machte einen Schritt rückwärts. „Schauen Sie mal wieder vorbei, Mrs. Bronson. Ich werd dafür sorgen, dass immer ein paar von den grünen Äpfeln da sind, die Sie so mögen. Nur für den Fall.“

Faith winkte, als sie losfuhren. Sie hatte sich noch nicht wieder nach vorne gedreht, als Pavel fragte: „Woher kennst du Tubby?“

„*Dein* Haus, Pavel? Du hast *hier* ein Haus?“

„Ja, und dort fahren wir jetzt hin.“ Er legte ihr die Hand aufs Knie – nur ganz kurz, aber es war klar, dass er sie beruhigen wollte. „Okay. Und jetzt du.“

„David und ich hatten ein Cottage, nur ein Stück die Straße runter. Und genau da habe ich ihn in den Armen von Abraham Stein ertappt.“

„Du liebe Güte.“ Es hatte den Anschein, als wolle er auf der Stelle kehrtmachen.

Sie berührte seinen Unterarm. „Wage es nicht, umzukehren.“

„Die Gegend kommt dir verdammt bekannt vor, was?“

„Ja, aber es ist okay.“ Sie zögerte. „Na ja, noch nicht ganz, aber ich arbeite daran.“

„Du hast also nicht das Gefühl, dass dich ein Albtraum einholt?“

Nein. Der erste Schock war verflogen, und jetzt fühlte sie sich erleichtert. „Tubby hat mich wie einen alten Freund begrüßt und mir keine Vorhaltungen gemacht. Er scheint nicht einmal David etwas vorzuwerfen. Zwar hat David seine Position und Macht eingebüßt, aber Tubby nimmt uns als das wahr, was wir sind: als Menschen, Menschen mit Schwächen. Wir waren wohl bei weitem nicht so außergewöhnlich, wie ich geglaubt habe. Ich kann dir gar nicht sagen, wie sehr mich das erleichtert."

„Wir können immer noch nach Hause fahren."

„Ja, in *dein* Zuhause in den Bergen." Sie hielt inne. „Das hoffentlich nicht in der Seward Road liegt?"

„Ich residiere zwei Hügel weiter."

„Gut. Das wäre mir jetzt wirklich zu viel gewesen." Sie lachte und fühlte sich befreit.

Er hatte es geahnt: Das Haus gefiel ihr. Pavel war ungemein stolz auf sich. Offiziell gehörten das Grundstück und alles darauf „Scavenger", und manchmal zogen sich der Vorstand oder einige Mitarbeiter hierher zurück. Aber Pavel war derjenige, der jederzeit über das Haus verfügen konnte.

Das Haus war aus grauem Zedernholz gebaut und hatte große Fenster, durch die man auf die Berge und einen riesigen Teich blickte, der zum Grundstück gehörte. Außer Sichtweite, aber noch auf dem Gelände, stand ein weiteres Cottage, eine Miniaturausgabe des Haupthauses, in der das Verwalterehepaar wohnte. Er kümmerte sich um alles, was anfiel, und sie war eine erstklassige Köchin. Pavel hatte Lolly gebeten, ein Abendessen vorzubereiten, und als er mit Faith durch die Tür trat, hießen Wohlgerüche sie willkommen.

Obwohl das Esszimmer eine unvergessliche Aussicht zu bieten hatte, aßen sie – im Schneidersitz auf dem Boden hockend, mit den Tellern auf dem Schoß – vor einem großen Kamin. Lolly trug Schweinebraten sowie Nudeln mit Gemüse und Zitronenbuttersauce auf, und zum Nachtisch gab es einen so leckeren Obstsalat, dass Faith drohte, sich an die Veranda zu ketten, bis Lolly ihr das Rezept verriet.

Pavel hatte zum Braten einen ungarischen Rotwein ausgewählt, und nach dem Essen bemerkte er zu seiner Freude, dass Faith sich ein zweites Glas einschenkte.

„Wie heißt der noch mal?“ fragte Faith und hielt das Glas vor das Kaminfeuer.

„Bikavér. Stierblut.“

„Daran könnte ich mich gewöhnen. Ich sollte kleinere Schlückchen nehmen, damit ich länger etwas davon habe.“

„Keine Angst, die Quelle versiegt nicht so schnell.“

„Nach dem angenehmen Summen in meinem Schädel zu urteilen werde ich kein weiteres Glas mehr benötigen.“

„Das ist ein besonders guter Jahrgang. Während des Kommunismus ist der Weinbau in Ungarn ziemlich vor die Hunde gegangen. Jetzt kommt er langsam wieder in Gang.“

„Du kennst dich ja ziemlich gut mit Weinen aus. Ich habe davon keine Ahnung.“

Er lehnte den Rücken gegen eine Ottomane und streckte die Beine aus, um sie am Feuer zu wärmen. „Ich weiß einiges über Weine, aber sehr wenig über Ungarn.“

„Du warst nie da?“

„Bei meinen beruflichen Kurzreisen nach Europa hat es mich nie so weit nach Osten verschlagen. Eines Tages hole ich das nach. Ich habe mir eigentlich schon seit Jahren vorgenommen, mehr zu verreisen, aber ‚Scavenger‘ ist mir stets in die Quere gekommen.“

„Und du hast ernsthaft vor, dich von ‚Scavenger‘ zu verabschieden? Um ferne Länder zu besuchen?“

„Überrascht dich das?“

„In der Welt, aus der ich komme, geben die Leute nicht freiwillig wichtige Positionen auf. Sie versuchen ständig beruflich aufzusteigen – bis ihnen ein Skandal das Genick bricht.“

„Wollte dein Vater Präsident werden?“

Sie schwenkte den Rest ihres Weins im Glas. „Als er jünger war. Vor seinem Herzinfarkt. Aber er hat vor langer Zeit einen schweren Fehler begangen: Er ist Demokrat geblieben, als die meisten Konservativen die Partei verließen, und hat sich so um die Chance gebracht, Karriere zu machen. Ich habe nie ganz verstanden, wieso er nicht ebenfalls aus der Partei ausgetreten ist. Vermutlich aus einer Art verknöchertem Idealismus. Wenn Joe Huston für die Konföderierten gekämpft hätte, hätte er sich niemals ergeben.“

„Vielleicht ist er nicht so politisch, wie du glaubst.“

Sie schaute ihn an. „Ach, täusch dich da mal nicht. Er ist furchtbar politisch, aber auch furchtbar stur. Er steht sich selbst im Weg – Gott sei Dank, zum Glück für unser Land! Joe Huston sollte wirklich kein verantwortungsvolles Amt innehaben.“

Er fragte sich, ob der Wein ihr derart die Zunge gelöst hatte. „Du magst ihn nicht besonders, was?“

„Das hat nichts mit mir zu tun. Ich glaube einfach, dass Politiker seines Schlags im Weißen Haus nichts zu suchen haben. Er ist zwar bei den Demokraten, aber von Demokratie hält er eigentlich nichts. Er ist ein unverbesserlicher Hinterzimmer-Pitbull. Er mag sich wie ein Populist geben, aber in Wirklichkeit kann er die einfachen Leute nicht leiden. Er meint, er wisse besser als sie, was für sie gut ist.“

„Was für eine flammende Anklage!“

„Das ist das Stierblut in meinen Adern.“

„Ich verstehe das nicht ganz. Du warst mit einem Mann verheiratet, der noch konservativer war als dein Vater, und schwingst solche Reden?“

Sie legte den Kopf schräg. „Davids Konservativismus ist sowohl aufrichtig und leidenschaftlich als auch intellektuell. Er mag und respektiert die Leute wirklich. Und er findet, dass die Regierung nicht mehr als unbedingt nötig in ihr Leben eingreifen sollte."

„Und was ist mit dir?"

„Ich bin so durcheinander, dass ich nicht einmal weiß, wen ich nächsten Monat wählen soll. Dieses Jahr bin ich vollauf damit beschäftigt, alle Dinge zu vergessen, an die ich einmal geglaubt habe. Und dann werde ich selber denken." Sie lächelte, obwohl ihr gerade eher melancholisch als fröhlich zu Mute war. „Und du?"

„Ich habe schon entschieden, wem ich meine Stimme gebe. Ich bin so liberal, dass Joe McCarthy mich ganz oben auf seine Abschussliste gesetzt hätte."

„Mein Vater hält es für eine Ehre, Joe zu heißen." Sie prostete ihm zu. „Hut ab, Pavel. Wir schweifen dauernd von deinem Leben ab und reden über meins. Bist du einfach ein besonders guter Zuhörer, oder sprichst du so ungern über dich? Ich weiß kaum etwas über dich."

„Aber ein bisschen habe ich dir schon erzählt. Erinnerst du dich?"

Sie überlegte. „Ein Test, hm? Du bist in der Nähe von Washington geboren worden, aber in Kalifornien aufgewachsen. Und du hast irgendwo im mittleren Westen studiert."

„Chicago."

„Dann bist du zu Besuch in die Hauptstadt gekommen und geblieben, um ‚Scavenger' aus der Taufe zu heben. Du warst nie verheiratet, weil du keine Langzeitbeziehungen eingehen willst."

„Augenblick! Jetzt äußerst du nur Vermutungen."

„Aber ich liege richtig, oder?"

Das konnte er nicht leugnen.

„Dann ist da noch dieses Haus“, fuhr sie fort. „*Das* könnte man mit Fug und Recht eine Langzeitbeziehung nennen.“

„Ich fange schnell an, mich zu langweilen. Ich brauche ein Haus, das mich dauernd auf Trab hält.“

„Aber keine Frau?“

„Kennst du irgendeine Frau, die das kann?“

Er bereute seine Worte, kaum dass er sie ausgesprochen hatte, aber Faith lachte bloß. „Brauchst du eine Frau, die mit dir Achterbahn fährt? Dir mal die Hölle heiß macht und mal den Himmel zu Füßen legt?“

„Bei einer solchen Frau bin ich aufgewachsen. Sie hat mich tatsächlich auf Zack gehalten, aber das war gar nicht lustig.“

„Tut mir Leid. Das klingt nicht gut.“

Es tat ihr wirklich Leid. In ihrer Stimme und ihrem Blick lag Mitgefühl. Während sie ihn so anguckte, dachte Pavel, dass sie genau der Typ Frau war, dem er immer aus dem Weg gegangen war.

„Meine Eltern haben sich getrennt, als ich noch klein war, und ich habe meinen Vater nie wiedergesehen. Meine Mutter hat zur Flasche gegriffen und so viele Depressionsschübe gehabt, dass ich irgendwann aufhörte, sie zu zählen.“

„Du hast gesagt, sie ist gestorben, bevor du Kalifornien verlassen hast?“

„Sie hatte sich längst aufgegeben. Ihr Leben war verpfuscht.“

„Verpfuscht? Sie hatte einen Sohn.“

„Ab und zu fiel ihr das wieder ein, und dann war das Leben ein Weilchen wunderbar. Bis sie wieder dem Alkohol verfiel.“

„Keine leichte Jugend.“

So war es wohl, auch wenn er sich schon vor Jahren jedes Selbstmitleid abgewöhnt hatte. „Diese Zeit hat mir auch Gutes gebracht. Ich habe so viel Zeit wie möglich in der Schule verbracht, um nicht nach Hause zu müssen. Aus demselben Grund habe ich gelernt, leicht Freundschaften zu schließen. Beides hat mir geholfen, „Scavenger' zum Erfolg zu führen."

„Das glaube ich." Sie nahm den letzten Schluck Wein und setzte das Glas ab. Dann sprach sie weiter. „Hast du irgendwelche Erinnerungen an deinen Vater?"

„Nur dass er nicht da war, um sich um mich zu kümmern."

„Manchmal kommt es mir so vor, als wäre die Welt ein großer Club für Menschen mit unglücklicher Kindheit."

Sie guckte ihn so traurig an, dass er lachen musste. „Faith, mach dir keine Sorgen. *Jetzt* bin ich nicht mehr unglücklich."

„Ich frage mich gerade, was ich meinen Kindern antun werde. Oder schon angetan habe. Oder vielleicht wird ihnen das Wissen, dass ihr Vater schwul ist, immer im Wege stehen."

„Nein, denn du spielst in ihrem Leben eine wichtige, positive Rolle, und nach allem, was du erzählt hast, gilt für ihn dasselbe."

„Du wärst ein guter Vater."

„Meinst du?" Das erstaunte ihn. Noch mehr überraschte ihn, dass er sich noch nie ernsthaft Gedanken darüber gemacht hatte. Weil sein eigener Erzeuger stets abwesend gewesen war, hatte er eine Vaterschaft nie ernsthaft in Erwägung gezogen.

„Du kommst fantastisch mit Alex zurecht", sagte sie. „Sogar mit Remy gehst du richtig um, und das ist der Härtetest."

„Dir hat es gefallen, dass ich ihr angedroht habe, sie übers Knie zu legen?"

Sie ließ ihr aufregendes Marlene-Dietrich-Lachen hören. „Mir hat gefallen, dass du die Drohung nicht wahr gemacht hast."

Pavel stellte sein Glas ab und widerstand der Versuchung, es noch einmal zu füllen. Denn das nächste Glas Wein würde seine Libido so sehr anregen und seine Hemmschwelle so weit herabsetzen, dass er sich vorstellen konnte, was er als Nächstes versuchen würde.

Er stand auf und streckte sich; dann hielt er ihr die Hand hin. „Lass uns einen Spaziergang machen."

„Die Sonne geht schon unter, oder?"

„Wenn wir uns beeilen, kriegen wir den Sonnenuntergang noch mit."

„Das wäre schön. Und auf dem Rückweg würde ich gerne ein paar Sterne sehen."

„Vielleicht lässt sich das einrichten. Du wirst deinen Mantel brauchen."

Sie ergriff seine Hand und ließ sich hochziehen. Als sie schließlich stand, schwankte sie ein wenig. Er legte den Arm um sie. „Hoppla."

„Keine Sorge, das liegt nicht am Wein. Mein eines Bein ist eingeschlafen." Sie schaute ihn an. Helle Wimpern umrahmten ihre himmelblauen Augen. „Das Essen war großartig, Pavel. Danke."

Er überlegte, ob es sich bei dem Spaziergang tatsächlich um eine gute Idee handelte. Faith war jahrelang verheiratet gewesen. Er vermutete, dass sie sich die Abwehrstrategien allein stehender Frauen erst wieder aneignen musste. Wahrscheinlich hatte sie keine Ahnung, was ihr offener Blick und das Gewicht ihres Körpers in seinen Armen bei ihm auslösten.

Andererseits konnte es sein, dass sie sich dessen sehr wohl bewusst war.

„Wie schön, dass es dir gefallen hat." Er ließ sie los und guckte sie prüfend an, weil er sichergehen wollte, dass ihre Füße sie wieder trugen. „Und auch die frische Luft wird dir gut tun."

„Dann los."

Sein Blick fiel wieder auf die großen, weichen Kissen, mit denen sie es sich auf dem Perserteppich vor dem Kamin gemütlich gemacht hatten, in dem immer noch Flammen loderten. Die Stereoanlage hauchte eine sinfonische Dichtung von Liszt, die den Raum mit Sinnlichkeit erfüllte.

Er riss sich zusammen und ging zum Garderobenschrank im Flur. „Ich hole meinen Mantel."

„Meiner hängt in der Nähe der Haustür. Ich treffe dich draußen."

Er wühlte eine volle Minute im Schrank herum und hoffte inständig, dass diese Frau – wie alle anderen – in seinem Leben keine zu wichtige Rolle spielen würde.

Faith war bester Laune und versuchte zu ergründen, ob sie dieses Hochgefühl dem Wein, dem Essen, der klaren Bergluft oder einfach Pavels Gegenwart zu verdanken hatte. Das herauszufinden erschien ihr wichtig – dass sie es nicht auf Anhieb sagen konnte, ebenfalls. Irgendwo am Rande ihres Bewusstseins keimte die Gewissheit auf, dass die Antwort – wie auch immer sie lautete – der Schlüssel zu einem Teil ihrer Zukunft war.

„Es ist so schön, wie ich es mir vorgestellt habe", meinte sie nach langem Schweigen.

Sie waren am Ufer des Teiches entlangspaziert, zu einem schlichten Pavillon, von dem aus man das ganze Tal überblicken konnte. Sie hatte keine Ahnung, wie lange sie schon Seite an Seite auf dieser alten hölzernen Hollywoodschaukel saßen, die Füße auf einem Teppich aus Koniferennadeln. Lange genug, um das Purpurrot des Sonnenuntergangs verblassen zu sehen. Lange genug, um zu erleben, wie der Herbstmond am Horizont aufstieg und die ersten Sterne am Himmel schimmerten.

Pavel hatte einen dicken Wollpullover angezogen, und jetzt

schlug er den Kragen hoch. „Wenn die Blätter sich verfärben und die Luft so frisch wird, versuche ich, möglichst jedes Wochenende herzukommen."

„Ich hätte dich nie für einen solchen Naturburschen gehalten. Allein dieses Anwesen wäre schon Grund genug, ‚Scavenger' nicht aufzugeben."

„Wenn ich die Firma verlasse, kann ich das Ganze hier einfach kaufen. Steht in meinem Vertrag."

Sie konnte sich vorstellen, dass er – wenn er aus der Firma wirklich ausscheiden würde – genügend Geld hätte, um ganz West-Virginia zu kaufen. „Du benimmst dich nicht wie ein reicher Mann, Pavel. Ich hätte nie vermutet, dass du so viel Geld besitzt."

„Du bist ja auch wirklich nicht von selbst darauf gekommen."

„Die Rolex mit den Mörtelspritzern hätte mich eigentlich stutzig machen müssen. Nicht, dass es eine große Rolle spielen würde. Nur ziehen sich reiche Leute manchmal in ihre eigenen, abgehobenen Welten zurück, und du wirkst so ganz und gar nicht abgehoben."

„Weil ich einen zerbeulten Subaru fahre und mein Haus selbst renoviere?"

„Weil du mit Hühnchen-Curry und thailändischem Essen in braunen Papiertüten vorbeikommst und unter meine Spüle kriechst, um undichte Stellen zu finden."

„Hast du eine Ahnung, wie viele Internetfirmen jedes Jahr Pleite gehen? ‚Scavenger' war eine gute Idee, aber davon gibt es Tausende. Ich hatte Glück. Ich wüsste nicht, warum mich das in einen anderen Menschen verwandeln sollte."

Sie piekste ihn in den Arm. „Ein Ausbund an Bescheidenheit."

„Hey, ich bin schon ziemlich bescheiden zur Welt gekommen. Im ‚D. C. General' nämlich, und meine Eltern konnten die Krankenhausrechnung nicht bezahlen. Ich bin mit Kartoffeln und Kohl großgefüttert worden, wegen Moms irischer Wurzeln. In dieser Hinsicht habe ich mich allerdings verändert: Ich esse keinen Kohl mehr. Ich ertrage nicht einmal den Geruch, wenn jemand Kohl kocht." Er lächelte. „Nur für den Fall, dass du mich wirklich mal zum Essen einlädst."

„Der Köchin hier kann ich nicht das Wasser reichen."

„Deine Gesellschaft ist mir aber allemal lieber."

Seit sie aus dem Haus getreten waren, hatten sie einander nicht berührt. Sie war Pavel dankbar, dass er sich ihr nicht aufdrängte und auf ihre Unentschlossenheit Rücksicht nahm – oder vielleicht auf seine eigene. Gleichzeitig sehnte sie sich danach, wieder seine Haut zu spüren.

Sie nahm all ihren Mut zusammen und legte ihre Hand auf seine. „Ich genieße deine Gesellschaft auch sehr. Und ich verspreche dir, dich bald einmal zu bekochen. Ich bin sogar bereit, meine Lieblingskohlsuppe von der Speisekarte zu streichen."

„Mein ewiger Dank ist dir gewiss." Er drehte seine Hand um und hielt die ihre fest. „Sollen wir uns auf den Rückweg machen? Wir haben noch eine lange Fahrt vor uns."

Obwohl ihr klar gewesen war, dass ihr Ausflug einmal zu Ende gehen musste, spürte sie eine Enttäuschung, die ihr nur zu vertraut war. Sie hatte in ihrer Ehe so viele Situationen erlebt, in denen sie gehofft hatte, ihrer Liebesbeziehung zu David zu neuem Schwung zu verhelfen, und in denen er sie freundlich, aber bestimmt abgewiesen hatte. Jetzt verhielt sich die Sache natürlich ganz anders. Bei Pavel handelte es sich nicht um ihren Mann, auch nicht um ihren Geliebten. Ihre Beziehung war noch jung und ungeklärt und würde womöglich nie etwas anderes werden als eine gute Freundschaft.

Trotzdem war sie traurig, dass der Abend sich dem Ende zuneigte.

„Du hast Recht." Sie stand auf und hielt dabei weiter seine Hand. „Nehmen wir denselben Weg zurück?"

„Anders herum ist es kürzer."

Sie vermutete, kürzer hieß besser. „Sie werden sich schon selbst aufraffen müssen, Mister. Ich kann Sie nicht hochziehen."

Ihre Blicke trafen sich, und er seufzte. Statt aufzustehen, zog er sie mit einer geschickten Bewegung zu sich herunter. Einen Atemzug später saß sie schon auf seinem Schoß, und im nächsten Augenblick küsste er sie.

Er hielt ihr Gesicht zwischen den Händen, seine Lippen waren zugleich weich und fest. Verschreckt holte sie Luft; dann schäumte das Verlangen, das sich den ganzen Abend über aufgestaut hatte, plötzlich über, und eine nie gekannte Leidenschaft erfüllte sie.

„Faith ..."

Sie erwiderte seinen Kuss. Das Denken setzte schlagartig aus. Wie eine Verhungernde sich auf einen Laib Brot stürzen mochte, so stürzte sie sich auf ihn: ohne jeden Anstand, ohne Rücksicht auf andere, ohne zu überlegen, was danach kommen würde. Sie küsste ihn, als würde er sich in Luft auflösen, sobald sie aufhörte. Sie atmete seinen männlichen Duft ein, nahm die Wärme auf, die durch mehrere Stofflagen drang, und lauschte begierig dem Stöhnen, das seiner Kehle entwich.

Er schob sie fort. „Wir sollten das nicht hier ..."

Aber sie hatte keine Lust, zum Haus zurückzukehren. „Dein Fehler." Wieder küsste sie ihn, und er legte seine Arme um sie und hielt sie fest umschlungen.

Selbst wenn sie jetzt zum Haus hätte gehen wollen, es wäre ihr nicht möglich gewesen: Sie hatte völlig die Orientierung verloren.

Im Moment hätte sie nicht einmal den Ausgang einer Telefonzelle gefunden. Und Pavel war keine Hilfe. Auch er schien außer Stande, etwas anderes zu tun, als ihren Mund mit seiner Zunge und ihren Rücken mit seinen Fingern zu erkunden. Er öffnete ihren BH, und als sie seine Hände auf ihren Brüsten spürte, verabschiedete sich ihre Zurechnungsfähigkeit endgültig.

Wo er ihre Haut entblößt hatte, merkte sie, wie eisig die Luft war. Doch das störte sie nicht. Als sie sich auf den Boden warfen, nahm der Teppich aus Koniferennadeln sie weich und trocken in Empfang. Sie machten sich an ihrer Kleidung zu schaffen, sie wühlten sich durch die Schichten, sie schoben und zerrten aneinander herum.

Ein Mann, der ihr die Kleidung vom Leibe riss wie lästiges Geschenkpapier, war ihr noch nie begegnet. Pavel hatte große, kräftige Hände, die er aber verblüffend präzise zu gebrauchen wusste. Sie knöpften ihre Jeans auf, ihre Lederturnschuhe flogen durch die Gegend. Sie spürte, wie der grobe Jeansstoff über ihre Haut glitt, und die kühle Luft an den Beinen. Der grüne Pullover landete am Fuß einer mächtigen Fichte.

Sie roch Harz und Kaminrauch und den unvergleichlichen, erdigen Duft von Pavels Haut. Mit vereinten Kräften rückten sie seinem Pullover und dem „Scavenger“-Sweatshirt zu Leibe. Im schwachen Licht des Mondes erkannte sie, dass seine breite, feste Brust behaart war. Unter ihren Händen erbebten seine Muskeln, und sie entdeckte, dass seine Haut glühte, als säßen sie noch immer vor dem lodernden Kamin.

Als er ganz entblößt war und sich über sie beugte, hatte sie einen klaren Moment. Einen Augenblick, in dem sie sich wunderte, was sie hier eigentlich tat und wie schnell und unbedacht sie sich in diese Lage manövriert hatte. Sie hatten kein Wort gesprochen: kein

Wort der Liebe oder auch nur der Leidenschaft. Sie war nicht der Meinung, dass das hier viel mit Liebe zu tun hatte. Sie begehrte ihn. Sie wollte sich als Frau fühlen.

Sie brauchte ihn, um wieder ganz Frau zu werden.

Er wühlte in einer Tasche seiner Jeans herum, und die eben noch so geschickten, graziös sich bewegenden Hände schienen nun ihren Dienst zu versagen. Er murmelte etwas Unverständliches und wirkte frustriert. Noch immer fluchend, zog er schließlich ein Plastiktütchen hervor, das ihr bekannt vorkam.

Jetzt verstand sie, warum er bei „Granger's Store" gehalten hatte.

Obwohl das wieder aufwallende Verlangen ihr bereits alle Hemmungen und jeden Verstand zu rauben drohte, musste sie lachen. „Oh Pavel, *das* hast du bei ‚Granger's' geholt?"

„Ertappt." Er beugte sich wieder über sie, zögerte dann aber. „Möchtest du es wirklich? Bist du dir sicher, Faith?"

„Sicher bin ich mir gar nicht – aber mach weiter!"

Die wenigen Sekunden, in denen er das Kondom überstreifte, erschienen ihr unendlich lang. Dann war er wieder über ihr und zog sie an sich.

„Ich bin mir absolut sicher, dass ich dich will", meinte er.

Sie streckte die Arme aus und genoss seinen schweren Körper und die festen Stöße seiner Lenden. Sie ergab sich ihrer ungestümen Lust, die sich schon kurz darauf in tiefe Entspannung verwandelte.

26. KAPITEL

Es tat ihr nicht Leid, obwohl all ihre Instinkte ihr sagten, dass sie den Vorfall eigentlich bedauern sollte. Nicht, weil sie rechtlich noch immer eine verheiratete Frau war. Nicht, weil sie sich immer an die Spielregeln gehalten hatte, die andere für sie aufgestellt hatten. Nicht einmal, weil sie nun mit den Konsequenzen fertig werden und mit Pavel klären musste, in was für einem Verhältnis sie nun eigentlich zueinander standen.

Es tat ihr nicht Leid, weil sie so unglaublich glücklich war. Und obwohl sie ein Leben lang ihr Recht, sich als Frau zu fühlen und ihre Sexualität auszukosten, in Frage gestellt hatte, war sie sich jetzt sicher, dass sie dieses Glück verdiente.

Sie war an diesem Morgen am äußersten Rand von Pavels Bett erwacht; sein Arm hatte über ihren nackten Brüsten gelegen, und seine Knie hatten ihr ins Kreuz gedrückt. Dass er sich so breit gemacht hatte, überraschte sie nicht.

Nach dem ersten Schreck war ihr bewusst geworden, dass sie sich dafür niemals schämen würde: nicht für die Nacht, die sie mit ihm verbracht hatte – und vor allem nicht für ihr wieder hergestelltes Selbstvertrauen.

Denn welche Frau könnte noch an ihrer Attraktivität zweifeln, wenn solch ein Mann sie begehrte? Und ihr ging es nicht anders. Einst hatte sie sich eingebildet, sich zu David hingezogen zu fühlen. Jetzt wusste sie es besser.

„Faith?“

Faith blickte hoch und begriff, dass Lydia ihr eine Frage gestellt hatte. Am Nachmittag war sie nur eine knappe halbe Stunde vor ihrer Mutter und den Kindern zu Hause eingetroffen, gerade noch rechtzeitig, um sich umzuziehen und alle Nachrichten auf ihrem Anrufbeantworter zu löschen, damit niemand merkte, dass sie den ganzen Vormittag nicht daheim gewesen war.

„Tut mir Leid. Ich habe letzte Nacht nicht gut geschlafen. Ich bin müde." Sie unterdrückte ein Lächeln.

„Ich habe dich gefragt, ob es gestern Abend nett war."

„Hm-m. War es."

„Seid ihr in ein gutes Restaurant gegangen?"

„Wir waren auf dem Land. Sehr schlicht, aber das Essen war ausgezeichnet." Faith fiel auf, dass ihr Versuch, für ihre Mutter Kaffee zu kochen, nach dem Einfüllen des Wassers in die Maschine irgendwie zum Erliegen gekommen war, und suchte nach einem Filter.

„Also, den Kindern scheint es heute Vormittag gefallen zu haben. Remy fand vor allem die Pferdeschau interessant. Sie hat ein paar Kinder aus eurem alten Viertel getroffen und sich zu ihnen gesellt. Bis zum Ende der Show habe ich sie kaum noch zu Gesicht bekommen."

Faith war froh, dass ihre Tochter sich nicht mehr von ihren alten Freundinnen fern hielt. Im Augenblick waren Remy und Alex oben, um sich für einen Einkaufsbummel umzuziehen, und Faith hoffte, dass die beiden ihr von der Pferdeschau erzählen würden.

„Faith, hast du vor, irgendwann Kaffee in diesen Filter zu füllen?"

Faith sah den Filter an. „Ja, aber langsam. Ganz langsam."

„Viel Schlaf hattest du wirklich nicht, was? Du hast Ringe unter den Augen."

„In letzter Zeit geht mir viel durch den Kopf." Faith riss sich zusammen, füllte Kaffeepulver ein und schaltete die Maschine an.

„Zum Beispiel?"

Faith rang nach Worten. „Tja, ich muss die Renovierung und

die Gartenarbeiten zum Abschluss bringen, und ich will dabei alles richtig machen."

„Richtig?"

„Ich muss noch eine Menge anstreichen. Und dabei sowohl auf die Geschichte als auch auf den Komfort achten. Am besten gehe ich nach nebenan und frage Dottie Lee, an welche Innenraumfarben sie sich entsinnt; dann bin ich diese Unsicherheit los. Über den Garten wusste sie so gut wie alles." Faith schaute hoch. „Sie hat mir erklärt, dass es praktisch nichts gibt, woran sie sich bezüglich des Hauses nicht erinnert. Aber sie rückt die Informationen nur stückchenweise heraus. Sie wartet, bis ich die richtigen Fragen stelle. Ich glaube, auf diese Weise will sie erreichen, dass ich sie weiterhin besuche."

„Wie hat sie das gemeint: Sie erinnert sich an *alles*?"

„Sie äußerte, sie entsinne sich an mehr Dinge, die das Haus betreffen, als jeder andere auf der Welt." Faith kramte in ihrem Gedächtnis und zuckte dann mit den Schultern. „Sie ist älter als du, also reicht ihre Erinnerung weiter zurück. Und sie hat seit dem Tag ihrer Geburt nebenan gewohnt. Also wird es wohl stimmen."

Lydia schwieg. Obwohl sie im Geiste noch immer bei der letzten Nacht war, bemerkte Faith, dass ihre Mutter über etwas nachgrübelte.

„Sie hat mir neulich berichtet, wie schön du warst." Faith beobachtete, wie ihre Mutter den Kopf hochriss. „Und ich habe ihr erzählt, wie wenige Fotos ich aus deinen ersten Ehejahren kenne. Ich habe eure Hochzeitsfotos gesehen, ja, aber danach kaum noch welche." Sie zögerte, wollte aber nicht länger wie die Katze um den heißen Brei herumschleichen. „Außer den Zeitungsfotos nach Hopes Entführung."

„Wie seid ihr auf das Thema verfallen?"

„Ich habe sie über diese Zeit ausgefragt. Hope ist in diesem Haus immer noch allgegenwärtig. Nicht als Gespenst", fügte sie schnell hinzu. „Aber es ist spürbar, dass hier etwas nicht zum Abschluss gekommen ist."

„Das war fast das Schlimmste daran, weißt du: auf eine Auflösung zu warten, die nie zu Stande kam. Das, und die Furcht, dass sie tot sein könnte oder man ihr wehgetan hat oder sie nach mir ruft ..."

„Oh Mutter." Faith griff nach Lydias Händen. „Es tut mir Leid."

Lydia schüttelte sie ab. „*Du* hast in der Vergangenheit herumgestochert. Du und diese Frau."

„Ich lebe jetzt hier."

„Es bringt nichts, die Entführung wieder auszugraben. Glaubst du etwa, ein paar Gespräche mit Dottie Lee reichen aus, um ein Verbrechen aufzuklären, an dem das FBI gescheitert ist?"

„Ich will das Ganze einfach etwas besser verstehen, das ist alles. Es war *das* Tabuthema meiner Kindheit. Sie war meine Schwester. Diese Geschichte hat auch mich geprägt."

„Als es geschehen war, gab es für mich nur einen Weg, um zu überleben: Ich musste die Entführung vergessen. Erst nur für Minuten, dann für Stunden, und später, viel später, ganze Tage lang. Anders hätte ich das nicht ertragen können."

„Ich weiß, wie sehr du darunter leidest, selbst heute noch."

Aber Lydia war noch nicht fertig. „Ich dachte, ein zweites Kind würde die Wunde schneller verheilen lassen. Dann kamst du, und jedes Mal, wenn ich dich anschaute, überlegte ich, wie Hope wohl in deinem Alter ausgesehen hätte. Ob sie wohl früher mit dem Laufen angefangen hätte. Ob sie dieselben Spielsachen gemocht hätte. Sie hatte dunkles Haar – wie dein Vater. Wenn ich in den ersten Jahren beim Einkaufen etwas entdeckte, das einem dunkelhaarigen Kind gut gestanden hätte, musste ich mich manchmal mühsam beherrschen, es nicht für Hope zu kaufen. Als du zum Traualtar gingst, um David zu heiraten, versuchte ich mir vorzustellen, wie sie wohl in ihrem Brautkleid ausgesehen hätte."

Lydia hatte die ganze Zeit auf den Küchentisch gestarrt. Jetzt blickte sie hoch. „Ich habe dich geliebt, Faith. Glaub ja nicht, ich hätte dich nicht geliebt. Aber wie oft habe ich dich angeguckt und an deine Schwester gedacht. Auch deshalb habe ich mich bemüht, einen Schlussstrich unter die Sache zu ziehen: weil es dir gegenüber nicht fair war."

„Und ich stochere jetzt in dieser Wunde herum."

„Tu's nicht. Bitte nicht. Uns allen zuliebe."

Faith erinnerte sich an alles, was Dottie Lee gesagt – und was sie verschwiegen hatte. An die Andeutungen. Das Schweigen, das Faith' Neugier geweckt hatte. Sie konnte das nicht auf sich beruhen lassen. „War Hope wirklich der Ursprung all des Kummers in deinem Leben?"

„Ich weiß nicht, was du meinst."

„Ich meine, dass ich zwischen zwei unglücklichen Elternteilen aufgewachsen bin. Wäre das anders gewesen, wenn man Hope nicht entführt hätte?"

„Woher soll ich das wissen?" Lydias Ton hatte sich merklich verändert. Er wirkte jetzt abweisend.

„Ein Kind zu verlieren ist das Schlimmste, was Eltern widerfahren kann. Selbst in einer perfekten Ehe."

„Das führt doch zu nichts, Faith. Die Vergangenheit lässt sich nicht ändern."

Faith erkannte, dass es nichts bringen würde, wenn sie ihre Mutter weiter bedrängte. Lydia hatte sich so weit geöffnet, wie es ihr momentan möglich war. „Es tut mir Leid. Ich will dich nicht quälen. Ich möchte es nur verstehen."

„Warum? Um etwas über dich selbst zu erfahren? Oder interessierst du dich plötzlich für Beziehungsprobleme, weil du die Nacht mit einem Mann verbracht hast und dein eigenes Leben jetzt aus den Fugen geraten ist?"

Faith musste zugeben, dass ihr das Abenteuer mit Pavel offenbar doch schwerer zu schaffen machte, als sie vermutet hatte. Sie errötete wie ein Schulmädchen. „Wie kommst du darauf?"

„Ich werde zwar alt, aber wie eine befriedigte Frau aussieht, weiß ich noch immer."

Lydia hatte seit fast vierzig Jahren nicht an Dottie Lees Tür geklopft. Als sie nun hinüberging, fiel ihr auf, dass das Haus nicht einmal ein halbes Dutzend Schritte entfernt lag. Es gab keine Stufen, da sich Dottie Lees Eingang auf Straßenhöhe befand, und kein Geländer, um das man herumgehen musste. Keine zwanzig Sekunden, nachdem sie die eigene Haustür – vielmehr die ihrer Tochter, wie sie sich in Erinnerung rief – hinter sich gelassen hatte, stand sie hier und starrte die tiefroten Zierleisten und die grauen Ziegel an.

Der Türklopfer war ein Drachenkopf aus Messing, der sich eigentümlich und – wie Lydia fand – etwas obszön anfühlte.

Dottie Lee kam selbst an die Tür; sie trug einen königsblauen Sari und zahllose goldene Armreifen. Sie wirkte kein bisschen überrascht.

„Ich habe dich erwartet", sagte sie.

Lydia warf einen Blick auf den kläffenden, schnappenden Chihuahua zu Dottie Lees Füßen, eine Rasse, die in ihren Augen nichts weiter als eine Neurose mit Schwanz war. „Wenn du dieses

Tier nicht zum Schweigen bringst, wirst du auf mich noch eine ganze Weile warten müssen."

„Titi!"

Der Hund verstummte.

„Alex liebt sie."

„Alex ist viel zu gutmütig."

„Weiß Faith, dass du hier bist?"

„Willst du mich nicht hineinbitten?"

Dottie Lee bückte sich – ganz langsam, wie Lydia schmerzlich feststellte – und drückte den winzigen Hund an ihre Brust. Dann richtete sie sich auf und trat beiseite.

Faith hatte nichts von dem Plan ihrer Mutter geahnt. Sie war mit den Kindern einkaufen gegangen, und Lydia hatte versprochen, dass sie noch eine Tasse Kaffee trinken und dann das Haus abschließen würde.

„Seit du das letzte Mal hier warst, hat sich viel verändert", sagte Dottie Lee. „Schau dich ruhig um."

„Soweit ich mich erinnere, hast du dich jedes Mal neu eingerichtet, wenn du einen neuen Liebhaber hattest. Wie viele waren es? Ich weiß von zwei Senatoren und mindestens einem Kongressabgeordneten." Sie hielt inne. „Und einem Botschafter."

„Nein, Liebes. Zwei Botschafter. Hinreißende Männer, alle beide. Einer aus Indien." Dottie Lee zupfte an ihrem Sari, um ihre Worte zu unterstreichen. „Aber du unterschätzt mich, und das verletzt meinen Stolz. Die meisten Leute trauen mir wenigstens *einen* Präsidenten zu. Ich habe sie natürlich nie gezählt, obwohl ich es vermutlich noch könnte. Die Männer sind gegangen, die Erinnerungen bleiben. Im Rückblick finde ich sie alle ganz entzückend."

Lydia betrat den Raum und betrachtete die exotischen Rosenholz- und Mahagonimöbel. „Der Letzte muss eine Menge Zeit im fernen Osten verbracht haben."

„Er *stammte* aus dem fernen Osten. Ein bezaubernder gelbhäutiger Chinese. Oh, das ist wahrscheinlich politisch unkorrekt ausgedrückt, aber wir haben uns ja nie lange mit Förmlichkeiten aufgehalten, du und ich."

„Und du hast keinen von ihnen geheiratet. Hat nie einer um deine Hand angehalten?"

Dottie Lee lachte: eine alte Frau, deren Lachen jung geblieben war. „Andauernd."

„Aber du konntest das Haus nicht verlassen."

„Für dich bin ich noch immer ein offenes Buch. Nach all den Jahren."

„Weiß Faith von deiner Angst?"

„Ob sie weiß, dass ich alles daransetze, nie über die Grenzen meines Grundstücks hinaus zu müssen? Eher nicht. Ich bin drüben bei ihr gewesen. Sie hat entweder gar nicht bemerkt, dass ich nie weiter fortgehe, oder sie hält es für Bequemlichkeit oder eine harmlose Marotte."

„Hast du nie Hilfe gesucht?"

„Das war nie nötig. Natürlich war es manchmal unpraktisch, und selbstverständlich hat es ein, zwei Männer gegeben, die mich so sehr faszinierten, dass ich vielleicht versucht gewesen wäre, ihnen zu folgen, wenn sich mehr daraus entwickelt hätte. Aber mein Leben in diesen Mauern hat mich sehr viel gelehrt." Dottie Lee deutete auf die Wände. „Deshalb sind sie zu mir gekommen, all die Diplomaten und Staatsmänner. Ich habe ihnen so viel bieten können, dass sie mich immer wieder besuchten, bis ich von ihnen genug hatte."

Lydia wollte, wie in all den Jahren, schon wieder den Stab über ihrer alten Babysitterin und Kindheitsfreundin brechen, aber sie erkannte, dass auch sie gegen ihre eigenen Ängste machtlos gewesen war. Hatten sie nicht beide versucht, unter den gegebenen Umständen das Beste aus ihrem Leben zu machen? Sie selbst hatte ihre Ehe mit Joe fortgesetzt und ein zweites Kind geboren, und Dottie Lee hatte ihr Gefängnis in einen Palast verwandelt.

„Das ist kein Freundschaftsbesuch", sagte Lydia.

„Das habe ich vermutet. Seit du mit Joe Huston verheiratet bist, hast du alles darangesetzt, nicht mit mir gesehen zu werden."

„Du hast einen zweifelhaften Ruf."

„Und ich bin sehr stolz darauf." Dottie Lee führte sie zum Sofa. „Soll ich Mariana bitten, uns Tee zu bringen? Oder etwas Stärkeres?"

„Nichts. Ich bleibe nicht lange."

„Dann setz dich und entspann dich, Lyddy. Weißt du noch, wie du uns als Kind immer besucht hast? Du warst eine Rabaukin. Deine Großmutter hat mich dafür bezahlt, dass ich mit dir spiele, damit sie sich für eine kurze Zeit ausruhen konnte, und mich hast du auch fix und fertig gemacht." Sie lächelte liebevoll. „Ganz wie dein Enkel. Voller Fragen, Ideen und Tatendrang."

Schon daran zu denken erschöpfte Lydia. Ihr fielen jene frühen Tage wieder ein, als ihre Eltern weite Reisen unternommen hatten und sie bei ihrer Großmutter geblieben war, bis ihre Mutter ihr endlich ein eigenes Zuhause bieten konnte. Sie erinnerte sich an ihre vielen Besuche in diesem Haus und auch an Dottie Lees Humor und Geduld.

„Ich komme gleich zur Sache", begann Lydia.

„Wie bedauerlich."

„Du setzt Faith Flöhe ins Ohr. Es gibt Dinge, die sie nicht zu wissen braucht."

„Ist sie der gleichen Meinung wie du?"

„Sie hat mir erzählt, dass du behauptest, du wüsstest alles über unser Haus, und so, wie ich dich kenne, hast du die Situation ausgenutzt, um ihr Interesse an der Vergangenheit zu wecken."

„Nicht *der* Vergangenheit, meine Liebe. *Deiner* Vergangenheit. Nicht verallgemeinern!"

„Das wird zu nichts Gutem führen. Ich möchte dich fragen, was du ihr mitgeteilt hast. Und was du vorhast."

„Was ich vorhabe?"

„Faith meinte, du rückst die Informationen stückchenweise heraus. Du wartest, bis sie die richtigen Fragen stellt."

„Das hat sie gesagt?" Dottie Lee lächelte. „Sie ist ein kluges Mädchen. Habe ich schon erwähnt, wie sehr ich sie mag? Sie erinnert mich an deine Mutter. Sie hätte eine exzellente Botschaftergattin abgegeben, genauso wie Millicent. So entgegenkommend. So hilfsbereit und umsichtig. Und zugleich standhaft genug, um die traurige Politik des Außenministeriums zu ertragen." Dottie Lee machte eine Pause. „Ich werde offenbar alt. Faith wäre selbst eine gute Botschafterin. Die Zeiten haben sich schließlich geändert, was?"

„So viel hat sich nun auch wieder nicht geändert, dass du ihr Dinge erzählen könntest, die besser ungesagt blieben!" Lydia beugte sich vor. „Was hast du ihr verraten?"

„Wie schon erwähnt, sie ist ein kluges Köpfchen. Sie hat herausgefunden, dass du mit Joe schon vor der Entführung unglücklich warst."

Lydia hielt den Atem an, obwohl sie nicht sonderlich überrascht war. Schon Faith' letzte Fragen hatten nahe gelegt, dass ihre Tochter Verdacht geschöpft hatte. „Was hast du darauf geantwortet?"

„Lyddy, lass uns hier keinen Eiertanz aufführen. Wir stören die Ruhe der Toten nicht, indem wir ihre Namen aussprechen. Ich habe ihr nicht gesteckt, dass du eine Affäre mit Dominik Dubrov hattest. Ich finde, das solltest *du* ihr mitteilen. Aber deine Tochter vermutet schon, dass es einen anderen Mann in deinem Leben gegeben hat."

„Wie kannst du es wagen!"

„Nein, wie kannst *du* es wagen? Du hast ihr nichts über dich erzählt. Du bist für dein eigenes Kind eine Fremde geblieben."

Lydia lehnte sich zurück. „Du hast ja keine Ahnung."

„Ich weiß, dass Dominik mehr als ein Handwerker war. Ihr hattet ein Verhältnis. Du hast das immer verschwiegen, selbst als der arme Mann in den Verdacht geriet, euer Kind entführt zu haben."

„Du fantasierst."

„Ich weiß, was ich weiß, Lyddy."

„Du scheinst deine Fantasiegebilde mit der Wirklichkeit zu verwechseln."

„Ich spreche nur die Wahrheit aus. Und du versuchst dich aus der Sache herauszulügen, genau wie du es als süßes vierjähriges Mädchen getan hast."

Dottie Lee setzte den Chihuahua neben sich auf das Sofa, wo er sich in ein Kissen kuschelte und eingeschlafen war, noch bevor Lydia etwas erwidern konnte.

„Ich war unglücklich. Die Affäre war kurz und hatte keine Zukunft. Ich habe sie beendet. Es war unmöglich."

Dottie Lee nickte und wartete.

„Ich habe mich immer gefragt, ob du damals etwas mitbekommen hast", meinte Lydia schließlich.

„Ich habe mich immer gefragt, warum du geschwiegen hast, als man Dominik verdächtigte. Hättest du die Wahrheit gesagt, wenn er angeklagt und ins Gefängnis gesteckt worden wäre?"

„Die Wahrheit hätte mehr geschadet als genutzt."

„Er hat unzählige Stunden in eurem Haus verbracht, mehr als nötig waren. Dass ihr ein Verhältnis hattet, hätte diesen Umstand erklären können. Er wirkte nach Hopes Verschwinden völlig aufgewühlt, viel stärker, als man es bei einem Fremden erwarten würde. Das hat die Ermittler stutzig gemacht."

„Du weißt, warum ich geschwiegen habe. Ich hätte die Schlinge um seinen Hals nur noch enger gezogen. Er war derjenige, den sie am stärksten verdächtigten. Er besaß Zugang zum Haus. Er hätte genug Gelegenheit gehabt. Er kannte die Baupläne. Er hatte einen Schlüssel!"

„Aber er hatte kein Motiv", gab Dottie Lee zu bedenken.

„Die Eifersucht eines Liebhabers ist das beste Motiv überhaupt. Ich ahnte, was die Polizei sagen würde: Dominik sei wütend gewesen, weil ich mit ihm Schluss gemacht hatte, und habe Vergeltung geübt. Oder sie hätten vermutet, er habe Hope mitgenommen, weil er ein verrückter slawischer Einwanderer ist, der glaubt, einen Anspruch auf einen Teil meines Glücks zu haben. Oder sie wären davon ausgegangen, dass er Lösegeld erpressen wollte, um aus seinem Elend herauszukommen."

„Es gab keine Lösegeldforderung."

„Weil sie gestorben ist oder weil er Angst bekam. Verstehst du nicht? Ich wusste, wie die Ermittler darüber denken würden. Mein Bekenntnis hätte ihnen genau das in die Hand gegeben, was ihnen noch fehlte. Und wozu? Um seine Anwesenheit im Haus zu erklären? Dass er für mich arbeitete, reichte doch wohl als Argument. Alles andere war pure Spekulation."

„Sobald ich Dominik ein Alibi verschafft hatte, hast du es also nicht mehr für nötig gehalten, die Polizei über euer Verhältnis aufzuklären?“

„Verschafft? Das Alibi war nicht echt?“

„Aber Lyddy, hast du diesen Unsinn etwa all die Jahre geglaubt?“

Lydia starrte Dottie Lee fassungslos ins Gesicht. „Du hast gelogen? Er war an diesem Nachmittag *nicht* bei dir?“

„Ich kannte das FBI und das Ungeheuer an seiner Spitze. Hoover hätte fast alles getan, um den Fall schnell abzuschließen. Eine Stunde, nachdem Hopes Verschwinden bekannt gegeben worden war, ging mir plötzlich auf, dass sich diese Leute auf Dominik einschießen würden. Es war nur eine Frage der Zeit, und das konnte ich nicht zulassen.“

„Wenn du schon gelogen hast, wieso nicht gleich richtig? Warum die Geschichte mit dem Eisenwarenladen? Deswegen ist der Verdacht bis zu seinem Tod an ihm haften geblieben. Und darüber hinaus.“

„Es war unmöglich zu behaupten, dass er den ganzen Nachmittag hier gewesen ist, weil ein Freund von mir vorbeischaute, der Dominik natürlich nicht in meinem Haus gesehen hat. Also habe ich mir die Sache mit der Eisenwarenhandlung ausgedacht, denn Dominik ist mittags wirklich für mich dorthin gegangen. Ich habe ihm eingeschärft, diese Geschichte zu erzählen, wenn man ihn befragen würde. Der gute Dominik hat zunächst gar nicht verstanden, warum er lügen sollte. Aber er hatte lange genug im Kommunismus gelebt, um zu begreifen, dass Unschuld nicht vor Strafe schützt. Auch in Amerika nicht.“

„Wo war er denn, wenn nicht bei dir?“

Dottie Lee lehnte sich zurück. „Verdächtigst du ihn jetzt etwa noch immer, Lyddy?“

„Wo war er?!"

„Spazieren. Er wollte über sein Leben nachdenken und eine Entscheidung treffen, was er mit dem Rest davon anfangen sollte. Er hatte dafür natürlich keine Zeugen, aber er gab mir sein Wort."

Lydia hatte keine Lust, auch nur einen Gedanken an Dominik zu verschwenden. Sie war nicht in der Lage, sich darüber den Kopf zu zerbrechen, wo er sich an dem Tag aufgehalten hatte, als ihr Kind entführt worden war, und was sie für ihn empfunden hatte. „Wie viele Menschen wären ins Unglück gestürzt worden, wenn ich mich zu der Affäre bekannt hätte?"

„Im Nachhinein?"

„Joes Karriere wäre eventuell beendet gewesen. Ich hätte nie wieder erhobenen Hauptes durch Washington gehen können. Dominik hatte eine Frau und ein Kind, die ihn brauchten. Ich hätte das alles zerstört. Und wofür? Im Ernst, wofür?" Lydia lachte bitter auf.

„Aber du musst dich doch gefragt haben, ob du durch dein Schweigen die Suche nach deiner Tochter nicht behinderst."

„So wie du dich gefragt haben dürftest, ob du die Ermittlungen nicht erschwerst, indem du den wichtigsten Verdächtigen deckst."

„Und jetzt fördert deine Tochter die Wahrheit Stück für Stück zu Tage."

„Ich will, dass du dich von Faith fern hältst."

„Sie wird auch ohne mich genügend Informationen sammeln können. Ich bin nur *eine* mögliche Quelle. Du wärst eine bessere."

„Ich? Meinst du wirklich, ich setzte mich mit ihr hin und erzähle ihr, dass ich – frisch verheiratet – schon so unglücklich war, dass ich eine Geschichte mit einem Handwerker angefangen habe? Glaubst du, dadurch würde irgendetwas besser?"

„Ich war mir immer sicher, dass ich den Tag noch erleben würde, an dem die Wahrheit schließlich ans Licht kommt. Darauf habe ich gebaut.“

Lydia stand auf. „Oder hast du all die Jahre auf eine Gelegenheit gehofft, jemandem deine Version der Wahrheit aufzudrängen? Ist es das, Dottie Lee? Du sitzt Tag für Tag in diesem Haus und suchst nach Wegen, etwas frischen Wind in dein Gefängnis zu bringen, weil dir sonst nichts bleibt. Und jetzt, wo dir Faith ins Netz gegangen ist, benutzt du sie, um dein armseliges Dasein aufzuwerten.“

Dottie Lee erhob sich. Langsam, wie Lydia auffiel, als spüre sie plötzlich ihre müden Knochen. „Ich kann mich natürlich von Faith fern halten. Aber das wird nichts ändern. Hier sind Kräfte am Werk, die wir nicht beherrschen.“

„Was willst du damit andeuten?“

„Ich möchte damit ausdrücken, Liebes, dass es manchmal Situationen gibt, in denen wir kaum etwas anderes tun können, als abzuwarten. Und die Wahrheit zu sagen, so wie wir sie sehen.“

Lydia ging zur Haustür. Es gab nichts mehr zu besprechen. Ja, es war schon zu viel geredet worden.

„Lyddy?“

Sie drehte sich um und erkannte, dass Dottie Lee direkt hinter ihr stand.

„Hier in der Prospect Street sind wir so eine Art Familie“, begann Dottie Lee. „Oh, es sind nicht mehr viele von uns übrig. In allzu vielen Häusern wohnen Fremde. Sie ziehen ein und aus und lassen nichts von sich zurück. Aber du und ich ... uns verbindet ein starkes Band. Ich werde es nicht zerreißen. Aber ich kann nicht verhindern, dass gewisse äußere Umstände es zerstören.“

„Du bist eine alte Frau, Dottie Lee. Und alte Frauen reden sich so manches ein.“

„Komm wieder mal vorbei. Wir können zusammen alt sein, alte Weiber, die sich über alte Zeiten unterhalten."

Lydia griff nach dem Türknauf und trat ins Freie. Dottie Lee stand aufrecht da, ihr weißes Haar hatte sie seitlich mit Perlmuttkämmen festgesteckt. Einen Augenblick lang tauchte die junge Dottie Lee vor Lydias innerem Auge auf, das schwarzhaarige Weib, das die Reichen und Mächtigen in seinen Bann geschlagen hatte.

Lydia wollte sich nicht noch einmal so direkt mit ihrer eigenen Vergangenheit konfrontieren. Sie schüttelte den Kopf. „Ich komme zu deiner Beerdigung."

Lydia ging nicht heim. Sie kehrte in Faith' Haus zurück, weil sie sich nicht sicher war, ob sie die Kaffeemaschine ausgeschaltet hatte. Sie war dieser Tage oft nicht ganz bei der Sache, aber sie wusste, dass sich das nicht auf ein Frühstadium von Alzheimer zurückführen ließ, sondern auf ihre Sorgen. Falls sie jemals Alzheimer bekommen sollte, wäre sie verloren. Joe würde sie im Handumdrehen in einem Heim verschwinden lassen und dann eloquent über die Notwendigkeit einer besseren Gesundheitsversorgung für alte Menschen reden – während er jeden Versuch seiner eigenen Partei, die Lage zu verbessern, eiskalt ablehnte.

Joe Huston, der schlimmste der vielen Fehler, die ihr unterlaufen waren.

In der Küche entdeckte sie, dass die Maschine tatsächlich noch an war, und schenkte sich eine letzte Tasse ein, bevor sie das Gerät ausschaltete. Sie konnte sich nicht erklären, warum sie nicht gleich wieder ging. Nein, schlimmer: Sie wusste es sehr wohl, wollte es sich nicht eingestehen. Sie war hier, weil sie in diesem Haus noch immer die Stimme von Dominik Dubrov vernahm. Dottie Lee hatte behauptet, seinen Namen auszusprechen würde ihn nicht wieder zum Leben erwecken – aber sie hatte sich geirrt. Noch nach neunundddreißig Jahren konnte sie sich an sein Gesicht so gut erinnern, als würde er ihr in der Küche gegenüberstehen.

Hier hatten sie sich zum ersten Mal geküsst. Sie hatten es natürlich nicht darauf angelegt. Sie befand sich in der gesellschaftlichen Hierarchie weit über ihm, was für sie allerdings mehr zählte als für ihn, der sich allen Menschen gewachsen fühlte. Beide waren sie verheiratet, und beide wollten ihre Ehe nicht aufs Spiel setzen, wenn auch aus unterschiedlichen Gründen – er aus tief empfundener Verantwortung gegenüber Frau und Kind, und sie, weil ...

Lydia stellte die Tasse ab und legte den Kopf in die Hände. Sie, weil ihr Vater ein mächtiger Mann war und Macht ihr alles bedeutete. Sie hatte immer zahlreiche Privilegien genossen – und war mit dem Gefühl aufgewachsen, einen Anspruch auf diese zu haben. Sie verdiente einen Ehemann, der ihr diese Sicherheit bot. Also hatte sie Joe geheiratet – und sich in Dominik verliebt.

Sie war seiner nie überdrüssig geworden, nie hatte sie seinen nächsten Besuch gefürchtet oder seinen Körper nicht mehr begehrt. Er hatte nie mehr verlangt als ihre kurzen Stunden der Zweisamkeit. Wann immer sie in Versuchung kam, sich mehr zu erhoffen, unterdrückte sie diesen Wunsch, bevor er Gestalt annehmen konnte. Es war genug, diese verbotene, leidenschaftliche Lust zu teilen. Gedanken an die Zukunft hatte sie vermieden, weil sie wusste, dass es eine solche nicht geben würde.

Das Einzige, was sie nicht geahnt hatte, war, *wie* es enden würde.

Dominik war ein leidenschaftlicher Mann, der sich in seinem Körper wohl fühlte – und in ihrem. In Dominiks Welt gab es keine halben Sachen. Alles, was er anpackte, tat er aus vollem Herzen. Für einen Mann von bescheidener Bildung wusste er über erstaunlich viele Dinge etwas zu sagen. Er verstand etwas von Politik und begriff, dass vielen Politikern ihr Idealismus, der sie einmal angetrieben hatte, im Laufe der Zeit abhanden kam, weil sie zu viele Kompromisse eingehen mussten. Das Italienisch, in dem er ganze Arien sang, klang wirklich italienisch, und einmal hatte er ihr einen billigen Druck von Botticellis „Geburt der Venus“ mitgebracht, nur um ihr jenen Grünton zu zeigen, der ihm für ihr Wohnzimmer vorschwebte.

Er konnte über Tau auf einem Rosenblatt weinen und sich über ein Bonbonpapier auf der Straße ärgern. Jedes Mal, wenn er ihr sein Herz öffnete, wuchs ihre Liebe zu ihm. Sie lebte auf die gemeinsamen Augenblicke hin und weigerte sich, an den Tag zu denken, an dem das alles enden würde.

Bis er kam, dieser Tag.

Dominik hatte sich an diesem Nachmittag etwas verspätet. Sie wusste, dass sein Sohn häufig krank und in medizinischer Behandlung war. Dominiks Frau haderte mit ihrem Schicksal. Sie war, wie er betonte, eine gute Mutter, doch sie machte Dominik aus unerfindlichen Gründen für das Asthma ihres Sohnes verantwortlich. Er arbeitete nicht hart genug, schnell genug, lang genug, und sie glaubte, weil sie arm waren, ließ man sie stundenlang in den Krankenhausfluren warten. Sie war nicht im Stande arbeiten zu gehen, weil man Pasha mit seinem Keuchhusten schließlich keinem Babysitter überlassen konnte. Erleichterung verschaffte ihr nur das Geschimpfe auf ihren Mann.

Lydia wollte von Dominiks Ehe nichts hören, aber sie verstand, dass er darüber reden musste. Wenn sie zusammen waren, versuchte sie Joe nicht zu erwähnen. Sie hatte keine Lust, ihre gemeinsamen Stunden durch Gedanken an ihrer beider Ehen zu verdüstern. Joe war so oft auf Reisen und fragte sie so selten, ob sie ihn begleiten wolle, dass sie sich tage-, ja, wochenlang einreden konnte, sie sei gar nicht verheiratet.

Jetzt war das leider nicht mehr möglich.

Dominik kam fast eine Stunde nach der vereinbarten Zeit. Obwohl er einen Schlüssel hatte, klopfte er an. Sein dunkles Haar war zerzaust, und er wirkte abgespannt.

„Entschuldigung, es ging nicht früher."

Sie nickte und hielt die Tür auf. Er trat ein, zog seine Wollhandschuhe aus und stopfte sie in die Tasche seines fadenscheinigen Mantels, bevor er auch diesen ablegte und über seinen Arm warf.

„Bist du allein?" fragte er.

„Joe ist wieder auf Reisen."

Er machte keine Anstalten, sie zu umarmen. Er hielt sich immer zurück, als brauche er stets aufs Neue eine Bestätigung, dass sie ihn wirklich liebte.

Heute konnte sie ihm diese Gewissheit nicht geben. Sie verschränkte die Arme: eine Geste, die sie sich seit ihrer Heirat angewöhnt hatte. Die lebendige junge Frau, die allen und allem gegenüber so offen gewesen war, lernte allmählich, sich zu verschließen.

„Ist dein Sohn wieder krank?"

„Der Doktor, er sagt, vielleicht macht der Weihnachtsbaum ihn krank. Wir mussten den Baum an die Straße legen, für die Müllabfuhr. Er hat so sehr geweint." Dominik sah so betrübt aus, als hätte er die Kindheit seines Sohnes ruiniert. „Sandor, er hat Pasha versprochen, einen neuen Baum zu besorgen, einen kleinen, ganz glitzernd und golden. Aber das ist kein richtiger Weihnachtsbaum."

Lydia verstand, warum Dominik unglücklich war, aber heute

vermochte sie so etwas nicht zu rühren. Ihr gingen zu viele Dinge durch den Kopf – Dinge, die sie ihm sagen musste.

Sobald sie die richtigen Worte finden würde.

Sie flüchtete sich in Allgemeinplätze. „Das tut mir Leid. Ich hoffe, das wächst sich bei ihm aus."

„Die Zeit heilt alle Wunden." Vorsichtig streckte er den Arm aus und strich ihr mit einer Fingerspitze über den Wangenknochen. „Ist mit dir alles in Ordnung?"

„Nein, Dominik." Sie stand ganz still, denn wenn sie sich hätte bewegen müssen, wäre sie ihm womöglich in die Arme gesunken.

„Bist du krank?"

„Ich bin schwanger."

Er starrte sie an.

Sie konnte zugucken, wie seine Gedanken sich überschlugen. Er hatte gut daran getan, die Sowjetunion zu verlassen, denn wenn er gezwungen gewesen wäre, irgendetwas vor den Behörden zu verheimlichen, wäre er kläglich gescheitert.

„Es ist von Joe", sagte sie. „Wir beide haben ja aufgepasst." Sie hatten sogar Joes Kondome verwendet, die er im Nachtschränkchen aufbewahrte, aber nie benutzt hatte. Schon vor Monaten hatte Joe beschlossen, es sei an der Zeit, ein Kind zu zeugen. Lydia, die sich da längst nicht so sicher war, hatte sich heimlich ein Diaphragma besorgt, das sie einsetzte, wann immer er ihr Gelegenheit ließ, sich kurz zurückzuziehen.

Aber es hatte Situationen ohne Vorwarnzeiten gegeben, Situationen, in denen Joe sich auf sie gestürzt und sie genommen hatte, ohne auch nur ein Wort der Liebe zu murmeln. Er fand es vermutlich erregend, ihr Geschlechtsleben ebenso zu dominieren wie ihr ganzes Dasein und keinen Zweifel daran zu lassen, wer das Sagen hatte.

„*Wir* haben aufgepasst, ja“, antwortete Dominik. „Aber *er* war nicht da. Wie ist das möglich, dass du ein Kind von ihm erwartest?“

„Einmal reicht völlig aus, und gelegentlich kommt er ja nach Hause.“ Sie spürte, wie ihre Unterlippe zitterte. Sie biss darauf. Fest. „Er will ein Baby, Dominik. Er hat es versucht, und ich habe, na ja, habe ihm verschwiegen, dass ich etwas zur Empfängnisverhütung benutze. Aber nicht immer. Ich hatte nicht immer Gelegenheit dazu.“

„Und der Zeitpunkt, er ist korrekt?“

Sie konnte es nicht sagen, weil sie nicht wusste, wie weit sie schon war. Schon seit Monaten hatte sie sich ständig – außer in Dominiks Armen – müde und abgeschlagen gefühlt. Joes Beruf beanspruchte ihre Zeit und Energie. Die Renovierung des Hauses und die Haushaltsführung kosteten ebenfalls viel Kraft. Sie hatte sich gegen ein Dienstmädchen gewehrt, sodass die ganze Hausarbeit an ihr hängen blieb.

Ihre Tage waren erst verspätet, dann spärlich und schließlich überhaupt nicht mehr gekommen. Sie hatte all das auf ihre Erschöpfung und Depression zurückgeführt. Sie hatte den Gedanken, mit Joe ein Kind zu haben, so weit von sich gewiesen, dass sie lange gar nicht auf das Naheliegende gekommen war.

„Es ist Joes Baby“, wiederholte sie. „Immer, wenn er zu Hause ist, will er Sex. Selbst wenn er nur kommt, um sich zwischen zwei Reisen umzuziehen.“

Dominik stand regungslos da. Er fingerte an seinem Mantel herum, fuhr mit den Fingerspitzen über die Wolle, vor und zurück. „Das macht alles anders.“

„Ja.“ Ihre Stimme zitterte.

„Wie soll es weitergehen?“

Im Grunde fragte er sie, wie es *ohne ihn* weitergehen sollte – nicht vorwurfsvoll, sondern mitfühlend. Er wusste sehr wohl, wie viel ihr die gemeinsamen Stunden bedeuteten. Wenn sie mit ihm zusammen war, fühlte sie sich wie die Frau, die sie sein wollte. Wenn sie mit Joe zusammen war, kam sie sich nur wie dessen Anhängsel vor.

„Und was ist mit dir?"

Er zuckte mit den Schultern. Vor der Haustür hatte er müde ausgesehen. Jetzt wirkte er gramgebeugt, ungewohnt fahl. Die Glut seiner Augen schien erloschen zu sein. „Ich habe Pasha. Wenn es ihn nicht geben würde ..." Wieder zuckte er mit den Achseln.

Sie hatten nie über die Unterschiede zwischen ihnen geredet, um die Kluft dadurch nicht noch zu vergrößern. Doch jetzt hatte es keinen Sinn mehr, der Wahrheit auszuweichen.

„Ich wünschte, ich wäre stark genug, Joe zu verlassen", sagte sie. „Wenn ich stärker wäre, würde ich es tun. Ich würde mir Arbeit suchen und mein Kind ohne ihn großziehen. Ich würde in einer winzigen Wohnung in der Stadt auf dich warten, auf die Nächte hinleben, in denen du dich zu Hause fortstehlen und mich besuchen könntest. Aber so stark bin ich nicht, Dominik. Ich brauche das, was Joe mir bieten kann. Und er würde mich nicht gehen lassen, nicht in Frieden. Nicht ohne zu versuchen, mir das Kind wegzunehmen."

„Auch ich habe Wünsche, die wohl nie wahr werden."

„Wir dürfen uns nicht mehr wiedersehen."

„Die Arbeit im Haus ist nicht fertig."

„Ich kann den Rest selbst erledigen. Wenn nötig, finde ich einen anderen Handwerker."

„Nein, ich werde Sandor schicken."

Sie wollte ablehnen, da eine solche Verbindung zu ihm sie schmerzen würde, aber sie begriff, dass Dominik beabsichtigte, ihr auf diese Weise wenigstens ein bisschen Unterstützung zukommen zu lassen. Sie neigte den Kopf, um kurz zu nicken, konnte ihn aber nicht mehr heben, um ihm in die Augen zu sehen.

„Ich habe erkannt, dass es wenig Glück gibt auf der Welt. Ich habe meins bei dir gefunden", eröffnete er ihr.

Tränen strömten aus ihren Augen, aber sie schaute ihn nicht an. „Ich glaube, du solltest jetzt gehen."

„Ich wünsche dir ein gesundes Baby. Ein Mädchen? Würde dir das gefallen?"

Eigentlich war ihr das gleichgültig. Sie konnte sich ohnehin nicht vorstellen, bald Mutter zu sein. „Ein Mädchen wäre ... schön."

„Dann wünsche ich dir das."

Sie spürte seine Finger unter ihrem Kinn und hob mit seiner Hilfe den Kopf so weit, dass ihre Blicke sich trafen.

„Etwas, das bleibt", sagte er.

„Bitte geh."

Er ließ die Hand sinken und seufzte. Dann drehte er sich um. Er zog seinen Mantel nicht an, obwohl es draußen ein wenig schneite. Er lief zur Tür und schloss sie hinter sich. Ruhig. Scheinbar ungerührt.

In der Stille des Hauses brach Lydia in Schluchzen aus.

Neununddreißig Jahre später weinte sie wieder.

27. KAPITEL

Meistens kam Pavel frühmorgens auf dem Weg zur Arbeit bei Faith vorbei. Sie hatte dann immer schon Kaffee gekocht, und bevor er nach Nord-Virginia zu „Scavenger“ fuhr, redeten sie über ihre jeweiligen Pläne für den Tag oder über das Hin und Her der laufenden Präsidentschaftswahlen.

Und manchmal, so wie heute Morgen, brachte er viel Zeit mit.

„Ich werde die Befürchtung nicht los, dass eins meiner Kinder uns irgendwann auf frischer Tat ertappt.“ Faith lag in ihrem Bett, den Kopf auf Pavels Schulter. Er war ein wunderbarer Liebhaber, sehr zärtlich und zugleich sehr stürmisch. Wenn sie sich geliebt hatten, fühlte Faith sich immer wie ausgewrungen, als hätte er jeden Tropfen Leidenschaft aus ihr herausgequetscht.

„Sie sind in der Schule.“ Er streichelte ihr Haar, offenbar ohne jede Eile, obwohl er am Nachmittag eine Vorstandssitzung hatte.

„Das weiß ich – rational betrachtet. Aber ein bisschen Hemmungen habe ich immer noch. Vielleicht befürchte ich einfach nur, dass jemand herausfinden könnte, dass ich ein Geschlechtsleben habe. Was, wenn es die Kinder sind?“

„Du? Ein Geschlechtsleben?“ Sein Lachen ließ seine Brust erbeben.

„Also, wenn du mein erster Freund gewesen wärst ...“

„Was dann?“

„Tja, dann wäre mir aufgefallen, dass das, was David und ich miteinander getrieben haben, kein ...“

„Na, spuck’s aus.“

„Es ist mir noch immer ein bisschen peinlich!“

„Das nennst du peinlich? Nach dem, was wir eben getrieben haben?“

Jetzt war sie es, die lachen musste. Sie war sich sicher, dass sie gerade ein ganzes Kapitel des Kamasutra hinter sich hatten. „Am Anfang haben David und ich uns oft genug geliebt, sodass ich das Gefühl hatte, es wäre alles in Ordnung. Aber selbst da konnten wir uns nie so richtig gehen lassen. Wir haben alles *gegeben*, aber nicht genug *genommen*. Klingt das blödsinnig?"

„Überhaupt nicht."

„Es gab Warnsignale. Sie sind mir nur nicht aufgefallen."

„Und ich habe dich jetzt zur Erleuchtung geführt?"

Sie rächte sich, indem sie an einem Haarbüschel auf seiner Brust zupfte, und er stöhnte auf. „Pass bloß auf, du Witzbold: Jetzt, wo ich weiß, was ich verpasst habe, könnte ich den Rest meines Lebens Dottie Lee nacheifern. Ich werde mir Liebhaber nehmen. Dutzende! In der ganzen Stadt wird man mich nur noch ‚diese Frau' nennen!"

„Einerseits würde ich das gern erleben. Du als gefallene Frau, das wäre schon ein nettes Spektakel."

„Und andererseits?"

„Die Gewissheit, dass ich der einzige Mann bin, den du morgens erwartest, würde mir fehlen."

„Na ja, vielleicht warte ich noch ein bisschen, bis ich damit loslege."

Pavel und sie hatten nie über ihre Gefühle füreinander gesprochen. Für ihn war das vermutlich der Normalzustand, nicht aber für sie. Sie hatte immer geglaubt, Sex, Liebe und Ehe gehörten zusammen wie die drei Blätter eines Kleeblatts.

Doch zu einem solchen Gespräch war sie im Moment noch nicht bereit. Sie lebte nur für den Augenblick. Faith blühte gerade erst auf, als Persönlichkeit und als Frau, und sie hatte keine Lust, sich gleich wieder an etwas oder jemanden zu binden und in eine

Langzeitbeziehung hineinzuschlittern. Und Pavel hatte das offenbar noch nie gewollt, bei keiner Frau.

„Verstehst du deinen Mann jetzt ein bisschen besser?“ fragte Pavel.

„Ob ich besser verstehe, dass David Abraham Stein nicht widerstehen konnte, weil ich die Leidenschaft ein bisschen besser kenne?“

„Ein *bisschen* besser?“ Er tat beleidigt.

„Ein klitzekleines bisschen.“

Er zog sie auf sich und blickte ihr tief in die Augen. „Willst du vielleicht noch ein klitzeklitzekleines bisschen mehr davon?“

„Du machst Witze. Das wäre ein neuer Rekord, selbst für dich.“

„Wenn ich im Beruf Rekorde brechen kann, dann sicher auch hier.“

„Ich hätte Lust, dich auf die Probe zu stellen.“

„Ist das alles, wozu du Lust hast?“

Als sie aus der Dusche kam, war Pavel schon gegangen. Sie hatten sich zum Abendessen verabredet. Sie wollte es wagen, Alex und Remy allein zu lassen, während sie mit ihm ausging. Die Besprechung mit Remys Lehrern am Montag war positiv verlaufen. Alle hatten von einer leicht verbesserten Mitarbeit und besseren Klausurnoten berichtet. Die Chorleiterin war etwas länger geblieben, um nochmals zu betonen, wie begabt Remy war.

Dafür, dass es an der Schule besser zu laufen schien, wollte Faith Remy mit etwas mehr Eigenverantwortung belohnen. Wenn heute Abend alles glatt ging, würde sie die Leine nach und nach etwas länger werden lassen.

Sobald sie angezogen war, warf sie die Waschmaschine an und

füllte den Geschirrspüler. Dann nahm sie ihren Mantel und brach zur Bibliothek auf. Die Geschichte ihres Reihenhauses, die sie Lydia schenken wollte, war so gut wie fertig, und bald würde sie mit der Arbeit über das Haus von Pavels Freunden Joan und Carter Melvin anfangen. Sie hatte Pavel in Verdacht, dafür gesorgt zu haben, dass die Melvins sie beauftragt hatten, aber wie die Sache zu Stande gekommen war, kümmerte sie eigentlich recht wenig.

Sie hatte ihren ersten Auftrag. Sie war aufgeregt.

Im Peabody-Saal ließ sie sich an ihrem Lieblingstisch nieder. Hinter dem Informationstresen saß heute Dorothy, die Faith mit Vornamen begrüßte, als sie sich nach einem vergriffenen Werk über die Geschichte des Westteils von Georgetown erkundigte.

„Gut, dass Sie hier sind. Ich habe etwas für Sie." Dorothy verschwand und kam mit einem großen Band wieder, der Boulevardzeitungen zu enthalten schien. „Das ist gerade aus der Buchbinderei zurückgekommen. Diese Lokalzeitung ist in den frühen Sechzigern ein Weilchen wöchentlich erschienen und sehr bald wieder eingestellt worden. Wir haben sie nicht einmal in den Katalog aufgenommen. Jemand hat den Stapel auf seinem Speicher gefunden und uns geschenkt. Auflage und Verbreitung waren so gering, dass selbst wir nichts von dem Blatt wussten."

Faith nahm Dorothy den Band ab. „Und warum sollte mich das interessieren?"

„Einer der Reporter war offenbar auf den Pulitzer-Preis scharf. Das ist kein normales Annoncenblättchen. In fast jeder Ausgabe findet sich ein ausführlicher Bericht über die Entführung. Ich dachte, Sie sollten einen Blick darauf werfen. Ich hatte keine Zeit, alles zu lesen, aber das Material scheint viel versprechend zu sein."

„Danke. Ich werde es durchsehen und Ihnen erzählen, was ich herausgefunden habe."

Aber dazu kam es nicht, denn eine Stunde später legte Faith den Band auf Dorothys momentan verlassenen Tisch und verließ die Bibliothek.

Die „Scavenger“-Vorstandssitzung nahm Pavel bis fast sechs Uhr in Anspruch. Was einst als exzentrischer Haufen von Computerfreaks voller kreativer Ideen, aber ohne nennenswerten Geschäftssinn angefangen hatte, war im Laufe der erfolgreichen Jahre zu einem gut laufenden internationalen Firmenkonglomerat geworden.

In den letzten beiden Jahren hatte er mehr und mehr Verantwortung abgegeben, und jetzt wurde es Zeit, sich ganz zurückzuziehen. Er hatte nie offiziell seinen Rücktritt erklärt, doch sein Verhalten legte dies nahe. Der heutigen Sitzung hatte er zwar formell vorgestanden, aber alle wussten, dass er das Unternehmen inzwischen nur noch in dem Sinne leitete, wie Königin Elizabeth über Großbritannien „herrscht“. Er musste die Zügel entweder sehr bald wieder an sich reißen oder sich verabschieden. „Scavenger“ stand nicht schlecht da, selbst jetzt in der angespannten Wirtschaftslage nicht, aber es lief nicht mehr so gut wie früher. Die Zuversicht und die Perspektive fehlten. Eine stärkere Führung musste her; diese Forderung würde bald auch unter den Aktionären laut werden.

Er fuhr direkt nach Hause, anstatt seine Kollegen noch auf ein paar Drinks zu „McCormick & Schmidts“ zu begleiten. Auch das bewies, wie sehr er das Interesse an seiner Arbeit verloren hatte: Früher hätte er jeden von ihnen unter den Tisch getrunken und noch immer hellwach und ausdauernd über irgendetwas diskutiert. Er hatte jede Minute genossen, und wenn in Georgetown eine Frau auf ihn gewartet hatte, so war ihm das immer erst wieder eingefallen, wenn er sich auf dem Rückweg in die Stadt befunden hatte.

Aber Faith vergaß er nicht.

Er duschte ausgiebig. Als ihm endlich auffiel, wie stark er den Wasserstrahl eingestellt hatte, fragte er sich, was er eigentlich abzuwaschen versuchte. Keinen kalten Zigarettenrauch, denn im „Scavenger"-Gebäude war das Rauchen verboten. Keinen Schweiß, denn seit der morgendlichen Dusche bei Faith hatte er nichts Schwereres als einen Kugelschreiber gestemmt.

Er vermutete, dass er die anstehende Entscheidung wegspülen wollte. So war er es schließlich gewöhnt: alles Unangenehme abzuschütteln. Es wegzuschließen oder zu vergraben. Es auf jeden Fall loszuwerden. Noch besser: sich gar nicht erst in die Nähe von etwas Unerfreulichem zu begeben – wie persönliche Entscheidungen aller Art oder das Elend der Welt.

Oder Beziehungen.

Er trocknete sich ab und kleidete sich an. Er erwog selbst eine Rasur, aber das erschien ihm übertrieben. Sie wollten doch nur bei Filomena essen, ganz in der Nähe, wo rotwangige italienische Mammas im Schaufenster vor aller Augen Pasta zubereiteten. Faith hatte noch nie dort gegessen, und er freute sich darauf, sie mit diesem besonderen Genuss bekannt zu machen.

Er erinnerte sich an das, was sie heute früh gesagt hatte: über jene anderen „Genüsse", in die er sie eingewiesen hatte. Sie wusste offensichtlich nicht, wie entwaffnend ihre Naivität war und wie gut sie sich in andere Menschen einfühlen konnte. Sie war eine starke Frau mit einem weichen Herz. Zwar war er schon anderen Frauen begegnet, die über diese Eigenschaften verfügten, aber keine von ihnen war ihm so offen vorgekommen. Vor nicht einmal einem Jahr hatte man sie tief verletzt, aber sie war trotzdem nicht verbittert.

Sie kam nicht nach ihrer Mutter – oder seiner.

Er war gerade in seine Lieblingshalbschuhe geschlüpft, als es an der Tür klingelte. Da er mit Faith abgemacht hatte, dass er sie abholte, erwartete er niemanden, aber er riss die Tür auf, ohne vorher durch den Spion zu gucken. Es war Faith.

„Hey du!“ Er war angenehm überrascht, sie jetzt schon zu sehen. Es wunderte ihn, dass er sich über ihr Erscheinen freute und nicht wie sonst, wenn eine Frau unangekündigt bei ihm auftauchte, in Panik verfiel. Normalerweise war das für ihn ein Signal, dass er sie bald aus seinem Leben hinauskomplimentieren musste.

„Hallo, Pavel. Darf ich reinkommen?“

Sein Hochgefühl legte sich sofort. Sie hatte nicht gelächelt. Sie hatte ihn nicht geküsst. Sie wirkte gefasst, aber er kannte sie gut genug, um zu wissen, dass diese Gelassenheit aufgesetzt war.

„Natürlich darfst du rein.“ Er trat beiseite. „Ich hatte gerade vor, zu dir aufzubrechen.“

„Ich wollte dir aber lieber einen Besuch abstatten.“

„Faith, stimmt etwas nicht?“

„Das kann man wohl sagen.“

„Ist etwas mit einem der Kinder?“

„Nein. Sie sind zu Hause und machen Hausaufgaben.“

Er war erleichtert. „Fühlst du dich nicht wohl? Wir müssen nämlich nicht zu Filomena. Wir können warten, bis es dir besser geht.“

Sie antwortete nicht. Stattdessen ging sie ins Wohnzimmer und stand dann stocksteif neben dem Kamin.

Eilfertig versuchte er, die Situation zu entkrampfen. „Nimm Platz, ich hole uns etwas zu trinken. Oder sollen wir den Abend einfach vergessen, und du gehst gleich wieder nach Hause?“

„Es gibt einiges, das ich gerne vergessen würde, Pavel.“

Er war schon auf dem Weg zur Küche, blieb dann aber stehen. „Möchtest du …“

„Ich will nichts von dir. Keinen Drink. Kein Essen.“ Sie zögerte. „Na ja, das war nicht ganz richtig. Es gibt etwas, das ich will.“

„Was?“

„Eine Erklärung.“

Da begriff er sowohl, was sie meinte, als auch, was er unter der Dusche abzuwaschen versucht hatte. „Ich schätze, du findest, dass ich dir diese Erklärung schon lange schulde, was?“

„Ich schätze, da liegst du richtig.“

„Setz dich wenigstens hin.“

„Ich glaube nicht, dass ich lange bleibe. Ich werde es abkürzen, indem ich dir sage, was ich schon weiß. Pavel Quinn ist nicht dein Geburtsname. Du bist als Pavel Quinn Dubrov zur Welt gekommen: als Sohn von Dominik Dubrov und seiner Frau Maureen Quinn Dubrov. Dein Vater hat in unserem Haus in der Prospect Street Reparaturen ausgeführt, und er wurde verdächtigt, meine Schwester entführt zu haben.“

Pavel nahm nun selbst Platz, beugte sich vor und stützte die Ellbogen auf seine Knie. „Wie hast du das herausgefunden?“

„Durch einen alten Zeitungsartikel. Jemand, der offenbar nichts Besseres zu tun hatte, hat die Biografie deines Vaters gründlich unter die Lupe genommen. Er hat den Namen des Sohnes von Dominik erwähnt und den Mädchennamen seiner Frau. Du hast gesagt, deine Mutter sei Irin gewesen, aber du hast einen irischen *Nach*namen, was etwas seltsam ist, nicht wahr? Ich musste nicht einmal zwei und zwei zusammenzählen.“

Pavel wünschte sich, es wäre nie so weit gekommen, aber er war selbst schuld: Er hatte zu lange gewartet. Er war einfach nicht sicher gewesen, wie er es hätte anpacken sollen.

„Er hat mich Pasha genannt. Das ist ein russischer Kosename für Pavel. Meine Mutter hat mir das erzählt – während eines denkwürdigen Saufgelages. Ich entsinne mich natürlich nicht daran. Ich erinnere mich überhaupt nicht an ihn. Als er starb, war ich noch keine drei Jahre alt. Wir lebten damals in Kalifornien, ohne ihn. Meine Mutter dachte, das Klima wäre gut für mein Asthma. Wir haben uns in einer kleinen Gemeinde in der Nähe von Palm Springs niedergelassen, und sie ist putzen gegangen, um mich durchzufüttern, fast bis zum Tag, an dem sie starb."

„Ich bin gerührt."

Das war offenkundig gelogen. Diesen sarkastischen Tonfall kannte er so gar nicht von ihr, und er vermutete, dass ihre Wut grenzenlos war.

„Was möchtest du noch wissen?" fragte er.

„Als Erstes möchte ich wissen, warum du mir das verschwiegen hast."

„Was hätte ich denn sagen sollen, Faith? Dass ich nach dem College-Abschluss hierher zurückgekehrt bin, um herauszufinden, wer mein Vater war und was er mit der Entführung zu tun hatte? Er ist der ewige Verdächtige, wie du weißt: Sein Name fällt in jedem Gespräch über den Fall. Deshalb hat meine Mutter ihn verlassen und unseren Nachnamen geändert. Sie konnte mit der Schmach nicht leben."

„Hat sie ihn verlassen, weil er etwas getan haben *könnte* – oder weil er etwas getan *hat*?"

„Ich bin auf nichts gestoßen, was darauf hindeutet, dass mein Vater deine Schwester entführt hat. Es gab keinerlei Hinweis in all dem, was ich gelesen habe. Sogar die Polizisten, die mit dem Fall befasst waren, haben nie ernsthaft geglaubt, dass es mein Vater war. Das haben mir zumindest zwei von ihnen erzählt."

„Welche Polizisten? Ich wollte auch mit ihnen sprechen, aber sie sind angeblich alle längst pensioniert."

„Jetzt, ja. Aber als ich mit meinen Nachforschungen anfing, war einer noch im Dienst, und einen zweiten habe ich in einer Stadt in der Nähe von Myrtle Beach aufgespürt. Ein netter Wochenendausflug."

„Ich will ihre Namen."

„Sie werden dir nichts von Bedeutung mitteilen können. Nur, dass das Alibi meines Vaters wasserdicht war und niemand ein mögliches Tatmotiv erkennen konnte. Sie haben unsere Wohnung durchsucht, den Pick-up meines Vaters, sogar das Haus, in dem sein Gehilfe wohnte. Sie haben nicht das Geringste gefunden, nicht einmal ein Krümelchen Babypuder."

Sie fuhr mit einem Finger über den Kaminsims. „Und deshalb hast du dich in mein Leben geschlichen, oder? Du suchst Antworten. Du möchtest den endgültigen Beweis finden, dass dein Vater mein Schwesterchen nicht gekidnappt hat."

„Das schulde ich ihm."

„Und was schuldest du mir? Ich verrate es dir: die Wahrheit, mit der du sofort hättest herausrücken müssen!"

Nun war sie doch noch laut geworden. Er schämte sich, wollte aber noch immer um Verständnis werben.

„Was hättest du gesagt, wenn ich dir das bei unserer ersten Begegnung erzählt hätte? Ich sehe es direkt vor mir: Hi, ich bin Pavel Quinn, allerdings ist das nicht mein richtiger Name. Der lautet Dubrov, und ich bin der Sohn des Mannes, den alle Welt für den Entführer Ihrer Schwester hält."

„So ein Zufall, hätte ich geantwortet, die Welt ist halt ein Dorf. Aber mit Zufall hat das natürlich nichts zu tun. Du hast nicht vor meinem Haus gestanden, weil du zwei Männer, die ein Klavier trugen, so spannend fandest, sondern weil *das Haus* dich interessierte. So sehr, dass du jeden Winkel inspiziert hast, unter dem Vorwand, Pläne für die Renovierung auszuarbeiten."

„Faith, ich bin nach Washington gekommen, um etwas über meinen Vater zu erfahren. Ich habe kaum etwas herausgefunden, mich aber in diese Stadt verliebt, und ich war mit ‚Scavenger' beschäftigt. Also bin ich geblieben und habe schließlich dieses Haus gekauft. Nicht, weil mein Vater in Georgetown gearbeitet hat – zumindest glaube ich, dass das nicht der Grund gewesen ist. Sondern weil mir Georgetown unheimlich gut gefallen hat. Und manchmal bin ich durch die Prospect Street gelaufen, ja. Wollte ich dem Geist meines Vaters begegnen? Habe ich gehofft, dass mich jemand anspricht? ‚Oh, Sie sehen übrigens einem alten Bekannten von mir sehr ähnlich, der Dominik Dubrov hieß. Er soll angeblich das Baby eines Kongressabgeordneten entführt haben, aber ich weiß es besser. Soll ich Ihnen davon erzählen?'"

„*Hast* du darauf gehofft?"

„So verrückt bin ich nun auch nicht. Als meine Nachforschungen nichts ergaben, habe ich mich damit abgefunden, dass ich die Wahrheit nicht ans Licht bringen würde. Und dann erblickte ich eines Tages einen Umzugswagen vor deinem Haus."

„Und den Rest kennen wir."

„Nicht ganz." Er stand auf und trat neben sie an den Kamin. Das Zimmer kam ihm kalt vor, und er wünschte, er hätte ein Feuer angezündet. „Ich hatte nie vor, mit dir etwas anzufangen, Faith. Anfangs war ich einfach neugierig. Dass du in das Haus gezogen bist, habe ich als Wendung des Schicksals empfunden. Ich dachte, du könntest mir vielleicht etwas über die Sache mitteilen, aber dann musste ich feststellen, dass du noch weniger wusstest als ich."

„Also, warum hast du es mir dann nicht gesagt?"

„Weil ich Angst hatte, dass du mich nie wieder in dein Haus gelassen hättest. Ich befürchtete, du würdest den Kontakt zu mir abbrechen. Ich entschied mich abzuwarten. Ich glaubte, irgendwann würde schon der passende Moment kommen."

„Du meinst, nachdem du genug herumgeschnüffelt hättest? Vielleicht nachdem ich dich meinen Eltern vorgestellt hätte? War es ein Kick für dich, meine Mutter zu treffen, Pavel? War es aufregend, der leibhaftigen Mutter des entführten Babys gegenüberzustehen?"

„Das ist unter deiner Würde."

„Aber deine Identität zu verleugnen war nicht unter deiner Würde? Dich aus taktischen Gründen an mich heranzumachen war nicht unter deinem Niveau?"

„Ich heiße seit meinem dritten Lebensjahr Pavel Quinn. Das bin ich. Ich habe dir in dieser Hinsicht nichts vorgemacht."

„Das ist Haarspalterei. So, und jetzt gehe ich." Sie hängte sich ihre Handtasche über die Schulter. „Bitte halt dich ab sofort von mir fern, Pavel."

Er wusste, dass er sie nicht würde umstimmen können. „Faith, ich hatte Angst, es dir zu sagen. Je näher wir uns kamen, desto mehr Angst hatte ich." Er legte eine Hand auf ihren Arm und spürte, wie sie sich verkrampfte. „Ich habe keinen Wert darauf gelegt, deine Eltern kennen zu lernen, und ich wusste, dass ich von dir nichts erfahren würde. Ich hätte es dir mitteilen, alles aufdecken und mich dann wieder meinen Geschäften widmen können."

„Aber?"

Er wiederholte sich, aber er wusste keinen anderen Ausweg. „Ich habe dich lieb gewonnen. Dich und deine Kinder, und ich wollte nicht, dass du denkst, mir geht es nur um die Vergangenheit. Ich fühlte mich ..." Ihm fehlten die Worte. Diejenigen, die ihm einfielen, hatte er noch nie ausgesprochen, und er war sich sicher, dass Faith sich im Moment nicht über sie freuen würde.

„Pavel oder Pasha oder wie auch immer du heißt, hier ist die schlichte Wahrheit: Ich habe gerade einen Mann verlassen, der mir seine wahre Identität verheimlicht hat. Und jetzt bin ich mit einem zweiten Exemplar dieser Art im Bett gewesen. Ich scheine über keinerlei Menschenkenntnis zu verfügen, meinst du nicht?“

„David hat dich belogen, weil *er* nicht im Stande war, sich der Wahrheit zu stellen. Ich habe gelogen, weil ich nicht wollte, dass *du* die Wahrheit erfährst. Jedenfalls noch nicht.“

„Am Umzugstag hattest du etwa fünf Minuten lang Gelegenheit, mir zu sagen, wer du bist. Diese Chance hast du vertan, endgültig. Ich lerne langsam dazu. Ich mag zwar ein bisschen realitätsfremd sein, aber ich bin nicht begriffsstutzig.“

Er wusste, dass er sie nicht daran hindern konnte, sein Haus zu verlassen. Das Einzige, worauf er noch einen Einfluss hatte, waren die Worte, die ihr durch den Kopf gehen würden, wenn sie sich auf dem Heimweg befand.

„Du bedeutest mir viel, jeden Tag ein bisschen mehr. Ich habe dir nicht verraten, wer mein Vater war, weil ich dich nicht verlieren wollte. Einfach deshalb. Ich habe noch nach einem Weg gesucht, dir die Wahrheit zu sagen.“

Erhobenen Hauptes schritt sie zur Tür. Im Flur drehte sie sich ein letztes Mal um. „Du *hast* mich verloren, Pavel. Aber betrachte es als Glücksfall. Eine Frau, die sich in Menschen derart täuscht, ist keine gute Wahl. Geh heute Abend allein zu Filomena und feiere dein Glück.“

28. KAPITEL

Eine Woche später gelang es Faith, sich einzureden, dass auch sie Glück gehabt hatte. Eine qualvolle Woche, in der sie sich selbst vollkommen in Frage gestellt hatte. Am Ende dieser Woche wich die Scham allmählich neuen Einsichten. Gemessen an all den Jahren, die sie gebraucht hatte, um die Wahrheit über David herauszufinden, hatte sie die Wahrheit über Pavel in Rekordzeit ans Licht befördert. Es gab keine irreparablen Schäden. Ihr Herz war nicht gebrochen, nur ein wenig angeknackst. Sie hatte nicht das Vaterland verraten, sondern nur einen Freund und Liebhaber verloren.

Noch einen.

Willkommen in der Wirklichkeit.

„Ich sehe nicht ein, warum ich dahin muss."

Die Überreste der Bronson-Familie machten sich gerade fertig, um zu Joes Geburtstagsfeier nach Great Falls zu fahren – oder *sollten* sich zumindest fertig machen. Faith, die in ihrem Zimmer nach den passenden Schuhen suchte, blickte hoch und betrachtete ihre schmollende Tochter. „Du musst dahin, weil er dein Großvater ist."

„Aber ich schreibe morgen eine Klausur, und ich muss lernen, sonst verpasst du mir wieder Hausarrest. Ich will über Thanksgiving frei sein."

„Du hast doch heute Nachmittag gelernt."

„Nicht genug."

„Dass wir zu seinem Geburtstag fahren, weißt du schon lange. Wenn du nicht genug gelernt hast, dann hast du dir offenbar die Zeit falsch eingeteilt."

„Und ich dachte, mit dir könnte man vernünftig reden!"

Faith kam es so vor, als wäre ihr ihre Vernunft vor einer Woche abhanden gekommen. Sie war traurig und einsam. Sie hatte das Gefühl, dass etwas in ihrem Leben fehlte. „Zieh dich um, Remy. Wir brechen in einer Viertelstunde auf, und *das* wirst du in Great Falls nicht tragen."

„Warum nicht?" Remys schwarzes T-Shirt endete fünf Zentimeter über ihrem Nabel, und die Capri-Hosen fingen fünf Zentimeter *unter* dem Nabel an. Fehlte nur noch ein Bauchnabel-Piercing. Lange konnte es nicht mehr dauern, bis sie sich über solchen Schmuck streiten würden.

„Weil es November ist", erwiderte Faith. „Weil die Außentemperaturen heute Nachmittag unter zehn Grad gefallen sind. Weil deine Großeltern nicht so viel von dir sehen wollen, wie du ihnen zeigen willst. Ich übrigens auch nicht."

„Du bist echt ein hoffnungsloser Fall."

Faith schlüpfte in einen Schuh, dann in den anderen. „Du sagst es. Aber trotzdem habe ich noch all meine Sinne beisammen. In diesem Aufzug tauchst du nicht in Great Falls auf, und wenn du dich jetzt nicht ruck, zuck umziehst, tauchst du die nächsten tausend Jahre nirgendwo mehr auf. Kapiert?"

Remy starrte sie an. Dieser Tonfall war so untypisch, dass auch Faith sich fragte, ob da eben ein böser Geist in sie gefahren war.

„Du zeterst nur noch rum." Remy hatte die Fassung wiedererlangt und verschwand im Flur. „Bla, bla, bla." Sie schlug ihre Tür zu.

Faith setzte sich und stützte den Kopf in die Hände. Sie war leicht reizbar und ungenießbar, aber ihre Kinder traf daran keine Schuld. Aber verdammt sollte sie sein, wenn sie sich entschuldigte!

Eine halbe Stunde später waren sie auf dem Weg nach Virginia. Remy hatte einen annehmbaren Rock und einen Pullover angezogen, und Alex trug ein blassblaues Sweatshirt und seine einzige

Hose, die nicht aus Jeansstoff war. Faith' Eltern würden zumindest an der Kleidung nichts auszusetzen haben, wenn sie auch alles andere schrecklich fanden, was Kinder eben so taten. Faith hoffte für Remy und Alex, dass die Geburtstagsfeier nicht allzu lange dauern würde.

„Sind wir die Einzigen, die kommen?“ wollte Alex wissen, als sie sich der Ausfahrt nach Great Falls näherten.

„Soweit ich informiert bin, ja. Wir essen zu Abend, dann gibt's Kuchen und Eis, anschließend überreichen wir eurem Großvater die Geschenke und fahren zurück. Ihr müsst morgen zur Schule.“

„Gott sei Dank!“ seufzte Remy.

„Meinem Biologielehrer hat mein Vorschlag für den Wissenschaftswettbewerb gefallen.“

Fast wäre Alex' Bemerkung untergegangen, aber die letzten Worte weckten Faith' Interesse. „Für den Wissenschaftswettbewerb?“

„Hm-m. Weißt du nicht mehr, ich habe dir letzte Woche davon erzählt.“

Sie erinnerte sich an nichts. An kein einziges Wort, aber schließlich hatte sie sich letzte Woche vollkommen von der Welt abgekapselt. „Hilf mir auf die Sprünge.“

„Ich will ein Computerprogramm schreiben, womit man das Verhalten von Tieren berechnen kann. Lefty soll mir dabei als Studienobjekt dienen. Ich will ihn jeden Tag eine Viertelstunde beobachten, eine Woche lang. Jeden Tag zu einer anderen Zeit. Ich möchte zum Beispiel zählen, wie oft er sein Laufrad benutzt, wie oft er Wasser trinkt ...“

„Wie oft er kackt“, ergänzte Remy.

Alex ignorierte sie. „Dann trage ich die Daten in das Programm ein, das ich schreibe. Wenn ich es laufen lasse, wird das

Programm berechnen, wie oft er diese Sachen an einem Tag tut, und in den einzelnen Zeiträumen."

„Also bloß addieren und Mittelwerte bilden", sagte Remy. „Das kann jeder im Kopf ausrechnen."

„Nein, eben nicht. Denn das Ergebnis hängt von mehreren Variablen ab. Ich möchte so genau wie möglich herausfinden, ob Ratten tatsächlich immer dasselbe tun. Also, ich werd's mit verschiedenen Reizen versuchen. Eine Tabelle für sein Verhalten, wenn das Licht an ist, eine für sein Verhalten im Dunkeln ..."

„Ha. Zu dumm, dass du im Dunkeln nichts siehst."

„Remy!" Faith drehte sich zu Alex um. „Das klingt ziemlich anspruchsvoll. Kannst du denn dafür gut genug programmieren?"

„Pavel kann mir ja helfen."

Sie hatte den Kindern nichts von ihrem Streit mit Pavel erzählt, aber jetzt musste sie es tun. „Ich glaube nicht, dass er nochmal vorbeikommt", sagte sie mit möglichst unbeschwerter Stimme. „Wir haben beschlossen, dass wir uns nicht mehr treffen."

„Wieso denn das?" fragte Alex mit vorwurfsvollem Unterton. „Das ist ungerecht. Er ist auch *mein* Freund."

„Er hat dich sehr gern, und es liegt bestimmt nicht an dir. Das ist eine Sache zwischen Erwachsenen."

„Wow, echter Zoff zwischen Liebenden", meinte Remy sarkastisch.

„Der Tag, an dem du anfängst, dich wirklich am Kummer anderer Menschen zu ergötzen, wird der schwärzeste Tag deines Lebens sein, Remy. Lass es nicht so weit kommen." Faith hätte beinahe die Ausfahrt verpasst und geriet ins Schleudern, weil sie zu schnell in die Kurve gehen musste.

Remy kreischte. „Klasse, Mom, bring uns ruhig alle um!"

Faith wartete, bis sie den Wagen wieder unter Kontrolle und

ihr Puls sich normalisiert hatte. Sie senkte die Stimme. „Alex, dein Vater kann dir beim Programmieren helfen. Er versteht nicht so viel davon wie Pavel, aber ich bin mir sicher, dass es für dein Projekt reicht."

„Ja, ja." Alex wirkte verstimmt – nicht weil er David um Hilfe bitten sollte, sondern weil ihm Pavel fehlen würde. Die beiden waren Seelenverwandte.

„Das hört sich nach einem großartigen Projekt an", sagte sie.

„Hm-m. Ich mache es mit Grafik und so." Sein Enthusiasmus war verflogen.

Sie wünschte, der Abend wäre schon vorüber.

In der vorigen Woche hatte Faith im Bürogebäude des Senats vorbeigeschaut, um sich andeutungsweise bei ihrem Vater zu entschuldigen. Er hatte sie versteinert angestarrt, aber genickt und sich anschließend nach der Gesundheit der Kinder erkundigt. Ihre Antwort war förmlich gewesen, doch der Riss im Familiengewebe schien geflickt zu sein.

Seitdem hatte Joes Sekretärin sie zweimal angerufen: ein Zeichen erneuerter Gunst. Einmal bot sie Faith eine Eintrittskarte für eine Gala im Kennedy Center an, und einmal wollte sie wissen, ob Faith bereit war, bei einer Weihnachtsfeier für Kinder aus dem Armenviertel von Richmond als Gastgeberin zu fungieren. Sie hatte auf die Eintrittskarte verzichtet, aber ihre Unterstützung bei der Weihnachtsfeier zugesagt, da die Planung schon so gut wie abgeschlossen war.

Während sie den Wagen parkte, Joes Geschenk aus dem Kofferraum holte und hinter den Kindern her ging, wappnete sie sich innerlich, um diesen Abend zu überstehen. Feierlichkeiten waren in der Huston-Familie nicht ganz ohne. Das Essen war vorzüglich und das Haus immer herrlich geschmückt, und wenn es Kuchen gab, stammte er immer von der besten Konditorei der Gegend.

Doch irgendwie wollte bei diesen Feiern nie Freude aufkommen. Faith hatte keine Ahnung gehabt, wie viel Spaß Geburtstage machen konnten, bis ihre Freundinnen auf dem College eine Überraschungsparty für sie veranstaltet hatten und sie entdecken musste, dass richtige Geburtstagsfeiern aus Gelächter, Völlerei und respektlosen Neckereien bestanden.

„Hier erinnerst du mich immer daran, mit geschlossenem Mund zu kauen." Alex zeigte auf die unterste Stufe, dann auf die nächste. „Und hier sagst du mir, dass ich mir den Kuchen nicht mit den Fingern auftun soll."

„Eines Tages, wenn du Präsident bist und der König von England zum Abendessen kommt, wirst du mir dankbar sein."

Marley öffnete die Tür und drückte die beiden Kinder zur Begrüßung kräftig an sich. Faith erkundigte sich vorsichtshalber schon einmal: „Wie ist die Witterung?"

„Der Senator ist kühl wie ein Gebirgsbach. Also Sturmwarnung."

Also alles wie immer bei solchen Familientreffen, dachte Faith. „Was gibt es zu essen? Dein umwerfendes Jerk Chicken?"

Marley ging nach hinten. „Mageren Schinken, schwarze Bohnen, Maisbrot, gedünsteter Kohlrabi, Süßkartoffeln."

„Hat er sich das dieses Jahr gewünscht? Stellt er jetzt doch wegen seines Herzinfarkts seine Ernährung um?" Faith blieb mitten im Flur stehen, als in ihr ein Verdacht aufkeimte. „Marley, kreuzt etwa ein Reporter heute hier auf?"

„Fotograf. Kommt aus'm Süden, um Familienfotos zu schießen und herauszufinden, was dein Daddy über den traurigen Zustand dieses Landes zu sagen hat."

„Wann ist das entschieden worden?“

„Vor ‘ner ganzen Weile, aber deiner Mama hat keiner Bescheid gegeben.“

Davon ging Faith aus, denn wenn Lydia informiert gewesen wäre, hätte sie bestimmt angerufen und nachdrücklich darum gebeten, die Kinder „vorzeigbar“ herauszuputzen.

„Wo ist meine Mutter?“

„In ihrem Zimmer, zieht sich um.“

Sie fragte nicht, wo ihr Vater steckte. Sie vermutete, dass er sich wie immer in seinem Arbeitszimmer eingeschlossen hatte und nicht gestört werden durfte, bis das Essen auf dem Tisch war. „Da bin ich dann auch, wenn du mich suchst.“

Faith klopfte sachte an Lydias Tür, hörte, wie etwas scheppernd zu Boden fiel und wie ihre Mutter etwas Unverständliches murmelte, bevor sie „Herein!“ rief.

Faith steckte vorsichtig den Kopf durch die Tür und sondierte die Lage. „Was ist dir heruntergefallen?“

„Eine Lampe. Eine blöde, alberne Lampe. Ich habe sie mit dem Ellbogen erwischt.“

„Ist sie kaputt?“

„Ich glaube nicht.“ Lydia winkte sie hinein. „Seid ihr gerade angekommen?“

„Gerade rechtzeitig, um zu erfahren, dass ein Fotograf im Anmarsch ist, um unsere kleine Fete zu verewigen.“

„Du kennst deinen Vater. Er würde niemals auf unser Familienleben Rücksicht nehmen und sich solch eine Publicity entgehen lassen.“

Faith war überrascht. Ihre Eltern hatten einander nie vor Dritten kritisiert, und Zwistigkeiten waren stets in der Form weniger, wohlgesetzter Worte ausgetragen worden.

„Nur gut, dass ich die Kinder dazu verdonnert habe, was Ordentliches anzuziehen“, meinte sie.

„Du bist eben gut erzogen.“ Lydia legte einen Ohrring an. „Der Fotograf kommt aus Lynchburg, also wird er noch eine Weile brauchen. Es tut mir Leid, dass du das auf dich nehmen musst. Ich vermute, du hast eigentlich Besseres zu tun – und eine angenehmere Gesellschaft verdient.“

Ihre Mutter spielte auf Pavel an. Faith setzte sich aufs Bett. „Um ehrlich zu sein, nein.“

„Mr. Quinn ist auf Reisen?“

„Mutter, ich habe etwas über Pavel herausgefunden, das unsere Beziehung beendet hat.“

Während sie noch mit dem zweiten Ohrring kämpfte, drehte Lydia sich zu ihr um. „Faith, wenn du mir jetzt sagst, dass dieser Mann *auch* schwul ist, glaube ich dir kein Wort.“

Faith hatte lange darüber nachgedacht, was sie Lydia erzählen sollte. Es gab keinen handfesten Grund, ihr Pavels wahre Identität zu verraten, aber sie wollte sehen, wie ihre Mutter reagierte. Vielleicht war es sinnlos, ihre Mutter weiter mit der Sache zu behelligen, oder sogar sadistisch. Sie wusste es nicht, aber sie wollte jetzt endlich Antworten auf ihre vielen Fragen erhalten.

„Pavel Quinn hieß nicht immer Pavel Quinn“, tastete sie sich vor. „Quinn ist der Mädchenname seiner Mutter.“

„Willst du damit andeuten, dass er ein uneheliches Kind ist?“ Lydia stutzte. „Spielt das eine Rolle? Du versetzt mich in Erstaunen.“

„Das meine ich nicht, Mutter. Seine Eltern waren durchaus verheiratet. Sein Vater hieß Dominik Dubrov.“

Lydia erbleichte. Sie ließ die Hände sinken; der Ohrring war vergessen. „Dominiks Sohn?“

„Wusstest du, dass er ein Kind hatte?"

„Einen kleinen Jungen. Pasha."

Das überraschte Faith – sowohl, dass Lydia es gewusst, als auch, dass sie sich auf Anhieb an den Namen erinnert hatte. Vielleicht hatten sich alle Details, die mit der Entführung zusammenhingen, tief in das Gedächtnis ihrer Mutter eingebrannt. Seltsam war es aber doch.

„Pasha war sein Kosename. Seine Mutter hat den Nachnamen ändern lassen, damit niemand darauf kam, wer sie waren."

„Das hat funktioniert." Lydia konnte sich kaum auf dem Stuhl vor ihrer Frisierkommode halten. „Das muss ja ein Schock für dich gewesen sein."

„Du wirkst noch schockierter."

„Es ist nur ..." Lydia blickte auf. „Ich ... Es ist so lange her, und trotzdem holt es mich wieder ein und versetzt mir einen Schlag."

„Ich weiß, dass Dominik Dubrov öfter für dich gearbeitet hat, Mutter. Aber dass du dich an den Namen seines Sohnes erinnerst, bedeutet, dass ihr befreundet wart."

„Du kennst doch das Haus, Faith, ein enges, kleines, mit Möbeln voll gestopftes Reihenhaus. Wir sind uns da ständig über den Weg gelaufen. Und wir haben oft über die Renovierungen geredet."

Lydia nahm den zweiten Ohrring wieder zur Hand und versuchte ihn durch ihr Ohrloch zu bugsieren. Sie schaffte es aber nicht. „Dominik machte auf mich einen netten Eindruck. Ich habe ihn nach seiner Frau und seinem Kind gefragt, wie höfliche Auftraggeber das eben tun. Der Junge war ständig krank." Sie hielt inne. „Das sollte man nicht meinen, wenn man ihn heute sieht."

„Dominik ist viel bei euch ein und aus gegangen, nicht? In einem Artikel stand, dass er einen Schlüssel hatte."

„Natürlich besaß er einen Schlüssel. Er arbeitete ja meistens im Haus, wenn ich nicht da war. Wie hat Pavel reagiert, als du ihn damit konfrontiert hast?"

„Er meinte, er habe auf eine passende Gelegenheit gewartet, um es mir zu sagen. Dass er befürchtet habe, ich könnte ihm unterstellen, er habe sich nur mit mir angefreundet, um mir Informationen über die Entführung zu entlocken."

„Was um Himmels willen möchte er denn herausfinden? Sein Vater ist doch nie verurteilt worden."

„Vielleicht will er wissen, warum sich sein Vater erhängt hat."

Lydia schwieg so lange, dass Faith aufstand und zur Tür ging. „Ich werde mal nach Remy und Alex schauen. Vielleicht gelingt es mir, sie zu beschäftigen, bis die Party anfängt."

„Faith?"

Sie drehte sich um. „Ja?"

„Als Hope entführt worden ist, habe ich alle und jeden verdächtigt. Ich lag nachts wach und habe mir sämtliche Möglichkeiten ausgemalt. Dieser hat sie mitgenommen, um sich für eine von Joes Gemeinheiten zu rächen. Jene hat sie sich geholt, weil sie unfruchtbar war und unbedingt ein Kind wollte. Meine Fantasie ging mit mir durch und hat mich fast in den Wahnsinn getrieben. Aber es ist mir nie in den Sinn gekommen, Dominik zu verdächtigen. Er war ein sanfter Mann, durch und durch ehrenwert. Das sollte sein Sohn wissen."

„Sein Sohn wird sich eine andere suchen müssen, die ihm das mitteilt."

Am nächsten Morgen war Joe bereits zur Arbeit gefahren, als Lydia endlich sämtliches Festtagsporzellan verstaut hatte. Der Abend war – gemessen an den Erwartungen – gut verlaufen. Ihre Enkelkinder hatten sich am Riemen gerissen und artig für den Fotografen posiert, wie schon für all die Bilder während des letzten Wahlkampfes. Joe setzte sich gern als Familienmensch in Szene. Lydia hatte nichts dagegen, denn wenn Medienleute zugegen waren, benahm er sich freundlicher und schikanierte sie weniger.

Faith und die Kinder waren früh wieder aufgebrochen, und der Fotograf hatte um zehn das Haus verlassen. Sobald sie allein gewesen war, waren ihre Gedanken um Dominiks Sohn gekreist.

Sie hatte immer gewusst, dass Pasha irgendwo da draußen sein musste, aber nie daran gedacht, ihn zu suchen. Was hätte sie ihm auch sagen können? Ich war die Geliebte Ihres Vaters? Ich habe ihn mehr geliebt als alle anderen, einschließlich Ihrer Mutter? Ich will mich an ihn erinnern, deshalb starre ich Sie so an? Sie hatte dem kleinen Jungen nur das Beste gewünscht: dass er sein Asthma loswurde, dass er genug zu essen hatte, dass er die gute Ausbildung bekam, für die sein Vater so geschuftet hatte. Dass er als Mann seinem Vater ähneln würde.

Was hätte wohl Dominik von seinem Sohn gehalten? Pavel Quinn, ein Star der Computerbranche. Sohn eines Einwanderers, den man einer Kindesentführung bezichtigt hatte.

Typisch Amerika.

Jetzt begriff sie, was Dottie Lee gemeint hatte, als sie von den Kräften sprach, die sich nicht mehr kontrollieren ließen. Irgendwie war diese Frau hinter Pavels wahre Identität gekommen. Vielleicht hatte auch Lydia es unbewusst gespürt, denn er war ihr bei der ersten Begegnung irgendwie bekannt vorgekommen, ohne dass sie ihn richtig hatte einordnen können. Jetzt wusste sie, wieso. Pavel sah Dominik eigentlich nicht ähnlich. Und doch hatte er etwas von seinem Vater, es war etwas in seiner Haltung, an seinem Körperbau, dem Ausdruck seiner Augen.

„Was, schon fertig mit dem Porzellan?“ Marley kam ins Zimmer gefegt. „Ich hab ja keine Ahnung, warum Sie das nich mir überlassen. Hab ich mal was zerbrochen? Nie.“

„Das ist unser Hochzeitsgeschirr. Die Gemüseschüssel hat Mike Mansfield beigesteuert. Die Terrine kam aus dem Weißen Haus, mit besten Glückwünschen der Kennedys. Joe wollte sie gleich zurückschicken, aber das ging natürlich nicht. Er hasste Jack Kennedy wie ein Wachhund einen Einbrecher, aber ihm blieb nichts anderes übrig, als sich mit Kennedy zu arrangieren. Joe musste gehorchen. Aber wenn er gewusst hätte, dass er ungestraft davonkommt, hätte er ihn kräftig ins Bein gebissen, bis auf die Knochen.“

Sie blickte hoch und bemerkte, dass Marley sie mit großen Augen anstarrte. „Ja, manchmal rede selbst ich zu viel“, sagte Lydia.

„Nich allzu oft. Vielleicht gerade zum ersten Mal.“

„Vielleicht nicht zum letzten Mal. Vergiss es einfach.“ Lydia trat vom Schrank zurück und bewunderte die perfekte Anordnung aller Stücke. „Ich gehe ein Weilchen aus. Brauchen wir irgendwas? Ich fahre in den Ort.“

„Warum machen Sie nich irgendwo Halt und trinken ein schönes Tässchen Kaffee? Setzen sich einfach hin und entspannen sich. Sie sehen müde aus.“

„Vielleicht tu ich das.“

„Oder Sie rufen diese Massage-Frau an.“

Lydia hatte das Gefühl, nur noch aus Knoten zu bestehen. „Dir auch einen schönen Vormittag.“

Als sie im Auto saß, schlug sie doch nicht die Richtung nach Great Falls ein. Zwanzig Minuten später parkte sie in Reston und betrat eine kleine Bank. Sie fragte nach dem Manager und erklärte ihm, was sie wollte. Kurz darauf begleitete er sie zu den Schließfächern und zog sich dann zurück, damit sie ihr Fach ungestört öffnen konnte.

Joe wusste nichts von diesem Fach, ahnte aber wohl, dass sie irgendwo eins besaß. Dieses war auf ihren Mädchennamen registriert, und für den Fall ihres Todes hatte ihr Anwalt strikte Anweisungen, wie mit dem Inhalt zu verfahren war.

Sie konnte nicht recht sagen, was sie hergetrieben hatte. Selbst wenn Joe das Schließfach ausfindig machen sollte, war sie sich relativ sicher, dass ihm – trotz seiner herausragenden Position – niemand einen Schlüssel dafür beschaffen würde. Hier lagen die Originale, aber Kopien der Dokumente hatte sie auch an anderen Stellen versteckt. Joe wusste, dass sie nicht dumm war. Es gab nur einen Weg, sich ihres Schweigens zu versichern: Er musste sich an ihre alte Abmachung halten.

Aber manchmal – heute zum Beispiel – wollte sie sich einfach überzeugen, dass die Papiere noch da waren.

Lydia öffnete das Fach und guckte hinein, auf die wenigen Seiten. Wenige Seiten, die ihr Leben für immer verändert hatten und Joes Leben im Handumdrehen verändern *könnten*.

Sie berührte sie, hob das oberste Blatt an, um nachzuschauen, ob alles da war. Da nichts fehlte, klappte sie den Deckel des Kastens wieder zu. Sie umklammerte ihn und schloss die Augen, fast wie zum Gebet.

Aber Lydia fühlte sich nicht erlöst.

29. KAPITEL

Mitte Dezember stapfte Faith – eingemummt gegen die Kälte – zur Schule, um sich die Vorrunde des Wissenschaftswettbewerbs anzusehen. Ein paar Stunden zuvor hatte sie Alex geholfen, Lefty, den Laptop, den David Alex für die Projektpräsentation geliehen hatte, und sein mit Tabellen und Fotos beklebtes Poster zur Schule zu bringen. Alex war es nicht gelungen, seiner Aufregung Herr zu werden. Durch den Wettbewerb waren David und er sich wieder näher gekommen, und Alex hatte sich dahingehend geäußert, dass er noch nie so viel gelernt habe wie bei diesem Projekt.

David und sie hatten vorgehabt, am späteren Nachmittag zusammen in der Schule aufzutauchen – ihr erster gemeinsamer Auftritt seit der Trennung –, aber die Pläne hatten sich geändert: Für zwei Uhr war ein dringliches Treffen mit Remys Lehrern anberaumt worden, und Faith, die es satt hatte, diese Last allein zu tragen, hatte David kurz entschlossen angerufen und ihn gebeten, früher zu kommen, damit sie direkt nach der Besichtigung zu dieser Besprechung gehen konnten. Er hatte erfreut zugesagt.

An der R Street wäre Faith aus Gewohnheit beinahe zur Bibliothek abgebogen. Während der letzten Wochen hatte sie sich wie besessen ihren Projekten gewidmet. Die Geschichte des Reihenhauses in der Prospect Street war fertig, auch wenn Lydia sie noch nicht gesehen hatte, und die Studie über das Melvin-Haus ebenfalls. Faith' Entdeckung, dass der unauffällige kleine Bungalow im Glover Park einst von einem stadtbekannten Schwarzbrenner bewohnt worden war, hatte Joan so begeistert, dass sie das Büchlein überall herumzeigte. Letzte Woche hatte Faith drei Anrufe von Leuten erhalten, bei denen Joan damit angegeben hatte. Von einem Hausbesitzer war bereits ein Vorschuss überwiesen worden, und keiner hatte sich von ihren Honoraren abschrecken lassen. Es sah ganz danach aus, als liefen Faith' Geschäfte gut.

Das Reihenhaus war jetzt gemütlich eingerichtet, und sie hatte die Wände endlich gestrichen: das Wohn- und das Esszimmer in kräftigem Salbeigrün, die Küche elfenbeinfarben. Ihr eigenes Schlafzimmer war neu tapeziert, und zu ihrer Überraschung hatte Remy sich für eine Tapete in zartem Violett entschieden, das an die Jahrhundertwende erinnerte. Zwischen seinen Lefty-Studien und den Stunden am Computer hatte Alex geholfen, die Tapeten in seinem Zimmer abzulösen, und zusammen hatten sie die Wände in einem warmen Ziegelrot gestrichen. An den Wänden hingen Bilder, die Kartons waren ausgepackt, neue Kissen zierten das Sofa.

Weihnachten stand vor der Tür, und ihre Scheidung würde bald durch sein. Faith hatte den Kaltstart in ihr neues Leben geschafft. Das Problem war, dass sie sich auf die kommende, ruhigere Zeit nicht freuen konnte. Jetzt, da sie sich nicht mehr pausenlos um hundert Sachen gleichzeitig kümmern musste, fürchtete sie sich ein wenig vor zu viel Leerlauf.

Die Schule tauchte vor ihr auf, und David wartete schon vor dem Haupteingang. Er sah besser aus als bei ihrer letzten Begegnung. Nicht mehr so abgehärmt; außerdem wirkte er nicht mehr so gehetzt. Er lächelte, als er sie erblickte, aber sie war zu lange mit ihm verheiratet gewesen, um sich davon täuschen zu lassen. David war nervös.

Sie blieb direkt vor ihm stehen und stellte erleichtert fest, dass sie ihn inzwischen treffen konnte, ohne das Gefühl zu haben, keine Luft mehr zu bekommen.

„Du schaust gut aus", sagte sie. „Etwas entspannter."

„Die Dinge laufen gut." Mehr wollte er offenbar nicht verraten.

In ihren wenigen Gesprächen hatte er Ham nie erwähnt, und Faith hatte nie nach ihm gefragt. Jetzt wagte sie es. „Lebst du noch mit Ham zusammen?“

„Ja.“

„Er hat dir in dieser schweren Zeit sicher viel Halt gegeben.“

Er wusste offenbar nicht, wie er darauf reagieren sollte. „Du siehst auch gut aus, Faith.“

„Ich bin ziemlich erschöpft. Es gab so viel zu tun.“

„Alex hält mich auf dem Laufenden. Das Haus ist fast fertig?“

„Vorläufig. Den Dachboden kann ich erst angehen, wenn ich im Lotto gewonnen habe. Das wird Phase zwei.“

Sie betraten die Schule. Faith hatte oft genug zu Beratungsgesprächen erscheinen müssen, um ihren Weg durch die Flure zu finden, aber David war zum ersten Mal hier.

„Es ist nicht gerade wie in der Akademie“, meinte er.

„Es ist nicht mehr dieselbe Welt“, erwiderte sie.

„Alex hat der Wechsel gut getan. Wir hätten uns bei der Schulwahl mehr daran orientieren sollen, wer er war, und weniger daran, wer er in unseren Augen sein sollte.“

Diese Einsicht überraschte Faith. „Wer sollte er denn in deinen Augen sein?“

„Ich.“ Er grinste, fast der alte David. „Nur hetero.“

„Ich weiß nicht, warum ich mich in diesem Punkt – und überhaupt in jeder Hinsicht – so stark von dir habe beeinflussen lassen. Wenn es zwischen uns nicht zum Bruch gekommen wäre, hätte ich bis zum Tag meines Todes geglaubt, dass meine eigene Meinung einen feuchten Dreck wert ist.“

„Ich habe dich nie drangsaliert, sondern deine Ansichten respektiert.“

„Solange sie mit deinen übereinstimmten.“ Versöhnlicher fuhr sie fort: „Aber immerhin, ich war erwachsen, ich hätte dir widersprechen können. Als ich geboren wurde, hat jemand meinen ‚Ja, Ma'am, nein, Ma'am'-Knopf gedrückt, und dabei ist es geblieben. Aber jetzt wird mich niemand mehr dazu bringen, an mir selbst zu zweifeln."

„Das ist gut." Es klang, als meinte er es ehrlich, und das erstaunte sie.

Sie hatten die Sporthalle erreicht, in der die Präsentation stattfinden sollte. Kinder und Eltern drängelten sich durch die Tür. David und Faith fädelten sich in den Strom ein.

An den Wänden der Halle waren Tische aufgebaut, weitere Tischreihen durchzogen den gesamten Raum. Jemand kündigte etwas über Mikrofon an, aber die Anlage war so schlecht und in der Halle war es so laut, dass sie nur einzelne Worte aufschnappten.

„Weißt du, wo er ist?"

„Wir haben sein Zeug vorhin ins Klassenzimmer gebracht. Also müssen wir ihn wohl suchen."

Sie kamen an Experimenten vorbei, in denen die Wärmedämmeigenschaften der Luft, die Leitfähigkeit verschiedener Flüssigkeiten und die Bleichkraft verschiedener Zahnpasten gemessen wurden. Ein einfallsreicher junger Mann hatte eine Methode entwickelt, die Saugfähigkeit von einem halben Dutzend Papierküchentuchsorten zu quantifizieren. Faith merkte sich den Namen der besten Marke.

In der Biologie-Reihe – wo heute eine Menge Regenwürmer ein freudloses Dasein fristeten – entdeckten sie auf halber Höhe Alex, inmitten einer Traube faszinierter Zuhörer.

Faith begriff sofort, wieso sie ihm so andächtig lauschten. Sie hatte gewusst, dass das Projekt gut war und er viel Energie hineingesteckt hatte, und ihm geholfen, all die Tabellen auf das Poster zu kleben, aber die eigentliche Hauptattraktion hatte sie nie zu Gesicht bekommen.

„Seht euch das an! Wow! Tanz, du alte Ratte!“ Ein Junge, der eher in Remys Alter zu sein schien, stand direkt vor dem Tisch. Als er sich bewegte, konnte sie besser erkennen, was ihn so in Entzücken versetzte, und staunte nicht schlecht.

Auf dem Bildschirm wetzte ein Zeichentrick-Lefty durch eine komplett mit Fenstern, Gardinen und Haushaltsgeräten dargestellte Küche zu einem Kühlschrank, öffnete ihn und nahm eine Wasserflasche heraus, aus der er trank. Viermal in Folge. Sein kleiner Schwanz bewegte sich, und seine Knopfäuglein glitzerten listig.

„Also“, hob Alex an, „meinen Untersuchungen zufolge geht er mittags, wenn es im Zimmer ruhig und dunkel ist, viermal zu seiner Wasserflasche. Wenn wir das Programm jetzt mit einer anderen Zeit und anderen Parametern starten ...“, er tippte etwas in den Computer, „... verändert sich die Häufigkeit.“

Jetzt ging die Zeichentrickfigur nur dreimal trinken.

„Mrs. Bronson?“

Der Mann, der Faith angesprochen hatte, war Alex’ Biologielehrer. Mr. Salter war jung und wirkte sportlich, eher wie ein Trainer als eine Forschernatur. Alex hatte erzählt, dass alle Schüler ihn cool fanden, weil er früher Hockeyprofi gewesen war. Sie stellte ihm David vor und begann zu schwärmen. „Ich bin überwältigt. Er hat mir die Grafik nie gezeigt.“

„Er hat lange daran gesessen.“ Mr. Salter schaute David misstrauisch an. „Wie viel haben Sie ihm geholfen?“

„Sehr wenig. Er hing ein-, zweimal fest, und ich habe das Problem mit ihm zusammen gelöst.“

„Ich habe ihm gar nicht geholfen.“ Faith hob die Hände. „Alex hilft *mir* am Computer.“

„Dieses Projekt ist so gut, dass es bestimmt ausgezeichnet wird. Man kann es nicht als übermäßig innovativ bezeichnen, aber Ihr Sohn hat die Aufgabe kreativ und clever gelöst. Er ist ein kluges Köpfchen."

Faith freute sich über das Lob. „Er ist ein tolles Kind."

Die Menge und Mr. Salter schoben sich weiter, und Faith kam näher an ihren Sohn heran. „Hi, Kleiner. Lässt du die Ratte für mich tanzen?"

„Mom! Ich dachte, du wolltest erst später hier auftauchen." Dann entdeckte er David an ihrer Seite und riss die Augen auf.

Faith wusste, was ihm durch den Kopf ging. Zum ersten Mal seit einem Jahr waren sie zu dritt zusammen, als Familie. Sie und David und ihr Sohn. Nicht im Streit, sondern einfach so, um sich an Alex' Leistung zu erfreuen.

„Wir sind so stolz auf dich", sagte sie – mit Betonung auf „wir". „Was für ein tolles Projekt."

„Überrascht dich das?"

„Und wie! Ich hatte keine Ahnung, wie komplex es ist." Wie so oft – zu oft – musste sie an Pavel denken: Ihm würde Alex' Projekt auch gefallen. Und als hätte sie ihn heraufbeschworen, lief Pavel plötzlich den Gang entlang. Jetzt verstand sie, warum Alex ihr verfrühter Besuch so irritiert hatte.

Alex hatte Pavel für den Vormittag eingeladen, weil seine Mutter nachmittags kommen wollte. Er hatte den Firmenvorsitzenden einer großen Internet-Suchmaschine zu einem Wissenschaftswettbewerb an seiner Schule eingeladen, um ihm eine Cartoon-Ratte vorzuführen, die über den Bildschirm tobte. Und Pavel war erschienen.

Pavel entdeckte sie erst, als er vor Alex' Tisch stehen blieb. „Hallo, Faith."

Sie spürte, wie David sie anschaute, und sie merkte, dass auch Alex sie ansah. Sie musste freundlich bleiben. „Auf der Suche nach neuen Talenten?"

„Wo geht das besser als hier?" Pavel wandte sich Alex zu. „So, jetzt zeig mir mal, was du da hast."

Alex murmelte seine Erläuterungen, tippte die Parameter ein, die Pavel ihm nannte – Abend, wenig Licht –, und ließ Lefty tanzen.

„Hey, ich bin beeindruckt. Das ist toll." Die beiden vertieften sich in eine Diskussion über die Grafik, der Faith nicht folgen konnte.

„Wer ist der Typ?" fragte David leise.

Faith wusste nicht, was sie antworten sollte. „Ein Freund aus Georgetown", erwiderte sie schließlich.

Eine Horde Studenten schubste Pavel zur Seite, direkt neben Faith und David. Sie stellte ihn vor, und die beiden Männer gaben sich die Hand. „Alex hat mir von Ihnen erzählt", sagte David.

„Sie haben da einen kreativen Kopf in der Familie. Er hat allen Grund, auf sein Projekt stolz zu sein." Pavel warf Faith einen Blick zu. „Wie geht es dir?"

Sie hörte eine Million Fragen aus den drei Wörtern heraus, obwohl seine Mimik völlig neutral blieb.

„Viel zu tun", entgegnete sie. „Was macht das Haus?"

„Geht voran." Umringt und bedrängt von Schülern, beäugt von einem Beinahe-Exmann, sahen sie einander an. Sie wusste nicht, was sie sagen sollte. Sie hatte einen Monat lang versucht, sich Pavel Quinn aus dem Kopf zu schlagen. Jetzt war er hier, und sie konnte von vorne anfangen. Sie hatte ihn nicht vergessen, sondern verdrängt. Das war ein erheblicher Unterschied.

Ihr fiel nichts ein, und David war keine Hilfe. Er wirkte irritiert. „Wie nett von dir, den ganzen Weg auf dich zu nehmen, um Alex zu treffen", meinte sie nach einer peinlichen Pause. „Hat er dich angerufen?"

„Ja."

„Du fehlst ihm." Das rutschte ihr so heraus. Es glitt über eine Zunge, die sich nicht zügeln ließ, kam aus einem Herzen, das nicht annähernd so kalt war, wie sie gehofft hatte, stammte von dem Summen in ihren Ohren, das beim Anblick dieses Mannes eingesetzt hatte, vom Kribbeln in den intimsten Stellen ihres Körpers, die sich an die Berührungen seiner Hände und Lippen erinnerten.

„Und er fehlt mir." Er schaute kurz zu David hinüber. „Nicht nur er."

Sie riss sich zusammen. „Also, ich bin froh, dass wir uns über den Weg gelaufen sind." Aber so ganz glaubte sie das selbst nicht. „Ich fürchte, wir müssen uns noch die restlichen Projekte angucken. Wenn Alex heute Abend nach Hause kommt, fragt er mich nämlich ab."

Pavel nickte David zu. „Schön, Sie kennen gelernt zu haben. Sie haben einen großartigen Sohn."

„Danke. Ich weiß."

„Faith ..." Pavel hob kurz die Hand.

Sie verabschiedeten sich von Alex und liefen den Gang entlang. In der Mitte der nächsten Reihe ging ihr auf, dass sie keines der Exponate wirklich gesehen hatte. Sie würde nicht im Stande sein, abends etwas über diese Projekte zu sagen.

„Hast du schon gegessen?"

David war, wie sie jetzt bemerkte, immer noch an ihrer Seite. „Ich hatte keine Zeit."

„Bis zu dem Termin mit Remys Lehrern haben wir noch eine

Stunde. Ein paar Straßenecken von hier ist mir ein Restaurant aufgefallen, in das wir uns so lange setzen könnten."

Sie hatte keine Ahnung, worüber sie sich dort mit ihm unterhalten sollte. Nettes Geplauder passte nur zu jenem glücklich verheirateten Paar, dem die Welt noch offen gestanden hatte, Mr. und Mrs. Schweigende Mehrheit. Jetzt waren sie Außenseiter. Aliens.

„Wir haben angefangen, ein tragfähiges Bündnis zu entwickeln", meinte David. „Lass es uns ausbauen. Okay?"

Die Aussicht, Zeit mit David zu verbringen, fand sie eigentlich gar nicht so unangenehm. Früher hatte sie sich in seiner Nähe wohl gefühlt. Er verstand sie. Sie nickte.

„Sprich die Namen der einzelnen Projekte aus. Wenn du zu Hause bist, wirst du dich wenigstens an eines davon erinnern."

Sie befolgte seinen Rat.

Das Restaurant entpuppte sich als Deli mit ein paar Resopaltischen und Kunststoffbänken hinter Vitrinen voller Nudelgerichte und getrockneter Steinpilze. Sie bestellten an der Theke und trugen ihr Essen und ihre Eistee-Fläschchen in eine abgeschiedene, sonnige Ecke.

„Seit wann bist du Vegetarier?" fragte sie. An der Theke hatte sich David nur für den Käse und das frische Gemüse interessiert.

„Ham isst kein Fleisch. Ich habe mich einfach daran gewöhnt."

„Dieser Mann hat großen Einfluss auf dich." Sie äußerte den Satz ohne jeden Groll. Heute war sie eher neugierig als verletzt.

„Über manche Sachen sollten wir wohl besser nicht reden."

„David, wenn wir eine Liste aufstellten, würde sie bis Nepal reichen. Gestehen wir es uns doch ein: Wir werden noch jahrelang aneinander gebunden sein. Wir können alle möglichen Themen ausklammern und unsere Kinder damit verunsichern, oder wir sprechen wie zwei Menschen darüber, die mal gut miteinander ausgekommen sind."

„Ich will dich nicht noch mehr verletzen als ohnehin schon."

Sie überlegte kurz. „Ich glaube, das schaffst du gar nicht mehr."

Er biss in sein Sandwich, und sie öffnete ihren Pommes-frites-Karton.

„Hat das etwas mit Mr. Quinn zu tun?" fragte er, sobald sein Mund wieder leer war.

Sie fühlte sich unwohl und schwieg.

„Ja, Ham hat mich verändert", sagte David schließlich. „Er ist mit sich so im Reinen, wie es mir wohl nie gelingen wird."

„Du meinst, er ist mit seiner Homosexualität im Reinen?"

„Vor allem das, ja. Aber er kann auch mit seinen Fehlern leben. Nicht, dass er sie nicht zu ändern versucht, aber er akzeptiert sich selbst so, wie er derzeit ist."

Bei all ihren Grübeleien über David hatte sie sich nie wirklich in seine Lage versetzt: in einen Menschen, der mit einem Teil seines Selbst einfach nicht zurechtkam, der überzeugt war, dass ein wesentlicher Teil von ihm der göttlichen Ordnung widersprach. Auch wenn Davids Überzeugungen sich allmählich wandelten, würde er die Jahrzehnte lang einstudierte Ansicht, dass Homosexualität eine Sünde sei, nie ganz ablegen können.

Sie öffnete ihre Flasche mit Eistee und goss ihn in den Becher. „Du hast dich immer so sehr um Perfektion bemüht."

Er lächelte schwach. „Und wo bin ich jetzt? Hochmut kommt vor dem Fall."

„Ich glaube nicht, dass du hochmütig warst. Nur sehr darauf bedacht, das zu tun, was du für richtig gehalten hast."

„Ich habe ganz schön umdenken müssen."

„Und Ham hat dir dabei geholfen." Sie verspürte ein Ziehen, ganz leicht, aber merklich. Nicht sie hatte David helfen können, sein Leben unter einem anderen Blickwinkel zu betrachten. Dazu hatte er einen anderen Menschen gebraucht.

„Ham – und das Eingeständnis, so zu sein, wie ich eben bin."

„Was hat sich in Sachen Arbeit getan?"

„Nein, jetzt bist du dran. Wer ist Pavel Quinn?"

Es überraschte sie, dass er diese Frage so hartnäckig wiederholte. „Er ist der Präsident von ‚Scavenger'. Er hat die Renovierung des Hauses mit mir geplant."

„Alex hat ihn erwähnt, aber nie gesagt, was er macht. Wahrscheinlich wollte er nicht, dass ich mich für meine schlechteren Computerkenntnisse schäme."

„Alex ist neuerdings erstaunlich feinfühlig."

„Ich habe die Spannungen zwischen dir und Mr. Quinn bemerkt. Was ist da im Busch?"

Sie überlegte. „Warum möchtest du das wissen? Willst du dich mit ihm verabreden?"

Da er sie schelmisch blinzeln sah, lächelte er sie schwach an. „Ich bin monogam."

„Außer, wenn du dein Leben auf den Kopf stellst."

„Touché."

„Ich habe mit Pavel geschlafen." Sein alarmierter Blick entging ihr nicht. „Du wolltest es wissen."

„Vielleicht nicht gleich alles."

„Es verschafft mir eine gewisse Befriedigung, dass ein anderer Mann begehrt hat, was *du* verschmäht hast, David."

„Die Krallen werden ausgefahren, was?"

„Und sind frisch geschärft."

„Und?"

„Und – was? Und, war es gut? Das ist nun wirklich vermintes Gelände."

„Dann probiere ich's mit: Und, bist du glücklich? Hat es dir gut getan, bist du zufrieden?"

„So einfach ist es nicht."

„Auch du bist monogam."

„Du hast keine Ahnung mehr, was ich bin", empörte sie sich.

„Ich denke schon."

Sie konnte nicht fassen, dass es so weit gekommen war: dass sie ihr Liebesleben mit ihrem Noch-Ehemann diskutierte. Wenn ihr vor einem Jahr ein Engel erschienen wäre, um ihr das zu prophezeien, hätte sie ihm einen Besuch beim Himmelspsychiater oder eine neue Laufbahn als Schmierenkomödiant empfohlen.

„Zurück zu deiner Frage nach der Arbeit", meinte David. „Darüber würde ich jetzt viel lieber mit dir sprechen."

„Nur zu. Hast du etwas gefunden?"

„Ich will Pfarrer werden, Faith."

Einen Moment glaubte sie, sich verhört zu haben. Nach Arnold Bronsons Tod war David jedes Jahr aufs Neue gefragt worden, ob er nicht die Gemeinde seines Vaters übernehmen wolle. „Du hast vor, in die Fußstapfen deines Vaters zu treten? Ist denn diese Tür noch offen?"

Er verzog das Gesicht. „Die Tür dieser Kirche ist so fest verschlossen, dass nicht einmal mein Schatten hindurchschlüpfen könnte. Sie beten jeden Sonntag für meine arme Seele. Nein, aber ist dir die ‚Metropolitan Community Church' ein Begriff?"

Als sie verneinte, erklärte er ihr, dass es sich um eine traditionelle christliche Gemeinde handelte, die nur in einer Hinsicht radikal anders war: Die meisten Mitglieder waren schwul, lesbisch, bi- oder transsexuell.

„Das ist meine Bestimmung", sagte David. „Ich kann mir vorstellen, dass dich das jetzt schockiert, aber ich wollte immer Pastor werden. Ich wusste nur tief im Innern, dass ich mich nicht dazu aufschwingen konnte, andere zu verdammen. Jetzt allmählich erkenne ich, warum ich diese Erfahrung machen musste. Warum ich kämpfen musste, um meinen Glauben und meine Sexualität miteinander zu versöhnen."

Sie waren fünfzehn Jahre verheiratet gewesen, und er hatte ihr nie verraten, dass er Pfarrer werden wollte. Natürlich hätte sie ihm, wenn er etwas gesagt hätte, eine Menge Fragen gestellt. „Und jetzt bist du so weit?" erkundigte sie sich.

„Nicht ganz."

„Was hält dich zurück?"

„Du, Faith."

Sie runzelte die Stirn und hatte keine Ahnung, wie sie das verstehen sollte. Er zerknüllte die Papierserviette und fuhr fort: „Ich muss dich um Vergebung bitten."

„Warum? Steht das auf dem Bewerbungsformular?" Kaum dass sie es ausgesprochen hatte, taten ihr diese schnippischen Worte Leid, aber David schüttelte nur den Kopf.

Er starrte jetzt auf den Tisch, als könnten dort auf dem Resopalmuster Antworten aufscheinen. „Nein, ich bitte um Vergebung, weil ich dich belogen habe. Und wie kann ich anderen Leuten helfen, mit sich Frieden zu schließen, wenn ich ihn selbst nicht finde?"

Leise erwiderte sie: „Ich begreife allmählich, wie schwer es für dich war, dir deine sexuelle Orientierung einzugestehen. Wir haben uns beide weiterentwickelt, und jetzt kann ich es nachvollziehen." Das war keine Absolution, aber es ging in die Richtung.

Er schaute sie an. „Ich wusste schon mit dreizehn, dass ich schwul bin, Faith."

Fassungslos starrte sie ihn an.

Er wich ihrem Blick aus. „In dieser Hinsicht habe ich dich belogen, und dafür erbitte ich deine Vergebung. Ich habe dir, ich habe *allen* erzählt, dass meine Anlage so tief in mir verborgen war, dass ich sie nicht erkannt habe. Aber ich wusste es, Faith. Natürlich wusste ich es. Mir war auch klar, dass ich es dir noch vor der Heirat sagen musste, aber ich konnte es nicht. Ich ahnte, dass ich dich verlieren würde, und du warst meine einzige Chance, ein normales Leben zu führen. Also habe ich mir eingeredet, dass alles seine Ordnung hatte, dass ich nicht schwul war, solange ich meine Fantasien nicht auslebte. Ich habe dich geliebt. Wirklich geliebt. Und ich dachte, diese Liebe und die Sehnsucht nach einem gemeinsamen Heim würde mich den Rest vergessen lassen. Dass dieser andere Teil von mir sich einfach auflösen würde, sobald ich erst verheiratet wäre."

„Du hast über all das nachgedacht? Vor fünfzehn Jahren?"

„Das ist mein letztes und schrecklichstes Geständnis."

Sie hätte vor Wut toben sollen und ihn für all seine Lügen und den Scherbenhaufen, den er hinterlassen hatte, verdammen müssen. Aber ihr Mitleid ließ der Wut keinen Raum.

David hatte sie benutzt. Ja, er hatte ihr die Wahrheit verschwiegen, als es noch möglich gewesen wäre, das Unheil abzuwenden. Aber er hatte es nicht aus Geringschätzung oder Gleichgültigkeit getan, sondern aus Scham und aus Liebe. Er hatte gehofft, sie könne ihn vor sich selbst retten. Auf seine Art *hatte* David sie geliebt.

Sie legte ihre Hand auf seine. „Was geschieht, wenn ich dir nicht vergeben kann?"

„Mir bleibt nichts anderes übrig, als dich darum zu bitten, und du musst tun, was du für richtig hältst. In meinem Leben ist für Lügen kein Platz mehr." Seine Augen wurden feucht. David, der nie weinte. „Es tut mir so Leid. Ich schäme mich nicht für das, was ich bin, sondern dafür, dass ich es dir verheimlicht habe. Ich hoffe, du glaubst mir das. Bitte verzeih mir."

Sie wusste nicht, was sie antworten sollte. Sie versuchte sich vorzustellen, wie ihr Leben ohne ihn verlaufen wäre. Sie hätte ohne Davids fünfzehnjährige Freundschaft auskommen müssen. Sie hätte weder Remy noch Alex. Ja, die Lügen wogen schwer, aber ebenso das Lachen, die Wärme, die Augenblicke, in denen sie ein Herz und eine Seele gewesen waren.

David hatte gelogen, aber machte diese Lüge alles andere zunichte? Und jetzt: Konnte sie angesichts der Wahrheit, die offen vor ihr lag, und angesichts der tiefen Reue, die David empfand, diese ganze Last nicht einfach abschütteln und sich wieder den *guten* Dingen zuwenden? Seit der Scheidung hatte sie sich von der Kirche fern gehalten, aber sie glaubte noch immer an die christliche Lehre, vor allem an die Kraft der Vergebung.

„Ich versuche es", meinte sie schließlich. Trotz des Gewichts seiner Enthüllung fühlte ihr Herz sich leichter an. Ein Rest der Liebe, die sie einst für ihn empfunden hatte, kam wieder zum Vorschein, und sie erkannte, dass es Zeit wurde, auch das zu akzeptieren.

Er drückte ihre Hand.

„Kannst du dir selbst vergeben?" fragte sie.

Er räusperte sich. „Ich gehe nicht mehr so streng mit mir ins Gericht und kann Gottes Güte und Liebe leichter annehmen. Und ich habe das Gefühl, dass ich den Menschen etwas geben kann. Ich weiß nur zu gut, wie es ist, schwul zu sein und ein guter Christ sein zu wollen."

„Würden sie dich als Priester akzeptieren?“

„Ich habe mich erkundigt. Über den richtigen Abschluss verfüge ich ja. Ich muss noch einiges tun, bevor ich als Gemeindepastor anerkannt werde, ein paar Kurse, vielleicht ein Praktikum und ein bisschen Krankenhausseelsorge. Aber es gibt noch eine Hürde.“

Er beugte sich vor – und war wieder der offene, gefühlvolle David, den sie seit ihrer Trennung nicht mehr gesehen hatte. „Ich werde damit nie zu Wohlstand kommen, Faith. Ich werde zwar imstande sein, die Unterhaltszahlungen zu leisten, aber nur einen Bruchteil dessen verdienen, was ich früher nach Hause gebracht habe. Und um die Sache noch komplizierter zu machen: Eine Biotech-Firma hat mir eine Stelle als Lobbyist angeboten, die erheblich lukrativer wäre.“

„Du würdest es hassen.“

„Ich würde es überleben.“

„Also soll ich entscheiden?“

„Ich entscheide, aber erst will ich deine Meinung erfahren.“

Es wurde Zeit, ihm von ihrem neuen Beruf als Lokalhistorikerin zu erzählen. Er hörte aufmerksam zu und nickte zustimmend.

„Großartig. Deine Augen fangen an zu leuchten, wenn du davon sprichst.“

„Aber reich wird man damit auch nicht.“

„Was ist besser für Remy und Alex: reiche Eltern – oder Eltern mit Berufen, die ihnen Spaß machen? Eltern, die ihren Mitmenschen etwas geben?“

„Du bist schon ein Prediger, David. Ich begreife nicht, warum ich dich nach unserer Heirat nicht eingehender über deine wahre Berufung ausgequetscht habe. Gib mir etwas Zeit zum Nachdenken, okay?“

Er lehnte sich zurück. Sie lächelten sich nicht an, aber sie wichen dem Blick des anderen auch nicht aus. Faith hatte den Eindruck, dass sie einander zum ersten Mal seit einem Jahr wirklich *sahen*.

Schließlich ergriff er das Wort. „Uns bleiben nur ein paar Minuten, bis wir zur Schule zurückmüssen. Was ist jetzt wieder mit Remy los?"

Ihr fiel auf, wie belegt seine Stimme wurde, als er den Namen seiner Tochter aussprach.

„Erst habe ich sie eine Weile an die Kandare genommen, und es schien zu wirken. Ihre schulischen Leistungen wurden ein kleines bisschen besser. Dann habe ich die Zügel etwas gelockert, und wieder versagt sie in jedem Fach außer Musik."

„Faith, ich weiß, du hörst es nicht gern, aber ich glaube noch immer, dass sie psychologische Betreuung braucht."

Faith rechnete damit, dass sie David gleich an die Gurgel gehen würde, weil er sie schon wieder belehrte. Aber dem war nicht so. Dankbarkeit erfüllte sie und breitete sich in all den Hohlräumen ihrer Seele aus, die sich bei Davids Auszug aufgetan hatten. Sie hatte zwar keinen Ehemann mehr, aber ihre Kinder hatten einen Vater, der sie liebte und sich an ihrer Erziehung beteiligen wollte. Einen guten Vater. Einen guten Menschen.

Sie musste ihm nur die Hand reichen.

„Kannst du uns jemanden besorgen?" fragte sie.

„Uns?"

„Uns allen. Remys Schulproblem ist nur die Spitze des Eisbergs. Wir hätten schon früher Hilfe suchen sollen. Wir alle müssen über bestimmte Dinge reden, um wieder eine Familie zu werden."

„Remy wird nicht kommen, wenn ich da bin."

„Sie wird nicht gefragt. Sie braucht dich, und darauf zu warten, dass sie auf dich zugeht, hat sich als falsch erwiesen."

„Du warst nicht dabei, als sie mich angegriffen hat."

„Nein, aber ich werde dabei sein, wenn sie es noch einmal versucht." Wieder berührte sie seine Hand. Die Hand eines Freundes. „Das schaffen wir nur gemeinsam. Alle vier."

Jetzt nahm er ihre Hand in seine. Zum ersten Mal seit ihrer Trennung lächelten sie einander wirklich an.

Das Gespräch mit Remys Lehrern verlief wie erwartet; allerdings machte Davids Anwesenheit es erträglicher. Gemeinsam entwickelten sie Strategien, wie man Remy bei ihren Hausaufgaben und den Klausurvorbereitungen helfen konnte. Die Lehrer gaben ihnen auch eine Liste mit Familientherapeuten und Beratungsstellen für Teenager mit.

Remy blieb den Nachmittag und Abend in ihrem Zimmer und war sauer, weil ihre Freizeit wieder einmal beschnitten werden sollte. Lautstark erinnerte sie Faith daran, dass die Weihnachtsferien vor der Tür standen und sie die ganze Zeit zu Hause herumhängen würde. Faith hörte aus diesem Gemotze die Drohung heraus, dass ihre Tochter ihr und Alex die Ferien gehörig verderben würde.

Remy weigerte sich, zum Abendessen herunterzukommen, aber das tat Alex' Überschwang keinen Abbruch. Er genoss seinen Erfolg beim Projekttag in vollen Zügen. Sein Lehrer hatte angedeutet, dass er vielleicht einen Preis gewinnen würde. Alex, der bisher höchstens für pünktliches Erscheinen ausgezeichnet worden war.

„Nächstes Jahr werde ich etwas erfinden", prahlte er mit vollem Mund. „Einen neuen Computerchip oder eine Zeitmaschine."

„Um eine Zeitmaschine zu erfinden, wirst du vermutlich einen neuen Computerchip *brauchen.*“

Alex hing seinen Gedanken nach und schwieg bis zum Ende der Mahlzeit. Eine Zeitmaschine würde es nächstes Jahr wohl nicht geben, aber was auch immer ihr Sohn ausbrütete, es würde sicher ein sensationelles Projekt.

In dem vergeblichen Bemühen, Remy aus ihrem Zimmer zu locken, hatte Faith Spaghetti mit einer sehr aufwändigen Sauce zubereitet, und die Küche hatte entsprechend gelitten. Während sie putzte, machte Alex am Esstisch seine Hausaufgaben. Jetzt, wo die reinen Rechenaufgaben immer mehr hinter dem Lösen von Problemen zurücktraten, fand er Mathe plötzlich recht spannend. In einem Moment der Unachtsamkeit hatte er zugegeben, dass das an Pavel lag. Pavel hatte ihm erklärt, dass man, um Erfinder oder Computer-Ass oder auch nur ein Feld-, Wald- und Wiesengenie zu werden, unbedingt Mathe können musste.

Als sie in der Küche fertig war, starrte er Löcher in die Luft.

„Alles erledigt?“ fragte sie.

„Bist du mir böse, dass ich Pavel zur Ausstellung eingeladen habe?“

„Ich war nur ein wenig überrascht. Du hast mich nicht vorgewarnt.“

„Ich vermisse ihn. Er denkt wie ich.“ Alex nickte. „Ich geh duschen und dann ins Bett.“

„Ruf mich, wenn du fertig bist. Ich komme hoch und sage Gute Nacht.“

„Das kannst du auch schon jetzt erledigen.“

Seine Antwort machte sie ein bisschen traurig. Sie hatte sich schon vor Jahren abgewöhnt, ihn zuzudecken, aber das allabendliche Ritual des „Schlaf gut“ und der Umarmung in seinem Zimmer hatten sie beibehalten. Offenbar war ihr kleiner Wissenschaftler jetzt auch darüber hinausgewachsen.

„Dann schlaf gut.“ Sie küsste ihn auf die Wange.

„Danke, dass, also, dass du mitgekommen bist.“

Als er sich zurückgezogen hatte, fühlte sie sich rastlos und zugleich erschöpft und setzte eine Kanne Tee auf, nur um irgendetwas zu tun. Sie hatte vorgehabt, an einer Anzeige für den „Georgetowner“ zu arbeiten, ein zweimonatliches Blatt mit hoher Auflage. Aber selbst in ihrem neuen Ratgeber-Büchlein für Kleinunternehmer zu lesen reizte sie nicht. Wieder und wieder ging ihr das Gespräch mit David durch den Kopf.

Und ihre Reaktion auf die Begegnung mit Pavel machte ihr zu schaffen.

Als sie die zweite Tasse Earl Grey trank und noch immer denselben Kratzer auf dem Eichentisch anstarrte, wurde oben das Flurlicht ausgeschaltet. Die Musik, die bisher aus Remys Zimmer gedrungen war, brach abrupt ab, und Stille kehrte ein.

Faith wollte gerade aufgeben und ebenfalls ins Bett gehen, als sie vor dem Haus eine Autotür zuschlagen hörte. Sie lief ins Wohnzimmer und sah, dass Pavel auf der Treppe stand. Sie ließ ihn herein und verschloss dann die Tür hinter ihm.

„Wenn du willst, dass ich wieder verschwinde, tue ich das. Widerstandslos.“ Er lächelte nicht.

Sie hatte ihn gebeten, nicht mehr vorbeizukommen, und er hatte ihr den Gefallen nicht getan. Aber sie schien ihn nicht hinauswerfen zu wollen. Sie ging zurück in die Küche. „Ich trinke gerade Tee. Willst du auch eine Tasse?“

Er folgte ihr. „Ich möchte nur mit dir reden.“

Tee hätte sie mit ihm getrunken, aber nach einer Unterhaltung stand ihr nicht der Sinn. Da sie nicht antwortete, fuhr er fort: „Ich will dir ein Angebot machen. Wenn du mich wegschickst, wirst du nie erfahren, worum es sich handelt."

„Du spekulierst auf meine Neugierde?"

„*Ich* könnte ihm nicht widerstehen."

Sie erinnerte sich an das, was Alex vorhin gesagt hatte. *Pavel denkt wie ich.* In den letzten Wochen hatte Pavel vermutlich jedes Detail ihrer letzten Begegnung durchleuchtet und auseinander genommen, um herauszufinden, wo er ansetzen konnte – ganz so wie Alex es getan hätte.

„Bist du an Informationen über die Entführung interessiert?" erkundigte er sich.

Sie deutete auf einen Stuhl. Sobald er am Küchentisch Platz genommen hatte, zog sie die Schiebetüren zu, damit sie ungestört reden konnten. Sie blieb mit dem Rücken zu den alten Holzpaneelen stehen. „Wieso? Weißt du etwas, wovon ich keine Ahnung habe?"

„Deshalb bin ich hier. Wir wollen beide erfahren, was an dem Tag passiert ist, an dem deine Schwester verschwand. Wir können getrennt nach der Antwort suchen oder uns zusammentun. Wenn du meine Meinung hören willst: Gemeinsam kommen wir schneller und besser voran."

Sie war sich nicht mehr sicher, ob sie überhaupt weitere Nachforschungen anstellen wollte. Was hatte sie bisher herausgefunden? Dass ihre Mutter, ihre spröde, anständige Mutter womöglich ein Verhältnis gehabt hatte. Sie wusste nicht, wie oder *ob* das etwas mit ihrer Schwester zu tun hatte, und sie befürchtete, dass die Kluft zwischen ihren Eltern mit jeder weiteren Frage, die sie stellte, noch größer werden würde.

„Ich schlage dir Folgendes vor", meinte Pavel, da sie schwieg. „Ich verrate dir einfach etwas, das du noch nicht wissen kannst. Bei unserem letzten Gespräch warst du dafür zu wütend."

„Über deinen Verrat."

„Ich habe dich nicht hintergangen. Ich hatte nur keine Ahnung, wie ich dir das mit meinem Vater erklären sollte. Du warst mir zu wichtig geworden."

Das klang verdächtig nach dem, was David mittags gesagt hatte. Aber die Umstände waren völlig andere. Wie würde es sich anfühlen, Pavel Glauben zu schenken? Käme sie sich wie eine Närrin oder wie eine Heilige vor? Oder einfach wie eine Frau, die sich im Zweifelsfall für den Mann entschied, an dem ihr etwas lag?

Sie ging wieder zum Herd, holte den Teekessel, füllte ihn mit Wasser und setzte ihn auf, obwohl sie nicht vorhatte, noch mehr Tee zu trinken. Endlich wandte sie sich zu ihm um. „Wie können wir etwas über die Entführung herausfinden? Das ist so lange her. Es gibt keine Indizien, keine Zeugen."

„Indem wir unsere Informationen miteinander abgleichen. Indem wir uns von hier aus schrittweise vorantasten. Indem wir den richtigen Leuten die richtigen Fragen stellen."

„Dottie Lee?"

„Zum Beispiel, ja."

„Meiner Mutter?"

„Das ist deine Entscheidung. Ich bin nicht hier, um dich unter Druck zu setzen."

Die Zukunft stand ihr klar vor Augen. Wenn sie sich für Kooperation entschied, würden sie einander wieder näher kommen. Wenn sie ablehnte, würde sie nie erfahren, was mit ihrer Schwester passiert war und was sie wirklich für Pavel empfand.

„Gut, erzähl mir, was du weißt."

„Das werde ich, egal, was du als Nächstes sagst. Wirst du dann mit mir zusammenarbeiten? Willst du mir helfen, die Puzzlestücke zusammenzufügen?"

„Unter dem Vorbehalt, dass ich mich zurückziehe, wenn wir Gefahr laufen, jemandem wehzutun."

Der Kessel pfiff. Sie schaltete den Herd aus. „Letzter Aufruf für Earl Grey."

„Komm her und setz dich."

Zögerlich setzte sie sich ihm gegenüber an den Tisch und faltete die Hände. „Was hast du mir noch nicht verraten?"

„Entsinnst du dich noch, dass ich dir von diesem Wochenende erzählt habe, an dem meine Mutter im Suff zum ersten Mal von meinem Vater geredet hat?"

Sie erinnerte sich gut daran, weil dieser düstere Einblick in Pavels Kindheit – trotz allem, was danach geschehen war – ihr zu schaffen gemacht hatte. „Hat sie noch mehr gesagt?"

„Sie hat mir ihr Herz ausgeschüttet. Weiß der Teufel, wieso. Sie hatte so viele Geheimnisse. Ich bin in dem Glauben aufgewachsen, mein Vater hätte uns verlassen. Plötzlich musste ich erfahren, dass er sich an einem Dachbalken erhängt hat."

„Warum hat er sich umgebracht? Hat sie dir das mitgeteilt?"

„Weil er die beiden Menschen verloren hatte, die er liebte."

„Deine Mutter und dich."

„Nein. *Deine* Mutter und mich."

Darauf wusste sie nichts zu erwidern. Er nickte zur Bekräftigung. „Faith, deine Mutter hatte ein Verhältnis mit meinem Vater. Das war der Hauptgrund für meine Mutter, nach Kalifornien zu gehen. Nicht die Entführung, sondern seine Untreue."

„Und du glaubst das?"

„Sonst hätte sie ihn nicht verlassen."

„Vielleicht ist sie gegangen, weil er Hope wirklich entführt hat."

„Sie hat mir auf dem Totenbett geschworen, dass er es nicht getan hat. Sie ließ kein gutes Haar an ihm, aber sie pochte darauf, dass er es nicht war. Sie verließ diese Welt mit den Worten, dass er dieses Verbrechens nicht schuldig war, wohl aber des Ehebruchs."

„Mit Lydia."

„Meine Mutter hat direkt nach der Entführung von der Affäre erfahren – wie, das weiß ich nicht – und meinen Vater damit konfrontiert. Er hat es zugegeben. Er sagte, seine Affäre mit Lydia sei an dem Tag zu Ende gegangen, als sie erfuhr, dass sie ein Kind erwartete. Als es unterwegs war, wollte Lydia ihre Ehe um jeden Preis retten, und mein Vater versuchte dasselbe. Er flehte meine Mutter an, meinetwegen bei ihm zu bleiben, aber sie war zu enttäuscht. Sie war sehr katholisch, sodass eine Scheidung nicht in Frage kam. Stattdessen versetzte sie ihren Ehering und kaufte zwei Busfahrkarten nach Kalifornien. Wir haben ihn nie wiedergesehen."

Faith konnte sich gut in Pavels Mutter hineinversetzen – und sich vorstellen, wie sie sich später gefühlt hatte, als sie erfuhr, dass ihr Mann sich umgebracht hatte.

Pavel verschränkte die Hände hinter dem Kopf und lehnte sich in seinem Stuhl zurück. Faith war klar, dass es sich bei dieser demonstrativen Lockerheit um einen Abwehrmechanismus handelte und er in Wirklichkeit alles andere als entspannt war.

„Du bleibst erstaunlich gelassen", meinte er. „Ich hatte ein wütendes Dementi erwartet. Zumindest aber Hinweise auf ihren unterschiedlichen gesellschaftlichen Status und die Tatsache, dass deine Mutter nie und nimmer etwas mit einem Handwerker angefangen hätte."

„Du kannst dich irren."

„Das ist schon vorgekommen."

Sie zuckte mit den Schultern.

Er ließ die Arme sinken und beugte sich vor. „Deine Mutter hat mich bei unserer ersten Begegnung angestarrt. Ich habe nur ein paar Fotos von meinem Vater. Ich entdecke darauf wenig Ähnlichkeiten, aber vielleicht ist ihr irgendetwas an mir bekannt vorgekommen."

„Zu hören, wer du bist, hat sie jedenfalls ganz schön mitgenommen." Jetzt musste sie ihm ausrichten, was Lydia ihr aufgetragen hatte. „Mutter hat gesagt, dass sie nie geglaubt hat, dass dein Vater der Kidnapper war. Er war ein sanfter Mann. Ehrbar. Sie wollte, dass du das weißt."

„Und das teilst du mir erst jetzt mit?"

„Es ist eine Meinung, kein Beweis."

„Aber nicht die Meinung von irgendwem, sondern von Hopes Mutter."

„Ich bin nicht davon ausgegangen, dass wir uns noch einmal sehen."

„Hast du wirklich angenommen, ich würde das einfach so auf sich beruhen lassen?"

Ihr Zorn flammte wieder auf. „Ich hätte es besser wissen müssen, was? Schließlich habe ich selbst erlebt, wie weit du gehst, um Antworten zu erhalten."

„Ich meinte nicht die Entführung, sondern *uns*. Faith, ich habe einen Fehler gemacht, und der war keine Kleinigkeit. Aber ich wollte dir nie wehtun. Und nichts von dem, was zwischen uns war, habe ich getan, um an Informationen heranzukommen. Mir war von Anfang an klar, dass du noch weniger Ahnung hattest als ich. Warum bin ich wohl trotzdem immer wieder hier aufgekreuzt?"

„Ich weiß es nicht, Pavel. Sag du es mir."

„Weil ich hier sein *wollte*."

Die Frau, die sie einmal gewesen war, hatte immer die Schuld für jeden Fehler auf sich genommen, selbst wenn sie im entscheidenden Augenblick gar nicht dabei gewesen war. Aber sie hatte in einem Jahr viel dazugelernt und war nicht gewillt, noch einmal verletzt zu werden. „Wir können nicht einfach da weitermachen, wo wir aufgehört haben.“ So viel stand fest.

„Das verstehe ich.“

„Gib mir Zeit zum Nachdenken. Über alles.“

„Was wirst du mit dem anfangen, was ich dir erzählt habe?“

„Ich muss einfach nachdenken.“

Er stand auf. Einen Augenblick lang ragte er über ihr auf. „Gut, danke fürs Zuhören.“ Offenbar hatte er sich mehr erhofft, vielleicht sogar eine Rückkehr zu ihrer alten Ungezwungenheit.

Vielleicht fehlte er ihr genauso wie sie ihm: die Vorfreude auf die gemeinsamen Stunden im Bett, die Gewissheit, dass es einen Menschen in ihrem Leben gab, der sie nicht nur als Anlaufstelle für alle Probleme und als Versorgungsinstanz ansah; er war ein Mann, der sie als Frau wahrnahm. Aber ihr Herz hatte sie schon so oft getäuscht. Mittlerweile verließ sie sich nur noch darauf, dass es weiterschlug.

Sie stand auf, öffnete die Haustür und trat zur Seite, um ihn hinauszulassen. „Eins verspreche ich dir: Sobald ich etwas Neues erfahre, lasse ich es dich wissen.“

„Dafür wäre ich dir dankbar.“

Draußen auf dem Treppenabsatz zögerte er und betrachtete den mit Taftband umwickelten Kiefernkranz, den sie als Weihnachtsschmuck an der Tür befestigt hatte. „Gute Nacht.“

„Gute Nacht, Pavel.“ Etwas sanfter fügte sie hinzu: „Pasha. Das klingt gut. Dein Vater muss dich sehr geliebt haben.“

„Er ist Weihnachten gestorben. Ich habe dieses Fest nie richtig leiden können.“

Das war das Intimste, was er ihr je anvertraut hatte. Der Selbstmord seines Vaters musste ihn jahrelang verfolgt haben.

„Er hat wohl sehr viel gelitten“, meinte sie.

„Ich besuche manchmal sein Grab und sage ihm, dass ich ihn verstehe, aber meist nehme ich mir das selbst nicht ab.“ Er schaute sie kurz an. „Richte Alex aus, dass ich mich bei ihm melde.“

30. KAPITEL

Für Lydia bestand die Weihnachtszeit aus einer langen Reihe von Aufgaben, die es bis zum ersehnten Ende der Feiertage abzuhaken galt. Eine Woche vor dem großen Tag hatte sie das Schlimmste hinter sich. Sie hatte ihre persönlichen Geschenke ausgesucht und verpackt. Das Haus war ganz klassisch mit Koniferenzweigen, Zitrusfrüchten und Magnolienblättern geschmückt. In jedem Fenster brannten weiße Kerzen, und Zimt- und Kieferngebinde verströmten ihren Duft.

Gestern Abend hatten Joe und sie den traditionellen Empfang für seine Mitarbeiter und ihre Familien gegeben, zu dem ein üppiges Büfett, das Singen von Weihnachtsliedern und als krönender Abschluss ein Besuch von Santa Claus gehörte, der jedes Jahr ein anderes Andenken verteilte. Dieses Jahr waren es versilberte Modelle des Weißen Hauses – wenn Joe schon nicht dort residieren durfte, konnte er es sich wenigstens symbolisch aneignen. Während des gesamten Empfangs war bei ihr kein bisschen Weihnachtsstimmung aufgekommen.

Als sie jetzt vor dem Reihenhaus parkte, war ihr zumindest etwas festlicher zu Mute. Sie wollte ihre Geschenke unter Faith' Baum legen. In den letzten Monaten hatte sie so viel Zeit mit ihrer Tochter und den Enkelkindern verbracht, dass es ihr leicht gefallen war, die richtige Wahl zu treffen. Alex sprach ständig davon, seinen Computer aufzurüsten, also hatte sie ihm einen Geschenkgutschein eines Computerladens besorgt. Auch für seine schreckliche Ratte hatte sie spontan etwas gekauft: einen Käfig mit Labyrinthen, Tunneln und Plattformen, eine Art Hilton-Hotel für Nagetiere. Sie war gespannt auf Alex' Gesicht.

Remys Geschenk hatte ihr ebenfalls nicht viel Kopfzerbrechen bereitet. Bei der Pferdeschau hatte sie gesagt, dass sie gerne reiten lernen würde, also schenkte ihre Großmutter ihr zehn Stunden in einem Reitstall in Great Falls. Im Frühjahr würde Lydia Remy jeden Mittwochnachmittag nach der Schule abholen; so würden sie einander vielleicht auch besser kennen lernen.

Und da sie ohnehin schon in einer Tierhandlung war, kaufte sie den Katzen auf dem Dachboden gleich noch einen Kratzbaum.

Ein Geschenk für Faith zu finden hatte sich als schwieriger erwiesen. Ihr Leben war im Wandel, ihre Zukunft ungewiss. Sie hatte keine Zeit für Hobbys, und früher oder später würde sie eine Stelle suchen. Ein Kostüm oder Hosenanzug wäre dafür sicher nicht schlecht gewesen, war ihr aber nicht persönlich genug vorgekommen.

Stattdessen hatte Lydia ihr Gedächtnis und etliche Kartons nach Familienfotos durchwühlt, vor allem nach Fotos von den Frauen, die in der Prospect Street gewohnt hatten. Sie hatte sie restaurieren und rahmen lassen; im Treppenhaus würden sie sich wunderbar machen.

Vielleicht wehte der Geist der Weihnacht sie jetzt doch noch zart an.

Sie musste zweimal zum Auto zurückgehen, bevor sie klingelte. Faith machte auf und staunte nicht schlecht. „Mit Santa Claus habe ich heute nicht gerechnet. Die Kinder sind bei den Proben für die Weihnachtsaufführungen."

„Ich muss mich bei der Abschiedsparty in der Residenz des Vizepräsidenten blicken lassen. Ich dachte, ich schaue auf dem Weg mal hier vorbei."

Faith nahm so viele Geschenke, wie sie tragen konnte, und Lydia bückte sich nach dem Rest. „Du siehst reizend aus", meinte Faith. „Ist das ein neues Kleid?"

Lydias persönliche Einkaufsberaterin hatte das dunkelrote Kleid ausgesucht. „Speziell für diesen Anlass."

Die Kiefer, unter der sie die Geschenke aufstapelten, war mit Schmuck behängt, den die Kinder ausgesucht oder gebastelt hatten. „Southern Living" würde Faith' Christbaumdekoration – im Gegensatz zu Lydias – niemals einen Bericht widmen; dennoch war die Stimmung im Haus viel weihnachtlicher.

„Möchtest du etwas Punsch?" fragte Faith.

„Echten Punsch? Oder die David-Bronson-Abstinenzler-Variante?"

„Ich kann ihn mit Dottie Lees Scotch anreichern. Nicht ganz rezeptgetreu, aber was anderes habe ich nicht."

„Ich könnte ein Gläschen vertragen."

„Der übliche Weihnachts-Blues?"

„Merkt man mir das so an?"

In der Küche nahm Faith einen Krug und goss etwas Punsch in einen Topf, während Lydia sich an den Tisch setzte.

Faith schaute ihre Mutter an. „Weißt du was? Ich gebe dir dein Geschenk jetzt gleich."

„Das hat doch noch eine Woche Zeit."

„Jetzt sind wir unter uns, und ich will, dass du es in Ruhe genießen kannst. Ich hole es."

Faith hatte Überraschungen schon immer geliebt. Als Kind hatte sie in ihrem Zimmer stundenlang Karten gebastelt oder auf ihrem Kinderwebstuhl Schals gewebt. Lydia war jedes Jahr darüber begeistert gewesen, wie gern ihre Tochter andere Menschen beschenkte, und hatte sie immer dazu ermutigt.

Faith kam mit einer Schachtel zurück, die sie ihrer Mutter reichte. „Bitte schön."

„Ist es etwas Selbstgemachtes?"

„Ein Quilt oder ein selbst gestrickter Pullover bestimmt nicht."

„Den Schal, den du mir mit sieben gemacht hast, habe ich noch immer."

„Also, das erstaunt mich."

Lydia blickte auf. „Wieso?"

„Na ja, weil es sehr sentimental ist. Er war nicht gerade eine Modesensation."

„Du meinst, violett und orange waren in dem Jahr in Mailand nicht gerade angesagt? Selbstverständlich habe ich ihn aufgehoben. Eines Tages verkleide ich mich damit und gehe vielleicht zum Mardi Gras. Ich bin praktisch, nicht sentimental."

„Mit dem hier wirst du mehr anfangen können."

Lydia schnürte das Band auf und wickelte die Schachtel vorsichtig aus dem Papier. Dann nahm sie den Deckel ab. Ein schmales, in Leder gebundenes Buch ruhte auf einem Seidenpapierkissen. Auf dem Titel war ein Aquarell des Reihenhauses zu sehen, darunter die Adresse in goldenen Lettern.

„Faith, du liebe Güte, was ...?" Lydia schlug es auf und fing an zu lesen. „Was hast du getan?"

„Es ist die Geschichte unseres Hauses, Mutter. Ich habe monatelang daran gearbeitet. Damit will ich mich dafür bedanken, dass du uns hier wohnen lässt. Dass du mir das Haus überlassen hast, als ich es so dringend brauchte."

„*Du* hast das geschrieben?" Lydia war verblüfft. Sie blätterte eine Seite nach der anderen um, bewunderte den sauber gedruckten Text, die Fotografien, die Karten und die Faksimiles von Urkunden und Dokumenten. Jeder der Frauen, denen das Haus gehört hatte, war ein Kapitel gewidmet, in dem Anekdoten aus ihrem Leben wiedergegeben und Berichte aus Zeitungen eingeklebt waren, die etwas mit ihnen oder mit dieser Gegend zu ihrer Zeit zu tun hatten.

Als sie schließlich aufblickte, bemerkte sie, dass Faith sie beobachtete. „Es ist wundervoll." Lydia presste es an die Brust. „Ich hatte keine Ahnung. Wo, um Himmels willen, hast du das alles her?"

„Ich habe mich zur Expertin für Lokalgeschichte entwickelt. Ich mache das sogar zu meinem Beruf. Eine weitere Studie ist schon fertig, und nach den Feiertagen fange ich die dritte an. Und dabei habe ich nicht einmal Werbung gemacht. Bisher gelte ich als Geheimtipp."

„Du wirst keine andere Arbeit brauchen?"

„Je mehr Aufsätze ich schreibe, desto weniger Zeit brauche ich. Ich baue einen Grundstock an Hintergrundinformationen auf, habe immer mehr Kontakte, entwickle meine Fähigkeiten. Wer weiß, vielleicht muss ich irgendwann eine Assistentin einstellen."

„Ich staune. Das ist das schönste Geschenk, das ich je bekommen habe."

„Ich wollte nicht, dass dir immer gleich Weihnachten einfällt, wenn du es zur Hand nimmst. Deshalb fand ich, jetzt war der richtige Augenblick gekommen."

Lydia legte das Buch zurück, um es später, allein, in Ruhe zu lesen. „Bin ich so durchschaubar?"

„Du meinst, ob ich geahnt habe, wie furchtbar du Weihnachten findest?"

Lydia wollte abwehren, aber Faith hob die Hand, um ihr zuvorzukommen. „Ich weiß, warum Weihnachten für dich keine gute Zeit ist."

Es wunderte Lydia, dass sie über dieses spezielle Thema bisher nicht gesprochen hatten. „Weihnachten ist harte Arbeit. Darum. Noch mehr Pflichtveranstaltungen als üblich."

„Also hat es nichts damit zu tun, dass Dominik Dubrov sich während des Weihnachtsfestes umgebracht hat?"

Darauf war Lydia nicht gefasst. Einen Augenblick vergaß sie das Atmen. In ihr stieg Wut auf. „Faith, über dieses Thema will ich nichts hören."

„Mutter, ich weiß, dass Dominik dein Liebhaber war. Das musst du mir nicht mehr verheimlichen. Du hast es jahrzehntelang für dich behalten, und du hattest niemanden, mit dem du darüber reden konntest. Vielleicht bin ich nicht die erste Wahl, aber ich bin diejenige, die dein Geheimnis kennt."

„Ich glaube, du hast dich zu lange mit der Vergangenheit befasst. Jetzt siehst du Dinge, die es nie gegeben hat."

„Es ist wahr."

„Das habe ich dieser Frau zu verdanken, nicht? Sie lügt."

„Dottie Lee hat mich darauf vorbereitet, aber erfahren habe ich es von Pavel. Seine Mutter hat seinen Vater wegen eurer Affäre verlassen. Obwohl er ihr gesagt hat, dass die Sache seit Monaten vorbei war, wollte sie nicht bei ihm bleiben."

„Warum tust du das?"

„Ich habe all die Geheimnisse satt. Hast du angenommen, ich würde mich nie fragen, warum Weihnachten in meinem Elternhaus immer so eine traurige Angelegenheit war? Warum du das Fest nur mit zusammengebissenen Zähnen durchgestanden hast? Ich dachte immer, es wäre *meine* Schuld: Ich wäre nicht liebenswert genug, und deshalb würdet ihr mir kein schönes Fest bereiten. Selbst nachdem Pavel mir von eurem Verhältnis erzählt hatte, habe ich noch eine Weile gebraucht, um es wirklich zu glauben."

„Dominik ist länger tot, als du auf der Welt bist. Lass ihn in Frieden. Lass *mich* in Frieden!"

„Nein." Faith blieb ganz ruhig. „Ich habe darüber nachgedacht. Niemand weiß besser als ich, welchen Schaden Geheimnisse anrichten können. Ich werde nicht zulassen, dass sie mein Leben weiter beherrschen. Ich lasse auch nicht zu, dass sie *dein* Leben weiter beherrschen."

„Du hast ja keine Ahnung ..."

„Befürchtest du etwa, dass ich dir Vorhaltungen mache? Ich habe dich und Dad all die Jahre beobachtet, und ich weiß, wie es ist, mit ihm zu leben. Du warst jung. Du warst wahrscheinlich einsam und durcheinander. Dann trat Dominik in dein Leben, und die Sache nahm ihren Lauf. Als du erfahren hast, dass du mit Hope schwanger warst, hast du mit ihm Schluss gemacht und dich wieder meinem Vater zugewandt. Was hättest du auch sonst tun sollen?"

Lydia war so wütend, dass sie jegliche Deckung aufgab. „Du bildest dir ein, alles zu wissen? Dann sperr mal die Ohren auf. Ich habe mich nicht dem Vater meines Babys zugewandt. Dein Vater hat Hope nicht gezeugt!"

Der Weihnachtspunsch wurde heiß und erfüllte die Luft mit seinem Duft.

„Ich gehe", sagte Lydia. Sie stand auf und lief um den Tisch herum.

„Oh nein, das wirst du nicht." Faith versperrte ihr den Weg. „Wir führen zu Ende, was du angefangen hast."

„Was *du* angefangen hast."

„Hope war Dominiks Baby?"

„Fühlst du dich jetzt besser?" Lydia schnappte sich die Geschichte des Hauses und drückte sie Faith in die Hände. „Warum schreibst du die Wahrheit nicht irgendwo hier rein, damit alle sie erfahren?“

Faith legte das Buch auf die Arbeitsfläche, ergriff die Hände ihrer Mutter und hielt sie fest. „Wie fühlst *du* dich?“

Lydia wusste es nicht. Sie zitterte. Sie schämte sich. Sie war wütend, dass sie sich zu diesem Ausbruch hatte hinreißen lassen.

Sie fürchtete, dass Faith sie nun nicht mehr lieben würde.

„Setz dich“, wies Faith sie an. „Ich will nicht, dass du hier in Ohnmacht fällst.“

Lydia rührte sich nicht. Faith goss Punsch in einen Becher, fügte einen Schuss Scotch hinzu und stellte ihn auf den Tisch. „Trink.“

Lydia war zu aufgewühlt, um sich zu wehren. Sie setzte sich, umklammerte den Becher und nippte daran.

„Pavel hat keine Ahnung, dass Hope das Kind seines Vaters war“, meinte Faith, „sonst hätte er es mir gesagt. Ich schätze, seine Mutter war genauso ahnungslos. Wer wusste davon, Mutter?“

Da fing Lydia an zu reden, langsam zunächst, doch dann überschlugen sich ihre Worte. Sie hatte nie vorgehabt, irgendwem diese Geschichte zu erzählen, schon gar nicht ihrer Tochter. Aber als sie erst einmal angefangen hatte, konnte sie nicht aufhören und nichts auslassen.

Anfangs glaubte Lydia, ihr Gynäkologe müsse sich irren. Die Schwangerschaft konnte nicht schon so weit fortgeschritten sein. Joe war in der vom Arzt berechneten Empfängniszeit fast drei Wochen fort gewesen, und Dominik kam nicht in Frage.

Es war doch so: Dominik hatte immer Kondome benutzt, Joe nie. Joe hatte gewollt, dass sie schwanger wurde, Dominik hatte alles getan, das zu vermeiden. Das Baby musste von Joe sein.

Aber als die Schwangerschaft weiterhin nach dem Zeitschema

des Arztes verlief, musste sie sich der Wahrheit stellen: Das Baby in ihrem Bauch war das Kind eines eingewanderten Handwerkers, und ihr Ehemann, der Kongressabgeordnete, war zu klug, um sich hinters Licht führen zu lassen. Joe würde nicht herausfinden, *wessen* Kind es war, aber sobald er zurückrechnete, würde er feststellen, dass *er* es nicht gezeugt hatte. Wenn nicht ein Wunder geschah und sich die Geburt um einige Wochen verzögerte, würde Joe Huston wissen, dass seine Frau eine Affäre gehabt hatte.

Als der erste Schock vorüber war, überlegte Lydia, was für Möglichkeiten sie hatte. Sie konnte bei irgendeinem Quacksalber eine Abtreibung vornehmen lassen und Joe erzählen, dass sie eine Fehlgeburt gehabt hatte. Mittel und Wege gab es, aber sie kannte auch die Gefahren. Abtreibung war illegal. Selbst Frauen, die sich einen echten Arzt leisten konnten, gingen ein Risiko ein. War die Schwangerschaft so weit fortgeschritten wie ihre, setzte man sein Leben aufs Spiel.

Außerdem widerstrebte ihr der Gedanke zutiefst, jenseits aller Angst. Das Baby, das unbekümmert in ihrem Bauch gedieh, war von Dominik. Mutter Natur sorgte für Hormonausschüttungen, die dem Erhalt der menschlichen Art dienten. Vielleicht war sie eine Sklavin ihrer Biologie, aber die Möglichkeit einer Abtreibung schloss sie schnell aus.

Blieben drei Alternativen. Sie konnte beten, dass sich die Geburt verzögerte oder Joe zu wenig wusste, um misstrauisch zu werden.

Sie konnte ihrem Mann die Wahrheit sagen und hoffen, dass Joe aus Angst um seine Karriere so tun würde, als wäre das Kind von ihm.

Oder sie löste die kleine „Versicherung“ ein, die sie beiseite gelegt hatte.

Zu Beginn des sechsten Monats wurde ihr die Entscheidung aus der Hand genommen. Erfreut über ihre Ankündigung und besorgt um ihre Gesundheit, hatte Joe seine Ansprüche an sie heruntergeschraubt und sie gebeten, sich zu schonen. Er hörte auf, sich über das Reihenhaus, den Verkehr auf der Prospect Street und die Jesuiten-Universität zu beschweren, die ihm die Aussicht verdarb. Er verlegte sein Büro freiwillig in das fensterlose mittlere Schlafzimmer, damit das Baby in den Genuss der kühlen Sommerbrise vom Fluss kam.

Dann, an einem ungewöhnlich warmen Frühlingsabend, war Joe plötzlich wie ausgewechselt gewesen. Am Morgen hatte er noch entzückt und stolz auf seine Leistung die Hand auf ihren Bauch gelegt, um die ersten Bewegungen des Kindes zu spüren. Sie hatte ihm wohlweislich verschwiegen, dass es sich schon seit Wochen bewegte. Stattdessen hatte sie ein glückliches Lächeln aufgesetzt, doch die Tränen in ihren Augen waren keine Freudentränen.

Als er am Abend zur Tür hereinkam, war sein Gesicht fahl, und er winkte ab, als sie ihm einen selbst gemachten Eistee anbot. „Ist das alles, was du heute getan hast, Lydia? Eistee zubereiten und dich für mich zurechtmachen?“

So warm der Abend war, im Zimmer hatte es sich merklich abgekühlt. Sie zwang sich, ruhig zu bleiben. Joe geriet leicht in Wut, wenn etwas nicht in seinem Sinne lief, und für ein junges Mitglied des Kongresses liefen die Dinge selten glatt.

Sie stellte das Glas auf den Mahagonitisch ihrer Großmutter. „Ich habe das Haus geputzt und im Garten gearbeitet. Ein bisschen gelesen. Und für heute Abend einen Eintopf gekocht, weil ich nicht wusste, wann du nach Hause kommst.“

„Ich habe meinen Appetit um vier Uhr verloren. Möchtest du

erfahren, wieso? Meine Sekretärin hat mich an diesen Termin erinnert." Joe warf einen Zettel auf den Tisch.

Stirnrunzelnd nahm Lydia ihn an sich. Das Papier war zerknüllt und wieder glatt gestrichen worden. Die Bleistiftschrift war im schwachen Licht schwer zu entziffern. „Ich kann das nicht lesen."

„Es kommt von der Praxis deines Frauenarztes. Du hast morgen einen Termin."

„Ja, aber ..."

„Sie haben dich zu Hause nicht erreicht, also haben sie meine Sekretärin angerufen, um den Termin zu bestätigen. Offenbar haben sie für Notfälle meine Büronummer."

„Ich bin den ganzen Tag zu Hause gewesen, Joe. Ich war nur kurz im Garten, Unkraut zupfen. Wir hatten so schönes Wetter und ..."

„Lass mich ausreden. Das Beste weißt du noch gar nicht, Lydia. Sie wollte nicht nur *dich*, sondern auch *mich* erinnern. Weil dein Arzt am Ende des zweiten Schwangerschaftsdrittels gern den Kindsvater dabei hat, und er wollte, dass ich bei diesem Termin ebenfalls anwesend bin."

Sie gab vor, ihn nicht zu verstehen, und versuchte verzweifelt Zeit zu schinden. „Ich habe dich nicht darum gebeten, weil ich weiß, wie viel du zu tun hast. Ich dachte mir, ich kann dir das, was für dich von Interesse ist, ebenso gut hinterher erzählen, um ..."

„Das, was für mich von Interesse ist, Lydia? Zum Beispiel, dass du einen ganzen Monat weiter bist, als du behauptet hast? Ja? Dass ich nicht zu Hause war, als du schwanger geworden bist? Ja?"

Er schrie jetzt und kam auf sie zu. Sie wich zurück, aber hinter ihr stand der Tisch, und sie saß in der Falle. Er verpasste ihr eine harte Ohrfeige. Dann legte er die Hände um ihren Hals und drückte zu.

Sie griff nach seinen Armen und zog an ihnen. „Joe!“ Sie bekam keine Luft. Panisch schlug sie um sich.

Irgendetwas huschte über sein Gesicht, ein Hauch von Vernunft, vielleicht nur die Einsicht, dass er sein Leben ruinierte, wenn er weitermachte. Er ließ die Hände sinken, trat aber nicht zurück. Sie konnte ihm nicht entkommen, sein massiger Körper blieb eine unüberwindbare Barriere.

„Ich habe deinen Arzt angerufen und ihm mitgeteilt, dass mir der Zeitplan unklar sei. Er hat ihn mit mir durchgesprochen, Lydia, einschließlich des Empfängniszeitpunkts. Das Kind ist nicht von mir, oder? Gib es zu!“

Sie hütete sich zu lügen, schüttelte nur den Kopf. Er schloss einen Moment die Augen, als müsse er sich beherrschen, um nicht zu vollenden, was er begonnen hatte. Dann machte er einen Schritt nach hinten.

„Du Hure.“

Sie legte die Hände an die Kehle. Noch immer bekam sie kaum Luft, aber sie hatte keine Angst, dass er sie noch einmal angreifen würde. Joe neigte nicht zu körperlicher Gewalt, und bis eben hatte er nie die Hand gegen sie erhoben. Er herrschte mit Worten. Seine Attacke war untypisch: ein Augenblick der unbeherrschten Raserei in einer extremen Ausnahmesituation.

„Ich wusste es nicht“, sagte sie. „Nicht gleich. Als ich dir erzählt habe, dass ich ein Kind erwarte, dachte ich, es sei deins.“

„Obwohl du fremdgegangen bist?“

„Wir ... ich habe aufgepasst. Ich dachte, ich könnte nicht schwanger werden.“

„Du brauchst wohl Nachhilfe in Biologie, was?“ Er schaute sie wutentbrannt an, aber er hielt die Hände hinter dem Rücken verschränkt. „Wer ist der Vater?"

Sie schüttelte den Kopf.

„Ich werde es herausfinden."

„Es ist nicht wichtig. Seit dem Tag, an dem ich erfuhr, dass ich schwanger bin, habe ich ihn nicht mehr gesehen."

„Wie das? Wollte er keine schwangere Geliebte?"

„Ich habe mit ihm Schluss gemacht, Joe. Ich nahm doch an, es wäre *dein* Baby."

„Und als du es besser wusstest?"

„Er ahnt noch immer nichts."

„Du wolltest mir das Kind also unterschieben? Das hattest du vor?"

„Ich wusste nicht, was ich tun sollte. Und lange Zeit habe ich immer noch geglaubt, es könnte deins sein. Ich habe gehofft, dass ..."

„Dass ein Wunder geschieht?"

„Joe, ich kann mir vorstellen, wie du dich fühlst."

„Das bezweifle ich. Aber da du meinst, Gedanken lesen zu können: Was habe ich wohl vor? Was bringt uns die Zukunft?"

„Wenn du dich scheiden lässt, kommt die Wahrheit ans Licht. Alle werden erfahren, dass Joe Huston von seiner Frau Hörner aufgesetzt bekommen hat."

„Ja, aber es gibt den Sympathie-Effekt."

„Du willst keine Sympathie. Du willst Macht."

„*Mich* mag eine Scheidung als Versager hinstellen, *dich* aber als Flittchen."

„Mit der Zeit wird der scharlachrote Buchstabe verblassen, bis sich niemand mehr daran erinnert."

„Die Hauptstadt vergisst nichts."

Sie versuchte an seinen Großmut zu appellieren. „Ich möchte keine Scheidung. Und du?“

„Nein, aber ebenso wenig will ich dieses Kind. Wir tun also Folgendes: Ich habe den halben Nachmittag darüber nachgedacht. Du gehst fort, an ein schönes, ruhiges Fleckchen, wegen deiner Schwangerschaftskomplikationen. Du bringst das Kind anderswo zur Welt, und es wird bedauerlicherweise eine Totgeburt sein – offiziell. Mach mit ihm, was du für richtig hältst. Leg es auf irgendeine Schwelle, gib es einer kinderlosen Frau, mir ist es gleich. Pass nur auf, dass niemand Wind davon bekommt. Dann kehrst du zurück, wir bleiben noch ein Jahr zusammen, dann reichen wir in aller Stille die Scheidung ein. Niemand wird das miteinander in Zusammenhang bringen.“

„Ich werde mein Kind nicht irgendwo abgeben. Und ein Politiker kann sich nicht scheiden lassen, ohne Aufsehen zu erregen. Irgendjemand wird Nachforschungen anstellen. Jemand wird es herausfinden.“

„Wenn unser widerlicher Präsident es schafft, seinen Dreck unter den Teppich zu kehren, werden wir das ja wohl auch können.“

„Lieber erzähle ich aller Welt die Wahrheit, als dass ich das Kind weggebe.“

Seine Augen blitzten, aber seine Hände blieben hinter dem Rücken. „Na dann, was schwebt *dir* vor, Lydia?“

„Ich habe dich in gutem Glauben geheiratet. Ich dachte, wir könnten uns ein wundervolles gemeinsames Leben aufbauen, aber du hast mich mit deinen überzogenen Ansprüchen und Mäkeleien und deiner Gefühlskälte in die Arme dieses Mannes getrieben. Du trägst eine Mitverantwortung. Also machen wir es so: Wir bleiben zusammen, und du erkennst das Kind als deines an. Du hilfst mir, es großzuziehen, und soweit es dir möglich ist, wirst du es lieben. Im Gegenzug werde ich die perfekte Politikergattin sein. Ich werde alles in meiner Macht Stehende tun, um dir zu helfen. Von außen betrachtet, werden wir die amerikanische Idealfamilie sein."

„Du bist nicht bei Trost."

„Meinst du?" Sie zitterte, bereit, ihren letzten Trumpf auszuspielen.

„Warum sollte ich bei dir bleiben? Warum sollte ich dieses Kind anerkennen?"

Also sagte sie es ihm. Sie beobachtete, wie seine Augen sich weiteten, und sah zum ersten Mal in ihrer Ehe Angst über sein Gesicht huschen.

„Jetzt kennst du den Grund", beendete sie ihre Ausführungen. „Du hast einfach keine Wahl."

Lange starrte er sie an. Sie fragte sich, ob er erneut explodieren und sie womöglich töten würde. Aber dazu war er zu klug. Er hatte höchstwahrscheinlich begriffen, dass er, wenn sie nicht eines natürlichen Todes stürbe, der Hauptverdächtige wäre.

Ihr Anwalt würde dafür Sorge tragen.

„Also hat Dad gewusst, dass das Kind nicht sein Fleisch und Blut war", sagte Faith. „Und er war bereit, sich einfach damit abzufinden und es anzuerkennen? Das nehme ich dir nicht ab, Mutter. Vergebung ist für Joe Huston ein absolutes Fremdwort. Und was war mit Dominik? Hat er herausgefunden, dass Hope sein Kind war? Hat er sich deshalb umgebracht? Weil *seine* Tochter entführt worden war? Oder hat doch er sie mitgenommen, weil er glaubte, dass sie zu ihm gehört, und dann ist irgendetwas Schreckliches passiert?"

„Dominik hat die Wahrheit herausgefunden", bestätigte Lydia.

„Nach Hopes Geburt hat Dottie Lee ihm erzählt, dass das Baby etwas früher zur Welt gekommen sei als erwartet, wir beide aber wohlauf seien. Dominik hatte immer befürchtet, dass er der Vater sein könnte, trotz all meiner Beteuerungen. Als er von Juli aus zurückrechnete, wusste er es sicher. In den drei Wochen, als dein Vater auf Reisen war, haben wir uns häufig getroffen."

„Er ist doch sicher bei dir aufgetaucht, als er dahinter gekommen war. Was hat er gesagt?"

Auch wenn Lydia noch stundenlang weitergeredet hätte, wäre es ihr nicht gelungen, alles in Worte zu fassen. Nicht den schrecklichen Kummer, der sie erfüllt hatte, nicht die Verzweiflung darüber, dass Dominik, sie und das Kind nicht zusammen hatten weggehen und anderswo ein neues Leben beginnen können.

Die letzte Begegnung mit Dominik stand ihr so klar vor Augen, als wäre es gestern gewesen. Der Mann war tot, das Kind hatte ihr nur eine Woche gehört, aber die Tragödie hatte tiefe Spuren in ihrer Seele hinterlassen.

Die Geburt war nicht leicht gewesen. 1962 war das Jahr des Contergan-Skandals. In den letzten Schwangerschaftswochen hatte Lydia sich in die Überzeugung hineingesteigert, dass ihre Sünde das Kind zeichnen würde: dass alle Welt ihrem Sohn oder ihrer Tochter ansehen könnte, was Dominik und sie getrieben hatten.

Als die Wehen einsetzten, lieferte Joe sie im Krankenhaus ab und wies das Pflegepersonal an, seine Sekretärin anzurufen, wenn das Baby da war. Ganz allein kämpfte sie sich durch die Krämpfe und hoffte verzweifelt, dass die Wehen wieder nachlassen würden und man sie nach Hause schickte – dass sie ihre Sünden noch verbergen konnte.

Das Krankenhaus war modern; auf Hygiene wurde mehr Wert gelegt als auf Annehmlichkeiten. Die Schwestern schauten nur vorbei, um die Wehenabstände zu messen. Als es so weit war, stand sie so stark unter Beruhigungsmitteln, dass der Arzt Hope mit einer Zange holen musste. Erst Stunden später erfuhr Lydia, dass sie eine gesunde Tochter zur Welt gebracht hatte.

Als sie Hope zum ersten Mal sah, waren die Monate der Angst vergessen. Das Baby war schön, hatte dichtes schwarzes Haar und dicke Pausbacken. Die Schwestern behaupteten, es sei das niedlichste Baby der Station, und begriffen nicht, warum Lydia ihr Töchterchen an sich presste und heulte.

Die Schwestern behielten das Kind die meiste Zeit bei sich. Lydia bekam Hope nur alle vier Stunden für zwanzig Minuten, um ihr das Fläschchen zu geben. Stillen kam nicht in Frage: Es entsprach nicht dem Zeitgeist und wurde von der Wissenschaft als minderwertig beurteilt. Lydia hätte es trotzdem gern getan, aber sie wusste, dass Joe dann toben würde. Der Anblick eines Wechselbalgs an der entblößten Brust seiner Frau würde ihm wohl den Rest geben, also ließ sie sich die Brüste bandagieren und schluckte die vorgeschriebenen Medikamente. Und sie schob Hope ergeben den Gummisauger zwischen die Lippen, ob das Kind nun wollte oder nicht.

Die Schwestern teilten ihr mit, Joe sei da gewesen, während sie noch geschlafen hatte, und er habe viel Aufhebens um Hope gemacht. Lydia sah ihn erst am Tag nach der Geburt, als er mit einem Fotografen anrückte, um das freudige Ereignis zu dokumentieren. Sie lächelte pflichtschuldig und ließ ihn für die Fotos das Baby halten.

Spät am Abend lag sie wach, starrte die Decke an und betete, dass sie den richtigen Weg gewählt hatte. Beim letzten abendlichen

Fläschchen war Hope weinerlich gewesen, als habe sie die Anspannung ihrer Mutter gespürt. Vor dem Fotografen und den Schwestern hatte Joe sie geküsst und versprochen, morgen wieder vorbeizuschauen, aber Lydia bezweifelte das. Sie war allein in diesem sterilen Krankenhaus, in dem Besuch nicht gern gesehen wurde und die Babys von ihren Müttern getrennt wurden.

Die Nachtschwester brachte ihr die übliche Schlaftablette, aber als sie sich umdrehte, um kaltes Wasser einzuschenken, ließ Lydia die Tablette unter dem Laken verschwinden. Die Schwester ging und schaltete das Licht aus, und Lydia beobachtete die Schatten, die über die Zimmerdecke krochen.

Etwas später quietschte die Tür, und sie drehte den Kopf, um zu fragen, was die Schwester vergessen hatte. Dominik durchquerte lautlos den Raum und blieb neben ihrem Bett stehen.

Sie setzte sich auf und zog sich die Laken über die Brust. Sie trug ein Krankenhausnachthemd und fühlte sich hässlich.

Er führte einen Finger an seine Lippen. „Ich habe gewartet, bis sie diesen Flügel verlassen hat. Sie kommt nicht zurück, oder?"

„Nicht in den nächsten Stunden, aber ..."

„Gut. Also." Er legte die Hände auf das Gitter vor ihrem Bett. Sie hatte die Schwester gebeten, es nicht hochzuschieben, aber die Krankenhausordnung schrieb es zwingend vor, selbst für gesunde Wöchnerinnen. Jetzt kam sie sich vor wie im Zoo: Dominik der Besucher, sie das Tier.

„Was tust du hier?" wollte sie wissen.

„Ich möchte meine Tochter sehen."

Irgendetwas stieg in ihrer Kehle hoch, vielleicht ein Dementi, vielleicht einfach Galle. Was es auch war, sie schluckte es hinunter. „Ich wusste es nicht", antwortete sie stattdessen. „Zumindest damals noch nicht, als ich dir gesagt habe, es sei von Joe."

„Und später? Du hast es nicht für nötig gehalten, mich zu informieren? Ist dir das nicht in den Sinn gekommen?"

„Was hätte es genützt? Jetzt ist sie Joes Tochter. Die Geburtsurkunde nennt ihn als Vater."

„Und er weiß, dass das nicht stimmt?"

„Ja, das weiß er."

„Welcher Mann würde das einfach so hinnehmen?"

„Einer, der keine Wahl hat." Obwohl die Straßenlaternen vor ihrem Fenster nur wenig Licht ins Zimmer warfen, konnte sie erkennen, dass er ihr nicht glaubte.

Sie hatte von Anfang an darüber nachgedacht, ob sie Dominik die ganze Geschichte erzählen sollte. Eines Tages würde Joe womöglich entdecken, dass Dominik Hopes Vater war, und sie wollte verhindern, dass er ihren Geliebten bestrafte oder dessen Familie Schaden zufügte. Sie war sich nur allzu bewusst, dass einem Mann wie Joe viele Möglichkeiten offen standen. Wenn Dominik die Wahrheit kannte, konnte er sich vielleicht wehren. Das war die einzige Hilfe, die sie ihm anzubieten hatte.

Sie beugte sich, noch immer das Laken an die Brust gepresst, vor und sprach sehr leise. „Letztes Jahr, nach der Schweinebucht, haben Joe und einige andere politische Führer ein Attentat auf Präsident Kennedy geplant."

Sie senkte die Stimme noch mehr. „Joe hasst den Präsidenten. Er hält ihn für einen Vaterlandsverräter. Also hat er mit ein paar anderen einen Plan entwickelt. Für die Tat wollten sie Kubaner anheuern, die, falls sie geschnappt werden sollten, beteuern würden, dass sie den Befehl von Castro erhalten hätten."

„So sehr hasst er den Präsidenten? Er würde einem Mann befehlen, ihn zu töten, nur weil ihm seine Politik nicht gefällt?"

„Er hasst alles an ihm, Dominik. Er glaubt, dass Kennedy uns in die Hölle führt. Joe ist sich sicher, dass der Präsident die Bürgerrechte stärken und die Rassenintegration fördern wird. Eine Amtsübernahme durch Johnson sieht er als einzige Rettung. Der kommt nämlich hier aus dem Süden, verstehst du? Ihn können sie besser einschätzen. Und sie finden, dass Kennedy mit den Kommunisten nicht hart genug umspringt und in Kuba nicht das Nötige veranlasst. Joe war in Kuba; bei dem Thema wird er rabiat. Er und einige andere glauben, Kennedy schade der öffentlichen Moral."

„Sie denken, der Präsident ist unmoralisch, aber ihn zu ermorden finden sie *nicht* unmoralisch?"

„Attentate sind die Ultima Ratio der amerikanischen Politik. Unsere Regierung lässt Führer in Guatemala, der Dominikanischen Republik und dem Kongo töten. An den verborgenen Schalthebeln der Macht sitzen etliche Männer, die meinen, der Zweck heilige die Mittel. Nicht nur in der Sowjetunion sterben Menschen ohne fairen Prozess."

„Joe und seine Leute haben es wirklich versucht?"

„Nein, nein. Ich weiß nicht, ob ihr Plan je mehr als ein Gedankenspiel war, ein Versuch sich einzureden, man habe alles im Griff. Und von Anfang an ging zu viel schief. Die Kubaner verlangten ein exorbitantes Honorar. Einer von Joes Kollegen hat seine Meinung geändert und gedroht, sie zu verraten, wenn sie die Sache nicht abbliesen. Kennedys Reisepläne änderten sich."

„Woher weißt du das?"

„Mein Mann war unvorsichtig. Es gibt handschriftliche Notizen von ihm, Protokolle von Treffen und Telefonaten. Ich habe sie gefunden, als sein Schreibtisch ins mittlere Schlafzimmer getragen werden sollte. Ich wollte die Schubladen herausnehmen, um das Gewicht zu reduzieren. Als ich die erste herauszog, entdeckte ich eine Akte in einem Spalt oberhalb der Laufschienen, den Joe offenbar für ein sicheres Versteck gehalten hat. Ich habe keine Ahnung, wieso er die Papiere aufgehoben hat, nachdem sie ihren Plan aufgegeben hatten. Vielleicht, um etwas gegen die anderen in der Hand zu haben, falls sie sich je gegen ihn wenden sollten. Aus den Notizen geht ziemlich genau hervor, wer wann was gesagt hat. Er hat auch einen Brief eines Kollegen sowie den Entwurf eines Briefes an die Kubaner aufgehoben."

„Du hast diese Unterlagen?"

„Bis ich es ihm gesagt habe, wusste er nicht einmal, dass sie verschwunden waren. Ich habe die Akte mit Abschriften gefüllt und in den Spalt zurückgesteckt. Die Originale liegen in einem Bankschließfach. Aus Sicherheitsgründen werde ich sie alle paar Jahre verlegen."

„Warum hast du mir das erzählt?"

„Eines Tages könnte dich dieses Wissen schützen. Falls Joe je herausfindet, dass du Hopes Vater bist, solltest du dich bei mir melden. Ich werde dafür sorgen, dass dir nichts passiert."

„Und was ist mit Hope? Wer beschützt unsere Tochter vor diesem Mann?"

„Joe wird ihr nichts tun. Da bin ich mir ganz sicher. Er ist kein Mann, der einem Kind etwas antut. Sonst würde ich nicht bei ihm bleiben. Vielleicht wird er sie nicht lieben. Vielleicht wird er nie ein gutes Verhältnis zu ihr aufbauen können. Aber ich bin mir absolut sicher, dass für sie keine ernste Gefahr besteht."

„So kannst du nicht leben. Komm mit mir. Nimm unsere Tochter mit. Hope. Du hast sie Hope genannt. Meinst du, es gibt Hoffnung für uns?"

Ihr Herz drohte zu zerspringen. „Nein, für uns nicht. Du willst Frau und Kind nicht im Stich lassen, und ich möchte nicht mit dir in Sünde leben. Wir haben keine gemeinsame Zukunft. Uns bleibt nichts übrig, als die Zähne zusammenzubeißen und weiterzumachen."

„Ich habe sie gesehen. Ich bin heute während der Besuchszeit in die Säuglingsstation gegangen und habe durchs Fenster geschaut. Sie hat Ähnlichkeit mit meinem Pasha."

„Joes Haar ist dunkel. Niemand wird Verdacht schöpfen. Wer weiß, vielleicht wird er selbst irgendwann vergessen, dass sie nicht von ihm ist."

„Das glaubst du doch selbst nicht."

In der Tat. Ihr war klar, dass sie von Joe nicht mehr erwarten konnte als den Verzicht auf übermäßige Grausamkeit. Das musste reichen.

„Ich glaube, dass ich das Bestmögliche tue", sagte sie. „Wenn es zu schlimm wird, kann ich Joe noch immer verlassen. Aber ich versuche zu bleiben. Ich werde mich bemühen, diese Ehe zu kitten."

Durch das Gitter hindurch ergriff er ihre Hand. „Dann willst du, dass ich gehe? Für immer?"

„Du musst. Bis jetzt ahnt Joe nicht, wer Hopes Vater ist. Wir dürfen keinen Verdacht auf dich lenken. Du hättest nicht herkommen sollen."

„Du wirst mir von ihr berichten?"

Lydia versuchte sich vorzustellen, wie das gehen sollte. Sie glaubte nicht, dass es je dazu käme.

Als sie schwieg, verfinsterte sich seine Miene. „Sie ist meine Tochter, Lydia. Ich kann sie nicht einfach so aufgeben."

„Ich werde tun, was für sie das Beste ist. Das verspreche ich. Wir müssen jetzt an *sie* denken."

„Du musst sie beschützen. Ich weiß nicht, wie, aber ich werde euch beobachten. Aus der Ferne werde ich mich vergewissern."

„Sie wird sicher sein, Dominik." Sie führte seine Hand an ihre Lippen, küsste die Innenfläche und faltete seine Finger darüber zusammen. „Ich werde alles tun, um unsere Tochter zu beschützen."

Er wirkte, als wolle er noch mehr sagen, tat es aber nicht. Er zog seine Hand zurück, ließ sie kurz auf dem Gitter ruhen und warf ihr einen letzten Blick zu. Dann drehte er sich um und verschwand so schnell, wie er gekommen war.

„Ich werde sie beschützen, mein Geliebter", sprach Lydia in die Dunkelheit.

Aber das hatte sie nicht gekonnt.

„Und trotzdem – obwohl die Geburt meiner Schwester diese beiden Männer fast in den Wahnsinn getrieben hat – hast du wirklich angenommen, dass ein *anderer* Hope gekidnappt haben könnte?" Faith klang fassungslos. „Es gab zwei Menschen mit einem starken Motiv, meinen Vater und Dominik, aber du hast dem FBI nie erzählt, was wirklich los war? Sie haben den Fall bearbeitet, ohne das alles zu wissen?"

Lydia wollte, dass ihre Tochter sie verstand. Sie hatte beide Männer gedeckt, weil sie keinem von ihnen die Tat zutraute. Joes Zukunft hatte auf dem Spiel gestanden, nachdem ihm von Lydia klar gemacht worden war, dass sie im Zweifelsfall die Geheimpapiere zum Einsatz bringen würde. Und Dominik? Welchen Grund hätte er gehabt? Er hatte an seine Frau und seinen Sohn denken müssen und Hope nicht viel bieten können. Außerdem hatte es Lydia nie für möglich gehalten, dass Dominik ihr je wehtun könnte.

„Worüber hätte ich das FBI informieren sollen? Ich ging nicht davon aus, dass es einer der beiden war. Für beide stand zu viel auf dem Spiel."

„Findest du? Das, was mein Vater mit Kennedy vorhatte, wirft aber schon Zweifel an seiner Fähigkeit auf, Situationen realistisch zu beurteilen."

„Er hat den Plan ja fallen lassen. Er hat sich dagegen ausgesprochen und mit den anderen gebrochen. Als Kennedy im folgenden Jahr erschossen wurde, war ich mir absolut sicher, dass dein Vater nichts damit zu tun hatte. Er war ein Hitzkopf, ja, aber vor allem war er Politiker. Die ganze Sache hat ihm Angst eingejagt. Er hat seine Lektion gelernt."

„Hast du das geglaubt – oder nur gehofft?"

„Faith, versteh doch. Ich wusste nicht, was ich tun sollte. Lange Zeit dachte ich, das FBI würde Hope finden und zurückbringen. Was, wenn ihnen das gelungen wäre, aber dafür alle Welt erfahren hätte, dass Joe nicht ihr Vater war? Kannst du dir diese Schande vorstellen, die ihr Leben lang an ihr geklebt hätte? Ich habe sie zu beschützen versucht. Ich wollte Joe beschützen. Und Dominik."

„Du wolltest dich selbst schützen."

„Das streite ich nicht ab."

Faith stand jetzt am Herd, um sich selbst Weihnachtspunsch einzuschenken. Sie goss Scotch hinzu und blieb zum Trinken mit dem Rücken zur Arbeitsfläche stehen. Sie wirkte erschüttert. „Wann dämmerte dir, dass du sie nie wiedersehen würdest?"

„Nach Monaten." Lydia stellte ihren Becher auf den Tisch. „Ich habe die Hoffnung sehr, sehr lange nicht aufgegeben."

„Und danach, Mutter? Warum bist du noch immer mit Dad verheiratet? Warum hast du noch ein Kind bekommen?"

Lydia rang nach Worten. „Als Hope verschwunden war ... schien dein Vater wirklich betroffen zu sein. Ich hatte Trost so bitter nötig, dass ich diese Pose nicht durchschaut habe. Ich ... ich glaubte, er hätte mir vergeben."

Faith schüttelte ungläubig den Kopf.

„Du warst nicht dabei“, sagte Lydia. „Die Nachrichtensendungen, die Appelle, sie zurückzugeben. Er verstand es, sich perfekt zu verstellen. Sogar zu Hause, ohne Reporter, blieb er ... besorgt und fürsorglich. Ich war nicht im Stande, rational darüber nachzudenken. Und dann, im Dezember, hat Dominik sich das Leben genommen.“

Sie räusperte sich. „Was von meiner Welt noch übrig war, zerbrach, aber dein Vater war der Fels in der Brandung. Ich ... ich klammerte mich an ihn, und im Laufe der Monate fanden wir zu einer normalen Ehe zurück. Ich versuchte ihm zu helfen, so wie er mir geholfen hatte, das Schlimmste durchzustehen. Ich zwang mich, an seiner Seite wieder der Welt gegenüberzutreten.“

„Und du hattest mich.“

„Ich war Joe ein eigenes Kind schuldig.“

„Hat er dir das eingeredet?“

„Faith, ich war eine leere Hülle. Lange Zeit hatte ich einfach resigniert. Ich ließ mir von deinem Vater vorschreiben, was ich zu tun hatte, und war ihm für seine Führung dankbar. Außerdem wollte ich unbedingt noch ein Baby. Hope war erst eine Woche alt, als man sie mir wegnahm.“

„Also wurdest du schwanger. Mit mir.“

Lydia hatte genug. „So ist es. Jetzt weißt du alles.“

„Das bezweifele ich.“

Lydia sah sie nicht an. „Ich habe dem nichts hinzuzufügen.“

„Eine einzige Frage noch, Mutter. Ich bin doch in eurem Haus aufgewachsen. Du sagst, du hast mich gewollt. Du sagst, du wolltest dich bei meinem Vater für all seine Unterstützung revanchieren. Aber ich habe es doch erlebt: Es gab keine Wärme oder Dankbarkeit in diesem Haus. Was war geschehen? Du sagst, eure Ehe habe sich normalisiert. Wann ist sie zum zweiten Mal gescheitert?“

„Ich habe dir schon zu viel erzählt."

„Was ist passiert? Du bist es mir schuldig. Es war mein Leben."

Lydia betrachtete den Tisch vor ihr. Den schwachen Ring dort, wo ein Kind ein nasses Glas abgestellt und vergessen hatte. Den Riss im Lack am Rande der Tischplatte.

Sie fuhr mit einem Finger über den Riss. „Als ich im achten Monat war, fragte mich dein Vater, woher ich die Chuzpe nahm, noch ein Kind in die Welt zu setzen. Wir hatten uns über irgendeine Kleinigkeit gestritten. Die Schwangerschaft – so kurz nach der ersten – war schwierig, und ich fühlte mich erschöpft. Ich provozierte ihn, gab Widerworte, so wie vor Hopes Verschwinden. Ich sagte ihm, dass ich dieses Baby für ihn bekam, weil ich uns eine richtige Familie schaffen wollte."

Sie hielt inne und erinnerte sich. „Er lächelte schwach. Das werde ich nie vergessen. Und er antwortete, er sei froh, dass dieses Baby nicht wieder von diesem Handwerker stamme."

„Also wusste er die ganze Zeit, wer Hopes Vater war?"

„Ich habe keine Ahnung, wie und wann er es herausgefunden hat. Vielleicht hat er nur geraten. Aber als ich nicht widersprach, meinte er, die richtige Abstammung allein könne ein Baby natürlich nicht schützen. Der Volksmund behaupte zwar, der Blitz schlage nicht zweimal in denselben Baum, aber ich solle mich lieber nicht zu sehr darauf verlassen. Wäre es nicht tragisch, wenn ich auch dieses Kind verlöre?"

Sie blickte auf. „Ich fragte ihn, wie ich das zu verstehen habe, und er erklärte, es sei offenbar nicht schwierig gewesen, Hope verschwinden zu lassen. Jemand habe sie weggeholt, jemand, der davon profitiert habe, und ich solle vorsichtig sein."

Faith erblasste. „Er hat praktisch zugegeben, Hope gekidnappt zu haben?"

„Nein, das war ja das Raffinierte. Er hat sich nicht festgelegt, sondern nur die Möglichkeit angedeutet – und mich darauf hingewiesen, dass auch du in Gefahr seist, wenn ich nicht täte, was er verlangte."

„Aber du hattest etwas gegen ihn in der Hand. Du hattest die Kennedy-Papiere. Mein Gott, die Warren-Kommission hätte sich darauf gestürzt!"

„Das war eine Sackgasse, Faith. Ich besaß zwar die Dokumente, aber konnte ich der Welt wirklich erzählen, dass der Vater meines zweiten Babys vorgehabt hatte, Kennedy ermorden zu lassen? Und Joe hatte dich als eine Art Pfand für mein Schweigen. Er hat nie *gesagt*, dass er dir wehtun oder dich verschwinden lassen würde, aber die Drohung stand im Raum. Dominik hat sich Sorgen um Hopes Sicherheit gemacht, und er hatte Recht. Dein Vater hat mir zu verstehen gegeben, wie dumm es gewesen war, ihm zu trauen. Ich war schwach gewesen, und durch meine Schwäche hatte ich mir den Weg in die Freiheit verbaut. Wenn ich ihn verlassen hätte, wärst du nie sicher gewesen. Vielleicht hätte er sich mit einem Sorgerechtsstreit begnügt, aber ich wollte es nicht darauf ankommen lassen."

„Deshalb bist du bei ihm geblieben?"

„Er hat die Drohung nie wiederholt, aber das war natürlich auch nicht nötig."

In Faith' Augen schimmerten Tränen. „Vielleicht werde ich das eines Tages verstehen können, ich weiß es nicht. Aber, Mutter, ich bin seit zwanzig Jahren erwachsen und somit seit Jahrzehnten außer Gefahr. Und du bist *noch immer* bei ihm. Dafür kannst du mich nicht verantwortlich machen."

Dies war wohl der schwerste Teil ihrer Enthüllungen, der Teil, für den Lydia keine guten Gründe hatte. Nicht Leidenschaft, nicht

Mutterinstinkt. Sondern schlicht Feigheit. Sie wich dem Blick ihrer Tochter aus.

„Ich habe mindestens hundertmal daran gedacht, ihn zu verlassen. Aber ich bin alt. Mir ist nichts geblieben außer dieser Existenz, die Joe und ich uns aufgebaut haben. Sosehr ich ihn auch verachte für das, was er getan und an jenem Tag geäußert hat, ich bin zu tief in diesem Dasein verwurzelt, um mich daraus zu lösen. Und es ist alles so lange her."

„Bitte sag mir, dass du ihn verlassen hättest, wenn du geglaubt hättest, dass er Hope entführt hat. Sag mir wenigstens das."

Lydia wirkte unsicher. „Joe hatte Gründe, Hope zu kidnappen, aber noch mehr Gründe, es nicht zu tun. Er hat mich gequält, indem er es nicht klar verneinte, aber es war schließlich ein hitziges Streitgespräch. Es gab nie den winzigsten Beleg dafür, dass er etwas mit der Sache zu tun hatte."

Mit weicherer Stimme hakte Faith' nach: „Dann glaubst du nicht, dass er es war?"

Jetzt füllten sich Lydias Augen mit Tränen. „Damals, vor langer Zeit, waren *zwei* Männer unglücklich über die Geburt meiner süßen kleinen Tochter. So viele Jahre sind vergangen, und immer noch weiß ich nur das."

31. KAPITEL

Ham hatte nie einen Weihnachtsbaum gehabt. Er war Jude und überzeugter Humanist, zwei gute Gründe gegen ein traditionelles Weihnachtsfest. Aber als David von seinem Vorstellungsgespräch am „Wesley Theological Seminary“ zurückkam, stand in einer Ecke des Apartments in einem Eimer ein Bäumchen – mit Wurzelballen natürlich, um die Sache umweltverträglicher zu gestalten.

„Du brauchst irgendwas Vertrautes“, meinte Ham. „Aber ich weigere mich, ihn zu schmücken. Ein Freund, der dieses Jahr keinen Baum aufstellen will, hat mir etwas Schmuck geliehen. Du findest ihn unter dem Tisch.“

David starrte die kleine Zimmertanne an. Sackleinen ragte über den Eimerrand. Ham war offenbar nicht bei einem Weihnachtsbaumverkäufer gewesen, sondern in einer Baumschule. „Was kommt als Nächstes? Fährt der Heilige Geist in dich? Lässt du dich taufen?“

„Klar, ich bin der neue Messias. Träum weiter.“

David umarmte ihn. „Das war doch nicht nötig.“

„Es ist ein heidnischer Brauch. Ich kann mir ja einreden, ich sei ein Druide.“

„Vielleicht möchte Alex ihn heute Nachmittag schmücken.“

Ham trat etwas zurück, um Davids Gesichtsausdruck zu studieren. „Du bringst ihn her?“

Alex würde den ersten Weihnachtsfeiertag mit seiner Mutter und den Großeltern verbringen, aber David hatte für das Wochenende eine Hütte in West-Maryland angemietet, sodass Alex und er einen Teil der Weihnachtszeit auf dem Land verbringen konnten. Sie würden wandern, etwas Ski fahren, wenn das Wetter mitspielte, und vor einem prasselnden Feuer Schach spielen. Den Rest hatte er Ham noch nicht erzählt.

„Gestern Abend habe ich mit Faith gesprochen und ihr erklärt, dass ich ihn herbringen will, bevor wir losfahren. Er soll sehen, wie ich lebe.“

„Und sie hatte nichts dagegen?“

„Überhaupt nicht.“ Das war David wie ein erstes Weihnachtsgeschenk vorgekommen.

„Ich werde mich rechtzeitig aus dem Staub machen.“

„Nein, ich habe ihr gesagt, dass du hier sein würdest. Sie fand das in Ordnung.“

„Sie hat dich nicht ermahnt, vor dem Kind keinen Sex zu haben?“

„Sie hält mich offenbar für zurechnungsfähig. Und dich inzwischen vielleicht auch.“

„Pass auf, sonst fange ich noch an, diese Frau zu mögen.“

„Du *würdest* sie mögen, wenn du Gelegenheit hättest, sie kennen zu lernen. Vielleicht bald.“

„Das Wunder der Weihnacht?“

„Sie hat eine harte Zeit hinter sich.“

„Und du sorgst dich noch immer um sie.“ Das war keine Frage.

„Wäre es dir anders lieber?“ wollte David wissen.

„Nein, du bist eben so.“

Faith versuchte Alex beim Packen für den Wochenendausflug zu helfen, aber sie war nicht bei der Sache. Letzte Nacht hatte sie sich im Bett herumgewälzt und an nichts anderes als Lydias Besuch denken können. Heute früh, kurz nach Sonnenaufgang, hatte sie sich entschieden: Sie würde Pavel erzählen, was sie erfahren hatte.

Nicht nur, weil sie ihm versprochen hatte, ihm alles mitzuteilen, was sie über die Entführung herausbekam, sondern vor allem, weil Hope auch Pavels Schwester war. Faith und Pavel hatten eine gemeinsame Halbschwester, die sie nicht kannten.

„Mom, sechs Unterhosen und Sockenpaare sind zu viel. Überlass das Packen mir." Entnervt nahm Alex ihr die Unterwäsche aus den Händen.

Sie verzichtete auf den Hinweis, dass sie noch immer die Wäsche ihres Sohnes wusch, dass sie diese Sachen während seines jungen Lebens etwa eine Million Mal in die Maschine gesteckt, getrocknet und zusammengelegt hatte. Sie nickte nur verständnisvoll.

„Nur zu. Du weißt besser als ich, was du brauchst."

„Dad kommt erst um drei. Dann kann ich immer noch mit dem Packen anfangen."

„Warum muss eigentlich immer alles auf den letzten Drücker passieren?"

„Weil ich eben so bin."

Alex war gerade zwölf geworden, und sie bekam gerade einen Vorgeschmack darauf, wie es sein würde, mit *zwei* pubertierenden Teenagern zusammenzuleben. „Schön, es ist deine Sache. Vergiss aber Daddys Geschenk nicht, ja?"

Alex hatte aus unzähligen Schulfotos von Remy und ihm einen Bildschirmschoner für Davids Computer erstellt. Faith vermutete, dass auch sie eine Kopie davon auf einer Diskette unter dem Baum finden würde.

„Glaubst du, es wird ihm gefallen?" fragte Alex. „Du meinst nicht, dass Remys Fotos ihn traurig machen werden?"

„Natürlich will er Fotos von euch *beiden* sehen."

„Ich habe sie gefragt, ob sie mit nach Maryland will."

Sie konnte sich vorstellen, wie Remys Antwort gelautet hatte. „Das war nett von dir", lobte sie ihren Sohn.

„Du lässt sie zu Megan gehen?"

Normalerweise mischte Alex sich nicht in Fragen der Erziehung seiner Schwester ein, aber jetzt schien er unglücklich, dass auch Remy übers Wochenende nicht hier sein würde.

„Sie braucht einen Tapetenwechsel, genau wie du. Und in den Ferien hat sie keine Hausaufgaben auf, die sie machen müsste."

„Du wirst ganz allein hier sein."

„Das ist in Ordnung. Remy hat Megan ewig nicht getroffen, also haben sie viel nachzuholen. Ich werde die Feiertagseinkäufe erledigen und das Haus putzen. Hey, vielleicht backe ich sogar diese Pfefferminz-Kekse, die du so magst."

„Ich habe fürs Wochenende schon eine ganze Dose Kekse mit."

„Ich brauche noch mehr, für all die Nachbarn."

„Vielleicht sollte Remy hier bleiben und helfen."

„Fürchtest du, ich könnte mich einsam fühlen?"

Er zuckte mit den Schultern.

„Manchmal ist ein stilles Haus ganz angenehm." Sie ging und ließ ihn mit seiner Wäsche und seinen Sorgen allein. Sobald er mit David unterwegs war, würde er schnell auf andere Gedanken kommen.

Als Nächstes schaute sie bei ihrer Tochter vorbei, um zu fragen, ob sie Hilfe brauchte. Von der Tür aus hatte es den Eindruck, als sei sie auch noch nicht weiter als ihr Bruder. „Hast du alles, was du brauchst? Ich habe eine Dose Kekse für Megans Mom."

„Megans Mom backt jedes Jahr zu Weihnachten eine Million Kekse. Sie braucht deine nicht", entgegnete Remy patzig.

„Es soll ein Mitbringsel sein. Bist du nicht froh, dass du mit

Megan und deinen anderen Freundinnen zusammen sein kannst, Schatz? Du wolltest doch hin."

„Ist mir egal."

Faith hatte gehofft, dass Remy nach McLean zurückkehren, alte Freundschaften auffrischen und sich in den glücklichen Teenager zurückverwandeln würde, der sie einst war. Allerdings glaubte Faith auch an die jungfräuliche Geburt, an Engel und weise Männer, die dem armen Elternpaar Geschenke gebracht hatten.

„Du kannst hier bleiben", bot sie an, obwohl sie die Antwort kannte. „Im Haus ist noch immer viel zu tun. Ich kann Hilfe gebrauchen."

„Du bist *so* leicht zu durchschauen. Ich versuche hier fertig zu werden, ja?"

Faith ging nach unten. Da sie nun ein paar Minuten Ruhe haben würde, rief sie bei „Scavenger" an und fragte nach Pavel. Seine Sekretärin schrieb ihm eine Notiz, warnte sie aber, dass er heute womöglich gar nicht mehr ins Büro käme.

Sie versuchte es bei ihm zu Hause und hinterließ eine Nachricht auf seinem Anrufbeantworter. Ihr Blick war auf die schmale Wand neben dem Telefon gerichtet, an der nur ein Kalender hing. Plötzlich sprang ihr das Datum ins Auge. Wieder oben in ihrem Zimmer, durchwühlte sie die Zeitungsberichte, die sie in der Bibliothek kopiert hatte, und fand schließlich das Gesuchte.

Heute vor achtunddreißig Jahren hatte sich Dominik Dubrov auf einem Dachboden in Georgetown erhängt.

Sie ließ sich auf der Bettkante nieder und überlegte, ob Pavel sich dessen wohl bewusst war. Ignorierte er den Todestag seines Vaters – oder beging er ihn irgendwie? Sie fragte sich, was sie in seiner Lage tun würde.

Ein paar Minuten später hatte sie ihren wärmsten Mantel an,

obwohl sie nur nach nebenan wollte. „Ich bin gleich wieder da", rief sie nach oben. „Ich bringe Dottie Lee ein paar Kekse."

Obwohl sie heute früh schon zweimal gestreut hatte, waren die Stufen vereist. Sie schob erst den Neuschnee von der Treppe, bevor sie vorsichtig hinunterging. Nebenan öffnete ihr Mariana die Tür und nahm ihr den Mantel ab.

Dottie Lees Festtagsdekor war unorthodox, aber wirkungsvoll. An den Türen hingen Schnüre mit farbenfrohen Origami-Tieren. Ukrainische Ostereier zierten einen Tisch-Weihnachtsbaum. Vor der Kaminöffnung ritt eine Pappmaché-Hexe auf ihrem Besen.

„La Befana", kommentierte Dottie Lee, als sie die Treppe herunterkam. „Am Dreikönigsabend bringt sie den guten italienischen Kindern Süßes und den unartigen Kohlen."

Faith hielt ihr die bunte Dose hin. „Für Mariana und Sie. Und wir möchten Sie zum Abendessen am ersten Weihnachtstag einladen. Wir fahren zwar tagsüber zu meinen Eltern, kommen aber früh genug zurück, um abends in Ruhe zu feiern."

Dottie Lee zögerte. „Warum kommen Sie stattdessen nicht zu mir?"

„Ich will Ihnen keine Arbeit machen. Zur Abwechslung sollen Sie einmal unser Gast sein."

„Ich gehe nicht oft aus dem Haus, wissen Sie."

Faith dachte, sie meine das Winterwetter. „Wenn es schneit, holen Alex und ich Sie ab. Ich möchte nicht, dass Sie auf dem Eis ausrutschen."

„Faith, meine Liebe, seit unzähligen Jahren gehe ich nur noch in meinen Garten – und in letzter Zeit ab und zu kurz in Ihren."

„Oh ..." Faith schämte sich für ihre lange Leitung. Wie viele Hinweise darauf, dass Dottie Lee ans Haus gefesselt war, hatte sie ignoriert? „Tut mir Leid. Haben Sie Angst, das Haus zu verlassen?“

„Ich fürchte, ja.“

„Aber als Sie mir den Scotch geschenkt haben, waren Sie in unserem Haus. Und dann noch einmal vor der Haustür.“

„Beide Besuche waren zwingend notwendig.“

„Wollen Sie es noch einmal versuchen?“ schlug Faith vorsichtig vor.

Dottie Lee kaute auf ihrer Unterlippe.

„Die Häuser sind miteinander verbunden“, führte Faith aus. „Wenn hier eine Tür wäre ...“, sie klopfte an die gemeinsame Mauer, „... dann wäre mein Haus auch Ihr Haus.“

„Aber da ist keine Tür.“

„Ich will Sie nicht bedrängen. Es ist nur so, dass Sie jetzt praktisch zur Familie gehören.“

Dottie Lee überlegte kurz und nickte. „Wir werden kommen. Vielleicht gehe ich relativ früh wieder. Wäre das in Ordnung?“

„Wir können ein zweiteiliges Dinner veranstalten. Wenn Sie von unserem Haus genug haben, feiern wir hier bei Ihnen weiter.“

„Weiß Ihre Mutter eigentlich, was für ein Segen Sie sind?“

Bevor Dottie Lee sie mit ihren Schmeicheleien vom Kurs abbringen konnte, kam Faith auf den unmittelbaren Anlass ihres Besuchs zu sprechen. „Dottie Lee, es gibt noch etwas, worüber ich reden möchte.“

„Ich bin froh, wenn wir meine Neurosen vorerst nicht mehr erwähnen.“ Sie wies auf das Sofa, aber Faith schüttelte den Kopf.

„Ich komme gleich zur Sache: Ich habe herausgefunden, dass meine Mutter ein Verhältnis mit Dominik Dubrov hatte und dass Dominik Pavels Vater war. Ich möchte wetten, dass Ihnen das schon lange klar war, oder?“

Dottie Lee wirkte nicht im Mindesten überrascht. „Weiß Ihre Mutter, dass Sie das wissen?“ Als Faith nickte, seufzte Dottie Lee. „Gut.“

„Ich weiß auch, dass Dominik Dubrov sich heute vor achtunddreißig Jahren das Leben genommen hat.“

„Ja. Eine Tragödie.“

„Ich versuche Pavel zu finden. Und ich wollte Sie fragen, ob Sie wissen, wo sein Vater begraben ist.“

„Sie glauben, Pavel könnte dort sein?“

Faith war sich bewusst, dass das weit hergeholt war, sehr weit. Aber Pavel hatte selbst gesagt, dass er manchmal zum Grab seines Vaters ging. Welcher Tag eignete sich besser?

„Es wäre möglich“, antwortete Faith. „Und selbst wenn nicht ...“ Sie hatte eigentlich keinen Grund, das Grab zu besuchen. Das Verhältnis zwischen Dominik und ihrer Mutter war einer der Gründe für ihre unglückliche Kindheit gewesen. Dennoch faszinierte sie diese Geschichte. Er war für sie eine tragische Figur, ein Mann, dem nichts geblieben war und der nur diesen einen Ausweg gesehen hatte, um seinen Kummer zu beenden.

Dottie Lee unterbrach ihre Gedanken. „Gibt es etwas, was Sie ihm mitteilen wollen? Dominik, meine ich?“

Genau das beabsichtigte Faith. Nur *was* wollte sie ihm sagen? „Ich weiß, was Sie der Polizei erzählt haben, aber sind Sie sich ganz sicher, dass er Hope nicht entführt hat?“ Sie erwähnte nicht, dass Hope Dominiks Tochter war. Höchstwahrscheinlich hatte Dottie Lee sich das schon zusammengereimt, aber es war an Lydia, es der alten Dame zu beichten.

„Am Ende werden Sie feststellen, dass alles zusammengehört, meine Liebe. Ich habe nie geglaubt, dass ein Fremder das Kind mitgenommen hat.“

„Aber Sie haben Dominik ein Alibi verschafft", hakte Faith nach.

Ihr fiel auf, dass Dottie Lee nicht protestierte und behauptete, in diesem Punkt nur die Wahrheit gesagt zu haben. „Hätte ich der Polizei nicht erzählt, dass er bei mir gewesen ist, dann wäre Dominik vielleicht noch am Leben. Sie hätten ihn vielleicht ins Gefängnis gesteckt, und dort hätte er sich nicht so leicht umbringen können. Daher habe ich ihn bestatten lassen, weil sich sonst niemand darum kümmerte. Er ist in der Oak-Hill-Parzelle meiner Familie begraben, zwischen Senatoren und Staatsmännern. Er hatte etwas Besseres verdient als ein Armengrab. Was auch immer Sie von ihm halten, Dominik war ein guter Mann. Wenn Sie ihn heute besuchen, richten Sie ihm bitte aus, dass ich das immer noch glaube."

Remy wollte nicht zu Megan. Alle ihre alten Freundinnen würden zu Besuch kommen, und sie würden sich über Dinge unterhalten, mit denen Remy nichts mehr am Hut hatte. Sie war einigen von den Mädchen bei der Pferdeschau begegnet, und obwohl sie nett zu ihr gewesen waren, wusste sie genau, dass sie später hinter ihrem Rücken über sie geredet hatten.

Außerdem kamen sie ihr jetzt sehr jung vor. Manche der Jungs, über die sie sprachen, waren nicht einmal auf der High School. Sie hatte nicht viel über Enzio erzählt, weil Megan es womöglich ihrer Mutter und diese es wiederum Faith berichten würde. Bisher hatte Remy dieses Geheimnis für sich behalten können.

Seit Wochen hatte ihre Mutter es ihr fast unmöglich gemacht, Enzio zu treffen, aber Remy hatte Wege gefunden. Am einfachsten war es, sich davonzustehlen, wenn ihre Mutter aus dem Haus ging und sie mit Alex allein ließ.

Alex hatte natürlich mitbekommen, dass Remy sich oft davonschlich. Er wusste auch, dass Remy ihm das Leben zur Hölle machen würde, wenn er es Faith petzte. Alex wollte cool und erwachsen sein. Er redete sich das gerne ein, was natürlich absurd war, aber sie nutzte diesen Umstand aus. Bisher hatte er den Mund gehalten.

Sie war auch direkt von der Schule zu Enzios Haus gegangen. Einmal hatte sie sich während einer Schülerversammlung der achten Klassen davongestohlen. Sie war gerade rechtzeitig zur Schule zurückgekehrt – wenn auch außer Atem vom Laufen –, um sich von Faith abholen zu lassen.

Sie hatte sogar Unterricht geschwänzt, um zu Lawford's zu gehen. Das erste Mal hatte einer ihrer Lehrer sie erwischt, aber sie hatte ihm vorgelogen, sie müsse in die Bibliothek. Zum Glück hatte eine Prügelei im Flur ihn abgelenkt, bevor er das überprüfen konnte.

Beim zweiten Mal musste sie feststellen, dass Enzio frei hatte, und da die Zeit nicht reichte, um zu seinem Haus zu laufen, besuchte sie stattdessen Ralph. Ralph erinnerte sich sofort an sie und wollte wissen, warum sie nicht in der Schule war. Sie erzählte es ihm, und er reagierte völlig gelassen, hörte zu und nickte, als verstünde er sie vollkommen. Er hatte die Schule, wie er sagte, auch gehasst, weil er anders als die anderen gewesen war. Aber jetzt gehe er auf die Abendschule, und sie müsse einfach durchhalten. Neue Freunde seien schwer zu finden, aber sie werde schon noch Leute kennen lernen, die sie so mochten, wie sie eben war; er habe es schließlich auch geschafft.

Ralph war anders als alle anderen Männer, die sie kannte, aber trotz seiner blöden Belehrungen mochte sie ihn durchaus – so, wie er eben war.

Sie starrte die Decke an und überlegte, worüber sie mit den anderen bei Megans Party überhaupt reden konnte, als Alex in ihr Zimmer kam. Ihre Mutter war nebenan bei der alten Schachtel, und Alex lehnte sich an den Türrahmen, als wären sie beide alte Freunde. Trotz der entspannten Haltung schien er sich unwohl zu fühlen.

„Du besuchst Megan?" fragte er.

„Und?"

„Du gehst nicht woanders hin?"

„Megan gibt eine Party."

„Du könntest noch immer mit Daddy und mir nach Maryland."

„Als ob ich es an einem Ort aushalten würde, wo er ist."

„Du fehlst ihm, Remy."

Einen Augenblick lang konnte sie nichts erwidern. Es war ihr wirklich völlig schnuppe, ob David sie vermisste, aber irgendwie hatte sie einen Kloß im Hals. „Ich komme nicht mit."

„Jesus hat gesagt, wir müssen einander vergeben."

„Dann soll Jesus ihm halt vergeben. Seit wann bist du so ein schmieriger kleiner Wanderprediger?"

„Er ist dein Dad. Er ist derselbe Dad wie immer."

„Nicht derselbe. Er ist 'ne Tunte, schon vergessen?"

Die Haustür knarrte und wurde zugezogen. Faith rief nach oben: „Alles in Ordnung bei euch?"

„Was glaubt sie denn?" Remy zog eine Grimasse und griff nach der Katze, die über ihr Bett spazierte, als gehöre es ihr. Gast und Fleckchen hielten sich noch immer am liebsten in Remys Zimmer auf. Sie waren das Einzige, was Remy an diesem Haus mochte.

„Wir sind okay", rief Alex in den Flur.

„Wann wird dir endlich klar, dass Mom diese dummen Fragen

nur aus Neugier stellt? Es interessiert sie im Grunde gar nicht, ob es uns gut geht. Sie fragt nur aus Gewohnheit." Remy zog Gast an ihre Brust. Die Katze wand sich kurz und fügte sich dann in ihr Schicksal.

„Das ist Quatsch." Alex klang entrüstet. „Du hasst alle Leute."

„Yeah, vor allem dich."

„Weißt du, früher habe ich mir gewünscht, du zu sein, aber jetzt fände ich das ganz furchtbar." Er zog ab.

Seltsamerweise verletzte sie das. Sie wollte nicht Alex' Freundin sein. Wozu auch? Aber seine Bewunderung hatte ihr immer gefallen. Sie war die Clevere, die Beliebte, die Gute. Er war immer neidisch auf sie gewesen, und das hatte sie gut gefunden.

Sie versuchte ihn zu vergessen, indem sie ein paar Sachen in den Rucksack warf, den sie zu Megan mitnehmen würde. Als Faith wieder hochkam, um nach ihr zu sehen – wie eine Gefängniswärterin, die ihren Rundgang machte –, war sie fast fertig.

„Sally wird gleich da sein", sagte Faith.

„Du musst mich nicht alle naselang daran erinnern."

„Alex ist auch fertig, und ich muss noch etwas besorgen. Stört es dich, wenn ich schon aufbreche? Alex meint, es macht ihm nichts aus, allein zu bleiben, wenn du vor ihm abgeholt wirst."

Remy presste sich die Faust an die Brust, als hätte sie einen Herzinfarkt. „Du meinst, ich darf *wirklich* länger als fünfzehn Minuten ohne dich in diesem Haus bleiben?"

Faith' Augen verengten sich zu schmalen Schlitzen. „Vielleicht nicht."

Remy merkte, dass sie den Bogen überspannt hatte. „Natürlich kannst du gehen, Mom. Wir kommen zurecht. Ich werde die Tür gut abschließen, wenn ich das Haus verlasse, und werde auch Alex daran erinnern."

Faith fixierte sie. „Ich spiele nicht gerne die Gefängnisaufseherin."

„Du nimmst das alles zu ernst."

„Ich halte es für ernst. Du nicht?"

„Ich will nur meine Ruhe haben. Ich möchte nicht, dass andere Leute sich meinen Kopf zerbrechen und über mein ganzes Leben bestimmen."

„Du willst erwachsen sein, aber das bist du nicht."

„Lass uns einfach so tun als ob, ja? Nur für eine halbe Stunde. Ich bleibe hier, und du kannst gehen. Und ich werde das Haus nicht abfackeln und mir auch kein Kokain reinziehen, während du weg bist."

„Remy, du müsstest dich mal reden hören! Willst du, dass alle, die dich lieben, das bereuen?"

Faith' Äußerung erinnerte sie stark an das, was Alex ihr an den Kopf geworfen hatte. „Lass mich einfach in Ruhe!" Da Gast gerade nicht in Reichweite war, griff sie nach einem Kissen und schlang die Arme darum.

„Wir werden weiterreden, wenn du von Megan zurückkommst."

„Ich will nicht reden."

Faith sah aus, als wolle sie noch etwas sagen, besann sich aber eines Besseren. „Vergiss es erst mal und genieß den Abend."

Ein paar Minuten später wurde die Haustür zugezogen. Von Faith' Schlafzimmerfenster beobachtete Remy, wie ihre Mutter die Straße überquerte und über den Gehweg zu ihrem Auto lief. Sie wartete, bis Faith wirklich losgefahren war. Dann schloss sie die Zimmertür und griff nach dem Telefon.

Während sie es klingeln ließ, betete sie, dass jemand abhob. Nach dem vierten Klingeln meldete sich Megan. „Hey, Meg", begrüßte Remy sie. „Ich dachte schon, ich erwische dich nicht mehr.“

Sie hörte ihrer Freundin zu, die sich darüber ausließ, wo sie gewesen war und warum sie nicht schneller abgehoben hatte. „Ich komme nicht“, sagte Remy, als Megan Luft holte. „Mir ist übel. Ich warte noch ein Weilchen und hoffe, dass es besser wird. Wenn ja, komme ich später.“ Sie hatte genug Geld gespart, um ein Taxi nach McLean zu bezahlen. Das hieße, dass sie kein Weihnachtsgeschenk für Alex kaufen konnte, aber dazu war sie sowieso zu sauer.

Sie ließ Megans Geplapper noch eine Weile über sich ergehen. „Ich muss aufhören“, meinte Remy. „Ich ruf dich später nochmal an. Richte deiner Mom einfach aus, dass sie mich nicht abzuholen braucht, okay? Und ruf nicht hier an, weil ich etwas schlafen will.“ Sie legte auf, bevor Megan ein neues Thema anschneiden konnte.

Der Rest des Nachmittags gehörte ihr. Sie konnte ihr Glück kaum fassen: Sie würde eine Menge Zeit mit Enzio verbringen können und am späten Abend mit einem Taxi zu Megan fahren. Faith würde es nie erfahren.

Zu dumm, dass es Winter war. Sie hätte sich gerne sexy und cool zurechtgemacht – nicht, dass ihre Mutter irgendetwas wirklich Freizügiges in ihrem Kleiderschrank duldete. Also zog sie ein schwarzes Top und darüber eine knallgelbe Bluse an, die sie über dem Bauch verknotete. Sie glitt in ihre roten Caprihosen, sodass ihre Taille frei blieb, und zog dazu ihre plumpsten Plateauschuhe an. Es widerstrebte ihr, die Wirkung durch einen Mantel zunichte zu machen, aber sie wusste, dass Megans Mutter schimpfen würde, wenn sie ohne Mantel bei ihr auftauchte. Sie konnte das Ding ja ausziehen, bevor sie an Enzios Tür klopfte.

Sie hoffte inständig, dass er da war. Seine Mitbewohner waren über Weihnachten nach Hause gefahren, außer Colin, der noch eine Hausarbeit fertig schreiben musste. Er war die ganze Zeit in der Bibliothek. Die Chancen standen gut, dass Remy Enzio allein antreffen würde.

Alex war schon unten und versuchte mit einem Finger, eine Melodie auf dem Klavier zu spielen. „Was soll das sein?“ fragte sie.

„‚Say My Name‘. Von Destiny’s Child, weißt du?“

Sie schob ihn zur Seite und spielte den Song auf Anhieb perfekt. Dann fügte sie ein paar Akkorde hinzu.

„Hey, das ist gut.“

Entnervt schloss sie das Klavier. „Ich gehe. Ich habe Megans Mutter vorgeschlagen, mich an der Ecke einzusammeln. Dann muss sie keinen Parkplatz suchen.“

„Du lügst. Ich habe gehört, was du am Telefon gesagt hast. Du hast ihr erzählt, dass dir schlecht ist und du nicht kommst.“

„Du hast dich verhört.“

„Ich bin nicht taub. Mein Zimmer liegt direkt neben dem von Mom.“

„Ich mach mich jetzt auf den Weg. Ich möchte nicht hier sein, wenn dein Vater dich abholt. Ich gehe und warte auf Megans Mom.“

Ihm war durchaus aufgefallen, dass sie von *seinem* Vater gesprochen hatte, aber er tat so, als hätte er es nicht bemerkt. „Wohin gehst du wirklich?“

„Das hab ich dir doch schon mitgeteilt.“ Remy lief zur Tür und drehte sich um. „Es wäre ein Jammer, wenn du irgendwem erzählen würdest, was du dir da zusammenreimst. Denn ich könnte auch über dich Lügen verbreiten. Mir fallen Millionen Lügen ein, die dir echt eine Menge Ärger einbringen würden.“ Sie schloss die Tür hinter sich, bevor er antworten konnte.

Als sie die Straße entlangschlenderte und sich eigentlich über die unerwartete Freiheit freuen wollte, musste sie ständig an Alex denken. Er hatte alles verdorben. Alex mit seinem blöden besorgten Blick. Alex, ihr dämlicher kleiner Bruder, der ihr vorschreiben wollte, was sie von allem und jedem zu halten hatte.

Sie war älter als er und wusste viel mehr. Sie war alt genug, um auf College-Jungs wie Enzio attraktiv zu wirken, und sie war alt genug, eigene Entscheidungen zu treffen. Alle behandelten sie wie ein Baby, aber diese Sache würde sie jetzt selbst in die Hand nehmen. Enzio war vielleicht ein bisschen zu alt für sie, aber sie hatte ihn im Griff. Sie hatte ihr Leben im Griff. Sie würde allen beweisen, dass sie alt genug war, eigene Wege zu gehen.

32. KAPITEL

Mitte des neunzehnten Jahrhunderts war der Oak-Hill-Friedhof in Georgetown zum Vorzeigeobjekt einer neuen Strömung in der Friedhofsarchitektur geworden. Statt übervölkerter Kirchenhöfe legte man regelrechte Landschaftsgärten an, mit gewundenen Wegen und weitläufigen Terrassen, von denen man weit in die Runde blicken konnte: die Vorläufer moderner öffentlicher Parkanlagen.

Oak Hill mit seinem Schlüsselblumenweg und seinem Veilchenweg, der neugotischen Kapelle und den Marmorstatuen war eine gut abgeschirmte Oase in Georgetown, in die man als Lebender fast ebenso schwer hineinkam wie als Toter. Aber Faith hatte hier an etlichen Begräbnissen von Kollegen ihres Vaters teilgenommen und kannte sich auf dem sechs Hektar großen Gelände gut aus.

Dottie Lee hatte ihr die Nummer ihrer Familienparzelle genannt, und mit der Hilfe eines Verwalters – den ihr Familienname genügend beeindruckt hatte, um sie hineinzulassen – fand sie den richtigen Pfad. Sie ging langsam und setzte vorsichtig einen Fuß vor den anderen, denn eine dünne Schneeschicht bedeckte den Boden, der stellenweise mit Eis überzogen war. Sie kam nur an wenigen Besuchern vorbei. Eine in einen langen Nerzmantel gehüllte Frau weinte still neben einem Trio steinerner Cherubim, die ein Grab zierten. Weihnachten war nicht für alle Menschen ein frohes Fest.

Faith erwartete nicht wirklich, Pavel hier zu finden. Er konnte überall sein, vielleicht sogar selig in den Armen einer anderen Frau liegen. Die Idee, den Friedhof zu besuchen, war ihr sehr plötzlich gekommen, aber das kümmerte sie nicht. Indem sie Dominiks Grab aufsuchte, fühlte sie sich der Lösung des Rätsels um Hopes Verschwinden einen Schritt näher.

Als sie vorsichtig den Pfad entlanglief, versuchte sie sich die aussichtslose Situation vorzustellen, die Dominik in den Tod getrieben hatte. Seine Frau und sein Sohn waren an die Westküste gezogen, aber er hätte zu ihnen reisen und sich um eine Versöhnung bemühen können. Sein Töchterchen hatte man aus dem Haus der Mutter gekidnappt, aber seit der Entführung waren erst fünf Monate verstrichen. Hatte der Verdacht, dass seiner Tochter etwas Schreckliches widerfahren war, ihn dazu gebracht, sich umzubringen?

Oder hatte er *gewusst*, was mit ihr passiert war?

Sie bog ab und ging an drei hoch aufragenden Laubbäumen vorbei den Hügel hinab. Sobald sie dort unten angelangt war, musste sie die Inschriften der Gräber und Kreuze lesen, aber wie sich zeigte, war das nicht nötig.

Als sie an den Bäumen vorüber war, sah sie Pavel, der fünfzig Meter vor ihr stand und zu Boden blickte, wohl auf das Grab seines Vaters.

Sofort blieb sie stehen. Sie fühlte sich wie ein Eindringling. Der Tod seines Vaters hatte ihn mit zu dem Menschen gemacht, der er war. Er hatte keine Erinnerungen an Dominik Dubrov, er trug nicht einmal seinen Nachnamen. Aber der Mann, der in einem Armengrab verscharrt worden wäre, hätte nicht diese liebenswürdige, exzentrische Dame es zu verhindern gewusst, war für Pavel wichtig.

Sie beobachtete, wie er auf seinen Hacken wippte. Er hielt eine Wollmütze in den Händen, und als er sich umdrehte und sie aufsetzte, ging Faith auf ihn zu.

Als sie ein Stück näher gekommen war, erkannte er sie. Er wirkte weder erfreut noch überrascht, nur auf der Hut. Sie wünschte, es wäre nie so weit gekommen.

„Faith?“ Pavel zog sich die Mütze über die Ohren. „Was machst du hier?“

„Dottie Lee hat mir verraten, wo dein Vater beerdigt worden ist. Ich wollte mir das Grab anschauen.“

„Es gibt nicht viel zu sehen. Ein einfacher Stein.“

„Seit wann weißt du, dass er hier liegt?“

„Als ich nach Washington zurückkam, habe ich Nachforschungen angestellt und auf Mikrofilm eine Todesanzeige gefunden. Ich hätte einen schöneren Stein machen lassen können, aber dazu hätte ich Dottie Lees Erlaubnis gebraucht.“

„Sie sollte also nicht erfahren, dass Dominik dein Vater war, ja? Aber sie war nicht überrascht, als ich es ihr heute erzählt habe.“

„Sie weiß es schon eine Weile. Sie hat mich das spüren lassen, als ich dich zum ersten Mal besucht habe, auch wenn sie es nie klar ausgesprochen hat.“

„Warum hast du es ihr nicht einfach gesagt? Du warst neugierig auf deinen Vater, und sie war mit ihm befreundet.“

„Ich dachte, mit Abwarten und Beobachten käme ich weiter.“

Faith verspürte den Impuls, den Reißverschluss seiner schwarzen Lederjacke hochzuziehen. Pavel sah aus, als könne er zehn Stunden Schlaf und eine warme Mahlzeit vertragen. Sein Vater war seiner Depression erlegen. Sie hoffte, dass der Sohn mehr Widerstandskräfte hatte.

„Ich schätze, ich bin hier, um deine Geduld zu belohnen“, begann sie.

„Wie meinst du das?“

„Meine Mutter hat mir etwas mitgeteilt, das du wissen solltest. Deshalb habe ich versucht, dich ausfindig zu machen.“

„Nicht um mich zu trösten, hm?“

Sie musste sich eingestehen, dass es durchaus auch um Trost

und Versöhnung ging. Sie fühlte sich diesem Mann noch immer verbunden, und zwar nicht nur aufgrund ihrer verwandtschaftlichen Beziehungen.

„Hope war nur meine Halbschwester." Sie verschränkte die Arme vor der Brust, sowohl um sich zu wärmen, als auch um sich zu schützen. „Sie war auch deine Halbschwester."

Einen Augenblick hatte es den Anschein, als sei er zu erschöpft, um das zu begreifen. Dann machte es klick. „Mein Vater war ihr Vater?"

Faith erzählte ihm die Geschichte.

„Dann wusste mein Vater davon? Und dein Vater?"

Sie hatte ihm verschwiegen, dass Joe von Lydia erpresst worden war. Selbst das Wort kam ihr überzogen vor, wie aus einem Groschenroman. Sie vermied den Ausdruck. „Mein Vater hatte auch etwas zu verheimlichen. Es hatte nichts mit der Entführung zu tun, aber meine Mutter konnte es gegen ihn verwenden. Unter diesem Druck willigte er ein, Hope als sein Kind aufzuziehen."

„Man fragt sich wirklich, welche der Familien verrückter war."

„Das gibt den Ereignissen eine neue Wendung", sagte Faith. „Die Möglichkeit, dass dein Vater Hope entführt hat, um sich zu rächen, scheidet aus. Aber vielleicht hatte er andere Gründe. Heute hat Dottie Lee mehr oder weniger zugegeben, dass sie ihm ein falsches Alibi verschafft hat. Ich glaube nicht, dass er an jenem Nachmittag bei ihr gearbeitet hat."

Das schien ihn nicht zu überraschen. „Du meinst, er wollte Hope womöglich selbst großziehen?"

„Oder sie beschützen."

Pavel zog die Brauen hoch. „Vor deinem Vater?"

„Meine Mutter hat meinen Vater gezwungen, Hope als sein

Kind anzuerkennen. Der Senator ist kein Mann, der aufgibt, solange er noch Waffen in seinem Arsenal hat. Dein Vater hat das vielleicht erkannt."

„Dann hätte mein Vater Hope also weggeholt, um sie vor deinem zu schützen?"

„Das wäre denkbar. Vielleicht ist ihr nach der Entführung etwas zugestoßen. Oder er hat sie nicht an sich genommen, aber musste dann erkennen, dass mein Vater sie hatte kidnappen lassen. Vielleicht fühlte dein Vater sich schuldig, weil er nichts unternommen hatte."

Pavel wirkte noch erschöpfter als zuvor. „Wir können ihn nicht mehr fragen. Er hat das Geheimnis mitgenommen, als er das Seil über den Balken warf."

Faith wusste, dass Pavel dieses Bild immer verfolgen würde. „Der Selbstmord irritiert mich, Pavel, nicht nur weil ein Mensch sich selbst getötet hat, sondern auch, weil ich mir keine Situation vorstellen kann, die nach einer so radikalen Lösung verlangte."

„Trotz allem, was du weißt, kannst du dir nicht vorstellen, was ihn so deprimiert hat?"

„Die dunkle russische Seele, das gute alte Klischee? Hat dein Vater wirklich unter Depressionen gelitten? Oder hat er etwas so Schreckliches erfahren, dass er nicht mehr leben wollte? War er so verzweifelt, dass er keinen anderen Ausweg sah?"

„Es gibt einen Menschen, der die Antwort kennen könnte. Leider ist er wie vom Erdboden verschluckt."

Faith schaute ihn verwirrt an, deshalb klärte er sie auf: „Sandor. Der Gehilfe meines Vaters. Ein entfernter Cousin, erinnerst du dich noch? Aus dem ungarischen Familienzweig."

„Ich weiß nur, dass Sandor an den Arbeiten in unserem Haus beteiligt war." Faith versuchte, die Puzzlestücke zusammenzufügen. Die Entführung lag so lange zurück, und Sandor war für sie nur eine der vielen Nebenfiguren gewesen.

„Offenbar hat mein Vater ihn ausgebildet. Sandor erledigte die Routinearbeiten, mein Vater die komplizierteren Aufgaben."

„Aber die Polizei hat ihn bestimmt befragt", meinte Faith. „Soweit mir bekannt ist, haben sie mit allen gesprochen, die irgendwie mit unserer Familie zu tun hatten. Sie haben meine Eltern gebeten, sämtliche Hochzeitsgäste, alle Bekannten, die je eine ihrer Partys besucht hatten, und alle von Dads Wahlkampfhelfern aufzulisten."

„Sie haben Sandor vernommen", antwortete Pavel. „Er hat geschworen, dass mein Vater so etwas nie hätte tun können und so eine Tat nie auch nur angedeutet hat."

„Sandor und dein Vater waren verwandt. Er könnte gelogen haben, um einen Angehörigen zu schützen." Sie dachte über ihre Worte nach. „Du sagst, er ist spurlos verschwunden?"

„Die Männer in meiner Familie scheinen kein großes Durchhaltevermögen zu besitzen. Sandor hat ein paar Jahre nach dem Tod meines Vaters geheiratet und zwei Kinder in die Welt gesetzt. Noch bevor sie schulpflichtig wurden, ist er ohne ein Wort fortgegangen. Seine Frau hat irgendwann wieder geheiratet, seine Kinder sind jetzt erwachsen, und bis heute weiß kein Mensch, wo er abgeblieben ist. Dass er vom FBI verhört worden ist, haben mir seine Kinder erzählt."

„Hast du diese Angaben überprüft?" Sie fragte nur der Form halber.

„Sandor war auch mein Verwandter. Ich hatte irgendwie den Wunsch, meine Familie kennen zu lernen. Leider wollen seine Kinder nichts mit ihm oder irgendwelchen Leuten zu tun haben, die sie an ihn erinnern."

„Pavel, als wir uns das letzte Mal unterhalten haben, hast du behauptet, mir alles erzählt zu haben."

Er zupfte an seiner Mütze. „An diese Sache habe ich nicht gedacht. Ich hatte gehofft, einen Cousin wiederzufinden, nicht einen Kidnapper. Nichts, was ich über Sandor erfahren habe, erscheint mir für den Fall wichtig."

„Alles ist wichtig."

„Das wird allmählich zur Besessenheit. Wir haben ein Leben. Ich besitze eine Firma, in der im Moment alles drunter und drüber geht, und du hast Kinder, die dich brauchen. Aber wir stehen hier in der Kälte, am Grab eines Fremden, und reden über etwas, das vor Jahrzehnten passiert ist, als könnte es unser Leben verändern."

„Das hat es schon. Es hat nicht nur unsere Kindheit beeinflusst, sondern holt uns auch jetzt noch ein."

„Und es beeinflusst unsere Beziehung."

„Hatten wir eine?" Sie hatte distanziert klingen wollen. Es gelang ihr nicht.

„Natürlich. Da war etwas zwischen uns."

Sie wollte es abstreiten, aber was auch immer sich zwischen ihnen abgespielt hatte, es brodelte noch dicht unter der Oberfläche. Sie war nicht nur hier, um etwas über die Vergangenheit zu erfahren, sondern auch etwas über ihre Zukunft.

„Wenn jemand eine Ahnung hat, wohin Sandor verschwunden ist, dann Dottie Lee", meinte sie. „Sie war es, die meiner Mutter Dominik empfohlen hat. Er hat vorher für sie gearbeitet. Und Sandor vermutlich auch."

„Wird sie uns sagen, was sie weiß?"

Dottie Lee gab ihre Informationen immer erst dann preis, wenn sie glaubte, die Zeit sei reif, aber inzwischen fragte sich Faith, ob hinter dieser Zögerlichkeit wirklich nur der Wunsch einer alten Dame nach anhaltender Aufmerksamkeit stand.

Dottie Lee hatte womöglich einen gewichtigeren Grund.

Faith hob den Kopf und sah ihm in die Augen. „Pavel, sie schützt jemanden. Ich hätte das früher erkennen müssen."

„Sie hat meinen Vater beschützt. Sie hat ihn auf ihrer Familienparzelle beisetzen lassen."

„Dein Vater ist tot. Dottie Lee ist alt, aber sie lebt nicht in der Vergangenheit. Sie schützt jemanden, der noch lebt."

„Deine Mutter?"

Faith überlegte, ob sie sich vielleicht doch irrte. „Lass uns einen Kaffee trinken. Ich friere. Lass uns darüber reden und eine Strategie entwerfen. Wir müssen Dottie Lee irgendwie ermutigen, uns alles zu erzählen."

„Es ist eine Weile her, seit wir zuletzt an einem Tisch gesessen haben."

Sie hörte, was in dem Satz mitschwang: Diese Vertrautheit hatte ihm gefehlt. *Sie* hatte ihm gefehlt.

Und er hatte ihr gefehlt.

„Ich habe dir nur eine Tasse Kaffee angeboten", warnte sie ihn.

„Ich nehme an."

An Enzios Tür hing kein Kranz; die struppigen Büsche im schmalen Gartenstreifen trugen keine Lichterketten. Jemand hatte Schneeflocken aus Metallfolie an das vordere Fenster geklebt; Remy hatte Colin im Verdacht. Er betreute Erstklässler an einer katholischen Grundschule im Zentrum, und sie ahnte, dass ein paar der Kinder die Schneeflocken gebastelt hatten. Colin redete immer von der Schulung der Feinmotorik.

Das Haus wirkte heute nicht einladend; innen war es ebenso

düster wie der schiefergraue Himmel. Einen Moment überdachte sie ihr Vorhaben. Noch war es möglich, nach Hause zu gehen und Megan anzurufen. Wenn Megans Mutter sie nicht abholen würde, konnte Remy immer noch das Taxi nehmen, das sie für später eingeplant hatte.

Sie musste das hier nicht tun.

Remy wusste nicht genau, was sie beunruhigte. Alex hatte etwas damit zu tun. Und ihre Lügen. Am Anfang war das Lügen ein Abenteuer gewesen. Indem sie sich nicht erwischen ließ, hatte sie sich bewiesen, dass sie cleverer war als ihre Eltern. Sie waren nicht die Leute, für die Remy sie immer gehalten hatte: Sie waren manchmal ziemlich dämlich.

In letzter Zeit hatte das Lügen seinen Reiz verloren. Sie war noch immer wütend, sie wollte ihnen noch immer eins auswischen, wann und wo sie konnte. Aber jetzt, da der erste Rausch vorbei war, machte es kaum noch Spaß.

Auch Enzio hatte etwas damit zu tun. Seit dem Tag, als er sie in der Küche beinahe ausgezogen hatte, waren sie nie länger als ein paar Minuten allein gewesen.

Sie erinnerte sich oft an diesen Tag: seine Hände auf ihren Brüsten, das Drängen seiner Hüften. Sie war erst vierzehn, aber viele Mädchen in ihrem Alter hatten es schon getan, und zwar mit mehr als einem.

Remy hatte bis heute dafür gesorgt, das sie nie lange mit Enzio allein war. Daran zu denken machte sie nervös, aber zugleich erregte es sie. Er war ein erfahrener Mann, und sie noch ein halbes Kind. Natürlich wusste er nicht, wie alt sie war, aber was machte das schon. Irgendwann musste sie ja mal anfangen. Ihre Eltern hatten ihr etwas vom Wert der Jungfräulichkeit erzählt, aber man musste sich nur mal anschauen, wie die beiden lebten.

Was würden sie davon halten, dass ein College-Typ mit ihrem kleinen Mädchen schlafen wollte?

Sie hämmerte mit dem Messingklopfer gegen die Tür und wartete, ob jemand öffnete. Endlich kam Enzio. Seine Augen funkelten, als er sie sah, und er zog sie hinein.

„Dein Timing ist gut", sagte er. Er sprach sehr langsam; die Worte tröpfelten aus ihm heraus wie Wasser aus einem Hahn mit defekter Dichtung.

„Wieso?" Seine riesigen Pupillen und das unmotivierte Grinsen irritierten sie.

„Ich habe gerade wirklich tolles Dope bekommen. Probier es gerade aus."

„Marihuana?" Sie versuchte, sachlich zu klingen.

„Von welchem Planeten stammst du?" Sein Lachen wirkte ziemlich überdreht. „Hast du auf deinem Planeten denn noch nie Gras geraucht, kleine Marsfrau?"

Sie hatte nicht einmal eine Zigarette geraucht.

Er lachte wieder. „Komm, versuch's. Ich schwebe schon über den Dächern."

Sie fragte sich, wie das wohl wäre. Wenn sie über den Dächern schwebte, konnte sie Georgetown und alles, was im letzten Jahr passiert war, hinter sich lassen. Kein Vater mehr. Keine Mutter. Kein kleiner Bruder mehr, der jeden Atemzug verurteilte, den sie tat.

Sie ermahnte sich, kein Baby zu sein, sondern erwachsen zu wirken. „Wo hast du es?"

„Oben in meinem Zimmer." Ihr Blick schien Bände zu sprechen, denn er lachte wieder. „Wir lassen die Tür offen. Gott, du bist so ein Kindchen."

Sie wollte kein Kindchen sein. Sie wollte zehn Jahre älter sein und ein anderes Leben führen. Und jetzt war sie diesem Wunschtraum so nahe wie nie zuvor.

„Dann los.“ Sie hängte sich bei ihm ein.

David lauschte, als er Faith’ Klingel betätigte, aber im Haus blieb alles still. Trotz aller Fortschritte fehlte noch vieles am und im Haus, unter anderem eine neue Türglocke. Er klopfte, lauschte, klopfte wieder, aber niemand öffnete die Tür.

Er war sich sicher, dass er Alex gesagt hatte, wann er kommen wollte, und Faith wusste es natürlich auch. Ihm schoss der Verdacht durch den Kopf, dass sie das mit Absicht tat. Hatte sie vor, ihm eine Lektion zu erteilen? Dass sie auf ihn keine Rücksicht zu nehmen brauchten, weil es seine Schuld war, dass die Familie Weihnachten nicht mehr zusammen feierte wie noch im letzten Jahr?

Nein, Faith war zu einer derartigen Racheaktion nicht im Stande.

Die Stufen waren zu vereist, um sich hinzusetzen, also begnügte er sich damit, sich an das frisch gestrichene Geländer zu lehnen. Er würde ein paar Minuten warten und dann zum Auto zurückkehren, um zu telefonieren. Er wollte versuchen, Faith auf ihrem Handy zu erreichen.

Er vertrieb sich die Zeit und versuchte die Kälte zu vergessen, indem er an frühere Weihnachtsfeste dachte. Vor sieben Jahren hatte Alex sein erstes Fahrrad bekommen. Stützräder hatte er abgelehnt, obwohl er ziemlich oft auf die Nase gefallen war, bevor er das Gleichgewicht halten konnte.

Vor neun Jahren hatte David für Remy ein Puppenhaus gebaut, und Faith hatte die winzigen Zimmer angestrichen und möbliert. Er fragte sich, wo das Haus jetzt wohl war, und befürchtete, dass

Remy es in ihrem Bemühen, alle Spuren ihres Vaters auszulöschen, zerstört hatte. Er hatte gehofft, dass sie es einmal ihren Kindern geben würde.

Ein Windstoß ließ die Fensterläden des Reihenhauses klappern. Heute Nacht sollte es wieder schneien, und wenn Alex und er nicht bald nach Maryland aufbrachen, würden sie womöglich eine unangenehme Fahrt vor sich haben. David guckte kurz auf seine Uhr und stellte fest, dass es noch später war, als er geglaubt hatte. Er ging zu Hams Auto zurück, das er sich für den Ausflug geliehen hatte.

Auf halber Strecke entdeckte er Alex, der auf ihn zukam. Sein Sohn hielt den Kopf gesenkt, aber die roten Locken waren nicht zu übersehen. Alex schlurfte mit den Stiefeln über den Gehweg. Sein geschulter elterlicher Blick verriet David, dass seinen Sohn etwas bedrückte.

„Hey, Alex."

Alex schaute überrascht auf, als hätte er ganz vergessen, dass David ihn abholen wollte. „Dad?"

„Wo warst du?"

Alex erwiderte nichts. David bemerkte, dass sein Sohn mit sich rang. „Alex? Ich habe am Haus auf dich gewartet."

„Ich ... ich habe am Ende der Straße was gehört. Einen Autounfall oder so. Ich bin, äh, nur nachsehen gegangen, was da los war."

David hatte wenig Erfahrung im Umgang von Lügen. Alex war eine ehrliche Haut, ein Kind, das die Wahrheit eher bis ins kleinste Detail nacherzählen als bewusst verzerren würde, aber es war völlig klar, das hier etwas nicht stimmte.

„Und? Hast du was entdeckt?" fragte David.

„Nein. Alles wie immer."

„Wo ist deine Mom?"

„Sie musste was erledigen. Sie hat uns – mich allein gelassen. Sie wusste ja, dass du kommst."

„Dann ist Remy zu Hause?"

„Nein."

„Ist sie irgendwo hingegangen?"

„Sie sollte übers Wochenende zu Megan."

David merkte, dass er sich der Wahrheit näherte, aber es ging ihm zu langsam. Er war bis auf die Knochen durchgefroren. „Alex, wo ist Remy?"

Alex zuckte mit den Schultern. „Vielleicht hat sie den Krach auch gehört."

„Dann hätte sie dir etwas gesagt, nicht?"

„Ich weiß nicht."

Er wusste es wohl. David spürte das. Alex behielt etwas für sich und fühlte sich dabei sichtlich unwohl.

Sie waren am Reihenhaus angelangt, und Alex öffnete die Tür. David folgte ihm hinein und setzte seine Befragung fort. „Ein Problem mit Schwestern ist, dass man ihnen gegenüber loyal bleiben will und zugleich seinen Eltern gegenüber. Manchmal ist es schwer herauszubekommen, was wichtiger ist."

Alex schwieg.

„Aber manchmal ist es auch ganz einfach", fuhr David fort. „Zum Beispiel wenn du Angst hast, dass deine Schwester sich selbst in Schwierigkeiten bringen könnte."

„Sie sagt mir nie was. Sie hält mich für einen Idioten." Alex ging zur Treppe und drehte sich um. „Sie hasst mich schon jetzt."

„Das tut sie nicht. Nicht wirklich. Eines Tages werdet ihr beide gute Freunde sein."

„Nicht, wenn ich es dir verrate."

„Was?“

Alex war hin- und hergerissen. David machte es ihm leichter. „Du musst mit der Wahrheit herausrücken, Alex. Ich bin dein Vater. Du hast gar keine Wahl.“

„Ich werde Ärger kriegen.“

David dachte darüber nach. „Weil du nicht früher was gesagt hast?“ Sein Sohn nickte. „Du wusstest nicht, was du tun solltest. Aber jetzt weißt du es.“

„Remy hat eine Menge Lügen erzählt.“

David musste sich das anhören, auch wenn er gern darauf verzichtet hätte. „Worüber?“

„Wo sie hingeht, wenn sie nicht zu Hause ist. Ein paar Blocks weiter gibt es ein paar Jungs – College-Studenten, glaub ich –, und Remy besucht sie, so oft sie kann. Sie ist nach der Schule nicht zu Billie gegangen. Sondern in dieses Haus. Einer der Typen arbeitet in einem Klamottenladen, und in diesem Laden hält sie sich auch dauernd auf.“

„Sie ist jetzt in diesem Haus?“ David fragte sich, was in Faith gefahren war, dass sie Remy und Alex allein gelassen hatte.

„Sie sollte zu Megan. Alles war vorbereitet, aber sobald Mom weg war, hat sie Megan angerufen und behauptet, dass ihr schlecht ist. Dann hat sie ihr Zeug genommen und ist die Straße runtergelaufen. Ich habe lange gewartet und gehofft, dass sie wieder rauskommt, aber sie ist noch da.“

„Warst du bis eben da?“

„Ich bin ihr gefolgt, nur um zu sehen, ob sie lügt. Sie meinte, ich hätte mich verhört und sie würde Megans Mom an der Straßenecke treffen, aber sie hat nicht die Wahrheit gesagt.“

Davids Befürchtungen wuchsen rasch. „Deiner Mutter hast du nichts von alldem verraten?“

Alex blickte auf den Boden. „Mom weiß nichts. Sie achtet streng auf Remy, aber Remy lügt, und Mom möchte ihr glauben. Ich wollte ihr was sagen, aber ich befürchtete, dass Remy dann richtig ausflippen würde."

„Mach dir keine Sorgen. Du hast jetzt das Richtige getan. Komm, wir holen sie ab."

„Du willst jetzt da hin?"

„Hat deine Mutter ihr Handy dabei? Ruf sie gleich an. Sie muss nach Hause kommen."

Alex ging zum Telefon in der Küche. Als er zurückkam, schüttelte er den Kopf. „Es klingelt nur lange, und dann habe ich ihre Mailbox dran."

„Hast du eine Nachricht hinterlassen?"

„Ja, aber das klappt nicht. Es klappt nie."

David legte Alex den Arm um die Schulter und bugsierte ihn zur Tür. „Auf geht's."

Draußen lief Alex in die Richtung von Hams Auto. David fragte sich, um wie viele Minuten er seine Tochter verpasst hatte. Wenn er etwas früher gekommen wäre, hätte er sie dann gesehen?

Sie überquerten eine Straße, dann noch eine. Am Anfang des nächsten Häuserblocks verlangsamte Alex seine Schritte. „Es ist das graue Haus."

Das Haus wirkte etwas verwahrlost, so wie das von Faith früher. Ansonsten war es ein typisches Georgetown-Reihenhaus. „Bist du dir sicher?" fragte David.

„Ich habe sie schon früher hier reingehen sehen. Und ich habe hier eine halbe Ewigkeit gewartet."

„Okay. Lauf jetzt nach Hause. Und versuch noch mal, deine Mom zu erreichen. Bleib in der Nähe des Telefons, falls sie zurückruft."

„Du willst nicht, dass ich mitkomme?“

„Nein, ich werde deine Schwester da rausholen und sie nach Hause bringen.“

Erleichtert machte Alex sich auf den Rückweg.

David sammelte Mut für die Konfrontation. Dann klopfte er an die Tür und wartete, aber niemand machte auf. Frustriert klopfte er noch einmal und drehte dann den Türknauf. Aber die Tür war abgeschlossen.

Er ging zurück auf den Bürgersteig. „Remy!“ rief er zum Vorderfenster hinauf.

„Kann ich Ihnen helfen?“

David drehte sich um und erblickte einen jungen Mann, der den Gehweg entlangkam. In den Sekunden, bevor der junge Mann vor ihm stehen blieb, registrierte David blondes Haar und ebenmäßige Gesichtszüge: ein normaler, harmlos wirkender Student.

„Suchen Sie jemanden?“ Der junge Mann lächelte höflich und schien etwas misstrauisch zu sein.

„Meine Tochter ist in diesem Haus.“

„Tochter?“

David streckte die Hand aus, obwohl er den Knaben lieber am Kragen gepackt und durchgeschüttelt hätte. „David Bronson. Remy Bronsons Vater.“

„Colin Fitzpatrick.“ Colin ließ die Hand sinken. „Sie sind ihr Dad? Ich dachte, ihr Vater sei tot.“

„Das lässt sie die Leute gern glauben. Ist sie hier?“

„Ich weiß es nicht. Ich war fast den ganzen Tag in der Bibliothek. Sie könnte bei Enzio sein. Sie hängen viel zusammen rum.“

„Falls Enzio nicht ebenfalls vierzehn ist, haben wir ein Problem.“

„Vierzehn?“

David spürte, dass die Verblüffung nicht gespielt war: Colin war wirklich erschrocken. „So ist es. Vierzehn. Wenn sie Ihnen etwas anderes erzählt hat, dann war das eine Lüge."

„Sie hat gesagt, dass sie kurz vor dem High School-Abschluss steht."

„Und das haben Sie ihr abgenommen?"

„Sie ist klein, aber sie wirkt sehr reif. Warum sollte sie lügen?"

„Weil sie wusste, dass Sie sie nach Hause geschickt hätten, wenn Sie erfahren hätten, dass sie in die achte Klasse geht."

„Achte Klasse!" Jetzt schien Colin ernsthaft alarmiert zu sein.

„Ich will, dass sie da rauskommt – und zwar auf der Stelle."

Colin suchte in seiner Tasche nach dem Schlüssel. Wortlos steckte er ihn ins Schloss. „Warum haben Sie dem Spuk nicht längst ein Ende gemacht?"

„Ich wusste nichts davon. Sie hat uns alle angelogen."

„Sie ist ein nettes Mädchen." Colin war verwirrt.

Es dauerte ewig, bis die Tür aufging. Trotz der Kälte hatte David feuchte Hände. Wenn Enzio Colin ähnlich wäre, würde vermutlich alles glatt laufen. Aber davon durfte man nicht ausgehen.

„Hören Sie, Remy und ich stehen etwas auf Kriegsfuß", sagte David. „Sie wird sich weigern, mich zu begleiten. Aber sie muss es, also halten Sie sich da bitte raus."

„Hier bleiben kann sie bestimmt nicht." Colin rüttelte am Schloss, und es sprang auf. Im Flur rief er ihren Namen. „Remy!"

Alles blieb still.

„Ich gehe hoch in Enzios Zimmer und sehe nach", meinte Colin.

„Ich komme mit."

Colin schien beunruhigt zu sein. „Ich weiß nicht, was sich zwischen den beiden abgespielt hat. Einmal bin ich nach Hause gekommen, und, also ..."

„Also was?" hakte David nach.

„Mir kam es so vor, als hätte sich die Lage ziemlich aufgeheizt und zugespitzt, und ich war froh, dass ich so hineingeplatzt bin. Ich habe Enzio später gefragt, aber er entgegnete, das sei Quatsch, und sie sei doch unser Hausmaskottchen oder so."

„Also los."

Colin nahm immer zwei Stufen auf einmal. „Hey, Remy, hier will dich jemand sprechen." Vor einer verschlossenen Tür blieb er stehen. „Enzio, bist du da drinnen?"

David war nicht so höflich. Er drehte den Knauf, aber die Tür war abgeschlossen. „Remy! Ich bin's, Daddy. Bist du da?"

Er vernahm so etwas wie einen gedämpften Schmerzensschrei. Mehr brauchte er nicht. Er schob Colin zur Seite und rammte den Absatz seines Schuhs gegen die Tür. Einmal, zweimal. Der dritte kräftige Tritt fuhr ihm zwar durch die Wirbelsäule, tat aber seine Wirkung.

Die Tür flog auf. Das Zimmer war dunkel, aber er sah Remy, die auf einer Matratze am Boden lag, und einen geschmeidigen jungen Mann, der in der Ecke stand und sich die Hosen hochzog.

Wie er das Zimmer durchquert hatte, wusste er nicht mehr. Eben hatte er noch in der Tür gestanden, jetzt packte er Enzio an den Schultern und schleuderte ihn an die nächste Wand.

„Hey!" Enzio versuchte sich loszureißen, aber David hielt ihn fest. „Hey, wir haben gar nichts getan, Mann."

David stieß Enzio so fest nach hinten, dass sein Kopf an die Wand knallte und er benommen zu Boden sank. David ließ ihn los und kniete sich neben die Matratze. Remy zog ihre Bluse herunter und schluchzte.

„Bist du okay?“

„Daddy ...“ Sie stürzte sich in seine Arme. David drückte sie an sich und strich ihr übers Haar.

„Es ist vorbei, Schatz. Es ist nichts passiert.“ Er war sich nicht sicher, ob das stimmte, aber er wünschte sich heiß und innig, dass es wahr wäre.

„Sie ist vierzehn!“ Colin hockte neben Enzio am Boden und schüttelte ihn.

„Remy, erzähl mir, was hier passiert ist“, sagte David. „Ich muss wissen, ob ich die Polizei rufen soll.“

Sie schluchzte so sehr, dass er Sorge hatte, ob sie überhaupt sprechen konnte. Sie stammelte: „Wir – sind hochgekommen, um – zu kiffen. Ich – ich – wir haben ein paar Joints geraucht. Ich – vielleicht bin ich – eingeschlafen. Und als ich aufgewacht bin – hat er mich – ausgezogen.“

David spürte einen Stich im Herzen. „Hat er dich vergewaltigt, Remy?“

„Nein. Er hat versucht – meinen Slip –“ Sie schluchzte. „Seine Hände waren – überall, dann hast du gerufen – und er hat mir befohlen – still zu sein – und ich habe dich gerufen, aber du hast es nicht gehört –“

Enzio versuchte Colin wegzudrücken. „Die kleine Schlampe! Sie hat behauptet, dass sie achtzehn ist. Woher sollte ich wissen, das sie erst vierzehn ist?“

David schloss die Augen. „Raus mit ihm, Colin. Bevor ich mich vergesse.“

„Es war mein Fehler. Es war mein Fehler!“ Remy klammerte sich noch stärker an David.

Er streichelte ihr Haar und redete beruhigend auf sie ein, während Colin Enzio aus dem Zimmer bugsierte. Dass sie an ihrer

Lage eine Mitschuld trug, ließ sich nicht leugnen. Sie hatte alle belogen, und diese Lügen hatten sich gegen sie gewandt.

Als sie sich beruhigt hatte, half er ihr, ihre Kleidung zu ordnen und die Schuhe anzuziehen. Dann legte er ihr den Arm um die Schulter, und sie standen auf. Er nahm ihren Mantel, erkannte ihren Rucksack auf dem Boden neben der Tür und griff nach ihm. „Schaffst du die Treppe?"

Sie nickte. „Es tut mir Leid, Daddy. Es tut mir Leid ..."

„Ich weiß. Lass uns hier verschwinden."

Unten trafen sie nur Colin an. Er wirkte fassungslos, wohl weil er sich für das, was passiert war, mitverantwortlich fühlte.

„Wo ist Ihr Mitbewohner?" wollte David wissen, während Remy an seiner Seite leise schluchzte.

„Er ist gegangen."

„Ich werde Anzeige erstatten, wenn er nicht hier auszieht und die Prospect Street verlässt."

„Ich werde dafür sorgen. Den kann sowieso keiner leiden."

„Sie können ihm ausrichten, dass ich am Montag vorbeikomme, um das zu überprüfen. Wenn sein Zeug dann noch hier ist, melde ich das, was heute passiert ist, als versuchte Vergewaltigung einer Minderjährigen."

„Er wird weg sein." Colin warf Remy einen Blick zu. „Hey, Remy, alles in Ordnung?"

Sie weinte nur lauter.

„Sie ist ein gutes Mädchen", sagte Colin zu David. „Sie hat nur so getan, als wäre sie älter. Ich nehme an, sie hat nicht geahnt, wozu so ein Spielchen führen kann."

„Jetzt weiß sie es." David drückte seine Tochter fester an sich. „Lass uns gehen, Schatz."

„Wirst du es ... Mom erzählen?"

„Du weißt, dass ich das muss.“

„Sie wird mich hassen! Sie wird mir nie wieder ein Wort glauben.“

„Sie wird dich nicht hassen.“ Glaubwürdigkeit war ein anderes Thema. Er zog Remy den Mantel an und knöpfte ihn zu, wie er es Hunderte von Malen getan hatte, als sie klein war. Dann führte er sie zur Tür.

Draußen schien die frische Luft sie zu beleben. Sie keuchte, als die Kälte ihr ins Gesicht schlug, auch ihr Kopf wurde offenbar wieder klar. Als sie am Reihenhaus angekommen waren, hatte sich ihr Schluchzen gegeben.

Die Tür war nicht abgeschlossen. David drückte sie auf und schob Remy vor sich her. Faith stand mit Pavel Quinn in der Diele. „Remy?“ fragte sie.

Remy fing wieder an zu weinen. Faith ergriff Remys Hände und legte sie an ihre Wangen.

„Remy, was ist los? David, geht es ihr gut?“

Es ging ihr nicht gut, und das würde noch lange Zeit so bleiben. Aber zum ersten Mal war David sich absolut sicher, dass sie sich irgendwann besser fühlen würde.

„Sie ist gerade noch so davongekommen“, sagte er. „Sie hat dich belogen und mit ein paar Typen vom College rumgehangen, die ein Stück die Straße hoch wohnen. Und sie hat den Jungs hinsichtlich ihres Alters etwas vorgemacht. Einer hat sie beinahe vergewaltigt.“

Faith stieß einen Schrei aus und drückte Remy an sich. Remy wehrte sich nicht. David warf Pavel einen Blick zu. Wut stand in den Augen dieses Mannes, und David erkannte in ihm einen Verbündeten. In einer anderen Epoche hätte Pavel jetzt sein Revolverhalfter umgeschnallt, um Remy zu rächen.

„Ich habe dafür gesorgt, dass er wegzieht."

Pavel nickte. „Das will ich ihm auch geraten haben."

„Wie ist das passiert?" fragte Faith. Sie wollte die Antwort von Remy hören, aber David legte ihr die Hand auf die Schulter.

„Ich werde dir alles erzählen. Ehrenwort. Sie kann das jetzt nicht noch einmal durchleben."

„Sie sollte doch zu Megan fahren. Ich dachte, sie wäre da. Dann bin ich nach Hause gekommen, und Alex hat mir gesagt ..."

David unterbrach sie. „Remy und Alex fahren jetzt mit mir in die Hütte."

Faith schaute ihn an. „Nein, sie ist nicht in der Verfassung, David. Sie kann nicht ..."

Remy löste sich von ihrer Mutter. „Ich gehe mit Daddy." Sie schlang die Arme um ihren Körper, als wolle sie sich selbst trösten. „Das ... möchte ich jetzt gern."

„Okay. Das sehe ich." Faith strich Remy das Haar aus der Stirn. „Die Hütte ist jetzt das Beste für dich. Soll ich noch ein paar wärmere Sachen in deinen Rucksack werfen?"

„Danke." Remy schniefte.

David legte seiner Tochter die Hand auf die Schulter. „Warum wäschst du dir nicht schnell das Gesicht, während Mom für dich packt?"

„Du wartest so lange?"

„Ich bin ziemlich gut darin, auf dich zu warten", meinte David.

Ihre Blicke trafen sich. Ein Lächeln zitterte auf ihren Lippen und erstarb. Der Anfang war gemacht.

33. KAPITEL

Als David und die Kinder schließlich wegfuhren, kannte Faith die ganze Geschichte. David hatte ihr den Rest erzählt, während sie wärmere Kleidung für Remys Ausflug nach Maryland zusammensuchte. Als sie jetzt am Fenster stand und sein Auto am Haus vorbeifahren sah, merkte sie, wie sie die Schultern hängen ließ und ihre Kehle sich zuschnürte.

„Du musst eine Million Dinge gleichzeitig fühlen."

Sie hatte Pavel ganz vergessen. Seine Worte irritierten sie, denn er schien direkt in ihr Herz blicken zu können. „Ich mache mir Sorgen um Remy. Sie hat so viel durchgemacht, und jetzt das."

„Du bist eine fantastische Mutter. Andere wären ihr furchtbar böse."

„Natürlich bin ich auch wütend. Was haben sich diese Kerle nur gedacht? Wie konnten sie annehmen, Remy sei bald mit der High School fertig? Und der Typ, der sie fast ..." Die Worte blieben ihr im Hals stecken. Sie brachte sie nicht heraus. „Er soll froh sein, dass er so glimpflich davonkommt."

„Nicht so glimpflich, wie er vermutet. Ich habe Freunde bei der Polizei. Sie dürften sich sehr für seine Aktivitäten interessieren."

„Nein, David hat Recht. Das können wir Remy nicht zumuten. Und dass sie sich als älter ausgegeben hat, macht es schwerer, ihn strafrechtlich zu verfolgen."

„Ich meine seine Dealerei. Er wird nicht mehr lange im Geschäft sein, und wenn er klug ist, bleibt er auch nicht mehr lange in Georgetown."

Faith verschränkte die Arme. Remy konnte froh sein: Es gab zwei Männer, die sich um sie sorgten und sie beschützen wollten.

Sie hatte eine Mutter und einen Bruder, die alles für sie tun würden. Sie hatte sich danebenbenommen und Dummheiten gemacht, aber sie würde darüber hinwegkommen. Sie hatte alle Hilfe, die sie sich wünschen konnte.

Diese Erkenntnis vermochte sie aber nicht ganz zu beruhigen. Faith war noch immer wütend, und nicht nur auf Enzio. „Ich hätte es merken müssen! Ich habe ja registriert, wie feindselig sie war, aber ich dachte, ich müsste nur Geduld aufbringen und ihr ein Türchen offen halten, dann würde sie schon zu mir zurückkommen. Ich kenne sie besser als jeder andere. Aber ich wäre nie darauf gekommen, dass meine eigene Tochter mich so täuschen würde."

„Sie ist ein Teenager, und wie du schon gesagt hast, hat sie eine Menge durchgemacht. Und Rebellion richtet sich immer gegen die Nächsten."

„Sie hat mich *belogen*. Immer wieder, und es ist mir nicht aufgefallen. Mein Gott, ich muss die dümmste Frau der Welt sein."

Er stellte sich hinter sie, legte ihr die Hände auf die Arme und strich langsam darüber. „Aber jetzt wird alles gut. Sie ist in Sicherheit, und soweit ich das beurteilen kann, hat sie ihre Lektion gelernt."

„Und wann werde *ich* meine Lektion gelernt haben?" Verärgert drehte sie sich zu ihm um. „Wann werde ich endlich kapieren, dass keiner der ist, für den ich ihn halte? Nicht einmal die Tochter, die ich großziehe. Ich habe sie gehütet wie meinen Augapfel. Ich habe sie meine Werte gelehrt, und ich dachte, das wäre genug. Ich hätte nie gedacht, dass ich mein Bild von ihr vollkommen revidieren müsste."

Er sagte nichts. Offenbar spürte er, das sie noch nicht fertig war. Sie fuhr fort: „Seit dem Tag meiner Geburt hat mir nie jemand die Wahrheit gesagt. Meine Eltern nicht, mein Mann nicht, nicht einmal meine geliebte Tochter!"

„Ich auch nicht."

„Stimmt. Du auch nicht." Ihr Ärger verwandelte sich allmählich in Wut. Zu entdecken, wie knapp Remy einer Katastrophe entgangen war, hatte ihr Angst eingejagt. Sie fürchtete sich vor all den Dingen, die hätten passieren können. Es ängstigte sie, dass ihr Urteilsvermögen so schlecht gewesen war, dass sie nicht genauer hingesehen und nicht eingegriffen hatte. Doch jetzt packte sie die Wut.

Pavel legte den Kopf schräg. „Tja, Faith, was bringt die Leute wohl dazu, dich zu belügen? Vielleicht bist du einfach leichtgläubig geboren. Ist es das, was du glaubst? Oder es ist eine Verschwörung. Wir alle treffen uns regelmäßig und schmieden Pläne, wie wir dich am besten täuschen können. Ein Geheimbund der Lügner, dessen einziges Ziel es ist, das Selbstvertrauen von Faith Bronson in Schutt und Asche zu legen."

In seiner Stimme lag kein Sarkasmus. Er stellte ihr diese Frage, als kenne sie wirklich die Antwort.

„Wie kannst du es wagen!" Sie kniff die Augen zusammen und ballte die Fäuste. „Du hältst das für witzig? Findest du das, was du mir angetan hast, witzig, Pavel? Dich so zu verstellen?"

„Ich bin kein großer Psychologe, aber eins habe ich in der Geschäftswelt gelernt. Das, was wir an anderen am wenigsten mögen, ist genau das, was wir an uns selbst nicht leiden können."

Ihre Hände zitterten. „Ich – bin – ehrlich. Ich belüge niemanden bezüglich meiner Identität. Ich gebe nicht vor, eine andere zu sein."

„Dann lass mal was von deiner berühmten Ehrlichkeit hören. Du bist wütend auf deine Tochter, weil sie dich belogen hat, obwohl du weißt, dass sie ein ganz normales Kind ist. Du bist sauer, obwohl es hier gar nicht um dich geht."

„So kommt es mir aber vor!"

„Mag sein, aber es trifft dich so stark, weil es dich an deine eigene Unaufrichtigkeit erinnert."

„Du meinst also, du wüsstest, was ich fühle? Gerade jetzt habe ich das Gefühl, dass ich dich nie wiedersehen will." Sie trat an ihn heran. „*Du* hast am allerwenigsten das Recht, mich zu belehren. Guck dir mal deine eigene Bilanz in Sachen Ehrlichkeit an."

„Wie oft hast du dir diesen Satz in den letzten Monaten vorgebetet? Solange man sich auf die Lügen der anderen konzentriert, muss man sich mit den eigenen nicht befassen, nicht wahr?"

„Welche Lügen?" schrie sie.

„Komm schon, was fühlst du, Faith? Außer Ärger? Außer dem Schmerz darüber, dass dich schon wieder jemand belogen hat?" Er legte ihr die Hände auf die Schultern und zog sie ein wenig stärker an sich heran. „Was zum Teufel spürst du?"

„Sie sind ohne mich gefahren!" Sie presste die Handflächen gegen seinen Brustkorb, aber er wich nicht zurück. Sie bemerkte nicht, dass sie diese Worte laut ausgesprochen hatte, bis Pavel seinen Griff verstärkte.

„Sie haben dich zurückgelassen?"

Ihr Magen war in Aufruhr, ihre Handflächen wurden feucht. Zum ersten Mal ahnte sie, wie David sich all die Monate gefühlt haben musste. Sein Leben war von dem seiner Familie abgetrennt worden. Wo eben noch vier gewesen waren, war nur noch einer. Allein. Ja, er hatte Ham, aber all die Menschen, die er zuvor geliebt hatte, waren verschwunden. Seine geliebten Kinder waren weg. Das Leben, das er gekannt hatte, war vorbei.

Und sie hatte es so gewollt. Seit jenem Tag im Cottage hatte sie sich selbst etwas vorgemacht. Sie hatte David genauso verletzen wollen wie er sie. Tief. Dauerhaft. Das ganze Jahr über hatte sie versucht, nicht mehr das gute Mädchen zu spielen, aber im Grunde war sie von Anfang an kein gutes Mädchen gewesen. Sie war genau wie alle anderen. Voller Schwächen, unehrlich, unbarmherzig.

Die nächsten Worte presste sie mühsam hervor. „Mir war nicht klar, wie sehr ich es genossen habe, ihn auszuschließen. Ich hielt das für eine gerechte Strafe. Er hatte mich für einen anderen Mann verlassen, aber *ich* hatte die Kinder. Wir drei gegen die Welt. Und gegen ihn. Und jetzt ist das vorbei."

Er strich mit den Händen über ihre Schultern. „Und du weißt auch, wie natürlich das ist, oder?"

„Aber so bin ich nicht! Ich dachte, ich wäre nicht so. Ich dachte, ich stünde über so etwas. Als ich mich vom ersten Schock erholt hatte, wollte ich die Scheidung perfekt über die Bühne bringen. Den Kindern ein Zuhause schaffen, gelassen und vernünftig sein, mein Leben wieder in den Griff bekommen, allen anderen Halt geben."

Sie weinte, aber das war ihr egal. „Und was ich ... wirklich wollte ... war, David wehtun ... und ihn aus der Familie ausschließen. Ich hatte vor zu beweisen ... dass ich diejenige bin, auf die Verlass ist."

„Okay, aber ich habe dich beobachtet. Vielleicht waren das deine geheimsten Gefühle, aber gehandelt hast du anders. Du bist darüber hinausgewachsen, Faith. Vielleicht wolltest du David bestrafen, aber du hast es nicht getan. Okay, du hast ihm nicht gerade die Hand entgegengestreckt, aber du hast zugelassen, dass er schließlich zu eurer Familie zurückgefunden hat."

Aber Faith ging es nicht um das, was sie *getan* hatte, sondern darum, wer sie *war*. Nicht das gute Mädchen. Nicht das große Vorbild. Ein Mensch mit einer dunklen Seite. Wie die anderen Menschen in ihrem Leben. Wie die Menschen, die sie liebte.

Pavel schüttelte den Kopf und zog sie dann an sich. „Faith, Faith ..." Er schlang die Arme um sie. „Du bist nur eine nettere Ausgabe von allen anderen, wusstest du das nicht?"

Sie heulte zu sehr, um zu antworten. Er hielt sie fest und streichelte ihr den Rücken, während sie sich ausweinte. Die Tränen flossen und flossen, ein Strom von Tränen, der sich in ihr aufgestaut hatte. Dann brach es aus ihr hervor: „Ich wusste nur ... ich *weiß* nur, dass mich niemand liebt, wenn ich nicht vollkommen bin."

„Also hast du dich davon überzeugt, dass du beides bist: liebenswürdig und vollkommen. Die magische Kombination."

Sie schüttelte den Kopf und wischte sich die Wangen an seinem Hemd ab. „Nicht liebenswürdig. Nicht im Innersten ... nicht da, wo es zählt."

„Und als wir alle dich belogen haben, hast du noch mehr an dir gezweifelt, hm? Denn wenn du ein bisschen perfekter gewesen wärst, hätten wir dich wohl nicht angelogen, was?"

„Es hätte Möglichkeiten gegeben, Remy mit David zu versöhnen. Ich ... hätte mich um eine Therapie kümmern können. Wir wollten nach den Feiertagen damit anfangen, aber ... ich hätte früher dafür sorgen können. Vielleicht ... hatte ich Angst, dass sie uns tatsächlich helfen würde."

Er machte einen Schritt nach hinten und hielt sie an den Schultern. „Guck mich an."

Sie wischte sich mit dem Handrücken über die Nase. „Ich sehe furchtbar aus."

„Mir gefällst du so. Schau mich an."

Sie tat es. Mit roten Augen und roter Nase, die Wangen fleckig und feucht. Unvollkommen.

„Du warst David böse", sagte er. „Natürlich wolltest du ihn nicht in deiner Nähe haben. Aber du bist eine gute Mutter, und du hast getan, was du für das Richtige gehalten hast."

„Ich habe mir etwas vorgemacht und mich selbst belogen."

„Willkommen im Club."

Zitternd holte sie tief Luft. Nach einem weiteren tiefen Atemzug versuchte sie zu lächeln. Der Versuch misslang, aber die Absicht zählte. „Wie haltet ihr anderen das aus?"

„Jahrelange Übung. Die meisten von uns haben schon vor langem herausgefunden, wie unvollkommen wir sind. Wir verzeihen uns das."

Und das macht es uns leichter, einander zu verzeihen. Das war die unausgesprochene Botschaft, das, was er nicht explizit sagen wollte. Aber sie verstand es auch so und fühlte sich beschämt.

Das Gespräch drehte sich nicht mehr um Remy. Es ging nicht um David oder um die Lügen, die ihre Eltern ihr erzählt hatten. Sie sprachen über sich. Faith wusste das, und ihr war klar, dass dieses Thema ebenso wichtig war wie die anderen. Denn hier ging es um ihre Zukunft.

Pavel Quinn war ein guter Mann. Mit Webfehlern, ja. Genau wie sie. Geformt durch das Trauma seiner Kindheit. So wie sie. Auf der Hut vor Gefühlen. Zum Betrug fähig. Genau wie sie.

Und doch, unter alldem, ein guter Mann.

„Ich wünschte, du hättest mir gleich mitgeteilt, wer du bist", meinte sie.

„Ja. Das wünschte ich mir auch."

Sie konnten die Vergangenheit nicht ändern, wohl aber

die Zukunft. Das erkannte sie jetzt. Sie konnte die Zukunft aller Menschen beeinflussen, die sie liebte, angefangen bei sich selbst.

„Ich bin nicht vollkommen“, erklärte sie. „Kannst du mir das verzeihen?“

„Faith, ich weiß das schon lange. Ich genieße das. Perfektion stößt mich ab.“

„Ich verstehe, warum du mir nichts von deinem Vater gesagt hast. Ich habe es schon an dem Abend begriffen, an dem wir uns gestritten haben. Ich konnte nur nicht ...“

Er seufzte. „Du konntest dir selbst nicht vergeben, dass du dich wieder hattest reinlegen lassen.“

Sie fühlte sich leer, bis er lächelte. Er hatte ein großartiges Lächeln, voller Wärme. Sein Lächeln wirkte ehrlich.

Er hob ihr Kinn an, sodass sie einander in die Augen blickten. „Das ist okay. Mir war klar, dass du dahinter kommen würdest. Ich habe einfach abgewartet.“

Sie schniefte und wusste nicht weiter. Sie fühlte sich reingewaschen und zugleich leer. Es gab im Moment nichts mehr zu sagen. Sie hatte keine Ahnung, wer sie war. Sie wusste nicht, was sie von ihm erwarten durfte.

Er verstand das. Das las sie in seinen Augen, kurz bevor er sie küsste. Er zog sie an sich, und seine warmen Lippen fanden ihren Mund. Sie drängte ihren Körper noch dichter an seinen, legte ihm die Arme um den Nacken und überließ sich dankbar diesem nicht enden wollenden Kuss.

Nach einer halben Ewigkeit löste er sich zögerlich von ihr. „Wir sind am falschen Ort dafür, Faith, und es gibt noch immer zu viele offene Fragen, die uns umtreiben. Ich will wieder mit dir zusammen sein, aber nicht jetzt. Erst, wenn alle Hindernisse aus dem

Weg geräumt sind. Alle Geheimnisse. Alle Lügen. Diese Vergangenheit, die wir nicht begreifen."

Erst, wenn sie sich selbst etwas besser verstand. Er sprach es nicht aus, aber sie erkannte, dass das ihr größtes Problem war. Er wollte jetzt nicht von ihrer momentanen Schwäche profitieren, nur um ihr Vertrauen später womöglich erneut zu verlieren.

„Ist dir klar, dass wir die Sache vielleicht nie aufklären werden?"

„Irgendwann müssen wir das Leben unserer Eltern hinter uns lassen, aber noch ist der Zeitpunkt nicht gekommen. Und du bist noch zu wackelig auf den Beinen, um eine weitere Komplikation durchzustehen."

„Du bist eine Komplikation? Gibst du das zu?"

„Komm wieder auf die Füße. Ich werde da sein."

Sie wusste, dass er Recht hatte. Sosehr sie ihn auch wollte – und ihr Begehren war selbst im schlimmsten Streit nicht erloschen –, er sah das ganz richtig, und dafür war sie ihm dankbar. Denn sein Kuss hatte ihr gezeigt, dass es ihm nicht leicht fiel, noch länger zu warten.

„Und jetzt sollte ich mich zurückziehen, solange ich den Weg noch finde", meinte er. „Du musst jetzt allein sein, und für eine weitere Konfrontation hast du heute nicht mehr die nötigen Reserven. Dottie Lee können wir ein andermal befragen."

Sie wollte nicht, dass Pavel jetzt das Haus verließ. Was sollte sie mit dem Rest des Wochenendes anfangen? Sich grämen, dass sie sich selbst so lange etwas vorgemacht hatte? Mit sich ins Gericht gehen, weil sie Remy nicht schon vor Monaten in eine Therapie gesteckt hatte? Sich fragen, was passiert wäre, wenn David es heute nicht auf sich genommen hätte, Remy zu suchen?

Sich überlegen, wer sie sein wollte, wenn sie sich endlich eingestand, wer sie war? Und ob sie bei diesem Showdown Pavel um sich haben wollte?

Sie griff nach seinen Händen. „Nein, bitte. Ich möchte nicht, dass du gehst."

„Bist du sicher?" Er wartete, bis sie nickte. „Dann bleibe ich."

„Ich wasche mir schnell das Gesicht und verschnaufe ein bisschen, und dann besuchen wir Dottie Lee und reden mit ihr. Je eher wir das tun, desto eher können wir weitermachen."

„Vielleicht erwarten uns schlechte Neuigkeiten. Es könnte sein, dass wir das, was sie uns zu sagen hat, lieber nicht hören würden."

„Ich will es hinter mich bringen. Was wir auch erfahren, ich kann damit leben."

„In Ordnung. Ich hoffe, sie ist zu Hause."

Sie drückte seine Hände. „Darauf können wir Gift nehmen, Pavel. Ich erklär's dir."

34. KAPITEL

Pavel hatte Faith Halt geben können, aber im Stillen kämpfte er mit seinen eigenen Problemen. Das Drama mit Remy, der Konflikt mit der Frau, die er allmählich wirklich liebte, und jetzt die schmerzliche Erkenntnis, dass Hope Huston, das kleine Mädchen aus den alten Schlagzeilen, ebenso sehr seine wie Faith' Schwester war. Er hatte nicht nur einen Vater verloren, sondern auch eine Schwester, ohne sie je zu Gesicht bekommen zu haben.

Er gestand sich nur selten ein, wie sehr Dominik ihm gefehlt hatte. Er konzentrierte sich auf die wenigen positiven Aspekte seiner Kindheit. Jetzt, als er mit Faith auf Dottie Lees Schwelle stand und darauf wartete, dass Mariana die Tür öffnete, erkannte er, wie dringend er Antworten brauchte. Vor Jahren war er deswegen nach Washington gekommen, und die Sache hatte ihm nie wirklich Ruhe gelassen. Er hatte stets die Augen und Ohren offen gehalten und gehofft, dass er eines Tages die Wahrheit herausfinden würde.

„Vielleicht spielt sie nicht mit", dämpfte Faith seine Hoffnungen. „Wir dürfen uns nicht zu viel von diesem Gespräch versprechen."

„Es ist der nächste Schritt."

Mariana machte auf und bat sie herein. Sie führte sie zum Sofa und holte Dottie Lee.

Pavel wollte nicht sitzen. Er tigerte auf und ab, während Faith sich an die Kissen lehnte. „Ich wüsste gern, woran mein Vater hier gearbeitet hat."

„Er hat die ganze Rückseite des Hauses neu gestaltet", sagte Dottie Lee, die in der Küchentür auftauchte. „Kommen Sie, ich zeige es Ihnen."

Pavel folgte ihr ins Esszimmer, und Dottie Lee deutete auf die

Fenster, hinter denen der kleine Garten lag. „Das hat er gemacht. Das Haus war von der Welt abgeschirmt, und Dominik hat es für mich geöffnet. Er hat gemeint, wenn ich schon gezwungen sei, jeden Tag hier zu verbringen, würde die Welt eben zu mir kommen müssen. Und dafür hat er gesorgt. Oben ist es genauso: lauter Glas und der Fluss und nachts die Lichter der Stadt. Ich kann das Kennedy-Center sehen und mir einreden, den besten Orchestern der Welt zu lauschen. In den siebziger Jahren konnte ich das Watergate-Hotel anstarren und mir ausmalen, was in ihm vor sich ging."

Pavel versuchte sich vorzustellen, wie sein Vater hier Dottie Lee die Welt zu Füßen gelegt hatte. „Es ist großartig."

Sie schaute ihn an, und ihre Augen wurden feucht. „Ihr Vater war ein großartiger Mann. Ich wusste sofort, wer Sie sind. Gleich beim ersten Mal, als ich Ihr Foto auf den Wirtschaftsseiten der ‚Post' entdeckt habe. Er hat Sie Pasha genannt, aber einmal, als er Sie mitbrachte, verriet er mir Ihren richtigen Namen. Und Sie sehen ihm natürlich ähnlich, gerade ähnlich genug, um mich auf die richtige Spur zu bringen."

„Dann war ich als Kind hier?"

„Oh ja, er hat Sie gern vorgezeigt. Aber daran können Sie sich natürlich nicht erinnern. Ich kann Ihnen sagen, dass er furchtbar stolz auf Sie war. Er war sich sicher, dass viel in Ihnen steckte, und offensichtlich hatte er Recht."

Faith gesellte sich dazu. „Dottie Lee, wir sind am Ende unseres Lateins angelangt. Wir haben keine Ahnung, wo wir sonst noch nach der Wahrheit über die Entführung suchen sollen."

„Sie haben herausgefunden, dass Ihre Mutter und Dominik ein Verhältnis hatten, Faith. Wissen Sie noch mehr?"

Faith guckte Pavel an, und er zuckte mit den Schultern. Offenbar sollte *sie* entscheiden, wie viel Dottie Lee erfahren durfte.

„Wir wissen, dass Dominik Hopes Vater war“, sagte Faith und betete, dass ihre Mutter ihr vergeben würde.

Dottie Lee wirkte nicht überrascht. „Ihre Mutter hat es Ihnen erzählt?“

„Ja, und auch, dass mein Vater wusste, dass Hope nicht von ihm war. Wir glauben, dass Sie die Polizei belogen haben, was Dominiks Aufenthaltsort an jenem Nachmittag angeht. Wir wissen, dass er Monate später Selbstmord beging, aber den Grund dafür kennen wir nicht. Wenn er nicht in die Entführung verwickelt war, was hat ihn dazu getrieben? Er hat nicht einmal versucht, sich mit Pavels Mutter auszusöhnen. Wir hoffen, dass Sie uns weiterhelfen können.“

Als sich zeigte, dass Dottie Lee darauf nicht antworten wollte, ergriff Pavel das Wort. „Ich glaube, es gibt jemanden, der uns helfen könnte. Mein Vater hatte einen Cousin, der mit ihm zusammengearbeitet hat ...“

„Sandor“, ergänzte Dottie Lee.

„Wissen Sie, was aus ihm geworden ist? Haben Sie vielleicht eine Idee, wo wir ihn finden könnten?“

„Ob ich weiß, was aus ihm geworden ist? Aber sicher, ja. Und Sie auch, Faith. Wo er zu finden ist, lässt sich hingegen nicht so leicht sagen.“

Faith suchte Pavels Blick. Er sah, dass sie ein wenig an Dottie Lees Geisteszustand zweifelte.

„Ich kenne ihn?“ hakte Faith nach.

„Sandor ist Ungarisch für Alexander, Liebes. Heute nennt er sich Alec. Alec Babin. Sie kennen ihn als Alec den Tonnenmann.“ Dottie Lee wandte sich an Pavel. „Sie sind ihm begegnet, als Sie Faith zu Hause besucht haben. Er hat in ihrem Garten das Efeu herausgerissen.“

Faith konnte es kaum glauben. „Und meine Mutter weiß das nicht?"

„Sie müsste schon eine Menge Zeit mit ihm verbringen, um darauf zu kommen. Er hat sich sehr verändert. Eines Tages vor vielen Jahren tauchte er vor meiner Tür auf, weil er einen Gelegenheitsjob suchte. Ich habe ihm für kurze Zeit Arbeit gegeben. Eine Woche verging, bis ich erkannte, wer er war. Er ist kaum noch der alte."

„Aber warum ist er hierher zurückgekehrt?"

„Das hat er mir nie verraten. Wir können aber sicher sein, dass es kein Zufall ist. Ich glaube einfach nicht an Zufälle."

„Was wissen Sie noch?" Pavels Vorrat an Feingefühl war erschöpft. Dottie Lee hatte so viel gewusst und sie so wenig.

„Sie denken wohl, ich weiß alles, was? Meinen Sie nicht, wenn dem so wäre, hätte ich längst die Behörden informiert? Ich bin zwar alt, und ich pflege vielleicht meine Schrullen, aber bitte nehmen Sie mir doch ab, dass ich mich auch dem Gesetz und Faith' Mutter verpflichtet fühle."

„Aber Sie haben Sandor gedeckt", sagte Faith.

„Gedeckt vor wem? Die Polizei hat nie nach ihm gesucht. Wem hätte ich es erzählen sollen? Er ist nach der Entführung vernommen worden, war aber nie in Untersuchungshaft. Vielleicht hätte ich seine Familie ausfindig machen und über seinen Aufenthaltsort informieren sollen. Darüber habe ich nachgedacht. Aber ich wusste, dass er dann wieder untertauchen würde und ich ihn nie wieder zu Gesicht bekäme. Also habe ich den Mund gehalten und ihm Arbeit angeboten, wann immer es etwas zu erledigen gab."

Faith erinnerte sich an ihr erstes Gespräch über den Tonnenmann. „Er hat in Ihrem Keller geschlafen."

„Eine Weile, ja, fast jeden Winter. Auch dieses Jahr habe ich den Keller für ihn vorbereitet, aber er ist nicht gekommen. Ich habe ihn seit Wochen nicht gesehen."

Pavel hoffte, dass Sandor die Stadt nicht ausgerechnet jetzt verlassen hatte, wo sie ihn brauchten. „Hat er Ihnen irgendwas mitgeteilt? Irgendwas, das wir wissen sollten?"

„Alles, was ich über Dominik und sein Verhältnis mit Lydia weiß, habe ich von Sandor. Ich habe Vermutungen angestellt. Sandor hat sie mit knappen Worten bestätigt. Seitdem weigert er sich, über die Vergangenheit zu reden. Ich glaube, Sandor weiß mehr, als er je jemandem verraten hat. Er und Dominik standen einander nahe. Wenn Dominik mit einem Menschen darüber gesprochen hat, dann mit Sandor."

„Wir müssen ihn finden", erklärte Faith Pavel, als müsse sie ihn davon erst überzeugen. Dann wandte sie sich wieder an Dottie Lee. „Haben Sie eine Vorstellung, wo er stecken könnte?"

„Er ist zwar Alkoholiker, aber noch halbwegs bei Verstand. Da er hier nicht aufgetaucht ist, hat er wohl einen besseren, wärmeren Ort gefunden."

„Ein Obdachlosenheim?" fragte Faith.

Dottie Lee schüttelte kurz und energisch den Kopf. „Er ist gerne allein. Aber es gibt Wohlfahrtsorganisationen in der Stadt, die Obdachlosen Hotelgutscheine anbieten. Er hat einmal so etwas erwähnt. Es sind billige Absteigen, aber sie haben Betten und Bäder. Dort könnten Sie es versuchen. Es kann aber auch sein, dass er einfach einen schöneren Keller gefunden hat."

Pavel ahnte, was Faith durch den Kopf ging. Sie waren auf dem richtigen Weg, aber wenn sie den Tonnenmann nicht ausfindig machten, würde er sich als Sackgasse erweisen.

Faith wiederholte ihre frühere Frage: „Warum ist er zurückgekommen? Dass er ausgerechnet an Ihrer Tür geklingelt hat, kann, wie gesagt, kein Zufall sein. Es gibt eine Million Orte, an denen er sich hätte niederlassen können. Orte mit besserem Wetter und besseren Arbeitsmöglichkeiten."

Dottie Lee führte sie zur Tür. „Er ist hier gelandet, weil er eine Botschaft für jemanden hat. Aber er hat wohl nie den Mumm besessen, es auszusprechen. Ich habe keine Ahnung, wie viele Flaschen Alkohol dieser Mann geleert hat, aber er hat in keiner von ihnen den nötigen Mut gefunden."

In den Hotels, die sie abgeklappert hatten, wohnte der Tonnenmann offenbar nicht. Selbst wenn er da gewesen wäre, hatte Faith Zweifel, ob man ihnen das an der Rezeption gesagt hätte. Die Gäste kamen und gingen, und an die meisten konnten sich die Männer am Empfang, die jede Art von Bezahlung akzeptierten und die Schlüssel aushändigten, nicht erinnern.

In einem heruntergekommenen Restaurant in der Nähe von zwei der Hotels aßen sie zu Abend. Sie saßen schweigend an einem vor Fliegendreck strotzenden Fenster und beobachteten die Bewohner, die dort ein und aus gingen.

Sie zogen ihre Mahlzeit – Kaffee und erstaunlich gute Cannoli – in die Länge und gestanden sich ein, dass sie keine Spur von Sandor hatten.

„Wir sollten für heute Schluss machen", meinte Pavel. „Du siehst geschafft aus."

Das war sie, aber zugleich zu aufgedreht, um schlafen zu gehen. „Es gibt noch zwei Hotels, in denen wir fragen können."

„Sie liegen nicht gerade in einer guten Gegend."

„So wie dieses Restaurant. Sei froh, dass du einen alten Wagen fährst."

„Ich habe nie etwas getan, um die Welt zu verbessern." Pavel starrte zum Fenster hinaus.

Sie war überrascht. „Du hast eine Suchmaschine geschaffen, die Millionen von Leuten jeden Tag benutzen."

„Und habe damit ein Vermögen gemacht. ‚Scavenger' spendet an Wohltätigkeitsorganisationen, und ich auch, aber ich habe eigentlich nichts *getan*."

„Pavel, du solltest dich mal hören."

Er schaute in ihre Richtung. „Es ist ein großer Unterschied, ob man ein Problem mit Geld zuschüttet oder versucht, es zu lösen."

„Was solltest du sonst noch tun?"

„Ich könnte Jobs schaffen. Computertraining anbieten und eine Arbeitsvermittlung betreiben. Eine Einrichtung, die den Leuten den Einstieg erleichtert."

„Bei ‚Scavenger'?"

„Nein, ich kündige zum Sommer."

Faith war überrascht, dann beleidigt. „Das ist eine wichtige Entscheidung. Und du hast mir nichts davon gesagt."

„Wir haben nicht mehr auf so gutem Fuß gestanden."

Sie fummelte an der rot-weiß-karierten Plastiktischdecke herum. „Ich habe das vermisst: zu wissen, wie es dir geht und was du tust."

„Du hast *mich* vermisst?"

Sie guckte ihn an. „Du setzt mich unter Druck."

„Ich fühle mich nicht gerade wohl in meiner Haut. Ich möchte doch nur, dass du mein Ego ein bisschen streichelst."

„Natürlich hast du mir gefehlt."

„Was genau hat dir gefehlt?"

„So viel Futter braucht dein Ego nicht." Sie schaute wieder zum Fenster hinaus. Zwei Männer liefen langsam vorbei, der eine hinkte stark. Ihre Kleidung war schäbig und dünn, und der Mann, der normal gehen konnte, trug einen Rucksack auf dem Rücken. Beide sahen aus, als lebten sie schon lange auf der Straße: als hätten Hoffnungslosigkeit und Verzweiflung sie zu den Menschen gemacht, die sie jetzt waren.

„Was für ein Leben“, sagte Faith. „Und doch hat Sandor dafür Frau und Kinder im Stich gelassen. Warum?“

„Menschen machen schreckliche Fehler. Manchmal ist es unmöglich, zurückzukehren.“

„Vor allem, wenn in der Vergangenheit etwas vorgefallen ist, das man nicht bewältigen kann.“

„Worüber konnte er nicht hinwegkommen?“

Faith stand auf. „Lass es uns herausfinden.“

„Bist du sicher, dass du noch mehr gelangweilte Rezeptionisten erträgst?“

„Ich werde heute vermutlich sowieso nicht gut einschlafen.“

„Ich könnte dir dabei helfen.“

Trotz allem musste sie lächeln. „Hatten wir uns nicht darauf geeinigt, es *langsam* anzugehen?“

„Oh, ein Missverständnis. Ich habe gedacht, wir hätten beschlossen, es jetzt langsam *anzugehen*.“

Sie warf ihm einen strengen Blick zu und erinnerte sich gleichzeitig wohlig an einige Szenen in seinem Unterschlupf in West-Virginia.

Im nächsten Hotel saß ein vergleichsweise aufmerksamer Mann am Empfang, der ihnen aber nicht helfen konnte. Leider passte ihre Personenbeschreibung auf Tausende von Männern, die bei ihm eine Unterkunft suchten. Sie sprachen einige Gäste an, die sie in der winzigen Lobby trafen, aber keiner kannte Alec.

„Ein Hotel noch“, sagte Pavel. „Dann sind wir am Ende der

Fahnenstange. Morgen können wir die Parks abklappern. Vielleicht treffen wir da jemanden, der weiß, wo Alec steckt."

„Es würde mich nicht wundern, wenn er zum Überwintern nach Süden gegangen wäre. Das würde ich jedenfalls tun, wenn ich kein Dach über dem Kopf hätte."

„Er hätte ja eins haben können: Dottie Lees Keller. Und ich vermute mal, dass der eher eine Einliegerwohnung als eine Rumpelkammer ist."

„Vielleicht will er dem Tatort nicht so nahe sein."

„Wir spekulieren über die Motive eines Menschen, den wir kaum kennen. Das führt zu nichts." Pavel legte ihr die Hand auf den Rücken, eine Schutzgeste, die zugleich einen Anspruch anzumelden schien.

„Also auf zum letzten Hotel, und dann machen wir Schluss."

Die letzte Unterkunft war am besten in Schuss. In diesem Häuserblock standen einige Ladenlokale leer, und das Wohnhaus an der Ecke wurde offenbar gerade renoviert. Die Pension war ein altes Haus, in dessen Lobby es nach Reinigungsmitteln roch. Die Rezeption, auf deren Theke ein künstlicher Weihnachtsbaum mit blinkenden Lichtern stand, war verlassen.

Der Grund war offensichtlich. In einem kleinen Zimmer zur Rechten fand eine Weihnachtsfeier statt. Männer drängten sich um Tische voller Speisen, und aus einem Gettoblaster plärrten Weihnachtslieder. Helfer in Anzug und Krawatte oder Partykleidern schwatzten mit den Männern und trugen neue Speisen auf.

Faith entdeckte Alec sofort. Er stand in einer Warteschlange, und als er an der Reihe war, nahm er weiter nichts als ein Glas Punsch und einen Keks. Als er sich umdrehte, sah er sie. Einen Augenblick schien er zu erstarren. Dann kam er mit einem Ausdruck der Resignation auf sie zu.

„Alec.“ Sie rang sich ein Lächeln ab. „Frohe Weihnachten.“

„Was tun Sie hier, Mrs. Bronson?“ Falls er Pavel erkannt oder auch nur bemerkt hatte, dass er zu Faith gehörte, ließ er es sich nicht anmerken.

„Alec, können wir uns hier irgendwo unterhalten? Ich will Sie nicht vom Feiern abhalten, aber ...“

„Ich bin hier fertig. Habe meinen Keks.“

„Möchten Sie irgendwo etwas essen?“

„Hab schon gegessen.“

„Wohin können wir gehen?“

„In mein Zimmer, denk ich. Darf nach zehn keine Gäste empfangen, aber es ist noch früh.“

„Sind Sie sicher, dass es Ihnen nichts ausmacht? Wir wollen nicht, dass Sie Ärger bekommen.“

Er ging die Treppe hinauf, und Faith folgte ihm. Pavel bildete das Schlusslicht.

Alecs Zimmer war nur unwesentlich größer als eine Gefängniszelle. Unter dem einzigen Fenster, das zur Straße hinausging, gluckerte ein Heizkörper. Eine kleine Kommode, ein Plastikstuhl, ein schmales Bett mit Wolldecke und ein Regalbrett für die sonstigen Besitztümer waren die einzigen Möbel. Aber der Anstrich war neu, und der Teppich schien höchstens ein paar Jahre alt zu sein. Der Raum wirkte spartanisch, aber sauber und halbwegs behaglich.

Alec bot Faith den Stuhl und Pavel die Bettkante an. Er selbst lehnte sich gegen die Wand. „Die alte Dame hat es Ihnen gesagt, oder?“

„Dottie Lee hat mir erzählt, dass Sie Sandor Babin sind, Dominik Dubrovs Cousin.“

Er zuckte schicksalsergeben mit den Schultern.

„Alec, das ist Pavel Quinn, Dominiks Sohn. Sie kennen ihn wahrscheinlich als Pasha.“

Zum ersten Mal schaute Alec Pavel an. „Ich weiß, wer Sie sind.“

„Seit wir uns in Faith' Garten begegnet sind?“

„Yeah. Ihre Mutter hat Ihren Namen geändert, was?“

„Sie hat sich geschämt.“

„Gab keinen Grund dafür. Ihr Vater war ein besserer Mann als die meisten.“

„Freut mich zu hören.“

„Aber er war schwach. Liegt vielleicht in der Familie.“

„Wie das?“ wollte Faith wissen.

„Meine Familie hat Ungarn verlassen. Seine Russland. Vielleicht haben wir gelernt, uns zu verdrücken, wenn es unangenehm wird. Nur so eine Idee.“

„Mein Vater ist nicht davongelaufen, er hat sich umgebracht“, sagte Pavel.

„Wo ist der Unterschied? Ein Mann nimmt den Weg, der ihm offen steht. Und das war der einzige Ausweg, der sich ihm bot.“

„Warum?“ fragte Pavel. „Was hat ihn so in die Enge getrieben, dass ihm nur der Freitod blieb?“

„Warum wollen Sie das wissen?“ Er wandte sich an Faith. „Und Sie?“

„Pavel und ich haben eine gemeinsame Schwester“, erwiderte Faith. „Wir haben herausgefunden, dass Dominik Hopes Vater war. Wir haben auch erfahren, dass mein Vater irgendwann dahinter gekommen ist, dass Dominik das Baby gezeugt hat. Verstehen Sie jetzt, warum wir erfahren müssen, wer das Kind entführt hat? Ich habe meinen Vater im Verdacht, Pavel seinen. So können wir nicht weiter durchs Leben gehen.“

„Was wollen Sie von mir hören?“

„Alles, was Sie wissen. Alles, was uns helfen kann.“

„Vielleicht hilft es aber nicht. Vielleicht macht es alles nur schlimmer.“

„Alec“, begann Faith. „Das ist nicht Ihre Sorge. Nicht mehr. Ich glaube, Sie haben jemanden gedeckt, aber jetzt ist es Zeit für die Wahrheit. Überlassen Sie es uns, was dann geschieht.“

Er schloss die Augen und rang mit sich. „Ich brauche einen Drink.“

„Bitte, nicht jetzt“, sagte Faith.

Alecs Gesicht war starr vor Anspannung. „Was Sie erzählen, sind alte Hüte für mich. Ich weiß eine Menge mehr als das.“

Als er nicht fortfuhr, ermutigte sie ihn: „Verraten Sie es uns? Bitte?“

Er blieb so lange still, dass Faith schon fürchtete, er wolle nicht antworten. Dann hub er an: „Ihr Vater hat Dominik gefunden, und sie haben sich gestritten, während Ihre Mutter noch im Krankenhaus lag.“

„Was ist passiert?“ wollte Pavel wissen.

„Dominik ist zum Krankenhaus gegangen und hat sich hineingeschlichen, um das Baby zu sehen, und das hat jemand dem Senator verraten, nur dass er damals noch kein Senator war, nur Kongressabgeordneter. Dominik hat gesagt, der Mistkerl hätte Leute dafür bezahlt, zu beobachten, wer in der Säuglingsstation auftaucht.“

„Was ist geschehen, als mein Vater Dominik zur Rede gestellt hat?“

„Er hat ihm mit Ausweisung gedroht. Und Dominik hat geglaubt, dass er tatsächlich in der Lage wäre, ihm so etwas anzutun. In Russland, in Ungarn war so etwas einfach. Die Machthaber konnten tun, was ihnen gefiel. Leute aus unserer Familie mussten sterben, nur weil jemand aus der Regierung es so wollte. Die Regeln haben sich jeden Tag geändert, je nachdem, wer sie gemacht hat."

„Hat er sich deshalb umgebracht? Aus Angst vor einer Deportation?" fragte Pavel.

„Das glaube ich nicht. Vielleicht wenn eine Verhandlung gedroht hätte, bei der er keine Chance auf einen Freispruch sah ..."

„Meine Mutter hat versprochen, ihn – wenn nötig – zu beschützen!" rief Faith.

„Das war nicht das Einzige, was der Senator ihm mitgeteilt hat." Alec schlug die Augen auf und blickte Faith unentschlossen an.

„Alec, ich will die ganze Wahrheit", meinte sie. „Ich weiß schon, dass mein Vater zu einigem fähig ist. Nicht nur im Guten."

Als er weiterredete, senkte er die Stimme. „Er hat gedroht, dem Baby was anzutun."

„Fahren Sie fort."

„Er hat Dominik gesagt, dass er nur eingewilligt habe, Hope anzuerkennen, weil er keine andere Wahl hatte. Und dass Babys schlimme Dinge zustoßen können. Manchmal sterben sie einfach so, ohne erkennbaren Grund. Manchmal sieht es so aus, als hätten sie einfach nicht mehr weitergeatmet. Fast als hätte ihnen jemand ein Kissen aufs Gesicht gelegt und gedrückt und gedrückt ..."

Er setzte sich auf den Boden, zog die Knie ans Kinn und schlang die Arme um seine Beine. Er fing an, vor und zurück zu wippen.

Faith bemerkte erst, dass sie weinte, als ihr die Tränen über die Wangen rannen. Die Drohung war dem, was Joe Lydia eröffnet hatte, zu ähnlich, um an Alecs Worten zu zweifeln. „Alec, hat mein Vater Hope getötet?“

Mit geschlossenen Augen wiegte er sich weiter hin und her. „Dominik, er konnte nicht zu Ihrer Mutter gehen und es ihr erzählen. Sie hatte ihn gewarnt, dass der Senator ihm gefährlich werden konnte, falls er herausfand, dass Dominik Hopes Vater war, aber sie nahm an, das Kind wäre sicher. Es gab keinen Beweis für das Gespräch zwischen dem Senator und Dominik, und Dominik hatte Angst, dass Ihre Mutter glauben würde, er hätte sich das ausgedacht, um sie dazu zu bringen, ihren Mann zu verlassen.“

„Also hat er Hope entführt“, stellte Pavel fest. „Weil er keinen anderen Ausweg sah?“

Alec öffnete die Augen. „Was wissen Sie über Ihren Vater? Meinen Sie, er hätte das Baby mehr geliebt als die Mutter? Glauben Sie, er hätte Mrs. Huston das antun können?“

„Was ist also passiert?“ drängte Faith.

„Ich habe mitbekommen, wie sehr er litt. Er konnte sich zu nichts durchringen.“ Alec suchte Faith’ Blick. „Also habe ich ihm die Entscheidung abgenommen. *Ich* habe Hope geholt.“

Faith starrte ihn an. Sie war des Rätsels Lösung so nah gewesen, ohne es zu ahnen. Sie war sich völlig sicher gewesen, dass entweder sie oder Pavel dieses Zimmer als Kind eines Kidnappers verlassen würde.

Sie spürte Pavels Hand auf der Schulter. „Sie, Alec?“ fragte er.

„Es war leichter, als die Zeitungen es hingestellt haben, denn ich hatte mich gut vorbereitet. Ich habe mich durch die Hintergärten zum Haus geschlichen. Mit Dominiks Schlüssel habe ich die Kellertür geöffnet. Das Baby hat geschlafen und schlief weiter, als ich es aus dem Bett nahm. Ihre Mutter hat Klavier gespielt. Es lief alles wie am Schnürchen, auch nachdem ich die Tür wieder geschlossen hatte. Ich kannte eine junge Mutter, die sich bereit erklärte, das Baby fortzuschaffen, als sie von der Sache erfuhr. Ich wusste, dass auf sie Verlass war, und ich hatte eine neue Heimat für das Baby gefunden."

„Wo?" fragte Pavel.

„Meine Familie kam über Kanada in dieses Land. Wir kannten ein ungarisches Paar in Ontario, das ein Kind wollte, aber kein eigenes haben konnte. Sie hatten es schon viele Jahre versucht. Damals waren sie schon fast alt genug, um Großeltern zu sein. Gefälschte Papiere ließen sich leicht besorgen. Sie wussten, wen sie um eine neue Geburtsurkunde angehen und wie viel sie zahlen mussten, damit es schnell ging. Wir alle hatten Erfahrung mit falschen Papieren. Ohne die wäre meine Familie nie nach Amerika gelangt."

Er redete jetzt schneller, als habe er lange auf die Gelegenheit gewartet, das alles auszusprechen, und fürchte, die Zeit werde nicht reichen. „Meine Freundin hat Hope über die Grenze gebracht, indem sie die Geburtsurkunde ihres eigenen Kindes vorzeigte, und das kleine Mädchen der kanadischen Familie übergeben. Sie erzählte ihnen, das Kind sei unehelich, die Mutter minderjährig, und ihre Eltern würden sie enterben, wenn sie je Wind davon bekämen. Sie hat gesagt, die Mutter sei rechtzeitig weggegangen, um das Kind heimlich zur Welt zu bringen, und niemand könne etwas darüber herausfinden. Sie wünschten sich so sehnlich ein Kind, dass sie keine Fragen stellten."

„Kanada?" Pavels Hand lag schwer auf Faith' Schulter.

„Ich wusste, wenn ich Hope in den Vereinigten Staaten unterzubringen versuchte, würde man sie finden. Ich habe es für Dominik getan. Er war mein bester Freund, fast wie ein Bruder. Ich habe es getan, um seine Tochter zu beschützen, und weil er selbst es nicht tun konnte."

„Und Sie haben nie mit jemandem darüber gesprochen? All die Jahre nicht?"

Alec hörte auf hin und her zu wippen. „Nein, aber Dominik wusste es. Er hat zwei und zwei zusammengezählt."

„Und sonst kannte niemand die Wahrheit, außer Ihrer Helferin? Nicht einmal die Leute, bei denen das Kind aufwuchs?"

„Warum sollte ich es irgendwem verraten? Ich wusste, dass es richtig war. Ich war mir sicher, einen Mord verhindert zu haben. Sie war ein Baby, nur ein kleines Baby. Dominiks Baby. Sie hatte doch ein Recht zu leben."

„Aber es hat an Ihnen genagt, nicht?" sagte Pavel. „So wie es an meinem Vater nagte, bis er sich umgebracht hat."

„Als er es herausgefunden hatte, ging ihm auf, dass es keine zufrieden stellende Lösung gab. Hope war in Sicherheit, aber Mrs. Huston wurde fast verrückt vor Sorge. Ihr Vater ist schließlich an Kummer gestorben. Er konnte mich nicht der Polizei übergeben. Ich war sein Cousin. Er konnte Mrs. Huston nichts sagen. Er konnte Hope nicht zurückbringen, denn er teilte meine Angst um ihr Leben."

„Also hat er sich umgebracht", konstatierte Pavel.

Faith ließ das keine Ruhe. „Und trotz alledem haben Sie noch immer geglaubt, eine gute Tat vollbracht zu haben? Dass es richtig war?"

Er versuchte sich zu verteidigen. „Ja, ich war mir sicher." Er zog die Stirn kraus. „Dann bekam ich selbst Kinder. Eines Tages schaute ich sie an und begriff, was ich getan hatte. Und dann fing ich an zu trinken."

Es gab viele offene Fragen, aber eine kam Faith wichtiger vor alle anderen. Doch sie traute sich nicht, sie zu stellen. Noch nicht.

„Und warum haben Sie sich dann niemandem anvertraut?" wollte Pavel wissen. „Warum haben Sie sich nicht selbst angezeigt, als Ihnen aufging, wie viel Schaden Sie angerichtet hatten?"

„Glauben Sie, es wäre so einfach gewesen?"

„Ich will nur Antworten", sagte Pavel.

„Ich hielt den Senator noch immer für zu gefährlich. Hope war inzwischen ein kleines Mädchen, ein hübsches kleines Ding, und glücklich. So glücklich bei ihren neuen Eltern. Sie waren nicht reich, aber sie sahen in ihr ein Gottesgeschenk und gaben ihr alles, was sie hatten. Wenn ich der Polizei also erklärt hätte, wer sie war und was ich getan hatte, hätte ich eine glückliche Familie zerstört, um eine unglückliche wiederherzustellen. Wie hätte ich das tun können? Letzten Endes konnte ich gar nichts tun. Genau wie Dominik."

Faith wusste, dass diese Geschichte sie monatelang beschäftigen würde. Jahrelang. Aber eine Frage war noch unbeantwortet. Die wichtigste von allen. Endlich stellte sie sie. „Alec, wo ist Hope jetzt? Bitte verraten Sie es uns. Es wird Zeit, für Klarheit zu sorgen. Sie ist jetzt achtunddreißig: Niemand kann ihr etwas tun."

„Sie lebt. Sie ist glücklich." Alec verfiel in Schweigen.

„Bitte, ich habe eine Schwester", sagte Faith. „Sie wissen nicht, was sie mir bedeutet. Hope hat eine Schwester ...", sie warf einen Blick auf Pavel, „... und einen Bruder, und es ist nicht Ihre Aufgabe, sie abzuschirmen. Sie ist alt genug, um die Wahrheit zu erfahren und zu entscheiden, was sie mit ihr anfangen will."

Er saß regungslos da und dachte nach. Faith wagte kaum zu atmen. Schließlich stand er auf und ging zur Kommode. Aus der obersten Schublade holte er einen Stapel ordentlich gefalteter Kleidung und etwas, das darunter gelegen hatte. Dann stopfte er die Kleidung zurück und drehte sich um.

„Ich habe ein Foto." Er reichte es Faith.

Mit zitternden Händen griff sie nach dem Bild. Sie erwartete, ein Baby zu sehen, das Baby, das sie nur aus alten Zeitungen kannte. Stattdessen blickte eine Erwachsene sie an, eine schöne Frau mit braunem, gelocktem Haar. Mit einem Körper, der verriet, dass sie lieber gut aß als Diät hielt, mit einem herzlichen Lächeln und warmen dunklen Augen. In den Armen hielt sie zwei kleine Kinder, einen Jungen und ein Mädchen.

„Das ist Hope?" Sie konnte ihre Augen nicht von dem Foto abwenden, das ihr seltsam vertraut vorkam. Sie spürte, wie Pavel näher kam, um ebenfalls einen Blick darauf zu werfen. „Das ist meine Schwester? Aber ich kenne dieses Foto irgendwoher."

„Sie schreibt Kinderbücher. Ich gehe manchmal in einen Buchladen und gucke sie mir an. Das habe ich von einem Buchumschlag abgerissen."

Faith schaute hoch. „Nicht Karina Gililand?"

„Das ist sie."

„Faith?" Pavel nahm ihr das Foto aus der Hand. „Weißt du etwas über sie?"

„Als die Kinder klein waren, habe ich ihnen ihre Bücher vorgelesen. Wir haben sie alle. Ich habe sie sogar beim Umzug mitgenommen, um sie eines Tages meinen Enkelkindern zu schenken. Sie liegen auf dem Dachboden." Sie legte die Hände auf ihre Wangen. „Auf *meinem* Dachboden. In einer Ecke, direkt unter dem Balken, in den meine Großmutter ihren Namen eingeritzt hat."

Sie fing wieder an zu weinen. Als Pavel sie in die Arme nahm, war nicht ganz klar, wer von ihnen beiden mehr Trost brauchte.

35. KAPITEL

Dieses Jahr war der Weihnachtsbaum der Hustons mit mundgeblasenen Glas-Eiszapfen und filigranem Baumschmuck aus Deutschland behängt. Außerdem war die drei Meter hohe Blaufichte mit Zimtstangenbündeln, die von rotem Taftband zusammengehalten wurden, und mit getrockneten Orangen- und Zitronenscheiben dekoriert. Lydia saß neben dem Baum und wartete auf Faith.

Die Uhr hatte bereits Mitternacht geschlagen, und obwohl Faith sich darüber im Klaren war, dass ihre Mutter nie vor dem frühen Morgen einschlief, war der nächtliche Besuch ungewöhnlich.

Lydia wusste, dass ihre Enkelkinder übers Wochenende nicht da waren, aber das konnte Faith' Anruf vor einer Stunde nicht erklären. Sie hatte nicht gefragt, ob sie nach Great Falls kommen könne, sondern ihren Besuch einfach angekündigt.

„Du bist noch auf?"

Lydia drehte sich um und sah Joe in seinem Flanell-Morgenmantel in der Tür stehen. Er schien verstimmt, dass er heute Nacht nicht ungestört durchs Haus wandern konnte.

„Faith kommt."

„Um diese Zeit?" Er klang noch verstimmter. „Du hättest ihr bessere Manieren beibringen sollen."

„Ihre Manieren sind perfekt, aber deine machen mir allmählich Sorgen."

„Mir steht nicht der Sinn nach Gesellschaft. Sag ihr, dass ich zu Bett gegangen bin. Und sorg dafür, dass sie nicht zu lange bleibt. Wir haben morgen früh im ‚Mayflower' ein Gebetsfrühstück."

„Ich werde darauf bestehen, dass sie hier übernachtet."

Er schnaubte, verschwand aber ohne weitere Kritteleien. Sie war erleichtert.

Im Haus war es still, als sie Faith' Auto in der Einfahrt hörte. Dank Samuel konnte sonst niemand so weit vordringen. Sie öffnete die Tür, bat Faith herein, nahm ihr den Mantel ab und hängte ihn in die Garderobe, ohne dass viele Worte gewechselt wurden.

Faith folgte Lydia ins Wohnzimmer, wo winzige weiße Lichter im Baum blinkten. „Nimm Platz", forderte Lydia sie auf. „Möchtest du etwas trinken?"

Faith lehnte ab. Sie zitterte, und Lydia ging zum Kamin, um die Gasflamme zu entzünden. Im Zimmer war es bereits warm, aber die Außentemperatur lag unter dem Gefrierpunkt. Es war Schnee gefallen, mehr sollte folgen.

„Du musst bleiben", meinte Lydia. „Ich lass dich so spät nicht mehr nach Hause fahren. Was hast du dir nur dabei gedacht, bei diesem Wetter herzukommen?"

„Ich habe mir gedacht, dass es keinen Aufschub verträgt."

Lydia wusste nicht, was sie antworten sollte. „Sind die Kinder gut weggekommen? Alex mit seinem Vater?"

„Sie sind beide mit David unterwegs."

Lydia, die auf dem Weg zu dem Sofa war, auf dem Faith saß, verlangsamte ihre Schritte. „Du machst Witze."

„Nein, Remy wollte mitfahren. Es hat einen hässlichen Zwischenfall gegeben, Mutter. Sie hat sich mit Jungen vom College herumgetrieben, jungen Männern aus unserer Straße. Ich will das jetzt nicht ausbreiten, aber sie ist okay. David hat sie aus einer üblen Klemme befreit, und sie haben sich versöhnt."

Lydia kam zu ihr, nahm eine aus luftigem weißen Mohair gehäkelte Winterdecke von der Sofalehne und wickelte sie Faith um die

Beine. „Deshalb bist du also gekommen. Kein Wunder, dass du so aufgeregt bist."

„Mutter, du weißt noch nicht einmal die Hälfte."

„Remy ist in Ordnung? Wirklich?"

„Ich denke schon. Und David kümmert sich um sie. Aber deshalb bin ich nicht hier."

„Warum dann?"

„Ich bin nicht sicher, wie ich es dir beibringen soll."

Lydias Herz schlug schneller. „Das ist die schlechteste Eröffnung überhaupt. Erzähl es mir einfach."

Faith beugte sich vor, um Lydias Hände zu ergreifen. „Mutter, wir haben Hope gefunden."

Pavel Quinn, Dominiks Sohn, flog noch am selben Tag nach Kanada, um seine Halbschwester zu suchen. Er kannte Leute in mehreren New Yorker Verlagen und war zuversichtlich herauszufinden, wo Hope wohnte. Hope, die jetzt Karina hieß.

Karina Gililand, eine Frau mit einem Haus, einer Familie und einem Beruf.

Trotz Lydias Protesten war Faith, nachdem sie ihr die ganze Geschichte erzählt hatte, nach Hause gefahren, um Lydia und Joe Gelegenheit zur Klärung zu geben. Lydia hatte es irgendwie geschafft, ihre Tochter zur Tür zu begleiten, sogar auf die Wangen zu küssen und sie wegfahren zu sehen. Aber es dauerte Stunden, bis sie dieses unwirkliche Gefühl loswurde. Die halbe Nacht starrte sie zitternd die Decke an. Als sie kurz vor Anbruch der Morgendämmerung einschlief, hatte sie wieder den altbekannten Albtraum, aber diesmal war die Musik sanft, und Sonnenlicht strahlte durch die Fenster. Diesmal fand sie den Weg in Hopes Zimmer, und der Säugling lag friedlich schlummernd in seinem Bettchen.

Als Lydia aufwachte, wusste sie nicht, wie sie es ihrem Mann sagen sollte, aber sie sah ein, dass Faith Recht hatte: Dieses Gespräch vertrug keine Zuhörer.

Um sieben hielt sie es nicht mehr im Bett aus. Sie zog sich einen Morgenmantel über ihr Nachthemd und ging Kaffee kochen. Marley hatte einen freien Tag, und Lydia war froh, mit ihrem Mann allein zu sein.

Um halb acht kam Joe fertig angekleidet in die Küche. Sie mussten erst um halb zehn aus dem Haus, aber wie immer würde er die nächsten zwei Stunden in seinem Büro arbeiten.

„Setz dich", sagte sie. „Wir müssen reden."

„Ich muss telefonieren. Geht das nicht später?"

„Nein, unmöglich." Sie trug ein Tablett mit dem Kaffeeservice und einem Teller mit Toast ins Frühstückszimmer, und er folgte ihr widerwillig.

„Geht es um Faith?"

„Nein." Lydia stellte das Tablett auf die Anrichte und schenkte sich selbst Kaffee ein, bevor sie sich umdrehte. „Nein, Joe, es geht um Hope."

Joe nestelte an der Faltjalousie des Fensters herum, das seinem Stuhl am nächsten war. Er drehte sich um und zog die Brauen zusammen. „Was kann es da schon Neues geben?"

„Dass sie gefunden worden ist."

Sein Ausdruck blieb unverändert. Sie wusste, dass er ihr nicht glaubte.

Lydias Knie drohten nachzugeben. Mit der Tasse in der Hand ging sie zum Tisch und sank auf ihren Stuhl. „Natürlich heißt sie nicht mehr Hope Huston. Ihr Name ist Karina Gililand. Ich habe ein Foto. Willst du es sehen?"

„Das ist doch absurd!"

„Setz dich, Joe."

Die Jalousie schlug gegen das Fenster, sein Stuhl scharrte über das Parkett. „Was versuchst du mir da unterzujubeln?"

„Die Wahrheit." Lydia konnte die Tasse nicht mehr halten und setzte sie ab. „Hope lebt in Kanada, wahrscheinlich in der Gegend von Toronto. Sie hat all die Jahre in Kanada gelebt. Ihre Zieheltern haben sie Karina genannt, aber sie waren viel älter als wir, und jetzt sind sie tot. Pavel Quinn hat im Internet einiges über sie herausgefunden. Karina hat einen Mann namens Bob Gililand geheiratet und mit ihm zwei Kinder bekommen, aber sie sind geschieden. Sie schreibt Kinderbücher. Faith hat sie alle. Ich habe sie sogar unseren Enkeln vorgelesen."

„Du redest wirres Zeug." Joe stand auf und ging zur Anrichte, um sich Kaffee zu holen. „Warum hältst du diese fremde Frau für Hope?"

„Weil der Mann, der Hope entführt hat, Faith die ganze Geschichte erzählt hat. Pavel und sie überprüfen seine Angaben natürlich. Aber es gibt keinen Grund anzunehmen, dass er lügt. Alles passt zusammen."

„Du würdest auch glauben, dass ein Raumschiff das Baby mitgenommen hat, wenn irgendein Idiot in Star-Trek-Uniform dir berichten würde, dass er in jener Nacht blinkende Lichter am Himmel gesehen hat."

„Nein, Joe. Aber das hier glaube ich."

Er warf sich auf seinen Stuhl und stellte die Tasse klappernd auf den Tisch. „Wer hat sie entführt?"

„Sandor Babin, Dominiks Cousin und Gehilfe. Dominik hatte nichts damit zu tun. Er hat es erst später erfahren."

„Warum? Es gab keine Lösegeldforderung."

„Weil du dem Kind nach dem Leben getrachtet hast. Zumindest glaubte Dominik das. Du bist zu ihm gegangen und hast ihm mit Ausweisung gedroht, dann hast du ihm gesagt, wie einfach man ein Baby ersticken kann ...“

„Ich – habe – nichts – dergleichen – getan!“ Joe schien außer sich vor Wut, aber sein Gehabe wirkte nicht ganz aufrichtig.

Lydia fixierte ihn. Sie wollte ihm glauben. Sie liebte Joe Huston nicht. Sie mochte ihn nicht einmal. Aber mehr als alles andere wollte sie glauben, dass Joe nie vorgehabt hatte, ihre Tochter umzubringen, und dass Dominik ihn missverstanden hatte.

Wie konnte sie sich sonst verzeihen?

Sie beendete ihre Geschichte, wobei sie ihn nicht aus den Augen ließ. „Sandor hat erfahren, was du Dominik erzählt hast, und hat die Initiative ergriffen. Er behauptet, er habe um Hopes Leben gefürchtet.“

„Wo ist dieser Mann jetzt?“

„Obdachlos. Zerstört. Die Entführung hat ihn nicht mehr losgelassen. Wir alle ...“ Sie kämpfte mit den Tränen. „Wir alle haben so darunter gelitten. Sogar du, Joe.“

„Was soll das heißen?“

„Ich habe jahrelang gedacht, du wärst dafür verantwortlich. Das weißt du. Du hast Dinge gesagt, die diesen Verdacht genährt haben. Du weißt, was das für unsere Ehe bedeutet hat. Dieses Haus ist eine Festung. Wir hatten nie eine Chance.“

„Wir haben getan, was wir tun mussten.“

„Jetzt müssen wir noch etwas tun. Wenn Karina Gililand wirklich Hope ist, müssen wir es der Öffentlichkeit mitteilen. Dieses Geheimnis wird ans Licht kommen wie alle Geheimnisse. Sobald wir mit ihr in Verbindung treten, wird es jemand herausfinden. Wir müssen sicherstellen, dass diese Geschichte wahrheitsgetreu und mit Feingefühl verbreitet wird.“

Joe sprang auf, noch bevor sie geendet hatte. „Wir werden uns, verdammt nochmal, *nicht* mit ihr in Verbindung setzen, und wir werden keinem etwas davon verraten! Willst du deine Affäre vor aller Welt ausbreiten? Deine Beziehung zu Dubrov? Herumposaunen, dass dein Baby unehelich war? Das lässt du gefälligst sein, Lydia. Du lässt diese Frau in Ruhe!"

„Ich lasse mich nicht davon abhalten, sie kennen zu lernen. Sie ist mein Kind, mein kleines Mädchen! Es ist mir egal, dass das schwer zu erklären sein wird. Wenn sie mich kennen lernen will, möchte ich ihre Mutter sein. Ich lasse mich nicht länger von ihr fern halten."

„Du? *Du!* Alles dreht sich um dich. Was ist mit meiner Karriere?"

„Wir müssen uns genau überlegen, wie wir die Geschichte erzählen, und wem. Wir ..."

Joe war zu aufgebracht, um zuzuhören. „Wenn ich gewollt hätte, dass alle Welt über Hope Bescheid weiß, hätte ich längst die Wahrheit gesagt!"

„Dazu hattest du keinen Grund. Du wolltest nicht, dass die Leute erfahren, dass ich eine Ehebrecherin bin ..." Lydia sprach nicht weiter, denn der Gesichtsausdruck ihres Mannes verwirrte sie. Seine Wut war abgeflaut, und er wirkte plötzlich, als sei er vor etwas auf der Hut. Einen Moment lang wurde sie unsicher und überlegte, was es mit seinen unbeherrschten Worten und seinem Stimmungsumschwung auf sich hatte.

Dann begriff sie es.

Mit zitternden Knien erhob sie sich. „Du meinst gar nicht mein Verhältnis, nicht wahr? Du *wusstest*, wer sie geholt hat. Die ganze Zeit über wusstest du, wo sie war und wie es sich abgespielt hat. Joe, du wusstest es!"

„Natürlich nicht. Ich habe über dich und Dubrov gesprochen und ..."

„Du Lügner!" Sein Zorn war nichts im Vergleich zu ihrem. „Du wusstest, dass mein Baby lebte. Du wusstest, wo! Und du hast es mir verschwiegen! Du hast dich an meinem Leid geweidet. All die Jahre hast du zugeguckt, wie ich innerlich vor die Hunde gegangen bin, wie sich mein Herz in Eis verwandelt hat. Du Dreckskerl!"

Er leugnete es nicht. Auf seinem Gesicht machte sich so etwas wie Befriedigung breit. „Du hattest es verdient, nach dem, was du mir angetan hast. Ja, ich wusste es, weil Babin ein Idiot war. Er hat ein Heiligenbildchen verloren, als er sich an diesem Tag über Hopes Bettchen gebeugt hat. Die ungarische St. Elisabeth, Schutzheilige der armen Leute. Ist das nicht herrlich? Ich habe es zwischen der Matratze und dem Rahmen gefunden, als du unten warst und die Polizei angerufen hast. Ich bin Sandor Babin begegnet, als er das Reihenhaus angestrichen hat. Ich wusste, dass seine Familie aus Ungarn stammte und er Dominiks Cousin war. Er hätte ebenso gut seine Visitenkarte hinterlassen können."

Lydia sank auf ihren Stuhl. Sie starrte den Mann an, mit dem sie seit fast vierzig Jahren verheiratet war. Sie hatte ihn selbst dann nicht verlassen, als er den Präsidenten ermorden lassen wollte, und später, als sie fürchten musste, dass er an der Entführung ihrer Tochter beteiligt gewesen war. Sie war bei ihm geblieben, hatte ihm ein Kind geboren und im Wahlkampf geholfen. Und die ganze Zeit über hatte er sie kaltblütig gequält. Er hatte ihr den Fehltritt nie vergeben und seine Schuld nie eingesehen. Er hatte sich einfach gerächt.

„Du kannst nicht im Senat bleiben. Auf keinen Fall" sagte sie schließlich.

„Hast du den Verstand verloren? Willst du alles zerstören, wofür wir gearbeitet haben?“

„Ja, das möchte ich. Du bist ein schlechter Mensch, und ich lasse nicht zu, dass du weiter Schaden anrichtest. Dein Herzinfarkt kam wie gerufen, Joe: ein guter Vorwand für deinen Rücktritt. Und die Öffentlichkeit wird einen Teil von Hopes Geschichte erfahren. Wie viel, das hängt davon ab, ob du dich still zurückziehst. Wenn du dich wehrst, wenn du dich an deinen Stuhl klammerst, dann werde ich den Medien verraten, dass du die ganze Zeit über wusstest, wo Hope war, sogar als du vor laufenden Kameras an die Entführer appelliert hast.“

„Niemand wird dir glauben.“

„Schon möglich. Aber dann werde ich sie über deinen Kennedy-Plan informieren, und daran wird niemand zweifeln. Ich habe, wie du weißt, Beweise.“

Er versuchte es mit einer weiteren Drohung. „Du hast diese Beweismittel all die Jahre zurückgehalten. Die Konsequenzen würden dich ebenso treffen wie mich. Auch dich würden sie teeren und federn.“

Ihr Lächeln kam ihr neu und strahlend vor, der erste in einer langen Reihe von Glücksmomenten in den Jahren, die ihr noch blieben. Die innere Leere war wie weggeblasen. Der Rest ihres Lebens lag vor ihr.

„Ich habe meine Töchter, Joe, und vier Enkelkinder, die mich brauchen. Sie müssen mich nicht wählen. Ich muss nicht um sie werben. Ich muss nur zu ihnen gehen. Ich habe alles, was ich brauche, und mehr, als ich je für möglich gehalten hätte, und *du* wirst an meinem Leben *nicht* mehr teilhaben. An dem Tag, an dem du dein Amt niederlegst, reiche ich die Scheidung ein.“

Pavel hatte den Winter in Washington immer für kalt gehalten. Er hatte auch – theoretisch zumindest – gewusst, dass es in Toronto noch kälter sein würde. Er war nach dem Zwiebelschalen-Prinzip gekleidet, und als äußerste Schicht hatte er eine Jacke gewählt, die für den Skiurlaub in West-Virginia angeschafft worden war. Aber es gab nicht genügend Kleidung auf der Welt, um gegen den beißenden kanadischen Wind anzukommen. Im Flugzeug hatte ein stolzer Bürger von Toronto ihm freudestrahlend erklärt, dass diese Stadt das Schlachtfeld war, über dem die arktische Kaltluft aus dem Norden mit den warmen, feuchten Luftmassen vom Golf von Mexiko zusammenprallte.

Mutter Natur hatte den Krieg erklärt, und Pavel war Pazifist.

Der Himmel war dunkel, als er sich zum Park Hyatt im historischen Yorkville begab, eingehüllt in den gesamten Inhalt seines Koffers. Er kannte das Hotel, denn bei seinen Geschäftsreisen übernachtete er immer dort, und Karina wohnte in der Nähe der Universität, also in derselben Gegend. Er war durch einen Trick an ihre Adresse gekommen, und denselben Kunstgriff wollte er einsetzen, wenn er sie anrief.

Er checkte ein und genehmigte sich eine lange, heiße Dusche im schmucken, mit Marmor ausgekleideten Badezimmer. Nach zehn Minuten war er so weit aufgetaut, dass er ohne Zähneklappern sprechen konnte. Er trocknete sich ab und wickelte sich in einen Bademantel, griff aber nicht gleich zum Telefonhörer. Faith' Abschiedsworte vom Flughafen klangen ihm in den Ohren.

„Verschreck sie nicht, Pavel. Lern sie erst ein bisschen kennen. Werdet warm miteinander. Dann kannst du ihr erzählen, dass ihr ganzes Leben auf einer Lüge aufgebaut ist."

Er hatte hinzugefügt: „Und dass sie gnadenlos von der Presse gehetzt werden wird, sobald die Sache rauskommt."

„Und dass meine Mutter sie braucht. Dass ihr Herz brechen wird, wenn Hope ... Karina sie zurückweist."

„Wenn sie mich zum Essen einlädt, sollte uns das durch die Vorspeise bringen."

Faith' musste lachen. „Ich würde ja mitkommen. Wirklich. Aber wir wollen sie nicht abschrecken."

„Du bist diejenige, die verschreckt ist."

Sie nickte.

Auch Pavel war nervös. Er war immer allein gewesen, und meistens hatte ihm das nichts ausgemacht. Seine familiären Erfahrungen waren nicht gerade berauschend: ein Vater, der sich aufgehängt, und eine Mutter, die sich zu Tode gesoffen hatte. Entfernte Cousins, die nichts mit ihm zu tun haben wollten, und jetzt deren obdachloser Vater, der vielleicht für immer untertauchen würde.

Sandor – Alec der Tonnenmann – war klug genug gewesen, Washington zu verlassen. Nach ihrer Unterhaltung hatten Pavel und Faith ihm alles Gute gewünscht, und Pavel hatte dem alten Mann jeden Cent aus seinem Portemonnaie sowie seine mörtelbekleckste Rolex zugesteckt. Auf dem Heimweg waren Faith und er übereingekommen, die Behörden nicht früher über Karina zu unterrichten als unbedingt nötig. So hatte Alec einen guten Vorsprung, bis die Sache in die Nachrichten kam. Pavel war sich sicher, dass sie den Mann nie wiedersehen würden.

Pavel fragte sich, ob er auch die verwandtschaftliche Beziehung zu Karina in den Sand setzen würde. Als Sohn und als Cousin hatte er versagt. Er war für keine Frau je die „bessere Hälfte" gewesen. Was für einen Bruder würde er abgeben? Und allem voran: Würde sie ihm eine Chance geben, das herauszufinden?

Er gab sich einen Ruck, ergriff den Hörer und wählte die Nummer, die er Karinas Literaturagentin entlockt hatte.

Ein Kind ging an den Apparat: seine Nichte, wie er annahm. Ihre Stimme war hell und süß, und als sie den Hörer fallen gelassen hatte, kam sie noch einmal zurück und entschuldigte sich. Dann holte sie ihre Mutter.

Während er warten musste, räusperte er sich zweimal und stellte fest, dass seine Nervosität allmählich in Panik überging. Als Karina sich meldete, räusperte er sich noch einmal.

Karina klang zum Glück anders als Faith. Er war sich nicht sicher, ob er das verkraftet hätte; womöglich wäre er dann sofort mit der Tür ins Haus gefallen. Stattdessen stellte er sich als Präsident von „Scavenger" vor, der in Toronto Geschäftliches zu erledigen hatte. Dann ließ er die geplante Lüge vom Stapel.

„Wir möchten eventuell eine Website für Kinder gestalten. Einen sicheren Ort, an dem sie Spiele spielen, online Bücher lesen und etwas über Computer lernen können." Er fand die Idee wirklich nicht schlecht und nahm sich vor, sie später mit Alex zu diskutieren.

„Ihr Name kam uns in den Sinn", fuhr er fort, „als wir über mögliche Berater nachgedacht haben, und Ihre Agentin meinte, das könnte Sie durchaus reizen."

Sie antwortete in einem sanften Tonfall; offenbar hatte sie es nicht nötig, sich aufzuplustern. Sie klang nicht wie eine Frau ohne Selbstbewusstsein, sondern wie eine, für die das nie ein Problem gewesen war. „Mary Ann hat Ihren Anruf schon angekündigt."

Pavel war froh, dass diese Fremde ihm den Weg geebnet hatte. „Es tut mir Leid, dass das so plötzlich und so kurz vor Weihnachten passiert, aber diese Reise hat sich kurzfristig ergeben. Und jetzt sitze ich hier und habe am Abend nichts vor. Können wir uns vielleicht zum Abendessen in meinem Hotel treffen?"

So früh konnte sie nicht, da sie für ihre Kinder sorgen musste, aber sie versprach ihm, später auf einen Drink in die Dach-Lounge des Hotels zu kommen, falls die Nachbarin zum Babysitten bereit war. Er versprach ihr prasselndes Kaminfeuer und einen tollen Blick über die Stadt. Als er auflegte, dachte er schon darüber nach, was er sagen würde. Er hatte viel Zeit, das auszuarbeiten.

Vier Stunden später saß er strategisch geschickt auf einem Sofa in der Nähe des riesigen Kamins und behielt die Tür im Auge. Jetzt kam sie herein. Sie war kleiner, als er erwartet hatte, aber doch größer als ihre Schwester. Ihr Haar war länger als auf dem Foto, eine dunkle, lockige Mähne, die fast ihre Schultern berührte. Sie hatte ein marineblaues Strickkleid an, das bis auf ihre dunklen Stiefel reichte, und trug einen einfachen Stoffmantel über dem Arm. Als er aufstand, kam sie auf ihn zu und reichte ihm die Hand.

„Mr. Quinn?"

„Pavel." Die Wärme ihrer Hand machte ihm Mut. Sie setzte sich neben ihn. „Diese Dach-Lounge ist angeblich das Wasserloch der wohlhabenden Schriftsteller unserer Stadt. Unnötig zu erwähnen, dass ich selten herkomme."

„Kinderbücher sind keine Goldmine?"

„Nur wenn man einen Harry Potter erfindet." Sie schien sich in ihrer Haut absolut wohl zu fühlen und schaute ihn erwartungsvoll an.

Seine ausgetüftelte Überleitung löste sich in Luft auf. „Karina, ich habe Ihnen am Telefon nicht ganz die Wahrheit gesagt."

Sie zog eine sorgfältig gezupfte Braue hoch. „Nicht? Haben Sie mir denn über Ihre Person die Wahrheit gesagt?"

„Ich bin wirklich der Präsident von ‚Scavenger', nicht irgendein verrückter Stalker. Aber mein Anliegen ist nicht geschäftlicher Natur, sondern privat."

Sie fixierte ihn kurz und wagte dann ein Lächeln. „Sind wir verwandt, Pavel?“

Er konnte sich nicht entsinnen, wann er das letzte Mal geweint hatte. Vielleicht bei der Beerdigung seiner Mutter, vielleicht auch nicht. Aber jetzt füllten sich seine Augen mit Tränen. Im Moment konnte er nicht sprechen, also nickte er.

Sie legte ihre Hand auf seine, die warme, weiche Hand einer Schwester. „Ich habe erwartet, dass einmal jemand kommt. Warum hat es so lange gedauert?“

36. KAPITEL

Die Wiedervereinigung musste in der Prospect Street stattfinden. Lydia stellte sie sich als Kreis vor, der sich endlich zusammenfügte, als Kreis, der sie alle umschloss und umfasste. Faith gefiel das Bild.

Es war zehn Tage nach Weihnachten, und Alex und Remy wühlten den ganzen Tag auf dem Dachboden herum, um Spielzeug für Jody und Jeremy zu finden, die ihre Mutter begleiten würden. Unter dem Baum, der immer noch das Wohnzimmer zierte, lagen Päckchen für Karina und die neuen Cousins, aber so unermüdlich Faith auch auf sie einredete, die Bronson-Kinder waren nicht davon zu überzeugen, dass ein Gameboy und ein Blockhütten-Bausatz die jüngere Verwandtschaft lange genug faszinieren würden.

Um Lydia zu beschäftigen, hatte Faith sie ermuntert, den beiden bei ihrer Suchaktion zu helfen, aber Lydia blieb lieber unten auf dem Sofa, um sich nicht von den Gefühlen überwältigen zu lassen, die der Anblick des eingeritzten Namenszugs ihrer Mutter auslösen würde. Ihre Nerven lagen ohnehin schon blank.

Lydia hatte zweimal mit Karina telefoniert: einmal an dem Tag, nachdem Pavel seiner Halbschwester die Geschichte ihrer Entführung erzählt hatte, und einmal zur Vorbereitung des heutigen Treffens. Bei beiden Telefonaten war sie so nervös gewesen, so überwältigt, dass Karinas Worte wild durch ihren Kopf tanzten. Sie konnte sich kaum erinnern, was sie besprochen hatten.

Nicht genug. Bestimmt nicht genug.

„Lydia, hier ist etwas für dich."

Lydia blickte auf, und eine Tasse Tee schwebte wie von Zauberhand vor ihrer Nase. Pavel hielt sie ihr hin. „Ich glaube, das kannst du gebrauchen."

„Das ist sehr freundlich.“ Sie nahm die Tasse und fühlte sich steif, dumm und alt dabei.

Er ließ sich neben ihr fallen. „Du musst dir wirklich gar keine Sorgen machen. Karina wird spielend mit der ganzen Situation fertig, sogar damit, dass sie *die* Hope Huston ist. Sie ist froh, dass wir sie gefunden haben. Sie hat immer gehofft, dass jemand aus ihrer biologischen Familie auf ihrer Schwelle auftauchen würde. Ich glaube, sie hat mich erwartet.“

„Sie hat es gut gehabt, oder?“ Diese Frage ließ Lydia einfach nicht los.

Pavel hatte ihr das schon mehrfach versichert, aber er sagte es gerne noch einmal. „Das hat sie. Ihre Adoptiveltern haben sie vergöttert. Sie hat mir das Haus gezeigt, in dem sie aufgewachsen ist. Nichts Besonderes, aber mit einem großen Garten und jeder Menge Nachbarskindern. Sie hatte Cousins als Spielgefährten und hat gute Schulen besucht. Sie steht mit ihrer zahlreichen Verwandtschaft noch immer in engem Kontakt.“

Lydia war froh, so froh, aber ein Teil von ihr trauerte noch. „Bei Joe und mir hätte sie es nicht so gut gehabt.“

„Das weißt du doch nicht“, widersprach Pavel. „Du weißt nicht einmal, ob du bei ihm geblieben wärst, wenn sie nicht entführt worden wäre.“

„Aber ich *bin* bei ihm geblieben. Und habe meine zweite Tochter in einem Haus voller Bitterkeit großgezogen. Ich habe so viel falsch gemacht.“

Lydia konnte die Tasse nicht zum Munde führen, so sehr sie es auch versuchte. Sie stellte sie ab. „Ich möchte dir danken.“

Er wirkte überrascht. „Das ist nicht nötig. Machen wir uns nichts vor: Ich habe es für mich selbst getan. Ich brauchte Antworten.“

„Machst du das immer?“

„Was?“

„Das Gute, das du tust, als Eigennutz deklarieren?“

„Ich bin kein Heiliger, Lydia.“

„Bist du ein guter Mensch?“

Er dachte nach und zuckte schließlich mit den Achseln. „Kein ganz übler zumindest.“

„Ich habe deinen Vater geliebt. Das sollst du wissen. Und er hat mich geliebt. Es war nie nur ... körperlich.“

„Ich bin froh, dass du ihn geliebt hast.“

„Er wäre so stolz auf dich. Das war er natürlich früher schon, aber jetzt wäre er stolz, dass du Hope gefunden und nach Hause gebracht hast.“

„Und dass ich seinen Namen reingewaschen habe.“

„Nein, Dominik hatte seinen Stolz, aber deshalb hat er sich nicht umgebracht. Er war ein impulsiver Mann, voller Leidenschaft. Wenn wir alles verlieren und keine Besserung in Sicht ist, wird das Leben unerträglich. Er ist in dieses Land gekommen, um frei zu sein, und stattdessen fand er sich im schlimmsten aller Gefängnisse wieder. Das war einfach zu viel für ihn.“

„Vielleicht. Ich wünschte trotzdem, er hätte das durchgestanden.“

Lydia legte ihre Hand auf seine. „Es tut mir so Leid, dass ich zu seiner Verzweiflung beigetragen habe. Ich hoffe ...“ Sie räusperte sich. „Ich hoffe, dass Dominiks Abwesenheit ein bisschen dadurch aufgefangen wird, dass Karina in dein Leben tritt.“

Wenn es noch Zweifel daran gegeben hatte, dass Pavel ein guter Mensch war, dann löschte er sie jetzt aus. Er legte seine zweite Hand auf ihre. „Du hast wirklich genug gelitten. Wir beide sollten dieses Geschenk einfach annehmen, ohne uns weiter zu grämen.“

Faith war froh, dass Karina bald eintreffen würde. Bis jetzt hatten sich Alex und Remy vertragen, als hätten sie vor Aufregung über die neuen Cousins ihren ewigen Kleinkrieg ganz vergessen. Aber sie war sich nicht sicher, wie lange das noch gut gehen würde. Sie ließ die beiden auf dem Dachboden weiter nach Spielsachen suchen und ging ins Wohnzimmer hinunter, wo sie ihre Mutter und Pavel in ein ruhiges Gespräch vertieft fand.

Sogar Lydia konnte sich Pavels Zauber nicht entziehen. Faith fragte sich, wie sie je hatte glauben können, ihre Mutter wäre dagegen immun.

„Sie haben Remys Puppenhaus gefunden, aber die Möbel noch nicht“, erklärte sie. „Sie behauptet, dass sie es nur in ihrem Zimmer aufstellen will, damit Jody damit spielen kann, aber ich möchte wetten, dass es danach nicht wieder auf dem Speicher landet.“

Ihr Blick fiel auf Pavel, und sie lächelte. Ihr fiel auf, dass sie dieser Tage viel lächelte. Sie fühlte sich ungemein befreit und kostete jeden Augenblick aus.

Lydia schaute höflich woandershin. Als sie aufhörte, an ihrer Teetasse herumzuhantieren, sagte Faith zu ihr: „Es wird Zeit für Pavel, Karina und die Kinder am Flughafen abzuholen.“

Lydia guckte auf ihre Uhr, die sie den Vormittag über dauernd geschüttelt hatte, weil sie den Eindruck hatte, sie sei stehen geblieben. „Schon?“

Pavel stand auf, und Faith schlenderte zu ihm, um ihn auf die Wange zu küssen. „Bis nachher.“

Er holte seinen Mantel aus dem Wandschrank in der Diele, und sie half ihm hinein. „Macht auf dem Weg noch kein Sightseeing, okay?“

„Schade. Ich bin mir fast sicher, dass sie als Erstes ein paar Denkmäler sehen wollen.“ Er grinste schelmisch.

Sie senkte die Stimme. „Dieser Tag ist wahrscheinlich emotional fast so aufgeladen wie der Tag der Entführung. Ich weiß nicht, wie lange Mutter noch durchhält."

„Sie ist stark." Er strich Faith eine verirrte Haarsträhne von der Wange. „Wie ihre Töchter."

„Ich bin froh, dass du dabei bist."

„Das würde ich mir nie entgehen lassen. Ich gehöre jetzt zur Familie. Fast wie Bruder und Schwester."

„Wage es nicht!"

„Du siehst mich wohl anders?"

Sie sah allerhand in ihm, aber Geschwisterliebe kam dabei nicht auf. „Immer schön der Reihe nach, wie abgesprochen, okay?"

„Ich wollte es ja nicht anders. Mein Fehler." Noch einmal berührte er ihre Wange, diesmal einfach so. Dann verschwand er nach draußen.

Faith kehrte ins Wohnzimmer zurück. Lydia war blass und knetete ihre Hände, eine für sie so untypische Geste, dass bei Faith sofort Mitgefühl aufkam. Ganz gleich, wie grundlegend Lydia sich verändert hatte, so offen würde sie ihre Gefühle wohl auch in Zukunft selten zeigen.

„Bist du dir sicher, dass du Remy und Alex dabeihaben willst?" fragte Faith. „Ich kann David anrufen ..."

„Nein, sie werden dafür sorgen, dass Karinas Kinder sich hier wohl fühlen."

Sie fürchtete sich vor der Begegnung mit Karinas Kindern. Sie hatte zwei Enkel, acht und neun, die sie nicht kannte. Auf den Fotos, die Karina geschickt hatte, hatte Jeremy rotes Haar wie Alex, allerdings völlig glatt, und Jodys Haar war dunkel und gelockt wie das von Karina, Pavel – und Dominik. Aber sie waren doch Fremde für sie, völlig unbekannte Wesen, und Faith wusste, wie nervös ihre Mutter das machte.

„Ich bin nicht gerade eine vorbildliche Oma gewesen", sagte Lydia. „Was, wenn ich es nicht besser kann?"

„Du wirst sie lieben, und sie werden dich lieben."

„Remy und Alex wissen nicht recht, was sie von mir halten sollen."

„Tja, du hast dich in den letzten paar Monaten so sehr verändert, dass sie etwas verwirrt sind. Aber die Großmutter, die jetzt zum Vorschein kommt, gefällt ihnen."

„Ich habe keine Ahnung, was ich den Leuten erzählen soll."

Lydia würde der Öffentlichkeit eine ganze Menge erklären müssen, aber bis jetzt wusste außerhalb der Familie niemand, dass Hope wieder aufgetaucht war. Sie wollten einander erst kennen lernen, bevor die Behörden und die Medien einen Riesenzirkus aus der Sache machen würden.

Faith dachte, dieses Thema könne ihre Mutter ein wenig von ihrer Nervosität ablenken. „Mir fällt jemand ein, mit dem du reden könntest, wenn es so weit ist. Ich kenne den Richtigen für diese Story."

Lydia klang skeptisch. „Pavel und du, ihr habt Wunder bewirkt, und ich habe volles Vertrauen zu euch. Aber mit jemandem von der konservativen Presse will ich nicht ..."

„Du glaubst offenbar, nur weil ich jahrelang mit David verheiratet war, würde ich nur solche Leute kennen."

Ihre Mutter schwieg. Auch eine Antwort.

„Die Konservativen würden sich auch sofort auf Dads Rolle bei dieser Geschichte stürzen", meinte Faith. „Das würde ihm wohl nicht gefallen."

„Wer dann?" fragte Lydia schließlich.

„Ham."

„Davids Liebhaber?"

„Oh Mann, wie sich das anhört! Aber ja, er wäre der Richtige. Abraham Stein. Er kennt die Geschichte schon. Alex und Remy haben letzte Woche ein paar Nachmittage bei Ham und David verbracht. Alex redet mit seinem Dad unheimlich gern über Karina, da wir ihm eingeschärft haben, dass er sonst noch mit keinem darüber sprechen darf. Und ..."

„Du hast sie dahin gehen lassen? In diese Wohnung?"

„Ihr Dad ist schwul, und sein Freund ist ein netter Kerl. Mehr oder weniger ein Stiefvater."

„Faith!"

Faith lachte. „Weißt du, du wirst dich daran gewöhnen müssen. Ich selbst werde ihm wahrscheinlich nie ganz unvoreingenommen gegenübertreten können, aber ich bin nicht so verblendet, seine Redlichkeit in Frage zu stellen."

„Du hast dich auch ganz schön verändert."

„Glaub mir doch, er ist der Richtige für diese Geschichte. Er wird diskret sein und fair und korrekt darüber schreiben. Er hat zu viel zu verlieren, wenn er das nicht tut, denn David wird nichts dulden, was die Kinder verletzen könnte." Faith konnte sehen, dass es ihr gelungen war, ihre Mutter abzulenken. Lydia fixierte sie, als wolle sie Faith all ihre Geheimnisse entreißen.

„Du bist über David hinweg, was? Sonst könntest du nicht so gelassen über ihn reden."

„Ich bin wirklich zuversichtlich, dass wir irgendwann wieder gute Freunde sein werden. Er hat mir zwei wunderbare Kinder geschenkt. Dafür werde ich ihm immer dankbar sein, auch wenn er mir sehr wehgetan hat."

„Wenn du mir rätst, unseren Familienskandal dem Lover deines Exmannes anzuvertrauen, dann *seid* ihr schon wieder Freunde." Lydia klopfte auf das Sofa, und Faith setzte sich neben sie.

„Ich habe einen Entschluss gefasst", verkündete Lydia. „Ich verkaufe das Haus in Great Falls. Ich werde dort wegziehen."

Das überraschte Faith nicht. Der Umzug war unausweichlich. Ihr Vater wohnte bereits in einem Hotel in der Innenstadt. „Du kannst bei uns leben. Dieses Haus gehört noch immer dir. Wir können den Dachboden ausbauen, oder die Kinder und ich suchen uns etwas anderes."

„Ich will näher bei der Familie sein, aber bitte nicht *so* nah. Und das Haus gehört euch. So sehe ich das zumindest." Lydia machte eine Kunstpause. „Außerdem muss ich näher an meinem neuen Arbeitsplatz in Alexandria wohnen."

„Deinem Arbeitsplatz?"

„Ich werde mir ein Haus in Old Town suchen, Faith. Ich hoffe, du hilfst mir dabei."

„Was für eine Arbeit?" wiederholte Faith.

Jetzt sprudelte es aus ihr heraus. „Ab nächstem Monat arbeite ich für das ‚Nationale Zentrum für vermisste und missbrauchte Kinder', in der Abteilung für Öffentlichkeitsarbeit. Nur als Ehrenamtliche, aber in Vollzeit. Seit Jahren haben sie mich gebeten, mich für sie einzusetzen, aber ich fühlte mich damit überfordert. Jetzt möchte ich ihnen helfen. Jetzt kann ich etwas Gutes tun."

„Das ist perfekt!" Faith drückte Lydias Hand. „Ich bin stolz auf dich."

„Wirklich?"

„Aber sicher." Faith machte eine Pause. „Weiß Dad davon?"

„Wir stehen nur über unsere Anwälte in Kontakt, und ich brauche ihn wirklich nicht um Erlaubnis zu bitten. Aber er hat eingewilligt, das Haus zu verkaufen und all unseren Besitz aufzuteilen, sodass wir keine finanziellen Probleme haben werden, keiner von uns. Ich kann alles tun, was ich will."

„Er ruft mich noch immer nicht zurück." Im Augenblick war Faith darüber ganz froh. Sie befürchtete, dass sie ihrem Vater sonst unschöne Dinge an den Kopf werfen würde.

„Du hast Karina gefunden, und das kostet ihn seinen Sitz im Senat. Versuch es weiter. Irgendwann wird er sich damit abfinden." Lydia wechselte das Thema. „Was ist mit dem anderen Mann in deinem Leben?"

Die Fragen und Neuigkeiten stürmten schneller auf sie ein, als Faith sie verarbeiten konnte. „Dieses Jahr habe ich einen Ehemann verloren, eine Schwester gefunden, einen Vater verloren, meine Mutter neu kennen gelernt und fast meine Tochter verloren. Was bringt dich auf die Idee, ich hätte Zeit gefunden, über Pavel nachzudenken?"

„Wie hättest du das vermeiden sollen?"

Faith war erstaunt, dass Lydia sie so gut kannte. All die Jahre hatte sie sich nach Vertrautheit gesehnt, und jetzt wusste sie kaum, wie sie damit umgehen sollte.

„Liebst du ihn?" fragte Lydia.

„Mutter, im Augenblick weiß ich kaum noch, wie ich heiße."

Lydia beugte sich zu ihr herüber. „Wir sind noch nicht daran gewöhnt, über Dinge zu reden, die wirklich zählen. Aber das lernen wir schon noch. Ich werde heute eine Wiedervereinigung erleben, aber ich bin maßlos: Ich will zwei." Lydia kaute auf ihrer Unterlippe. „Ich habe Hope geliebt und sie verloren", sagte sie. „Und irgendwann bist auch du mir abhanden gekommen. Du meintest vorhin, du hättest deine Mutter neu kennen gelernt. Haben wir einander wirklich wieder?"

Faith drückte die Hand ihrer Mutter. Lydias Unsicherheit

rührte sie stärker als alles andere. „Gerade rechtzeitig. Indem wir diese Tür aufstießen, haben wir auch Platz für Hope geschaffen."

Remy kam die Treppe herunter und setzte sich auf die Sofalehne. Ohne ihre Mutter loszulassen, legte Faith ihrer Tochter den freien Arm um die Taille, und Remy wich nicht aus. Auch zwischen ihnen hatte es so etwas wie eine Wiedervereinigung gegeben. Seit ihrer Versöhnung mit David war Remy auch zu Faith freundlicher. Zumindest derzeit hatten sie mehr gute als schlechte Momente.

„Na, Kleine? Bereit für das große Ereignis?" erkundigte sich Faith.

„Ich finde das alles echt schräg."

Faith warf Lydia einen Blick zu. „Ich hoffe, du drückst das etwas dezenter aus, wenn du mit Tante Karina sprichst."

„Für wie beschränkt hältst du mich eigentlich?" Remy löste sich trotzdem nicht aus der Umarmung. „Alex hat die Puppenmöbel gefunden. Ich habe das Haus abgestaubt und fertig gemacht."

„Jody wird es toll finden."

„Sie wird bestimmt wollen, dass ich mit ihr spiele."

„Und du wirst dich furchtbar langweilen, was?"

„Ich bin kein kleines Kind mehr."

„Kein Kind mehr und noch keine richtige Erwachsene", sagte Lydia. „Aber ein hübsches, nettes Mittelding – wenn du deine alte Oma fragst."

Remy lächelte sie dankbar an. „Ich ruf Megan an."

„Verrat ihr aber nichts über Karina", ermahnte Faith sie.

„Das ist so öde: Endlich passiert mir mal was Aufregendes, was nicht gleich zu Hausarrest führt, und dann darf ich mit niemandem darüber reden!" Remy boxte ihre Mutter leicht in die Seite, bevor sie aufstand. Sie schaute kurz zu ihrer Großmutter hinüber, grinste dann und versetzte auch ihr einen Schlag.

Faith war klar, dass dieser Hieb ein Gunstbeweis sein sollte. Und Lydias Miene verriet ihr, dass ihre Mutter ihn genauso aufgefasst hatte.

Die letzte Etappe des Flugs verzögerte sich um eine Stunde. Schlechtes Wetter, der Ferienrückreiseverkehr und eine Zwischenlandung der Präsidentenmaschine in New York, die die Flugpläne auf dem ganzen Kontinent über den Haufen warf, waren dafür verantwortlich, aber Pavel nannte es einfach Pech. Er war noch immer am Flughafen und hatte Faith bei seinem letzten Anruf immerhin mitteilen können, dass Karina und die Kinder jetzt jeden Moment landen würden.

Lydia wusste kaum, wie sie diese Verzögerung überleben sollte, obwohl Faith sie über jede Neuigkeit gleich informierte. Jetzt, fünfunddreißig Minuten nach Pavels letztem Anruf, nahm Faith wieder auf dem Sofa Platz, von dem sich Lydia seit seinem Aufbruch nicht weggerührt hatte.

„Wirst du es schaffen?“ fragte Faith.

Lydia versuchte, stark zu klingen. „Ich besitze Übung darin. Ich habe mir ein Wiedersehen mit Hope immer wieder vorgestellt, aber eigentlich habe ich nicht geglaubt, dass es wirklich dazu kommen würde.“

„Immerhin konntest du dich darauf vorbereiten.“

„Achtunddreißig Jahre lang.“

Vor dem Haus schlug eine Autotür zu. Wenn jemand auf der Prospect Street eine Parklücke fand, grenzte das an ein Wunder. Lydia dachte, wenn dieser Jemand Pavel sei, wäre das Wunder komplett.

Faith stand auf und ging zum Fenster, um hinauszuschauen. Als sie sich umdrehte, glänzten ihre Augen. „Himmel, sie sieht wie Pavel aus, Mutter. Sie ähnelt ihm stärker als auf den Fotos. Das hat er mir nicht gesagt."

Lydias Knochen schienen sich aufzulösen. Was einmal ihr Skelett gewesen war, fühlte sich jetzt nur noch wie Gummimasse an.

„Vielleicht solltest du sitzen bleiben", sagte Faith. Lydia versuchte aber schon, auf die Füße zu kommen. Ein hastiges Klopfen war ihre einzige Gnadenfrist. Noch bevor Faith die Tür erreicht hatte, kam Pavel herein. Dann trat er zur Seite.

Karina marschierte herein, zwei Kinder mit weit aufgerissenen Augen im Schlepptau.

Karinas Blick fiel sofort auf Lydia. Es entstand eine kleine Pause, aber für Lydia existierte ohnehin keine Zeit mehr. Dann lächelte Karina – das schiefe Lächeln ihres Vaters.

„Hey, Mom", sagte sie sanft. „Bin wieder da."

EPILOG

Das Haus in der Prospect Street hatte ein steinernes Fundament, das ein erfahrener Maurer vor über einhundert Jahren angelegt hatte. Das hatte Faith im Februar herausgefunden, als sie vor der Kellertür Schnee geschaufelt hatte. Bis dahin hatte sie dem Fundament kaum Beachtung geschenkt, aber jetzt sprang die Symbolik sie förmlich an. Als sie die Schneewehen beseitigt und dabei den Übergang zwischen dem Sandstein und den kirschroten Ziegelsteinen erstmals bewusst wahrgenommen hatte, war ihr eine Idee gekommen.

Heute früh war Faith von einem atemberaubenden Sonnenaufgang geweckt worden, aber diesmal war sie nicht beunruhigt, da sie dieses Omen auf Anhieb hatte deuten können. Ja, etwas Großes würde sich ereignen, und sie konnte es kaum erwarten.

Die Frühlingssonne schien auf den neu gestalteten Garten und wärmte sie und ihre Familie, die sich in ihm versammelt hatte, und Faith reichte ihrer Mutter einen schlanken Meißel und einen Holzhammer.

„Wirklich, Faith, du meinst, das geht so?“ Lydia hatte ihren Vornamen bereits mit Kreide auf die Stelle geschrieben, die sie gemeinsam ausgesucht hatten: zwei Meter neben der Tür. Bald würden Kamelien die Stelle umrahmen; die neuen Pflanzen standen schon in ihren Bottichen zum Einpflanzen bereit.

Faith hatte schon erläutert und demonstriert, was geschehen sollte. „Ich habe es ausprobiert: Der Stein ist weich genug. Versuch es. Es wird schon gehen. Du musst ja Michelangelo keine Konkurrenz machen.“

Lydia, die noch immer das himbeerrote Kostüm trug, das sie heute früh für Davids erste Predigt angezogen hatte, bückte sich, setzte den Meißel an und fing an, mit dem Hammer darauf zu schlagen.

„Hast du einen Fotoapparat?“ fragte Karina ihre Schwester.

„Oh, das hätte ich fast vergessen.“ Faith winkte Alex heran, der Jeremy durch den Garten jagte. „Ihr zwei, tretet nicht auf die Osterglocken.“

Die beiden Jungen kamen zu ihnen, und Faith bat Alex, die Kamera herzubringen. „Warum kann Remy das nicht tun?“ beschwerte er sich.

„Sie holt gerade Dottie Lee ab.“ Faith warf einen Blick zum Nachbarhaus und entdeckte die alte Frau, die sich – mit Titi auf dem Arm – gerade durch die Hecke zwängte. Mit Jodys Hilfe hielt Remy die Zweige zur Seite, so dass DottieLee hindurchschlüpfen konnte.

Alex murmelte irgendetwas über Sklavenarbeit und ging zur Kellertür.

Faith spürte Pavels Arme, die von hinten ihre Taille umfingen, und lehnte sich an ihn. „Vielleicht hätten wir ein Zelt aufbauen sollen“, flüsterte er ihr ins Ohr. „Mit einem Büfett.“

„So lange wird es nicht dauern. Wir beschränken uns auf den Vornamen. Außer Karina: Sie hat zwei.“

„Karina Hope“, sagte Karina. „Klingt nicht gerade sexy, aber es geht.“

Pavel zog auch sie an sich und hielt die beiden Frauen links und rechts im Arm, und die Schwestern schauten ihrer Mutter zu, die sich mit dem Meißel abmühte. Alex kam zurück und machte ein Foto.

„Violet hat es auch geschafft“, meinte Faith, als Lydia leise über die Plackerei zu schimpfen begann. „Und der Mühlstein ist aus Granit.“

„Ich begreife nicht, warum wir nicht einfach mit einem wasserfesten Stift eine Schlafzimmerwand signieren können.“

„Doch, du weißt es.“

Lydia murrte, klopfte aber weiter. Als Jeremy seine Hilfe anbot, umarmte sie ihn und zeigte ihm, wie er den Hammer halten musste.

„Das ist ein ziemlich erhebender Moment“, sagte Pavel.

Faith stimmte ihm zu. Es *war* erhebend.

Sie waren eine ganz andere Familie als noch vor einem Jahr. Faith’ und Davids Scheidung war rechtsgültig geworden, und Lydias und Joes war auf dem Weg dahin. Letzte Woche hatte Lydia den Kaufvertrag für ein Haus in Alexandria unterzeichnet, und jetzt war sie dabei, einzuziehen und Kisten auszupacken. Karina und ihre Kinder, die gerade Osterferien hatten, waren mit dem Auto von Kanada angereist, um ihr zu helfen.

Das Happy End von Hope Hustons Geschichte hatte, wie erwartet, viel Aufsehen erregt. Hams Exklusivbericht, in dem aber Teile der Wahrheit ausgelassen worden waren, hatte den Anfang gemacht.

Es gab keine Enthüllungen über Hopes wahren Vater, und die Trennung von Joe und Lydia wurde als einvernehmliche, wenngleich schmerzliche Auflösung einer Ehe dargestellt, die dem immensen emotionalen Druck nicht standgehalten hatte. Wenn irgendjemand sich wunderte, warum Joe sich nie mit seiner wiedergefundenen Tochter fotografieren ließ, würde ihm das halt für immer ein Rätsel bleiben.

Joe hatte angekündigt, sich mit dem Ende der laufenden Amtsperiode aus dem Senat zurückzuziehen. Zwar weigerte er sich noch immer, Faith zu treffen, aber in einem knappen Telefonat hatte er ihr mitgeteilt, dass er sich in Süd-Virginia niederlassen wollte, wo er seine Wurzeln und zudem Verbindungen hatte. Sie wusste von Lydia, dass er bereits wegen eines Beraterpostens verhandelte.

Die Polizei und das FBI hatten die Familie ausgiebig vernommen, aber bis jetzt hatten die spärlichen Angaben über Sandor Babin alias Alec den Tonnenmann, die Faith und Pavel preisgegeben hatten, nicht zu dessen Ergreifung geführt. Faith und Pavel hofften, dass er seine letzten Jahre in Frieden verleben würde.

„Ich sehe, dass ihr ohne mich angefangen habt", sagte Dottie Lee.

„Hör mal, du kannst das gern alles selbst übernehmen, wenn dich das glücklich macht." Lydia stand auf. „Okay, der Anfang ist gemacht."

Faith warf einen Blick auf das Fundament. „Mutter, du hast den Stein kaum angekratzt."

„Mein Name ist gut genug zu lesen. Ich habe später reichlich Zeit, ihn für die Nachwelt noch tiefer einzumeißeln. Wir machen mit Karina weiter." Lydia reichte ihrer älteren Tochter das Werkzeug.

Karina lachte. Faith liebte diesen Klang. Diese Schwester, dieses Phantom, das sie ihr Leben lang verfolgt hatte, war warmherzig, witzig, intelligent und stand mit beiden Beinen im Leben. Faith freute sich darauf, sie besser kennen zu lernen. Für den Frühsommer hatten sie eine Kreuzfahrt gebucht: nur die beiden Schwestern und Lydia.

„Ich will ja nicht klagen", meinte Karina, „aber ich habe mehr zu meißeln als die anderen."

„Vergiss die Linie zwischen Mutters Namen und deinem nicht." Die drei Frauen hatten beschlossen, ihre Namen zu verbinden. Sie waren lange genug getrennt gewesen.

„Ich war mir absolut sicher, dass ich diesen Tag noch erleben würde", seufzte Dottie Lee.

Lydia ging zu ihr hinüber. „Du hast deinen Teil dazu beigetragen, dass er gekommen ist", räumte sie widerwillig ein.

„Wow, Lyddy, das klang beinahe wie ein Lob."

„Streich dir den Tag im Kalender an. Wann bist *du* schon mal von einer Frau gepriesen worden?" Die alten Freundinnen guckten einander an und lächelten.

Von der Kellertreppe klangen Schritte herüber, und David und Ham traten aus dem Haus. David hatte noch seinen Anzug an, Ham ein Sportsakko und Jeans. „Haben wir den großen Augenblick verpasst?" fragte David.

„Kommt in zehn Jahren wieder: Dann sind wir vielleicht fertig", erwiderte Faith. „Es wird ein Weilchen dauern, bis die Rillen tief genug sind. Aber es ist ein Anfang."

Remy und Alex nahmen ihren Vater in die Mitte, und er legte ihnen je einen Arm auf die Schulter. Die vier Bronsons hatten eine dreimonatige Familientherapie hinter sich, und so anstrengend sie auch gewesen war, sie hatte bei ihnen allen spürbare Erfolge gezeigt.

Remys Verhalten war zwar nicht makellos, aber wenn Faith Probleme mit ihrer Tochter hatte, suchte sie gemeinsam mit David nach einer Lösung. Die Berichte aus der Schule klangen ermutigend, und Remy lernte wieder ernsthaft und mit Freude Klavier spielen.

„Ich danke euch allen, dass ihr heute früh gekommen seid", sagte David. „Das hat mir viel bedeutet."

Faith war stolz auf David. Er machte ein Praktikum in einer Kirche in der Innenstadt, und heute hatte er zum ersten Mal auf der Kanzel gestanden. Seine Predigt hatte sich um Vergebung gedreht und war sowohl inspiriert als auch inspirierend gewesen. David hatte seine Berufung gefunden.

Ihre Blicke trafen sich, und sie lächelte. „Du warst großartig." Sie strahlte auch Ham an. „Findest du nicht?"

Ham grinste. „So gut, dass ich in zwanzig Jahren gern noch mal mitkomme, um zu prüfen, ob er es dann noch besser kann."

„Wir wollten euch von den Kindern erlösen", meinte David. „Aber wir haben Zeit."

Karina, die die ganze Zeit gemeißelt hatte, stand auf. „Okay, okay. Es ist schwieriger, als es aussieht. Aber wenn man genau hinschaut, erkennt man schon, dass es mal richtig gut wird. Faith, du bist dran. Und schafft uns diese Kinder vom Hals."

Faith nahm den Meißel. Wie Lydia hatte Karina nur die Oberfläche etwas angekratzt, aber sie hatten reichlich Zeit, ihr Werk zu vollenden. Faith hatte sich nicht aus Boshaftigkeit für Stein entschieden. Das Medium erschien ihr perfekt. Es war die Mühe wert: Ihre Namen würden auf ewig hier stehen. Auf ewig vereint.

Faith kniete sich hin, fügte ihren Namen hinzu und verband ihn mit Karinas. Wie die anderen plagte sie sich ab und brauchte viel Zeit, aber die hatte sie auch.

Als sie sich schließlich aufrichtete, applaudierten alle. Dann zerstreuten sie sich. David und Ham nahmen Remy und Alex mit. Lydia schloss sich Karina und deren Kindern an. Dottie Lee verschwand durch die Hecke.

Schließlich blieb Faith mit Pavel allein.

„Na, war das nichts?" fragte sie ihn mit glänzenden Augen. „Ich hätte nie gedacht, dass es einen solchen Tag für uns geben würde."

„Ein Neuanfang."

In den Monaten, seit sie Karina gefunden hatten, hatte Pavel geduldig dazu beigetragen, dass alle in ihre neuen Rollen hineinwuchsen, und seine Medienkontakte spielen lassen, um der Familie eine faire Berichterstattung zu garantieren. Er hatte viel Zeit bei „Scavenger" verbracht, um dort geordnete Verhältnisse zu hinterlassen und herauszufinden, ob und wie er künftig noch in die Geschäfte eingebunden sein wollte. Wie alle anderen hatte auch Pavel sich durch die Geschehnisse verändert.

Faith wartete, aber er fuhr nicht fort. Pavel hatte alle ihre Vorhaben unterstützt, aber sie waren selten zu zweit, und obwohl er sich sehr einfühlsam verhalten hatte, waren sie die ganze Zeit nicht miteinander im Bett gewesen. Sie hoffte seit Monaten auf ein Zeichen, dass er mehr wollte. Aber offenbar erwartete *er* dieses Signal von *ihr*.

„Ja?" meinte sie schließlich. „Was für ein Neuanfang?"

„Ich schätze, das bestimmst du." Er wippte auf seinen Absätzen.

Faith hatte mehr als ein Jahr damit zugebracht, ihr Leben in den Griff zu bekommen. Sie war stolz auf alles, was sie erreicht hatte – und auf alles, was sie hinter sich gelassen hatte. Es gab einiges in ihrem alten Leben, auf das sie gut verzichten konnte.

Der Mann vor ihr gehörte nicht dazu.

Sie streckte ihre Hand aus, und er ergriff sie. „Wolltest du beweisen, wie geduldig du sein kannst?" erkundigte sie sich. „Manchmal warst du so rücksichtsvoll und zurückhaltend, dass ich mich schon gefragt habe, ob du der vielen lieben Menschen in deinem Leben vielleicht schon überdrüssig bist. Zu viel des Guten."

„Ja, ich bin ein Großmeister der Zurückhaltung, nicht? Ich sollte einen Orden bekommen. Und einen für Vertrauenswürdigkeit."

„Ich weiß, dass wir uns trauen können, Pavel."

„Komisch, dass du es so ausdrückst. Eines Tages könnte ich dich genau darum bitten."

Sie lachte ihn an. Eigentlich hatte sie gedacht, dass ihr heute schon genug Glück zuteil geworden war, aber Pavels Liebe bedeutete ihr mehr als alles andere. Sie war das Maß ihres Glücks.

Das wusste sie nun ganz sicher.

„Du willst mich, mit all meinen Schwächen und Fehlern?"

„Im Moment würde es mir vollauf genügen, dich mit zu mir zu nehmen, bis die Kinder zurück sind. Kommst du mit?"

Sie drückte seine Hand so fest, dass es wehtat. „Ich wollte dir ein Abendessen anbieten, eine echte, selbst gemachte Mahlzeit. Nur für uns beide. Ich muss doch endlich das Versprechen einlösen, das ich dir gegeben habe, als du mein Klavier gerettet hast."

„Du kannst bei mir kochen."

„Wir essen spät?"

Er zog sie an sich und küsste sie. Das war die Antwort, die sie ersehnt hatte.

– ENDE –

Ginna Gray

Die Heimkehr der Tochter

Zusammen mit dem attraktiven Dan Garrett geht Topmodel Maggie Malone Sabotageakten im Familienimperium nach – und gerät dabei in Lebensgefahr ...

Band-Nr. 25079
7,95 € (D)
ISBN 3-89941-102-1

MIRA®

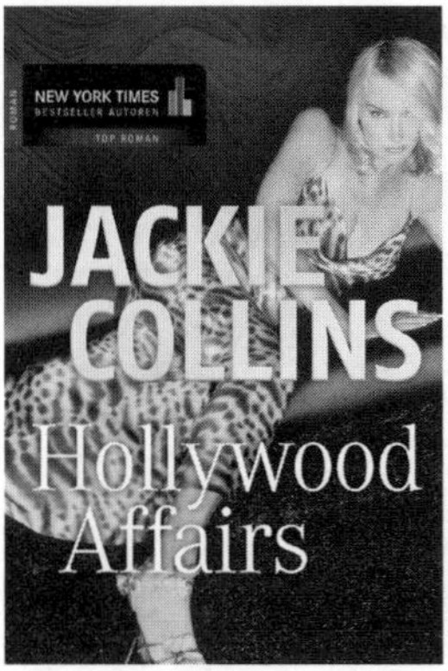

Jackie Collins
Hollywood Affairs
Band-Nr. 25062
7,95 € (D)
ISBN 3-89941-083-1

Jennifer Blake
Der Benedict Clan
„Zwischen Hoffen und Bangen"
Band-Nr. 25070
7,95 € (D)
ISBN 3-89941-092-0

Erica Spindler
Der Tod kommt lautlos
Band-Nr. 25063
7,95 € (D)
ISBN 3-89941-084-X

Sharon Sala
Blutroter Schnee
Band-Nr. 25025
7,95 € (D)
ISBN 3-89941-033-5

Alex Kava
Das Böse
Band-Nr. 25001
7,95 € (D)
ISBN 3-89941-001-7

Alex Kava
Schwarze Seelen
Band-Nr. 25052
7,95 € (D)
ISBN 3-89941-067-X

Alex Kava
Eiskalter Wahnsinn
Band-Nr. 25069
7,95 € (D)
ISBN 3-89941-091-2

Heather Graham
Mord in Miami
Band-Nr. 25071
7,95 € (D)
ISBN 3-89941-093-9